FOLIO SC

Stéphane Beauverger

Le Déchronologue

Gallimard

© Éditions La Volte, 2009.

Né en 1969 en Bretagne, Stéphane Beauverger commence à écrire pour la presse régionale, le cinéma (il scénarise un court-métrage) et l'industrie du jeu vidéo, avant de publier son premier roman, *Chromozone*, qui obtient d'excellentes critiques et fait de lui l'un des jeunes auteurs à suivre de la science-fiction française. Viennent ensuite *Les noctivores* et *La cité nymphale*, qui concluent *La trilogie Chromozone*. Il se consacre aujourd'hui exclusivement à l'écriture, y compris pour la bande dessinée (*Nécrolympia* et *Quartier M*). *Le Déchronologue*, son quatrième roman, a paru en 2009, toujours aux Éditions La Volte. Il a reçu un accueil critique unanime et a été récompensé par le prix européen Utopiales, le prix du Lundi, le prix Bob Morane et le Grand Prix de l'Imaginaire.

*À tous les buveurs de tafia,
et à tous ceux qui choisissent de rester debout*

L'homme n'est pas entièrement coupable : il n'a pas commencé l'histoire ; ni tout à fait innocent, puisqu'il la continue.

ALBERT CAMUS

We had sailed seven years
when the measles broke out
and our ship lost her way in the fog
And that whole of the crew
was reduced down to two,
just meself and the Captain's old dog
Then the ship struck a rock,
Oh Lord ! what a shock,
the bulkhead was turned right over
Turned nine times around
then the poor old dog was drowned
I'm the last of the Irish Rover

« The Irish Rover »,
chanson traditionnelle irlandaise

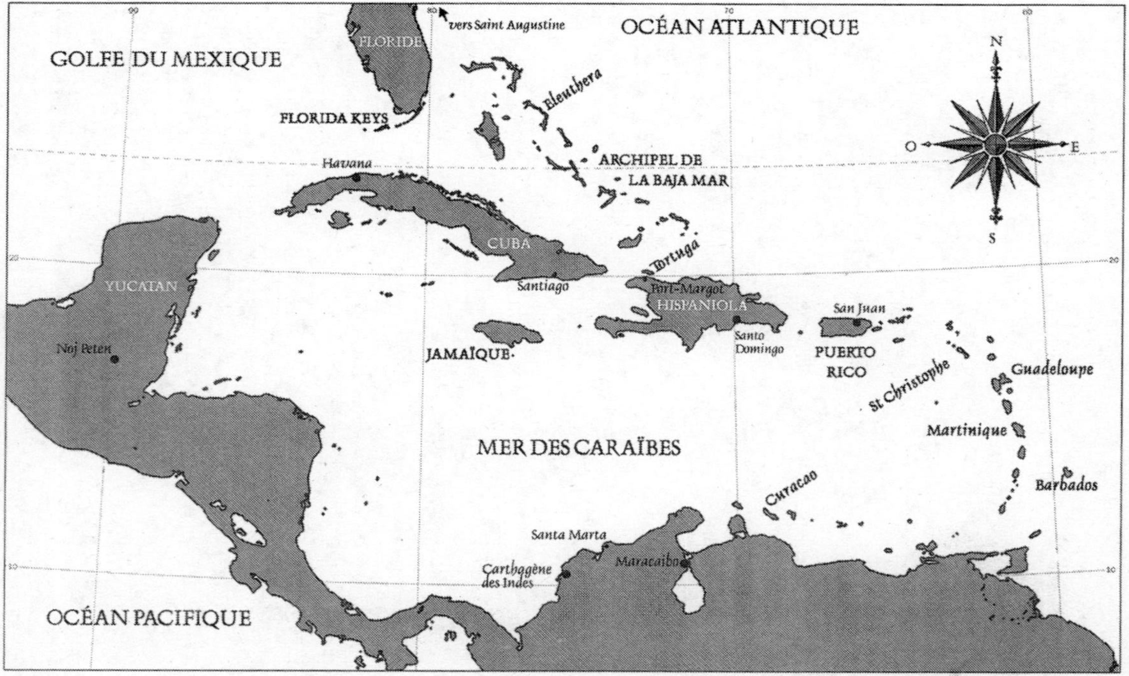
GOLFE DU MEXIQUE
OCÉAN ATLANTIQUE
vers Saint Augustine
FLORIDE
FLORIDA KEYS
Eleuthera
ARCHIPEL DE
LA BAJA MAR
N
O
E
S
Havana
CUBA
Santiago
Tortuga
Port-Margot
HISPANIOLA
Santo
Domingo
San Juan
PUERTO
RICO
YUCATAN
Noj Peten
JAMAÏQUE
St Christophe
Guadeloupe
Martinique
Barbados
MER DES CARAÏBES
Curacao
Santa Marta
Carthagène
des Indes
Maracaibo
OCÉAN PACIFIQUE

À bord du Déchronologue, *après la débâcle*

(CIRCA 1653)

Je suis le capitaine Henri Villon et je mourrai bientôt.

Non, ne ricanez pas en lisant cette sentencieuse présentation. N'est-ce pas l'ultime privilège d'un condamné d'annoncer son trépas comme il l'entend? C'est mon droit. Et si vous ne me l'accordez pas, alors disons que je le prends. Quant à celles et ceux qui liront mon récit jusqu'au bout, j'espère qu'ils sauront pardonner un peu de mon impertinence et, à l'instant de refermer ces chroniques, m'accorder leur indulgence.

D'ici quelques minutes, une poignée d'heures tout au plus, les forces contre lesquelles je me suis battu en auront définitivement terminé avec moi et ceux qui m'ont suivi dans cette folle aventure. J'ai échoué et je vais mourir. Ma frégate n'est plus qu'une épave percée de part en part, aux ponts encombrés par les cris des mourants, aux coursives déjà noircies par les flammes. Ce n'est ni le premier bâtiment que je perds ni le premier naufrage que j'affronte, mais je sais que nul ne saurait survivre à la dévastation qui s'approche. Bientôt, pour témoigner de l'épopée de ce navire et de son équipage ne resteront que les pages de ce journal.

Permettez donc que je prenne un peu du temps qu'il me reste pour les présenter comme je l'entends.

Je me nomme Henri Villon et suis l'unique capitaine de la merveille baptisée *Déchronologue*. Il s'agit de mon véritable patronyme. Je me dois de le préciser, tant il est courant d'en changer parmi les gens qui embrassent ma profession de coureur d'océans et de fortune. Français je fus, davantage par défaut que par désir, et cette nationalité que je n'ai pas choisie ne m'a guère été d'un grand secours sur une mer caraïbe où les drapeaux feront toujours office de linceuls pour les crédules et les exaltés.

Pour des raisons d'honnêteté et de circonstances qui se révéleront ultérieurement, je ne saurais donner mon âge avec certitude, mais je peux dire que je suis né en la belle et éruptive terre de Saintonge au printemps de l'an 1599. Si j'en crois le décompte des jours notés dans le carnet qui ne quitte jamais ma poche, il semblerait que j'aie vécu environ un demi-siècle. Disons que c'est un nombre qui me convient. À propos de mes parents et de mon enfance, je ne dirai pas grand-chose, tant le sujet serait vite tari ; mais je préciserai tout de même que je grandis dans une famille suffisamment aisée pour qu'elle m'espérât une belle carrière de négociant ou d'officier, au terme d'une éducation solide qui sut — peut-être pour mon plus grand malheur — m'éveiller à la lecture des beaux textes et des grands esprits. En cette province instable, enfiévrée par les querelles de la foi, je crois que je n'avais été ni plus ni moins qu'un enfant de mon siècle, modelé à l'image de mes proches, pieux réformés et vaillants défenseurs du parti protestant. Si j'étais né plus tôt, lorsque l'Aquitaine constituait encore un des plus beaux joyaux de la couronne d'Outre-Manche, j'aurais aussi bien pu me découvrir anglais, et me faire mieux accueillir dans les ports fidèles à Charles Ier que dans ceux se réclamant de Louis XIII. Mais les hoquets de l'histoire et le courroux des rois m'avaient fait naître sujet de la couronne de France. Je peux avouer aujourd'hui que je n'ai jamais, au gré de mes rencontres, accordé à ces questions de frontières plus d'importance que ne me le dicta la prudence.

Par mes précepteurs j'ai autrefois appris le latin, mais je n'en fis guère d'autre usage que pour briller auprès des cervelles épaisses et des gredins en souliers vernis ; je parle suffisamment l'anglais pour savoir que ces gens-là ne sont pas pires que d'autres, et pas moins honnêtes qu'un négociant de Bordeaux ou de Nantes ; j'ai assez voyagé pour ne pas ignorer que mon métier de flibustier vient du néerlandais *vrij buiter*, qui pourrait se traduire par « libre butineur » ou « libre pilleur » ; je possède même quelques rudiments d'espagnol, car il est toujours préférable de comprendre ce que vous ordonne un adversaire. Bref, pour tracer ma route en ce monde, j'ai su faire autant usage de mon verbe que de ma lame — que je manie cependant très correctement — et j'aime à penser que je n'ai jamais occis que ceux qui ne m'en ont pas laissé le choix.

Sur les raisons qui me firent embrasser la carrière de capitaine caraïbe, je ne me pencherai pas non plus outre mesure. De peur, peut-être, de tomber par-dessus bord à trop vouloir en discerner le fond ; par mésestime avouée, sûrement, des aumôniers, des juges et de tous ces gens tant désireux d'écosser autrui pour en sucer la fibre. Je crains de n'accorder que maigre valeur aux vertus de la confession, mais je dirai tout de même ceci : je fus, en mes lointaines années d'une foi moins avariée, parmi les insoumis de La Rochelle qui s'arc-boutèrent contre la crapulerie royale et catholique. Jusqu'à devenir plus infâmes que l'assiégeant, pour ne pas lui céder trop vite, en chassant de la cité femmes, enfants, vieillards au profit des seuls combattants. Pour gagner *un peu de temps*. Oui, du haut de ces remparts qui allaient bientôt être rasés par monsieur de Richelieu, je pris suffisamment part à l'avilissement et à la barbarie des hommes pour m'en aller chercher l'oubli à l'autre bout du monde. Et ne plus avoir envie d'en parler.

Maintenant, à l'instant d'écrire ces lignes, tandis que l'ennemi victorieux braque une dernière fois ses canons vers mon bâtiment, j'oscille entre l'envie d'en dire davantage et la crainte de trop me répandre. J'ai réuni en ces pages éparses le récit véritable de ma vie de capitaine sans attache. Je veux croire que je n'en ai rien caché de honteux ou de méprisable. Si j'ai menti, triché, trahi parfois, ma loyauté ne fut ni plus ni moins décousue que celle des autres marins de grand large, qui n'ont jamais trop voulu croire les mensonges des puissants aux intérêts plus discrètement égoïstes.

Des événements auxquels je pris part, et dont il sera question dans ce récit, j'espère que chacun saura prendre la mesure avec clémence. Que le lecteur ose pardonner les effronteries et le grand désordre régnant dans ces cahiers, mais ma mémoire n'est plus ce qu'elle était, ni le temps ce qu'il paraît. « *Fugit irreparabile tempus* », écrivit le poète Virgile... Comme il avait tort ! Je sais, moi, que les voiles du temps se sont déchirées, pour porter jusqu'à mon siècle des choses qui n'auraient pas dû s'y échouer. À mes yeux, les calendriers n'ont plus aucun sens, et les dates comme les anniversaires ont pris des airs de garces mal maquillées. Dans mon obsession à découvrir l'origine de ces plaies ouvertes, j'ai approché les grands secrets de mon époque et œuvré pour les recoudre. Quelles chances avais-je donc d'y parvenir ? Aucune, sans doute... Que suis-je, sinon un marin un peu trop amoureux du tafia et de la guildive, un peu trop hâbleur et hardi pour avoir admis ses erreurs *à temps*, si vous me pardonnez ce déplaisant calembour ? Mort de moi, comme j'ai lutté pourtant, au nom de ce qui me paraissait juste !

Des regrets ? Trop pour m'épancher plus longtemps et pas assez pour ne pas accepter le sort qui m'attend. La seule femme que j'aie jamais aimée n'a pas voulu de mon amour. Tous mes amis les plus chers sont morts, et je fus souvent responsable de leur trépas. Puisque mes rêves ont révélé un goût de cendre, pourquoi craindre de disparaître ? Adieu donc, mon navire et ceux qui sont encore à bord. Adieu aussi au capitaine Brieuc, mon frère d'escales si plein d'idéal et mort avant de voir tous les trésors du Yucatan. Adieu, Fèfè de Dieppe, fol enfant caraïbe assoiffé de liberté. Adieu, aussi, le Cierge, la Crevette, les frères Mayenne et Patte-de-chien, adieu mes gorets crevés sur la route de Carthagène. Adieu surtout à toi Arcadio, qui m'en arracha pour faire de moi ton instrument de vengeance contre l'Espagnol honni. Adieu, enfin, vous tous, qui avez un peu connu, haï ou apprécié le capitaine Henri Villon, dont il fut dit pis que pendre quand il ne le méritait pas toujours.

Debout j'ai vécu, debout je m'en vais mourir. Que dire de plus qui ne sonnerait pas moins sincère ? Mon *Déchronologue* brûle et se consume d'un inextinguible feu, mon équipage se meurt, et l'ennemi passera bientôt pour nous achever tous. Adieu, mon aimée, adieu ma vie, adieu, puisque nous n'étions que des ombres glissant sur l'écume du temps.

I. *Port-Margot*

(17 JUIN 1640)

> *Personne ne m'a demandé*
> *D'où je viens et où je vais*
> *Vous qui le savez*
> *Effacez mon passage.*

EMMANUEL D'ASTIER DE LA VIGERIE
Complainte du partisan

La nuit était longue et bleue comme une lame de Tolède. Nos trois torches griffaient ses ténèbres, leurs grésillements accrochant des reflets sauvages aux bijoux et médailles de mes matelots pour conjurer les ombres. D'un pas lent, doigts serrés sur son poignard, le gros Perric ouvrait la marche pour notre cortège. Je voyais ses longs cheveux sales dégouliner de sa lourde tête de cheval de labour. Derrière moi, le Cierge et la Crevette suivaient sans bruit. L'obscurité qui avait englouti Port-Margot aurait pu receler cent périls, mais je n'en marchais pas moins au centre du triangle flamboyant de mon escorte : ce soir, le capitaine Villon souhaitait que son équipée fût aussi remarquable que remarquée. Avant notre descente à terre, tandis que les premières étoiles taquinaient le ciel, j'avais fait porter le

Chronos au mouillage à l'écart du reste de notre petite escadre et ordonné la mise en perce d'un de mes précieux tonneaux de vin de Bourgogne, avant d'interdire à l'équipage de descendre à terre. J'étais certain d'être obéi : la nuit sucrée de Port-Margot exhalait le printemps caraïbe, le fer et le sang.

À la manière des autres colonies mal établies sur ce rivage hostile, les autochtones n'ignoraient point qu'ils ne tenaient ainsi, accrochés aux bourses trop pleines de l'empire espagnol, qu'à la faveur de cette indolence propre aux géants jamais trop prompts à se gratter le cul. Planté sur la côte nord-ouest de la grande île d'Hispaniola, fondé moins de dix ans plus tôt par quelques intrépides Français venus comme nous des rivages plus cléments de Saint-Christophe, le petit domaine de Port-Margot s'acharnait à exister. Il abritait plusieurs poignées de ruffians, trafiquants et négociants de mauvaise mine, cherche-fortune et traîne-misère, tous entassés à l'écart des regards catholiques, sous les toits glaiseux d'une vingtaine de masures jetées là à la manière de dés pipés. Parfois, quelques navires y faisaient aiguade. Rarement, leur nom méritait d'être retenu. Dans un sabir mal mélangé de gens de mer aux accents portugais, anglais, français, hollandais ou bretons, on y échangeait de la poudre contre des peaux, de l'indigo ou des bois précieux. Port-Margot : comptoir huguenot âgé de moins d'une décennie, puant l'impatience et la faim, incrusté dans l'échine hérissée de l'Espagnol haï, où des affaires complexes de politique et d'argent m'avaient amené à faire escale en compagnie de meilleurs patriotes que moi-même. Cette nuit, couteaux et complots y fredonnaient des refrains dont j'étais le chef de chœur. Cette nuit, les clairvoyants comme les circonspects avaient mouché leur chandelle et s'étaient faits tout petits.

— Pute vierge ! grogna Perric en glissant dans la boue, maudite pluie !

Le Cierge et la Crevette gloussèrent dans le noir. Les averses de printemps avaient transformé l'étroit sentier en épaisse pataugeoire dans laquelle ils devaient trottiner, les pieds nus et les mains prises. Moi, mes belles bottes hollandaises m'assuraient meilleur équilibre et bonne protection contre la terre gluante du chemin, en plus d'une solide autorité :

— La paix, vous trois !

— Oui capitaine, obéit mollement mon trio.

Quelqu'un hurla derrière nous, loin vers le village, un affreux cri d'homme trop plein de peine et de mauvais vin. Peut-être plus impressionnés par ce hurlement que par mon ordre, mes gaillards firent silence. Je partageai leur frisson. Nous marchâmes encore quelques centaines de pas, dans le rougeoiement de nos flammes, jusqu'à gagner les hauteurs qui surplombaient Port-Margot.

— C'est là, jugea Perric en plantant sa torche dans le sol.

Je plissai les yeux pour reconnaître le lieu : nous avions gravi la colline dominant les toits du hameau et atteint un abri abandonné, peut-être un poste d'observation, bâti naguère mais déjà en ruine. Nos lumières jetèrent des ombres aiguës sur sa façade, fatras de planches mal arrimées planté au-dessus du port. Je croisai les bras et baissai la tête pour cacher mon visage dans l'ombre de mon chapeau, moins pour échapper aux observateurs que pour ne plus contempler ce triste théâtre.

Nous attendîmes.

Un gros nuage prit le temps de glisser depuis l'ouest jusqu'à la lune, cependant qu'un mauvais effluve de chair rôtie venait se mêler à celui de notre résine enflammée. Selon mes informateurs, il se racontait, sur les docks et autour des tables du soir, qu'une bande de chasseurs s'était installée la veille en lisière de forêt, quand d'ordinaire ils profitaient de la saison pour s'enfoncer loin dans les terres intérieures de l'île à la recherche de meilleur gibier. À en croire l'odeur tenace, ils achevaient à cette heure de boucaner leurs venaisons. En vérité, sans la tiédeur du vent pour adoucir notre attente, la scène aurait été tout entière misérable. Encadré par les torches, j'avalai une grande lampée de tafia poisseux, offris une rasade à mon bosco, puis relevai la tête et peaufinai ma reconnaissable silhouette de capitaine français descendu à terre pour quelque subreptice tractation — après tout, cette promenade jusqu'ici n'avait pas eu d'autre objectif. J'étais de bonne carrure pour un homme dans la quarantaine, d'une taille et d'un poids moyens, le regard autoritaire des capitaines de course. Sous le galurin de feutre noir, mes longues mèches sombres encadraient un visage que j'espérais plus austère que sévère, agrémenté d'un long nez droit qui me faisait un air d'oiseau de proie guettant l'horizon. Ma moustache, taillée à la mode broussailleuse des gentilshommes coloniaux, cachait deux cicatrices d'abordages mais révélait une bouche charnue souvent collée au goulot de mon flacon. Une vareuse d'officier, une culotte de toile fine et des bottes de cuir hollandaises complétaient mon allure d'aimable canaille ; à ma ceinture, un coûteux pistolet et une belle épée de cavalerie achevaient d'inviter à la prudence.

Nous patientâmes encore un long quart d'heure, immobiles et méfiants, ne bougeant que pour nous passer le tafia, jusqu'au jaillissement d'un long sifflement libérateur : une note pointue, stridente, qui monta encore dans les aigus avant de soutenir une trille familière. Je souris en relevant la tête : félins et matois, les deux Mayenne débordaient de chaque côté de la bicoque pour se glisser sans bruit jusqu'à nous. Je n'eus pas à entendre leurs premiers mots pour comprendre qu'ils avaient fait bonne prise : les grimaces satisfaites des deux frères en disaient autant que leurs mains sanglantes.

— Vous aviez raison, capitaine, dit aussitôt l'aîné, vous ont suivis dès que vous êtes descendus à terre.

— Trois, dont au moins un savait se battre, grogna le cadet en me tendant une épée à la garde souillée. Sont passés dans votre dos avant le petit marché... Comptaient sûrement vous larder dans la montée.

Bien que doutant fortement de cette dernière supposition, j'inspectai rapidement l'arme sans rien découvrir qui indiquât sa provenance. Banale, lourde et grossière, ne convenant ni à un gentilhomme ni à un assassin. Seulement l'affligeant fendoir d'un médiocre pendard. Ce n'était pas pour me plaire. Je n'avais pas fait la chèvre pour débusquer de la petite vermine. La Grande Mayenne renifla bruyamment en me montrant la lame du menton :

— J'ai planté celui-là quand il s'est écarté des deux autres. Presque eu le temps de me percer quand même... Un rude gars à moitié nu !

J'essuyai sommairement la garde gluante de sang et passai l'épée à ma ceinture en grimaçant :
— Un Indien ?
— Non, grinça la brute, l'était plus blanc qu'une cuisse de nonne.
— Les deux autres ?
Ricanements des deux frères :
— On les a pas bien vus... Sont retournés au galop jusque dans le cul qui les a chiés, sitôt qu'on en a fait beugler un !
— Nous ont échappé vers les pontons... Peut-être à la nage... On a préféré vous rejoindre ici.
Il me revint l'affreux cri entendu plus tôt, pendant notre marche. De sa jeunesse passée à saigner les moutons, la Grande Mayenne n'avait oublié ni les gestes ni l'innocence des métiers de mort. Son jeune frère, mousse de bonne heure, compensait cette lacune par une plus grande férocité naturelle.
— C'est bien, les frérots, pouvez retourner à bord et vous faire servir une bouteille.
— Sûr, capitaine ? Pourraient revenir, ces fientes-là...
— Pas cette nuit, estimai-je, ils ont trop eu la frousse. C'était de la belle ouvrage, mes gorets !
Nouveaux ricanements, appuyés aussi par le Cierge et la Crevette. Pour grossière qu'elle fût, ma petite finasserie avait finalement réussi. Il était temps de rejoindre le vrai lieu de rendez-vous. Le gros Perric ramassa les trois torches, les éteignit en les écrasant contre le sol humide. Plus question de se faire remarquer. La lune reprit ses droits au-dessus de nos têtes de comploteurs. La Grande et la Petite Mayenne allaient disparaître quand je retins le plus jeune :

— Vous ne les auriez pas entendus parler entre eux, par hasard ?

— J'peux pas dire... Pour moi, ils ont rien bavé.

— Moi non plus, dit le second, mais...

Sa gueule de criminel se fendit d'un sourire prudent. Mon coquin savait quelque chose de déplaisant.

— Mais ? le pressai-je.

— J'vous ai gardé le corps du braillard. À voir que ça vous serait utile ?

Si je n'avais pas entendu leur victime hurler au moment de mourir, l'idée m'aurait paru bonne. Si l'homme n'avait pas poussé ce cri-*là*, peut-être. Mais fixer ses yeux vides... Voir l'abominable blessure taillée par mon boucher... Je m'octroyai la dernière gorgée de tafia, lançai la bouteille vide vers les arbres en claquant la langue :

— Non, mais passez vous en débarrasser avant de regagner le *Chronos*.

— S'en débarrasser ? s'étonna la Petite Mayenne.

— Oui, grinça le Cierge, allez le jeter maintenant dans la baie ou c'est moi qui vous y noie.

Ainsi rappelée à l'ordre, la fratrie déguerpit prestement.

— Bourriques sans cervelle, grogna mon bosco.

— Mais quel instinct, concédai-je en les regardant disparaître dans l'ombre. Quels autres que ces deux-là auraient aussi bien accompli ce travail ?

Le Cierge prit à peine le temps de la réflexion :

— Personne d'autre à bord, capitaine.

— Tu vois ? souris-je. Laissons aux brutes les tâches discutables, et contentons-nous d'en discuter.

Puis notre quarteron de mauvais oiseaux s'en

retourna vers les conspirations de Port-Margot. Sans bruit et sans lumière.

*

Curieusement surnommée *La Ripaille*, l'ennuyeuse gargote plantée près du petit marché constituait l'ensemble des services d'hostellerie de la colonie. Avant d'y entrer, je renvoyai mon bosco et la Crevette au rivage, avec ordre de guetter toute activité suspecte autour du *Chronos*. Je ne gardai que Perric, comptant sur sa grosse carcasse pour décourager d'improbables rôdeurs que l'affût des deux Mayenne n'aurait pas suffisamment affolés. Lorsque je frappai à la porte, quelques raclements de pieds se firent entendre de l'autre côté du bois, puis une voix fatiguée me signala que l'établissement était exceptionnellement fermé. Je donnai en réponse le mot de passe convenu. On m'ouvrit. Une jeune figure, grêlée de rousseurs recuites aux feux de cuisine, nous dévisagea brièvement, avant de décider de nous laisser passer. Mon gros matelot se posta au pied de l'échelle menant à l'étage de la taverne déserte. Avant de grimper rejoindre mes associés, j'exigeai du mitron ensommeillé qu'on servît à Perric un bouillon gras et de quoi boire.

Reconverti en arrière-salle provisoire à grand renfort de ballots de fourrures humides et de quelques pièces de mobilier fatiguées, le grenier craquait pire qu'un gréement sous le vent. Ceux qui m'attendaient là-haut avaient négocié au prix fort l'usage exclusif de l'endroit jusqu'au matin, condition sans laquelle le premier des arsouilles point trop idiot aurait deviné aux grincements de planches au-dessus de sa trogne qu'il s'y tramait quelque séminaire bon à être espionné. Heureusement, il existait assez de raisons à invoquer pour justifier la fermeture temporaire de *La Ripaille*, à commencer par une de ces rumeurs inquiétantes de vilaine fièvre, de celles qui visitaient régulièrement les résidents des colonies tropicales et en emportaient quelques poignées au passage. Si cela n'avait tenu qu'à moi, j'aurais organisé cette rencontre à bord d'un de nos navires au mouillage. Mais notre meneur, l'intransigeant François Le Vasseur, avait exigé de nous réunir tous à terre. C'était dire le peu de confiance qu'il accordait à nos équipages, et la suspicion générale qui régnait au sein de cette assemblée. Mais puisqu'il fallait bien se retrouver quelque part, j'avais donc convaincu mes gaillards de se retrancher ainsi, en plus d'exiger l'éviction de tout autre client — non pas que *La Ripaille* connût habituellement une quelconque affluence propre à égayer ses tristes murs —, quitte à se priver du relatif confort du rez-de-chaussée. Ces mesures, qui auraient pu paraître excessives, eurent l'avantage de rasséréner notre commandant si pleinement dévoué à la réussite et au secret de sa mission.

Quand je passai enfin la tête par la trappe menant à leur retraite, la réunion n'avait pas commencé depuis suffisamment longtemps pour permettre aux esprits de trop s'échauffer. Les liqueurs bâillaient dans les carafes et les cœurs dans les poitrines. Rassemblés autour de François Le Vasseur, ses adjoints patientaient en silence. Il y avait là les capitaines Yves Brieuc, Armand Brodin de Margicoul, Amédée Le Joly, Urbain de Rochefort et Pierre Calment-Nouville. Cinq capitaines français, liés par une même ferveur, qui attendaient mon arrivée et mes renseignements. J'accrochai mon chapeau à un clou et les saluai tous d'un long regard appuyé.

— Bonsoir capitaine Villon, m'accueillit obligeamment le commandant. Pouvons-nous supposer que votre retard amène son lot de bonnes nouvelles ?

— À défaut d'être bonnes, au moins seront-elles fraîches, rétorquai-je en lorgnant vers les bouteilles.

— Mais encore ?

— Vous aviez raison de vous inquiéter, dis-je, notre affaire est éventée et nous sommes observés.

Un début de tumulte agita l'auditoire. Quelques visages grimacèrent. On déboucha les flacons pour un premier tour de table.

— C'était prévisible, rappela la forte voix de Le Vasseur. Nous savions tous que notre expédition ne saurait demeurer longtemps inaperçue, surtout dans une enclave aussi précaire que Port-Margot. Trop d'intérêts rivaux et d'esprits partisans.

— Dans ce cas, objecta le capitaine Brieuc, pourquoi ne pas avoir fait escale dans un endroit où nous serions moins exposés ?

Bien que le plus jeune de l'assemblée, Brieuc était bon marin, et courageux navigateur, mais les feux malins de la politique ne l'illuminaient guère. Je l'aimais bien, pourtant, mais ne lui aurais jamais tourné le dos : ce doux agneau n'aurait pas même essayé d'en profiter. Je souris :

— Mon cher Brieuc, sans même mentionner le fait que ce sinistre refuge n'est qu'à quelques heures de voile de notre véritable destination, vous devez considérer qu'il m'est beaucoup plus facile de repérer vos ennemis dans ce lieu dépeuplé qu'au cœur d'un havre bondé.

Le commandant Le Vasseur eut la politesse de me laisser finir avant de réclamer la parole :

— Car ennemis il y a, donc, capitaine ?

Je pris le temps de me servir aussi un verre avant de répondre. Le tafia me brûla la langue. Je souhaitai leur complète attention et haussai la voix :

— Oui da ! Me désigner publiquement comme le meneur de notre escadre fut payant. Ce soir, ma petite caravane a été prise en filature dès ma descente à terre, vous permettant à tous de gagner sans obstacle cette gargote. Mes marins ont intercepté l'un des espions, deux autres au moins ont fui.

Je posai mon verre, sortis l'épée rapportée par la Grande Mayenne et l'exposai solennellement :

— Voici sa lame.

Encore tachée du sang de son propriétaire, celle-ci valait tous les discours. Aussi ébréchée et disgracieuse qu'elle fût, c'était une authentique arme de guerre. Quel coquin ou traîne-misère de Port-Margot aurait pu se pavaner avec une telle lame de soldat à son côté ? Je vis aux traits inquiets de mes bons capitaines qu'ils tiraient la même conclusion. J'opinai aimablement :

— Oui, messieurs, vos affaires ici sont observées et vos ennemis ont enrôlé de la main-d'œuvre. Maladroite, certes, et brouillonne, assurément, mais assez familière des combats pour en arborer les outils.

Le chœur des angoissés menaça de s'emballer. C'était à qui donnerait son avis le plus fort, le plus vite.

— Mais qui ?

— Il pourrait s'agir seulement de quelques spadassins en visite ? Je sais que deux barcasses sans pavillon ont touché le port vers midi.

— Si l'Espagnol apprend notre présence, il fera donner la troupe.

— Nous n'aurons pas une chance s'ils nous prennent à l'ancrage.

Seul Le Vasseur était demeuré silencieux. Il frappa du poing sur la table pour museler le chahut :

— Suffit ! Nous ne sommes pas venus jusqu'ici pour reculer au premier danger. Dois-je vous rappeler qui nous a mandatés en ces eaux, et le sort qui attend tant de nos compatriotes si nous devions échouer ? Allons ! Il n'est pas question de rentrer sans pouvoir annoncer le succès de notre entreprise.

Le commandant savait parler. Chacun se rangea à son avis. Il fallait reconnaître à ce petit bout d'homme, malingre et mal tourné, une autorité et un aplomb dont étaient faits les grands officiers. C'était lui que Philippe de Lonvilliers-Poincy, chevalier de Malte et gouverneur général des îles d'Amérique pour sa majesté le roi Louis XIII, avait nommé à la tête de notre escadre envoyée voguer au cœur de la nasse espagnole. François Le Vasseur n'était ni ardent militaire ni puissant gentilhomme, mais la force de ses convictions aurait soulevé des armées :

— Par la grâce de Dieu, nous mènerons notre mission jusqu'à son terme ! Nous savions que notre présence ici ne saurait échapper longtemps aux observateurs. La seule chose à espérer, désormais, est que le capitaine Villon ait débusqué des agents à la solde de nos aimables interlocuteurs, et non pas payés par l'Espagnol...

Ce disant, il planta son regard sombre dans le mien. Je pris le temps de vider mon verre avant de répondre :

— L'homme est mort sans parler. Je ne saurais affirmer pour le compte de qui il travaillait. Toutefois...

— Toutefois ?

— Toutefois, repris-je, je gage qu'un agent de la couronne d'Espagne aurait eu les moyens d'engager meilleurs rôdeurs que ces coquins-là.

— Deux vous ont tout de même échappé.

— Non pas : ils ont fui, commandant. Fui parce que la peur inspirée par mes matelots leur a donné des ailes. Non, si vous devez m'en croire, nous avons affaire à quelques soldats de fortune engagés par ceux-là mêmes qui vous invitent à leur table et sourient de toutes leurs dents tant que luit le soleil… Messieurs, sur mon honneur, ces espions d'un soir œuvraient pour le compte des Anglais.

Ma tirade apaisa un peu les craintes de l'auditoire. Après tout, en ces eaux catholiques, les Anglais de Tortuga n'étaient guère mieux lotis que nous autres. Aucun obstacle dressé ni basse manœuvre fomentée par ceux-ci n'aurait su rivaliser avec le péril espagnol. Près de cent cinquante ans, un siècle et demi, depuis que la scélérate bulle vaticane avait tranché pour une répartition exclusive entre Espagnols et Portugais de toutes les terres inconnues ou à découvrir. Ainsi exclues du « testament d'Adam », pour reprendre le mot célèbre du bon roi François Ier, les autres nations étaient en ces eaux contraintes à des sauts de puce à l'ombre de deux géants. Vers le levant, les Français tenaient quelques ports marginaux, de Saint-Christophe à la Martinique ; les Anglais en revendiquaient autant dans les mêmes latitudes ; récemment, les Hollandais lorgnaient vers les îles Sous-le-Vent et implantaient leurs comptoirs au sud-est des Caraïbes. De grotesques ricochets, tandis que la chienlit catholique régnait sur Cartagena, Santiago de Cuba, Vera Cruz… L'or, et l'argent, surtout, en des quantités à faire sangloter un banquier vénitien, qui se coulaient en rivières glorieuses depuis les montagnes interdites du Nouveau Monde vers les coffres de Madrid. Oui, du haut de ses citadelles et par la bouche de ses canons, l'Espagne pouvait se gausser à coup sûr de nos chicanes de nabots à genoux dans leurs miettes. Et mes bons capitaines n'échappaient pas à cette règle éternelle, qui veut que l'on se déchire pour rien quand on ne possède rien.

— Il demeure cependant regrettable, soupira Le Vasseur, que les autres vous aient échappé.

— Regrettable pour qui? rétorquai-je. Allons, nous tous ici jouons double jeu, et les Anglais ne sont pas moins dupes de ce qui se trame vraiment. Est-ce que cela devait passer par les meurtres de quelques imbéciles impressionnés par leur argent?

Le timbre du commandant se fit plus tranchant :

— Capitaine, je vous trouve parfois plus enclin à faire la leçon qu'à justifier de vos gages.

Je me levai aussitôt :

— Dans ce cas, trouvez-en un autre de plus docile et de plus qualifié!

— Allons messieurs, tempéra Brieuc appuyé contre une poutre, nous sommes ici tous français et bons serviteurs de la cause. S'il vous plaît…

Sa grimace aimable était pour moi. Je souris en me rasseyant. Décidément, j'aimais bien cet homme-là, au point de remettre ma mauvaise humeur dans ma musette.

— Eh bien, puisqu'on en appelle à la cause, conclus-je, je veux bien oublier ces paroles.

Chacun hocha la tête, appréciant en silence mon chantage qui s'éloignait : où et comment recruter rapidement un autre partenaire disposant de mes compétences si précieuses ? Si je ne goûtais pas à le rappeler expressément, j'appréciais cependant qu'ils s'en souvinssent. Brieuc reprit la parole, se tournant cette fois vers son commandant et véritable chef de mission :

— Avons-nous des nouvelles récentes concernant notre affaire ?

François Le Vasseur se racla la gorge :

— Je suis rentré ce matin de Basse-Terre. L'accueil fut plus courtois que la première fois, mais ces messieurs n'entendent toujours pas laisser nos gens s'installer sur leur île. Leur délégué, un certain monsieur Doolan, menace d'ailleurs des mêmes représailles que précédemment, je le cite, « tout Français qui tenterait de fonder commerce sur Tortuga... » Je gage qu'il fut parmi les meneurs lors des meurtres de l'an passé.

Une stupéfaction rageuse saisit les bons capitaines regroupés autour du commandant. Leur visage se crispa dans la chiche lumière du grenier. Les verres se vidèrent sous le coup de l'émotion.

— Messieurs, commenta Le Vasseur d'un air matois, ne croyez pas la moitié de ces rodomontades. Tout cela n'est que manœuvres de diplomatie destinées, à terme, à déterminer celui qui aura croqué la plus grosse moitié de la pomme. Dieu m'en soit témoin, nous trouverons un accord.

— Ces coquins-là ont tout de même estropié et lardé nombre de nos gens, tous honnêtes marins et bons chrétiens, tonna le gros Brodin de Margicoul du haut de son tonneau.

— Tous gens de sac et de corde, le corrigea son voisin en tirant sur sa pipe, comme presque tous ceux qui s'inventent négoce du côté des ports francs.

Le capitaine gascon rugit :

— La qualité desdits malheureux ne réduit en rien la gravité de l'affaire. Preuve demeure que les gens tués à Basse-Terre étaient bons sujets de la couronne de France ! Ces crimes ne sauraient demeurer sans conséquence ni réparation.

Je dissimulai un sourire en piquant du nez vers la pointe de mes bottes. Décidément, quand il s'agirait de chercher querelle territoriale ou généreuse raison d'empoigner son voisin, les mêmes alibis avariés seraient éternellement resservis. Si les couronnes d'Europe n'avaient pas tant brûlé d'envie de venir planter leurs dents dans la couenne caraïbe, le lynchage et l'exécution de quelques colons français mal débarqués en domaine anglais n'auraient jamais trouvé si vibrant écho. Les trônes ont ceci de commun avec les baquets d'aisance que leurs usagers les souillent dès qu'ils s'y posent. Et ce capitaine de Margicoul, tout coulant de céleste morale, était de la graisse dont on fait les cierges avant les batailles. De fait, en apercevant mon rictus sarcastique, le gros Gascon pesta et mugit pire qu'un taureau furieux :

— Je vois que monsieur Villon me trouve bien hilarant.

Je relevai lentement la tête pour l'affronter :

— Pas vous monsieur, seulement les jappements d'un roquet, là au-dehors, qu'on aura sûrement privé de son os.

Les flacons et les verres s'éparpillèrent quand la brute se redressa en bousculant ses voisins :

— C'en est trop, beugla-t-il en se jetant sur moi.

J'avais déjà saisi l'épée prise cette nuit à l'ennemi, et visais quelque douloureuse extrémité de mon adversaire, quand notre commandant hurla à son tour pour apaiser la scène :

— Paix ! Tous les deux !

Maté, Brodin de Margicoul se figea sans éteindre son regard haineux. Je fis un pas de côté pour placer la table entre nous, y reposai délicatement la lame sans le quitter du regard.

— À Dieu ne plaise que j'en sois quitte, gronda l'irascible.

— Suffit, j'ai dit ! réclama Le Vasseur, presque aussi irrité.

Le silence se fit. Tous étaient debout maintenant, saisis par la flambée de colère qui avait traversé le grenier. Je les dévisageai tour à tour, mes fiers capitaines trop mal vernis, bradeurs de vertu et coquins à boucles dorées. Ils étaient venus ici réclamer un accord de conciliation avec les Anglais mais pensaient déjà aux profits. J'aurais dû me taire, mais le tafia m'avait trop échauffé les pensées. Bien entendu, je m'enfonçais davantage.

— Les chiens de guerre ont reniflé du sang ? ricanai-je.

Les mines se durcirent définitivement. Je compris que rien d'autre d'utile ou d'agréable ne sortirait de cette réunion. Brieuc, qui devait être arrivé à la même conclusion, tapota sa pipe sur le bois d'une poutre :

— Villon, je vous raccompagne.

L'idée en valait une autre. Haussant les épaules, je cueillis mon chapeau et pris le chemin de l'échelle, ma bonne conscience sur mes talons. Tandis que je descendais les barreaux usés, quelques protestations étouffées tombèrent du grenier jusqu'à mes oreilles pour m'arracher une ultime satisfaction : si Le Vasseur était à ce

point furieux de ma sortie, c'était donc que je devais encore lui être indispensable. Appuyé contre un mur, le visage inquiet, Perric se redressa en m'apercevant :
— Tout va bien, capitaine ?
— Tout va bien, matelot. On retourne au *Chronos*.

À l'extérieur de *La Ripaille*, l'air tiédi par les vents de terre était un ravissement après l'atmosphère enfumée par mes comploteurs. Perric avait rallumé sa torche et ouvrait le chemin à quelques mètres devant Brieuc et moi. À chaque pas, nos bottes soulevaient des plaques de boue qui retombaient en mottes grises et sales. L'obscurité était propice aux confessions.
— Je ne vous comprends pas, Henri.

Je souris :
— Qu'est-ce que vous ne comprenez pas, mon cher Brieuc ?
— Vous méprisez notre entreprise et ses participants, n'est-ce pas ? Pourtant, vous n'hésitez pas à faire la chèvre, à vous exposer en pleine nuit afin de débusquer nos adversaires.
— Si vous parlez de ce pourceau de Brodin de Margicoul, mépriser n'est pas terme assez fort.
— Je concède qu'il ne soit pas un bien délicat compagnon…
— Le problème n'est pas là, l'interrompis-je. J'ai été payé pour assurer votre sécurité, je m'acquitte de ma tâche au mieux. Christ mort ! S'il fallait aimer d'amour chaque patron qui vous enrôle, nos bourses et nos ventres crieraient plus souvent famine.
— Pour autant, vous n'appréciez pas ce que nous faisons et vous l'affirmez sans détour. Ainsi, il n'y a que l'argent qui vous intéresse ?

— Brieuc, grimaçai-je, ne cherchez pas à comprendre ce qui peut motiver les hommes comme moi. Vous n'avez pas la cervelle assez noire pour l'envisager.

— Vous voyez ? Vous êtes encore blessant ! Croyez-vous que j'aie un jour quitté mon pays de Lorient pour arriver jusqu'ici emmitouflé dans du coton, de la ouate des oreilles aux yeux, pour n'avoir rien vu de la méchanceté du monde ?

Je tapotai son épaule sans cesser de marcher.

— Tout doux, je ne voulais pas vous froisser, mais vous êtes comme tous ces beaux capitaines emportés par Le Vasseur dans cette entreprise : vous avez soif de raisons et de causes. Vous êtes du bois dont on fait les honnêtes chapelles de village, Brieuc, je vous admire presque pour cela.

— Je me contenterais d'être votre ami, maugréa le jeune capitaine.

Nous marchions toujours vers les pontons où sommeillait notre flottille française. Les mâts et les gréements avaient encagé la lune dans leur treille délicate, et le lent ressac de l'océan soulignait notre conversation de son rythme lourd. Vers l'ouest, à quelques milles de la côte, je distinguai la forme ronde et sinistre d'une *burbuja* qui dérivait lentement au-dessus des eaux. Je fronçai les sourcils : elle devait voler bien bas, ou être bien grosse, pour être aussi visible. Je détournai le regard, un frisson désagréable me picotant la nuque.

— Ainsi, reprit mon voisin curieux, vous pensez vraiment que nous avons tort de venir venger la mort des nôtres ?

Je me contentai de hausser les épaules. Il insista :

— Vous ne croyez pas au bien-fondé de notre action ?

— Capitaine Brieuc, à l'exception, peut-être, du malheureux qui a faim et de la bête qui a peur, aucune action d'aucun être en ce monde ne naît jamais d'une seule et unique cause, bien fondée ou non.
— Que voulez-vous dire ?
Cette fois, je m'arrêtai et me tournai vers lui :
— Je veux dire que tout finit toujours par se savoir, sur cette mer comme ailleurs. Depuis des mois, sur l'île de Saint-Christophe, l'extrémisme de François Le Vasseur et de ses amis huguenots commençait tant à inquiéter le gouverneur de Lonvilliers-Poincy que ce dernier leur a confié cette mission tout autant pour satisfaire l'honneur de son roi que pour se débarrasser d'agitateurs qui semaient le trouble dans ses beaux dîners... Je veux dire que le commandant Le Vasseur est un chef brillant, qui est venu jusqu'ici tout autant pour enfin diriger une troupe sans autorité plus haute que la sienne que pour venger la mort de quelques mauvais bougres dont personne ne connaît les noms. Je veux dire que ces vaisseaux qui sommeillent face à nous ne recèlent pas autant de poudre et d'espingoles pour se contenter d'un dénouement diplomatique. Fût-elle pour un temps, successivement ou conjointement, espagnole, anglaise et française, je dis que cette île de Tortuga n'appartient à personne, pas même aux Indiens qui l'habitèrent avant aucun colon. Pourtant, d'une manière ou d'une autre, cet automne ou l'année prochaine, le sang coulera pour la possession de ce triste caillou jeté dans l'eau. Vous-même, mon cher Brieuc, êtes déjà prêt au combat... Votre bonne âme se conforte seulement dans la douillette certitude que votre cause est juste, mais permettez-moi de me passer de tels voilages quand il s'agit d'observer le monde.

Le feu aux joues, les lèvres tremblantes, Brieuc hoqueta d'incrédulité :

— Henri, allons... Si le quart de ce qui se raconte sur vous est vrai, vous étiez au siège de La Rochelle et en avez réchappé. Vous avez connu la persécution plus qu'aucun des nôtres et ne pouvez pas...

— Brieuc, l'interrompis-je gravement, ne fouillez pas dans un passé qui n'a de...

— Mais vous y étiez bien, n'est-ce pas ?

J'aurais pu mentir ou détourner la conversation, mais je répugnais à écarter si facilement le délicat sujet de mon glorieux passé d'assassin.

— Oui, concédai-je.

Je tournai lentement la tête vers la droite pour ne pas affronter son regard bienveillant. Perric s'était arrêté et attendait patiemment à l'écart en surveillant les masures silencieuses. La voix de Brieuc trembla d'admiration émue :

— Seigneur, ainsi vous y étiez vraiment...

Je regrettais déjà d'avoir répondu à sa pressante question. Christ mort ! Quelles conclusions erronées le brave nigaud croirait extraire de cette confession, conclusions qui m'absoudraient à ses yeux sans égratigner une seconde le socle de ses certitudes ? J'aurais souhaité le détromper, lui parler en toute honnêteté de ce qui pouvait expliquer ma présence ici, à Port-Margot, en sa compagnie et celle de ses amis capitaines. Mais je doutais qu'il puisse comprendre, justement parce qu'il n'avait pas été au siège de La Rochelle. D'ailleurs, moi-même, sans le soutien du tafia et du vin, n'y parvenais pas tout le temps. Et puis, je n'avais plus envie de parler. Au moins perçut-il cette fatigue et eut-il l'élégance de m'accorder une trêve maladroite :

— Je vois que nous ne sommes plus très loin de mon brigantin, je saurai faire le reste du chemin sans vous, Henri.

Je lui tendis la main, qu'il serra fraternellement :

— Bonne nuitée, capitaine Villon.

— Bonne nuitée, capitaine Brieuc.

Après une dernière hésitation, il reprit la direction du port. D'un geste du menton, j'ordonnai à Perric de l'escorter et gagnai moi-même la côte par d'autres chemins moins empruntés, jusqu'au canot qui me ramènerait enfin à bord du *Chronos*. Levant la tête vers le ciel, je ne parvins plus à apercevoir l'inquiétante *burbuja*, et décidai que c'était un bon présage.

La Crevette et le Cierge m'avaient obéi et attendaient sur le rivage. Mon bosco était occupé à tailler un morceau de bois pendant que le jeune mousse surveillait la plage. Je compris à leur air circonspect que tout n'était pas si calme. Ils s'alarmèrent de ne pas voir Perric à côté de moi.

— Capitaine, m'accueillit le Cierge en rangeant son couteau, tout va bien ?

Je l'apaisai d'un geste de la main :

— On en reparlera plus tard… Les deux Mayenne sont revenus ?

— Sont retournés à bord y'a une petite heure, mais on a vu des choses…

— Une de ces maudites boules, renchérit la Crevette en montrant les flots de la main. Elle est apparue sur la mer et a dérivé vers nous avant de disparaître comme ça !

Il claqua des doigts, autant pour souligner la nature troublante de l'apparition que pour chasser la malchance. Le Cierge opina gravement :

— Je l'ai vue aussi, capitaine, c'était bien là.

Des ciels d'orage aux étoiles perfides, les marins ont toujours craint ce qui plane au-dessus de leur tête. Ils haïssent les mouettes qui le leur rendent bien, s'en remettent à Dieu quand ils devinent des visages dans les nuages, maudissent les horizons trop bleus et les nuits trop noires. Logiquement, les mystérieuses sphères volantes que les Espagnols avaient baptisées *burbujas* n'échappaient pas à ces prudents principes : elles apparaissaient sans raison, parfois à quelques encablures d'un navire en pleine mer, avant de disparaître tout aussi soudainement ; personne ne savait vraiment d'où elles venaient, même si les rumeurs les plus insensées persistaient de port en port ; quand il avait le malheur d'en apercevoir une, le marin qui oubliait de détourner le regard était sûr de connaître un fâcheux destin avant d'avoir vu trois fois le soleil se coucher. Récemment, j'avais appris de la bouche d'un trafiquant portugais que les Espagnols eux-mêmes faisaient tirer leurs canons dès qu'ils en apercevaient une. S'il était presque rassurant de savoir les *Spaniards* hostiles à ces énigmes volantes, je préférais foutrement les savoir loin de moi et de mon navire. D'autant que j'avais pour le moment d'autres préoccupations plus pressantes. Je ramenai donc mon bosco à des considérations plus immédiates :

— Je veux que nous soyons prêts à lever l'ancre rapidement.

— On part, capitaine ?

— Pas encore, mais le moment venu, le *Chronos* devra appareiller sur l'instant.

— À vos ordres.

Quelque chose, dans la voix du gros Margicoul, m'avait fait comprendre qu'il serait bientôt temps de me faire oublier. Ma main au feu que cette barrique de saindoux me réserverait quelque mauvais sort dès que je ne leur serais plus utile. La Crevette mit la main à son couteau :

— Capitaine, quelqu'un approche.

C'était seulement le gros Perric qui courait à pas lourds vers notre petit groupe, sans lumière ni grand courage. Je souris :

— Voilà une nuit qui finit bien, mes gaillards ! Rentrons voir si les autres nous ont laissé un peu de ce bon bourgogne qui m'a coûté si cher, puis tous au sac ! J'ai soupé de Port-Margot, de ses *burbujas* et de ses conspirations mal cachées.

On poussa la chaloupe vers les vagues et chacun se mit à la manœuvre. Seul à l'avant, je regardai s'éloigner la côte et le sable gris. Au-dessus du port, les derniers feux de boucans montaient de la forêt. J'eus soudain une forte envie que le jour fût déjà là.

*

Le lendemain, dès l'aube, le ciel avait pissé une pluie chaude qui trempait dru culs et chemises. J'avais veillé fort tard avant de trouver mon hamac bordé du ronflement de mes marins fin saouls, prenant le temps d'y déguster encore trop de liqueur de vigne en lisant ma correspondance en retard. Quand je rejoignis le Cierge sur le pont, il avait déjà réglé les manœuvres de la matinée et surveillait les hommes de corvée avec sa mauvaise tête rentrée :

— Ces vilains suce-grappes ont la caboche pleine de sirop, capitaine…

Il laissa filer quelques secondes avant de hurler :

— Va falloir leur faire transpirer tout ça !

Je grimaçai, ma cervelle encore gluante d'alcool. Mon bosco détestait voir boire son capitaine. Et détestait encore plus que je le fasse devant l'équipage. Mais je n'avais pas de cabine personnelle à bord du *Chronos* et j'aimais trop le vin pour m'en passer.

— Trouve-moi les Mayenne, soupirai-je, et fais préparer une chaloupe. J'ai rendez-vous à terre.

— Ce n'était pas prévu, capitaine. Un problème ?

— Seulement une lettre que j'ai bien fait de lire cette nuit, mais sans laquelle je serais encore à roupiller à cette heure.

— Bien capitaine.

Pendant qu'il partait brailler quelques ordres supplémentaires, je vérifiai l'étanchéité de ma musette et l'état de ma poudre. Pas question de laisser les deux frères faire tout le travail en cas d'embuscade. Or mon entrevue de la matinée risquait de s'avérer fort périlleuse.

— La chaloupe est prête, capitaine.

— Bien ! Personne ne descend ni ne monte à bord avant mon retour. Pas même le commandant Le Vasseur. Je serai rentré avant midi.

— Nous attendons une dernière livraison de fruits frais, capitaine.

— Dans ce cas, fais-les livrer sur la plage et procédez vous-mêmes au chargement. J'insiste : personne ne monte à bord avant mon retour.

Le bosco hocha lentement la tête, le regard soupçonneux :

— Je ferais peut-être mieux de venir avec vous, capitaine... Les corvées sont presque finies, je pourrais me rendre utile à terre.

— Tu l'as dit toi-même, ils ont trop bu. Non ! Je

préfère te savoir ici à surveiller ce qui s'y passe. Et garde aussi un œil sur l'horizon, ça sent la tempête.

Je gagnai la chaloupe sans lui laisser le temps de répondre. Ma paire favorite d'égorgeurs avait déjà les mains sur les rames et attendait les ordres. Nous piquâmes droit vers la côte au rythme des puissants roulements d'épaules de la Grande Mayenne. En tournant la tête vers l'est, je pouvais voir les navires au mouillage des autres capitaines français. À l'aide de ma longue vue, j'observai un instant les mouvements visibles sur leurs ponts, puis balayai de même le rivage où nous ne tarderions plus à accoster. Tout semblait calme mais je demeurai nerveux. Je parcourus encore une fois le pli décacheté que j'avais lu et relu durant la nuit, m'en remémorai de nouveau les instructions avant de le replier dans ma vareuse. Je relevai mon col et grognai un ordre enroué :

— Souquez ferme, les frérots !

La marée descendante nous força à toucher terre loin de la plage. À peine accosté, la Petite Mayenne sauta à terre et planta son sabre dans le sable gris. Il garderait la barque pendant que d'un pas vif j'entraînais son aîné vers les frondaisons surplombant les rochers mouillés. L'air était déjà chaud. La pluie avait cessé. Une odeur de terre humide se dégageait des sous-bois. Mon crâne palpitait encore du trop-plein de vin et de tafia. Heureusement que le rendez-vous n'était pas loin. Dès que j'aperçus la large pierre claire choisie comme repère, je tapai dans le dos de mon matelot pour l'inviter à la prudence et, sans ralentir, m'avançai vers celui qui m'avait fait lever si tôt.

— *Hola señor Francisco !* criai-je à la volée.

Un gros homme, qui se tenait caché derrière le roc, se redressa aussitôt pour me répondre d'une voix voilée par le pétun et les mélanges capiteux :

— *Hola señor Henri!*

De ses compatriotes espagnols, Francisco Molina avait le sang, l'accent et le goût des choses de prix. Pour le reste, sa patrie était celle de l'or et de l'argent, sa politique celle de s'en procurer le plus souvent et en plus grande quantité possible. Aimé de personne et craint de beaucoup, c'était un gredin sympathique tant que vous saviez lui être profitable. Il me serra chaleureusement dans ses bras avant de me saisir le poignet. Son français était de miel empoisonné :

— Henri, mon ami, je suis tellement heureux de vous retrouver. J'avais peur que vous n'arriviez pas.

Je ris un peu trop fort :

— Avoir payé d'avance et ne pas venir? C'eût été grand affront fait à votre réputation.

Le margoulin eut une grimace peinée, entre sourire et déception :

— Hélas, mon ami, j'ai fait ce que j'ai pu…

Je plissai les yeux. Le *señor* Molina était une canaille, mais n'aurait jamais avancé l'excuse d'une commande en retard dans l'espoir de me faire payer un peu plus d'or. Je lui avais versé un acompte de prince pour seulement organiser ce rendez-vous. Il savait mes cales pleines de ce bon vin de France pour lequel ses clients espagnols et portugais ne tarderaient pas à louer leurs belles et vierges nièces dans l'espoir d'y tremper les lèvres. Non, nous avions tous deux trop à perdre à ce petit jeu pour y gaspiller une seule minute. Le coquin avait forcément connu quelque vraie difficulté, ce qui était en définitive pire nouvelle.

— Vous n'avez rien trouvé? grondai-je en me souvenant du pli lu la nuit précédente. Pourtant vous m'avez confirmé cet entretien avant-hier. Peste! Nous ne devions nous voir qu'à la condition que vous m'en trouviez ! Vous avez fixé vous-même ce rendez-vous.

— C'est un article difficile à dénicher, couina le marchand au supplice, sur lequel sont placés les contrôles les plus stricts.

Derrière moi, la Grande Mayenne grogna un avertissement. Quelque chose avait bougé derrière la ligne d'arbre située au nord de notre clairière. Je fis un pas de côté pour placer le marchand entre moi et le ou les inconnus. Molina tourna la tête vers les feuillages, agita une main molle :

— Ce ne sont que mes gens. Simple précaution. Ils sont là pour nous deux, *capitán*, vous avez ma parole.

Je soupirai :

— Cette conversation commence à me déplaire. J'ai un tocsin dans la tête et je sens fondre ma patience au soleil ! Tenez vos gens serré ou tout ceci pourrait très mal finir.

Francisco Molina posa un regard inquiet sur mon acolyte qui se rapprochait. D'un revers, le boucher mayennais saurait lui faire sauter le col avant qu'il ait le temps d'appeler à l'aide. C'est aussi sur ce genre de détails que se respectaient les meilleurs accords en ces terres sans loi.

— *Dios mio, capitán* Villon, je vous conjure de m'écouter. Je n'ai pas trouvé une autre *conserva*, c'est vrai, mais j'ai autre chose. Peut-être même quelque chose de mieux. Ici, sur place, avec moi.

Je plissai les yeux, soudain intéressé :

— Qu'est-ce que c'est ?

— Un autre spécimen de ces merveilles. Il ne tient qu'à vous de le découvrir.

Mon cœur martela ma poitrine. Le bourdonnement

du monde se fit plus pressant à mes tympans. Je bafouillai presque :
— Où ?
Molina tendit la main vers l'est, vers les arbres et les ombres de la forêt :
— L'homme nous attend à son campement, mon ami. Je lui ai déjà dit que vous souhaiteriez sûrement lui parler.
— Emmenez-moi !
Plus rien ne comptait, je ne pris même pas la peine d'ordonner à la Grande Mayenne de me suivre. Ce dernier m'emboîta cependant le pas pour suivre le gros trafiquant vers les feuillages émeraude. Mon mal de crâne avait disparu. Ou bien je n'y prêtais plus attention. Peu importait. Avais-je vraiment trouvé la piste d'une autre *maravilla* ? La belle journée que voilà !
Les sous-bois vers lesquels m'avait entraîné le trafiquant bruissaient d'une vie invisible et affreusement bruyante. On aurait pu croire que chaque tronc abritait sa colonie d'oiseaux déterminés à me vriller les tympans de leurs pépiements idiots. Seule la fraîcheur de la canopée, ainsi que l'ombre qu'elle procurait, rendirent l'excursion supportable. À travers les rideaux de lumière mal filtrée par les grands cocotiers et les pins, on pouvait voir tournoyer des myriades d'insectes ravis de notre visite. Ne pas se retenir de respirer, en traversant leurs nuées silencieuses, suffisait à s'en remplir la bouche ou le nez par dizaines, particules déjà mortes mais encore frémissantes sur la langue et contre le palais. À chaque pas, l'odeur d'humus gras se mélangeait à celle, écœurante, d'une pourriture végétale si gorgée de vie qu'on aurait pu croire qu'un charnier avait été enfoui sous les racines et les souches

au seul profit des plantes. Des lampées fréquentes de vin tiède m'aidèrent à endurer cette traversée nettement plus pénible que sa courte durée ne l'aurait laissé croire.

Pendant la promenade, à aucun moment ne se montrèrent les hommes de main du *señor* Molina, mais nous pûmes sentir leur présence tout autour de nous. Je suspectai mon guide d'avoir suborné quelques Indiens de l'île, seuls capables de se fondre ainsi dans la nature et de vous guetter, invisibles à moins de quinze pas. Pour une fois presque intimidé, la Grande Mayenne se donnait une contenance en fouettant les hautes herbes de la pointe de son sabre. Il ne retrouva son calme que lorsque nous arrivâmes au campement : quelques huttes en bois et feuillages tressés, regroupées autour de plusieurs petits foyers éteints, divers assortiments de peaux et fourrures séchant au soleil et une odeur tenace de viande fumée. Je réalisai aussitôt dans quel endroit nous venions d'arriver : c'était le bivouac de ces boucaniers qui s'étaient installés depuis plusieurs jours au-dessus de Port-Margot, et dont on parlait tant sur les quais. Je commençais à mieux comprendre... Cette poignée de renégats n'était pas venue si près des côtes par hasard. Molina avait certainement tout arrangé.

À notre approche, un gaillard massif et sans âge, au crâne pelé par le soleil et les pluies, sortit presque nu de la première hutte pour s'étirer en souriant de tous ses chicots. Ses poses conquérantes le désignaient expressément comme le chef de meute : du front aux chevilles, des cicatrices blêmes hachuraient sa peau brunie ; à la taille, il portait une large ceinture de cuir lestée de lames et d'aumônières aux formes et tailles variées. Je devinai aussitôt l'original authentique, à la cervelle décousue par les tropiques. Il fallait être de cette trempe pour supporter une vie de clandestin perdu dans les terres intérieures des îles. Connaissant un peu les particularismes de cette race-là, j'espérai au moins que celui-ci parlerait un jargon compréhensible. Mes espoirs furent enterrés dès que Molina fit les présentations :

— *Capitán* Villon, voici le grand Féfé de Dieppe.

— L'grand *Fèfè*, corrigea l'intéressé d'une voix calcinée par l'alcool.

Je lui tendis la main. Il resta à l'observer sans réagir ou sans comprendre. Son infect sourire meurtri s'agrandit encore :

— Fumerelle ! T'es un balostrin d'capitoune alors ? Tu charcules ta vareuse où t'es d'la sirelopette ?

Puis il me saisit le poignet et me secoua vigoureusement les doigts en éclatant de rire :

— Te cagnes pas, capitoune, toi et moi on va longer sur l'portant !

Le bougre semblait sympathique, et son accueil tout autant, mais je ne comprenais que difficilement son sabir d'îlien à demi sauvage. Attirés par les voix, deux de ses compagnons montrèrent leur mauvaise trogne à l'entrée d'une hutte avant de retourner à leurs affaires. Une indéniable marque de politesse, de la part d'hommes qui n'appréciaient guère que quiconque s'intéressât de trop près à eux.

— Le *capitán* Villon veut que tu lui parles de ta *maravilla*, intervint posément Molina. Comme je te l'ai dit, il est venu de loin pour ça.

Le grand Fèfè ne m'avait pas encore lâché la main. Il me dévisagea prudemment :

— Cabesse, mon palo. Mais faudra chauliper le Fèfè pareil.

Je maintins le contact entre nos doigts, accentuai légèrement la pression pour appuyer mon propos :

— Je ne serai pas un ingrat, Fèfè de Dieppe. Si ce que tu as pour moi est de bonne qualité, je t'en donnerai un bon prix.

— Cabesse !

Il recula en serrant les poings vers le ciel, puis fila farfouiller dans sa cabane. Après un coup d'œil rapide vers la Grande Mayenne qui commençait à montrer les dents, je me penchai vers le gros Francisco :

— Qu'est-ce que c'est que cet animal, et comment diable a-t-il échoué dans vos filets ?

— Racé bestiau, n'est-ce pas ? gloussa Molina. Je le fréquente depuis plusieurs années, au hasard des ports et des tavernes d'ici à Puerto Bello. Il connaît des anecdotes fascinantes, quoique des plus tragiques, sur ce que peut endurer un esclave aux mains de mes compatriotes. À ma connaissance, c'est un des rares prisonniers à être sorti vivant des citadelles du Pérou, au terme d'une saga qui vous laisserait le front et le ventre glacés même s'il vous la contait sous le soleil de midi. Joli spécimen des îles et de notre temps que ce grand Fèfè.

— Singulier bonhomme en effet, soufflai-je stupéfait, mais peut-on lui faire confiance ?

— Au sujet de la merveille que je vous ai promise ? Croyez-moi, *capitán* Villon, en ce qui concerne les *maravillas*, ce vilain singe vaut plus que tout l'or d'Atahualpa.

Le grand boucanier revint, avec sur le dos une chemise tellement usée et vieillie que sa couleur d'origine avait laissé la place à un gris brun sale, raidie de crasse et de sang séché, qu'il ne portait pas avec moins de dignité que s'il s'était agi d'une hermine de roi. Dans sa caboche brisée par les mauvais traitements persistait certainement l'obscur désir d'honorer ses invités. Malgré la chaleur montante, je boutonnai rapidement ma vareuse et lui accordai une honorable courbette lorsqu'il se planta devant moi. Sa gueule d'iguane blessé se plissa en un rictus flatté. Il me fit signe de m'asseoir face à lui. J'obéis lentement. Gloussant et postillonnant, l'aliéné fouilla dans sa plus grande aumônière pour en extraire délicatement une sorte de tube brillant :

— Guince, mon palo, c'est de la bouille !

Je pris le temps de détailler l'article qu'il tenait dans sa paume : il s'agissait d'un cylindre métallique, peut-être de l'argent patiné, doté d'un fond plat et d'un sommet plus large. Mon cœur s'emballa. La fine manufacture de l'objet, son élégante sobriété ainsi que son étrangeté manifeste, l'atmosphère baroque de ce campement ruisselant de chaleur... Tout ici me clamait qu'il s'agissait bien d'une de ces *maravillas* qui apparaissaient parfois au cœur d'un comptoir caraïbe, promesse de richesse et risque de mort pour celui qui en possédait, tant leur valeur et leur mystère attisaient les convoitises. Je tendis involontairement la main vers la merveille, mais le grand Fèfè referma ses doigts dessus en sifflant.

— Qu'est-ce que c'est ? murmurai-je en reculant prudemment le bras.

— *Quinquina*, mon palo, *quinquina*...

À sa ceinture, les lames tintèrent en s'entrechoquant tandis qu'il hochait violemment la tête. Il avait prononcé le nom comme on murmure celui des saints protecteurs. Je le répétai pour m'ouvrir à sa magie :

— *Quinquina.*

Il secoua le tube de haut en bas, créant un son léger produit par ce qui se trouvait à l'intérieur. Un bruit à la fois sec et crissant. Je m'étais trompé : le tube n'était que le contenant qui protégeait et dissimulait la merveille enfermée dedans. Aussi rudement mis en appétit, je déglutis difficilement :

— Comment on s'en sert ?

Fèfè fit mine d'avaler le tube entre ses chicots noircis :

— Tu le gobelles vissa quand t'as le mauvais air fumeux. De la bouille, mon palo !

— Ce qu'il essaie de dire, intervint Molina, c'est que cette médication soigne les pires fièvres des marais.

Je restai sans voix. S'il était avéré, un tel prodige aurait été de nature à bouleverser l'ordre des choses jusqu'aux confins des terres d'Europe. Sous toutes les latitudes, de l'Afrique à l'Asie en passant par les campagnes de France, les fièvres des marais constituaient un mal mortel. Si c'était là une authentique *maravilla* — et tout dans son aspect me criait que c'en était bien une —, la possibilité qu'il s'agisse d'une médication véritablement capable de combattre ces fléaux ne relevait pas de la promesse de charlatan ou de rebouteux. Mais quel espoir recelait véritablement cette petite boîte argentée ? J'avais besoin de plus de preuves. Je me tournai vers Molina :

— Comment l'a-t-il trouvée ? Où ? Est-ce vraiment efficace ?

— Le grand Fèfè de Dieppe vous le raconterait mieux que moi, mais… Pour faire court… Il contracta lui-même la maladie pendant sa captivité et fut sauvé par cette *medicina*, dont il parvint à dérober un stock avant de s'échapper.

— Nous ont claqué la couenne dans le merdon, renchérit le boucanier, claqué à tous clanchoir d'la tripe et du boyon. Plus d'trente poignées de gars! Puis m'ont fait gobeler l'quinquina, mon palo. Les autres ont coulé. Fèfè est regrimpé vivant du merdon!

Je commençais à mieux saisir ce qui s'était passé. Les autorités espagnoles avaient sans doute fait exposer plusieurs dizaines d'esclaves aux fièvres puis testé l'efficacité de cette médecine sur ce pauvre misérable. Heureusement pour lui, et pour moi, l'expérience avait été un succès. Cette affreuse anecdote contenait par ailleurs une preuve supplémentaire de sa véracité : au cours de mes insistants mois de recherches, la majorité des témoignages que j'avais recueillis tendait à prouver que les Espagnols ne manufacturaient pas ces *maravillas*, mais en héritaient d'une mystérieuse façon, dont nul n'osait parler, mais qui les obligeait à les essayer de mille et viles manières pour en déterminer l'usage. Quitte, ce faisant, à tuer autant de pauvres bougres. J'étais dès lors convaincu que le *señor* Molina n'avait pas failli à sa réputation. J'optai pour un grand sourire :

— Je te crois, Fèfè. Mais serais-tu d'accord pour me vendre ta *quinquina*?

— Non, pas d'vente, mon palo. Troc-moi c'qui me plaît.

Je ne doutais pas de disposer dans mes cales de ce qui ferait le bonheur d'un saigneur de bêtes à demi nu. Je souris plus aimablement encore :

— Qu'est-ce qui te ferait plaisir, Fèfè de Dieppe?

— Troc-moi ta *conserva*, mon palo!

Christ mort ! Comment avait-il su ou deviné ? Interloqué, je braquai un regard effaré sur le gros trafiquant espagnol, qui me retourna une moue ennuyée :

— J'ai dû convaincre notre ami de vos motivations pour lui faire accepter cet entretien, *capitán*. C'est à ce titre qu'il vous considère comme son égal et a accepté de vous rencontrer, en tant que chanceux propriétaire d'une autre *maravilla*.

Stupéfait par ses prétentions, je revins vers le crasseux crétin posé face à moi. Comment osait-il caresser l'espoir que je lègue ma merveille des merveilles, ma sainte relique, mon irremplaçable *conserva* ? N'avait-il donc pas conscience de ce que représentait l'objet qu'il venait de me présenter, pour considérer avec si peu d'acuité la valeur que j'accordais à mon propre trésor ? Je le fixai avec effarement, incapable de déchiffrer sa proposition. Le boucanier, quant à lui, se contenta d'opiner avec ferveur, sans oublier de sourire :

— Sûr, mon palo, faudra chauliper le Fèfè pareil !

— Chauliper le Fèfè, soupirai-je, bien sûr…

Combien étaient-ils dans le campement ? Une douzaine, peut-être un peu plus. Tous chasseurs bien armés et sachant tirer. Sans compter les discrets Indiens de Molina qui avaient certainement reçu des ordres en cas d'échauffourée. Même avec la Grande Mayenne à mon côté, je doutais d'être victorieux. Pour autant, je refusais de payer le prix demandé. Mon bien le plus précieux, le fruit de longs et coûteux mois de recherches pour dénicher une autre authentique *maravilla*, et pour laquelle je nourrissais de grands projets, bêtement troquée contre une autre merveille à ce grand dadais qui l'échangerait contre une rasade de tafia un soir de beuverie ? Pas question ! Mais j'allais avoir besoin de temps pour trouver une solution de remplacement :

— Très bien, il me faut retourner jusqu'à mon navire. Chercher ma *conserva*... Mais, dis-moi, qu'en feras-tu ? Elle ne peut pas te servir autant que ta *quinquina*. Tu ne préférerais pas de la poudre ? Un pistolet neuf ?

Je lui montrai celui glissé à ma ceinture. Une belle arme en bois verni, dont la précieuse platine à silex surclassait toutes les pétoires aperçues ici. Je vis le regard du grand boucanier s'éclairer un instant en détaillant ma proposition. Puis s'amoncelèrent à nouveau les nuages dans sa cervelle étroite, et se refermèrent les herses sur son enfer privé :

— Non, capitoune, troc-moi ta *conserva*, et je la mangerai !

Je crois que ce n'est qu'à la manière brutale, enfiévrée, dont il prononça ce dernier mot, ainsi qu'au claquement grotesque de ses chicots mastiquant dans le vide, que je compris le sens véritable de sa proposition. C'était Chronos mangeant ses enfants, le sauvage dévorant le cœur de ses ennemis, le sorcier primitif cherchant la magie dans les os rongés de la bête. C'était la victoire d'un homme qui dévorait ses terreurs pour mieux les posséder. Dépositaire d'une authentique *maravilla*, il l'offrait à son frère en fascination, dans l'espoir de guérir leur comparable fièvre, de nourrir leur similaire appétit. Pas d'argent, pas de troc, mais un double don. Oui, c'est sur ce dernier mot vide de valeur mais grouillant de sens que le grand Fèfè de Dieppe emporta cet échange. Je pus dès lors lui tendre une main sincère :

— Tu l'auras et tu la mangeras, mon ami. Et je te donnerai aussi de la poudre pour que tu chasses longtemps.

Le boucanier saisit mes doigts et se releva en m'arrachant au sol :
— Cabesse, mon palo !
Puis il rangea son trésor dans une de ses aumônières et tourna les talons jusqu'à disparaître dans sa hutte sans ajouter un mot. De nouveau seul dans le campement paisible, à peine perturbé par le cri des oiseaux et le vrombissement des insectes, notre trio demeura ainsi, immobile, pendant que je cherchais à rassembler mes idées. Je venais de sacrifier ma plus précieuse possession au caprice d'un aliéné. Étais-je moins fou que lui ? Francisco Molina me saisit l'avant-bras pour m'éloigner de ce lieu.

— Je suis heureux que vous lui ayez parlé, *capitán* Villon, et je suis plus heureux encore que vous l'ayez cru.

— Merci pour ce que vous avez fait, *señor* Francisco. Je regrette d'avoir douté de vous.

— Ne me remerciez pas encore, gloussa le trafiquant. Remerciez-moi pour ce que je vais vous dire si nous nous entendons sur un autre sujet qui me tient à cœur.

Immédiatement alarmé par son air patelin, je le laissai me guider sous les arbres loin du campement. L'ombre de la canopée apaisa mes idées confuses, je clignai des yeux en l'écoutant me parler d'argent :

— Je souhaiterais assez m'entendre avec vos amis actuels, mon cher Henri…

Je plissai les yeux :
— Continuez.
— Eh bien… Disons que, si dans les mois à venir, un drapeau à fleurs de lys devait flotter sur quelque île voisine, je serais ravi de compter parmi les commer-

çants qui y seraient bien accueillis. J'ai là-bas des affaires qui supporteraient mal d'être interrompues.

Christ mort ! Le coquin était bien renseigné ! Et il fallait qu'il fût certain de m'avoir parfaitement appâté, pour me livrer si franche proposition. La prudence et la loyauté auraient voulu que j'avertisse aussitôt Brieuc, Le Vasseur et les autres capitaines. Si Francisco Molina était une figure importante jouissant d'une influence considérable — suffisante en tout cas pour avoir eu vent de la mission de notre escadre française —, il n'en était pas moins marchand, modérément espagnol mais éminemment corruptible. Qui d'autre, de plus fidèle à la cause de Philippe IV, savait déjà ou saurait bientôt ce qui se tramait ces jours-ci à Port-Margot ? Pourtant, j'avais si bien été ferré par l'incroyable rencontre avec le grand Fèfè que je répugnais à mettre en péril mon commerce personnel. Il me fallait ajourner. Différer. Je haussai prudemment les épaules :

— Je ne vois pas ce qui pourrait contrarier un tel accommodement…

Molina eut un petit rire sec :

— C'est que j'ai appris à me méfier de la ferveur de vous autres huguenots, parfois prompts à manier la pique à l'odeur d'un bon catholique.

— Cette ferveur-là n'est peut-être que la petite monnaie de certaines postures papistes !

— J'entends bien, mais… Pensez-vous qu'entre gens de bonne intelligence, il y aurait façon de passer outre ces mauvaises querelles d'autels ? Pour le bien commun ?

— *Señor* Francisco, s'il ne tenait qu'à moi, vous entreriez et sortiriez librement de tout port dont j'aurais la confiance du gouverneur. Je vous promets au moins d'en parler à qui de droit.

— Bien, bien, commenta le trafiquant en me tapotant le bras. Je vous crois, *capitán*, et puisqu'il en est ainsi, il est temps pour moi de vous dire un beau secret.

Il s'arrêta entre deux gros troncs, observa rapidement autour de nous avant de se pencher vers mon oreille :

— Oubliez pour le moment Fèfè et son trésor…

Son conseil me fit presque sursauter. Oublier le but de mes incessantes recherches, au moment de mettre la main sur l'objet de toutes mes convoitises ? Alors que j'avais dû manœuvrer, soudoyer, veiller consciencieusement à faire coïncider la présence de mes braves employeurs du moment avec la venue du gros marchand sur cette île, afin de mener de front tous mes commerces ? Il devait forcément plaisanter ! Pourtant, à son regard mi amusé et mi sérieux, je compris qu'il ne me raillait point. Agitant mollement les doigts, il se dépêcha de s'expliquer :

— D'une certaine manière, ce fou de boucanier n'était là que pour vous allécher et puis, de vous à moi, ce n'est pas comme si ce gibier-là allait prochainement quitter Hispaniola… Vous aurez tout le temps de mener commerce avec lui… En revanche, ce que je sais de source sûre, c'est qu'un galion partira bientôt de La Habana pour Madrid, chargé d'une cargaison plus considérable de cette merveilleuse *quinquina* patiemment glanée par mes compatriotes. Je n'ai pas la date exacte, mais j'ai appris que ce navire doit faire escale à San Juan de Puerto Rico. Le reste est entre vous et notre Seigneur.

Deux beaux traîtres complotant à l'ombre de nos fidélités... J'éclatai d'un rire stupéfait !

— Alors, qu'en dites-vous, *capitán* Villon ?

— J'en dis que j'ai bien fait de préparer mon équipage au départ, *señor* Francisco.

XVI. *Océan Atlantique*

(CIRCA 1646)

> *We're sailing on a strange sea*
> *Blown by a strange wind*
> *Carrying the strangest crew*
> *That ever sinned*
>
> THE WATERBOYS
> Strange boat

Par vent de travers, toutes voiles déployées, le *Déchronologue* faisait route nocturne vers sa prochaine tuerie loin de ses eaux familières.

L'air était doux, le temps trompeur et mon humeur en berne. Les bourrasques du grand large faisaient voleter mes longues mèches au rythme de la toile claquant au-dessus de nos têtes. Accroché à la poupe de ma frégate, copieusement éméché, j'avais l'estomac trop plein de volaille avalée sans appétit pour surveiller efficacement l'horizon et la tempête à venir. Gobe-la-mouche — mon maître d'équipage qui exigeait d'assumer aussi la charge de cambusier — avait fait embarquer de quoi soutenir un siège en victuailles de première qualité. Voilà à quoi pouvait servir de disposer à la fois d'un appréciable trésor de bord et d'un bosco gourmand.

Quant à moi, j'avais surtout veillé à disposer d'assez de tafia pour ne pas dessaouler avant l'heure du carnage.

À travers ma longue-vue, l'horizon ne proposait rien d'autre qu'une infinité de flots plus plissés qu'une toile de Calicut. Nulle proie à portée avant l'heure fixée. Nul ennemi pour nous dérouter. Les routes commerciales s'étaient tant délitées que l'époque était à la disette flibustière. Peste, il se faisait malaisé pour un honnête pillard de se remplir les cales. Les Espagnols ne s'aventuraient plus guère hors de leurs dernières citadelles qu'en convois flanqués d'autant d'escortes que pour accompagner un pape. Sans parler de leurs propres *maravillas*, non moins efficaces que les nôtres même si d'une origine toute différente. Le commerce des merveilles de mort se portait bien. Il se racontait à Basse-Terre et ailleurs que ceux parmi les meilleurs corsaires français ou hollandais qui avaient osé s'y frotter avaient essuyé des bordées si fournies que seuls les plus chanceux avaient eu le temps de virer avant de rentrer à bon port malgré un équipage singulièrement réduit par cette mitraille infernale. Ces rumeurs, en sus de la nature de ma présente mission, auraient dû me faire trouver quelque réconfort dans l'observation de l'océan déserté qui m'entourait. Mais ce vide ne laissait que trop de place à ma solitude comme aux questions qui tournoyaient sous mon crâne. Il était tard. Il faisait sombre. L'équipage dormait et les heures passaient, mais je ne trouvais rien de mieux à faire que de m'agripper au bastingage pour m'enivrer, dans l'espoir d'une improbable résolution.

À ma mine longue comme une nuit sans lune, les matelots de quart savaient que nous ne tarderions plus à atteindre notre destination. Mort de moi, cette fois nos patrons nous avaient octroyé une cible de choix : dans moins de douze heures, si les vents et le diable étaient avec nous, nous n'affronterions rien de moins que la flotte du grand Alexandre. Le vainqueur de la flotte de Tyr… Le conquérant de la vallée de l'Indus ! La légende racontait que ce grand stratège avait pleuré en constatant l'étendue de son empire, puisqu'il ne lui restait plus rien à envahir. Si mes discrets employeurs avaient raison, il semblait avoir récemment entrevu de nouveaux territoires hors de son siècle… Mais le glorieux général n'escomptait pas la présence du capitaine Villon, ni celle de son merveilleux vaisseau conçu pour couper court à ses désirs de conquête.

Et si je buvais tant au cœur de la nuit, c'était moins pour réchauffer mes membres engourdis par les embruns que pour anesthésier la honte et l'angoisse qui me tordaient la tripaille.

Depuis plus d'une année que j'avais mis le *Déchronologue* au service des Targui, mon navire avait déjà contribué à repousser deux ingérences dans notre siècle. Ces faces de carême impavides, honnies par toutes les communautés caraïbes, avaient décidé de faire de moi leur champion, au nom d'intérêts qui me dépassaient mais dont je ne me sentais pas le droit de confier le fardeau à d'autres. Ils avaient su se montrer si convaincants que je m'étais engagé, sans doute par excès d'humanisme d'ivrogne, à faire passer leurs priorités avant la poursuite de mes chimères mal en point. Ma chasse aux *conserva* ayant pris un tour bien déplaisant, il était inutile de m'apitoyer sur cette triste réalité.

Christ mort, si je n'avais pas assisté personnellement à tant des horreurs et des catastrophes de mon époque, j'aurais sans doute été le premier à me gausser des prédictions de mes nouveaux employeurs. Mieux : je n'aurais pas laissé le premier d'entre eux poser un pied à bord, et jamais leurs machines redoutables n'auraient trouvé place dans les entrailles de mon navire. Mais hélas, pour des raisons connues seulement du Ciel ou du Malin, nul autre que moi ne pouvait mieux témoigner des périls qui frappaient désormais les Caraïbes. Quelques mois plus tôt, le Targui que j'avais baptisé Simon — et qui demeurait mon interlocuteur privilégié parmi ces gens — m'avait ainsi averti, sans se départir de son regard paisible :

— En d'autres temps et d'autres lieux, des capitaines aussi audacieux que vous ont déjà pris la mesure des enjeux et des possibilités nés du cataclysme... Par leurs propres moyens ou épaulés par des tiers, ils chercheront bientôt à tirer le meilleur parti de la situation. S'ils parviennent à passer de ce côté-ci du temps, ils constitueront des dangers majeurs.

Sur le moment, je n'avais accordé qu'une attention toute relative à ses conjectures. À l'époque, mes priorités allaient d'abord à la résolution de problèmes récurrents : l'humeur de mon équipage ; la maîtrise encore insuffisante de notre nouvelle artillerie ; la recherche permanente de moyens de subsistance et de bénéfices ; la sécurité de mon navire, en général, et celle de la femme que j'aimais, en particulier... Autant de sujets qui me préoccupaient davantage — et pas nécessairement dans cet ordre — que les hypothèses alarmistes des Targui.

Mais, quelques semaines après cette mise en garde, Simon m'avait ordonné de me rendre en un point précis au large de La Havane pour prévenir l'arrivée d'une armada espagnole... Détail qui avait fait tout le sel de cette chasse : il s'était agi, pour mon *Déchronologue* et son équipage, d'intercepter des navires partis un siècle plus tôt de Cuba pour prendre le Yucatan ! Quelle sinistre farce : j'avais reçu l'ordre de stopper l'illustre Hernán Cortés, le plus grand conquérant de ce continent, soudain expulsé hors des livres d'histoire pour rédiger quelques nouvelles pages de son épopée sanglante. Par des moyens obscurs qui n'appartenaient qu'à eux, les Targui avaient déterminé le lieu et l'heure de passage du conquistador dans notre monde. Éminemment conscient du sérieux et de la sagacité de Simon et des siens, je m'étais contenté de ravaler mes moqueries et de barrer ma frégate, qui avait filé par fort vent d'est depuis la Tortue jusqu'aux coordonnées fournies...

Là, nous avions très vite perçu les signes familiers de l'ouragan qui allait porter la flotte adverse jusqu'à nos Caraïbes : le soleil avait commencé à faire des bonds d'un point à l'autre de l'horizon, passant du levant au couchant le temps d'un clignement de paupières ; les vents avaient changé de sens si rapidement que les gabiers avaient dû précipitamment serrer les voiles. La tempête s'était annoncée avec toute la solennité nécessaire à l'annonciation d'un mythe tel que Cortés... Samuel, mon maître-artilleur et second officier — que chacun surnommait le Baptiste en raison de sa mine biblique et de ses tirades sentencieuses — avait pointé son armement droit sur ce qui se manifestait au cœur de la tourmente... Une pluie grise et glacée avait lavé le pont et martelé nos épaules déjà raidies par l'attente... Soudain, les premières caravelles s'étaient matérialisées au milieu de l'océan ! Lourdes, disgracieuses, à peine capables de résister aux vents étranges qui les avaient portées jusqu'à notre époque. Tellement désuètes face à ma robuste et moderne frégate. Comme à l'exercice, mes canonniers avaient ouvert le feu ! Nos batteries secondaires avaient tiré leurs secondes... Nos canons minutieux avaient craché leurs minutes... L'orgueilleux conquistador et sa suite avaient été écrasés avant d'avoir seulement inspiré deux fois l'air de ce siècle. Puis le temps s'était refermé sur eux comme un drap sur le visage des défunts.

S'en était suivie une curée féroce, qui avait fait luire de convoitise les regards de mes marins, forbans sans patrie unis surtout par le goût de la fortune et la haine de l'Espagnol. Moi, serré dans ma vareuse d'apparat enfilée pour l'occasion, je n'avais pas ressenti la moindre joie. Christ mort, c'était comme de réécrire l'histoire ! J'avais eu l'impression d'effacer mille vies comme on biffe un paragraphe. Abominable sentiment.

Quelques mois plus tard, alors que l'été caraïbe nous grillait la couenne et la cervelle, et que notre butin avait depuis longtemps été écoulé dans les comptoirs accueillants, nous avions intercepté sur ordre — et dans des circonstances identiques — une escadre plus surprenante encore : composée de vaisseaux sans voile mus par une force mystérieuse, elle avait surgi, hétéroclite, à l'heure et aux coordonnées précisées par Simon et les siens. Il aurait presque été exagéré de nommer « navires » ces dispositifs flottants, tant leurs formes et leur propulsion nous avaient semblé exotiques. Nul gréement. Aucune rame. Seulement des coques tordues et multicolores, qui rappelaient davantage des insectes géants courant sur l'eau qu'une flotte de guerre. À n'en pas douter, nous venions de débusquer une de ces escadrilles venues d'un impensable futur, une de ces intrusions délibérées contre lesquelles mes employeurs m'avaient inlassablement mis en garde. La simple scrutation des lignes profilées de ces bateaux avait suffit à provoquer un profond sentiment de malaise parmi mes hommes, à quelques minutes de l'assaut. Simon avait certainement eu raison en refusant de me révéler leurs origines : il y avait à l'évidence des choses qu'il valait mieux ignorer. D'une certaine manière, renvoyer Cortés ou Alexandre de Macédoine à leurs exploits défunts relevait de la correction d'un hoquet des chroniques d'antan. Avec beaucoup de mauvaise foi, je voulais bien admettre qu'il ne s'agissait que de biffer une redite. Mais croiser ces vaisseaux merveilleux, nés d'une science encore à naître, nous avait fait deviner quels risibles homoncules nous étions, flottant dans le bouillon de l'histoire moribonde, au regard des prodiges qui attendaient encore les hommes. Je me demande encore si nous n'avions pas engagé cet assaut autant par vexation et humiliation que par crainte. Quoi qu'il en soit, la même exécution avait été coordonnée par mes soins, et la même razzia s'en était suivie, avec semblables facilité et dégoût…

… Et voilà que quelques jours plus tôt, à l'automne d'une année déjà riche en exploits discrets, les Targui m'ordonnaient de porter le feu de mon artillerie jusque dans l'Atlantique, pour contenir une nouvelle intrusion capable de s'insérer durablement dans notre époque.

Comme avant chaque appareillage, Simon avait tenu à me prodiguer ses conseils sibyllins :

— Redoublez de prudence et d'attention face à cet adversaire, capitaine. L'arrivée d'un individu venu d'un passé aussi lointain ne peut signifier qu'une chose : d'une manière ou d'une autre, il a bénéficié d'un soutien extérieur. Il ne s'agit sans doute pas seulement d'un hoquet temporel, mais bien d'une invasion planifiée. Ce qui implique qu'il n'ignore rien de qui pourrait l'attendre à l'instant de violer votre *maintenant*.

Cette fois, j'avais accordé à ses avertissements toute l'attention requise, mais le peu de morgue que je possédais encore s'était effrité quand il m'avait révélé l'identité de notre prochain adversaire. Mort de moi ! Par le truchement de forces qui dépassaient mon entendement, mon équipage et moi-même allions affronter Alexandre le Grand ! Il n'y avait pas assez de tafia ni de vin dans tous les ports caraïbes pour noyer le sentiment de culpabilité sacrilège qui m'avait aussitôt happé.

Sitôt gagné le large, je m'en étais ouvert à mes deux officiers, autour d'une bonne bouteille et de viandes assaisonnées. En bon bosco et forban de carrière, Gobe-la-mouche s'était surtout inquiété des chances de succès et de la précision des manœuvres à venir : durant l'engagement, ce serait l'efficacité conjointe de ses gabiers et du pilote qui procureraient aux canonniers les meilleurs angles et la meilleure couverture des cibles.

— Combien de navires à approcher, capitaine ?

— Les Targui n'ont pas pu me donner une réponse précise, mais Simon estime raisonnable d'en prévoir plus d'une trentaine.

— Pute vierge ! Nous n'aurons pas le droit à l'erreur.

Cet avis, éructé entre deux bouchées graisseuses, avait sonné juste. Étions-nous prêts à livrer une telle bataille ? Mon insatiable bosco savait-il seulement vers quelle légendaire figure militaire je les menais ? Depuis des mois, en réalisant l'ampleur de la tâche confiée par les Targui, j'avais insisté pour procéder régulièrement à des entraînements en mer, afin de roder au mieux les manœuvriers et les artilleurs. C'était sur leur coordination que reposaient nos victoires. Combien de généraux avaient échoué, aveuglés par la certitude que leur armement l'emporterait sur un adversaire moins bien doté ? Combien d'orgueilleux commandants qui s'étaient à la fin fait rudement botter le derrière par l'ennemi qu'ils avaient méprisé ? Après la destruction de la flotte de Cortés, désirant étudier l'histoire de la guerre maritime, j'avais effectué un voyage discret jusqu'aux côtes de Floride pour y faire l'acquisition de l'ouvrage idoine.

Là-bas, enfoncés jusqu'aux cuisses dans la vase et le limon, les écœurants pêcheurs surnommés « Clampins » s'acharnaient à jeter leurs filets dans les marées du futur pour en ramener toujours davantage de merveilles à revendre aux plus offrants. Peste blanche ! Ces boiteux œuvraient si bien qu'ils se permettaient désormais de choisir leurs clients, voire d'arranger à l'occasion les pénuries propices à leurs affaires. La meilleure preuve de leur suprématie en matière de *maravillas* était que ces chiens putrides dénommaient désormais d'autorité les articles qu'ils vendaient : « baladeur », « mange-disques », « halogène », « carabine », etc. Des noms sans magie ni bouquet, censés faire écho aux désignations originales de leurs pêches. Des noms de marchands ! Moi qui avais autrefois organisé les premières lignes commerciales de merveilles entre le Yucatan et la Tortue, j'en étais malade à chaque fois que je devais en passer par leurs étals. Hélas, depuis la destruction de la cité de Noj Peten, je n'avais désormais plus le choix, et je devais m'estimer chanceux d'être assez célèbre pour que mon patronyme incitât encore les Clampins à me faire quelques courbettes.

À mon retour, j'avais étudié les ouvrages acquis — de magnifiques volumes délicatement imprimés, aux pages recouvertes d'illustrations et de schémas tactiques d'une qualité venue d'un autre temps — pour mieux m'imprégner des évolutions de l'art de l'affrontement naval à travers les âges... Certes, mon *Déchronologue* disposait de batteries temporelles, mais que valait la meilleure des lames sans la science de celui qui la maniait ?

Comme à son habitude, le Baptiste avait été plus méticuleux que mon bosco au sujet de la meilleure tactique à appliquer. Son vieux bonnet de laine sur la tête, qui cachait mal ses longues mèches grises, avait tangué de bâbord à tribord tandis qu'il se grattait l'occiput pour mieux faire germer ses idées :

— Nous ne devrons faire feu qu'avec les batteries minutieuses pour les immobiliser le plus longtemps possible. Et installer en doublon nos plus grosses couleuvrines pour canonner leurs bâtiments en même temps.

Sa proposition m'avait paru très sensée, malgré les risques de déséquilibre si nous transbordions toutes nos pièces d'artillerie sur un seul flanc.

— Maître-artilleur, avais-je prévenu, il faudra faire mouche à coup sûr. Simon estime que la flotte ennemie dispose d'un appui matériel semblable à celui dont il nous a doté. Qui sait ce qui peut nous attendre ?

Le Baptiste avait toujours été plus sensible que Gobe-la-mouche aux questions profondes. Je n'avais nullement été surpris de l'entendre formuler en premier ce que je craignais depuis notre départ :

— Un duel de temps…

— Cornecul! avait roté Gobe-la-mouche. Ce serait bien une première!

— En ces eaux et à notre époque, probablement, avais-je admis. Mais qui sait ce qui a pu ou pourra se passer plus tard ou plus tôt, ici ou ailleurs? Il faut croire que désormais les calendriers ne valent pas plus qu'une toile de Nîmes, percée de trous, par où les siècles se répandent à leur guise…

À cette fâcheuse question, nous avions préféré répondre par le débouchage d'une seconde bouteille, histoire d'oublier un peu toutes ces conjectures désagréables. Mes deux officiers étaient des marins braves et compétents, ainsi que des bonshommes suffisamment dégourdis pour jongler un tantinet avec certaines hypothèses audacieuses enseignées par les Targui, mais il ne fallait tout de même pas trop leur en demander. « Nous faisons voile vers la flotte d'Alexandre de Macédoine? La belle affaire! Souhaitons que ses cales soient bien pleines et l'affrontement pas trop redoutable… » devaient-ils se dire. Quant à moi, qui avais un peu plus écouté les leçons incommodes de Simon, je n'avais de repos ni de répit à l'idée que, en suivant des courants et des détroits prodigieux situés hors de ce monde — hors de ce temps —, c'était peut-être toute la création qui attendait de frapper à notre porte… Et que ma frégate, et ses armes de mort, constituaient le seul rempart capable de les empêcher d'entrer.

Pour cette raison, et pour d'autres plus noires encore qui m'appartenaient depuis que j'étais en âge d'observer le monde, je me tenais donc sur le gaillard d'arrière du *Déchronologue*, à m'imbiber de tafia en attendant l'heure imminente de changer encore le cours de l'histoire. Quand j'eus avalé ma dernière lampée, la cervelle submergée par l'alcool et le cœur rongé par des questions insolubles, je titubai en solitaire jusqu'à ma couche.

Ma cabine ayant été reconvertie en appartements pour la femme qui vivait à mon bord, je m'étais fait aménager par le charpentier du bord un semblant de logement spartiate, à peine plus large qu'un isoloir où je pouvais me retrancher à loisir pour boire et écouter ma musique préférée. Au risque de paraître maniéré, j'avais longtemps détesté ces enregistrements venus d'autres époques, qui répandaient dans chaque gargote caraïbe leurs cacophonies populaires parmi les marins comme parmi les gens de terre. Mais l'hiver précédent, pour faire plaisir à mon aimée, j'en avais acquis un large répertoire en espérant qu'elle y trouverait assez d'airs à son goût pour adoucir sa mélancolie. Je m'étais alors forcé à écouter ces chansons venues d'un autre âge, avec le désir avoué de me rapprocher d'elle. Si j'avais échoué — mais avais-je réellement espéré dulcifier ma belle Sévère ? —, je m'étais au moins ouvert à ces mélodies rébarbatives, jusqu'à finir par y trouver un peu de réconfort et autant d'échos plaisants à mon propre chagrin. Certains airs dits *folk* en particulier, avaient su gagner mon intérêt, tant ils semblaient s'inspirer d'une tradition voisine des ritournelles de mon siècle. Ainsi un certain Nick Drake m'avait-il à l'occasion tiré quelques bouffées de triste ravissement ; de même un affreux braillard portant le sobriquet de Dylan, à la voix tant nasillarde qu'on l'aurait pu croire amputé du nez, mais dont les ballades savaient m'apporter un sentiment de fraternité par-delà le temps.

Vautré dans mon hamac à quelques heures de livrer bataille, je choisis les *Silly Wizard* pour escorter mon éthylisme. J'écoutais encore et encore leurs chœurs sautillants et maritimes, jusqu'à croire que c'est à moi qu'ils dédiaient cette danse aux airs d'imprécation : « *come like the devil, Donald McGillavry, come like the devil, captain Villon Henri !* » J'étais fin saoul et je souriais bêtement en attendant l'heure de la curée, sans cesser de penser à ma belle endormie qui gardait sa porte close.

Deux heures avant l'aube, Main-d'or vint m'arracher à mon sommeil de grain distillé.

— Capitaine, dit le solide gaillard, vous avez demandé de vous réveiller quand nous toucherions l'Atlantique…

Avais-je vraiment demandé ça ? Oui, sans doute. Pourquoi pas, après tout : cette frontière en valait bien une autre. Tout n'était plus qu'une question de temps, désormais. Seulement une question de temps…

— Bien, maugréai-je en quittant ma couchette. Retourne à ton poste, j'arrive.

La bouche vaseuse et les yeux brûlants, je tirai d'une poche mon petit carnet pour y comptabiliser consciencieusement une nouvelle journée. Même ivre mort, même agonisant, ne jamais oublier de compter chaque jour qui passait… Très important ! Puis je me versai un fond de bouteille, l'avalai cul sec et sortis de mon antre pour gagner la timonerie. Gobe-la-mouche m'y attendait déjà, l'œil rivé sur le grand mât et le labeur des gabiers. À mon arrivée, il se contenta d'un léger hochement de tête. S'il avait l'air fatigué, je devais avoir la mine d'un cadavre, ou du moins son haleine.

— Cap à l'est nord-est, capitaine, dit mon bosco sans lâcher ses hommes du regard. Nous allons avoir belle journée…

— Belle journée assurément, acquiesçai-je sur un ton sinistre.

J'avais réfléchi toute la nuit, entre deux verres et trois chansons, jusqu'à prendre la seule décision honorable que pouvait prendre un capitaine de ma trempe. Certes, j'œuvrais pour les Targui à préserver ce qui pouvait l'être encore. Certes j'exigeais de mon équipage qu'il se confronte à un ennemi supérieur en nombre et aux ressources impossibles à évaluer. Certes, nous allions tous risquer notre maigre carcasse avant peu, et priions pour livrer le combat le plus inégal possible en notre faveur… Mais je restais un flibustier, frère de la côte et gentilhomme de mer, qui se refusait à jamais devenir un boucher. Autrefois, il y avait si longtemps que l'épisode me semblait être survenu dans une autre vie, mon navire avait été traîtreusement pilonné par un certain officier espagnol qui ne nous avait laissé aucune chance… Je refusais de boire à la coupe d'un tel déshonneur. Je me raclai donc la gorge, crachai vers les vagues et distribuai mes ordres d'une voix ferme :

— Maître d'équipage !

— Capitaine ?

— Quand nous aurons engagé la bataille, et en espérant que nous remportions la victoire…

— Oui ?

— Je ne veux pas voir un homme sur le pont !

— Pas d'homme sur le pont, capitaine ?

Le sens pratique de Gobe-la-mouche en prit un rude coup. Il était impensable de déserter le pont à l'instant de l'engagement. La prudence la plus élémentaire exigeait de maintenir le branle-bas, mais je demeurai inflexible :

— À l'instant où je l'ordonnerai, tu feras descendre tous les matelots dans l'entrepont. Personne ne remontera avant mon autorisation.

C'était certainement la décision la plus invraisemblable que le gros bosco avait entendue de toute sa vie de marin. Mais il ne broncha pas. Je le savais assez maître de ses hommes pour museler les plus vives protestations. Chacun savait qu'à bord du *Déchronologue*, l'incompréhensible le disputait souvent à l'inexplicable.

— Oh, ajoutai-je pour bien me faire comprendre, les artilleurs auront aussi consigne de fermer les sabords : je ne veux aucun spectateur de ce qui se passera dans les minutes qui suivront notre victoire... Si jamais c'est nous qui l'emportons.

— Si jamais c'est nous qui l'emportons, répéta Gobe-la-mouche en guise d'approbation.

J'allais assassiner le grand Alexandre et je ne voulais aucun témoin.

*

Le soleil eut le temps de se lever, puis de monter au-dessus de l'Atlantique agité, avant d'entendre nos voiles claquer plus durement sous la tempête en approche. Quand résonna l'appel au combat, j'avais avalé assez d'eau pour diluer mon ivresse et assurer les manœuvres. Sanglé dans ma vareuse d'apparat, je m'autorisai un dernier gorgeon de tafia avant de monter rejoindre mon poste. Autour de moi, les coursives vibraient de pieds nus galopants. Sous mes pas, les canonniers préparaient leurs pièces en s'époumonant. Je gagnai rapidement mes anciens appartements pour saluer Sévère. Avant de frapper à la porte, j'accrochai mon sabre à une patère. Elle m'accueillit dans le large fauteuil qui avait sa préférence depuis qu'elle vivait à mon bord. Ce jour-là, elle portait sa vieille tunique écrue, qui lui faisait comme une aube de pénitente.

— Bonjour madame, dis-je humblement. Je viens vous avertir que nous attaquerons bientôt le nouvel ennemi désigné par les vôtres. La bataille ne tardera pas.

Son visage pointu esquissa un sourire morose. Elle pencha un peu la tête, faisant glisser une mèche noire de derrière son oreille — elle laissait depuis peu repousser ses cheveux — au moment de répondre :

— Bien, capitaine. Je suis sûre que vous ferez au mieux.

Mort de moi, était-elle belle ! Fluette, dans le vêtement de Targui qu'elle persistait à porter malgré son bannissement, mais tellement emplie d'une souveraineté qui me subjuguait. Je l'appelais Sévère, car elle ne s'autorisait la moindre défaillance. Depuis notre rencontre, je brûlais de savoir la relever à l'instant d'une inimaginable faiblesse.

— Je voulais vous dire aussi...

— Oui ?

— J'ai donné des ordres pour qu'aucun marin du *Déchronologue* n'assiste ni ne se réjouisse de la défaite de nos adversaires.

J'aurais voulu qu'elle approuvât mon initiative, mais elle se contenta de croiser les mains devant elle et de soupirer :

— Allez-vous donc affronter un illustre adversaire au sortir de ce *nexus* ?

Elle avait utilisé un mot targui, un mot qu'elle était la seule à employer, quand Simon et les autres préféraient parler de « potentialités » ou de « déchirures », sans doute pour mieux se faire comprendre des gens de ma sorte. Sévère ne s'abaissait jamais à retenir ses mots ou ses avis.

— Qu'est-ce qui vous fait penser cela ? grinçai-je.

— Votre soudaine décision. Vous avez déjà fait tirer vos batteries temporelles sur des ennemis, mais vous n'aviez exprimé aucun embarras à savourer votre victoire. Était-ce parce qu'ils étaient espagnols, capitaine ? N'avaient-ils pas droit à la même mansuétude ?

Ses questions me froissèrent tant que, si j'avais moins dessaoulé avant de lui rendre visite, j'aurais pu en prendre un sérieux ombrage. Mais j'étais assez sobre, et je la connaissais assez pour savoir qu'il n'y avait aucun reproche dans ses propos. Seulement la curiosité piquante dont elle était coutumière.

— Peut-être n'ai-je que récemment perçu l'outrage de ce que je leur faisais subir, avouai-je piteusement.

Sévère décroisa les doigts, prit appui sur les accoudoirs et se leva pour s'approcher de moi. Quand sa main serra mon bras gauche, je ne tressaillis pas moins fort que si j'avais reçu une violente gifle.

— Merci d'être venu me le dire, vous êtes un homme bon, capitaine. Maintenant, allez accomplir ce que vous pensez être votre devoir.

Incapable de produire le moindre son, je saluai une dernière fois mon invitée et ressortis de sa cabine. Je crois bien que je ne recommençai à respirer qu'à l'instant de décrocher mon baudrier de sa patère. Il était temps de faire la guerre !

Sur le pont supérieur, tous étaient à leur poste et attendaient leurs ordres. Une bourrasque manqua de me faire glisser sur le pont trempé. Un déluge glacé cinglait les voiles sans discontinuer, transformant les hommes en poupées de laine gorgées d'eau. En quelques secondes, je fus trempé jusqu'au cul. Gobe-la-mouche cracha une giclée salée et m'accueillit à la barre en souriant :

— Quelque chose me dit qu'ils ne vont pas tarder, capitaine. En tout cas, d'après les derniers relevés, ça devrait se passer par ici !

— Comment sont les vents ?

— Aussi chiasseux que les autres fois !

Les vents, et leur fâcheuse tendance à changer brusquement de sens dans l'ouragan, constituaient notre souci majeur. Qu'ils choisissent de tourner au moment de notre approche, et nous serions plus désemparés que des lapins aveugles à l'approche des furets. Que nous tentions de les supporter par vent arrière, et nous risquions de partir au lof et au roulis jusqu'à perdre la maîtrise de notre course. D'autant plus que, si nous savions assez précisément où surgiraient les navires ennemis, nous n'avions aucun moyen de prédire quelle course ils tiendraient… Et pourtant, il fallait prendre une décision. Je tapotai l'épaule du timonier au moment de donner mes ordres :

— Cap est nord-est sur trois milles, puis tant que le vent tient, repasse par grand largue vers l'ouest. Après trois milles de cette allure, tu recommenceras la manœuvre en sens inverse, jusqu'à leur tomber dessus. C'est bien compris ?

Le marin répéta mot pour mot mes instructions.

— C'est bien, mes gorets ! clamai-je pour tous. Aux hunes, et flairez-moi ces chiens avant qu'ils ne nous trouvent !

Nous louvoyâmes ainsi pendant deux autres heures, les pupilles noyées d'eau grise, les membres endoloris à force de nous tenir aux haubans et aux plats-bords, jusqu'à l'instant d'entendre enfin résonner le cri tant espéré :

— Voiles ! Toutes par tribord arrière !

J'échangeai un regard inquiet avec Gobe-la-mouche. Nous filions vers l'ouest et allions peiner à remonter le vent pour nous porter jusqu'à eux.

— Pute morte, jura le bosco, on va le sentir passer !

— Aux vergues ! braillai-je. Bordez-moi tout ça, je veux que ça file !

Les gabiers s'activèrent : eux aussi savaient que nous venions de perdre l'avantage et qu'il fallait prévoir le pire.

— Barre au vent, ordonnai-je au pilote.

Le *Déchronologue* commença à virer. C'était nous mettre en bien mauvaise posture, mais notre choix de placer toutes nos pièces d'artillerie en doublon sur un seul flanc ne me laissait guère d'option. Les giclées de travers nous giflèrent violemment, plaquant les cheveux sur les visages et les chemises sur la peau. La mâture craquait pire qu'un arbre mort dans la tourmente mais tint bon : au terme de la manœuvre, notre frégate pointa sa proue vers nos cibles et entama sa remontée à allure réduite. Les vigies continuèrent de hurler leurs observations tandis que nous approchions :

— Au moins deux dizaines de voiles !

— Elles manœuvrent pour prendre le vent !

— Elles viennent sur nous !

Au milieu de ces mauvaises nouvelles tomba soudain une précision insolite :

— Elles ont des rames... Ce sont des galères ! Capitaine, il n'y a que des galères !

Aussi stupéfait que moi, Gobe-la-mouche fila vers la proue en jurant :

— Le diable me tripote ! C'est cocagne !

Je n'étais pas certain de partager la satisfaction sauvage du bosco : notre frégate non plus ne semblait pas si redoutable pour un ennemi puissamment armé, mais elle dissimulait tellement plus qu'elle ne le laissait croire de prime abord... J'ordonnai au timonier de garder le cap et rejoignis mon second à l'avant. Une rafale liquide me cingla le visage et la poitrine, manquant de m'emplir la bouche et les naseaux. L'ouragan était sur nous. L'ennemi aussi. La gigue de mort avait commencé.

— Que vois-tu ? demandai-je.

Gobe-la-mouche était gras, lent et boudiné, toujours trop engoncé dans ses chemises tachées de sauce et de graisse, mais il avait bon œil et fine oreille. S'il n'avait pas pesé si lourd, et s'il n'avait pas si excellemment assuré son poste, je l'aurais bien assigné à la hune de misaine en tant que vigie permanente. Mais je doute qu'il eût pu grimper plus de quelques mètres avant de s'empêtrer dans les haubans.

— Ce sont bien des trirèmes, capitaine. Nous allons les croquer !

— Pas avec ce vent...

Nous continuions de remonter bravement vers les galères, canons prêts à cracher, mais je me méfiais encore. Certes, nous disposions d'un bâtiment nettement plus sophistiqué et moderne que ces antiquités qu'on ne trouvait plus guère que sur la grande flaque appelée Méditerranée. Mais leurs rames les feraient avancer quels que soient les vents, tandis que nous demeurions soumis à leurs caprices. Non, je ne partageais pas l'enthousiasme du bosco.

Comme pour m'avertir de rebrousser chemin, une bourrasque plus violente fit trembler tout le navire et se tendre la voilure. Mort de moi, Alexandre semblait bien parti pour fonder une quatorzième Alexandrie sur les côtes caraïbes ! À cet instant, je regrettai de ne pas avoir pris le temps de dénicher chez les Clampins de Floride quelques livres supplémentaires pour m'initier aux stratégies navales antiques. J'allais devoir me fier à mon instinct et à mon expérience, sans la moindre idée de la manière dont l'ennemi comptait répondre. Agiraient-ils en classiques Macédoniens, ou bien en ennemis dotés comme moi d'une artillerie extraordinaire ? Les galères s'étaient rapprochées et venaient désormais droit sur nous, avec leur ligne profilée massée en meute autour de leur meneur. Stupéfiante vision surgie d'un autre temps, semblable à celle qui avait démoralisé tant d'adversaires du plus grand conquérant antique.

— Elles peinent dans la tempête, remarqua Gobe-la-mouche.

Effectivement, les vagues aiguës semblaient les ballotter et les mettre en difficulté. Ces bateaux n'avaient jamais été conçus pour affronter des ouragans. Les chances s'équilibraient un peu…

— Allons-y, dis-je à mon second. Il est temps.

— Bien capitaine.

Mon second fila diriger la manœuvre près du pilote. Avec le Baptiste, ils avaient répété suffisamment l'exercice et se complétaient assez pour coordonner leur tâche à la perfection. Face à nous, les Macédoniens s'étaient-ils aussi minutieusement préparés ? Nous n'allions pas tarder à le savoir.

— *Alea jacta est*, murmurai-je amèrement entre deux trombes d'eau froide.

Le combat commença...

XVII. *Océan Atlantique*

(CIRCA 1646)

> *In Baffin's Bay where the whale fish blow*
> *The fate of Franklin no man may know*
> *The fate of Franklin no tongue can tell*
> *Lord Franklin with his sailors do dwell*
>
> TRADITIONNEL
> Lady Franklin's Lament

… et cessa presque immédiatement.

Les trirèmes d'Alexandre n'eurent aucune chance face au *Déchronologue*. Par chaque sabord, ma frégate cracha ses salves de minutes et de secondes, faisant feu de toutes ses pièces en direction des galères macédoniennes. Le choc fut épouvantable. Piégées dans la nasse des temps conflictuels déversés à leur encontre, elles ne virent rien de ce qui les crucifiait. Rien de plus que les culbutes du soleil sur l'horizon et les fractionnements d'étoiles affolées au-dessus de leurs mâts, immédiatement suivis des vaporisations sanglantes de corps et de matières tandis que nos couleuvrines entamaient leur pilonnage. Englués dans les mélasses temporelles comme des mouches sur un miel empoisonné, mes ennemis moururent sans le savoir. Nos boulets de vingt livres pulvérisèrent le bois et la chair, creusant des failles démultipliées par leur propre traversée de ce bourbier de secondes et de minutes défuntes. Chaque tir se scinda en deux, quatre, dix, cent copies fragmentaires qui filèrent séparément déchiqueter les éventualités de corps et d'accastillages qu'elles croisaient en chemin. Dans cette poche éphémère de causes et de conséquences inextricablement mêlées, des marins déjà morts assistèrent à leur anéantissement avant le tir du boulet coupable. Des esclaves enchaînés à leur banc de nage fusionnèrent avec le métal de leurs entraves et les fibres aiguës de leurs rames. Des guerriers intrépides, qui avaient pris Halicarnasse et la Phénicie, sentirent leur chair se mêler à celle de leurs compagnons d'arme tout aussi pétrifiés. Je savais tout cela. Je l'avais déjà vécu.

Tandis que se délitaient les dernières secondes de temps hypothétique libérées par le Baptiste et ses canonniers, les généraux vaincus entendirent l'écho de leurs cris de désespoir et de défaite. Peut-être qu'Alexandre lui-même sentit se déliter son âme dans le fractionnement infini de ses doubles qui s'évaporaient à chaque fusion avec eux-mêmes. Les minutes surnuméraires s'effilochèrent en comètes agonisantes. Le temps cessa d'osciller. La bataille prenait fin, crépitante et floue, sans gloire ni grâce. Ses conséquences ne regardaient personne.

— Tous aux entreponts, criai-je.

Mon ordre se propagea de poste en poste. Les sabords furent refermés. Je restai seul sur le pont pour manœuvrer ma frégate pendant le dernier frisson à venir.

Pour nous, qui avions fait feu sur la flotte figée, il s'était agi seulement de la contourner comme on le fait d'un brisant, en profitant assez de notre vitesse et des vents pour maintenir nos lignes de tir dans l'axe de la cible. Rien de plus compliqué, vraiment, que de tourner autour d'un étang pour y lancer des cailloux. Gobe-la-mouche et le Baptiste avaient suffisamment entraîné l'équipage à cette manœuvre pour coordonner au mieux son exécution. Car c'était bien d'une exécution qu'il s'agissait. Dès que les premières salves de minutes avaient frappé les cibles, le maelström ainsi créé nous avait livré un adversaire démuni, réduit à l'état de victime piaculaire, figé dans un microcosme de temps aussitôt démultiplié par le bombardement des batteries secondaires. C'était, à en croire Simon et ceux qui maîtrisaient cette science, comme de rajouter de la poudre sur un feu d'huile bouillante : le mélange s'emballait et menaçait de se répandre encore plus vite. L'art des Targui consistait à confiner ce processus dans un champ clos par le moyen de leurs machines. Pour celui qui s'y trouvait plongé, il était impossible de survivre : les différentes versions de lui-même et de son environnement proche, séparées normalement dans le temps par quelques battements de cœur d'intervalle, étaient forcées par nos tirs croisés à coexister dans un même lieu physique, jusqu'à se percuter et fusionner. C'était, bien entendu, éminemment plus compliqué que cela, mais la résultante n'en était pas moins d'abominables vaporisations de matières vivantes ou mortes, mélangées jusque dans leur essence infinitésimale. Et s'il ne s'était agi que de cela, peut-être aurait-ce été supportable.

Mais ce n'était pas tout.

C'était lorsque le *Déchronologue* avait affronté la flotte de Cortés que nous avions constaté le phénomène, pour la plus grande hilarité de mon équipage massé sur le pont : au terme des salves entrecroisées de temps, quand la cible figée avait cessé de se fractionner et de s'amalgamer sous les effets conjoints du tourbillon temporel et de nos lourds boulets de fer, le bassin frémissant ainsi créé avait dû imaginer une manière de se vider. En quelque sorte, le temps avait repris ses droits et coupé court à la révolution que nous venions de lui imposer. S'en était suivie une étrange fluctuation, qui avait fait se rejouer devant les vainqueurs l'intégralité de la scène ; une version vaporeuse et accélérée de la bataille, traversée d'éclairs et de feux de Saint-Elme qui avaient fait crépiter nos barbes et nos cheveux. De ridiculement figée, l'image de nos cibles s'était brouillée avant de subir en accéléré tous nos tirs et dommages. Cela avait été abominable : sous les rires hystériques de mes marins, des êtres déjà trépassés — mais qui ne le savaient pas encore — avaient éprouvé une seconde fois leur annihilation. Une suprême crispation, un ultime soupir jailli de l'éther, puis n'étaient restés que les débris, éparpillés sur les flots, des carcasses que nous avions pilonnées sans coup férir. Oh, comme Simon s'était bien gardé de m'avertir d'un tel effet contigu ! Et comme cette vision m'avait affecté ! Si, pour préserver mon monde, il me fallait assumer la tâche de bourreau, je refusais catégoriquement cette subsidiaire infamie. Et si je devais en être le responsable, c'était à moi seul d'en être le spectateur consterné.

— Calfeutrez les écoutilles et silence ! criai-je donc, tandis que fumaient encore nos canons.

Je fus obéi.

Alors, tandis que je tenais seul la barre du *Déchronologue* face aux derniers soubresauts de la tempête qui refluait, la flotte d'Alexandre connut son grand frisson d'agonie, avant d'admettre enfin sa défaite. Et peut-être même que, dans la quiétude de l'instant, quelques-uns de mes matelots dirent une prière pour ceux qui venaient de mourir.

Adieu, Macédoniens, en définitive vous n'aviez aucune chance.

*

Une heure plus tard, les voiles serrées, le *Déchronologue* rôdait encore sur le lieu de sa victoire. Les vents étaient revenus de l'est, et les vagues clapotaient paisiblement contre sa coque. De notre bataille, il ne restait que les débris épars de la flotte ennemie. Gobe-la-mouche avait fait mettre à l'eau toutes les chaloupes disponibles pour procéder à une razzia méticuleuse. Chaque élément soupçonné d'intérêt serait repêché avant d'être ramené à bord pour un tri plus méthodique. À la hune, la vigie surveillait l'horizon. Sur le pont d'artillerie, les canonniers briquaient leurs pièces. Moi, tranquillement installé à la poupe, je dégustais un en-cas en écoutant dans ma boîte à musique des airs de marine. *Lady Franklin's Lament. The Irish Rover.* Autant de façons de saluer les défunts.

J'étais fier de mon équipage. Quand j'avais ordonné la fin de leur confinement et la reprise de leurs tâches de quart, je n'avais lu que des airs de respect sur leurs visages crispés par l'excitation du combat. L'hystérie décousue des victoires précédentes avait laissé place à une perception sereine de notre vilenie. D'autres marins étaient morts de n'avoir pas eu leur chance. Nulle gloire, nuls lauriers, sinon pour une science qui nous échappait. Je savais qu'ils respecteraient désormais de bonne grâce mes ordres de quarantaine. Ils étaient des matelots exceptionnels servant un bâtiment de légende. Je décidais de doubler leur ration de tafia jusqu'au retour à la Tortue.

Depuis notre départ, j'avais détaché Main-d'or au service de Sévère. Je ne l'avais pas choisi en raison d'une grande sociabilité ou d'un talent caché de matelot de compagnie, mais au contraire parce qu'il était aussi rude que silencieux, et plus épais qu'une bûche de châtaignier. Avec lui, ma protégée bénéficiait à la fois d'un garde du corps dévoué et d'un assistant discret. Quand ce dernier monta me rejoindre sur le gaillard d'arrière, je sus à sa mine crispée qu'il n'apportait pas de bonne nouvelle. Je posai mon couteau et lui fis signe d'approcher :

— Un problème, mon gars ?
— C'est vot'dame, capitaine. Elle veut vous parler.

J'avais tenté au moins dix fois de lui expliquer que cette appellation n'était ni opportune ni convenable, mais il refusait d'appeler notre invitée autrement. Je fronçai les sourcils :

— Un souci ? Dois-je passer la voir maintenant ?
— C'est-à-dire... Elle veut monter sur le pont, capitaine.

Je compris mieux le double embarras de Main-d'or : depuis son arrivée à bord, Sévère quittait rarement ses appartements, et jamais tant qu'il faisait jour et que s'activaient matelots et gabiers ; par ailleurs, pour sa cervelle de plomb, servir fidèlement une dame dans la confidentialité de sa cabine était une chose, mais le faire sous le regard de ses compagnons en était une autre. J'eus un sourire compatissant :

— Je vais la chercher. Profites-en pour vaquer un peu à tes occupations ou te reposer.

— Je n'ai pas besoin de dormir, capitaine.

— N'as-tu pas une fille à Basse-Terre ? Je suis sûr qu'elle aimerait que tu lui ramènes un souvenir de la flotte d'Alexandre. Arrange-toi avec le bosco pour être de l'équipe de tri du butin et vois avec lui ce que tu peux garder pour toi.

— Merci, capitaine.

Il fila, sincèrement reconnaissant. Les *maravillas* avaient envahi depuis longtemps chaque portion du quotidien caraïbe, mais les membres d'équipage restaient des gagne-petit qui n'avaient pas les moyens de se les offrir. À bord du *Déchronologue*, comme ailleurs, leur escamotage était passible de lourdes sanctions — à commencer par une radiation à vie du rôle de bord — et les hommes savaient se tenir. Si, en rentrant à la Tortue, un père pouvait à peu de frais faire briller les yeux de son enfant, je n'étais pas contre une petite entorse à la règle.

Cette bonne action effectuée, j'ordonnai de servir un second repas à ma table et descendis chercher Sévère. J'étais curieux de connaître la raison de cette soudaine envie d'air du large. Je ne fus pas déçu d'avoir posé la question.

— Je voudrais seulement voir un peu le champ de vos exploits, énonça calmement ma belle exilée, ainsi que les raisons qui vous font y rester si longtemps.

Je crois bien que je rougis légèrement dans la pénombre relative de sa retraite. Mort de moi ! Je m'en voulais de me sentir aussi coupable à chaque fois qu'elle me prenait en flagrant délit de forfait, mais j'étais incapable de me préserver de ses observations acides.

— Vous le savez bien, répondis-je, je n'ai jamais caché que nous pillons les épaves de nos victimes.

— Eh bien, disons que j'aimerais voir comment vous procédez.

Je ne saurais dire s'il s'agissait de curiosité personnelle, ou d'un reste de son métier d'espionne tombée du ciel. Les Targui étaient d'abord des érudits, des spectateurs venus d'au-delà de l'éther pour mesurer un cataclysme initié par d'autres qu'eux. Bannie par les siens pour ne pas s'être contentée d'observer, Sévère demeurait un être d'un autre temps, aux motivations baroques.

— J'ai fait servir une collation sur la dunette, dis-je, je serais ravi de la partager.

Elle hocha la tête et me suivit sur le pont supérieur. Si je n'avais pas été près d'elle, j'ignore comment auraient réagi mes matelots en la voyant passer devant eux sans leur accorder la moindre attention. Ou plutôt, je ne le sais que trop. Ma présence à son côté, au moins, lui épargna l'expression d'intérêts trop appuyés. Une fois assise à ma table, elle posa son regard sombre sur l'Atlantique comme on contemple une cathédrale en ruine.

— Ainsi, dit-elle, voici le théâtre de votre victoire.

Sur les flots apaisés, mon équipage riait et ramait entre les morceaux d'épaves, à la recherche de quelques débris de valeur. Je me sentis aussi roide et maladroit que les Clampins de Floride, et pas moins charognard qu'eux.

— Je suis flibustier et libre capitaine, madame. Mes hommes ne se nourrissent ni de théories ni de belles paroles. Je trafique chaque fois que je le peux, je pille à l'occasion, j'ai rançonné parfois, mais je fus aussi celui qui vous sauva de la mort devant Noj Peten. Ne me condamnez pas trop tôt.

Son visage gracieux se tourna vers moi et je vis le chagrin qui la dévastait. Le vent fit voleter ses courtes mèches. Ses lèvres frémirent, mais elle ne sanglota pas.

— Pardonnez-moi, dis-je, je ne voulais pas être blessant.

— Oh, capitaine, murmura Sévère tristement, ne vous méprenez pas : je peux vous exonérer de tout ou presque, mais pas de m'avoir sauvée...

Puis elle se tut, me laissant seul face à mon incompréhension et à un repas auquel elle ne goûterait pas. S'effilochèrent plusieurs minutes, seulement ponctuées par les clameurs joyeuses des marins à chaque remontée d'un butin de valeur, par le claquement souple des voiles et par les marteaux de charpentiers œuvrant vers le gaillard d'avant.

— Madame, commençai-je, je ne...

— Capitaine, me coupa-t-elle, accordez-moi une faveur.

— Tout ce que vous voudrez.

Je peux affirmer que je ne mentis pas. Si elle m'avait demandé de la ramener chez les siens, j'aurais forcé Simon à la reprendre. Si elle avait souhaité qu'on l'abandonnât sur le premier îlot venu, sans vivres ni eau, j'aurais souscrit à sa demande. Car elle était ma Sévère, celle qui dominait mes pensées, et dont je respectais tant la droiture que je ne pouvais concevoir de m'opposer à sa détermination souveraine.

— Appelez-moi *Sévère*, dit-elle, puisque c'est le nom que vous m'avez choisi.

Elle sourit un peu et je hochai la tête, troublé de la voir m'inviter sur le terrain complice de la connivence.

— Qui vous l'a dit? demandai-je prudemment. Main-d'or?

— Non, il est bien trop respectueux.

— Peste, aurais-je donc pléthore de traîtres à bord? Mon bosco?

— Non plus...

Elle s'amusait presque maintenant, et sa gaieté soudaine pesait plus lourd dans ma musette que le sceptre de Manco Cápac.

— Ne vous tourmentez pas, capitaine, c'est votre maître-artilleur qui a parlé.

— Mort de moi, m'écriai-je faussement alarmé, la rébellion gagne mes officiers.

— Je crois qu'il cherchait seulement à me faire sentir mieux acceptée à bord. Vous avez coutume de vous attribuer des surnoms, n'est-ce pas? Ainsi ce Samuel, que vous appelez tous le Baptiste.

J'acquiesçai en écoutant sa manière d'encyclopédiste de définir les choses et les actes.

— Si fait, répondis-je. C'est une tradition des gens de mer, pour ne pas confondre les trois Paul, les deux Simon et les quatre Jean qui ne manquent jamais de se trouver à bord de chaque navire. Et peut-être aussi parce que ici plus qu'ailleurs, ceux qui s'enrôlent ont grande envie de changer de peau, d'oublier qui ils étaient ou ce qu'ils ont fait.

— Dans ce cas, capitaine, appelez-moi Sévère, car je partagerais volontiers cette envie-là.

— Très bien, acceptai-je un peu abruptement pour dissimuler mon malaise, mais à une condition...

Elle posa sur moi un regard autant dénué de méfiance que de sollicitude.

— Oui ?

— Appelez-moi seulement Henri.

Le silence revint, souligné par la fin du travail des charpentiers. On aurait pu croire que chacun à bord avait cessé de s'agiter, pour entendre la réponse qui tardait à venir. Elle appuya sa main sur la table, près de la mienne, prit une courte inspiration avant de parler :

— M'aimez-vous, Henri ?

Si je n'avais été assis, j'en serais tombé le cul sur le pont. J'hésitai à peine, au nom d'une probité partagée.

— Oui, soufflai-je.

— Moi, je ne vous aime pas... Du moins, pas comme vous l'entendez.

— Mais je n'entends rien, plaisantai-je faiblement. Je crois bien que je suis sourd, soudain, ou bien déjà mort.

— Ne m'en veuillez pas pour ma franchise... Et ne le prenez pas mal.

— Je ne vous en veux pas, et je ne le prends pas mal.

J'aurais préféré apprendre que j'étais chargé de capturer la citadelle de San Juan armé seulement d'une espingole rouillée. Ou bien devoir affronter, les mains liées, un quarteron de *tiburones* affamés. Mais qu'y pouvais-je ? Qu'étais-je, à ses yeux d'enfant des nuées, sinon un rustaud un peu moins épais que mes comparses, qui l'avait ramassée dans la cendre après sa chute ? Avais-je été une seule seconde lucide, pour souhaiter gagner son affection ? Pourtant je l'aimais, pour toute la mélancolie qu'elle arborait comme on cache ses blessures, pour le regard sans fard qu'elle posait sur un monde que j'avais contribué à faire autant qu'il m'avait fait, et pour la part de moi que je trouvais en elle. J'étais Henri Villon, capitaine sans attache, ligoté plus fermement par sa magistrale fragilité que par des liens de chanvre. Elle était ma Sévère, mais je n'étais que son capitaine.

— Souhaitez-vous quand même que je vous appelle Henri ?

— S'il vous plaît, dis-je.

— Merci de m'avoir accueillie à bord, Henri. Et merci pour tout ce que vous avez fait.

— Merci d'être restée.

Je me souviens que je ne bus rien d'autre que de l'eau pendant plusieurs jours, après cette collation, car je n'étais pas sûr de mieux supporter ivre le souvenir de ses réponses. Il nous restait plus d'une semaine pour regagner la Tortue où nous devions passer l'hiver. Cette mission avait été un succès, comme le dépouillement des reliefs repêchés après la victoire n'allait pas tarder à nous le prouver.

Adieu vraiment, Macédoniens, vous n'aviez aucune chance.

Et moi non plus.

VI. *Carthagène des Indes*

(FIN DE L'HIVER 1640)

> *Oh, if I had a thousand pounds*
> *all laid out in my hands*
> *I'd give it for liberty*
> *If that I could command*
>
> TRADITIONNEL
> The Gallant Poachers

Durant les premières semaines qui suivirent mon incarcération dans les prisons de Carthagène des Indes, et contrairement à mes suppositions, le traitement réservé aux criminels fut presque décent. Pain et eau étaient distribués régulièrement, même si les gardes ne cessaient jamais de nous tenir en respect de la pointe de leur arme. Je dois admettre qu'après l'épouvantable régime que j'avais enduré à bord de la *Centinela* du commandant Mendoza, je trouvais dans cette amélioration une authentique raison de me réjouir.

La présence de l'Indien Arcadio, ses discussions aussi profitables que distrayantes, participaient pour beaucoup à ce sentiment. Certes, ma situation demeurait critique, et la violence la plus imprévisible régnait en permanence dans cette geôle réservée aux assassins, mais le pacte de protection mutuelle conclu avec ce nouvel ami me permettait au moins de dormir aussi paisiblement que possible au milieu de meurtriers et de fous.

Car dans le grand cachot creusé sous terre, notre duo restait encerclé par la lie de la société caraïbe enfermée ici par les Espagnols. Sans doute incapables d'accorder la moindre confiance à autrui, les captifs s'observaient et s'évaluaient entre chaque période d'engourdissement. Certains arpentaient la cellule comme autant de fauves têtus, les autres se tassaient en veillant à ne pas attirer leurs coups. J'étais le dernier à m'être joint à cette lente parade transpirant la fièvre et la folie. À plusieurs reprises, je dus danser avec eux la farandole implacable des bêtes en cage mais, avec le soutien d'Arcadio, je fus rarement celui qui saigna le plus. J'avais tout oublié de ce qui n'était pas utile à l'égrenage des heures et des minutes : mon équipage, mon procès qui ne venait pas, un moyen de m'échapper. Ma santé, si elle ne s'améliorait guère, avait cessé de décliner. Je mangeais. Je buvais. Je me défendais. Que demander de plus, dans les sous-sols de Carthagène ? Hélas, cette situation presque vivable ne pouvait pas durer, et elle ne dura pas.

Un jour, semblable à tous les autres, la porte de notre cellule resta fermée jusqu'au soir et personne ne vint nous apporter notre ration. La nuit suivante fut fébrile, traversée par des murmures et grommellements annonciateurs de mauvais coups. Adossé contre mon mur, une épaule appuyée contre celle d'Arcadio, je cherchais à rester aux aguets. J'avais, quelques jours plus tôt, réussi à desceller un fragment de voûte pour m'en faire une arme. Ne disposant pas des talents de pugiliste de mon allié — que j'avais vu à plusieurs reprises faire montre d'une expérience redoutable, quand il s'agissait de terrasser un agresseur —, je serrais cette pierre avec ce qu'il me restait de force, jusqu'à en faire une extension naturelle de mon bras, une boule de chair et de roche capable de briser les nez et les dents, d'enfoncer les poitrines ou les articulations.

— Si tu ne sais pas comment te battre, vise toujours un os, m'avait dit Arcadio. C'est plus sûr.

Ainsi que nous l'avions pressenti, trois algarades éclatèrent avant l'aube suivante, entre des rivaux mal identifiés. Dans l'obscurité nerveuse de la prison, des corps se heurtèrent et se repoussèrent avec des grognements de bêtes aveugles. Peut-être parce que chacun redoutait le pacte qui me liait à mon voisin, personne ne se risqua à nous chercher querelle.

— Ce n'est encore que de la colère sans raison, augura Arcadio. Ils essaieront quand ils auront plus faim que peur.

Il avait vu juste : le lendemain, à midi, nous n'avions toujours pas reçu la visite des gardes… La folie continua de s'accroître un peu plus à chaque nouvelle protestation des ventres vides. En vieil habitué de cette geôle, mon ami me conseilla de repérer les plus agressifs et de les garder à l'œil, voire d'en défier un de manière préventive, pour mater le reste des prisonniers. L'un d'entre eux en particulier, un grand mulâtre noueux aux gesticulations effrayantes, semblait le plus disposé à s'en prendre à quiconque commettrait l'erreur de seulement croiser son regard.

— Non, objectai-je, il faudra le pousser à attaquer le premier. Ne nous attirons pas l'hostilité de tous.

Arcadio prit le temps de soupeser mon avis, avant de s'y ranger. L'après-midi passa, dans un climat de méfiance générale, jusqu'à l'instant que choisit le mulâtre pour cogner un prisonnier déjà mal en point. Ce dernier hurla et supplia en vain : son agresseur le roua de coups jusqu'à lui casser la mâchoire, les côtes, les doigts, puis lui brisa la nuque avant de retourner à sa place en maugréant. Le corps disloqué du malheureux saignait à peine. Son calvaire était fini.

— Maintenant, ordonna Arcadio qui se leva sans trembler et marcha à pas comptés jusqu'à l'aliéné.

Je le suivis en couvrant ses arrières, sous le regard terrifié des autres détenus qui ne bougèrent pas. Dans ma main droite, la pierre me meurtrissait les doigts. Égaré dans sa folie et ses tourments, notre adversaire ne remarqua pas notre approche avant que nous ayons eu le temps de traverser la moitié de la geôle. Son regard halluciné nous fixa sans ciller, puis il se redressa énergiquement et montra les dents en une grimace affreuse qui lui déforma le visage en faisant saillir les tendons de son cou. Sans proférer un son, il chargea Arcadio. Celui-ci feignit de le laisser approcher. Ignorant si je devais intervenir, mes jambes affaiblies me soutenant à peine, je vis mon ami s'écarter au dernier moment et foudroyer le forcené d'un coup rapide, porté à la pointe du menton. Ce fut un geste de guerrier, né d'une longue pratique, une attaque parfaite qui ne laissa aucune chance de riposte. Stoppé net, le mulâtre fit encore quelques pas en titubant, puis s'effondra sans conscience près de sa récente victime.

— Tue-le, me dit alors Arcadio en désignant ma main armée.

Indécis, stupéfait de son efficacité, je ne bougeai pas. Sa démonstration venait de me rappeler celle que j'avais observée la nuit de mon arrivée dans la prison : la même rapidité foudroyante, la même élégance glaciale. En fait, je venais de réaliser que mon nouveau compagnon était un tueur plus redoutable que les défunts frères Mayenne. Et je n'étais pas sûr, dans le clapotis épais de ma conscience lasse, d'être ravi de cette découverte.

Sur le sol, le corps du dément tressautait comme si sa rage tentait encore de relever sa carcasse privée de volonté.

— Tue-le, répéta l'Indien, il est presque mort.

M'arrachant à la contemplation méfiante de la chair couturée et malmenée d'Arcadio, je m'approchai du moribond. D'aussi près, son cou faisait un angle affreux avec ses épaules. Le pauvre diable avait la nuque brisée. Une dernière fois, mon comparse m'ordonna de l'achever. Tournant la tête autour de moi, je vis tous les regards de la geôle braqués vers nous. J'étais à bout de forces. J'avais besoin de dormir. Alors j'obéis, et je frappai la tempe de l'homme avec ma pierre, usant de mon poids et de ma taille pour porter les coups les plus rudes ; jusqu'à m'agenouiller quand je ne parvins plus à me tenir debout, sans cesser de frapper ; jusqu'à entendre craquer son crâne et voir couler son sang ; jusqu'à ne plus sentir tressaillir ses membres contre ma jambe... Arcadio m'aida à me relever. Je ne lâchai pas ma pierre. Il m'entraîna jusqu'à notre recoin et je ne lâchai pas ma pierre. Mes doigts, ma main, étaient couverts d'humeurs que j'aurais pu lécher pour apaiser ma soif. Recroquevillé contre le mur, la tête dans les genoux, j'observai à la dérobée les autres épaves qui avaient assisté à cette exécution. Aucune n'osa me rendre mon regard.

Alors je souris à Arcadio et lui souhaitai bonne nuit, avant de verser dans un sommeil sans fond ni délivrance.

Plusieurs heures plus tard, les claquements familiers des verrous de la prison m'arrachèrent à mes cauchemars. À ce bruit sec, synonyme de pitance, mes paupières s'ouvrirent brusquement tandis que je forçai sur mes jambes pour me redresser. Pas question de rester vautré sur le sol et de laisser les gardes me confondre avec un cadavre. Je me moquais éperdument de savoir pourquoi ils nous avaient oubliés. Je n'avais de pensées que pour deux choses : la fin imminente de ma soif et la nécessité de ne pas paraître trop mourant. Quand ils suspectaient un prisonnier d'être presque mort, les soldats n'hésitaient pas à le percer de leur sabre pour s'assurer de son état, avant de procéder à son évacuation vers quelque fosse commune. Ce ne fut pas un garde qui se présenta dans l'encadrement étroit de la porte, mais la silhouette penaude d'un captif aussi surpris que nous. Un chœur de voix asséchées rampa vers nos geôliers demeurés dans la galerie, réclamant en plusieurs langues un peu d'eau au nom de Dieu ou du diable, et je ne suppliai pas moins ardemment que les autres. Seul Arcadio ne desserra pas les dents, et je surpris dans son regard la même lueur d'inextinguible colère qui l'enflammait chaque fois qu'un garde risquait de passer à sa portée.

Mais il n'y eut cette fois encore ni vivres, ni pichet d'eau, ni ramassage de cadavre. Le nouveau venu fut poussé rudement dans la geôle et la porte fut refermée. Une dernière vague d'implorations stériles accompagna le grincement des verrous, puis revint le silence. L'homme qui se tenait debout face à nous était encore jeune, vingt ans à peine, rasé de frais et portant une chemise qui aurait pu être élégante si elle n'avait été déchirée et tachée de sang. Quelque chose, dans sa posture et sa mine, me laissa deviner qu'il n'était pas un roturier. Si j'avais été moins découragé par l'espoir déçu d'un morceau de pain, j'aurais pu me lever, ou au moins lui faire signe de nous rejoindre, mais ce fut Arcadio qui me donna une bourrade amicale et, sans lâcher le nouveau des yeux, me souffla d'aller le chercher. Il faut croire qu'il avait encore en lui des réserves de patience et de compassion. Moi, je n'en avais plus. J'obéis, cependant, même si je doutais de l'intérêt de cette démarche. Ainsi doublement interpellé, l'inconnu n'hésita pas longtemps avant de nous rejoindre. Le voir marcher si dignement, encore si plein d'une vigueur qu'aucune incarcération n'avait diminuée, me fut un spectacle presque insupportable. J'en voulus confusément à Arcadio de m'exposer à l'observation de ce jeune homme visiblement en pleine santé.

Toujours sur la défensive, sans doute peu rassuré par l'invitation conjointe d'un capitaine en guenilles et d'un Indien à l'air farouche, celui-ci s'assit face à nous, puis nous dévisagea longuement sans parler. Je pensais qu'Arcadio se chargerait des présentations mais il resta muet, se contentant de masser ses épaules douloureuses. Quand il desserra enfin les mâchoires, au terme de cette mutuelle et silencieuse étude, ce fut pour débiter un flot de paroles en un espagnol mâtiné d'un patois que je ne reconnus pas. D'abord surpris, l'inconnu répondit sur le même ton, à la fois solennel et hautain. Ils auraient voulu m'empêcher de suivre leur conversation qu'ils ne s'y seraient pas pris autrement. Arcadio, cependant, eut la courtoisie de me traduire l'essentiel.

C'est ainsi que j'appris que le jeune homme venait de tuer son père, qu'il s'appelait Don Augusto de

Herrera, et que son haut lignage, ainsi que la nature odieuse de son crime, lui avaient valu cet enfermement dans le fort de San Matias en compagnie d'autres assassins en attente de jugement. Il nous raconta surtout que Carthagène des Indes connaissait une crise si grave que la cité tout entière vacillait. À l'en croire, un tel désordre ne s'y était manifesté depuis son pillage par Francis Drake, plus d'un demi-siècle plus tôt. La démence avait saisi la population tout entière, au point qu'il avait dû tuer son père pris de folie pour éviter d'être tué par lui.

Les meurtriers ayant toujours quelque belle histoire à livrer pour expliquer leur crime, je ne m'intéressais pas outre mesure aux justifications du jeune Augusto, mais brûlais d'en apprendre davantage sur ces événements qui agitaient la ville fortifiée. Si la sédition menaçait, si l'effervescence et l'agitation ébranlaient la cité, voilà qui pouvait à coup sûr expliquer la soudaine démission des gardes ! Du même coup, il y avait peut-être quelque faille à exploiter, quelque défaillance dans la mécanique bien huilée de la surveillance de la prison, propice à une évasion menée finement ? Soudain, je me rappelai le Cierge et mes autres matelots, peut-être enfermés dans un cachot voisin, et je pressai Augusto de nous en dire davantage.

Hélas, le nouveau venu était encore trop choqué par son geste parricide et ses conséquences, pour livrer un témoignage cohérent. Sans cesse, ses propos dérivaient vers la folie qui avait frappé son père, lequel était rentré en pleine nuit dans la maison familiale et avait menacé d'occire tout le monde, à commencer par son incapable de fils. Ce dernier n'avait eu la vie sauve que parce que son géniteur avait paru sous l'emprise d'une émotion suffisamment intense pour diminuer son talent de bretteur. Au terme du duel, personne n'avait cru la version du fils, qui avait été aussitôt arrêté... Belle tragédie, en vérité, mais qui ne m'avançait guère ; il fallait régulièrement interrompre le narrateur pour le ramener à ce qui me préoccupait vraiment : la nature de la crise que traversait Carthagène, ainsi que ses possibles conséquences.

C'est ainsi que, contre toute attente et depuis le fond de mon cachot, je glanais des nouvelles de mon ennemi intime, nouvelles qui ne furent pas pour me déplaire : une expédition maritime partie de Carthagène avait récemment essuyé un cuisant échec en tentant de reprendre aux Anglais l'île de Providence. Cette défaite avait jeté l'opprobre sur les officiers responsables de cette débâcle, parmi lesquels l'infâme commodore Mendoza de Acosta. À en croire notre nouveau compagnon, le retour des vaincus avait été ressenti en ville comme un mauvais présage venu du Ciel, au moment où la rumeur populaire faisait état d'autres pertes équivalentes, sinon plus importantes, dans les terres intérieures.

À ces mots, Arcadio ne put retenir un ricanement féroce :

— Le gouverneur, et tous les habitants de cette région derrière lui, savent que les choses vont mal au cœur du continent. Des fermes, des mines, des villages, des provinces entières ne répondent plus. Certains ont évoqué une malédiction, le retour de dieux de mon peuple revenus punir les envahisseurs. On s'est rappelé les pertes de troupes et de convois, trop longtemps cachés à Madrid par le vice-roi. La corruption rongeait cette ville depuis longtemps, maintenant commencent les jours de violence et de peur.

Stupéfait, j'écoutais l'Indien me confier joyeusement ses prédictions en français, pour ne pas être compris d'Augusto. Ce dernier nous dévisageait toujours de son air accablé. Quant à moi, je repensais aux cales de la *Centinela*, aux confidences de Dom Rodolfo avant sa mort, à la peur que j'avais devinée chez l'équipage de la frégate... Je percevais des échos étrangement semblables dans ces deux récits. S'agissait-il de variantes d'une seule légende, ou bien des conséquences d'un même phénomène aussi mystérieux qu'avéré ? Je n'aurais su dire, mais soudain, j'envisageais les plus audacieuses théories et nourrissais le plus fol espoir. Il me fallait sortir de ce cloaque. Si la confusion dévastait Carthagène, j'entendais en tirer le plus grand avantage.

Hélas, je me leurrais, mais je n'avais pas encore idée à quel point.

*

Au cours des jours suivants, en sus de la perpétuelle privation d'eau et de nourriture, les seuls indices de l'agitation qui régnait en ville furent l'arrivée de trois autres meurtriers. C'était à croire que les gardiens avaient décidé d'augmenter le nombre de leurs pensionnaires puisqu'ils n'avaient plus la contrainte de les nourrir. Nos appels et protestations n'y changèrent rien. À l'aube du quatrième ou cinquième jour de ce régime, deux prisonniers parmi les plus anciens moururent, le premier d'épuisement, le second d'un rude coup asséné par l'un des nouveaux arrivants.

Insidieusement, notre geôle se métamorphosait en antichambre de l'Hadès.

Il devint impossible de se reposer, impossible de parler ou de bouger. Les plus faibles affichèrent les premiers signes d'une atroce agonie. Ceux qui pouvaient encore se mouvoir en furent réduits à lécher les murs situés sous les étroits soupiraux creusés au ras des plafonds, d'où arrivaient parfois un peu d'humidité portée par le vent, ainsi que de lointaines rumeurs d'émeutes ou de batailles.

Très vite, ces positions placées sous les précieuses grilles constituèrent l'enjeu d'une lutte sans forces ni manières. Les premiers affrontements eurent lieu pour avoir le droit de laper et sucer la roche imprégnée du mur. Nous nous battîmes comme des chiens de ruelles, à quatre pattes ou sur les genoux, griffant et mordant, parfois incapables de garder les yeux ouverts entre deux coups de poings. Au matin, à chaque averse, seules ces deux embrasures pissotaient quelques maigres coulures. Christ mort, heureusement que le climat de Carthagène était si humide !

J'avais eu la présence d'esprit de tirer Arcadio sous l'un des soupiraux avant le début de la guerre de l'eau, et veillais à protéger farouchement notre territoire. Mon sauveur et allié avait eu l'œil gauche crevé lors d'un assaut organisé au second jour de privation par le jeune Augusto et deux des nouveaux prisonniers qu'il avait enrôlés pour l'occasion. Pourquoi nous avait-il attaqués ? Je l'ignore. Peut-être ne supportait-il plus l'arrogance de l'Indien, qui ne cessait de l'asticoter et de lui rappeler tout ce qui les unissait désormais, paria et nanti croupissant dans le même mouroir ? Peut-être avait-il préféré se liguer avec d'autres natifs de Carthagène, au nom d'une connivence du sol ou du sang qui les rendait plus dignes de confiance que notre couple de gueux crasseux et puants ? Qu'importe : en définitive, Augusto était mort étranglé par Arcadio, qui avait perdu son œil gauche dans l'affrontement. Sa blessure était hideuse, la plaie suintait et la fièvre s'y était lovée. Je doutais qu'il survive encore longtemps, mais je n'entendais pas l'abandonner avant son dernier souffle.

Tout au long de sa douloureuse agonie, les lèvres craquelées de mon ami marmonnaient des phrases confuses, dans ce que je supposais être sa langue maternelle. Bercé par cette litanie sauvage, je tentais de rester conscient, prêt à résister à toute attaque menée contre notre territoire, notre précieuse rivière de vie à sec, humide seulement des poussières du ciel et de l'océan. Durant cette période, je crois bien que je perdis la raison. Je répondais aux balbutiements hachés d'Arcadio par des prières apprises avant mon âge d'homme. Je rêvais à des déserts brûlants, plantés d'oasis gardées par des enfants féroces qui ne me reconnaissaient plus. Entre deux cheminements délirants, d'autres affrontements eurent lieu, que je repoussai de mon mieux. Ma jambe gauche me faisait horriblement souffrir, à croire que l'un des derniers survivants de cette geôle m'avait mordu au sang, mais je ne me souvenais pas avoir été blessé. D'autres prisonniers moururent par ma main ou par celle d'un tiers. Chaque matin, davantage de corps jonchaient le sol de la prison, jusqu'à ce qu'aucun survivant ne trouvât la force de se battre encore pour gagner la fraîcheur des soupiraux. Une immense apathie s'ensuivit, ponctuée de râles ou de cris asséchés. J'ignorais combien vivaient encore. Lorsque j'y pensais, j'humectais les lèvres d'Arcadio en m'imaginant prendre soin de la Crevette. La faim avait disparu, reléguée loin de ma conscience, réduite à l'état de péché diffus. Des restes de ma chemise, j'avais fait des bandelettes que je disposais au mieux pour recueillir la moindre goutte d'humidité ; je les suçotais longuement au gré de ma déraison. La fin frappait à la porte et je ne voulais pas déjà lui ouvrir. Quand je craignis de ne plus me réveiller, mû par quelque impérieuse folie, je me levai et entassai péniblement autant de cadavres que possible près de la sortie. J'improvisai aussi mon testament : malédiction sur ceux qui nous avaient oubliés ici ; la peste, la mort noire et toutes les autres plaies du monde sur leur tête et celle de leurs descendants ; méchamment, j'appelai la mort de toute beauté du monde, puisque je ne l'allais plus arpenter.

À part moi et Arcadio, il ne restait plus qu'un seul prisonnier vivant : un échalas hirsute et dépenaillé dont je ne me rappelais pas l'arrivée, qui me fixait tout au long de son agonie tandis que je disposais mes dépouilles en travers de la porte. Son visage mangé par une barbe pouilleuse m'obsédait encore quand je retournai m'allonger près de mon ami. Ce dernier s'étant tu depuis longtemps, je me sentais solitaire sous le regard du prisonnier anonyme. Nous ne ferions qu'un, à l'instant de comparaître devant le tribunal céleste : nos martyres nous avaient rendus indissociables.

Durant mes ultimes éclairs de conscience, je me rappelle avoir regardé mourir cet inconnu, guettant le prodige amer de son dernier souffle. Une dernière fois, voir sa poitrine se soulever. Une dernière fois, s'abaisser. Puis, avec la grâce infinie des saints méconnus, fixer l'instant de la libération de son âme, assister à sa glorieuse élévation hors de son corps brisé, avant de me réjouir d'être encore là, moi, Henri Villon, capitaine de course échoué au crépuscule de ma vie… L'homme mourut. Je ne ressentis rien. Je ne vis rien…

Alors, à la toute fin, la porte de la prison s'ouvrit.

Ma tête était devenue si lourde que mon cou ne la soutenait plus, pourtant je relevai le menton et m'arrachai à mon sommeil de mort, quand claquèrent les verrous. Il faisait jour, mais tout était obscur. J'entendis une exclamation épouvantée, qui me tira un sourire sans dents, lorsque le visiteur découvrit les cadavres pourrissants répartis autour de l'entrée. Dans un suprême effort, j'entrouvris mes paupières sur une silhouette floue occupée à repousser les corps empilés, jusqu'à disperser mon assemblage, avant de les contourner d'un pas lent. La camarde en personne venait contempler sa récolte? Je gloussai en souhaitant qu'elle trouvât mon bouquet à son goût. Le visiteur hésita un instant, proféra un second juron en m'apercevant et s'avança dans ma direction :

— *Madre de Dios !* jura Mendoza, vous êtes encore vivant ? J'ai presque dû éventrer un garde pour découvrir où vous étiez enfermé, *capitán*.

Je ne répondis pas. Je ne l'écoutais plus. Appuyé contre mon mur, mon domaine, je serrais dans mes bras la dépouille de l'inconnu mort pour que je vive. Mes doigts d'araignée coiffaient ses cheveux emmêlés et je lui chantonnais des airs de mon pays perdu. C'est à peine si je levai mes yeux troubles vers l'impeccable officier lorsque je l'entendis rendre tripes et boyaux : il venait de prendre la mesure du cloaque où il m'avait fait enfermer. Ses vomissures éclaboussèrent le sol en produisant un appétissant son de cascade. Je regardai avec envie se déverser ce jus de panse tiède et bien épais. Si je n'avais pas été encombré par le corps de mon frère défunt, j'aurais pu me traîner jusqu'à la flaque nauséabonde et l'aspirer, la laper avec délectation, frissonner de plaisir en sentant mes mâchoires se tordre sur les reliefs d'un repas récent. Cette bouillie était une offrande, un potage propre et chaud servi à même le sol de mon royaume. Mendoza dut lire mon appétit, car il ne put retenir un second jet de bile. Mes narines identifièrent un relent de vin amer et l'acidité d'un plat en sauce. La promesse d'un festin. Je ricanai en dévisageant le commodore :

— Oui, j'en serais capable maintenant. Voilà ce que vous avez fait.

L'accusation le cingla au point de le faire légèrement reculer. Allongé sur le sol, Arcadio eut un gémissement ; pour lui, c'était fini. Parce qu'il avait eu l'élégance de céder et de trépasser avant moi, je ne lâchais pas le corps du captif inconnu. Je n'allais plus tarder à mourir, mais Mendoza voulait croire que ses paroles sauraient le soustraire à mon réquisitoire :

— Votre procès a été ajourné pendant trop longtemps, capitaine. Vous n'auriez pas dû attendre ainsi. Pas dans ces conditions. Dès que j'ai appris que les prisonniers avaient été délaissés, je jure que j'ai cherché à vous retrouver.

— Suis-je libre ?

— Non, hésita-t-il, vous êtes toujours un criminel, et un ennemi de mon roi.

— Pourquoi être venu, alors ?

— Parce que je suis aussi un homme d'honneur,

capitaine. Je n'oublie pas que vous avez sauvé quelques-uns de mes compatriotes de la noyade et d'une mort atroce, ce jour-là. Je ne peux pas faire moins.

— Regardez-le, soufflai-je en caressant le visage du défunt. Ce pourrait être moi, mort entre ses bras. Ou vous. Ou le contraire. Vous décédé, et lui vivant. Quelle différence, au fond. Vous ne trouvez pas qu'il me ressemble ?

Mendoza m'examina comme l'aliéné que j'étais devenu. Comment aurais-je pu lui en vouloir ? Je n'étais effectivement plus qu'un rebut, l'écume malsaine de l'adversaire qu'il avait connu. Je hochai la tête d'un air épuisé :

— Donnez-moi une lame, Mendoza. Donnez-moi votre dague. Qu'on en finisse.

J'avais beau ne pas même sembler capable de me tenir debout, et ne représenter aucun danger pour quiconque, fût-ce avec une arme entre les doigts, je compris à sa grimace qu'il ne m'accorderait pas cette faveur. Pour autant, il répugnait à me laisser crever ici, avec les autres. Sa main se posa sur son pommeau. Il me fixa gravement :

— Je peux vous tuer maintenant, proposa-t-il, proprement.

— Vous pourriez essayer, fanfaronnai-je faiblement.

Il secoua lentement la tête :

— Je ne peux pas libérer un assassin.

— Mais vous saurez m'abandonner ici en sachant la vile mort qui m'attend ? Naguère, vous me parliez d'honneur, commodore.

Arcadio eut un râle qui pouvait passer pour un soutien étouffé. Mendoza retint difficilement un autre haut-le-cœur en apercevant l'œil crevé de mon ami et en réalisant qu'il vivait encore malgré l'horrible blessure. Moi, je m'accrochais à mon ultime tentative de convaincre l'hidalgo, mon passeur et mon bourreau :

— Vous savez que je n'aurai pas de procès, assenai-je en montrant le soupirail au-dessus de ma tête. Carthagène flambe ou flambera bientôt. Accordez-nous au moins la possibilité de ne pas crever ici comme des rats.

Il tressaillit. Je sentis que j'avais fait mouche :

— Pourquoi êtes-vous venu jusqu'ici, en ce jour ?
— La ville est perdue, souffla-t-il tristement.
— Et vous ne vouliez pas me savoir claquemuré dans cette fosse ? Christ mort, allez jusqu'au bout de votre cheminement, laissez cette porte ouverte en partant.
— Les gardes n'ont pas tous déserté le bastion, et ils ont ordre de ne pas laisser ressortir un seul prisonnier vivant.
— Alors, pour la dernière fois, laissez-moi votre lame... Mendoza, si vous m'estimez un peu...

Les traits de l'officier se serrèrent tandis que je le mettais au défi de peser ses sentiments et ses allégeances. Homme de poudre et de fer. Homme de mer et de parole. Finalement, sans me regarder, il dégaina sa dague effilée et la lâcha par terre. Elle serait tombée par inadvertance pendant sa visite. Je n'en demandais pas plus.

— Sortir du fort San Matias sera le plus dur, confia-t-il aux voûtes trop basses, mais au-delà de ces murs, personne ne fera plus attention à vous.
— Merci, commodore.
— *Vaya con...*

Preuve des doutes qui le taraudaient, il ne finit pas sa phrase et s'en retourna vers son destin. Je le regardai quitter la geôle, avant de repousser mon cadavre et de ramper jusqu'à la lame abandonnée sur le sol. Je n'aurais sans doute pas la force de me battre, mais peut-être que si je parvenais à attirer un garde, à le frapper par surprise avant de lui voler son uniforme... Fantasmes. Chimères sans queue ni tête nées d'un esprit usé par les privations. Je n'aurais pas eu le temps d'armer le bras que le soldat le plus maladroit aurait eu cent fois celui de m'embrocher. Ce qui n'aurait pas été la plus effroyable façon de mourir. Arcadio avait ouvert sa paupière valide et me fixait intensément :

— Une lame, c'est utile dans la prison, pas contre la prison, croassa-t-il avant de s'évanouir.

Nous devions partager en cet instant d'épiphanie plus que les souffrances nées de la soif et de la détention, car je crois avoir compris ce qu'il essayait de me dire : cette dague ne me serait d'aucun secours pour m'enfuir. Je n'en avais plus la force. Près de moi, le prisonnier décédé fixait l'éternité au-delà du plafond de sa cage. Je sanglotai. Puis je serrai mon arme aussi fort que possible et approchai lentement la pointe vers mon visage... Après une dernière hésitation, je donnai les premiers coups dans le crin de ma chevelure collée de crasse, accrochai mes doigts maigres dans la tignasse ainsi débroussaillée jusqu'à m'en arracher de pleines poignées. Puis, quand j'eus le crâne presque à ras, je m'attaquai à ma barbe trop longue.

*

À la nuit tombée, bien après le départ de Mendoza, les derniers soldats attachés à la surveillance de la prison entendirent quelque chose qui tenait du hurlement des damnés ou de la clameur des asiles monter des sous-sols de cette geôle où ils ne descendaient plus depuis des jours. Ce fut un tapage aussi bref qu'éprouvant, qui leur noua la tripaille tandis que les rumeurs les plus folles retentissaient dans les rues de Carthagène. Quand cessèrent les cris, et qu'assez de courage leur fut revenu pour aller vérifier l'origine du vacarme, ils purent constater que les derniers prisonniers dont ils avaient la garde s'étaient apparemment entretués : un peu à l'écart de la pile des corps précédemment entassés près de la porte, les carcasses sans vie du capitaine et de son ami indien étaient affalées sur le sol. Le premier avait une dague plantée dans le cœur, tandis que le second gardait encore autour de la gorge les mains serrées de celui qui avait peut-être tenté de le tuer pour abréger son agonie. Craignant quelque mauvaise ruse, un soldat plus malin que les autres piqua à plusieurs reprises le corps du Français. Quand il fut établi que ce dernier avait bien rendu l'âme, la soldatesque prit le temps d'échanger quelques plaisanteries grasses sur mon incroyable endurance. Puis on referma la porte et chacun remonta boire un peu de vin avec le sentiment du devoir accompli. Sans doute quelques pièces furent-elles échangées, fruits de quelque pari infâme pris sur le jour ou l'heure de ma mort. Je ne saurais dire. Ce qui est certain, c'est qu'une main discrète s'appropria la jolie dague fichée dans ma poitrine, avant que les ordres soient donnés pour enfin faire nettoyer et assainir la geôle. En ces climats de tropique, un charnier se transformait bien vite en foyer infectieux. Quelques esclaves dont la vie ne valait pas plus que la mienne furent dépêchés pour procéder à l'évacuation des corps. Puis un grand silence retomba sur la prison vidée de ses martyrs. Adieu, mon clapier. Adieu mon enfer.

Avec les autres dépouilles, je fus transporté vers le bûcher où brûlaient les carcasses récoltées à travers la cité. J'étais mort. J'étais libre. Je confesse que je dus me retenir de glousser de joie tandis que l'on me tirait jusqu'au brasier purificateur. Les ongles des préposés à la crémation lacérèrent mes membres mais je ne protestai pas. Je fus poussé, traîné, soulevé et jeté à maintes reprises sur le sol ou contre d'autres cadavres, la douleur fut atroce et je manquai de m'étouffer sous le poids des corps, mais je persistai à demeurer mort. Durant un court, si court instant, entre deux émanations de viscères, je pus humer la saveur salée du vent côtier, et ce parfum seul aurait pu suffire à me ramener à la vie. Il faisait nuit. Ou bien j'étais aveuglé par le soleil. Peu importait. J'étais dehors. J'avais presque gagné.

Une dernière fois, mon corps fut soulevé et jeté dans la fosse. Odeur infecte de chair calcinée, de cendres épaisses déjà arrosées d'alcool en attendant la prochaine flambée. Par chance, j'atterris sur le dos : en entrouvrant les paupières, je pus apercevoir un fragment du ciel délimité par les charognes et les parois de la tranchée. Impatient, craignant d'être enseveli sous la prochaine charretée de cadavres, je fus tenté de bouger, de ramper et m'arracher au charnier sans attendre. Dans le marasme qui frappait Carthagène, qui se serait intéressé aux racontars de quelques esclaves ayant aperçu une ombre s'extirper du bûcher ? Je voulus croire que ma ruse avait réussi. Ensuite, trouver à boire, se cacher, dormir, trouver de quoi manger, et s'enfuir au loin. Je pensai au corps de celui que j'avais serré longtemps contre moi après sa mort, à la dague que j'avais plantée dans sa poitrine avant de m'allonger parmi les défunts pour parfaire ma mise en scène. Le crâne rasé, les joues à nu, je ressemblais moins que lui au capitaine Villon. Au milieu des chairs avariées, gorgées de pus, je pensai à son sacrifice post-mortem et sanglotai. Adieu capitaine d'une heure, tu avais bien rempli ton office.

J'entendis des voix au-dessus de moi, puis l'odeur étourdissante de l'alcool se répandit tandis que les esclaves en versaient encore sur les derniers corps. Je commençais à me tortiller hors de ma gangue avariée, nourrisson sans dents et sans force, quand les premières flammèches embrasèrent cheveux et barbes autour de moi. La peur du feu raviva une volonté que je n'aurais pas cru posséder encore. Juste avant le crépitement des flammes, j'avais entendu s'éloigner les préposés à cette sinistre cuisine. Mes jambes poussèrent un torse enflé, mes bras agrippèrent une hanche, un cou, et je m'arrachai lentement à ma condition de défunt. J'avais progressé de quelques coudées quand j'entendis un gémissement sourd derrière moi, étouffé par la mastication sèche des flammes. Je tournai péniblement la tête et vis l'œil larmoyant d'Arcadio qui me fixait. Sa bouche eut un râle de carpe et ses poumons s'engorgèrent de fumée à la seconde où le feu caressa sa chair. Christ mort ! Je jure que je l'avais cru trépassé, quand j'avais monté ma petite mascarade destinée à abuser les gardes. Et je le voyais là s'agiter et tressauter sous les morsures insistantes du brasier. Au-delà de la fosse, il y avait la liberté, si proche… J'hésitai un instant… Puis je m'approchai de lui et tentai de le dégager. Ses ongles se plantèrent dans mes poignets tandis que je tirais. La brûlure du feu le fit couiner et se débattre tant et si bien qu'il se dégagea à son tour de l'étau des charognes. Épuisé, je parvins à le hisser jusqu'à une portion encore épargnée par les flammes.

Il était vivant. Je l'avais sauvé. Mais maintenant, qu'allais-je en faire ? Il serait pire qu'un poids mort quand je tenterais de fuir la cité. Les doigts d'Arcadio agrippaient encore mes bras trop maigres que je cherchais déjà comment l'abandonner.

— Je sais... comment... partir, balbutia-t-il comme s'il avait deviné mes pensées.

— Comment ?

Nos voix étaient déchirées par les privations et les fumerolles tourbillonnantes. Je l'aidai à se hisser jusqu'à sortir entièrement de la fosse. Il faisait nuit, je pouvais m'en rendre compte maintenant. Mes paupières me brûlaient. Je ne distinguais pas bien où nous étions, mais je compris que nous occupions une petite déclivité accrochée aux remparts épais de Carthagène, entièrement noyée d'ombre à l'exception des lueurs dévorant les cadavres. Christ mort, nous étions hors de l'enceinte de la cité : selon l'usage, le bûcher avait été creusé hors de ses murs, sous le regard aveugle de quelques tours occupées à fixer l'horizon. À condition de réussir à marcher, il nous suffirait de clopiner jusqu'à l'aube pour nous trouver définitivement hors de portée des piques et des regards espagnols. Je n'avais pas besoin d'Arcadio. Mais je ne me sentais plus le cœur à le laisser, maintenant.

— Je sais... comment... partir, répéta celui-ci en tentant de se redresser.

— Alors partons, croassai-je en retour.

Et c'est ainsi que je m'enfuis de Carthagène des Indes sans jamais y être vraiment entré, en compagnie d'un compagnon d'infortune moins valide que moi, que je suivais vers le premier endroit qui accepterait de nous cacher un peu.

II. *Océan Atlantique, au large d'Hispaniola*

(9 JUILLET 1640)

> *I'll eat when I'm hungry and I'll drink when I'm dry*
> *And if moonshine don't kill me, I'll live till I die*
>
> TRADITIONNEL
> The Moonshiner

Quatre jours de sel et de vent. Quatre longues journées pour le *Chronos* à louvoyer sur une mer anxieuse, pétrie par un méchant grain qui ne voulait pas mollir. L'équipage avait de l'eau dans les yeux et dans le cœur. Pourtant je m'acharnais.

Nous avions quitté Port-Margot depuis trois semaines pour nous mettre en chasse du convoi révélé par le marchand Molina. À peine le temps d'écrire une félonne missive justifiant mon départ, puis celui de la faire porter au navire du capitaine Yves Brieuc, et j'avais levé l'ancre sans attendre de réponse. Je léguais à mon bon huguenot le courroux du commandant Le Vasseur en même temps que les gasconnades de Brodin de Margicoul. J'étais attendu ailleurs pour une chasse qui ne voulait pas commencer.

Au matin de la quatrième semaine, agrippé au bastingage, je regardais travailler l'équipage sous les risées et les paquets d'eau abrasive. Le sel dévorait les peaux et les esprits plus sûrement que de la chaux. Raidis par plusieurs jours de mauvais temps, pantalons et chemises mordaient les chairs à chaque manœuvre. Quatre longs jours de cette soupe saumâtre, c'était plus qu'assez pour effriter le moral des matelots. Affronter une vraie tempête, au moins, aurait eu le cruel avantage de faire sérieusement se nouer nos tripes face au danger et à l'urgence. Là, il s'agissait seulement de serrer les dents, de travailler sans relâche et d'endurer les assauts doucereux et épuisants d'une mer mesquine. Je savais qu'à prolonger ce petit jeu d'usure, les hommes étaient sûrs de perdre. Et mon navire pareillement... Mais je n'envisageais pas d'abandonner déjà. Sur le pont près de moi, le Cierge mangeait sa barbe du bout des incisives, en observant la mâture d'un air malheureux :

— La vergue de misaine fatigue, capitaine. La Crevette y a grimpé ce matin et il l'entendait gémir.

Je cessai un instant de scruter l'horizon pour observer la hune au-dessus de nos têtes :

— Elle tiendra.
— Le mauvais temps ne veut pas s'arrêter...
— Elle tiendra !

J'avais à peine haussé le ton, car je ne voulais pas me disputer avec le bosco. Pas maintenant. Pas au moment où je m'étais fait réinstaller ma cabine personnelle, à l'écart du reste de l'équipage. Les matelots savaient que de vilaines choses se préparaient quand je faisais remonter ces parois amovibles à la poupe pour y réfléchir à mon aise. Déjà presque une semaine que j'y travaillais et buvais sans me mêler à eux. Non, je ne voulais pas en plus me disputer avec mon bosco :

— Encore trois jours, le Cierge. Ils ne peuvent pas nous avoir dépassés.

Mâchonnant toujours sa barbe épaisse, le second me fixa calmement à travers la pluie qui lui coulait du front :

— Un mois ou plus si vous voulez, capitaine. Vous savez que j'irai pas contre. Mais le bois et les hommes commencent à céder, faut que j'vous l'dise.

J'essuyai mon visage ruisselant pour dissimuler un sourire. Des gabiers au mousse, tous à bord savaient que nous chassions gros. Même s'il n'avait rien compris à la discussion, la Grande Mayenne avait rapporté ma rencontre avec Fèfè de Dieppe. Depuis, ça murmurait entre les quarts et les corvées. On parlait d'or et de galion. D'un beau gibier à agripper. Au nom de ces rumeurs, le bois et les hommes supporteraient encore un peu d'eau grise. Je grimaçai plus franchement :

— Ce sont les prises manquées qui t'agacent, le Cierge ?

Il se moucha entre ses doigts sans répondre. Depuis notre départ de Port-Margot, nous avions successivement croisé deux sloops et une barque à trois mâts, tous trois arborant une appétissante croix de Saint-André, mais j'avais à chaque fois ordonné de garder le cap sans se préoccuper de ce menu fretin. Je ne voulais pas prendre le risque de subir une avarie, ou de perdre trop d'hommes, avant de planter nos crocs dans notre véritable cible. Molina m'avait averti : le convoi qui était parti de La Havane serait bien protégé. Même si le *Chronos* était rapide et léger à la manœuvre, la prise d'un galion et de son escorte ne se ferait qu'au prix, rouge sang, d'un risque à calculer au mieux. Mon bosco le savait autant que moi, mais l'équipage rêvait déjà d'or.

— Henri, répéta le Cierge, le moral et les vivres diminuent. Ce serait prudent d'approvisionner un peu ces deux musettes-là.

Il ne m'appelait par mon prénom que lorsque l'urgence ou la teneur de ses reproches pouvaient se passer de l'étiquette commune. Ce n'était ni pour me forcer la décision, ni pour user sans scrupule de notre vieille amitié. De toute façon, je savais bien de quoi il voulait parler. Ce n'était pas parce que je me cloîtrais désormais dans ma cabine de fortune que j'ignorais ce qui se racontait à bord. Je savais pertinemment que quelques-uns parlaient déjà de bateau fantôme et de tempête cannibale. Les mêmes histoires de toujours, qui remontaient des profondeurs pour étayer l'esprit fiévreux des marins craignant de déranger trop longtemps l'océan. Quatre ou cinq navires n'arrivaient pas à bon port en quelques semaines, et voilà qu'on suspectait le premier récif venu de porter malheur ou de dissimuler nombre de spectres vengeurs. Que les bâtiments disparus aient croisé un chasseur de pirates espagnol, pourquoi pas, mais qu'il s'agisse d'un bateau maudit et de son équipage damné, j'en doutais fortement.

— Si nous croisons une proie facile, le Cierge…
— Oui ?
— Je te promets de vraiment y réfléchir.
— Ce s'ra une bonne chose, capitaine.

Une bourrasque de travers manqua de nous faire glisser sur le pont trempé. Je m'agrippai au bastingage et repris mon observation de la mer mécontente :
— Le Cierge ?

— Capitaine ?
— Dis à la Crevette de venir me voir.
— À vos ordres.

Autour du *Chronos*, l'océan réordonnait sans cesse ses bataillons de pyramides d'eau sombre. Le vent était changeant, arrachant à leur pointe des éruptions d'écume amère. Si jamais elle devait enfin éclater, la tempête prendrait encore des forces avant de se lever. Mon mousse se présenta à moi, bonnet à la main, pendant que j'examinais le ballet capricieux des vagues :

— Capitaine ?
— Tu as grimpé à la hune de misaine ce matin ?
— Oui, capitaine.
— Tu n'as pas confondu le grincement de la vergue avec autre chose ?
— Non, capitaine. Ça grinçait pire qu'une cambuse trop remplie. C'était du craquement d'en dedans, voyez ? Le bois qui pleure trop fort.

Je tournai mon regard vers lui. Ses doigts rougis par le gros temps mimaient la complainte de la mâture. La Crevette était un garçon aux idées rares mais bien plantées. Certains soirs de cuite, je me surprenais à espérer en faire un sérieux marin et un esprit éveillé. Si le diable voulait lui prêter un peu de temps et de chance, il en aurait l'étoffe. Je hochai la tête :

— Tu as froid, mousse ?
— Ça va, capitaine.

Je détaillai son visage froissé par le sel et le vent. Ses mèches folles collées d'écume lui faisaient un air de brigand susceptible. Sous le front déjà usé par les intempéries, ses yeux clairs soutinrent mon inspection.

— Descends te faire servir un verre de vin chaud…
— Je n'ai pas froid, capitaine.

— ... Puis tu remonteras coller ton oreille aux espars. Restes-y tant que tu le pourras avant de te faire remplacer. Tu es le premier qui l'a entendu, je veux savoir si ça empire. Tu sauras le faire ?

Un peu surpris sans doute par sa nouvelle responsabilité, il acquiesça en silence.

— File, maintenant.

Le temps d'enfiler son bonnet et il disparut vers l'entrepont. Une nouvelle bourrasque me gifla la joue gauche en mugissant. L'horizon se rétrécit brusquement. La tempête serait bientôt là. Tant mieux. Elle rabattrait mes proies vers les côtes et les voies les plus sûres. À nous de les trouver avant qu'elles ne s'échappassent.

*

Après avoir fait le point et donné mes ordres au pilote, je restai dans ma cabine jusqu'en début de soirée, à lire et relire mes cartes et les indications de Francisco Molina. Le trafiquant n'avait pas obtenu la date exacte du départ du convoi à destination du vieux continent, mais il m'avait assuré qu'il n'atteindrait pas San Juan avant la mi-juillet. Ce port était sans doute le plus fortifié de toutes les Caraïbes. À la fin du siècle dernier, le grand Francis Drake lui-même n'avait réussi à le prendre. L'escadre, aux cales remplies des secrètes et précieuses *maravillas*, y ferait forcément escale avant la grande traversée de retour à travers l'Atlantique. Un choix aussi intrigant que révélateur, cependant : éviter les voies plus fréquentées des côtes de Floride, qui lui auraient permis de filer ensuite plein est vers l'Europe, c'était éviter aussi les nombreuses maraudes de flibustiers aux aguets, mais c'était surtout se couper de tout soutien en cas d'abordage ou d'incident. Rares étaient les navires à emprunter cette route difficile et capricieuse. Je ne doutais pas que la nature de sa cargaison avait convaincu l'audacieux capitaine de s'y risquer. Je ne doutais pas non plus qu'une escorte conséquente l'accompagnerait dans cette entreprise. La *Casa de Contratación*, l'impitoyable administration à laquelle incombaient la régulation et le contrôle de tout le trafic maritime espagnol entre le Nouveau Monde et l'Europe, avait établi des règles aussi prudentes qu'impérieuses pour mettre un frein à la capture de ses navires commerciaux. Ceux-ci avaient ordre de ne voyager qu'en escadres sécurisées. Un armateur pris en flagrant délit de désobéissance aurait aussitôt été arrêté, sa cargaison et son navire confisqués, avant d'être probablement renvoyé en Espagne pour un jugement féroce. Non, avec un si précieux trésor dans ses cales, je ne doutais pas qu'un commandant de confiance eût été désigné, qui ne prendrait aucun risque pour garantir la sauvegarde de son chargement comme de sa tête. Avec mes cartes sous les yeux, et la tempête qui enflait depuis quatre jours, si je comprenais bien mon bonhomme, il choisirait de louvoyer depuis La Havane le long des côtes nord de Cuba et d'Hispaniola, dans l'espoir de gagner discrètement la forteresse de San Juan sur l'île de Puerto Rico. Là, il aurait le choix entre se joindre à d'autres navires en partance, ou bien reprendre la route sans se faire remarquer. Dans les deux cas, il me fallait le trouver et l'engager avant son arrivée à ce port. J'étais certain d'avoir fait le bon choix en restant lanterner au nord d'Hispaniola. Si le *Chronos* tenait bon — et j'avais toute confiance dans mon solide brigantin —, nous ne tarderions pas à apercevoir enfin les voiles tant attendues.

De l'autre côté de la cloison, j'entendais murmurer mes matelots, du ton feutré des imbéciles inquiets. Des heures qu'ils m'entendaient rouler et dérouler mes cartes, feuilleter mes carnets et consulter mes livres. Les équipages n'aimaient pas le papier. C'était trop souvent couvert de choses qu'ils ne comprenaient pas ou de subtilités qu'ils comprenaient trop tard. Le bois, le cuir, le fer et la bonne toile : autant de matières honnêtes qui avaient leur confiance. Voilà pourquoi je m'isolais quand il me fallait lire. Voilà pourquoi ils s'en inquiétaient tant.

On frappa contre mon rempart. Deux coups précis et respectueux. Je vidai mon verre de tafia et me raclai la gorge :

— Entrez.

La Crevette se glissa dans le passage étroit aménagé dans la cloison :

— Le bosco veut que j'vous dise que la misaine va bien, capitaine. Elle tiendra. Son visage, grêlé par les durs impacts des grosses gouttes du large, lui conférait un air de vérole rougeaud.

— C'est bien, va dormir, mon gars.

Je vis son regard se perdre un instant vers ma table et mes documents précieux. Nul doute que les autres le cuisineraient dès qu'il s'en retournerait hors de mon refuge. Je poussai le livre et les bouteilles qui recouvraient la mer des Antilles, tournai la carte pour qu'il puisse mieux la lire.

— Cela t'intéresse ?

Coup d'œil rapide vers ses compagnons au-delà de mon mur, occupés à dormir, à jouer aux dés ou à repriser des fonds de culotte. Le mousse dut estimer qu'il ne trahirait rien ni personne en s'approchant, car il vint se pencher juste au-dessus de l'océan peint. Du doigt, je lui montrai notre position et notre point de départ. Lui n'eut d'yeux que pour la finesse des encres et l'élégance des mots qu'il ne pouvait comprendre :

— Ce que c'est précis ! On dirait du point de dentelle de Venise.

— Aussi précis qu'un singe barbouilleur, ricanai-je. Si je n'avais pas mes propres relevés à ajouter à ces cartes trop vieilles, nous serions allés par le fond depuis plusieurs années.

— Tout de même, c'est de l'ouvrage.

Il essuya son nez qui perlait d'eau sale avant qu'il ne goutte sur ces fragments de monde en miniature, reprit ses observations, crut même reconnaître quelques symboles :

— Il y a même marqué là où sont les marsouins et les grandes caravelles. C'est fort !

— Et si tu savais lire, dis-je en me resservant un verre, tu pourrais nous y guider.

Reculade instinctive et redressement méfiant. Voilà, le vilain mot était lâché. L'instruction, le poison des gens simples, qui leur rongeait la cervelle quand il était mal versé. Encore jeune mais déjà bouché à la cire de sa condition, entravé par les chaînes de sa naissance. Inutile d'insister pour le moment. Je soupirai en souriant :

— Nous en reparlerons une autre fois. Va dormir, maintenant.

— Oui, capitaine.

À cet instant, la petite cavalcade de deux pieds nus se fit entendre dans l'entrepont. Dépassant rapidement jeux de dés et hamacs, elle laissa apparaître la figure féroce du Cierge par-dessus celle du mousse :

— Capitaine, dit mon bosco, je crois qu'on le tient.

Je me levai d'un bond de mon siège et boutonnai ma vareuse :

— Où ?
— Il vient loin devant nous par bâbord.
— Il retourne à la côte ?
— Difficile à dire, il est presque bout au vent dans la tempête.

Je frappai l'épaule du Cierge en le poussant vers l'escalier :

— Si la chance est avec nous, il s'y sera perdu.

Je gagnai aussitôt le pont. L'eau y fouettait les hommes et les voiles au rythme du vent. Le grain avait forci avec la venue du soir. Le second, qui m'avait suivi, m'emmena vers la proue en haussant la voix pour se faire entendre sous les bourrasques :

— Il ne nous a sans doute pas vus.

Du doigt, il m'indiqua une direction par bâbord. Je dépliai ma longue-vue pour repérer notre gibier, au-dessus des draps chiffonnés de l'océan. Effectivement, il était bien là : une silhouette lointaine, large et ventrue, peut-être celle d'un galion, en tout cas celle d'un trois-mâts épais malmené par l'orage. Ni pavillon ni drapeau visible. Je montrai les dents de satisfaction :

— Ce cochon-là a le cul trop lourd pour supporter les vents. Il va chercher à gagner les côtes pour éviter les courants.

Je parcourus encore ses flancs et abords pour vérifier qu'il était bien seul. Difficile à dire, dans la tourmente naissante. Une escorte aurait pu se cacher derrière les murailles de pluie sans être visible. Pour autant, il ferait bientôt nuit et le navire risquerait alors de nous échapper. Je devais prendre une décision. Je me penchai vers le Cierge pour bien me faire entendre :

— Je prends la barre, nous allons le chasser de loin. Faites amener de la toile pour ne pas tomber sur lui trop vite. Que tout le monde aille dormir, à l'exception des gabiers de quart. On le cueillera au petit matin.

— Bien capitaine !

Après un dernier coup d'œil pour essayer de mieux évaluer la distance qui séparait nos deux bâtiments, je rejoignis le barreur pour prendre sa place. Dès que je serrai mes doigts sur le bois usé, je sentis la tempête me tirer les bras. Le *Chronos* dansait sous les vents changeants. Pourvu que la misaine tienne bon !

Le Cierge vint me rejoindre après avoir aboyé ses derniers ordres. Je ne voyais déjà plus notre proie mais tenais fermement la barre dans sa direction. La poursuite allait être épuisante. J'espérais surtout ne pas l'approcher de trop près avant le matin : la plus stupide des vigies ne pourrait manquer d'entendre claquer nos voiles dans la nuit noire. Cependant, nous aurions besoin de l'aube pour assurer l'abordage. Dans les prochaines heures, les caprices de la tempête allaient donner le ton. Le Cierge en était aussi excité que moi :

— Qu'est-ce qu'elle cache dans son gros ventre, notre tirelire ?

— La gloire et la fortune dans un tube argenté, bosco ! À condition que ce soit bien notre goret qui se débatte là-bas, quelque part devant nous.

— C'est lui, capitaine, je le sens.

Je souris. Une nouvelle rafale nous cingla les joues et le front. Je m'agrippai à la barre. D'un seul regard, le Cierge recensa rapidement les gabiers suspendus aux haubans, s'assura que ses instructions avaient été suivies.

— Descends te reposer aussi, lui criai-je. Passe seulement dans ma cabine, avant, pour ranger au coffre mes cartes et mes notes. Et fais-moi monter du tafia. Juste assez pour tenir sans béquille.

Je restais seul à la poupe.

Le ballet commença.

Le *Chronos* tanguait, penché dans les vagues aiguës. Je doutais de parvenir à maintenir un cap bien longtemps, mais je m'accrochais à l'idée de suivre le trois-mâts. Perdus dans la tourmente, nos deux navires dansaient une gigue aveugle ordonnée par les vents. Immobile dans la nuit sifflante, je voulais croire à cette opportunité et à notre bonne fortune. Quand cesserait la musique, nous verrions bien qui avait le mieux sautillé. Là-haut dans la mâture, les gabiers achevèrent soudain d'accomplir leur précieux ouvrage : je pus sentir entre mes mains et dans mon ventre la libération du brigantin, qui rebondit soudain plus légèrement sur les flots. Puis, dans le mugissement de l'orage, je n'entendis plus que les craquements humides des haubans et des voiles soulagées. J'aurais payé cher, à cet instant, pour apercevoir brièvement notre proie entre deux rideaux de pluie. « Bout au vent », avait dit le Cierge. Au fil des lampées de tafia et des heures qui passaient, j'échafaudais des courses et des trajectoires parfaites, manœuvres et lignes toujours favorables qui me tenaient compagnie. Sous mon crâne détrempé se tissaient les cartes imaginaires de nos chemins croisés. Je pensais au pilote adverse arc-bouté sur le pont, raidi par la crainte et le froid, je pensais à ses cartes chimériques à lui, à nos entrailles communes pleines de merde et de trouille, à nos envies antagonistes de voir le jour se lever bientôt. Sans le réaliser, je m'endormais, le long d'un lent tunnel glacé qui nous poussait tous deux vers le soleil. Entre mes doigts gourds, le *Chronos* maintenait fièrement sa course et je lui marmonnais des paroles d'encouragement. Puis une main chaude se posa sur mon poignet gauche et on m'appela par mon nom :

— Henri…

Je rouvris les yeux en grand. La nuit et la tempête étaient encore là et le Cierge me fixait avec inquiétude :

— Il est tard.

Mes paumes étaient collées à la barre gluante de sel, de pluie et de sueur. J'avais fini mon tafia.

— Il faut dormir, capitaine. Nous aurons besoin de vous avant le soleil.

— Quand ?

— Dans trois heures. Il faut dormir.

Une autre main, plus impérieuse, sur mon épaule. Je tournai la tête : la Grande Mayenne m'entraînait déjà de force vers ma couchette. Je résistai mollement :

— Bosco, fais mettre le *Chronos* à la cape. Nous les prendrons au matin comme une fleur.

— À la cape, répéta le Cierge. Entendu, capitaine.

Je n'entendis ni ses aboiements ni les halètements rauques des matelots de quart, quand leurs pieds nus cramponnèrent les haubans ruisselants. Je n'étais déjà plus là, rêvant avant même d'être déposé sur ma couche, comme un enfant trop plein de rêves.

Bonne nuit.

Je fus réveillé en sursaut par un coup frappé contre ma cloison. Il faisait noir. Quelqu'un avait pris ou éteint ma lampe de lecture. Des murmures contrariés bruissaient dans l'obscurité de l'entrepont. Je me relevai lentement en toussant. Il faisait froid. J'avais dormi sans couverture. Une voix familière résonna près de moi :

— Capitaine, c'est l'aube, il faut venir.

On approcha une lanterne au verre sali. J'inspirai profondément pour éclaircir mon esprit, puis titubai vers l'échelle de coupée et le pont supérieur encore mouillé. Les voiles avaient repris le vent. L'air frais mordait les poumons. Oui, le jour serait bientôt là. Je retrouvai mon bosco accroché à la barre, entouré de quelques matelots alarmés. Les premières flammes bleues de l'aurore allumaient l'horizon. Il ne pleuvait plus.

Au premier regard, je vis la tempête qui craquait toujours, vers l'ouest, mais qui nous avait momentanément relâchés. Au deuxième regard, je vis notre gibier qui dodelinait dans les vagues par tribord, passablement malmené mais encore plein d'allant. Il était loin mais bien visible, grande coquille dodue, aux mâts tendus de toile fatiguée. Nous avions manœuvré à la perfection, j'avais manœuvré à la perfection, et les chimères de la nuit avaient pris corps à notre avantage. Au troisième regard...

Au troisième regard, j'aperçus la ligne menaçante du fin vaisseau de chasse qui tenait son cap par bâbord et nous toisait en riant.

— Navire de course, commenta gravement le Cierge.

— Une puterie d'Espagnol, cracha son voisin.

Un vilain sort avait profité de mon sommeil pour corrompre mes jolis rêves : le gibier avait appelé les loups.

— Ce démon doit avoir au moins cinquante canons, dit un autre matelot. Il gicle son foutre à cinq milles !

C'était très exagéré, mais le péril était pourtant réel. Le nouveau venu ne devait pas faire moins de cinq cents tonneaux, avait le vent pour lui et portait suffisamment de voile pour nous manœuvrer. Il devait nous avoir vus car il naviguait serré, prêt à fondre sur le *Chronos* si nous approchions davantage.

— Qu'est-ce qu'on fait, capitaine ?

Je frissonnais trop pour raisonner. Ma tête et ma vessie étaient pleines. Je marmonnai brièvement :

— Pour le moment, on continue sans dévier. Que tout le monde se prépare au combat.

Sursauts du petit auditoire rassemblé autour de moi, mais j'affrontai calmement leurs yeux inquiets :

— Juste une précaution. Je dois réfléchir.

— Capitaine, il vire vers nous !

Je tournai la tête vers la proue : pas de doute, le vaisseau de course venait de prendre le vent pour un demi-tour serré. Avec sa vitesse et sa voilure, il serait sur nous très vite si nous ne changions pas de cap. Leur capitaine avait décidé à ma place en passant à l'offensive. Au jugé, je calculai qu'il serait à portée de tir d'ici une toute petite demi-heure.

— Cap à l'ouest, criai-je. Branle-bas de combat !

— Aux drisses, mes cochons ! beugla le Cierge. Demi-tour !

La cloche retentit pour alerter l'équipage. Les ordres se répercutèrent de pont en pont et la bousculade des pieds nus nous laissa seuls, le Cierge et moi, entourés par la clameur de la manœuvre.

— Il risque d'être plus rapide, maugréa le bosco en tirant sur sa barbe.

— Alors nous l'inviterons à souper avec nous chez Neptune…

Le Cierge sourit méchamment. Emporter assez d'Espagnols avec lui pour lui servir de mignons en enfer n'était pas idée qui lui déplût. Une chose cependant l'inquiétait presque plus que la poursuite qui s'était engagée.

— Quel cap, capitaine ? demanda-t-il poliment comme si je n'avais pas déjà donné cet ordre.

— Droit sur la tempête...

— On ne la traversera pas deux fois, surtout vent arrière. Le navire va se briser en deux.

— Pour l'instant, c'est notre seule chance de lui échapper... Christ mort ! Dire que nous les avions à notre portée !

Je frappai du poing sur le bastingage. La chance était contre nous, il n'y avait rien à faire : de loups, nous étions devenus garennes.

*

Deux heures plus tard, un soleil peureux brillait sur l'Atlantique et faisait fondre notre avance. Ses voiles tendues à craquer, le *Chronos* filait dans le grincement douloureux de sa misaine. Posté à la poupe, je ne cessais de guetter d'éventuels mouvements sur le pont de l'adversaire qui s'approchait par notre arrière. Nous avions touché les premiers gonflements de tempête depuis une poignée de minutes et le roulis gagnait en amplitude. Puisqu'il n'avait pas abandonné sa chasse, c'était que ce maudit *Spaniard* avait décidé de nous envoyer par le fond coûte que coûte. Au moins, tant que le *Chronos* maintiendrait son allure, notre poursuivant ne pourrait virer et faire feu sans sacrifier la sienne. Restait à lui échapper assez longtemps pour qu'il retournât jouer les bergers. La rage qui animait notre poursuivant m'étonnait au plus haut point. Nous avions sûrement affaire à un de ces traqueurs endurcis, un de ces orgueilleux chasseurs de pirates qui doublaient leurs gages à chaque preuve de victoire rapportée aux ports de Santiago ou de Santo Domingo. Nombre de trafiquants, piégés par ces rapaces, disparaissaient régulièrement sans jamais réapparaître. Le voilà, le saint mystère qui faisait se signer les marins depuis des mois pour toutes ces absences inexpliquées : seulement le courroux de la couronne d'Espagne, agacée que d'autres lui disputassent les eaux du monde.

Un cri tomba soudain de la hune comme une clameur désespérée :

— Voile à tribord ! Un autre en approche, capitaine !

Toutes les têtes se tournèrent en direction du malheur. Le pilote manqua d'en lâcher la barre.

— Garde le cap, ordonnai-je sèchement.

Je pointai la longue-vue vers le nouveau venu, ne pus retenir un juron en découvrant la silhouette profilée, basse sur l'eau, identique à celle de notre poursuivant et au moins aussi rapide. Il était encore loin, mais son projet était facile à deviner : il venait sur nous en profitant du puissant vent d'est pour couper notre ligne en aval. Une tenaille imparable. Christ mort ! Il fallait disposer des faveurs du diable en personne pour exécuter si précise manœuvre. Je refusais d'imaginer qu'une telle coordination fût possible entre deux navires si éloignés. La guigne seule pouvait-elle avoir scellé notre destin ? La tempête qui grondait encore à l'ouest était notre dernière chance. Je me dressai pour haranguer les gabiers :

— Étarquez les voiles ! Tendez-moi tout ça jusqu'à rompre !

Hurlements en échos à mon ordre. Les hommes d'équipage savaient que leur carcasse était en sursis. Le barreur m'agrippa le bras en tremblant :

— Capitaine, la tempête vient sur nous.

Je lui tapai sur l'épaule, les nerfs à vif :

— Alors droit sur elle, mon gars !

Apercevant la Petite Mayenne occupé à calfeutrer un caillebotis, je lui ordonnai de vérifier avec la Crevette que tout était bien arrimé dans les cales. Puis je descendis moi-même m'assurer rapidement que les canonniers étaient bien à leur poste. Regroupés autour de leurs pièces de fonte, silencieux dans la chiche lumière des sabords, ils m'écoutèrent donner mes ordres à Vent-Calme, notre maître-canonnier :

— Je vais vous demander un effort redoutable. Pendant les prochaines heures, il va s'agir de tenir bon, d'être prêts à tirer votre première bordée au meilleur moment, sans faillir, parce que vous n'aurez pas l'occasion d'en tirer une seconde. Nous pouvons leur échapper, mais s'ils approchent trop, notre sort dépendra de votre unique salve. Visez bas, percez leur ventre pour les forcer à réparer. Vous allez être tentés de tirer trop tôt, ou trop haut, pour museler leur artillerie… N'en faites rien. Serrez les dents, mes gorets, écoutez le père Vent-Calme et crevez-leur les couilles !

Le maître-canonnier hocha la tête :

— Oui, capitaine.

Je savais qu'il saurait tenir ses hommes. C'était un vieux gaillard rouge et sec comme une bûche au feu, un formidable artilleur hollandais qui comptait parmi les plus anciens de l'équipage, au jugement et à la main sûrs. Vancaemelbecke, de son vrai nom, mais personne à bord ne l'avait jamais appelé ainsi. Désormais il était trop tard, ou trop tôt, pour le faire.

En remontant sur le pont, je croisai le Cierge qui continuait de beugler ses ordres sous la pluie revenue :

— Pute vierge, ils tiennent leur allure. Ils ne lâcheront rien !

Effectivement, les deux vaisseaux espagnols s'étaient encore rapprochés. Celui qui tentait de nous intercepter par tribord fendait les flots gris sans faiblir. Je criai pour couvrir le fracas des vagues et du vent :

— S'il faut en arriver là, nous forcerons l'abordage. Avec ce tangage, il n'arrivera pas à ajuster ses bordées. Que les hommes de pont se tiennent prêts à tailler dans le tas !

— S'ils se battent aussi bien qu'ils manœuvrent, ils vont nous larder la couenne !

Puis, soudain, le soleil disparut. Le monde devint noir et la pluie se fit tranchante, quand l'ouragan nous frappa à l'aveuglette. Quelqu'un hurla dans les haubans :

— Devant !

Devant, oui... Le cri de la vigie précéda de peu l'intuition mortelle qui venait de saisir chacun des hommes à bord. Ensemble, ils tournèrent la tête vers la proue. Ensemble, ils hurlèrent d'effroi, et je hurlai avec eux ! Quelque chose s'était dressé soudain au-dessus des vagues, au-dessus des voiles et au-dessus du monde. Un dieu marin tapi au cœur de la tourmente, agacé par nos petites querelles égratignant son échine. Deux éclairs déchirèrent le ciel, illuminant pendant un bref instant une forme obscure, et gigantesque, qui s'avançait vers le *Chronos*.

— Iceberg ! hurla le Cierge par réflexe, et chacun de s'agripper à l'élément d'accastillage le plus proche.

Sans réfléchir au risque d'être emporté par le choc, je courus jusqu'au pilote pour prendre la barre et virer sec. Ce n'était pas un iceberg. La chose bougeait. Une odeur lourde de métal enveloppa notre navire quand la masse titanesque nous frôla.

— Sang du Christ ! jura le pilote épouvanté, qu'est-ce que c'est ?

Je n'en avais aucune idée, mais cela ne ressemblait à rien de connu. On aurait dit qu'une montagne de fer, lisse et froide, s'était arrachée aux sommets du Pérou, ou de l'Hadès, pour traverser furieusement l'Atlantique. Tout notre navire trembla et craqua quand la paroi de la chose toucha la vergue du grand mât. Dans un grincement atroce de bois tordu et de toile déchirée, le *Chronos* pris de folie racla sur plusieurs mètres l'épouvantable apparition avant que le choc en retour ne l'envoyât ballotter dans les vagues, affreusement blessé. Quelque part dans ces nouvelles ténèbres, j'entendis craquer la ligne de feu d'une bordée espagnole, aussitôt suivie par une explosion sourde mal filtrée par les rideaux de pluie. À peine encaissé le choc de la collision, le Cierge beugla ses premières dispositions d'urgence. Mortifié, je ne pus m'empêcher de regarder le Léviathan poursuivre sa route, incapable de comprendre s'il venait de nous sauver ou de nous condamner. Un son strident retentit depuis son sommet, suivi par une détonation rauque. Seconde explosion. Tandis que l'obscurité l'avalait, de nouveau j'eus le temps, à la faveur d'un autre éclair, d'apercevoir les lignes de ce qui ressemblait au croisement entre l'enclume d'un géant et un navire aux proportions démesurées. Le pilote qui était resté près de moi se signa :

— Le bateau fantôme... Nous sommes maudits !

— Tais-toi, balbutiai-je déconcenancé.

— Sang du Christ, il nous a touchés, capitaine, vous l'avez heurté ! Il reviendra nous chercher !

— Tais-toi !

Sur le pont, haches à la main, les marins se débattaient entre la terreur passée et celle à venir. Le *Chronos* avait perdu sa grand-voile et plusieurs hommes. Plus grave : il avait perdu de sa vitesse.

— Regardez, insista le pilote hystérique, il a avalé le *Spaniard* !

Un frisson d'horreur me raidit la nuque. Il avait raison : là où aurait dû se trouver le vaisseau qui nous harcelait au plus près, il n'y avait plus rien. Rien d'autre que des débris épars sur la mer agitée. C'était impossible... Et pourtant, cela venait de se passer sous mes yeux. Soudain, tous les vieux contes de marins, les grotesques légendes de monstres et de naufrages polluèrent mon esprit. J'entendis des voix appeler au secours dans l'eau sombre.

— Il faut secourir ces malheureux, murmurai-je.

— Il faut partir avant qu'il ne revienne, capitaine !

Je n'écoutais rien. La vision infernale avait envahi mes pensées et me dominait.

— Même s'ils devaient tous être espagnols, grondai-je, ces marins méritent d'être sauvés jusqu'au dernier pour avoir survécu à cette... *chose* !

De toute façon, privé de grand-voile et avec sa misaine chancelante, notre navire n'irait pas très loin... Comme pour me le confirmer, le Cierge vint vers moi, les yeux exorbités par l'ampleur de la catastrophe.

J'allais lui ordonner de mettre une chaloupe à la mer quand il me saisit le bras pour me forcer à me retourner vers l'arrière :

— Seigneur ! Henri, regarde ça…

J'obéis pour assister au spectacle le plus cruel qu'il fût possible d'imaginer : une ligne de salve rouge et blanche déchirait l'ombre noire de la tempête. Trop paniqué ou trop téméraire, le second chasseur espagnol qui avait espéré couper notre course venait à son tour d'ouvrir le feu sur l'apparition. Moins de cinq secondes plus tard, une nouvelle détonation rauque couvrit le grondement de la tourmente. La foudre tomba sur le navire, qui explosa comme un baril de poudre. Je jure que tous ceux qui assistèrent à l'événement demeurèrent figés, abasourdis par la violence du châtiment. C'était Goliath écrasant David sous sa sandale. Les mystères des abysses punissant les incrédules. J'en pleurai d'impuissance.

— Bosco…
— Capitaine ?
— Il faut repêcher les rescapés.
— …

Je tournai vers mon second un visage ruisselant de larmes :

— Personne ne mérite de mourir noyé s'il a survécu à ça.

Le Cierge comprit. Par un miracle vomi par l'enfer, nous venions d'échapper à nos poursuivants. Déjà, aussi rapidement qu'elle était apparue, la tempête s'effilochait vers l'est. Ce matin, Neptune avait favorisé les brigands.

— À vos ordres capitaine, obéit le rude marin.

Ce n'est que lorsque la chaloupe revint vers le *Chronos*, avec trois naufragés vivants à son bord, et qu'un troisième navire de chasse espagnol apparut, filant droit sur nous depuis l'horizon, que je me souvins en ricanant que les miracles n'existaient pas, et que les dieux obscurs adoraient reprendre ce qu'ils venaient d'accorder.

VII. *Péninsule du Yucatan*

(ÉTÉ 1641)

> *We'll set sail again*
> *We're heading for the spanish main*
>
> THE CORAL
> The Spanish Main

Les premiers mois de l'été 1641 me trouvèrent en fort étrange compagnie au plus profond des forêts du Nouveau Monde. Après mon évasion *in extremis* des geôles de Carthagène, j'avais suivi l'Indien Arcadio — ou plutôt je l'avais porté sur mon dos dans la direction qu'il m'avait indiquée — jusqu'à rejoindre certaines de ses fréquentations, des indigènes tout aussi impatients que lui de bouter l'Espagnol hors de ce qu'ils considéraient être leur terre. C'est donc durant cette période de fuite éperdue que je fis connaissance avec les premiers représentants des forces qui causaient tant de soucis et de malheurs aux *Spaniards*. C'est à cette époque aussi que je pris pleinement conscience des mensonges répétés d'Arcadio tout au long de notre incarcération commune : s'il était effectivement le fils bâtard de quelque grand d'Espagne, il avait été bien plus qu'un simple prisonnier politique, et surtout bien plus qu'un provocateur et incendiaire en attente d'un procès que personne ne voulait entamer.

Tandis que nous recouvrions lentement nos forces, au fil de bivouacs sommaires qui nous éloignaient chaque jour davantage des cités et des côtes espagnoles, mon compagnon m'avait affirmé appartenir à la nation itza, et s'était longuement vanté de n'avoir jamais connu le joug de l'occupant. Dans un premier temps, si j'avais bien voulu croire qu'il eût pu subsister, dans les enfoncements les plus reculés des montagnes et des jungles, quelque poche de résistance que les conquistadors n'avaient pas su trouver, j'avais cependant douté de la capacité de leur peuple à pouvoir tenir tête aux armées qui avaient mis un continent à genoux. En somme, je croyais plus à une heureuse discrétion qu'au génie militaire de ces Itza méconnus.

Puis, j'avais rencontré un peloton des bellicistes frères de sang d'Arcadio, et de nouveau j'avais été persuadé de frôler la magie qui baignait de ses mystères la trame vraie du Nouveau Monde. Mon compagnon ne m'avait pas menti au moins sur un point : ces sauvages tenaient entre leurs mains trop d'exemples de ces *maravillas* tant recherchées pour ne pas constituer le prochain palier qui me rapprocherait un peu plus de leur source. Mais ce ne fut que lors de l'acquisition, mûrement préparée, de ce qui allait être mon nouveau navire, que je pris pleinement la mesure des moyens dont disposaient mes nouveaux alliés.

Un matin que je me reposais tout mon saoul, mon ami était venu me voir sous le toit de feuilles et de lianes qui constituaient ma chambrée — nous vivions depuis presque un mois dans la forêt profonde avec une poignée de farouches Itza qui ne m'adressaient guère la parole — et il m'avait posé la plus étrange des questions :

— Villon, tu n'aimerais pas commander un nouveau navire ?

J'avoue que le sujet ne m'avait alors pas effleuré. À peine remis des rudes épreuves de la prison espagnole, et encore tout à ma jubilation d'y avoir survécu, je n'avais pas suffisamment repris goût à la colère pour renouer avec la course. L'idée soufflée par Arcadio, cependant, avait aussitôt résonné telle une ambition trop longtemps réprimée : oui, assurément, j'étais prêt à reprendre la mer dès que l'occasion se représenterait !

— Pourquoi pas, avais-je prudemment répondu. Mais il me faudrait au moins un équipage, et nous sommes loin du premier port qui m'accueillerait avec autre chose qu'une corde ou du plomb.

La discussion s'était arrêtée. J'avais repris mon rythme de lézard surtout occupé à cicatriser à l'ombre des grands arbres tropicaux. Quelques jours plus tard, sans doute après avoir tenu conseil avec ses frères, Arcadio m'avait de nouveau entrepris :

— Villon, te sens-tu capable de marcher ? De faire longue route ?

Les privations et les mauvais traitements, s'ils m'avaient rudement affecté, n'étaient plus que cruels souvenirs désormais. Je lui avais donc confirmé que je me sentais prêt à voyager.

— Nous partirons ce soir, m'avait-il dit.

— Où allons-nous ?

— Te chercher un navire.

— Puisque ça semble si facile, avais-je souri, alors je veux le meilleur.

— Tu l'auras, avait très sérieusement répondu l'Indien.

Un peu interloqué par cette promesse, je n'avais rien ajouté et m'étais contenté de participer aussi adroitement que possible à la levée du campement.

Les Itza voyageaient léger, se contentant d'emporter le strict minimum et comptant sur les lieux de repos qu'ils savaient aménager au mieux pour s'assurer les vivres et le confort nécessaires aux haltes prolongées. Il y avait, dans leurs manières, un art éprouvé de la vie sauvage, une aisance qui n'était pas sans me rappeler mon enfance dans les campagnes et marais du Poitou. La science extraordinaire dont ils faisaient montre pour toujours s'orienter à la perfection dans la pelote enchevêtrée et trompeuse que constituaient leurs forêts, aurait facilement pu me convaincre qu'il subsistait chez ces hommes quelques brins du lien béni qui lia autrefois Adam au jardin d'Éden, et qui leur permettait une véritable communion avec la nature. Sans un événement particulier qui survint un soir à l'heure du bivouac, j'aurais été prêt, si l'occasion m'en avait été donnée, à clamer haut et fort qu'Arcadio et les siens nous étaient bien supérieurs, à nous autres soi-disant civilisés qui avions perdu le sens de la vie sauvage. De fait, je n'avais pas tout à fait tort, et ces hommes nous étaient authentiquement supérieurs, mais cette suprématie ne devait pas grand-chose à une quelconque préservation d'un instinct ancestral, et avait tout à voir avec le mystère des *maravillas* qui agitait ce continent.

Un soir que je m'étais glissé sous mon abri assemblé pour la nuit — par mes mains, car j'apprenais chaque jour un peu plus les usages de mes guides —, je m'étais relevé et m'étais éloigné du campement pour m'abandonner au plaisir de la miction. J'imagine qu'il faut avoir été, comme moi, privé trop longtemps d'eau pour comprendre quelle satisfaction me procurait cette simple activité, mais je jure bien que durant ces semaines de vie forestière, je ne me soulageais jamais contre une souche ou un buisson sans une bouffée de volupté sincère. Ce fut en revenant à pas comptés vers ma couche que j'aperçus Arcadio près d'un tronc, presque caché, occupé à manipuler quelque chose qu'il tenait dans sa main. Il faisait déjà bien sombre, et je n'aurais pas accordé grande importance à son activité, si un détail extraordinaire n'avait, au sens propre, éclairé la scène : un rayon de lumière blanche, aussi vif que le feu du jour, mais rigide et apparemment sans chaleur, semblait jaillir de sa main gauche pour illuminer ce qu'il tenait dans la droite. Stupéfait, je me figeai dans l'ombre et observai mon compagnon pendant tout le temps que dura sa manigance. En regardant mieux, je vis que ce n'était pas sa main qui produisait cette lumière, mais un fin tube de métal brillant qu'il tenait entre ses doigts... L'objet n'était pas sans me rappeler la boîte que m'avait montrée Fèfè de Dieppe sur l'île d'Hispaniola, celle-là même qui contenait la précieuse *quinquina* qui m'avait coûté mon navire et mon équipage... De surprise, mon cœur manqua de remonter jusque dans ma gorge. Quand, d'une simple pression du pouce, Arcadio coupa le rayon prodigieux, je compris à coup sûr que j'étais bien en présence d'une autre *maravilla*. Mon émotion fut si intense que je vacillai sur mes jambes encore faibles et dus faire un brusque pas de côté pour rester debout, écrasant bruyamment branches et racines sous mon pied. Arcadio tourna prestement la tête vers moi ! Indécis, ne sachant quel comportement adopter, je me sentis soudain dans la situation de l'enfant de chœur embarrassé de surprendre le chapelain en grand acte de pollution, et restai planté dans la végétation épaisse jusqu'à ce que mon cachottier d'ami s'avançât jusqu'à moi :

— Nous arriverons bientôt.

— Bien, bredouillai-je.

Un silence gêné coula sur nos traits las. Je brûlais de lui parler de ce qu'il cachait maintenant dans son dos mais craignais de tout perdre. Un court instant, je suspectai même les Itza de m'abandonner à quelque sinistre destin si j'osais parler de ce que je venais de voir. Arcadio eut un de ses petits rires sans joie, avant de me tendre la main droite :

— De toute façon, sourit-il, je comptais t'en offrir une bientôt. Et puis, mieux vaut que tu apprennes à t'en servir, si tu devais te perdre…

Dans sa paume, il y avait une petite boîte carrée en bois, au milieu de laquelle oscillait une aiguille plate posée sur un axe vertical. Des graduations et symboles inconnus décoraient le pourtour de l'objet et je crus d'abord qu'il s'agissait de quelque appareil du Nouveau Monde, aux propriétés prodigieuses.

— C'est une *brújula*, me dit l'Indien. Où que tu ailles, elle t'indique le nord.

En quelques gestes, il me démontra toute l'utilité de l'objet. J'en demeurai interdit. Pensait-il donc me captiver avec cela ? Malgré son aspect singulier, ce n'était qu'une boussole, d'une conception tellement plus rudimentaire que mon précieux diptyque à cadrans multiples, authentique chef-d'œuvre fabriqué par le maître-artisan Paul Rainmann, importé par mes soins de Nuremberg avant mon départ de France, et qui avait coulé avec le reste de mes biens pendant le naufrage du *Chronos*. Comparé à ce trésor d'orfèvrerie, sa *brújula* ressemblait surtout à une grossière ébauche ou à un premier travail d'apprenti. Le piètre cadeau que voilà ! Arcadio ignorait-il donc qu'aucun navigateur ne se serait risqué à traverser l'Atlantique sans emporter une boussole avec lui ? Ou bien la sienne constituait-elle à ses yeux un véritable sujet d'émerveillement et un progrès ? Je ne sus trop que penser, et mon air dubitatif put être pris pour la niaise mimique de quelque incrédule. Moi, ce qui m'intéressait, c'était plutôt le tube produisant de la lumière qu'il avait également caché, mais je ne voulus pas me montrer trop curieux. Arcadio eut un autre rire aigrelet en me fixant de son œil unique :

— Demain, tu verras d'autres merveilles, et d'autres secrets, mais pour l'heure, il faut dormir.

Dormir après un tel serment ? Impossible ! Et si je n'avais durant la journée franchi autant de lieues, je n'aurais sans doute pas été capable de me laisser aller au sommeil. Mais j'étais véritablement exténué par notre longue marche. Et mes semaines passées en cage à bord de la *Centinela* et dans les cachots espagnols m'avaient enseigné une prudence et une patience à toute épreuve. Aussi regagnai-je ma couche sans insister, persuadé que le lendemain serait fécond en surprises prodigieuses.

Je dois admettre que je ne fus pas déçu, même si l'horreur de ce que je vis surpassa de loin l'émerveillement que je nourrissais.

Le lendemain matin, peu après l'aurore, un autre petit groupe d'Indiens rejoignit notre campement, pour fixer le nombre de notre troupe à dix-sept membres, moi compris. Les nouveaux venus affichaient également la peau cuivrée et les traits du peuple itza, ainsi qu'un même silence circonspect. Je notai cependant que les derniers arrivés voyageaient avec de plus encombrants bagages, et qu'ils semblaient plus agressifs et nerveux que les compagnons d'Arcadio avec lesquels j'avais passé les semaines précédentes. Je ne m'étonnai guère qu'ils nous aient si facilement rejoints, et pressentis qu'il fallait y voir les effets conjugués de leur grande connaissance de la nature et de l'emploi de quelque merveille. Une poignée de mots fut échangée dans leur langue natale, on posa un regard ou deux sur ma maigre silhouette d'étranger mal accoutumé aux chaleurs et aux dangers locaux, puis l'ordre fut donné de reprendre la marche.

Le soleil n'avait pas encore atteint son zénith, quand je décelai les premières saveurs marines dans l'air chaud de la forêt : une fraîcheur océane diffuse, qui nous enveloppa à chaque lieue davantage tandis que nous marchions toujours plus loin, nord-nord-est, à en croire la boussole carrée d'Arcadio. Sur la peau de mes bras cuits par le soleil, le goût de ma sueur se mêla à celui, autrement salé, de l'océan tout proche. Puis, au milieu de l'après-midi, tandis que les frondaisons se faisaient plus clairsemées, je vis les premiers reflets scintillants des flots entre les dernières lignes d'arbres. Cette vision gonfla ma poitrine d'une joie intense, jusqu'à me faire réaliser quelle désagréable épreuve avait été pour moi la lente traversée de la jungle. La mer, infinie et à portée, c'était le reste du monde tout entier qui revenait soudain se livrer à moi. Ma joie fut si grande de revoir le littoral brûlé de lumière et d'écume acide que je tombai à genoux, à l'orée des derniers arbres, pour m'accorder quelques sanglots en souvenir du Cierge, de la Crevette et des autres qui n'avaient pas eu ma chance : du sommet de la petite colline où je me tenais, je pouvais voir la silhouette profilée d'une frégate de course battant pavillon français. Je compris que j'étais sauvé.

— Ceci est mon présent pour m'avoir arraché à la mort et au feu, dit Arcadio qui m'avait rejoint. Si je te l'offre, travailleras-tu pour moi ?

— Oui, jurai-je sans hésiter.

— Alors viens, descendons rencontrer ton nouvel équipage. Puis nous embarquerons et tu iras là où je te le demanderai.

Je descendis avec les Itza le flanc herbeux de la colline, jusqu'à la plage où nous attendaient trois longues pirogues. D'autres Indiens étaient là, qui se partagèrent notre surplus de chargement. J'aperçus aussi quelques marins de mon espèce, aux airs farouches et redoutables, à la peau claire rougie par les Caraïbes.

— Bienvenue, capitaine, me dit l'un d'eux, un grand gaillard à la barbe jaunie par le tabac. Permission de lever l'ancre ?

Je ne répondis rien, craignant d'avoir mal compris. Mon souffle était court. Mes pensées s'étaient effritées le long d'un interminable parcours qui avait commencé naguère à Port-Margot et s'arrêtait là, en cet instant, à la lisière des vagues.

— Capitaine, répéta le forban, permission de quitter le mouillage ?

— Oui...

Deux matelots poussèrent la première pirogue à l'eau et firent, à Arcadio et à moi, signe d'embarquer. Je pris le temps de détailler la frégate tandis que nous nous en approchions en cadence. C'était un puissant navire, coque luisante de graisse et de goudron, qui paraissait fraîchement sorti de radoub. Je comptai vingt sabords et autant de canons, jaugeai rapidement la ligne et l'allure du vaisseau. J'avais face à moi un bâtiment magnifique, de la classe de la *Centinela*, et ce détail me troubla fortement : malgré son pavillon à fleur de lys, c'était à l'évidence un chasseur espagnol… Comment était-il arrivé ici sans présenter le moindre signe de combat ou d'abordage ? Mon ancien compagnon de cellule me tapa sur l'épaule en gloussant :

— Quel nom lui donneras-tu ?

La question me prit au dépourvu. Je ne me sentais guère d'humeur baptismale, ni excessivement serein. J'avouai donc mon indécision, en même temps que mon embarras :

— Nous allons devoir parler, dis-je en guise de réponse. Toi et moi, sans barguigner…

— Ton équipage a déjà ses ordres, acquiesça Arcadio, il saura attendre un peu que tu le prennes en main.

— Mon équipage…

Ces hommes m'étaient inconnus et je ne me sentais pas leur capitaine. À recevoir un cadeau excessif, on peut perdre le plaisir d'en prendre possession. Notre pirogue accosta et nous montâmes à bord. D'autres marins hâlés par les tropiques s'affairaient sur le pont et préparaient l'appareillage. Presque tous me regardèrent avec une déférence que je ne comprenais pas. Arcadio m'entraîna vers la proue pour y écouter mes questions et objections. Quand il fut certain que nous étions hors de portée, il croisa les bras sur sa poitrine et me fixa de son œil unique. Moi, je n'avais d'yeux que pour le bois neuf du bastingage et pour les haubans, posés si récemment qu'ils sentaient encore le chanvre sec. La voix de l'Indien me rappela à mes exigences :

— Que veux-tu savoir ?
— Tout.
— C'est vaste.
— C'est nécessaire... Qui es-tu ?
— Si je te posais la même question, saurais-tu y répondre, toi ?

Je n'étais pas sûr d'apprécier ces finasseries. Christ mort ! J'étais nommé à la tête du plus redoutable vaisseau de ma carrière, mais tant de mystères et de secrets m'entouraient que je n'y trouvais plaisir ! Comprenant la nature de mon agacement, et ne souhaitant sans doute pas le nourrir davantage, Arcadio soupira avant d'entamer sa confession :

— Tu te souviens de l'homme qui voulut t'étrangler, la première nuit à Carthagène ?
— Oui, celui que tu as tué.

S'il voulait me mettre face à mes dettes, il avait réussi. Je savais pertinemment que sans son intervention, je serais mort cette nuit-là. Ou celle d'après.

— C'est moi qui lui avais ordonné de te tuer. Angel a agi sur mon ordre...

Angel ? Je n'avais jamais su le prénom de l'assassin. Cette révélation, et ce qu'elle impliquait de complicité ou de camaraderie avec Arcadio, me stupéfia presque autant que cet aveu.

— Mais... Pourquoi ?
— Pourquoi l'avoir tué ? Ou pourquoi l'avoir envoyé te tuer ?
— Les deux !
— Parce que je t'ai longtemps soupçonné d'être un agent espagnol infiltré dans la prison...

— Quel bel espion j'incarnais, maugréai-je, affamé et les dents arrachées !

Arcadio caressa le bois du bastingage. Il observa la côte proche, huma l'air salé avant de répondre :

— Tu n'as pas idée de ce qu'ils m'ont fait subir pour me faire avouer ce que je sais. Envoyer un faux prisonnier, ou un vrai prisonnier acquis à leur cause, pour m'amadouer, voilà qui aurait été dans leurs manières.

— Mais tu m'as sauvé ! Tu as tué cet Angel !

— Oui, sourit l'Indien. Quand j'ai compris qu'il allait échouer, j'ai choisi de le tuer avant qu'il n'avoue pourquoi il t'avait attaqué... Ne me regarde pas avec cet air furieux : tu aurais fait pareil à ma place. Quand tu as repoussé Angel, mes soupçons se sont confirmés et j'ai préféré faire celui qui ne se doutait pas de ta double identité.

— Et tu m'as suspecté longtemps ?

— Jusqu'à ce que tu m'arraches au charnier, je suppose...

J'étais atterré :

— Malgré mes soins ? Malgré mon soutien jusqu'aux dernières heures ?

Arcadio eut un haussement d'épaules et une moue navrée :

— Maintenant, je te crois. Tu as vu les miens, tu sais d'où je viens et qui je suis.

Ce fut à mon tour de grimacer :

— Je n'en sais rien, en vérité. Je comprends que ton peuple tient tête aux Espagnols et que vos moyens sont autrement plus redoutables qu'il n'y paraît. Mais je ne sais ni d'où tu viens, ni ce que tu veux de moi.

Arcadio porta son regard vers ses frères qui achevaient d'embarquer leur mystérieux chargement à bord de la frégate. L'équipage était à son poste et attendait l'ordre de départ. Celui que je croyais être mon ami se redressa fièrement à l'instant de me répondre :

— Nous sommes les Itza de Noj Peten. Notre cité n'a jamais été conquise par les envahisseurs. Nous sommes l'épine dans leur flanc, ceux qui feront bientôt tomber le géant. Et tu vas nous y aider.

— Comment ?

— Ce navire est le tien. Donne-lui un nom, puis mène-le là où je te le dirai. Les Itza sont braves mais mauvais navigateurs. Si tu nous aides bien, tu auras tout ce que tu as toujours voulu, et plus encore.

— Je veux les *maravillas* !

Un beau sourire éclaira le visage blessé d'Arcadio. Un instant, je le soupçonnai de jubiler de m'avoir si bien deviné ou manœuvré. Je n'en avais cure. Je voulais ses merveilles. Je voulais la magie. Plus que tout au monde.

— Où irons-nous ? demandai-je pour la forme.

— Prendre Santa Marta.

— Avec seulement ce navire ? m'étonnai-je.

— Avec seulement ce navire, ces hommes, et quelques merveilles…

*

Au soir de cette journée, debout à la poupe de ma frégate, j'ai regardé longtemps brûler Santa Marta.

À la demande d'Arcadio, m'aidant de quelques cartes disposées dans ma cabine, j'avais mené le rapide vaisseau jusqu'aux abords de la cité espagnole. Là, j'avais laissé les Itza débarquer en silence, à moins d'un mille du port sommairement fortifié, avant de les voir disparaître dans la nuit naissante. Ils emportaient sur leurs épaules les lourds sacs oblongs que nous avions portés à travers la jungle. Dans leurs yeux, j'avais lu la détermination cruelle des tueurs, celle que j'avais tant vue dans le regard des frères Mayenne.

Moins d'une heure plus tard, les premiers grondements d'armes à feu retentirent en provenance de la cité. Puis une explosion, deux, trois, un vif chapelet de boules de flammes, et la ville entière sembla s'embraser. Il n'avait fallu qu'une trentaine d'Indiens pour prendre l'objectif. Abasourdi, je regardai monter l'incendie gigantesque vers le ciel caraïbe. Me revint en mémoire le souvenir des navires espagnols pulvérisés par le gigantesque navire surgi dans l'ouragan, la nonchalance avec laquelle il avait balayé ses assaillants. Et je ressentis la même terreur superstitieuse qu'à l'instant de voir tomber ce châtiment divin. Les dieux indigènes étaient-ils donc revenus réclamer leur terre ? Christ mort, je voulais bien le croire !

Le marin qui m'avait le plus agréablement accueilli à bord, et qui répondait à l'étonnant sobriquet de Gueule-de-figue, vint couper court à mes pensées en me rejoignant sur le gaillard d'arrière :

— Capitaine, il faut y aller…
— Y aller ?

Il me montra les flammes sur la côte :

— Ils nous attendent.

Nul doute que les Itza avaient ordonné notre présence. Paradoxale situation d'un navire dont le nouveau capitaine ignorait encore tout de ce que l'on attendait de lui. Arcadio avait raison : si je voulais m'investir et me sentir légitime dans le nouveau rôle que j'avais accepté, il me faudrait véritablement prendre possession du bâtiment en commençant par le baptiser. Je me promis d'y réfléchir au plus tôt, et d'ici là me jurai de veiller scrupuleusement à me faire obéir :

— Qui commandait à bord avant mon arrivée ?

Gueule-de-figue hésita à peine :

— Personne, capitaine. L'équipage a été recruté il y a une semaine et les Indiens nous ont ordonné de vous obéir.

Ainsi, Arcadio m'avait offert un équipage en sus du navire, et je n'avais supplanté personne ? C'était une bonne chose. Je savais trop bien la répugnance des flibustiers à se soumettre sans rechigner à l'autorité d'un inconnu dont ils ignoraient tout.

— Voudrais-tu être mon maître d'équipage ? proposai-je.

Gueule-de-figue montra les dents :

— Avec honneur, capitaine.

— Alors à la manœuvre, bosco ! Allons-y !

Mon nouveau second se retourna vers le pont et brailla quelques ordres. Les marins se pressèrent d'obéir. Je gagnai la barre et notre frégate quitta rapidement son mouillage, cap sur Santa Marta, non sans une certaine appréhension : si les Itza n'avaient pas correctement assailli le port, les canons espagnols n'auraient aucune peine à envoyer mon superbe navire par le fond. Mais quelque chose me disait que l'arrivée d'une frégate française serait le cadet des soucis du gouverneur ou de la garnison, s'il fallait en croire les brasiers visibles par-dessus les fortifications.

Aucune résistance ne se manifesta tandis que la frégate passa sous les bouches des canons. Plusieurs navires mouillaient à l'abri du petit port, mais je ne décelai aucune activité à bord quand nous accostâmes. Mes hommes débarquèrent rapidement. Les quais étaient vides de toute vie. Sur notre gauche, j'aperçus un fortin trapu, ravagé par les flammes, dont la silhouette crénelée faisait comme un phare surplombant la baie étroite. Gueule-de-figue vint me trouver tandis que je surveillais les docks depuis le pont supérieur, pour me donner un sabre d'abordage et une paire de pistolets. J'étais toujours indécis quant à la marche à suivre, mais préférais ne rien en laisser voir. Mon équipage semblant avoir reçu ses ordres, je me contentai de superviser et laisser faire. Mon bosco me tendit aussi une gibecière copieusement garnie de poudre et de balles, avant de m'inviter à descendre à terre :

— Les quais sont sûrs, capitaine. Nous n'avons plus qu'à attendre.

Je hochai la tête et serrai les crosses de mes pistolets avant de rejoindre les hommes déjà postés à l'affût. Je n'aurais pas craché sur quelques goulées de tafia pour diluer mon anxiété. Inutile, dans la confusion montante, de brouiller davantage mon humeur et mes pensées. Je tournai la tête vers mon second, à la mine plus détendue que la mienne :

— D'où viens-tu, mon gars ?
— De la Tortue, capitaine.
— La Tortue ?

Peste ! Cela voulait-il dire que l'île était passée aux mains des Français ?

— Oui-da ! Capturé avec les autres par les *Spaniards* il y a deux mois en maraudant trop près de Santa Marta, et libéré par nos bienfaiteurs il y a huitaine pendant qu'on nous menait vers un camp de déboisement.

Il eut un geste de la main en direction du sud, vers les terres intérieures du continent. Je comprenais mieux leur satisfaction à voir brûler le port, maintenant.

— Quand as-tu quitté la Tortue ?

Gueule-de-figue caressa sa joue vérolée, soupesa un peu son sabre, avant de répondre :

— Au milieu du printemps. Je commandais une pinasse prise aux Anglais.

— Qui tient Basse-Terre, désormais ?

— Le gouverneur Le Vasseur.

Christ mort ! Mes bons comploteurs de capitaines n'avaient pas chômé depuis Port-Margot. Pour la première fois depuis des mois, j'éclatai de rire à l'idée de peut-être bientôt retrouver Brieuc et les autres. Les belles anecdotes que nous aurions à échanger ! J'allais poser d'autres questions, lorsqu'un frémissement alarmé agita mes hommes aux aguets. Leurs poignards et espingoles luirent dans la lumière orange des incendies quand, à l'extrémité des docks, apparurent les premiers Espagnols. En apercevant les reflets de leurs casques et cuirasses, je fus tenté d'ordonner le tir, mais réalisai à temps qu'ils ne tenaient nulle arme. De fait, ils clopinaient plus qu'ils ne progressaient vers nos positions et plusieurs d'entre eux, blessés, n'avançaient que soutenus par leurs camarades. J'en comptais dix, vingt, bientôt cinquante, qui marchaient sous la menace de nos armes en émettant moult protestations craintives dans une langue — peut-être de l'italien — que je ne compris pas. Sûrement des mercenaires ou escadrons supplétifs, comme il y en avait tant à œuvrer dans le Nouveau Monde pour la couronne d'Espagne, tandis que les meilleures troupes de Philippe IV se battaient en Flandres, dans les Pyrénées ou dans le Piémont.

Fermant la marche du piteux cortège, plusieurs Itza couvraient aussi les vaincus de leurs armes — certainement celles que je les avais vus emporter au moment de débarquer. Celles-ci ressemblaient à des espingoles autant qu'un lion ressemble à un chaton. Noires et menaçantes, graciles et redoutables comme une promesse de mort. *Maravillas*. Une nouvelle explosion monta au-dessus des toits de Santa Marta, en provenance des rues étroites bordant le port. La lumière vive plaqua brièvement un masque brutal et cruel sur les traits des vainqueurs. Un cri retentit, qui cingla comme un ordre martial. Penauds et soumis, les prisonniers se figèrent et ne bronchèrent pas tandis que les Itza les poussaient du bout de leurs armes pour les forcer à se regrouper. En quelques secondes, ils ne composèrent plus qu'un maigre troupeau apeuré, au poil roussi et aux yeux asséchés par les flammes. Un autre cri claqua. Les Itza ouvrirent le feu sur le groupe. Entre leurs mains, les armes invoquèrent la camarde. Les soldats hurlèrent, tombèrent sous le feu crépitant. Une poignée de secondes... De moins en moins de pleurs... Les armes se turent. Les regards s'éteignirent.

Sur le quai ruisselant de sang, les corps sans vie des vaincus composaient une rosace atroce. Les balles avaient déchiqueté les chairs, brisé les mâchoires et percé les ventres. Odeur de poudre par-dessus la fumée. Près de moi, je vis Gueule-de-figue serrer les dents, épouvanté par le carnage. Mes doigts serraient les crosses de mes pistolets à m'en rompre les jointures. Deux autres explosions, plus lointaines, firent tomber une brève pluie de gravats noircis autour de nous. Santa Marta n'était plus qu'une ruine. Un charnier soigneusement confectionné pour frapper l'esprit des survivants ou de ceux qui viendraient, bien après notre départ, constater le désastre. Je vis revenir Arcadio, accompagné d'autres Indiens portant un long coffre en bois renforcé de métal. Était-ce le but de ce massacre ? Fallait-il donc assassiner autant de gens pour leur dérober ceci ? Sûrement pas. Mes mots s'évaporaient dans la chaleur des brasiers. Je fixais l'ami qui marchait droit vers moi, le visage luisant de sueur et d'excitation. Ma première pensée fut pour la population :

— Les femmes ? Les enfants ?

— Dans l'église, m'assura Arcadio. Vivants.

Je n'étais pas certain de pouvoir le croire, mais je demeurais prudemment dans mon rôle, cependant :

— Quels sont tes ordres ?

— Nous repartons. Nous avons repris ce qui nous avait été dérobé.

Je regardai passer le coffre devant moi, qui fut porté avec mille précautions jusqu'à bord de la frégate, puis soigneusement descendu dans les cales. Mes lèvres parlèrent à ma place :

— Qu'est-ce que c'est ? Qu'est-ce qu'il y a dedans ?

— Ton trésor de guerre. Tout ce qu'il contient est pour toi.

Le cadeau maudit, en vérité. Ruisselant du sang de cent malheureux exécutés pour me l'offrir. J'étais là, debout au milieu des cadavres, encore debout au terme d'épreuves qui avaient failli m'arracher à moi-même, mais je ne doutais pas un instant de pleurer de joie à l'instant d'ouvrir le coffre qui m'attendait sagement à bord. *Maravillas*. Ma malédiction.

Au terme de cette nuit, debout à la poupe de ma frégate, j'ai regardé longtemps brûler Santa Marta. Les

Indiens n'étaient pas montés à bord. Arcadio m'avait rendu ma liberté.

— Je te reparlerai bientôt, nous avons encore à faire ici, avait-il dit en me tendant la main.

Je n'avais pas compris ce qu'il avait voulu dire quand il avait prononcé ces mots, car je n'avais pas encore osé regarder quel héritage était désormais entreposé sous mes pieds.

— Où iras-tu ? m'avait-il demandé en regardant mon navire prêt à lever l'ancre.

— La Tortue, avais-je répondu spontanément.

— Alors bonne route, Villon, que les vents te soient favorables. Nous nous reverrons.

Puis il avait tourné les talons et rejoint ses frères pour achever leur chasse dans la ville saccagée. Je ne devais pas le revoir avant longtemps. Mais sa voix et son rire aigre ne me quittèrent pas une seule journée jusqu'à l'instant de lui serrer de nouveau la main. Car dans le grand coffre en bois clair volé à Santa Marta, il y avait une machine extraordinaire, un appareil délicatement déposé sur un lit d'étoffes et d'ouate épaisse qui, par des moyens que je ne pouvais expliquer, relayait à l'envi la voix de mon ami chaque fois qu'il souhaitait me parler. *Maravillas.*

XXII. *Archipel inexploré de la Baja Mar*

(CIRCA 1651)

> *I believe in justice*
> *I believe in vengeance*
> *I believe in getting the bastard*
>
> NEW MODEL ARMY
> Vengeance

La tanière flottante de Dernier-Espoir puait la dysenterie, l'huile rance et la bouse. Ancré à moins de deux milles de l'île d'Eleuthera, ce n'était qu'un invraisemblable amas branlant, fait de cahutes mal arrimées à des carcasses et des barques reliées entre elles par un enchevêtrement de haubans, câbles et passerelles. Répartis sur toute cette structure, quelques vaches et moutons faméliques broutaient les lichens prudemment collectés sur la côte voisine par les habitants quand le temps le permettait. Les survivants, les chanceux et les plus volontaires, ceux qui avaient rejoint notre havre par leurs propres moyens, s'arrangeaient d'ordinaire pour se confectionner un semblant de masure personnelle, arrimée sur leur embarcation, à partir des débris glanés après chaque tempête. Pour les réfugiés les plus démunis, j'avais fait aménager cantines et dortoirs dans les cales des épaves les plus solides. En comparaison, le bourg crasseux de Port-Margot faisait office de cité princière et, s'il avait eu la chance d'y arriver vivant, aucun résident de Dernier-Espoir n'aurait hésité à tenter la traversée sur le moins manœuvrable des youyous percés, avec le rêve d'échapper à ce bouge vicié.

Malheureusement, Port-Margot n'existait plus. Pas plus que la Tortue, la Martinique ou Saint-Christophe. Et s'il subsistait quelque part, à portée de voyage, une cité qui n'avait pas encore été dévastée, seul un fou y aurait posé un pied, au risque d'être avalé par une de ces poches de temps corrompu qui ravageaient régulièrement les rivages. La loi était la même pour tous : hors de la mer, point de salut. Depuis ce misérable îlot artificiel qui constituait désormais notre foyer, nous surveillions sans cesse les fluctuations visibles sur les côtes d'Eleuthera. Quand ce n'était pas moi qui me chargeais des relevés, c'était mon bosco, ou bien un autre capitaine rallié à notre cause. En presque une année, nous avions scrupuleusement noté la puissance et la fréquence des tempêtes, leurs effets comme leurs déplacements. De cette somme d'informations, rien n'avait jailli de très profitable, si ce n'était l'irrégularité des phénomènes. Un mois pouvait filer sans le moindre incident. Puis les côtes subissaient coup sur coup plusieurs perturbations majeures qui apportaient leur lot de terreur et de débris plus ou moins exploitables. Nous étions assiégés, non pas par les derniers *Spaniards* capables de nous chercher querelle, mais par le temps lui-même, fluctuant et meurtrier. Je crois d'ailleurs que, sans le soutien des Targui qui avaient réchappé à la destruction de Basse-Terre et dont les *burbujas* flottaient au-dessus de nos têtes, notre sinistre refuge n'aurait pas si bien résisté à ces ouragans.

Nous en étions tous désormais convaincus : l'apocalypse était à portée de longue-vue. Pourtant, je caressais encore l'idée de faire payer ceux qui s'étaient acharnés à causer notre perte.

Depuis plusieurs mois, et à chaque sortie du *Déchronologue* en direction des Caraïbes — avec l'espoir régulièrement déçu de faire bonne prise —, j'espérais secrètement croiser notre ennemi, celui qui avait envoyé tant de nos alliés par le fond, et s'acharnait encore à nous traquer. Je savais par les quelques navires qui parvenaient jusqu'à notre repaire perdu au milieu de l'archipel de la Baja Mar que ce dernier n'avait de cesse de localiser chaque port flottant construit sur le modèle de Dernier-Espoir. Mais nous étions bien cachés, à l'écart des Caraïbes, blottis au cœur d'un archipel mal exploré, très à l'écart des anciennes routes maritimes. Le prix de cet isolement, bien entendu, était de ne disposer d'aucune source d'approvisionnement aisément accessible. Mais je savais que nous n'avions aucune chance de survivre à un affrontement direct. Mieux valait nous faire discrets et manger chichement.

Pourtant, il m'en coûtait chaque jour davantage de constater à la fois la fragilité grandissante et la lente désagrégation du peu que nous avions préservé. Pour tout dire, je détestais autant me sentir dans la peau d'un lièvre que j'enrageais de ne pas entrevoir d'échappatoire. J'avais inlassablement interrogé Simon et les siens, réclamé les avis toujours plus sibyllins du Baptiste, quémandé les conseils de mon intransigeante Sévère... Mort de moi, j'avais même décidé de me sevrer de la bouteille et des liqueurs, en limitant ma consommation de tafia à un seul litre d'un crépuscule à l'autre !

Mais rien n'y faisait : à chaque saison qui passait, la vie à Dernier-Espoir se faisait plus rude. La chaleur et la promiscuité mettaient à vif notre petite communauté. Au retour de notre dernière mission lointaine, j'avais ordonné à mon équipage de rester autant que possible à bord du *Déchronologue* pour éviter tout drame avec les réfugiés. Le problème du manque de femmes, en particulier, était devenu si crucial et avait tant menacé de causer les pires troubles, que j'avais dû me résoudre, la saison précédente, à organiser une invraisemblable expédition jusqu'à Santiago de La Vega, pour en secourir les derniers habitants à la demande de mon fidèle ami Francisco Molina. En échange de l'accueil de ces familles à Dernier-Espoir, le marchand m'avait offert un honnête contingent de catins qui ne lui rapportaient plus assez, elles-mêmes rescapées de longue date de la destruction de Carthagène. Ces dames avaient désormais leur barcasse privée, où elles recevaient aimablement leurs clients pour la satisfaction du plus grand nombre. Et quand elles n'œuvraient pas au bon moral des hommes, les plus volontaires d'entre elles participaient aux cueillettes sur la côte ou s'initiaient aux subtilités des parlers étrangers pour négocier plus que le prix de leurs prestations.

À Dernier-Espoir, les drapeaux et les nations n'avaient plus de sens, les langues des adversaires de naguère se mêlaient et fusionnaient autour des bassins d'eau douce en un galimatias qui n'aurait pas déplu au grand Fèfè de Dieppe, et je crois bien que je m'agaçais d'autant plus de cette fraternité naissante qu'elle avait nécessité l'imminence de notre perte pour s'épanouir.

Dans cette effervescence inquiète, mes marottes avaient retrouvé tout leur sens. Fièvres et risques d'épidémie étaient tenus à distance grâce aux réserves de *quinquina* ; et sans nos dernières *conserva*, plus d'une menace de disette aurait été fatale pour les quelques enfants et barbons réfugiés parmi nous. Pendant plus d'un an, du soir au matin, et du matin au soir, j'organisais, déléguais, administrais et régentais les détails de notre survie. Au risque de me métamorphoser, à mon corps défendant, en la pire incarnation de gouverneur d'un cloaque sans dignité jamais poussé sous le soleil tropical. Je peux avouer aujourd'hui que, plus d'une fois, je fus fortement tenté d'abandonner. Et ce fut encore Sévère qui me soutint, avec sa réserve habituelle, quand je manquais de lever l'ancre sans retour.

— Henri, me dit-elle au lendemain d'une de mes ivresses plus appuyée que d'ordinaire, considérez chaque foyer flottant, chaque passerelle et chaque coque amarrée ici comme le prolongement de votre frégate.

— Mais tous ces gens ne sont pas de mon équipage, objectai-je.

— Vous n'en êtes pas moins leur capitaine, sourit-elle.

C'était peut-être un artifice, et seulement une vue de l'esprit, mais c'est ainsi que j'acceptai la tâche qui m'incombait, et que je maintins le cap de nos galetas en sursis en attendant de trouver une meilleure solution. Car le temps jouait contre nous et nous ne saurions échapper éternellement à l'ennemi.

J'avais pourtant gardé un atout de choix dans mon jeu, en la personne de mon nouveau conseiller militaire. L'idée de sa nomination m'était venue un soir d'ivrognerie où j'arpentais les passerelles de Dernier-Espoir pour en vérifier l'équilibre — et le mien. Perché au-dessus des flots sombres, je pouvais entendre la rumeur diffuse de notre congrégation. Oh, elle n'était guère différente de celle de toute autre fraternité luttant pour ne pas sombrer : un mélange de cris, de toux, de vifs éclats de voix et de conversations fatiguées, saupoudré de bêlements et de meuglements du maigre bétail somnolant au crépuscule. Mais ce fut l'accent dominant de cette rumeur, plus que son contenu, qui me frappa... Je venais de réaliser qu'une majorité des résidents parlait espagnol ! Peste blanche, à force de secourir et recueillir tous ceux qui manquaient de tout, nous étions devenus majoritairement hidalgos !

Stupéfait par cette découverte, j'avais éclaté de rire sous les étoiles naissantes, tandis que m'était venue une autre révélation : pour fédérer cette mosaïque à bout de patience et d'illusions, nous avions besoin d'une figure qui trouvât l'approbation de la majorité et le respect de tous. Je pourrais ainsi me défaire de mon costume de gouverneur officieux qui m'empesait la caboche, et consacrer le temps qu'il me restait à ce qui m'inspirait vraiment : la perte de l'ennemi. Dès le lendemain, j'annonçais donc — et sans avoir averti quiconque, pas même le principal intéressé — la désignation à la nouvelle charge de responsable de la défense de Dernier-Espoir, et de conseiller militaire du capitaine Villon, de celui qui me semblait doublement né pour cette charge : le commodore Alejandro Mendoza de Acosta !

Cette nomination, qui peut paraître aussi audacieuse que déplacée, ne saurait être comprise sans en révéler davantage sur la personne du commodore. J'espère qu'il me pardonnera les quelques révélations que je m'apprête à faire maintenant, mais elles apporteront, je l'espère, l'éclairage nécessaire à la juste compréhension de la situation. Et puis, son histoire fut si tragique, si emblématique des bouleversements qui n'en finissaient plus de ronger le monde, que je me devais de la rapporter ici pour la postérité.

Depuis que Mendoza appartenait à mon équipage — c'est-à-dire à peine quelques mois avant la fondation de Dernier-Espoir au large d'Eleuthera —, le récit de sa tragédie avait fait le tour des cambuses, et provoqué frissons d'horreur et de stupéfaction parmi ceux qui l'avait entendu. Il y avait, dans son destin, quelque chose qui forçait les rancunes les plus tenaces. Ce cruel traqueur de pirates, authentique chien de chasse de la couronne d'Espagne que rien n'animait autant que la piste fraîche d'un navire flibustier à couler, était tombé si bas et avait traversé tant d'épreuves que sa légende côtoyait désormais celle des damnés éternels des mythes antiques. D'ailleurs, il suffisait de le voir, errant et balbutiant à travers Dernier-Espoir, pour croire aussitôt ce qui se racontait à son sujet. Mieux : quand il faisait trop chaud au large d'Eleuthera pour supporter le moindre vêtement sur le dos, chacun pouvait constater de visu l'authenticité de sa malédiction en apercevant l'effroyable portrait grimaçant qui semblait incrusté ou tatoué sur la peau de son torse.

C'était arrivé durant les années de débâcle des *Spaniards*, quand les tempêtes de temps constituaient encore des phénomènes inconnus que nul ne savait déceler avant leur venue. À l'orée de l'été, la *Centinela* de Mendoza avait fait relâche à Maracaibo pour avitailler et s'entretenir des dernières nouvelles en provenance de l'empire. C'était là que l'attendait un pli cacheté rédigé de la main de Don Garcia Sarmiento de Sotomayor, vice-roi de Nouvelle-Espagne retranché à Mexico. Dans le précieux document, il lui était ordonné de faire voile au plus vite vers Cadix, puis de rejoindre Madrid, afin de rapporter à la cour la situation alarmante qui frappait les colonies du Nouveau Monde.

C'était, en vérité, une mission suicidaire, qui n'était sans doute pas sans lien avec la disgrâce que connaissait le commodore depuis sa défaite contre les Anglais de Providence. Son sens du devoir lui ordonnait cependant de prendre les dispositions nécessaires pour ce long voyage qui devait le ramener sur la terre de ses pères.

Maracaibo était bien distante des voies maritimes vers l'Europe. La *Centinela* peina d'abord à gagner Hispaniola en affrontant les vents contraires, fréquents à cette période de l'année. Puis elle peina tout autant à remonter la côte de l'Amérique jusqu'à y toucher les puissants vents d'ouest seuls capables de lancer la frégate jusqu'à l'Espagne, en un grand saut d'une rive à l'autre de l'Atlantique. Mais durant ce périple, déjà suffisamment risqué en solitaire dans des conditions favorables, rien ne se passa comme supposé.

Personne ne sait vraiment les détails de ce qu'ils endurèrent. Quelques survivants de son équipage, retrouvés de port en port, ont raconté à peu près la même chose, à savoir qu'il avait été impossible à leur vaisseau exténué d'accoster sur le moindre rivage : des ouragans perpétuels, si épouvantables que leur fureur faisait s'éparpiller jusqu'aux astres dans le ciel, les avaient poussés sur des mers inconnues et jusque sous des configurations célestes si changeantes qu'ils ne purent les reconnaître. Ils dérivèrent ainsi durant des semaines, des mois peut-être, ballottés en tous sens, le corps et l'âme usés jusqu'à trame, piégés dans l'enfer des flux de temps indécis. Heureusement pour eux, ils ne croisèrent aucun bâtiment ou convoi soudainement jailli d'une époque lointaine, et ils n'eurent à éviter aucune collision avec un hypothétique ennemi aussi désemparé qu'eux dans la tourmente. À plusieurs reprises, les vents les portèrent en vue de côtes étincelantes aux éclats vermillon qui n'étaient rien d'autre que les brasiers des grandes capitales détruites. C'est ainsi que le commodore découvrit que toutes les folles rumeurs qui couraient dans les Caraïbes étaient fondées : si l'ancien monde ne répondait plus, c'est qu'il était trop occupé à agoniser. De la bouche même de Mendoza, le désastre était à peine concevable tant il heurtait le regard : c'était comme si toute terre ferme était entrée en révulsion contre elle-même, se brisant et se repliant à la manière d'une vulgaire pâte à pétrir. Des montagnes se dressaient et s'effondraient, des socles titanesques dérivaient et s'entrechoquaient jusqu'à constituer l'échine mouvante de l'Armageddon. Bien entendu, nul navire ne pouvait survivre à pareille épreuve, s'il s'en approchait assez pour y être soumis. Presque par miracle, Mendoza parvint à faire demi-tour pour tenter de rallier les Caraïbes. À bord de la *Centinela*, l'équipage en était déjà réduit à faire bouillir de l'eau de mer et laper sa vapeur refroidie pour ne pas mourir de soif. Mais le pire était encore à venir.

Alors que la frégate à bout de force avait retrouvé ce qu'il restait des îles Canaries — incontournable borne pour celui qui voulait gagner les Caraïbes depuis le nord de l'Afrique — et s'apprêtait à retraverser l'Atlantique, une autre tempête plus violente que les précédentes l'envoya jouer au bouchon sur des vagues autrement plus redoutables que tout ce qu'elle avait enduré jusque-là. C'est dans cette tourmente, par le truchement de forces et de principes que seul un Targui — ou bien le Baptiste, mon maître-artilleur — saurait comprendre, que la *Centinela* se croisa elle-même, quelque part au cœur des temps contradictoires mugissants. Cela ne dura qu'une poignée de secondes, peut-être même moins, durant lesquelles chaque homme à bord fut dédoublé et fractionné, jusqu'à se retrouver face à lui-même. Face à une infinité de lui-même. C'est aussi ce que ressentit le commodore Mendoza, avec une touche supplémentaire d'horreur dans son cas, cependant : durant cette fraction d'éternité qui leur avait fait croiser leurs décalques, à l'instant oscillant entre la séparation et la disparition du phénomène, il fusionna réellement avec son double. Il se sentit se glisser dans l'enveloppe de son propre corps comme on enfile une culotte serrée, il sentit ses poumons respirer l'air de son alter ego et ses yeux regarder par les yeux de l'autre. Pour la durée d'une infime poussière de temps conjugués, il fut *eux*, et leurs souvenirs, et leurs pensées, et leur corps. Pendant ce bref instant suspendu, ils hurlèrent de terreur commune. Puis la sensation se volatilisa et les décalques se dissipèrent sans plus aucune matérialité. En quelque sorte, ils avaient évité de justesse la collision temporelle et avaient survécu. Mais pour Mendoza, il était resté une atroce sensation de déchirement, en même temps que la *trace* du visage de son autre lui-même hurlant de terreur, apparue sur son corps à l'instant de la séparation.

Leur navire parvint à s'arracher à la tempête et acheva tant bien que mal sa route vers l'ouest et des eaux plus clémentes. Avant l'hiver, les survivants étaient de retour aux Caraïbes. Mais leur capitaine était devenu totalement fou, tant irresponsable qu'il avait été nécessaire de le mettre aux fers pour la paix de tous. Au point d'être débarqué sur la première plage accueillante par ses marins mutinés. L'esprit brisé par l'expérience, Mendoza avait, semble-t-il, erré longtemps, jusqu'à enfin atteindre les ruines de Santa Marta où je l'avais retrouvé.

Depuis, il avait peu à peu retrouvé la paix de l'esprit, grâce aux efforts du Baptiste et de Sévère. Cette dernière avait passé beaucoup de temps en compagnie du capitaine déchu, et lui avait accordé les conseils et les soins qu'une Targui, fût-elle bannie de longue date, savait encore prodiguer mieux que quiconque. Le commodore demeurait parfois fantasque, et souvent délicat à approcher, mais je n'en avais pas moins décidé de le nommer à la sécurité de notre repaire.

Car il avait pour lui un avantage que nul autre ne pouvait se targuer de posséder : avant sa chute, il avait eu à deux reprises l'occasion de rencontrer nos ennemis communs, ceux qui avaient juré d'étendre leur hégémonie sur ce qu'ils considéraient être leur possession exclusive. Et maintenant que le *Spaniard* avait rejoint mon camp — ou du moins qu'il avait déserté le sien —, j'escomptais obtenir de sa part tous les détails utiles à la destruction définitive du vaisseau fantôme.

XI. *Mer des Caraïbes*

(AUTOMNE 1643)

> *Hark! you shadows that in darkness dwell,*
> *Learn to contemn light*
> *Happy, happy they that in hell*
> *Feel not the world's despite.*
>
> JOHN DOWLAND
Flow my tears

Le *Toujours debout* brisait lentement les vagues dans le brouillard du soir. Massés contre son bastingage, mes matelots scrutaient les draps laiteux qu'effilochait la proue, en espérant apercevoir la côte. Ce voyage de fin d'année avait été pénible, ponctué de demi-tours et d'engagements défavorables qui nous avaient beaucoup coûté en temps et en patience : signe des temps, les prises en mer étaient rares et se défendaient bien.

Il nous tardait de toucher terre et d'enfin savoir quel accueil nous y serait réservé. Une cloche tinta quelque part devant nous, aux notes faussées par l'écho et la distance. Debout près de la barre, je fis signe aux gabiers de ramener les voiles et au timonier de virer large.

— Tout mou, mon gars, murmurai-je, s'agirait pas de nous faire surprendre…

Aux sabords, le Baptiste et ses canonniers se tenaient prêts à cracher l'enfer. À la proue, mon bosco guettait le ressac et le danger.

— Ventrepute, grinça mon voisin, ils pourraient être là à deux toises pour nous décharger la mitraille au cul qu'on n'y entendrait rien !

— La paix ! sifflai-je. Et garde-moi un sillage paisible !

Je savais bien que le barreur avait raison : si j'avais été moins pressé, nous aurions pu attendre le lendemain matin pour gagner notre destination, mais le brouillard nous avantageait au moins autant qu'il nous pénalisait… Au double jeu du colin-maillard, l'avantage était à celui qui cherchait le mieux. La cloche tinta une fois encore, plus proche et sur tribord. Je retins mon souffle pour mieux l'écouter. Notre manœuvre payait. Je souris en tapotant l'épaule du timonier :

— Continue, ça commence à sentir bon.

Je me dépêchai de rejoindre Gobe-la-mouche à l'avant. Il m'accueillit avec une grimace, tandis que ses gros doigts pointaient vers deux positions au sud-est.

— Ça bouge par là et par là, capitaine. J'ai entendu de la musique. C'est eux.

— Tu en es certain ?

S'il s'agissait d'une ruse, si ceux qui nous signalaient leur présence n'étaient pas les contrebandiers que nous espérions trouver, si nos ennemis avaient eu la suprême scélératesse de diffuser des chansons appréciées des trafiquants pour mieux nous attirer, nous ne survivrions pas à l'embuscade.

— Non, bougonna Gobe-la-mouche, mais qu'est-ce que ça change ?

J'ordonnai le silence. Glissant toujours vers la côte, ma frégate avançait sec de toile jusqu'à la halte. Par-delà le grincement étouffé de la mâture et des haubans, j'entendis à mon tour les notes lointaines d'une cacophonie familière, quelque part sur tribord. Mort de moi, mon second avait l'oreille plus fine qu'une chouette en hiver : c'était incontestablement un de ces airs à la mode dans les ports francs, une affreuse ritournelle crachée par quelque mange-disque de bazar. D'un signe de la main, j'avertis Pakal, mon mousse itza préposé à notre propre musique de bord, de faire entendre notre air d'abordage. Il s'empressa d'actionner notre énorme cube à orchestre en pressant le bouton adéquat... Aussitôt montèrent les paroles déchirantes de *Flow my tears*, la complainte de John Dowland, dont j'avais négocié un enregistrement lors de notre dernière escale en Floride à deux mareyeurs qui ignoraient tout du trésor qu'ils avaient déniché. Répercutée par notre batterie de porte-voix électriques, la voix d'une chanteuse inconnue roula sur les vagues jusqu'au rivage. Pour tous les frères de la côte, ces paroles et cet air perçant la nuit ne pouvaient signifier qu'une seule chose : le capitaine Villon et ses chiens de mer arrivaient au port. Le couplet achevé, Pakal stoppa la diffusion de notre hymne. Des vociférations retentirent dans l'obscurité, des feux de position furent allumés en hâte sur les récifs en réponse à notre appel. Cris d'allégresse et soupirs de soulagement résonnèrent sur le pont du *Toujours debout*.

— Jetez l'ancre et aux godilles, mes gorets ! beuglai-je tout aussi joyeusement.

Après plusieurs difficiles semaines de mer, c'était grand soulagement de voir flamber ces brasiers : le comptoir clandestin de la Grève-Rousse n'avait pas été rayé de la carte, et nous n'avions pas navigué jusqu'ici en vain.

Une demi-heure plus tard, tandis qu'à bord les hommes de quart veillaient aux inspections de routine, je débarquai en compagnie d'un premier contingent de matelots pressés de ripailler. À peine descendu sur le sable cuivré de l'îlot, pendant que l'équipage s'égaillait vers les lumières et les tonneaux, je fus accueilli par une délégation de ruffians fortement armés. Le premier, un échalas aux dents gâtées qui devait être le maître de marché, me serra la main et me salua avec un fort accent hollandais :

— Vous êtes en retard, capitaine. Votre dernier message disait que vous arriveriez hier matin.

— Une tempête nous a trouvés il y a cinq jours. J'ai préféré la contourner.

Quelques mois plus tôt, les frères de la côte avaient compris que les Espagnols et certains maraudeurs épiaient les communications entre les ports francs et les navires en approche. Depuis cette découverte, la plus grande prudence régissait les communications radio. Comme elle s'était vite étiolée, l'époque des annonces joyeuses diffusées sans précaution, quand chacun y allait de son petit mot ou de son chapelet de banalités pour le seul plaisir de la conversation ! Après la destruction totale de plusieurs comptoirs, et la perte de plusieurs vaisseaux de flibuste, nos émetteurs étaient presque redevenus muets. Le progrès devenait vite une source d'inquiétude, quand il était partagé par tous en temps de guerre.

— Quoi qu'il en soit, sourit le maître de marché, vous êtes le premier gros tonnage à débarquer pour cette saison. Qu'est-ce que vous apportez ?

— Un joli lot de batteries neuves, quelques pièces de mobilier aussi solides que légères, et plusieurs caisses de disques.

— Toujours le meilleur trafiquant de merveilles des Caraïbes, capitaine Villon ?

— Je fais ce que je peux...

— Pour ce qui est des disques, c'est un article qui se déniche facilement et dont le cours a beaucoup chuté, moins d'une livre tournois par caisse. N'en espérez pas trop. Le mobilier pourra trouver sa place sur le marché libre, en vente directe. Quant aux batteries, bien entendu, vos lots s'arracheront aux enchères.

— Comme d'habitude, opinai-je. Merci pour ces conseils. Qui attendez-vous pour cette saison ?

— Quelques Hollandais viendront de Curaçao. On attend aussi un galion de Floride et plusieurs flibustiers français et anglais.

— Le galion est attendu pour quand ?

— Leur dernier message les annonçait pour après-demain.

— Souhaitons qu'ils n'aient pas croisé notre tempête...

Je saluai la délégation et pris la direction des échoppes et étals. Il était rare que les trafiquants de Floride descendent aussi loin vers le sud, et leurs visites étaient presque toujours synonymes de cargaisons rares. Fort heureusement, le marché aux merveilles de la Grève-Rousse était assez réputé pour attirer occasionnellement ce genre de receleurs, certains d'y faire des affaires lucratives. Entre l'annonce de cette venue et celle du *Toujours debout*, j'étais sûr que nous attirerions une large clientèle désireuse de dénicher la merveille en vogue. Depuis leur prolifération, la course aux *mara-*

villas avait pris un air de fièvre de l'or. Chacun voulait disposer du dernier cri en matière de progrès, et chaque saison apportait son lot d'innovations et de découvertes. Avec la popularisation des outils et machines électriques, le marché des batteries nécessaires à leur fonctionnement constituait le plus fructueux des commerces. C'était un peu comme vendre à prix d'or le vent qui poussait les voiles du monde. Heureusement pour mes finances, je demeurais un des rares capitaines à savoir où m'approvisionner en grande quantité. Au point que beaucoup de matelots à terre se seraient battus pour être enrôlés à mon bord, convaincus de faire fortune en une seule saison s'ils revenaient vivants.

Malgré l'heure indue, je trouvai au-dessus de la plage une boutique encore ouverte, à l'accès placé sous la surveillance de quelques miliciens surtout occupés à torturer un iguane. Il était trop tôt pour négocier quoi que ce fût d'important, mais je ne pus m'empêcher d'y entrer pour chiner un peu, sans vraiment savoir ce que je cherchais, à la lumière de quelques lampes électriques fatiguées. Inépuisable fantasme que de dénicher la perle rare dans un fond de caisse oublié... Le marchand — un drôle aux yeux trop ronds et au nez trop court — vint me saluer sans cesser de se frotter les paumes de satisfaction tandis que je fouinais. J'avais eu raison de ne pas m'emporter, il n'y avait vraiment rien d'intéressant : des pièces métalliques à l'usage inconnu, des rouages arrachés à quelque machine, des toises de câbles colorés jetés en vrac dans un coffre endommagé... Seulement les rebuts et les invendus des saisons précédentes. Rien, en tout cas, susceptible de satisfaire un capitaine de ma qualité, qui côtoyait les nouveaux dieux de Noj Peten et tutoyait leurs disciples, disposant ainsi du redoutable avantage d'avitailler directement à la source des *maravillas*.

Je remarquai tout de même une paire d'écouteurs pour boîte à musique, vendue dans un état satisfaisant. Dans ma cabine, celle que je possédais déjà menaçait de se briser à chaque utilisation depuis que j'avais malencontreusement marché dessus un soir de boisson.

— Combien ? dis-je en indiquant l'article.

Le marchand eut une petite mine gourmande en me prenant des mains le casque fragile pour l'observer attentivement. À n'en pas douter, ma belle chemise brodée et mon allure impeccable lui faisaient déjà entrevoir de juteuses opportunités.

— Pour vous, minauda-t-il, seulement cinq batteries, commandant Villon.

J'éclatai d'un rire jaune ! La célébrité allait de pair avec la prolifération des profiteurs convaincus qu'il n'y avait aucune honte à me délester de mes biens au nom de leur profit. Je savais bien ce qu'ils pensaient : que représentait une poignée de batteries pour celui qui approvisionnait régulièrement en merveilles la moitié des comptoirs ? Mort de moi, je ne croyais pas m'enorgueillir excessivement de mon rang, ni en tirer d'avantages abusifs, mais je n'aimais pas être aussi bassement sollicité.

— Foutre, tonnai-je, me confonds-tu avec ta pute de mère ? Pour ma part, je n'apprécie guère de me faire emmancher !

La fripouille cligna des yeux comme une taupe blessée par le soleil, couina et gémit un peu plus :

— Trois, alors ? Regardez, commandant, la mienne est presque morte et je n'aurai bientôt plus de lumière.

Effectivement, toute l'installation électrique de la

bicoque grésillait et faiblissait comme lumignon sous la bourrasque. Le drôle avait un besoin urgent de remplacer sa batterie, mais je n'étais pas disposé à lui faire ce cadeau :

— Travaille seulement le jour, ricanai-je, tu l'économiseras d'autant.

— Mais en ouvrant la nuit, j'ai attiré le grand commandant Villon, finassa-t-il. Disons deux ?

Sa flagornerie était vile mais efficace. Je pouffai puis hochai la tête :

— Va pour deux. Je te les ferai livrer demain matin. Mais pour ce prix-là, tu me devras aussi une faveur.

— Tout ce que vous voudrez.

Je dégainai l'arme cachée sous ma ceinture — l'extraordinaire pistolet offert par Arcadio lors de notre dernière rencontre — et visai le marchand :

— As-tu déjà vu ceci ? Ou quelque chose qui lui ressemble ?

Le regard de mon interlocuteur s'agrandit de convoitise et de peur. L'imbécile était trop cupide pour seulement dissimuler son appétit :

— Je ne crois pas avoir déjà approché aussi précieux chef-d'œuvre, bredouilla-t-il. Vous le vendez ?

— Je ne crois pas, ricanai-je. Et sois heureux de n'en avoir jamais vu... Mais si tu croisais pendant cette saison un client qui souhaite en vendre, fais-moi avertir aussitôt.

— Entendu.

À sa mine, je compris qu'il n'en ferait sans doute rien. Tant pis pour lui : je rangeai l'arme et quittai l'échoppe. À chaque marché saisonnier, ici à la Grève-Rousse ou dans les autres comptoirs francs caraïbes, je ne cessais de redouter l'apparition d'un tel article. Mort de moi ! Ces pistolets étaient tant redoutables que les Itza auraient tôt fait de brûler la colonie qui en aurait recelé un seul exemplaire. S'ils ne contrôlaient plus autant ni aussi bien qu'auparavant le trafic et les écoulements de *maravillas* — pour la plus grande joie des contrebandiers de tous poils —, ils exerçaient encore une interdiction absolue de posséder de tels trésors. Même si j'escomptais ne jamais avoir à m'en servir, je pouvais me targuer d'être le seul étranger à légitimement disposer d'un tel pistolet sans m'attirer les foudres des maîtres de Noj Peten. Je ne pouvais m'empêcher de frémir à l'idée que ce ne serait peut-être pas éternellement le cas.

Mes pas m'ayant porté là où résonnait la musique entendue lors de notre accostage, je décidai de m'accorder quelques verres pour chasser mes inquiétudes. J'entrai donc sous une large tente rapiécée faisant office de cantine, d'où s'échappaient des chapelets de notes discordantes et définitivement trop tonitruantes. Maudite mode des *maravillas* musicales, qui voulait que les marins préfèrent écouter les pires vacarmes plutôt que de se satisfaire du silence. Les machines étaient là, pourquoi ne pas les user et en abuser au nom de la nouveauté, quitte à devoir endurer les pires fracas ? Disposés aléatoirement sous le dôme de toile tendue, une douzaine de tables et de bancs plantés dans le sol sablonneux supportaient les coups et le poids d'une grosse trentaine de flibustiers rincés aux tord-boyaux. Ils étaient, pour la plupart, de simples hommes d'équipage, aux haleines et aux mines féroces, ivres et rendus furieux par la musique diffusée trop près de leurs oreilles. Celle-ci était si stridente que je dus brailler pour me faire entendre de la serveuse. Trônant au centre de la pièce enfumée, une énorme boîte musicale multicolore, sertie de motifs géométriques en laiton et affublée de foulards et rubans, crachouillait ses refrains sauvages. Je ne reconnus pas le chanteur. Depuis l'année précédente, il devenait de plus en plus difficile de rester au fait des modes caraïbes : chaque mois, des lots de plus en plus nombreux de disques submergeaient villes et colonies, venus principalement des comptoirs de Floride. Le cours de ces articles était à la baisse, avait dit le maître de marché. Rien d'étonnant à cela : la musique enregistrée était devenue une denrée plus périssable qu'un quartier de viande. Les auditeurs voulaient de la nouveauté, encore et toujours. J'espérais que mes quelques caisses récemment rachetées à un boucanier de Port-Margot sauraient tout de même trouver preneurs.

La serveuse revint avec le pichet de vin et le pain frais que j'avais commandés. Je payai et ressortis avant de ne plus supporter du tout le tintamarre qui régnait sous la tente. J'étais à peine dehors que je fus bousculé par un large bonhomme, plus haut que moi et à la trogne mangée par une barbe épaisse. À sa tenue luxueuse, rehaussée de breloques et médailles cousues sur sa poitrine, je reconnus quelque fier capitaine en maraude et le saluai poliment :

— Compliments du soir, monsieur.

Le solide gaillard me dévisagea posément, bomba le torse et prit posture élégante en soulevant son couvre-chef :

— Mes amitiés également, monsieur Villon. Je vous cherchais justement, et vos marins en bordée m'ont dit que vous rôdiez du côté du marché.

Maudite célébrité ! Au moins, celui-ci était-il un marin, et non un rampant seulement désireux de grignoter à même ma couenne un peu de ma réputation. Je me fendis d'un sourire aimable :

— À qui ai-je l'honneur ?

La réponse eut des accents méprisants et hautains :

— Je suis Nicolas-Amédée d'Ermentiers, corsaire et libre capitaine.

Je remis le bonhomme, que j'avais déjà croisé glabre, mais tout aussi prétentieux à la Tortue et dans d'autres ports français. Il avait la réputation d'être sanguin et de fort désagréable compagnie. On disait aussi qu'il n'avait peur de rien et qu'il haïssait les Anglais autant que les Espagnols. Je vis à son air insolent qu'il n'ignorait rien de ces rumeurs et qu'il aimait en abuser.

— Nos notoriétés nous précèdent, ajouta-t-il gracieusement, mais sachons passer outre.

— Et que dit la mienne ?

— Que vous pactisâtes avec les *Spaniards* pour votre plus grand profit, et qu'il ne fait pas bon vous flairer de trop près si on craint le soufre.

Étrange façon de chercher querelle à l'heure du souper. À l'évidence, le butor méritait sa fâcheuse réputation et était présentement affamé d'empoignade.

— Je suppose, dis-je, que vous n'êtes pas venu me débusquer jusqu'ici pour seulement me froisser l'humeur ?

Avec la mine d'un goupil de comptine, il hocha gentiment la tête, mais ses yeux ne perdirent rien de sa méchante malice.

— Tout doux, capitaine, susurra-t-il. Je suis arrivé il y a moins d'une heure et c'est seulement le hasard qui nous a fait nous croiser. J'ai aperçu votre frégate à la côte et je venais vous entretenir un peu au débotté.

Je n'aimais ni ses manières chantournées ni son parler de brodeuse. L'homme semblait intelligent, mais je le soupçonnais de se hausser un peu du col et de me prendre pour quelque sot facile à berner. Aussi le daubai-je à mon tour :

— Je n'ai ni le temps ni l'envie de m'entretenir, monsieur l'insolent. J'ai à faire avec mes amis espagnols qui ont, eux, au moins, la qualité de reconnaître mes mérites. Adieu !

Christ mort, que n'avais-je pas dit là ! Je vis sa figure poilue blanchir jusqu'à paraître plus claire qu'un linceul :

— Vous allez m'en répondre sur-le-champ, rugit-il.

J'eus à peine le temps de reculer d'un pas qu'il avait dégainé et tenté de me percer la tripaille. Sanguin, en vérité, mais sans grande discipline ! Je tirai ma lame à mon tour, pris la distance et portai rapidement deux touches destinées à réfréner son enthousiasme. La première dérapa sur sa garde. La seconde trouva la chair de son poignet.

— Crève donc ! beugla l'enragé en fouettant l'air pour me faire reculer plus loin. Chien du diable !

Je restai prudemment en garde tandis qu'il s'agaçait, vis apparaître quelques têtes à la sortie du chapiteau près de nous. Voilà que nous allions nous embrocher pour la galerie ! Fieffée bourrique !

— D'Ermentiers, clamai-je pour me faire bien entendre, je ne vous tiens pas querelle pour ces bêtises. Cessons-là, voulez-vous ?

— Mes bourses au cul du pape si j'en suis quitte ! tonna l'orgueilleux en feignant une charge.

Cette fois, son astuce me prit au dépourvu. Son coup de taille fut si puissant que je manquai de me faire arracher le bras en parant. Déporté sur sa dextre, je n'eus pas le temps de replacer ma garde que son revers en retour me fendit le gilet, la chemise, et me trancha le tétin. La douleur fut si vive que j'en tombai à la renverse, les fesses dans le sable, et n'évitai d'avoir la tête tranchée qu'en roulant prestement sur le flanc. Mon épée à cinq pieds et la poitrine fendue, je n'avais plus guère de solutions. Je saisis mon pistolet et visai à peine. Une détonation qui faillit me déboîter l'épaule, un peu de fumée et de poudre : Nicolas-Amédée pivota et tomba face contre terre, tué net par le cadeau d'Arcadio. Un tollé stupéfait parcourut les rangs de spectateurs qui s'étaient amassés autour du duel. Je m'empressai de ranger mon arme sous ma ceinture et de ramasser mon épée en grimaçant. Mon sein gauche me lançait si horriblement que je manquai défaillir. Heureusement, un petit contingent de miliciens accourait déjà pour séparer les fauteurs de trouble. Je me présentai en haletant :

— Ces bons marins sauront témoigner que je ne voulais pas le tuer, mais il s'est entêté. C'est le capitaine d'Ermentiers, débarqué ce soir à ce qu'il disait, qui m'a cherché querelle.

Plusieurs matelots qui n'étaient pas de mon équipage cautionnèrent ma version. Quatre d'entre eux furent désignés pour enterrer le corps. J'appuyai sur ma plaie en frissonnant, interpellai une dernière fois la milice qui s'éloignait, fière du devoir accompli :

— Je retourne à mon bord, si vous désirez me parler. Je veux me soigner au plus tôt. Cette brute m'a presque coupé en deux.

— Nous vous ramenons à la grève, capitaine.

— C'est inutile. Occupez-vous plutôt d'avertir son équipage ou son second. Je paierai l'éventuel préjudice, si la demande est fondée.

Le trépas d'un capitaine de flibuste n'aurait dû entraîner aucune complication ni tracasserie de la part de ses hommes, puisque la mort était survenue honorablement et devant témoins, mais l'imbécile s'était aussi vanté d'être corsaire, et il n'était jamais bon d'assassiner les mercenaires officiels de sa propre couronne. Si quelqu'un s'estimait lésé, je préférais me racheter au plus vite et à l'amiable. Il n'y avait pas tant de ports où le *Toujours debout* était bien reçu, il était inutile de risquer d'en diminuer la liste.

Après un dernier regard vers la dépouille de mon agresseur, emportée à l'écart du marché, je pris le chemin de la plage, encore interloqué par la tournure de l'incident et la colère éruptive du défunt. Mort de moi, la saison commençait bien mal à la Grève-Rousse.

*

Le lendemain, dès l'aube, j'étais debout à la poupe de ma frégate en compagnie de Gobe-la-mouche et du Baptiste pour distribuer mes ordres. J'avais passé une nuit épouvantable, m'étais fait recoudre par le seul chirurgien disponible à terre — une pâle imitation de boucher aux doigts tremblants de tafia — avant de m'assommer de vin et de liqueurs pour supporter la douleur. Ce fut donc les yeux creusés et la mine mauvaise que je réclamai mes officiers pour établir la politique à observer : interdiction à l'équipage de rejoindre le port seul ou sans arme, et grande prudence en cas de provocation. Mon bosco fut le premier à se ranger à mes arguments et se chargea d'avertir les matelots : il serait toujours temps de trousser les putains et de vider les pichets lorsque l'or serait dans les coffres du bord. En attendant, vigilance et sobriété !

Pendant que le Baptiste descendait à terre, avec ma permission, pour collecter les rumeurs matinales, je m'enfermai quelques minutes dans ma cabine pour essayer de capter quelques conversations avec ma radio. Malgré mes minutieuses tentatives, je n'obtins rien d'autre que des crachotements. Arcadio étant hors de portée, je devrais trouver des sources d'information plus traditionnelles... Ma poitrine me tiraillait, il était temps de refaire le pansement. Deux lampées de tafia en guise de première médecine, puis je remontai sur le pont. Là, je reconnus un de mes fidèles gabiers, un solide gars du pays nantais à la figure barrée de cicatrices qui se faisait surnommer Main-d'or, et je lui fis signe d'approcher.

— Personne n'est venu traîner autour du navire ?

En raison de sa grande taille et de sa sale gueule, c'était souvent lui qui était chargé de surveiller l'accès au *Toujours debout* quand ce dernier était au port.

— Personne, capitaine. Même pas une chaloupe.

— Alors fais-toi remplacer et va prévenir Gobe-la-mouche que je descends à la capitainerie.

Le solide bonhomme hocha la tête et obéit aussitôt. C'était bon signe de voir un vétéran agir de manière aussi résolue, cela laissait espérer que l'équipage supporterait pour le moment ma décision de les cantonner à bord. J'espérais cependant que cette situation ne durerait pas, car ils avaient tous trimé dur pendant la traversée et avaient bien mérité de se dégourdir les jambes et le reste.

À la Grève-Rousse, la capitainerie n'était qu'une masure un peu mieux bâtie que les autres. J'y retrouvai le maître de marché, en compagnie de quelques miliciens occupés à jouer aux dés sur un coin de table crasseuse. Le soleil formait des rideaux de lumière poussiéreuse entre les planches disjointes du toit. Le Hollandais releva la tête en m'entendant entrer et m'accueillit aimablement :

— Capitaine Villon, comment allez-vous ce matin ?

— À ravir, vraiment ! Mon téton me lance tant qu'on pourrait le croire encore rattaché à ma poitrine. Votre boucher accorde-t-il audience à cette heure ?

— Je crains que l'honneur d'avoir opéré si prestigieux patient ne l'ait submergé d'émotion, au point de fêter sa réussite jusqu'à potron-jacquet.

Jolie manière de m'avertir que le praticien local me ferait plus de mal que de bien... J'enrageai : ce sac à vin m'avait cisaillé la couenne et je souffrais pire qu'un damné.

— Mort de moi, grinçai-je en massant ma blessure, il n'y a ici aucun autre coquin qui sache un peu manier la lancette et les aiguilles ?

— Je ne crois pas, capitaine. Peut-être à bord d'un des navires attendus ?

— Où est mon tortionnaire ? Je me contenterai de ses soins d'ivrogne pour le moment.

— J'l'ai vu s'en aller ronfler sur la plage, intervint un des miliciens.

— Une pièce pour toi si tu m'y conduis.

L'homme lâcha ses dés et se releva pour me guider. Je le suivis en maugréant. À la lumière du jour, la Grève-Rousse étalait sa misère sans ambages. L'îlot n'était qu'une masse informe de roche noire déchiquetée, aux crevasses et plaies minérales à vif. Par un de ces heureux hasards de la création, une petite crique sablonneuse s'était formée au fond d'une anse mieux abritée des vents, sans laquelle ce morne caillou n'aurait eu le moindre intérêt. Le comptoir de la Grève-Rousse n'était pas constitué de plus d'une vingtaine de toitures branlantes, cernées par autant d'auvents et de toiles éphémères de marchands. Ici, tout ou presque devait être importé pour permettre d'y survivre. Une bonne excuse pour y établir un marché de contrebande saisonnier. Dans la crique, plusieurs barcasses et quelques schooners dodelinaient sous le soleil. Je n'aperçus aucun bâtiment susceptible d'appartenir à un capitaine corsaire du renom d'Ermentiers. Était-ce à dire que son bateau avait déjà pris le large ? Il faudrait que j'en reparle à Maind'or, peut-être avait-il observé quelque levée d'ancre avant mon réveil. Christ mort, j'aurais de loin préféré rencontrer les officiers du défunt pour dissiper tout malentendu, et cette fuite nocturne n'était pas pour me rassurer. La voix du milicien m'arracha à mes inquiétudes :

— Le voilà, capitaine, plus lent qu'une tortue.

Effectivement, le pendard n'était pas allé bien loin. Vautré sur le sable épais de la plage, la nuque cuite par la chaleur et les fesses à l'air, mon chirurgien avait la posture caractéristique des videurs de barriques. La pointe de mon épée enfoncée dans le lard de son cul rougi ne lui arracha rien de plus qu'un pet gras et méphitique. J'avais à ma merci l'ensemble du collège médical de l'île et je fus tenté un court instant de rendre le poste vacant… Mes coutures allaient devoir se passer d'une seconde opinion : cet arsouille ne décuverait pas avant la fin de la journée, à condition que les crabes ne le grignotent pas.

— Maudit cachalot ! Qu'il finisse de rôtir en enfer !

Je donnai au soldat le paiement convenu et le laissai retrouver ses dés. Soulevant péniblement ma chemise, je pus constater que la plaie suppurait sous le fil noir et que les chairs avaient gonflé tout autour.

— Foutre, damné corsaire !

Un instant, je portai mon regard vers ma frégate au mouillage et fus tenté de repartir. Je pourrais sûrement trouver un médecin dans le port le plus proche, même s'il me fallait ruser pour y entrer sans attirer l'attention. Les petites colonies espagnoles étaient moins sourdes au tintement des doublons de la flibuste que les plus prestigieuses forteresses, surtout en ces temps troublés... Mais cela aurait signifié rater la vente aux enchères de la Grève-Rousse, et devoir fourguer notre cargaison ailleurs et à de moins bonnes conditions. Mon équipage m'était fidèle mais l'or restait le maître. Le *Toujours debout* avait ras la cale de *maravillas* qui attendaient d'être vendues. Tout délai provoquerait des grincements de dents que je ne pouvais me permettre de provoquer. Mes matelots travaillaient dur, malgré ma singulière réputation, parce que je savais les couvrir d'argent. La nature si particulière de mon commerce me forçait à émettre des choix qu'ils ne comprenaient pas toujours et, dans cette entreprise délicate, leur confiance était un trésor que je ne voulais pas dilapider en vain... Soit ! Je resterais à la Grève-Rousse, dussé-je m'opérer moi-même si la blessure empirait.

Revigoré par cette décision, je retournai vers la cantine pour manger quelque chose de frais et avaler de quoi noyer la douleur. Maudit et maladroit corsaire, que ne m'avait-il plutôt coupé un doigt, l'épreuve n'aurait pas manqué d'être plus supportable !

Je déjeunai seul sur un banc, face à la baie, à l'écart des tables du chapiteau trop plein de musique. C'est là que me retrouva le Baptiste, plus excité et jovial qu'une nonne ayant dérobé un cierge, pendant que je finissais mon quart de vin.

— Pourquoi cette hilarité, maître-canonnier ?

Sans cesser de glousser, le Baptiste tapota la musette qui battait son flanc. Ce m'était plaisant et intrigant de le voir aussi guilleret, lui d'ordinaire plus pondéré. Sous sa tignasse grise, ses yeux brillaient comme des billes :

— J'ai là un trésor négocié pour une bouchée de pain, capitaine. Une carte, trouvée sous une pile d'ouvrages sans intérêt chez un marchand.

— Une carte ? Elle doit au moins indiquer la route jusqu'au jardin d'Éden, pour susciter une telle satisfaction.

Vin et soleil m'avaient un peu tourné la tête mais je n'avais plus autant mal. Les yeux chauds et la langue épaisse, je lorgnai en direction de la musette :

— Montrez-moi ça, et à nous la gloire éternelle !

Le Baptiste sortit délicatement son achat et me l'exposa : une simple feuille de papier pliée en huit. Quand il l'eut étalée à mes pieds, je reconnus avec stupeur les îles et les côtes familières de la mer caraïbe, mais dessinées avec une précision et des couleurs éclatantes qui conféraient à l'ensemble une lisibilité extraordinaire. Christ mort, j'avais sous les yeux la représentation la plus exacte et la plus prodigieuse du Nouveau Monde qu'il m'avait jamais été donné de lire. Je jetai ma tasse et ma bouteille vides au loin pour ne pas risquer de tacher cette merveille, et me plongeai dans sa contemplation :

— Où l'avez-vous trouvée, dites-vous ?

— Sur un des étals itinérants, plus haut, près du poste de guet.

— C'est un travail magnifique. Quelle finesse... Et le papier est si fin qu'on le croirait en soie.

— Je vous l'offre, capitaine.

Certes, je rêvais de posséder un tel trésor, mais j'étais gêné par la valeur du présent. Le Baptiste insista :

— Je l'ai eue pour une poignée de cailloux auprès d'un de ces Targui sans cervelle. Elle ne m'a rien coûté, vous dis-je !

En entendant cette précision, je reculai légèrement et fixai la carte avec une méfiance revenue. Je n'aimais pas les Targui. En fait, personne à ma connaissance n'aimait les Targui. Lunaires et apathiques, ils rôdaient sur les quais et dans les colonies caraïbes sans parler ou presque. Des souris humaines, grises et silencieuses, aux mines sèches et aux manières précieuses. Les Espagnols les croyaient membres d'une secte réformée et les pourchassaient ; les protestants hollandais, anglais et français les supposaient espions catholiques ; les plus audacieux les pensaient descendants de quelque civilisation oubliée du Nouveau Monde ; quant aux rêveurs, ils les soupçonnaient d'être les véritables pourvoyeurs des *maravillas*. Même les Itza les méprisaient et les évitaient soigneusement. Un soir, à Tortuga, j'avais vu un Targui passer au moins deux heures dans une immobilité totale, planté au milieu de la rue principale et insensible aux quolibets, pour observer la course des étoiles dans le ciel. Une autre fois, j'en avais observé deux, penchés au-dessus des verres vides d'une tablée d'auberge, à la recherche de je ne sus quel augure ou signe des dieux. Pour moi c'était des fous, peut-être bien un culte païen venu d'Allemagne ou de Russie, s'il fallait se fier à leur peau pâle et à leurs yeux clairs. C'était la première fois que j'entendais parler d'un

Targui commerçant. C'était presque rassurant de les savoir capables d'agissements si bassement humains.

— Vous savez si ce Targui vend d'autres trésors de ce genre ?

— Rien d'autre que des livres et babioles sans intérêt, capitaine.

— Mort de moi, si on m'avait dit un jour que je marchanderais avec un de ces mâcheurs d'algues ! Où tient-il boutique ?

— Un auvent bleu clair, au pied de la tour de guet.

Je repliai la carte précieusement et la remis à l'artilleur :

— Merci pour ce cadeau. Si vous voulez bien la mettre au coffre avec mes autres cartes quand vous serez rentré à bord.

— J'y vais, capitaine.

— Au fait...

— Oui ?

— Pas d'autres rumeurs intéressantes ?

Le Baptiste haussa les épaules :

— J'ai traîné un peu à la cantine, et on ne parle que de votre duel de cette nuit.

— Sur quel ton ?

L'artilleur sourit :

— Je crois que vous venez d'ajouter un couplet à votre complainte, capitaine. Vous voici désormais devenu bretteur d'exception.

— Eh bien, j'imagine que si cela peut rafraîchir les idées des plus éruptifs de mes pairs, ce ne sera pas un mal...

Le Baptiste hocha la tête et repartit vers les chaloupes pour rentrer à bord du *Toujours debout*. Je m'étirai en grimaçant, puis pris la direction indiquée. J'étais bien curieux de voir ce Targui de plus près.

À première vue, il ne me parut pas différent de ses frères : un grand oiseau maigre et lent, aux joues creuses et au regard perdu. Le menton rasé de frais et les manches impeccables derrière son modeste présentoir, il ne s'intéressa à ma présence que lorsque je pris un livre au hasard sur l'étal pour le feuilleter.

— Quelque chose dans votre goût ?

Peste blanche ! Celui-ci parlait presque convenablement ! Je me raclai la gorge pour cacher ma surprise, reposai le livre et promenai mon museau au-dessus des ouvrages proposés.

— Marchand de livres à la Grève-Rousse ? ricanai-je. C'est une sorte de sacerdoce, en somme !

— Je ne vends rien. J'offre à celui qui le mérite.

Contrarié par la réponse, je lâchai un rire sec. Ces vilains coucous me donnaient décidément le frisson.

— Un ami vous a pourtant acheté une carte…

— Il fallait bien vous appâter, capitaine. Vous ne nous aimez pas beaucoup.

Cette fois, je reculai franchement et posai la main sur mon épée. Les idées engourdies par l'alcool, ma blessure et l'incongruité de la scène, je regardai autour de moi en craignant quelque embuscade. À quelques pas, la tour de guet des miliciens était déserte. Aucun mouvement ni bruit suspect aux alentours. Je plissai les yeux :

— Je ne goûte pas beaucoup la farce. Quelle est cette manigance ?

Le Targui leva lentement les mains en signe de paix, puis les posa sur ses livres pour se pencher vers moi :

— Je n'ai pas d'arme et vous n'avez rien à craindre,

capitaine. Je veux seulement vous dire certaines choses. Puis vous repartirez.

— Quelles choses ?

Il me fit signe d'approcher et murmura presque les propos suivants :

— Les autres navires n'arriveront pas et ce marché n'aura pas lieu.

— Qu'en savez-vous ?

— Ils ont croisé la même tempête que votre *Chronos*, et ce qu'elle abritait.

— Mort de moi... Comment pouvez-vous savoir...

— On a essayé de vous tuer hier soir, me coupat-il, et c'était prémédité. L'assassin vous attendait depuis quatre jours et était venu de la Tortue.

— Comment ?

— Une chose encore : cette île connaîtra bientôt le même destin que celle de Saint-Christophe. Le commerce de batteries attise les convoitises, capitaine. Vous devrez être plus prudent si vous voulez voir l'avenir.

Puis il se tut et je n'eus plus un mot en bouche. Avec ses manières de prophète, il venait de me glacer l'échine et le reste sous le soleil de midi. Je déglutis péniblement :

— C'est... c'est vous qui avez détruit Saint-Christophe ? Ou bien... C'est vous que j'ai vus dans l'ouragan ?

Le Targui eut un infime sourire, à peine plus qu'une pliure à la commissure des lèvres :

— Non. Nous nous contentons d'observer, capitaine, nous ne touchons à rien. Qu'avez-vous vu dans l'ouragan ?

Il avait posé sa question comme on demande le vrai nom du Seigneur. J'en fus presque apeuré :

— Un navire, je crois, plus grand qu'une montagne...

Le Targui hocha la tête, presque rassuré :

— Vous avez vu le futur, il ne vous lâchera plus.

— Sinistre calotin, crachai-je en agrippant mon pistolet, je vais te faire ravaler tes malédictions.

L'homme me fixa calmement, regarda mon arme, puis soupira :

— Vous l'avez déjà entre les mains... Faites attention à vous.

Je braquai le canon vers son front :

— La paix ou je t'abats !

Il se tut. Je baissai lentement mon bras tremblant.

— Misérable fou, balbutiai-je, misérable fou...

Le Targui resta de marbre :

— J'ai un autre cadeau pour vous, capitaine. Une *maravilla* un peu particulière.

Il passa les mains sous son comptoir, assez délicatement pour ne pas m'alarmer, puis les ramena pour me tendre un livre épais à la reliure noire et sans titre :

— C'est le cadeau des Targui en gage de paix, capitaine. C'est pour vous.

— Pour moi ?

Je regardai rapidement autour de nous... Personne. Si un de mes marins m'avait vu trafiquer avec cet énergumène, je n'aurais plus eu à m'inquiéter pour la confiance de mon équipage, évaporée sur-le-champ.

— Retenez seulement mon conseil, capitaine : oubliez le commerce des merveilles, et fuyez cette île au plus tôt. La tempête approche.

J'acceptai le livre sans réfléchir, accordai un dernier regard au Targui en rangeant mon arme :

— Et vous ?

— Moi je n'ai rien à craindre. Adieu, capitaine.

Il se pencha légèrement, en une sorte de révérence à la manière des siens. Je tournai prestement les talons et filai vers la grève prévenir le maître de marché que nous étions découverts et qu'il fallait fuir.

XIX. *Côte ouest d'Hispaniola*

(CIRCA 1648)

> *Death to me and death to you*
> *Tell me what else can we do die do*
> *Death to all and death to each*
> *Our own god-bottle's within reach*
>
> BONNIE PRINCE BILLY
> Death to everyone

Lorsque la colère du gouverneur Le Vasseur m'eut à nouveau fait chasser de la Tortue, je perdis plusieurs mois à renouer contact avec certaines de mes vieilles connaissances aptes à m'assurer un minimum de revenus. De l'hiver à l'été, je poussais incessamment mon *Déchronologue* d'est en ouest et du nord au sud, à la recherche de profits qui se faisaient de plus en plus rares. Le doux sermon de Sévère avait fait son œuvre. Je me sentais à nouveau capable de mener mon équipage vers les importantes tâches qui étaient les nôtres.

Durant cette poignée de saisons délicates, mon ami Francisco Molina fut de ceux qui me fournirent les meilleures occasions de gagner quelque argent. Le coquin devait être le seul Espagnol de toutes les Caraïbes à ne pas se désoler du marasme qui frappait l'empire de ses pairs : il y avait longtemps qu'il avait reconverti ses voies commerciales en fructueux partenariat avec les répugnants Clampins de Floride ; sa fortune n'avait jamais été aussi grande, ni son influence aussi tangible. Grâce à lui, bien que l'accès au fructueux marché de la Tortue me fût refusé, je parvins à mener quelques négoces de *maravillas* à destination des comptoirs de moindre importance. En ces temps difficiles, informations et rumeurs se marchandaient mieux que les liqueurs de France.

Ce fut encore ce coquin sans scrupules qui me signala la levée de mon bannissement, au terme d'un de nos commerces au profit des colonies frontalières les plus éloignées : tandis que mon équipage débarquait vivres et pièces détachées, Molina me paya ma part en me tenant un propos inattendu.

— *Capitán*, grâce à vous, j'ai depuis longtemps trouvé bon accueil auprès des huguenots de Basse-Terre. Il est temps pour moi de rembourser cette vieille dette…

Il parut attendre une réaction de ma part, mais je le laissai continuer sans répondre. La bonté d'âme ne ferait jamais partie des motivations du marchand. Qu'il trouvât intérêt propre à ses affaires allait sans dire, mais je n'en apprécierais pas moins son intervention. Tandis que, sur la plage, mes caisses de batteries et de groupes électrogènes changeaient de propriétaire, Molina serra mon poignet en me dévisageant gravement :

— Revenez à Tortuga. Vous y serez accueilli comme un prince.

— Le Vasseur ?

— Il ne s'opposera pas à votre retour… En fait, il n'y arriverait pas même s'il le voulait… La situation là-bas est trop préoccupante.

— Préoccupante au point de me valoir l'absolution ? Diable...

— Assez, en tout cas, pour avoir été chargé de négocier votre retour, *capitán*.

— Par le gouverneur ?

— Par certains capitaines de votre connaissance. Son Excellence ne sort jamais de son fort de la Roche, et il ne règne plus guère au-delà de son enceinte, sinon par règlements interposés.

Je demeurai à nouveau silencieux. Depuis mon éviction de Basse-Terre, je n'avais pu m'empêcher de me tenir informé régulièrement de ce qu'il s'y passait ; de vilaines rumeurs d'arrestations arbitraires, de fronde et de répression s'étaient récemment vues colportées de colonie en colonie. Directement menacés, Simon et ses Targui s'étaient réfugiés à Goâve — d'où ils m'adressaient pour l'instant moins d'injonctions — pour éviter les foudres d'un gouverneur de plus en plus maladivement méfiant. Cependant, j'ignorais que son autorité était en passe d'être renversée.

— Autant pour leur beau rêve de république huguenote, soupirai-je. La nature des hommes a encore une fois triomphé.

— Quoi qu'il en soit, le dictateur s'est retranché et sa nuisance va s'amenuisant. Vous devez revenir.

Sur le sable, planté près de sa chaloupe, Gobe-la-mouche veillait au chargement méticuleux de plusieurs cassettes de fruits frais. Mon bosco houspillait un mousse qui venait d'en renverser une. Je portai mon regard vers l'horizon.

— À quel titre ? demandai-je. Et pour qui ? J'ai assez à faire avec mon équipage. Et j'ai le cœur trop fatigué pour me réjouir encore d'une révolution de palais...

— Au risque de vous décevoir, vous n'êtes pas réclamé pour gouverner, *capitán*. C'est pour un autre de vos talents que vous êtes attendu à la Tortue.

Le marchand tourna aussi la tête vers l'horizon, mais son regard s'arrêta à la merveille dont j'avais le commandement, paisiblement à l'ancre au-delà des vagues :

— Le *fantasma* est revenu, murmura Molina en se signant. Le bateau fantôme... Et d'après mes informateurs, et les légendes qui vous concernent, vous êtes le seul à l'avoir croisé sans mourir.

Il se tut.

Je ne dis rien. Si je devais rentrer à la Tortue pour y affronter mes Némésis, j'avais à prendre toutes les précautions.

Avant le soir, mon *Déchronologue* hissait les voiles pour la Floride et ses Clampins. Le plus loin possible de Basse-Terre et de ses intrigues.

*

L'automne était bien avancé quand je vis à nouveau se découper les côtes sévères de la Tortue dans ma longue-vue. Au-dessus de ma tête, deux *burbujas* progressaient de concert vers les quais. Simon m'avait promis de me laisser débarquer seul. En échange, je lui avais garanti de l'avertir dès que je serais sûr que lui et les siens ne risqueraient rien. Sans sa présence rassurante, je ne suis pas certain que j'aurais accepté de revenir croiser dans les parages, avec la menace persistante du « fantôme » rôdant quelque part au large.

Je fis mettre à la panne hors de portée des canons du fort de la Roche, puis donnai l'ordre de faire rugir notre hymne. La mélopée déchirante du *Flow my tears* de Dowland roula sur les vagues jusqu'au port, éclaboussant façades et auvents de ses notes jaillies de nos hauts-parleurs. L'air parut plus vibrant, plus fébrile, sous les accents puissants de notre musique. À peine les derniers accords avaient-ils cessé de résonner que deux barcasses prirent la mer pour porter jusqu'à moi une courte délégation de gens en armes. À l'instant de les laisser grimper à bord — sous la surveillance faussement nonchalante de mes matelots — je détaillai leur mine usée et leur pourpoint taché. Ces mignons-là n'avaient pas été à la fête. Je les accueillis aimablement :

— Bienvenue sur le *Déchronologue*, messieurs.

Ils étaient cinq, cinq délégués aux doigts tremblants, qui roulaient des yeux ou se grattaient une barbe en bataille, incapables de réprimer leur légitime curiosité en arpentant le fleuron de la mer caraïbe. Le premier s'avança pour me tendre la main. Je ne le reconnus que quand il prit la parole :

— Merci d'être enfin là, capitaine Villon. Nous voici de nouveau en affaires…

— Urbain de Rochefort ! Je ne vous avais pas revu depuis nos messes basses de Port-Margot.

L'homme affichait les signes annonciateurs des grandes désespérances, de celles qui dessèchent le cœur et l'esprit à l'orée des épreuves perdues d'avance. Ses cernes mauves lui faisaient un regard de survivant hébété. Quant à ses souliers crottés, ils disaient assez la détresse de ces gens qui avaient depuis longtemps dépassé le cap des apparences.

— Avez-vous fait bonne route ? bredouilla l'autrefois fier capitaine. N'avez-vous rien croisé de... malencontreux ?

— Rien de rien.

Il parut soulagé. Une part de sa terreur se dissipa quand il relâcha mes doigts. J'allai droit au but :

— *Il* est toujours là, n'est-ce pas ?

— Encore trois brigantins perdus en deux semaines. Le capitaine Le Joly les commandait pour trouver de l'aide auprès des comptoirs hollandais. Disparus sans même émettre un message de détresse. La disette menace à Basse-Terre, maintenant. L'hiver à venir sera terrible.

Je levai la tête vers le fort de la Roche, avec ses canons hautains et ses greniers inaccessibles, qui semblait se moquer de leur détresse. Puis je revins vers mes visiteurs pour les dévisager un à un et les réconforter :

— J'ai à mon bord le dernier chargement de blé que vous devait Francisco Molina...

Leurs mines se détendirent un peu.

— Il en sera fait le meilleur usage, même s'il ne nous protégera pas de notre ennemi, dit l'un d'eux.

— Aucune aide à espérer de son Excellence ?

Seulement une guirlande maussade de têtes trop lourdes en guise de réponse.

— Allons, dis-je d'un air apaisant, venez me détailler vos dernières péripéties autour d'une belle table. Donnez-moi seulement le temps de prévenir mes amis... Si toutefois notre accord tient toujours.

Ce fut au tour d'Urbain de Rochefort de lever la tête, en direction des *burbujas* flottant à la lisière du large.

— Ainsi, murmura-t-il, la rumeur était exacte et vous frayez bien avec ces anges noirs.

J'opinai en silence. Il était inutile de les menacer plus ouvertement. Si je l'avais souhaité, j'aurais pu faire débarquer l'Infant d'Espagne et sa suite sans qu'ils puissent y trouver à redire. J'étais leur seul espoir et ils le savaient.

— Très bien, concéda de Rochefort. J'ai donné l'ordre de préparer l'arrivée de vos Targui. Il leur sera réservé le meilleur accueil possible en pareille circonstance... Mais je ne vous cacherai pas que leur présence ne sera pas sans accroître encore les tensions de l'île. Son Excellence...

— Je me chargerai de son Excellence en temps voulu, souris-je. L'essentiel, pour le moment, est de laisser mes amis se poser à Basse-Terre sous votre protection... Maintenant, laissons mes hommes organiser le déchargement de vos vivres, et descendons nous restaurer. Là, vous aurez le loisir de tout me raconter.

Pour l'occasion, j'avais fait provisoirement réaménager l'appartement de Sévère en chambre de commandement. Je crois même que mon aimée avait trouvé quelque motif de satisfaction à participer à cette métamorphose de ce qui était autrefois ma cabine. Le mobilier, acheté auprès des Clampins — en même temps que d'autres articles plus dispendieux qui avaient constitué la raison principale de mon voyage récent jusqu'en Floride — était désassorti et vil, mais d'une manufacture suffisamment exotique pour impressionner les visiteurs. La présence de ma belle Targui, assise dans son fauteuil préféré, acheva de les convaincre qu'ils avaient eu raison de m'appeler à la rescousse.

Le temps de prendre place autour de la nouvelle table basse en verre coloré, puis de faire servir par Main-d'or la collation préparée à l'avance, et mes gentilshommes désemparés se résolurent à tout me dire.

— Le gouverneur Le Vasseur est devenu fou, admit péniblement de Rochefort.

— Il fait enfermer tous ceux qui contestent ses décisions, même les plus saugrenues, précisa son voisin.

— Il a institué une taxe sur les fermes, puis fait confisquer toutes les récoltes de ceux qui ne pouvaient pas les payer... Et il a ordonné l'arrestation des récalcitrants.

Je repensais à la dernière vision que j'avais eue de son Excellence : percluse de maniaquerie, tapie dans le clair-obscur de son bureau, au cœur d'une forteresse sinistre capable d'espionner tout ce qui se disait de lui aux alentours. Un furieux despote, emporté par le vertige des merveilles qui le réconfortaient autant qu'elles le terrifiaient. Je repensais aussi à ses colères dès qu'on s'opposait à lui. Cet homme était devenu malfaisant. Rien de bon ne saurait se produire à la Tortue tant qu'il aurait l'île sous sa coupe. Pour moi, il était inutile de s'attarder sur le problème du navire fantôme qui rôdait au large tant que ne serait pas réglée la question de la destitution du despote.

— Seriez-vous prêts à envisager sa succession ? demandai-je froidement.

Les traits de mes invités se raidirent. Les regards papillonnèrent vers l'horizon flou des phrases qu'on préfère ne pas dire ou entendre. Toujours assise dans son fauteuil, silencieuse et attentive, Sévère n'attendait pas avec moins d'intérêt que moi la réponse de ma poignée de comploteurs.

— Nous vous avons fait venir pour affronter cette *chose* qui coule nos navires et noie nos gens, rappela faiblement Urbain de Rochefort. Le cas du gouverneur est moins... urgent.

— Vraiment ? souris-je.

Je les connaissais bien, tous, ou du moins leur engeance. Certainement des hommes de bien, aussi probes et assidus que pouvaient le leur permettre l'époque et l'endroit. Pieux, justes et avisés. Assez, au moins, pour répugner à se risquer dans une affaire d'inféconde sédition. Assez, surtout, pour ne rien ignorer de l'impasse de leur situation tant que leur maître régnerait en tyran. Autrefois, ils l'avaient suivi jusqu'ici, pour la gloire de leur nom et celle de Dieu ; le cadavre de Le Vasseur ne serait pas encore froid qu'en hyènes fautives ils s'entre-dévoreraient les pattes et les prépondérances. Parce qu'on ne pouvait rien bâtir de purifié sur les sentines d'un régicide commis dans l'urgence, et que le temps manquait pour ébaucher un nouvel Éden.

— La troupe lui est fidèle, objecta de Rochefort.

— Elle est fidèle à sa cassette, rétorquai-je.

— Dans l'hypothèse de la réussite d'une telle entreprise, ne vous verriez-vous pas un peu à sa place ?

— L'idée ne m'a pas même effleuré, mes bons messieurs.

— Pourquoi ? se risqua l'un d'eux. Vous avez d'excellentes raisons de souhaiter la chute du gouverneur. On dit...

— Oui ? demandai-je en haussant un peu la voix. Que dit-on, au juste ?

— On dit qu'il ordonna autrefois votre assassinat, avant de se raviser.

Je m'attendais à entendre encore répéter une des fables de taverne qui couraient sur mon compte. J'avoue que cette confidence me laissa coi et méfiant, sous le regard embarrassé de ma brochette de conjurés. Ceux-là en savaient plus qu'ils n'avaient jamais osé le dire. Maintenant, la digue était prête à céder.

— Mort de moi, mes gaillards, finissez votre histoire, vous en avez trop dit !

— Il s'appelait d'Ermentiers, commença de Rochefort en grimaçant de gêne, Nicolas-Amédée d'Ermentiers, une canaille pleine de férocité et de verbe.

— Je situe le personnage, dis-je en effleurant par-dessus ma chemise la cicatrice qui zébrait ma poitrine.

— Il y a cinq ans, Le Vasseur le fit engager pour vous tuer.

— Pour vous croire, grinçai-je, il me faudra un peu plus qu'une accusation lancée à l'ombre de cette cabine.

— J'ai moi-même versé le prix de votre mort à l'assassin, rougit de Rochefort. Sur ordre de son Excellence... Nous devions apprendre quelques mois plus tard qu'il avait échoué. J'ajoute qu'il ne fut plus jamais fait mention d'échafauder une semblable machination à vos dépens.

Un silence coupable engloutit la pièce. Je demeurai stupéfait, estomaqué par cette révélation qui éclairait soudain d'une lumière tranchante la fureur d'un certain corsaire obstiné à me chercher querelle sur le sable de la Grève-Rousse... Mes comploteurs avaient abattu leur jeu. Les minauderies n'étaient plus de mise.

— Je monterai voir son Excellence dès demain. Je crois que nous avons certaines choses à nous dire, lui et moi.

— Vous irez au fort de la Roche ?

Autour de la table, l'incrédulité le disputait à la méfiance.

— Tout doux, beaux sires, ricanai-je, je n'irai pas lui apporter vos têtes. Mais il me tarde de revoir ce cher François et de lui parler de notre vieille amitié. Je crois connaître encore une ou deux manières de lui faire entendre raison…

Je croisai le regard de Sévère, qui semblait aussi inquiète que nos invités.

— Et puis, ajoutai-je à son intention, lui et moi avons dansé trop longtemps notre rondeau de défiance et d'affection pour nous sauter à la gorge au premier mot.

— Et en ce qui concerne le vaisseau fantôme ?

— Un seul ennemi à la fois. Et celui-là me réclamera un peu plus que quelques paroles et du courage pour oser le rencontrer encore…

*

Le lendemain matin, le ciel était clair et l'air sec quand je me présentai aux portes de celui qui avait naguère ordonné ma mort. Venue de la côte, une brise légère portait jusqu'aux remparts l'odeur vénéneuse des mancenilliers.

C'était par radio et pendant la nuit que ma visite avait été négociée par ceux qui m'avaient fait revenir à Basse-Terre. Urbain de Rochefort avait suffisamment longtemps et loyalement servi Le Vasseur pour recueillir encore un peu son attention. Par ailleurs, le retour du *Déchronologue* ne pouvait avoir manqué d'exciter sa curiosité ; assez, du moins, pour l'inciter à me recevoir. Conformément à ce qui avait été convenu, j'étais venu sans arme. Je fus fouillé à deux reprises avant d'être autorisé à pénétrer dans la cour du fort. Ils me laissèrent le livre précieux que je transportais dans ma musette, mais confisquèrent mon flacon de tafia brun. L'un d'eux, qui savait peut-être lire, s'attarda un peu sur son titre ronflant : *Histoire de la flibuste et des aventuriers, flibustiers et boucaniers qui se sont signalés dans les Indes*. En fait, il s'assura surtout que l'ouvrage n'avait pas été évidé pour y dissimuler une arme, et ne remarqua nullement qu'il en manquait une page très particulière. Après ces formalités, je fus autorisé à gagner les appartements du gouverneur.

— Approchez, Villon, me dit la voix de celui-ci quand ses deux gardes du corps m'eurent ouvert le battant de son antre.

Je gardai les paumes bien en évidence devant moi et pénétrai dans le bureau tout illuminé de son Excellence. J'avais connu l'endroit obscur et funeste. Il baignait désormais dans une vive clarté dégoulinant de centaines d'ampoules accrochées aux solives. Soudain, la fulgurante augmentation des taxes et des impôts prit tout son sens : il fallait la cassette d'un duc pour s'offrir une telle débauche d'électricité. Quelque part au cœur de cette forteresse malsaine devait être soigneusement dissimulé et entretenu un bataillon de générateurs. Et comme s'il devait craindre la défaillance de ses merveilles dispendieuses, leur propriétaire avait en sus pris la précaution de s'entourer d'autant de chandelles, lumignons, bougies et flambeaux qui achevaient de surchauffer l'air du bureau. Accumulées aussi près des piles précaires de livres et de vélins qui s'entassaient sur la moindre parcelle plane de la pièce, toutes ces flammes auraient tôt fait de transformer l'endroit en brasier à la moindre maladresse. Trônant au centre de son domaine de lumineuse inconscience, son Excellence portait le masque blanc que je lui connaissais déjà et me fixait d'un regard enfiévré.

— Approchez, Villon. Approchez que je vous voie mieux.

Dans sa main crispée, posée contre son ventre, je reconnus le museau court d'une *maravilla* de poing, capable de percer le métal d'une cuirasse à cent pas.

— Merci de me recevoir, votre Excellence. J'espère que vous allez au mieux.

— Épargnez-moi vos mignardises, Villon ! Vous avez pris langue avec les traîtres !

— Monsieur, dis-je en tirant une chaise pour m'asseoir face au bureau, ces gens vous sont encore fidèles, ou le seraient si vous faisiez preuve d'un peu de clémence…

— Des traîtres ! Tous ! Prêts à m'égorger ou à m'empoisonner à la première occasion. Je les entends, Villon ! Ils ne peuvent rien me cacher. Ils ne peuvent pas se cacher ! J'ai banni les ombres et l'obscurité ! Tous seront jugés dans la lumière des merveilles !

Dissimulée derrière le masque, sa bouche éructait avertissements et sentences sans cohérence. Je le laissais vomir sa haine et ses terreurs sans l'interrompre. Avant la fin de la tirade, j'avais réalisé les ravages que les *maravillas* avaient causé à son esprit. François Le Vasseur avait été un grand chef, un gouverneur compétent doublé d'un visionnaire aussi ambitieux qu'implacable ; ce n'était désormais qu'un pantin rongé par les possibilités infinies des machines qu'il avait accumulées pour garantir sa sécurité. Si je voulais ressortir vivant de sa forteresse, il allait me falloir puiser dans ce qu'il me restait de fièvre et de goût pour les merveilles, afin de saisir les vents furieux qui soufflaient sous son crâne.

— Excellence, repris-je posément, vous avez longtemps veillé à la défense de cette île et la dirigez de plein droit. Mais aujourd'hui, c'est un danger autrement plus grand qui menace vos gens et notre avenir à tous. Rouvrez vos greniers… Faites preuve de clémence… Accordez-vous la satisfaction d'être le dispensateur des grâces et des bontés. Vous n'avez rien à craindre d'aucun homme de cette île, si vous levez un peu vos sanctions.

— Cherchez-vous à m'amadouer, Villon ? À endormir ma vigilance ? Savez-vous ce que je fais aux traîtres et aux cachottiers ?

Au-dessus du masque, le regard demeura cruel. J'y lus ma mort à petit feu et l'envie de m'entendre supplier. Christ mort, il était temps de trouver la bonne parade. La peur au ventre, je levai les mains, paumes ouvertes, pour simuler ma bonne volonté :

— Monsieur, vous savez que je vous ai servi loyalement. Je ne nie pas avoir fait parfois preuve d'audace ou d'effronterie, mais quel autre capitaine que moi a si bien servi vos intérêts ? Si vous m'ordonniez, là, maintenant, de vous apporter les merveilles les plus extravagantes et les plus rares, ma frégate serait aussitôt à votre plein et entier service.

Aucune réponse. À peine moins de flammes au fond de ses prunelles. Je glissai lentement ma main droite vers ma musette pour en tapoter le cuir.

— Si je vous disais que je tiens ici la preuve que vous n'avez rien à craindre d'Urbain de Rochefort et de ses compagnons ? Un témoignage indiscutable, ramené par mes soins des comptoirs de Floride au prix de longues recherches et d'une intense tractation. Il pourrait être à vous maintenant.

Un instant, je vis son visage et ses doigts se crisper à l'évocation de sa mort. Mais il ne braqua pas son arme dans ma direction et se contenta de lever un peu le menton pour mieux voir ce que je pouvais dissimuler.

— Vos hommes m'ont déjà fouillé, Excellence. Ma sacoche ne recèle rien d'autre qu'un livre.

— Un livre ? Est-ce là votre preuve ? Quel livre ?

— Un ouvrage précieux, qui fait la liste des grands hommes de notre temps. Et votre nom y figure en bonne place.

— Un simple livre ?

— Oui, monsieur. Un de ces ouvrages semblables à d'autres que j'ai déjà possédés et qui me causèrent grand tourment. Un livre venu des temps à venir pour témoigner du destin des illustres personnages qui feront l'histoire caraïbe.

Mon argument commençait à porter. Conjuguée à son incontrôlable envie de savoir, la flatterie était en passe de l'amadouer enfin.

— Un livre, conclus-je, assez savant pour ne pas omettre de citer François Le Vasseur, gouverneur de Tortuga depuis l'an 1640, et de connaître jusqu'à la date de son trépas.

Tandis que je parlais, j'avais extirpé l'objet de ma musette pour le poser entre nous, sur le bureau. Petit, épais, embelli par une épaisse couverture de cuir rouge. Le gouverneur ne le fixa pas avec moins d'intensité que s'il s'était agi de la mythique arche d'alliance.

— Vous savez, bredouilla-t-il, j'ai autrefois navigué avec l'illustre Belain d'Esnambuc. Ce furent de belles années.

— Des années glorieuses, à ce que j'en sais.

Il se tut un instant, incapable de détacher ses yeux de mon cadeau.

— Y écrira-t-on tout ce que j'ai fait ici ? demanda-t-il quand il eut trouvé le courage de poser la question.

— Vous seul le savez, monsieur.

— Dit-on comment je vais mourir ?

— L'année, le lieu, le jour et la manière.

— Ai-je été un aussi mauvais gouverneur que cela ?

Hypnotisé, son Excellence paraissait s'être rabougri en la présence du livre. Sa voix chevrotait. Son visage mangé de spasmes s'était apaisé. Il posa son arme pour tendre la main vers le récit de son destin, mais n'osa pas y toucher. Les doigts au-dessus du cuir de la couverture, il me dévisagea soudain :

— Bien entendu, la page qui m'intéresse ne s'y trouve plus ?

Même fou, même perdu, il restait le stratège, l'homme de politique que j'avais connu.

— Bien entendu, souris-je gentiment, mais j'ai marqué le chapitre qui vous concerne, pour votre grande édification. Et jugez par vous-même de la véracité des affirmations. Pour ma part, je ne vous savais pas ingénieur.

Le Vasseur blêmit. Révéler que j'en savais autant sur sa vie passée, grâce à ce livre, c'était laisser surtout courir la question de sa mort. Sa voix se fit murmure :

— Vais-je mourir bientôt ? Est-ce maintenant ?

— Non, monsieur. Je ne suis que le messager. Pas l'instrument. Et puis, je n'ai jamais goûté le métier d'assassin.

Il se tut encore. Sa main revint vers son arme tandis qu'il poussait un soupir profond :

Côte ouest d'Hispaniola

— De Rochefort vous a dit, pour d'Ermentiers... Ce bon chrétien n'a pas pu tenir sa langue.
— Effectivement.
— Peut-être, après tout, que je ne veux pas posséder cette page que vous avez arrachée.
— Il ne tient qu'à vous de rester dans l'ignorance.
— Je sais déjà trop de choses pour le salut de mon âme.

Je hochai la tête avec sincérité :
— C'est seulement le prix de notre époque... Nous devrons tous le payer au plus fort si nous voulons lui survivre.

Malgré l'effritement de sa rage, je savais qu'il ne pouvait supporter l'idée d'un savoir le concernant et qu'il ne maîtrisait pas. Sous le front soucieux, j'imaginais les rouages et les dérives, les courants d'angoisses et les tourbillons morbides. Et si quelqu'un d'autre trouvait la fameuse page ? Et si elle donnait des idées à ceux qui la liraient ? Est-ce que la prédiction imprimée était inévitable ? En possession du précieux document, saurait-il faire mentir l'histoire et forcer son destin ? D'ailleurs, l'ouvrage était-il authentique ? Les doigts du gouverneur caressèrent la couverture, puis saisirent le livre pour le tirer lentement vers lui. Je crois qu'il sourit, derrière le parapet de son masque blafard.

— Puisque vous parliez de prix, j'imagine que celui de cette page manquante me coûtera plus que de sincères excuses.
— Ce n'est pas à moi de les réclamer, votre Excellence. Je vous l'ai dit, je ne suis que le messager. Urbain de Rochefort vous les récitera lui-même, puisqu'il est entendu maintenant que vous souscrirez à ses prétentions.

— Ses prétentions… Moi, tonna soudain le gouverneur en se levant de son fauteuil, j'ai fait de cette île une œuvre magnifique qui traversera les âges ! Ici, sous mon autorité, se sont révélées les plus grandes merveilles de notre temps, venues de tous les horizons. J'ai tenu tête à l'Espagnol, j'ai accueilli et protégé ceux qui n'avaient nulle place où aller. De cette maigre côte partaient cent vaisseaux par mois pour contrer et repousser l'Espagnol ! Et maintenant, des roquets de cuisine voudraient me dérober ma gloire ! Quelle bassesse ! Quelle exiguïté !

Je me levai à mon tour, et saluai respectueusement pour la dernière fois l'homme qui avait tant contribué à ma fortune et à mes ennuis, sinon à mes déceptions.

— Votre Excellence, je ne vous mentirai pas : pour moi, vous resterez le seul et unique gouverneur de la Tortue. D'autres, après vous, porteront peut-être ce titre, mais vous en fûtes le fondateur… Cela, personne ne pourra l'oublier.

Je sais que je ne mentais pas en lui tenant ce propos. Sans conteste, François Le Vasseur était un despote, un infect intrigant, un cruel satrape dévoré par ses ambitions et son pouvoir. Mais il avait été aussi mon soutien et un de ces audacieux qui savent forcer un monde hostile à se soumettre à leur vision. Cela, je pouvais le respecter, car je m'étais rêvé de cette race.

Lentement, je me redressai pour prendre congé sans brusquer l'attention défaillante de mon interlocuteur. Celui-ci me regarda sans bouger. Il aurait pu pointer son arme et m'abattre, ou bien ordonner ma mise aux fers, et je n'aurais guère pu résister. Mais il n'en fit rien et je sortis de son bureau sous le regard anxieux de ses gardes du corps à l'arrêt derrière sa porte.

— L'entretien est terminé, dis-je aux deux spadassins, je retourne à mon navire.

Un simple coup d'œil en direction de leur maître affaissé derrière son bureau suffit à les convaincre que j'étais bien autorisé à quitter la forteresse. Ils devaient être habitués depuis longtemps aux cataplexies passagères de leur employeur. Le plus âgé des deux gardes me fixa avec intérêt, comme si je constituais quelque phénomène plaisant à constater. Il y avait fort à parier qu'ils n'étaient pas nombreux, ceux qui entraient dans ce bureau et essuyaient la rage du propriétaire sans y laisser leur peau. À l'évidence, cette prouesse venait de me gagner son respect. Ses lèvres se plissèrent de connivence amusée quand il me posa la question cruciale :

— Faut s'attendre à du changement par ici ?

Je dévisageai à mon tour le mercenaire bardé d'armes et de merveilles conçues en des temps encore à venir. Il affichait l'insolence des champions, et portait haut les *maravillas* mortelles qu'il ne méritait pas, mais son haleine sentait l'ail rance et, quand il tournait la tête, le col de son uniforme cachait mal un cou brûlé par une lucite galopante. Il me revint en mémoire le vieil adage des esclaves et des déportés : « Dans une prison, cohabitent deux sortes de prisonniers, ceux qu'on enferme et ceux qui les gardent. » Je hochai la tête avant de lui répondre avec un sarcasme identique :

— Est-ce que ça changerait quoi que ce soit à ta paye ou à ta gamelle ?

Il ne mit pas longtemps à me répondre. Sa tête fit un signe appuyé de négation.

— Alors contente-toi de garder ta porte, conseillai-je en tournant les talons, et laisse tes armes au repos tant que tu le pourras.

Quand je franchis en sens inverse les portes du fort de la Roche, je me doutais que c'était la dernière fois que je voyais le gouverneur vivant. Car, en vérité, j'avais détesté me faire le héraut de la camarde, et ne me sentais plus le goût de recroiser les pas d'un homme dont je connaissais tout des conditions du trépas. Fût-il celui qui avait autrefois ordonné le mien.

Quand je regagnai le pont du *Déchronologue*, je devais avoir une tête bien funeste, et paraître traîner à ma suite plusieurs légions issues de l'enfer, pour recevoir un accueil aussi précautionneux de la part de mon équipage. Gobe-la-mouche m'attendait près de l'échelle de coupée et me fit un résumé précis des dernières nouvelles du bord. Pendant mon absence, nos invités avaient fait installer une radio dans l'appartement de Sévère, pour communiquer plus aisément avec leurs partisans. Ils étaient désormais tous réunis dans cette cabine où ils attendaient mon retour, semble-t-il avec l'espoir que je les avais déjà débarrassés du gouverneur et qu'il ne leur restait plus qu'à procéder à la proclamation officielle de sa succession.

— C'est très bien qu'ils aient une radio à portée, confiai-je à mon bosco. Tu peux leur dire que son Excellence est pour le moment tout disposé à entendre leurs propositions. Qu'ils ne tardent pas trop à pousser leur avantage : je ne saurais garantir la stabilité persistante de son humeur.

— Voudriez pas le leur dire par votre bouche, capitaine ?

— Je suis fatigué de parler, bosco. Répète-leur bien tout ce que je viens de te dire et que c'est à eux de faire ce qu'ils estiment être juste. Je vais faire la même chose, mais de mon côté.

— Faudra voir à pas vous déranger, alors ?

— Voilà, c'est ça, faudra voir à ne pas me déranger, souris-je. Je me joindrai à eux plus tard, quand j'aurai un peu cultivé mon jardin.

*

De retour dans ma cabine, je commençai par m'accorder quelques lampées de tafia pour me rafraîchir un peu. Il faisait chaud dans mon isoloir, et sombre comme dans un four de boulanger. Autour de moi, à travers la porte de ma retraite, je n'entendais rien d'autre que les craquements du navire. De mes hommes pourtant nombreux, assis ou allongés dans la pénombre de l'entrepont, nulle rumeur. Peut-être était-ce la présence de nos invités qui muselait leurs ronflements et leurs conversations d'ordinaire plus enthousiastes ? À moins que ce fût ma mine, seule, qui les incitât ainsi à faire silence ? Dommage ! J'aurais bien aimé me perdre quelques instants dans l'écoute attentive de leurs conciliabules, sourire un peu de leurs hypothèses et théories trop pleines d'eau salée et d'ignorance, au lieu de me pencher sur ce qui me tracassait vraiment : sur ma table, soigneusement découpée et glissée entre les pages d'un volume de plus grande taille, l'arrêt de mort de François Le Vasseur attendait mon bon vouloir pour être transmis à son destinataire de toute éternité.

Mort de moi, à l'instant de faire livrer le témoignage imprimé, j'étais pris d'une crainte superstitieuse ! De quel droit, par le Christ et ses anges, de quel droit pouvais-je bousculer ainsi l'ordre des choses ? Il ne s'agissait pas de prophétiser la mort d'un tiers, ni même de l'avertir des détails d'un complot contre lui. Non ! Il s'agissait de lui livrer les précisions, déjà vérifiées et authentifiées, de son décès à venir telles que l'histoire les avait retenues. Je doutais qu'un homme ait déjà été soumis à pareil supplice. Au sein de ces quelques lignes imprimées, conservées dans la nuit de ma cabine, résidaient tous les détails de son assassinat par deux de ses lieutenants un jour lointain d'emplettes aux magasins de Basse-Terre. Les conséquences étaient bien trop vertigineuses. Avais-je le droit de divulguer ce savoir qui ne concernait que le bon Dieu ou le diable ? Existait-il une page semblable, dans un livre à dénicher quelque part, qui contenait les mêmes épouvantables chroniques me concernant ? Et le cas échéant, aurais-je le désir d'apprendre aussi funeste conjecture ? Et puis, avertir son Excellence de l'identité des deux coupables, n'était-ce pas les livrer à sa vindicte immédiate ? Christ mort, était-il possible de faire mentir l'avenir ? De braver à la fois le Seigneur, les Parques, et toutes les lois de l'univers ?

Je repris une lampée d'alcool pour m'aider à réfléchir. Avant de lui avoir laissé le temps de faire effet, deux coups de poing frappés sans ménagement contre ma porte m'arrachèrent au tournoiement de mes questions.

— Entrez !

Je m'attendais à voir la bouille penaude de Main-d'or ou de Gobe-la-mouche mais ce fut celle, pas embarrassée pour deux sous, de Fèfè de Dieppe, qui se glissa dans l'entrebâillement de mon purgatoire.

— Tu ginches, capitoune ? ricana le boucanier. La matelince fricaille bourru d'puis ton r'tour.

Plusieurs mois déjà que le géant blessé vivait à mon bord mais, malgré ses efforts, il ne se débarrassait pas facilement de son sabir d'homme sauvage. Je lui fis signe d'entrer. Il se glissa jusqu'à mon bureau, se posa lourdement sur la chaise avant de s'envoyer par le col presque tout ce qu'il me restait de tafia. Sa carcasse et son odeur tenace me donnaient l'impression qu'il occupait toute la place libre de ma cabine. Il lécha consciencieusement le goulot avant de se décider à parler.

— Tu l'as vu ?

Je hochai la tête sans proférer un son. Le regard de Fèfè flamboya et, dans la pénombre de la cabine, son visage couturé prit des airs de gargouille de cathédrale. Lui non plus n'avait pas oublié que le gouverneur avait exigé son arrestation et, sinon sa mort, du moins quelque fâcheux destin au fond d'une des fosses infâmes du fort de la Roche. Contrairement à moi, le grand boucanier n'était pas enclin à la moindre commisération. Je lui détaillai cependant les différentes questions qui me taraudaient, en espérant que le versant superstitieux de son âme saurait saisir l'inconfort de ma situation. Il écouta soigneusement toutes mes explications, de la page manquante conservée par-devers moi aux révélations historiques qu'elle recelait, de la répugnance que j'avais à user encore de la malignité des *maravillas* pour parvenir à mes fins à la nécessité de mettre un terme à la nuisance de Le Vasseur. Quand j'en eus terminé, Fèfè demeura silencieux à son tour, et je crois qu'il saisit la délicatesse de ma situation. Puis il me livra son avis, dans son style si particulier.

— L'gouvernaque, l'est pire que d'la brûle-cagasse ! Pire que ces sirelopettes de Clampins ! S'brognait toutes les merveilles de l'île et balançait les gueulards au merdon… L'gouvernaque, l'est pire qu'un *Spaniard* !

— Tu crois qu'il mérite ce que je lui réserve ?

— Mérite de crever d'la pire façon, l'boyau à l'air et not'pisse aux yeux !

— Tu as peut-être raison… C'est seulement que je détesterais qu'on me fasse ce qu'il va bientôt subir.

— Mérité ! trancha le colosse en guise de conclusion.

— Merci, Fèfè. Tu as eu raison de passer.

— C'est d'la bouille, mon palo. Fèfè t'a chaulipé, vrai ?

— Vrai, mon ami.

Le boucanier se redressa et quitta la cabine avec un petit sourire satisfait. En le regardant partir, je me souviens avoir réalisé combien il me manquerait, quand il quitterait mon bord. Mais il était profondément terrien, et pas plus à l'aise sur ma frégate qu'un honnête homme au Vatican. Il était déjà convenu qu'il resterait à Basse-Terre, dès que le gouverneur Le Vasseur serait mis hors d'état de nuire… Une bonne raison de ne pas en arriver à cette extrémité, peut-être.

De nouveau seul, je demeurai une poignée de minutes à fixer le carré de papier venu d'un futur qui n'attendait plus que ma résolution. Finalement, je me décidai à cacheter le document et à le faire remettre au gouverneur par Urbain de Rochefort, dans le cadre des négociations en cours. Puis, au crépuscule, la page prophétique fut portée au fort de la Roche en guise de préambule à toute reddition.

*

François Le Vasseur hurla pendant la moitié de la nuit, l'esprit balayé par le contenu des révélations portées à sa connaissance. Relayée par ses précieuses machines braquées vers la baie, toute Basse-Terre l'entendit me maudire, du haut du fort de la Roche, et maudire mon équipage, et tous ceux qui m'avaient un jour fait confiance. Entre chaque crise de démence, ses sanglots et ses reniflements gras résonnèrent avec une précision qui aurait pu le supposer penché au-dessus de chaque épaule de chaque homme ou femme de l'île. Puis, peu avant minuit, tandis qu'une lune rachitique s'évertuait à faucher des nuages lourds de menaces, les vociférations du dément firent place à un silence encore ponctué par sa respiration d'invisible titan. La cloche de quart eut encore le temps de tinter une fois avant que son Excellence trouvât le courage de mettre fin à son tourment.

Je crois que l'écho de cette assourdissante détonation roule encore de vague en vague, d'une côte à l'autre de l'océan, en souvenir de la balle qui emporta le visage et la vie de François Le Vasseur, peut-être enfin soulagé de s'être inventé un autre trépas que celui que l'histoire lui avait promis.

XX. *Côtes de Floride,*
près de Saint Augustine

(CIRCA 1649)

> *And I'd kneel and pray for you,*
> *For slavery fled, O glorious dead,*
> *When you fell in the foggy dew.*
>
> PEADAR KEARNEY
> The Foggy Dew

Il y a, je crois, tapie au cœur de chaque homme, une connaissance innée des écueils qui le menacent, comme une prémonition qui susurre à chacun la débâcle qui l'attend s'il devait s'entêter. C'est le fils qui s'acharne à s'opposer au patriarche implacable du conseil de famille; le prince qui s'abandonne entre les bras de la dame qu'il sait pourtant acquise à la cause de ses rivaux. Oh, je sais combien elle est imparfaite, cette petite voix, cette Cassandre intime, et combien il est parfois tentant de ne pas lui céder. Par défi. Par curiosité. Par désir de brûler, peut-être. Qu'importe! Depuis le suicide du gouverneur Le Vasseur plusieurs mois plus tôt, quelque chose avait changé, à la Tortue, qui avait à voir avec le parfum des fleurs et la force des vents côtiers; avec la manière dont le sable frissonnait différemment sous mes pieds nus pendant mes randonnées. L'hiver était doux et paisible, mais je me sentais comme une bête qui sait que vient l'orage sans pouvoir rompre sa longe.

Un soir, tandis que je partageais un maigre plat de légumes épicés en compagnie de Gobe-la-mouche à la table du *Grand Jacques*, je vis le contenu de nos bols et gobelets frémir à l'unisson. Ce fut une secousse fugace, à peine plus tangible qu'une brise de terre, mais je m'aperçus à son regard que mon bosco aussi l'avait sentie. Je me levai aussitôt pour me précipiter vers l'extérieur d'où je sondai la voûte céleste, pour remarquer la moindre défaillance des pâles étoiles du soir. Ma sortie ne manqua pas d'intriguer les quelques capitaines attablés, qui attendirent courtoisement que mon second eût payé les repas et fût sorti me rejoindre avant d'échanger quelques menues moqueries de circonstance.

Gobe-la-mouche se planta près de moi, la tête également levée vers le ciel, sans cesser de mâcher la part de fromage qu'il avait emportée.

— Capitaine ?

Je lui intimai l'ordre de faire silence et poursuivis ma scrutation des astres. Nul dédoublement. Nulle configuration aberrante des constellations. Je me sentis à peine soulagé. Le souvenir des horreurs du Yucatan me fit presque bégayer quand je me tournai vers mon bosco :

— On lève l'ancre.

— Ce soir ? Mais nous ne devions pas prendre la mer avant la semaine prochaine. Tous ne sont pas prêts.

— Christ mort, s'ils ont de l'esprit pour deux sous, les autres capitaines nous suivront dans l'heure. Fais gueuler notre hymne pour rappeler les hommes à terre. Nous partirons sans eux s'il le faut !

Gobe-la-mouche n'était pas homme à s'opposer sans raison à son capitaine. Et il prenait la mer à mes côtés depuis assez longtemps pour savoir apprécier la sagacité de mes précautions. Mais ce que je venais d'ordonner, alors que la menace du bateau fantôme se faisait sentir chaque semaine davantage au large de Basse-Terre, ressemblait plus à une noire folie qu'à une saine intuition. Je répétai donc mes ordres, le regard rivé sur les étoiles en craignant d'y apercevoir ce qui me terrifiait le plus au monde — bien plus, en tout cas, qu'un insaisissable Hollandais volant consacré à la perte de chaque navire qui approchait ou quittait la Tortue.

— Fais tonner notre hymne et hisser serré !

Soudain, haute dans le ciel, la lune vibra et se dédoubla brièvement, à la manière d'un couple de lucioles amoureuses. Témoin comme moi de cette brusque fantaisie céleste, le bosco lâcha une obscénité pire que la mienne avant de commencer à dévaler le raidillon en direction du port. Je le suivis sans ajouter un mot, les jambes faibles et le ventre boueux.

Deux heures plus tard, j'étais à la barre du *Déchronologue* pour veiller aux manœuvres d'appareillage. La marée était contre nous mais les vents en notre faveur, pour lentement pousser ma frégate à l'écart de l'anse de Basse-Terre désormais suspectée de traîtrise cosmique. Par bâbord arrière, les feux de position de *La Salamandre* se dandinaient à notre suite sur les rouleaux paresseux de morte-eau. Ce brick de belle ligne était commandé par le capitaine Quentin, dit la Quenouille. C'était le seul navire qui avait su prendre la mer à notre suite. J'aurais préféré disposer ou bien d'une meilleure escorte, ou bien d'aucune, plutôt que de me savoir accompagné au plus près par cet unique bâtiment, mais il n'était guère possible de le renvoyer au port sans m'exposer à la vindicte des autres capitaines de course de la Tortue. Disons, pour faire simple et justifier mes réticences, que les fructueuses activités esclavagistes de ce capitaine n'étaient pas de nature à me réjouir, mais qu'il avait pour lui d'être un marin d'expérience et un meneur d'hommes accompli.

Les autres navires qui devaient constituer notre flotte d'attaque n'ayant pu lever l'ancre aussi soudainement, il avait été convenu de les attendre jusqu'à sept jours à la frontière nord-est des Florida Keys, avant de poursuivre notre route sans leur soutien. Et je ne doutais pas un instant que la Quenouille s'était précipitamment mis dans notre sillage autant pour démontrer son enthousiasme que pour ne pas nous laisser, moi et mes hommes, porter seuls le fer et le feu jusqu'à Saint Augustine : malgré la situation critique que connaissait Basse-Terre, et la nécessité de forcer au plus tôt son blocus pour en assurer le ravitaillement, ces bons capitaines n'entendaient pas laisser le *Déchronologue* piller en solitaire les comptoirs des Clampins.

Car c'était bien ces derniers qui allaient bientôt goûter la férocité des libres capitaines de la Tortue, bien décidés à leur faire payer leur cupidité. Par cupidité, ils étaient enclins à dispenser, sans vergogne et aux plus hauts prix, des merveilles si dangereuses qu'elles menaçaient directement la survie des colonies caraïbes.

Si, dans cette expédition, notre armada parvenait à rapporter dans ses cales de quoi assurer la prospérité de notre île, ce ne serait que justice pour tout le tort causé par les machines abominables du gouverneur défunt. Mais c'était, au premier chef, la vengeance qui animait le cœur de chacun sur la route qui nous menait jusqu'aux comptoirs de ces corrupteurs sans scrupules. Et je n'étais pas le dernier à oser braver la menace du vaisseau fantôme, pour mettre un terme à l'empoisonnement croissant de la région.

*

Trois semaines plus tard, nous étions quatre bâtiments, armés pour la guerre, à remonter lentement vers le nord en direction de notre destination. In extremis, la *Marie-Juliette* du capitaine Balland et *L'Ange du Léon* du capitaine Drouzic nous avaient rejoints au lieu de rendez-vous fixé au large des Keys. S'il fallait en croire ces retardataires, au moins trois autres navires avaient quitté Basse-Terre, mais une rude tempête les avait éparpillés quelque part au nord de Cuba. Au risque de se faire repérer et d'attirer sur lui les foudres du vaisseau fantôme, le capitaine Drouzic avait usé de sa radio de bord dans l'espoir d'obtenir des nouvelles des disparus. Aucun ne s'était manifesté. Le Hollandais volant avait certainement pris son dû.

Nous voguions donc à quatre, filant à la traîne et à vue pour prévenir de mauvaises rencontres. En ces eaux atlantiques, c'eût été grande farce du diable de croiser une escouade espagnole, tant les *Spaniards* semblaient ne plus guère s'aventurer au-delà de leurs domaines coutumiers. Pour autant, il eût été présomptueux de remonter ces côtes hostiles sans prendre toutes les précautions d'usage. S'il fallait en croire les dernières nouvelles colportées par Francisco Molina, une secte anglaise au nom pittoresque d'*Eleutheran adventurers* avait implanté une colonie depuis l'année précédente sur une des îles voisines de celle de San Salvador, quelque part à l'est, avec l'espoir de pouvoir pratiquer librement leur culte. Nous décidâmes de nous y retrouver, si la mauvaise fortune ou les circonstances sépareraient notre flotte. De toutes les manières, en cas d'avarie ou d'urgence, mieux vaudrait chercher refuge auprès de dissidents anglicans, recroquevillés sur un caillou hostile pour fuir les persécutions, que de se risquer à jeter l'ancre sur la côte des Amériques. Simon et les Targui me l'avaient suffisamment répété : les continents étaient en sursis, la mer constituait notre vrai refuge. Je ne voulais plus jamais affronter les horreurs qui avaient anéanti le Yucatan. Sur ce point, au moins, j'avais la confiance des autres capitaines.

L'année précédente, je m'étais rendu jusque dans ces eaux de Floride pour mener négoce avec les Clampins, et j'avais pu y prendre toute la mesure de leurs abus. Ces maudits ne tentaient même plus de cacher l'infâme manière dont ils *moissonnaient* le temps — c'était l'expression qu'ils utilisaient — pour en obtenir les biens les plus profitables. Les marins avaient toujours détesté les naufrageurs, terriens sans tripes qui attiraient les navires vers les récifs en faussant les fanaux de navigation. D'une façon inédite, mais dont je devinais les principes, les Clampins avaient en quelque sorte réformé cette pratique, l'avaient améliorée au point d'écumer les marées à venir. Ces coquins véreux, qui sans cette manne seraient demeurés des colons miséreux accrochés à leurs rivages, étaient parvenus à imposer leurs prix, leurs modes et leurs conditions. Il était temps d'y mettre un terme. Nous étions en chemin pour y veiller.

Deux heures avant l'attaque, le temps était clément et mon esprit en paix. Pour le combat à venir, je ne nourrissais aucune excitation. La nuit, claire et brumeuse, avait nappé nos navires et les vagues d'une blancheur narcotique. Depuis la proue de mon navire, je regardais les sillons aigus des autres bâtiments briser les vagues en direction du rivage. Notre plan avait été minutieusement établi. Nous avions décidé d'attaquer avant les premières lueurs de l'aube, quand le sommeil bordait encore les dormeurs mais que la fatigue émoussait l'acuité des guetteurs. Il fallait être prudent. Les Clampins ne se contentaient pas de vendre leurs *maravillas* : pour garantir leur sécurité et asseoir leur domination, ils savaient aussi garder pour leur usage les machineries les plus redoutables et les plus baroques. Sur le pont, mes hommes avaient frotté leurs lames et huilé leurs pistolets. Tous savaient l'imminence de l'assaut. Mais il n'eut pas lieu de la manière qui avait été convenue.

À l'heure prévue, les chaloupes furent mises à l'eau. Des flancs de nos quatre vaisseaux rapaces s'éloigna une grappe de rejetons véloces, surchargés, souquant ferme sur les rouleaux pour gagner la côte au plus vite. La marée montante nous poussait au rivage, chacun étreignait ses armes dans l'attente de poser pied à terre. Depuis une des embarcations située sur tribord retentit un éternuement à peine étouffé.

— Ces cochons-là n'ont pas appris à se moucher dans leur liquette ? maugréa mon voisin.

— Tout doux jusqu'à la plage, murmurai-je à mes compagnons. On coupera leur nez aux imbéciles plus tard.

J'avais à peine refermé la bouche que le même éternuement retentit, aussi fort que précédemment.

— Ces cochons-là n'ont pas appris à se moucher dans leur liquette ? maugréa mon voisin exactement sur le même ton...

L'épouvantable sensation de répétition me tordit les tripes de terreur. Quelque chose n'allait pas... Quelque chose de désagréablement familier. Je n'eus le temps ni de crier un avertissement, ni de comprendre ce qui s'abattait sur nous. Soudain, sans prévenir, le monde cessa d'avoir un sens. La plage, que je croyais plus éloignée, s'embrasa d'une vive lumière émeraude qui fit flamboyer l'océan. Des silhouettes sombres semblèrent clopiner en tous sens dans cette clarté aveuglante. À leur allure hésitante et raide, je reconnus un groupe de Clampins au travail. Par intermittence, ils semblaient marcher sur l'eau, ou bien paraissaient enfoncés dans les vagues jusqu'à la taille. Marées hautes et basses alternaient si vite que l'estran palpitait, suintant et sec, liquide et sableux, gorgé de poissons scintillants qui mourraient et baignaient comme nous tous dans ses vertes lueurs. C'était Génésareth. C'était le Tartare. C'était l'union impie de Téthys et de *Chronos*. « Tous à la côte », hurlai-je à l'infini, mais ma voix se noyait dans le sablier brisé du temps. Des êtres se mouvaient autour de nous, gluants et glacés, arrachés à leur époque pour s'échouer dans les filets des Clampins. Oh, la pêche infâme ! Oh, l'ignoble saignée des siècles ! Je me perdis dans le regard éberlué d'une enfant aux yeux noirs d'effroi qui, depuis son bastingage de fer, me fixait sans comprendre tandis qu'elle me frôlait, serrant la main de sa mère déjà morte. Ma trogne de flibustier jaillie de livres d'autrefois lui murmura des paroles d'apaisement à l'instant de nous éloigner. Sa chair innocente éclata en mille étoiles de mer vermeilles aussitôt mêlées au flux des autres victimes de l'hécatombe. La poupée qu'elle tenait contre elle glissa le long de ce courant putride jusqu'aux nasses tendues à la lisière des flots. Avant, ou bien après, une grappe d'hommes bouffis d'angoisse percuta le bord de notre embarcation. Leurs armes visant et tirant en vain tandis que les puissantes machines qui les portaient au ras des vagues déchiquetaient leurs organes en pénétrant de force dans notre époque. L'un d'eux effleura notre plat-bord de la main, aussitôt coupée par le bois devenu plus tranchant que du verre. Leurs armes merveilleuses explosaient en chaîne, mettant un terme indulgent à leur martyre. Celles qui résistaient à cet inimaginable traitement rejoignaient dans les nasses avides des naufrageurs, la poupée de la fillette trépassée, les vêtements ensanglantés de promeneurs broyés comme pulpe de fruit, les ossements et les bijoux, les carnets intimes et les secrets oubliés, toutes les possessions innombrables des malheureux qui n'avaient pu échapper au tourbillon provoqué par les Clampins. Combien de secondes avant de les rejoindre ? Combien de battements de cœur, de beuglements d'agonie, avant de sentir ma carcasse se disloquer sous les effets conjugués des marées contradictoires et de la rencontre avec un corps ou un navire jailli d'un temps parallèle ? J'ignorais si j'étais encore dans ma chaloupe ou sur la terre ferme, parmi les miens ou déjà mêlé à ce fleuve inconnu. Dans mon dos monta un long crépitement, comme l'allumage simultané de millions de cierges. Un second soleil embrasa l'apocalypse. Une pulsation amicale. Les canons du *Déchronologue* étaient entrés dans la danse. Par-dessus mon épaule, depuis au-delà d'un horizon flamboyant, les batteries de mes canonniers crachaient à leur tour leurs secondes et leurs minutes. Mais ils ne visaient pas le marais fangeux où nous baignions, non ! Sous le commandement du Baptiste, c'était la plage qui était pointée, et sa horde de

Clampins stupéfiés de se faire servir leur propre bouillon. Il y eut un gigantesque craquement, quand les effets de l'artillerie ennemie cessèrent de nous disloquer. Le temps refluait, je pouvais presque le sentir me filer entre les doigts, onde mordante de vibrations destinées à être vécues par d'autres que moi.

Une clameur sauvage monta de nos embarcations, presque à portée du rivage, quand cessa cet enfer des temps conjugués.

— À moi la flibuste ! tonnai-je en tirant ma lame.

Galvanisés par cette impossible délivrance, nos hommes se ruèrent à l'assaut. Je comptai : un, deux, trois Clampins, percés ou tranchés par mon sabre, maladroits pantins qui cherchaient à peine à se défendre. Privés de leur avantage tactique, ils n'opposaient guère de résistance à la fureur de leurs victimes survivantes. Depuis *L'Ange du Léon* fila une bordée meurtrière de mitraille qui pulvérisa casemates et cahutes, répandant la panique parmi nos ennemis. Tandis que du *Déchronologue* partaient d'autres salves de temps contradictoires en direction des dernières batteries côtières, *La Salamandre* et la *Marie-Juliette* reprirent la partition en chœur. Le ciel était rouge de poudre et feu, les ombres s'étiraient et s'amenuisaient à chaque nouveau soleil tiré par notre flotte. Moi, soutenu par quelques braves ivres de victoire, je chargeai un petit groupe de Clampins restés bêtement à trier leur butin à la lisière des vagues.

— Pitié ! réclamèrent-ils en nous apercevant.

— Allez la demander au diable ! ricanèrent mes hommes en brandissant leurs coutelas.

Je les laissai à leurs travaux d'équarrissage et grimpai jusqu'au sommet d'un monticule proche pour apprécier la tournure de l'engagement.

De mon promontoire, je pouvais voir notre flotte qui s'acharnait à pilonner les abris et positions des Clampins installés sur la plage. De ma frégate partaient maintenant des volées de boulets dévastateurs, qui faisaient mouche presque à chaque coup. Le Baptiste devait avoir ordonné l'abandon de nos batteries temporelles pour ses fûts de bronze. Nos troupes débarquées continuaient de pourchasser les derniers ennemis stupéfaits de voir la situation leur échapper. Ces larves n'avaient pas l'habitude de voir leurs victimes riposter. Je frissonnai en réalisant que sans l'intervention de mon maître-artilleur, nous aurions tous fini piégés dans les filets temporels tendus par les Clampins. Nous avaient-ils vus approcher ? Nous étions-nous malencontreusement trouvés aux abords de la plage à l'instant de leur moisson nocturne ? Impossible à dire. Ce dont j'étais certain, en revanche, c'était mon désir de voir mourir jusqu'au dernier de ces chiens ! Le doute n'était plus permis, désormais, pour ceux d'entre nous qui avaient survécu à l'événement : le procédé des Clampins pour s'approvisionner en merveilles relevait de la pire infamie ! J'avais encore à l'esprit les yeux terrifiés de la fillette quand nos regards s'étaient croisés. Malheureuse enfant arrachée à son époque, accrochée au bastingage de l'étrange navire qui naviguerait un jour en ces eaux. Quelle horreur ! Nous étions venus mettre un terme à un monopole nocif, qui empoisonnait lentement les comptoirs caraïbes ; désormais, il était question de justice, de vengeance, de la cause éternelle des faibles injustement exposés aux lois du lucre et de l'avidité.

Tandis que je devisais ainsi, perché sur mon rocher, je remarquai soudain un important contingent de

Clampins, juché comme moi sur un promontoire dominant la plage, qui s'activait en retrait des combats. Il faisait encore nuit, et les flammes de la bataille les cachaient aux flibustiers situés plus bas qu'eux. Je crus d'abord qu'il s'agissait seulement de renforts alertés par les explosions mais je compris, quand ils révélèrent une massive et sombre machine surplombant la plage, qu'ils préparaient la riposte à notre assaut. Je criai et fis des signes inutiles en direction des marins inconscients du danger, quand l'appareillage fut soudain mis en branle : un jet de flammèches et une longue détonation soulignèrent le départ de plusieurs projectiles qui filèrent droit vers notre flotte en sifflant et crachant. Touchée de plein fouet, *La Salamandre* fut la première à éclater, dans un déluge de débris brûlants qui retombèrent en averse sur l'océan. Mort de moi ! Je m'étais toujours douté que les Clampins s'étaient gardé quelques horribles machines capables d'assurer leur protection, mais je n'avais pas imaginé une telle puissance. Des hurlements d'effroi montèrent depuis la plage. Avant que les marins n'aient compris ce qui se tramait au-dessus d'eux, une autre salve des mêmes projectiles fila droit vers la *Marie-Juliette* et lui fit connaître un sort identique.

Sans réfléchir, je dévalai ma colline en hurlant pour signaler la position de l'épouvantable bombarde. Je n'avais pas fait plus de cent pas quand je fus témoin, et tous les marins avec moi, d'un prodige véritable. À la troisième salve, une bordée sèche fut tirée depuis le flanc du *Déchronologue*. Je jure, par tout ce qui a pu m'être cher en ce monde, que l'un de nos boulets frappa le projectile qui lui était destiné, le déviant de sa trajectoire et le faisant exploser prématurément. Un miracle ! Un authentique miracle survenu au tournant de la bataille, pour nous sauver tous. Une autre bordée s'écrasa sur la *maravilla* pour la faire taire à tout jamais, dans une gerbe de feu jaune et orange. Dès lors, plus rien ne pouvait nous empêcher de vaincre. Les derniers Clampins qui espéraient renverser la situation s'enfuirent sur leurs pattes fragiles, raidies par leurs péchés, ou se rendirent lâchement. Ceux qui choisirent cette dernière solution se virent accorder le droit de prier avant d'être égorgés.

Saint Augustine était à nous. J'ordonnai la destruction totale du site et de toutes les machines suspectes. La mort aussi pour celui qui serait pris à en conserver par-devers lui. Nul ne se sentit le droit de contester cette décision.

*

Avant midi, les survivants des deux navires perdus vinrent compléter les équipages du *Déchronologue* et de *L'Ange du Léon*. Le capitaine Drouzic avait été tué lors de l'assaut initial de la plage, pris comme tant des nôtres dans les perturbations temporelles des Clampins. Son second, un garçon voûté aux épaules étroites répondant au patronyme de Le Bozec, avait pris le commandement. Je notai, non sans amusement, que presque tous les marins avaient préféré s'enrôler à son bord plutôt qu'au mien. Le fruit de notre pillage était considérable. Sa vente et sa répartition à la Tortue assureraient la fortune des gens de Basse-Terre pour plusieurs mois, voire davantage. Vivres, médicaments, batteries et merveilles destinées au confort. Malgré la frayeur et les lourdes pertes, notre entreprise avait été couronnée de succès.

Tandis que Gobe-la-mouche organisait la répartition des stocks dérobés aux Clampins, je rendis visite au Baptiste pour le féliciter à la mesure de son exploit. Sans lui et ses canonniers, nous serions tous restés pourrir au fond de la baie. Mon maître-artilleur me retrouva à l'entrée du pont d'artillerie, son éternel bonnet usé couvrant son crâne.

— Je transmettrai vos remerciements à mes artilleurs, capitaine.

— Ils méritent que je les serre tous dans mes bras, exultai-je. Christ mort, quel tir, c'était prodigieux !

Le Baptiste fit un pas de côté pour m'empêcher d'avancer vers ses hommes regroupés au-delà de l'épaisse paroi de chêne qui cachait nos batteries temporelles.

— Je le leur dirai, répéta-t-il sèchement.

Quelque peu décontenancé, je fixai le visage de mon officier. Son regard était brûlant. Ses traits contractés. Dans ces entrailles obscures du navire, il me parut à la fois plus âgé et plus ardent. Un léger embarras me saisit la gorge. M'empêchait-il vraiment d'aller où bon me semblait à bord de mon propre vaisseau ? J'avais, depuis notre rencontre, le plus grand respect pour le Baptiste. Depuis sa décision de vivre en permanence parmi ses canonniers, je n'avais jamais remis en question notre accord de les laisser entre eux, mais c'était la première fois qu'il considérait ma visite comme une intrusion. Comme s'il avait deviné mon trouble, il hocha lentement la tête et reprit d'une voix moins cinglante :

— Vous restez le capitaine, et vous avez notre loyauté. Éternellement. Mais il ne faut plus descendre ici.

Dans la pénombre, ses yeux luisaient de l'ignition que procurent les savoirs et sciences prohibés. Un pressentiment pénible se fit jour dans mon cœur soudain meurtri.

— Le Baptiste, vous souffrez ?

Sa bouche eut un rictus léger, ni moqueur ni méchant, à peine un sourire de satisfaction à l'évocation d'une pensée oubliée.

— Je vais bien, capitaine. Nous allons tous bien. Mais vos armes ont un prix, capitaine.

Je demeurai silencieux, confondu par le poids de l'aveu. Qu'avais-je infligé à ces hommes en les chargeant de servir notre artillerie si particulière ?

— Le temps a ses lois et son coût, ajouta le Baptiste sans cesser de sourire. Les Clampins le payent à leur façon en maraudant sur ces côtes instables. Nous le payons aussi, à notre manière.

Il tourna la tête vers la paroi du *Déchronologue* et la fixa comme si elle n'existait pas. Comme s'il regardait au-delà des cloisons.

— Vous souvenez-vous de Santa Marta, capitaine ?

Souvenirs confus de flammes et de batailles, d'Espagnols criant grâce sans rien obtenir de plus que les rires des Itza vengeurs.

— Oui, soufflai-je.

— Vous devriez faire route au plus tôt pour Santa Marta. C'est important.

— Mais nous sommes attendus à la Tortue.

— Il est plus important de retourner là-bas. Vous pourriez y retrouver un ancien ami.

— Vous parlez comme une pythie, maître-artilleur, par énigmes et devinettes.

— Les devineresses d'autrefois auguraient les chemins du possible. Moi, j'en arpente les carrefours. C'est pourquoi je vous invite à m'écouter, capitaine. C'est pourquoi je peux intercepter un explosif filant droit sur votre frégate.

Je ne sus que répondre. Je n'étais pas même étonné, je suppose. Seulement déçu par la tournure soudaine des événements. Il devait être dit que nous paierions tous le prix fort pour avoir bu à la source des merveilles.

— En route pour le sud, donc ? dis-je en guise d'accord.

— S'il vous plaît, capitaine.

— Remerciez encore vos canonniers au nom de tous ceux qui ont survécu à la bataille.

Je lui tendis la main.

Le Baptiste la serra honnêtement.

Puis je tournai les talons et le laissai à ses effrayantes chimères.

IX. *Côtes du Yucatan*

(AUTOMNE 1641)

> *À moi forban qu'importe la gloire*
> *Les lois du monde et qu'importe la mort*
> *Sur l'océan j'ai planté ma victoire*
> *Et bois mon vin dans une coupe d'or*
>
> ANONYME
Le forban

La lente traversée depuis Tortuga jusqu'au canal du Yucatan fut l'occasion de mettre à l'épreuve l'équipage recruté sur les conseils du capitaine Brieuc.

C'était, à l'exception des deux mousses, des marins habitués à servir à bord de bâtiments de haute mer et qui en connaissaient bien les manœuvres. Ils venaient de tous les horizons : des gars de Bretagne, lourds comme des pierres dans les haubans mais qui savaient tenir ferme par gros temps ; des enfants de colons, nés dans les îles et prêts à tout pour changer d'existence ; des forbans authentiques, plus teigneux qu'un essaim de frelons dès qu'il s'agissait de courser l'Espagnol ; des clandestins, des fugitifs, des proscrits et des malchanceux, seulement ravis d'avoir su changer de vie ou de nom. Tous chiens de mer au museau barbouillé des nombreux péchés des hommes. Gueule-de-figue, mon second, veillait rigoureusement au règlement à bord, et j'avais découvert chez lui l'autorité propre aux officiers de carrière. Sans rien connaître de son passé, je ne doutais plus d'avoir affaire soit à un maître d'équipage qui s'était lassé de la dureté de la vie à bord des escadres militaires, soit à un de ces partisans d'une discipline implacable, débarqué de force par des mutins à bout de patience et de privations. Quoi qu'il en fût, à mon bord, Gueule-de-figue faisait bien son travail et nul ne semblait s'en plaindre. Arcadio avait bien fait de me le confier.

Parmi les nouveaux venus, j'eus grand plaisir à lier connaissance avec deux autres figures notables, en les personnes de La Triplette, premier gabier, et surtout de Samuel, dit le Baptiste, excellent canonnier et flibustier de carrière. Ces deux-là n'étaient plus très jeunes mais de la trempe des marins selon mon cœur, féroces en verbe et âpres à la tâche. Le premier parlait avec un fort accent qui trahissait des origines anglaises ou irlandaises. Le second se réclamait fièrement d'une ascendance rochelaise. Ce duo, au poil gris et au cuir tanné, connaissait assez son affaire pour n'en point trop parler — la marque des vrais navigateurs — et je le pris vite en affection.

Du reste, si leur conversation ne m'avait pas suffi, les prises successives de deux sloops et d'un galion, qui se rendirent au large de Cuba sans résister, me donnèrent la preuve que je pourrais compter sur eux et qu'ils sauraient tirer le meilleur de l'équipage en toutes circonstances. Il était vital pour moi de savoir ce que mes hommes avaient dans le ventre avant la fin de notre voyage, car je savais depuis le départ, grâce aux longues communications établies avec Arcadio, qu'il me faudrait bientôt leur laisser mon navire tandis que j'accompagnerais mon allié indien jusque chez les siens pour y lier commerce.

Quand vint le jour de jeter l'ancre et de descendre à terre pour retrouver les Itza, j'avais au moins la certitude que plus qu'à des hommes compétents, je laissais le *Toujours debout* à la responsabilité de trois esprits éclairés, et cet ingrédient-là était de ceux qui garantissent les meilleurs festins.

Ce fut donc par une humide matinée d'automne que je débarquai avec quelques matelots sur la côte orientale du Yucatan, aux abords d'une plage où Arcadio m'avait donné rendez-vous. En consultant les vieilles cartes que je m'étais procurées à prix d'or à Basse-Terre, je n'avais pu retenir un frisson d'excitation en réalisant que nous avions accosté à seulement une trentaine de milles de Nito ou de Puerto de Caballos, les légendaires ports fondés par Hernán Cortés et Francisco de Montejo un siècle plus tôt. Nous nous trouvions en réalité au cœur de la nasse espagnole, sous le ventre mal surveillé de leur empire, là où tout ou presque avait commencé. Et je savais qu'à bord du *Toujours debout* mes marins non plus ne pouvaient manquer de s'échauffer au souvenir des récits qui évoquaient cette côte et ces terres prodigieuses.

J'avais fait distribuer des armes aux hommes assignés à terre et ordonné l'installation d'un campement. Je répugnais à quitter trop longtemps ma cabine, car cela me privait de la possibilité de communiquer à distance avec Arcadio, mais je tenais cependant à être sur la plage quand arriverait la délégation itza : à l'exception des quelques marins qui se trouvaient à bord de ma frégate avant que j'en prenne le commandement, aucun ne devait jamais avoir fréquenté ces indigènes-ci, et je craignais leur réaction. Pour les faire patienter dans les meilleures conditions, je fis mettre en perce deux tonnelets de tafia et trinquai avec eux. Gueule-de-figue resta à bord, avec ordre de couvrir la plage de nos canons en cas d'embuscade. Tapis dans les entrailles du *Toujours debout*, le Baptiste et ses artilleurs se succédèrent pour braquer leurs pièces vers la forêt proche, dont la végétation épaisse aurait pu cacher des observateurs de tous bords : bandes de boucaniers en maraude, tribus indiennes hostiles, troupes espagnoles en embuscade, ou n'importe quel autre danger dont je ne pouvais même pas imaginer l'existence.

La matinée s'acheva, puis l'après-midi, et mon inquiétude s'émoussa peu à peu. Assis à l'ombre d'un auvent monté à la hâte par les charpentiers, je sirotais mon tafia adouci de miel en écoutant la boîte à musique offerte par Brodin de Margicoul. J'avais fini par comprendre son emploi, et me régalais des harmonies étranges qui s'en échappaient. En pressant les boutons adéquats, on pouvait réécouter à l'infini le même air, ou bien l'interrompre et reprendre plus tard son écoute, voire augmenter ou diminuer la force du son. *Maravilla*, décidément. Je ne reconnaissais aucune des musiques que j'entendais, mais supposais qu'il devait s'agir de chants traditionnels itza. J'aurais pu passer des journées à me laisser bercer par ces mélopées parfois intrigantes, souvent criardes, en contemplant toujours l'horizon laminé entre le ciel et l'eau.

J'eus le temps d'apprendre par cœur plusieurs de ces chansons, pendant que mes hommes allumaient des feux et revenaient de la chasse aux tortues, avant que ne se manifestent les Indiens. Ils furent cinq à sortir de la forêt à l'instant du soir, cinq Itza aux mines inquiétantes, vêtus de tuniques écrues et fortement armés. Alerté par mes marins, je rangeai ma boîte à musique sous mon gilet et m'approchai des visiteurs menés par un Arcadio souriant. Les Indiens demeurèrent prudemment à la lisière des derniers arbres. Je montai prestement les rejoindre en ordonnant à mes hommes de rester à distance. Derrière moi, je savais que les artilleurs du Baptiste ne cessaient de viser la ligne d'arbres et je puisai dans cette idée un courage certain.

— Arcadio ! m'écriai-je en serrant la main de mon ami.

— Tout est prêt, Villon ?

— Le *Toujours debout* est à toi !

— Non, il est à toi, gloussa-t-il, mais j'accepte ton prêt et te remercie.

D'un geste de la main, il fit signe à son compagnon le plus proche de repartir, puis m'entraîna à l'écart pour n'être entendu de personne :

— Tu es bien sûr de vouloir faire ce voyage, Villon ? C'est loin. Et c'est pénible...

— Ça ne peut pas l'être plus que les geôles de Carthagène.

L'Indien grimaça :

— Tu te trompes. À *Cartagena*, tu affrontais sans bouger la faim et la mort. Si tu viens avec moi, tu vas devoir te battre en marchant, à travers une jungle qui a vaincu des armées entières.

— Je n'ai pas peur. Je veux visiter Noj Peten.

Arcadio hocha gravement la tête avant d'observer en silence mon navire mouillant à la côte :

— Tes marins se tiendront bien ?
— Ils ont toute ma confiance.
— Ils obéiront aux Itza ?
— Ils obéissent à Gueule-de-figue, qui vous doit la liberté et la vie. Tout se passera bien.
— Alors c'est une bonne chose, Villon. Nous pouvons partir.
— Tout de suite ?
— Le voyage va être long. Cette nuit, je préfère dormir loin de la mer.

Tout avait beau avoir été préparé et planifié en amont de nos retrouvailles, et mes ordres répétés jusqu'à l'assurance qu'ils seraient suivis scrupuleusement, je connus un instant d'angoisse au moment d'abandonner mon navire. Tandis que je redescendais vers la plage ramasser mon paquetage et prévenir mon bosco, je vis un fort contingent d'Itza sortir de la forêt et marcher paisiblement vers les rouleaux clairs de la marée montante. Sous le commandement de Gueule-de-figue, qui l'avait déjà piloté, le *Toujours debout* allait une nouvelle fois porter la colère des Indiens, par le fer et le feu, jusqu'à quelque port ou cité espagnols. J'étais au moins soulagé de ne pas prendre part à cette expédition-là. Assister au carnage de Santa Marta m'avait suffi. Et tant pis si on m'en attribuait quand même la responsabilité ! Il y avait des victoires qu'il était préférable d'assumer sans y avoir pris réellement part.

En regardant la mise à l'eau des chaloupes qui allaient amener ces troupes à bord, j'improvisai une prière pour revoir bientôt mon navire. Si tout se passait bien, je le retrouverais dans deux mois, riche d'une alliance que j'aurais su nouer avec le peuple d'Arcadio, les maîtres de la secrète Noj Peten, la cité des *maravillas*.

— En route, dis-je à mon guide qui échangeait un dernier mot avec l'un des siens.

Nous tournâmes le dos à la mer pour nous enfoncer entre les arbres, vers le cœur hostile du Yucatan.

*

Durant les deux premiers jours de marche à travers l'épaisse végétation, je compris pourquoi les Espagnols n'avaient jamais réussi à conquérir cette région : il était tout simplement impossible de s'y orienter sans la connaître parfaitement. La moiteur épicée de la forêt tropicale me faisait perdre haleine au premier effort un peu violent. Au terme de quelques heures, j'avais retiré mon gilet de cuir, puis déboutonné ma chemise, préférant m'exposer aux piqûres des insectes plutôt que de suffoquer. À chaque pas, il fallait se battre contre les racines et les buissons, sans cesser de veiller à ne pas déranger un prédateur affamé. Les ramures bruissaient de piaillements d'oiseaux perchés trop haut pour leur tordre le cou. Mon épée s'accrochait aux arbustes et aux hautes herbes, ma gibecière pesait cent livres et me sciait l'épaule. J'avais soif, j'avais chaud et je me noyais un peu plus à chaque pas dans cette verdure épaisse.

— Christ mort, haletai-je entre deux chutes, pourquoi faire la guerre aux *Spaniards*, puisqu'ils ne sauraient vous trouver ?

— Ne crois pas ça, ricana Arcadio en m'aidant à franchir une butte broussailleuse. Les derniers missionnaires à avoir atteint Noj Peten ont été tués il y a dix-neuf de vos années. Des franciscains stupides qui crachaient sur nos dieux. Quand il traversa autrefois ce pays, Cortés en personne visita notre cité mais ne s'y arrêta pas longtemps.

— Peste blanche ! m'étonnai-je. Cortés vous avait trouvés et vous êtes encore libres ?

— Les Espagnols croient savoir où nous sommes, mais leurs troupes ne nous ont jamais délogés. Nous sommes les Itza de Noj Peten, les derniers Maya libres. Mayapan est tombée, Iximché est tombée, mais nous sommes toujours debout !

Malgré mon épuisement, je ne pus m'empêcher de sourire aux derniers mots d'Arcadio. Toujours debout, en effet. Même à bout de forces, perdu dans cette forêt inamicale à traquer mes chimères, ou à bord de ma frégate faisant voile vers une autre cité à saccager. Toujours debout. Vivant ou mort, mais debout ! Je poussai un cri sauvage qui fit s'envoler une vaste compagnie d'oiseaux au-dessus de nos têtes. Arcadio éclata de rire avec moi :

— Garde ton souffle, Villon. Demain, nous aborderons les montagnes, puis les marais.

— Mort de moi... Je suppose que tu ne cherches pas seulement à m'effrayer ?

— Pas seulement, Villon, pas seulement...

Cette nuit-là, tandis que j'essayais de soulager un peu ma carcasse épuisée, j'entendis un fauve gronder non loin de notre bivouac, puis les murmures d'Arcadio qui psalmodiait dans sa langue. Rien n'aurait pu me faire bouger un membre, pas même la menace d'un tigre en maraude. La nuit fut tout aussi courte que bruyante. Le lendemain matin, je n'étais qu'un brouillon de capitaine, chiffonné et abandonné dans un océan émeraude. Des colonies de fourmis m'avaient mordu et percé la peau des pieds à la tête. Je remis mon gilet. Le surlendemain, puis les jours suivants, je cessais de compter mes pas et mes plaies, me contentant de marcher, de manger ou de me relever quand Arcadio me l'ordonnait.

Ce dernier avait vu juste : mon épuisement était différent de celui que j'avais connu durant mes longs mois de cachot espagnol... C'était une fatigue douloureuse, qui faisait de chaque muscle une boule de souffrance aiguë. Heureusement, j'étais trop éteint pour penser à abandonner. Quant à mon guide, imperturbable, il continuait à progresser, se contentant de nos haltes pour souffler un peu, faire le point avec son étrange boussole carrée avant d'éventuellement corriger notre cap. Un soir, alors que je n'aspirais plus qu'à la consolation du sommeil, il me glissa entre les doigts un tube métallique que je reconnus immédiatement : c'était son rayon de lumière portable, la merveille que je l'avais déjà vu utiliser après notre fuite de Carthagène.

— Nous marcherons de nuit, trop dangereux de dormir ici, me confia-t-il en guise d'explication. Territoire des esprits jaguars.

Il n'en dit pas plus et je ne cherchai pas à en savoir davantage. Nous marchâmes plusieurs heures dans l'obscurité, nos faisceaux découpant des portions fugaces d'une nuit grouillante de vie. À plusieurs reprises je trébuchai en heurtant troncs et racines, mais des feulements proches me firent à chaque fois me relever et clopiner plus avant. À l'aube, alors que mon corps menaçait de faire sécession sans un vrai repos ou quelques rasades d'alcool, Arcadio me reprit la *maravilla* et me montra, depuis le sommet d'une colline, le large miroir fracturé d'un lac immense.

— Le lac Peten Itza, sourit mon guide.

— Itza ? Nous sommes arrivés ?
— Presque, Villon. Nous atteindrons le premier village avant midi, puis il nous faudra prendre une pirogue.

Ces paroles eurent un effet si violent sur mon esprit que je sentis simultanément mon cœur s'emballer et mes jambes flageoler. J'avais réussi : j'avais traversé la jungle jusqu'à la cité cachée des Itza, là où s'accomplissaient les miracles et se tissait le futur. Loin devant moi, à travers quelques ultimes remparts d'arbres, la grande étendue d'eau scintillante me fit cligner des yeux. J'eus subitement trop chaud. Je clignai plusieurs fois des paupières pour en chasser la brume brillante qui brouillait ma vue. Oppressé par l'émotion, je m'évanouis et heurtai durement le sol sans prononcer un son. C'est donc piteusement que j'arrivai à la frontière de Noj Peten, porté par Arcadio sur son dos, inconscient et aveugle à la beauté du site qui se révélait devant moi.

Une heure plus tard, ce furent des coups de feu qui m'arrachèrent à la félicité du sommeil. Leurs salves assourdissantes me firent ouvrir les yeux malgré moi, je revins à la conscience avec la peur au ventre.

J'étais allongé dans une hutte sommaire, sur une couche d'herbes sèches qui me griffèrent la peau dès que je m'en relevai. Dehors le soleil était brûlant. En sortant, encore étourdi et alarmé, je renversai une grande jarre en terre cuite qui répandit un liquide poisseux sur le sol. J'étais sur la berge du lac, au centre de ce qui devait être un petit village de pêcheurs, à en juger par les filets tendus qui séchaient entre les cahutes. Face à moi, au bord de l'eau, une poignée d'Indiens au torse nu ou portant la même tunique qu'Arcadio pointaient leurs armes vers le ciel. Une nouvelle rafale me fit sursauter et pester. Un instant, je crus à quelque réjouissance pour saluer notre arrivée, mais je remarquai qu'ils ne se contentaient pas de tirer au jugé mais visaient consciencieusement les nuages en poussant des cris furieux.

Levant la tête, j'aperçus une gigantesque *burbuja* qui dérivait au-dessus du lac, tellement proche que je crus discerner des silhouettes humaines dans ce qui semblait être une nacelle accrochée sous l'énorme bulle. Moi qui avais toujours cru que les *burbujas* participaient du mystère des *maravillas*, je découvrais que les Itza aussi faisaient feu sur elles, à l'instar des Espagnols ou de mes marins quand ils en avaient l'occasion. Déconcertant, en vérité… Soudain, la *burbuja* parut se dissiper dans l'air, sembla moins tangible, puis se volatilisa. Les Indiens baissèrent leurs armes sans cesser de vociférer. Une poignée de secondes plus tard, la grande sphère réapparut, très loin au-dessus du lac, avant de reprendre sa dérive indolente. Un Itza la visa et tira une dernière fois. Quand il jura après l'avoir manquée, je reconnus Arcadio. Mon guide aussi m'aperçut et revint vers moi le fusil à la main. Interloqué par sa fureur, je n'osai rien dire qui aurait pu l'agacer ou le vexer davantage, mais mon ami se contenta de me sourire gentiment :

— Tu vas mieux, Villon ? Reposé ?

— Oui, je crois…

— Alors c'est bien, nous allons embarquer pour Noj Peten.

— Ta ville est de l'autre côté du lac ?

Je n'étais pas mécontent de revoir un peu d'eau et de ciel, au lieu du labyrinthe forestier des derniers jours.

— Non, répondit l'Indien. Elle est sur le lac.

Des légendes concernant les cités indigènes du Nouveau Monde, gorgées d'innombrables richesses et trésors, j'avais entendu toutes celles qui se racontaient aux veillées à terre ou dans les hamacs à l'heure du coucher. À ces récits teintés d'or, de sang et d'exotisme, mon éducation et ma curiosité avaient ajouté ceux de Diego de Landa ou de Bartolomé de las Casas, lequel dans sa *Très Brève Relation de la destruction des Indes*, avait fait plus que quiconque pour la connaissance de la persécution des Indiens par ses compatriotes. Avant de venir dans les Caraïbes, j'avais appris qu'il existait en ces terres, selon des témoignages concordants, des villes, des nations, des civilisations, qui avaient toutes été balayées comme feuilles dans le vent par les conquistadors. Mais, en toute honnêteté, jamais je n'aurais pu me préparer à un tel faste, à une telle majesté, en découvrant depuis le fond de ma pirogue les hautes tours pyramidales et les toits ciselés de Noj Peten. Je demeurai pantois, saisi par la beauté brute, presque menaçante, de la grande cité qui se dressait au cœur du lac et alignait ses bâtiments en forme d'imprenables pics de roche taillée. Je vis des feux et des brasiers monter de leur sommet, j'entendis des tambours de parade résonner entre leurs flancs, et je me sentis dans la situation d'un nécessiteux invité au palais de son roi. La cité inviolée de Noj Peten s'étendait devant moi, radieuse d'arrogance et de puissance, et je ne savais que dire ni penser… Partagé entre la crainte et l'émerveillement, j'y débarquai pour emboîter aussitôt le pas à Arcadio et ne pas me faire distancer. Enfin j'y étais. Enfin j'allais toucher les miracles et les mystères. Je ris, stupéfait de ma chance et de mon audace, et des visages itza inconnus, parés de plumes et de jade, me sourirent en retour tandis que mon guide m'entraînait à travers les larges voies et les parvis.

La cité était d'une conception totalement différente de toutes celles que je connaissais. Le fait même de l'appeler « ville » était une erreur, tant ce terme induisait l'idée fausse de rues, de façades, de faubourgs et de quartiers. Ici, rien de tel, seulement de vastes esplanades, cernées de gigantesques bâtiments de pierre aux flancs creusés de marches abruptes, au pied desquels se tassaient des grappes de huttes faites de lianes et de larges feuilles. Partout flottaient des odeurs subtiles d'herbes et d'épices jetées aux feux. La rumeur qui montait ici ne ressemblait en rien à celle, braillarde et affairée, de nos quartiers d'artisans. Au contraire, une sorte de grand silence pieux dominait la cité, seulement ponctué par le grincement du vent dans les armatures de bois et par quelques chants lointains. Je me sentais aux portes d'un monde interdit, dont j'ignorais les principes autant que les lois, et mes pensées se froissèrent d'inquiétude.

— Viens, me dit seulement Arcadio tandis que je m'arrêtais pour la troisième fois au spectacle d'enfants nus jouant et luttant dans la poussière d'une acropole.

Je le suivis encore vers d'autres esplanades presque désertes, seulement surveillées par quelques Itza armés qui ne nous regardèrent pas. En me retournant, je n'aperçus plus le petit port où nous avions accosté : il avait disparu derrière les arbres et les hautes pyramides tronquées qui me surplombaient. Mon ami me mena jusqu'à un autre de ces bâtiments cyclopéens, plus large que ses voisins mais à la façade pareillement flanquée d'un imposant escalier.

— Le palais de notre roi, me dit Arcadio en m'invitant à monter.

— Mais je... Je ne suis pas prêt...

La tête levée vers le ciel, je me sentais exténué, vidé et crasseux. Les marches étaient hautes et étroites. J'eus du mal à gagner le sommet, évitai soigneusement de regarder derrière moi pour ne pas trébucher.

— J'ai seulement dit que c'était son palais, me précisa Arcadio, pas que tu allais le rencontrer. Viens, je te conduis à ta chambre.

Quelque peu rassuré, je pénétrai derrière lui sous les arcades perçant le faîte du bâtiment, et me laissai mener à travers une succession de cours et de corridors obscurs jusqu'à ma nouvelle résidence : une pièce nue aux parois blanchies, sans rideau ni porte, seulement éclairée par deux lampes à huile et dotée, pour tout mobilier, d'une couchette en pierre creusée dans un des murs.

— Repose-toi Villon, me conseilla mon ami, nous parlerons plus tard.

Il quitta l'alcôve. Interloqué d'être ainsi laissé sans explications, je ressortis rapidement dans le couloir, avec l'anxiété sourde d'un enfant délaissé. Arcadio avait déjà disparu, mais j'aperçus deux Itza en armes, deux guerriers portant toque de plumes et bracelets épais, qui surveillaient ma chambre depuis les extrémités de la galerie. Diable ! Étais-je invité ou prisonnier ? Il était sans doute trop tôt ou trop tard pour poser la question. Et puis, j'étais si épuisé par le voyage et l'émotion de ma découverte que je tombais littéralement de sommeil.

Aussi déposai-je pistolets, gilet, chemise et bottes près de ma couche, avant de m'y étendre de tout mon long avec un profond soupir de satisfaction. L'air de ma chambre sentait la craie et l'herbe coupée. Je m'endormis rapidement, en prenant soin cependant de garder mon épée contre mon flanc, et mon poignard à ma ceinture.

*

Étonnamment, les Itza ne firent aucun cas de ma présence parmi eux durant la journée du lendemain. Dès mon réveil, un serviteur était passé m'apporter de quoi me sustenter : une galette de maïs accompagnée d'une platée de haricots rouges fort épicés et d'une jarre d'eau fraîche. Arcadio se contenta d'une courte visite dans ma cellule, durant laquelle il ne répondit à aucune de mes questions, pas même celle concernant mon statut d'hôte ou de captif.

— Tu peux aller où tu veux, me précisa-t-il, sauf là où tu n'as pas le droit.

Il repartit sans entendre mes protestations, prétextant un entretien urgent avec les siens. Désappointé par son avertissement, je décidai de tromper l'ennui en alternant siestes et dégustations d'eau claire. Je m'y employai consciencieusement durant tout l'après-midi, jusqu'à ressentir l'urgence de dénicher un lieu d'aisance à la mode itza. Je me rhabillai donc, puis sortis dans le couloir toujours surveillé par les deux gardiens. Ce fut l'occasion de découvrir que ces deux-là ne parlaient que leur langue rocailleuse. À court de solution, je m'en remis à la pantomime pour exprimer mon besoin pressant de soulager ma vessie, ce qui me valut au moins des sourires amusés en même temps qu'une invitation à regagner ma couche. J'obéis à contrecœur, et n'allais pas tarder à étrenner les murs de ma chambre d'une manière inédite, quand se présenta enfin un autre serviteur, porteur d'une vasque à col étroit à l'usage évident. Fort reconnaissant, et désormais muni d'une tinette portable et personnelle, je pus enfin me consacrer sereinement aux quatre seules activités qui trouvaient présentement grâce à mes yeux : manger, boire et dormir. Et me soulager.

Au troisième jour de cette attente léthargique, quand je n'en pus plus d'arpenter le sol inégal de ma cage de pierre et d'écouter les airs enfermés dans la boîte à musique que m'avait offerte Brodin de Margicoul, je me résolus enfin à profiter de l'autorisation d'Arcadio pour visiter un peu la cité. Après m'être poliment présenté devant mes imperturbables gardiens, je tentai de franchir leur poste de surveillance, m'attendant à être interpellé à chaque seconde… Mais non : je passai sans formalité et pus dès lors m'égarer à loisir dans le dédale de cours et couloirs qui formait cet étage du palais. Craignant de m'aventurer trop loin et de froisser par mégarde l'étiquette en vigueur, je choisis de retrouver un accès vers l'extérieur. Au terme de quelques essais infructueux, je retrouvai le ciel. Dès lors, je passai les jours suivants à flâner le long des terrasses et esplanades qui séparaient les vastes quartiers de la glorieuse place forte que constituait Noj Peten.

Au hasard de mes longues promenades, je notai plusieurs détails qui ne manquèrent pas de me troubler. Tout d'abord, je remarquai qu'à l'exception des sentinelles puissamment armées, les Itza ne semblaient pas, au quotidien, faire un quelconque usage des *maravillas* dont j'avais vu l'emploi ailleurs. Cela voulait sans doute seulement signifier qu'ils réservaient leur utilisation à certaines tâches exceptionnelles, mais je ne cessai pas de m'étonner du profond dénuement matériel dans lequel semblaient vivre ces gens. Tout de même, voici un peuple qui résidait au sein d'une ville à l'architecture aussi imposante que les plus prestigieuses capitales d'Europe, mais qui se contentait de cuire à la main sur des pierres brûlantes de maigres galettes baptisées *noj waaj* ! Celles-ci semblaient d'ailleurs constituer leur unique nourriture, et j'aurais payé cher pour avaler un peu de viande tendre ou quelques quartiers de fruit.

Tout aussi surprenantes me parurent l'apathie et l'indolence qui caractérisaient les habitants de Noj Peten. En passant devant les nombreuses huttes dans lesquelles je pouvais voir cuisiner les femmes, ou bien en visitant les innombrables acropoles, je pus constater à quel point presque tous ces Indiens paraissaient maigres et résignés. Cet état non plus ne concordait pas bien avec les sublimes objets manufacturés que je savais venir de ce lieu, ni avec l'idée glorieuse que je m'étais faite de leurs concepteurs.

Je ne pus m'empêcher de m'en ouvrir à Arcadio, lors de sa visite suivante dans mon alcôve, au terme de ma première semaine de séjour. Il éclata d'un rire franc et un peu moqueur :

— Tu regardes avec les yeux des tiens, Villon. Tu cherches des choses qui n'existent pas chez nous.

Ce soir-là, mon ami portait une tunique plus élégante que d'ordinaire, décorée d'une ceinture incrustée de pierres vertes et bleues qui lui donnait un air d'officiant ou de potentat.

— Tout de même, objectai-je, j'ai connu des disettes où les repas étaient plus variés, à défaut d'être copieux. Ce n'est pas que je n'aime pas vos *noj waaj*, mais…

— C'est parce que tu ne comprends pas ce que tu vois. Nous sommes les hommes du maïs, les Maya de Noj Peten, nous sommes nés de cette plante et nous l'honorons comme elle le mérite.

— Nés du maïs ?

Il se contenta de hocher la tête en souriant, avant de me verser une rasade du breuvage qu'il m'avait apporté : une boisson amère et trouble nommée *k'aj*, qu'il fallait boire brûlante et qui emportait la bouche et les nerfs.

— Et je suppose, dis-je en retrempant mes lèvres dans la mixture, que ceci est également à base de maïs ?

— Tu commences à comprendre, et tu supposes bien.

— Alors parle-moi des tiens et des *maravillas*. Tu sais que je suis venu pour elles mais je n'en ai pas vu une seule depuis mon arrivée, à part quelques armes entre les mains de vos guerriers.

— Pas encore, Villon. Tu n'es pas prêt.

— Quand ?

Arcadio hésita un peu, avant de siffler entre ses dents et de psalmodier quelque chose dans la langue des siens. Puis il avala son bol de *k'aj* et se releva :

— Dans trois jours, la lune sera haute et tu rencontreras le *k'uhul ajaw*.

— Est-ce votre roi ?

— Non. Le trône de Noj Peten est vacant depuis l'arrivée de ceux qui sont nés du feu. Tu vas rencontrer le *k'uhul ajaw*, le seigneur divin, celui qui est descendu sur Noj Peten en compagnie de ceux qui sont nés du feu. C'est lui que tu devras écouter, si tu veux devenir notre allié, Villon.

J'avoue que je ne compris pas grand-chose aux explications d'Arcadio. J'aurais pu croire que ses expressions imagées, sans doute mal traduites depuis sa langue, ne composaient qu'un candide baragouin, une mythologie de barbare superstitieux, mais je n'oubliais pas que j'étais encore l'étranger au seuil d'un monde de secrets que j'entendais découvrir. Je laissai donc mon ami poursuivre :

— Es-tu bien sûr de le vouloir, Villon ? On ne rencontre pas le *k'uhul ajaw* sans lui accorder la vénération qu'il mérite. Sauras-tu te plier à nos traditions ?

— Je crois, dis-je prudemment. Si tu m'expliques ce que je dois faire, je promets de m'y conformer.

À cet instant précis, je craignis qu'il me fût ordonné de me livrer à quelque rituel cruel comprenant mutilation, scarification ou toute autre sanglante démonstration de ma ferveur. Heureusement, Arcadio dissipa mon inquiétude :

— Dans trois jours, sous l'égide d'*Akam*, nous boirons et célébrerons la joie et l'ivresse. Puis, quand nous aurons assez bu, notre seigneur viendra nous parler, et tu pourras l'entendre.

— S'il ne s'agit que de boire, plaisantai-je, je saurai tenir mon rang !

— Alors repose-toi encore, Villon, et prépare-toi. Dans trois jours, tu passeras l'épreuve.

*

Au soir de la cérémonie annoncée, je reçus d'abord la visite de deux Itza silencieux qui vinrent me laver et me peigner. Je laissai non sans une certaine méfiance leurs doigts maigres me frictionner la peau et le poil avec une graisse parfumée et collante qui attirait les insectes pire que du miel. Je devinai à la tenue de ces assistants qu'il ne s'agissait pas de simples serviteurs : ces deux-ci avaient le visage orné et percé en plusieurs endroits — oreilles, joues, nez, lèvres — et paré de lourdes pierres vertes qui leur tiraient les traits.

Quand ils eurent fini de m'assouplir la couenne, ils m'offrirent un vêtement semblable à celui que portait Arcadio lors de sa dernière visite, constitué d'une sorte de pagne serré sur les hanches et tombant jusqu'aux genoux, ainsi que d'une pièce de tissu jetée sur l'épaule qu'il fallait ajuster à l'aide d'une lourde ceinture. Une fois métamorphosé, je fus ensuite guidé par le duo vers l'intérieur du palais, là où je n'avais jamais osé m'aventurer. Nous descendîmes un court escalier de pierre, traversâmes un patio découvert seulement éclairé par la lune ronde puis, grâce à un habile échafaudage de branches placé sous la surveillance de sentinelles aux uniformes d'apparat, nous nous enfonçâmes dans les entrailles du vaste bâtiment. À la chiche lumière de coupelles remplies d'huile, je pris garde de ne pas glisser ni tomber en bas du puits. Je remarquai, durant ma descente, que la délicate armature qui nous soutenait était faite de lianes, de feuilles tressées et de bois fraîchement coupé. L'ensemble devait avoir été assemblé spécialement pour la cérémonie à venir, ce qui signifiait que cette partie du palais était d'ordinaire inaccessible.

Au fur et à mesure que nous approchions, j'entendis monter des exclamations et des chants aigus qui s'amplifièrent jusqu'à la fin de notre descente au fond de la fosse obscure. À partir de là, une galerie voûtée — si basse qu'il fallut s'accroupir pour la traverser — permettait d'accéder au lieu du cérémonial, dont les préparatifs ne manquèrent pas de me stupéfier : assis ou allongés, par groupes de quatre ou cinq, plusieurs douzaines d'Indiens occupaient une vaste chambre scellée, sans autre issue que celle que je venais d'emprunter. Il n'y avait que des hommes, qui portaient tous un costume et des parures semblables à ceux de mes deux accompagnateurs. Chacun leur tour, ou à l'unisson, les participants entonnaient des imprécations avinées. Toute la pièce puait la sueur, la chaleur corporelle, la fumée de pétun et l'alcool. De grands tonneaux avaient été répartis entre les groupes, lesquels mangeaient, buvaient, rotaient et s'époumonaient dans la plus totale indignité. Christ mort! Ces Itza étaient déjà plus saouls que des gabiers un soir de paie! Sur ma droite, j'entendis et vis l'un d'eux vomir tripes et boyaux, à quatre pattes sur le sol déjà humide de déjections. Ce spectacle navrant aurait pu suffire à retirer toute élégance à la scène, mais ce que fit alors l'Indien m'écœura tant que je faillis rendre à mon tour : saisissant un petit sac de toile, il s'empressa d'y ramasser et compacter ses vomissures puis de lier ce tissu souillé autour de son cou, comme un bavoir de nourrisson, avant de consciencieusement se le plaquer sur la poitrine... Près de lui, sans doute encouragé par cet exemple, un autre officiant fit de même. Mort de moi, ces drôles prenaient l'ivrognerie fort au sérieux! Me revint en mémoire l'avertissement d'Arcadio, qui m'avait invité à ne pas juger hâtivement ce que j'allais voir. Conseil bien inutile : il était désormais patent que j'assistais à quelque rituel inédit dont j'étais le seul profane. C'était moi, et moi seul, l'étranger aux portes de ce monde nouveau. À cet instant, mon ami m'aperçut et tituba jusqu'à moi :

— Villon! Viens boire le *chi*!

Lui que j'avais toujours connu si austère et méfiant, le voici maintenant qui me glissait une jatte d'alcool entre les mains et me forçait à la vider d'un trait… Le breuvage n'était pas mauvais, douceâtre et long en bouche. Certainement pas pire que certaines eaux-de-vie frelatées que j'avais éclusées durant mes périodes d'infortune, mais assez fort pour réchauffer le cul d'un mort. Je demandai à être resservi et fus aussitôt exaucé. Les deux Indiens qui m'avaient amené à cette beuverie souterraine se joignirent à nous pour constituer un nouveau groupe de quatre convives. Nous nous assîmes à même le sol et commençâmes à nous rincer le gosier avec application, sans cesser d'invoquer dans nos langues respectives *k'uhul ajaw*, ses sbires, et tous les démons de l'enfer.

Deux heures plus tard, la cérémonie avait tourné à l'orgie. Mangeant pour éponger l'alcool, buvant pour délayer la nourriture, je commençais à ne plus savoir ce que je faisais dans cette salle enfumée, ni ce que j'y attendais. Ma nuque et mon front me brûlaient. J'entendais rugir à mes oreilles le souffle épais de la jungle et les cris de ses fauves. Tandis que j'avalais une nouvelle platée de viande affreusement épicée, une main vint l'arroser d'un liquide épais qui me parut être du sang frais. Ivre mort, incapable de freiner mon appétit, je continuai à mastiquer la chair mal cuite et à boire le *chi* et le *balché* à la régalade. L'air était saturé de pétun et d'autres herbes brûlées qui me rougissaient les yeux. Lorsque je vomis pour la première fois, j'eus également le droit de porter mon pectoral de tissu imprégné de mes vomissures tièdes. Mon corps n'était plus à moi, mais mon esprit s'acharnait à l'écouter se tordre et se disloquer. Totalement intoxiqué par les breuvages hallucinogènes des Itza, je riais, pleurais et hurlais pour donner un sens à la terreur qui me sciait le ventre. Arcadio hululait en me fixant de son œil unique de chat rusé. Je vis un serpent gigantesque, plus épais que mon bras et aux anneaux infinis, sortir de son orbite creuse pour venir se lover lentement autour de mes reins jusqu'à me renverser. Quelque chose de froid se glissa sous mon pagne, cherchant à forcer l'entrée de mon postérieur. Paralysé par le venin du serpent, je beuglai d'horreur sans trouver la force de l'empêcher de me violer. Arcadio éclata de rire. Ce n'était pas un reptile qui me fouaillait les entrailles : deux Indiens m'avaient mis cul nu et me plaquaient au sol, tandis qu'un troisième m'enfonçait une canule d'argile dans le fondement. L'alcool coupé de plantes vénéneuses me brûla la tripaille, avant de se répandre dans tout mon corps. Hors de moi, hors du palais, hors du temps, je basculai dans le monde halluciné et macabre de la drogue itza. Je griffai la pierre des murs, mon visage, ma poitrine souillée, je chiai sur Arcadio et sur mes cuisses en invoquant l'esprit des enfants morts de La Rochelle qui m'accusaient en silence. Mon âme se recroquevilla avant de s'embraser comme de l'étoupe. J'expectorai en sanglotant la souffrance trop longtemps contenue de ne pas être mort en même temps que mes victimes. Alors, vidé de toute velléité, de toute honte et de tout courage, je relevai le front vers *k'uhul ajaw*. Le dieu était arrivé avec sa cour et me fixait calmement. Debout et terrible, il tendit les mains vers moi pour ne pas m'effrayer. Quand il parla, sa voix résonna plus durement que le tonnerre.

Il me narra l'histoire de la soumission de son peuple et de la grande humiliation qui serait bientôt effacée. Il me parla de la guerre en cours et de la reconquête à venir. De la joie, de la paix et de la liberté qui réconforteraient bientôt le cœur de chaque Maya. Il me décrivit son rouge empire restauré, glorieux et implacable, qui s'étendrait bientôt d'un océan à l'autre. Moi, vautré à ses pieds, encerclé par ses suivants aux ricanements de fauves, je gémissais en écoutant sa description de ce monde nouveau à venir : à manger pour tous, du travail pour chacun ; plus de privilèges ni de nantis, à chacun selon ses besoins ; la dignité... Seigneur, la dignité retrouvée ! Autour de moi, les Itza grondaient et criaient en entendant parler leur dieu revenu les armer et les venger.

— Tu nous serviras à bord de ton navire. Tu formeras mes équipages. Tu seras notre amiral.

J'opinai en écumant comme une bête. J'avais oublié la raison de ma venue. Je n'entendais plus que le vrombissement grave des murs de ce palais.

— *Maravillas*, éructai-je, *conserva*, *quinquina*...

— Tu les auras. Le monde entier les aura, car nous sommes généreux.

Je vomis derechef, m'abandonnai à une ivresse qui surpassait mes plus outrageux excès passés. Plus tard, quand la cour divine fut repartie, on m'arracha au sol pour me porter jusque sur ma couche.

J'y délirai pendant deux jours, malade à en crever, l'esprit et le corps révulsés par les effets combinés des drogues et de l'épiphanie.

*

Au troisième matin, je pus de nouveau parler sans bégayer.

Je me levai prudemment pour respirer l'air du dehors et prendre le temps d'observer, depuis les marches du palais, la cité silencieuse étendue à mes pieds. Les temples déployaient leurs écailles de roche sombre sous le soleil brûlant. Les pensées en berne et l'esprit las, j'eus ce jour-là du mal à y voir plus qu'une majesté de nécropole infatuée. Une arrogance de façade. J'avais vu les dieux de Noj Peten. Le théâtre de leurs prouesses ne m'intéressait plus.

En sus d'une gueule de bois monumentale, j'avais conservé de cette nuit orgiaque mes vêtements cérémoniels — plus exactement, j'en portais de semblables, les premiers n'étant plus que souillures et salissures — mais je ne m'en sentais pas moins étranger et solitaire en cette île de pierre cachée au cœur de la jungle. Quelque chose des secrets qui y grandissaient m'échappait encore, j'en avais la certitude. Apercevant un guerrier qui montait vers le palais, je l'interceptai et demandai à parler à Arcadio. Je répétai le prénom cinq fois, pour être certain de bien me faire comprendre. L'Itza me fixa de son regard de clous noirs plantés dans un visage de cuivre martelé, avant d'articuler une réponse inintelligible. Puis il s'éloigna et gagna l'intérieur du bâtiment, tandis que je me posai pour poursuivre mon observation.

Il était évident qu'une activité inhabituelle agitait la ville en cette matinée de lumière cruelle. À travers mes paupières presque closes, je pus voir plusieurs grappes d'Indiens qui traversaient les acropoles, rentrer dans les huttes ou monter vers les temples avec une célérité qui tranchait avec leur apathie coutumière. Je réalisai aussi qu'il y avait beaucoup d'enfants, regroupés sous la surveillance des sentinelles, qui attendaient sans bouger sous le soleil déjà haut. Quand Arcadio vint me rejoindre sur la dernière marche, il était lui-même accompagné d'un garçon, à peine un adolescent, qui lui ressemblait tant que je crus un instant qu'il s'agissait d'un parent, voire d'un cadet. Celui-ci me salua dans un français hésitant avant de laisser sagement parler les adultes. Sa présence avec nous, je crois, m'incita davantage à comprendre ce qui se passait ce jour-là dans la cité, et je demandai abruptement ce que signifiait ce rassemblement d'enfants.

— Ils quittent Noj Peten pour repartir avec les dieux, me répondit calmement mon ami en ébouriffant les cheveux du jeune Indien qui l'accompagnait.

Je frémis d'horreur en dévisageant ce dernier :

— Ils vont être sacrifiés ?

— Villon imbécile, ricana mon guide, nous manquons déjà de guerriers, pourquoi faire une telle folie ? Non, nous sacrifions seulement les prisonniers...

Je passai poliment sur cette macabre précision et insistai :

— Où vont-ils, alors ?

— Apprendre auprès de ceux qui sont nés du feu les enseignements des dieux *m'owarx* et *trojxqi*.

— Lequel m'a parlé sous le palais ?

— Ni l'un ni l'autre. Ces dieux-là ne naîtront pas avant la fin du monde mais leurs paroles nous sont déjà connues. Tu as vu *k'uhul ajaw*, le seigneur divin qui a déchiré le temps pour revenir sauver notre peuple de la destruction. Il a amené avec lui ceux qui sont nés du feu, la parole de *m'owarx* et la sagesse de *trojxqi*, la connaissance des *maravillas* et la force de s'en servir.

Je regardai la ville étendue devant moi :

— Alors les merveilles ne viennent pas d'ici ?

J'étais abattu. Ma quête se heurtait encore à un mur invisible. Arcadio eut une moue paisible :

— Les plus simples sont fabriquées ici selon les enseignements de ceux qui sont nés du feu. Des merveilles mineures, qui exploitent habilement nos arbres, nos terres et nos racines. Les autres, les merveilles de puissance, celles qui renverseront et enflammeront le monde, ont été apportées par *k'uhul ajaw* depuis son temps à venir. C'est un dieu puissant, il a vu le futur et a choisi de le changer.

Fouillant dans les larges plis de mon pagne, j'en sortis ma boîte à musique et la montrai à Arcadio :

— Ceci est une merveille apportée par ton dieu ? Ou bien fabriquée ici ?

L'Itza observa prudemment l'objet, le tourna dans tous les sens sans paraître le reconnaître. Je décelai de la colère dans son œil unique quand il passa de la boîte à mon visage, puis de mon visage à la boîte. Près de lui, l'adolescent ne fit montre d'aucune semblable exaspération et se contenta d'écouter parler son aîné :

— Où as-tu trouvé ça ? siffla mon ami.

— Réponds d'abord à ma question.

Un court instant, je crus qu'il allait jeter ma merveille au bas des marches pour la pulvériser. À l'évidence, j'avais manqué de prudence ou commis un impair. Je tendis la main... Il poussa un petit gloussement aigre avant de me rendre mon bien, avec peut-être une pointe d'hésitation. Je la rangeai prestement et changeai aussitôt de sujet :

— Tu cites souvent ceux qui sont nés du feu. Qui sont-ils ?

— Ils sont nos frères. Ils ont traversé les flammes mortes du temps pour vivre parmi nous.

Je méditai cette étrange réponse pendant quelques secondes, avant de me risquer à une nouvelle hypothèse :

— Toi, Arcadio, tu es l'un d'eux, n'est-ce pas ?

L'Indien me fixa avec amusement :

— Pourquoi penses-tu ça, Villon ?

— Tu sembles tellement plus...

Je cherchai les mots exacts. Je ne voulais pas le fâcher ou le froisser encore, ni vexer le garçon qui était venu avec lui et semblait suivre parfaitement la conversation :

— ... plus éveillé que les Itza que je rencontre ici. Tu parles ma langue. Et l'espagnol. À Carthagène, tu as tué un homme d'un seul coup. Je te crois plus important et plus doué que tu ne veux le laisser croire.

Il eut un autre de ses petits rires amers qui me mettaient toujours mal à l'aise. En contrebas, les enfants s'étaient levés et attendaient l'ordre du départ. Arcadio les observa un bref instant, avant de répondre :

— Non, Villon, je suis de ce temps, comme toi. Mais j'ai eu la chance d'être parmi les premiers à rencontrer le seigneur divin et à entendre sa parole. Je suis allé à Tikal et j'y ai aidé ceux qui sont nés du feu à rebâtir la capitale oubliée. J'y ai reçu leur enseignement pendant quatre ans. J'ai appris les langues de l'ennemi et sa façon de penser pour mieux le combattre. Ils m'ont rendu fort et brave en versant sur moi la vérité des temps à venir.

Il se tut un instant, puis désigna son voisin :

— Pakal aussi revient de là-bas. Il est le plus jeune et le plus méritant des jeunes élèves de Noj Peten. Il a appris ta langue et beaucoup d'autres choses encore.

Pour la première fois, l'adolescent eut un franc sourire et hocha la tête vers moi :

— Je te connais bien, Villon.

— Je ne peux pas te dire la même chose, répondis-je sur le même ton.

— Ça ne tardera pas, intervint Arcadio doucement. Pakal sera le premier des étudiants de Tikal à prendre la mer avec toi pour s'initier à la navigation. Il vivra parmi les tiens et apprendra ton métier et tes secrets.

Me revinrent en mémoire les paroles de *k'uhul ajaw*, trois nuits plus tôt, tandis que la drogue me brûlait les sens : « Tu nous serviras à bord de ton navire. Tu formeras mes équipages. Tu seras notre amiral », avait-il dit. Je ne m'attendais pas à embrasser si vite ma nouvelle carrière d'enseignant.

— Tikal ? demandai-je prudemment en dévisageant mon pupille. C'est là-bas que sont les *maravillas* ?

Ce fut Arcadio qui répondit :

— Regarde ces enfants, Villon. Ils partent pour le Nord, pour la nouvelle Tikal. Si ceux qui sont nés du feu ont fait de moi ce que je suis, imagine ce qu'ils obtiendront de ces jeunes. Imagine ce qu'ils ont obtenu de Pakal. À Tikal, nos descendants apprendront les savoirs des temps à venir. Ils tisseront un nouveau futur, différent de celui qu'a connu *k'uhul ajaw*.

Je ne répondis rien. Encadrés par les guerriers, les enfants de Noj Peten venaient de se mettre en marche. Je ressentis une amère inquiétude en les voyant partir. Quelque part durant le discours enflammé d'Arcadio, ma méfiance s'était éveillée.

— Je crois que j'en ai assez vu, murmurai-je tristement.

— Encore une fois tu te trompes, Villon. Tu n'as rien vu ni compris. Mais ce n'est pas grave, tu peux rester longtemps. Avec le temps, tu comprendras.

— Combien de temps ?

— Assez pour ne plus te méfier. Laisse-moi te raconter une histoire, pour chasser ton inquiétude. Une histoire pour te montrer que ce sont les Espagnols qui sont les fous et que tu n'as rien à craindre de nous... Tu te souviens que je t'ai parlé de la visite d'Hernán Cortés, de son passage ici ?

— Oui, je n'arrive pas à concevoir que vous soyez encore libres, s'il avait localisé votre cité.

— Pourtant, il est venu. C'était mille cinq cent vingt-cinq ans après la naissance de votre dieu. Il a été accueilli paisiblement. Quand sa troupe et lui repartirent, il abandonna sur place un cheval blessé, qu'ils laissèrent à la garde du *Canek*, le roi d'alors. Mes ancêtres gardèrent le cheval pour le lui rendre quand il reviendrait. Mais le cheval mourut... Craignant la malédiction du seigneur de guerre qui leur avait fait ce cadeau, mes ancêtres façonnèrent une idole ayant la forme du cheval, et le baptisèrent *Tzimin Chak*, le cheval tonnerre, pour ne pas porter le fardeau ni la responsabilité de la mort de l'animal. Mais Cortés n'est jamais revenu.

— Vous ne devriez pas vous en plaindre, souris-je. Néanmoins, c'est une belle histoire.

— Elle n'est pas finie, Villon. Il y a vingt-trois ans, je n'étais encore qu'un enfant, deux missionnaires espagnols sont venus à Noj Peten. Les miens les ont accueillis comme il convient de le faire avec ceux qui arrivent en paix.

— Mort de moi, Arcadio ! Comment les prêtres vous ont-ils trouvés ?

— Peu importe. Écoute plutôt ce que je vais te raconter maintenant : pour honorer leurs visiteurs venus leur parler de leur dieu, les Itza leur ont montré l'idole,

Tzimin Chak, le cheval tonnerre, en souvenir de cet autre Espagnol qui était venu autrefois.

Arcadio écarta les bras pour désigner la vaste cité étendue à nos pieds :

— Tu peux fouiller toute l'île, Villon, chercher dans les moindres recoins, tu ne saurais trouver cette statue aujourd'hui. Sais-tu pourquoi ?

— Non…

— Parce que les missionnaires ont éclaté de colère en comprenant que mes parents vénéraient le cheval tonnerre. Ils ont jeté à bas l'idole en criant au blasphème. Ils ont tant crié et menacé que les miens faillirent les tuer pour leur geste sacrilège, puis se contentèrent de les chasser… Les Espagnols sont fous, Villon. Ils n'ont d'oreille que pour leur dieu mort. N'ont d'yeux que pour ce qu'ils comprennent. Et ils ne veulent rien comprendre de ce qui ne leur ressemble pas. Ils ne méritent pas de vivre sur ces terres qu'ils ont volées !

Ses dernières paroles me firent tressaillir. J'étais là, sous le soleil brûlant d'une région inconnue, invité d'honneur encerclé d'eau, de jungle et de pierre dans le bastion de ceux qui voulaient forger un monde nouveau. Christ mort, je les avais vus à l'œuvre à Santa Marta : rien ne leur résisterait !

— N'aie pas peur, Villon, rit Arcadio. Tu m'as sauvé et je te sauverai.

— J'ai besoin d'être sauvé ?

— Je sais que tu veux les *maravillas* pour soigner et nourrir. Tu les auras, car toi aussi tu es meilleur que tu ne le laisses croire. Bientôt, tu travailleras pour nous. Demain, tu visiteras nos ateliers.

— Ceux de Tikal ?

— Non, ici.

Arcadio pointa du doigt les immenses bâtiments de pierres taillées qui parsemaient la cité, vastes montagnes artificielles semblables au palais sur lequel nous étions perchés.

— Nous ne faisons pas que boire et vénérer nos dieux dans nos temples. Le seigneur divin l'a dit : « L'homme libre travaille à sa liberté. » Nous avons vite appris, Villon.

Je regardai, éberlué, les pyramides tronquées qui se dressaient nonchalamment sous le soleil de midi. Dans leur ventre obscur, les *maravillas*. Quel imbécile j'avais été. Elles étaient creuses ! Creuses comme la pyramide au sommet de laquelle nous nous tenions, percées de galeries et de voûtes dédiées au façonnage du futur. Noj Peten était certes silencieuse, mais ses entrailles étaient grouillantes.

— Enfin, murmurai-je, enfin je les ai trouvées.

Pakal sourit et Arcadio tapota mon épaule en hochant la tête :

— C'était ma promesse, Villon.

XXIII. *Archipel inexploré de la Baja Mar*

(CIRCA 1652)

> *So be easy and free*
> *When you're drinking with me*
> *I'm a man you don't meet everyday*
>
> TRADITIONNEL
> Jock Stewart

J'ai longtemps cru que l'homme se révélait dans les épreuves et l'adversité. C'était ce que m'avaient appris mes maîtres, en Saintonge, et la leçon s'était souvent vérifiée au cours de ma vie de flibustier. Dans ce Nouveau Monde hostile et méconnu, j'avais voulu aller mon chemin, libre et volontaire, sans me soumettre à la loi des puissants. De longue date, j'étais méfiant envers tous ces gens de belles paroles et de convictions qui n'iront jamais se salir les chausses, ces prometteurs de peu qui du haut de l'estrade exigent tant et s'accordent tout. Je nourris, en définitive, moins de dégoût envers les profiteurs avérés que pour les faux samaritains. C'est peut-être pourquoi je n'avais jamais cessé d'accorder ma confiance au *señor* Molina. Quand vinrent les derniers jours de ma lutte, quand fut venu le temps d'engager le dernier combat, je ne devais pas regretter d'avoir été, sinon son ami, du moins son complice.

À Dernier-Espoir, sur le front de la fraternité, la situation s'était améliorée. Les premiers mois de la survie héroïque étaient derrière nous. À cela, plusieurs facteurs qui ne cessaient de me convaincre que j'allais dans le bon sens.

D'abord, il y avait la réputation grandissante de notre repaire, qui avait peu à peu attiré assez de bras et de volontés pour en faire plus qu'un refuge ancré au milieu des vagues. Les principes premiers de toute société acharnée à survivre dépendaient en grande partie de la force vive qu'elle savait déployer, pour assurer la santé de ses membres et leur ravitaillement. Désormais, nous comptions assez de menuisiers, de couturières, de pêcheurs et de mareyeurs, bref, assez de tous ces métiers nécessaires pour garantir à chacun le gîte et le couvert. D'une certaine manière, c'était comme si le nombre de réfugiés, après avoir grossi au point de mettre en péril nos maigres réserves, avait soudain passé le cap critique au-delà duquel la somme des individus dépassait le fruit du labeur individuel. En tout cas, ce fut en ces termes que je résumais la situation à chaque fois que je constatais les progrès effectués. Peste blanche, nous hébergions même un apothicaire qui savait se faire médecin à l'occasion — un Écossais au phrasé incompréhensible, qui se targuait d'avoir servi le comte d'Argyll durant la guerre des Évêques, avant de fuir la guerre civile qui avait ravagé son pays.

Ensuite, il y avait le pacte que j'avais signé avec Francisco Molina, dont les affaires n'allaient plus du tout. L'année précédente, nous avions déjà exploité le

Déchronologue à plusieurs reprises pour permettre au trafiquant de protéger ses derniers intérêts. Malgré tout son talent et toute son astuce, il ne restait plus grand place pour commercer, ni plus grand monde avec qui négocier. Quelques ultimes forteresses espagnoles subsistaient encore, pour le moment épargnées par les dévastations qui avaient pulvérisé l'empire ; vers le sud et vers l'est, la rumeur disait que les comptoirs hollandais et anglais pareillement ménagés s'acharnaient à produire et vendre les articles de leurs établissements coloniaux ; disséminés entre les Antilles et le golfe du Mexique, des repaires francs vivotaient à notre manière. Pas de quoi pavoiser, ni en tirer un substantiel bénéfice. C'est pourquoi le vieux Francisco, dont la santé commençait à décliner, était venu me voir pour me proposer un marché : accueillir encore quelques-uns de ses protégés, « dont la compétence permettrait à Dernier-Espoir de prendre un nouvel essor »… Il avait parfaitement raison, et son argumentaire audacieux finit par me convaincre d'accepter, malgré ma répugnance à croiser encore une seule fois un Clampin dans ma vie. C'est ainsi que plus d'une vingtaine de ces vermines furent autorisées à rejoindre notre fraternité, au terme de tractations difficiles avec tous ceux qui se souvenaient des exactions commises par ces boiteux du diable. Il me fallut user de tout mon crédit, et de tout mon prestige, pour faire accepter cette invitation. Heureusement, les protestations s'amenuisèrent au fil du temps, quand le savoir-faire des Clampins démontra toute son utilité : après chaque tempête temporelle qui frappait l'île voisine d'Eleuthera, ils allaient braver les derniers tourbillons et flux mortels pour y *moissonner* les biens les plus divers, tous essentiels à notre confort. Bois, nourriture, armement, mais aussi livres, batteries, vêtements parfois... Cette manne fut un élément primordial de notre survie au cours des mauvaises saisons. Simplement, j'ordonnai à ces paroissiens si particuliers de ramener de leurs pêches temporelles uniquement ce que les marées délivraient, sans chercher à provoquer la mort d'aucun malheureux pour améliorer le butin. Ils tinrent parole. Et Francisco Molina se contenta d'en prélever la part convenue lors de la signature du contrat, pour la revendre ailleurs et réaliser encore quelques bénéfices.

Enfin, il y avait eu la nomination de Mendoza au poste de protecteur de notre refuge. Cette décision non plus n'avait pas été sans provoquer quelques grincements de dents, parmi les vieux loups de mer qui n'avaient eu, depuis des années, qu'à se plaindre de la chasse implacable que leur avaient menée les capitaines de course tels que le commodore. Mais de tous les individus que je connaissais dans les Caraïbes, il était le seul à avoir fréquenté l'ennemi d'assez près pour en connaître les façons de faire et les faiblesses — même s'il s'évertua longtemps à me convaincre qu'il n'en avait aucune. Je refusais de croire que ces *Americanos*, comme j'avais appris qu'ils se faisaient appeler, étaient moins stupides que les *Spaniards* dont ils copiaient à l'évidence les façons de faire brutales et conquérantes. Je voulais croire que les géants étaient destinés à tomber du haut de leur orgueil. Et je comptais sur Mendoza pour m'aider à les mettre en échec.

C'est ainsi qu'un matin brumeux, après avoir compté un jour de plus dans mon petit carnet et calendrier personnel, je réclamai dans ma cabine la présence de Simon, du Baptiste, de Gobe-la-mouche et de Mendoza. J'aurais souhaité également la présence de Sévère, mais elle avait décliné l'invitation, affirmant qu'elle n'avait nulle envie de participer à un conseil de guerre. Comme d'habitude, ses arguments incisifs m'avaient ôté tout espoir de lui faire changer d'avis : « N'allez pas croire que je condamne votre entreprise, Henri, m'avait-elle asséné gentiment, mais j'ai passé l'âge de jouer au petit soldat. »

Ce fut donc une tablée exclusivement masculine qui se retrouva autour de ma dernière bouteille de guildive en provenance de la Barbade — cadeau de Francisco Molina pour sceller notre accord —, pour parler un peu de bataille navale et de la meilleure façon d'accommoder un titan à la sauce caraïbe.

J'étais, pour ma part, convaincu qu'il existait un moyen de retourner leur morgue et leur assurance contre nos ennemis. Après tout, n'était-ce pas ainsi que chuteraient éternellement tous les souverains trop persuadés de leur supériorité ? J'avais naguère repoussé le grand Alexandre. Et d'autres encore, débarqués dans les eaux de notre époque sans en rien savoir ni connaître, seulement gonflés des vents de leur suffisance. Confusément, je sentais que c'était là, dans cette méconnaissance affichée sinon revendiquée de notre époque, que résidait la clef de la victoire. Mendoza n'était pas le moins du monde convaincu par mes certitudes, et n'avait pas manqué de me le faire savoir vertement :

— Leur navire peut aller et venir où bon lui semble sans être inquiété. Il affronte le pire ouragan sans dévier de sa route. Croyez-moi, ce navire est insubmersible, Villon.

— Aucun bateau n'est insubmersible, Mendoza, c'est contraire à la nature de toute embarcation. D'une manière ou d'une autre, en définitive, il n'y a que quelques centimètres de bois — d'acier, si vous y tenez — entre le capitaine de la plus robuste des frégates et les abysses liquides qui l'entourent.

— Le vaisseau fantôme n'est pas une frégate ou un galion de guerre ! C'est une cité flottante de métal et de verre, si haute qu'une bombarde n'atteindrait pas son sommet, capable de vivre plusieurs mois en autarcie, sans avitailler ou faire aiguade ! Et je ne vous parle pas de sa puissance de feu ou de son rayon d'action, qui sont tout simplement démesurés !

Quand il s'emportait, Mendoza retrouvait les accents hystériques de l'homme brisé qu'il avait été, et qu'il était encore parfois.

— Ce navire est le *futur*, Villon ! Personne ne peut vaincre son futur !

— Je sais tout ça, admis-je malgré moi. Christ mort ! Des mois que je supplie Molina et les Clampins de me rapporter un ouvrage qui fasse référence à un tel bâtiment des temps à venir, pour me le mieux représenter... Mais rien ! C'est à croire qu'il était confidentiel aussi à son époque, pour qu'aucune trace de son existence n'ait transpiré.

— Les méandres du temps sont imprévisibles, intervint le Baptiste, mais en définitive nul n'y échappe. Ce qui doit nous échoir nous échoira.

Sa tirade de prophète, formulée sur le ton morne qui était désormais celui de mon maître-canonnier, sema un trouble palpable parmi mes convives. Depuis quelques mois, il se laissait pousser la barbe au point de prendre des airs d'ermite ou de saint homme. Jamais il n'avait autant mérité son surnom. Seul Mendoza hocha vigoureusement la tête, comme s'il avait compris. Je me tournai vers Simon pour avoir l'avis de celui qui m'avait le premier mis en garde contre le vaisseau fantôme :

— Les Targui disposent bien d'informations sur ces *Americanos* ? Ou sur leur nature et leurs faiblesses ?

— Nous sommes seulement des observateurs, rappela Simon.

— Je sais bien ! râlai-je. Mais croyez-vous qu'ils s'en soucieront à l'instant de nous attaquer, s'ils trouvent notre refuge ?

— La question ne se pose pas en ces termes, capitaine. Pour reprendre les propos de votre maître-artilleur, ce qui doit arriver arrivera.

— Dans ce cas, pourquoi tenir cette conversation ? Posons nos fesses sur le premier ponton venu et attendons la suite !

— Ce n'est pas non plus en ces termes que se pose la question, capitaine. Souvenez-vous de François Le Vasseur.

Il avait raison, bien sûr... Le décès du gouverneur, qui s'était suicidé pour échapper à son assassinat déjà rapporté dans les livres à paraître sur sa vie, prouvait que rien n'était écrit. Pas même ce qui était arrivé. C'était à en perdre la raison !

— Quoi qu'il arrive, grinçai-je, vous observerez ?

Le Targui se contenta de hocher la tête.

— Couilles du pape ! grondai-je. Vous oubliez un peu vite tout ce que j'ai fait pour vous, pour sauver un peu ce monde et lui accorder quelque répit. Est-ce que cela ne devrait pas compter un peu ?

Simon regarda notre tablée, et tous les regards braqués sur lui. Je savais qu'il n'était pas homme à fléchir aussi facilement. Je fus presque étonné de l'entendre enfin nous prodiguer un conseil :

— Vous avez raison sur un point essentiel, Villon. Votre ennemi, malgré toute sa puissance et sa volonté hégémonique, ignore beaucoup plus qu'il ne le croit. Ainsi, il sait parfaitement que le capitaine Villon se cache quelque part à portée de ses canons, et il s'évertue à vous localiser pour en finir avec la menace que vous représentez.

— Comment le sait-il ? demanda Gobe-la-mouche avec méfiance.

— Vous ne pouvez étouffer les rumeurs et les ragots, bosco. Dernier-Espoir représente tant, pour les derniers survivants caraïbes. Le nom même de la Baja Mar est revenu jusqu'aux oreilles de vos adversaires et ils vous y cherchent activement. Les nombreuses banques cartographiques dont ils disposent leur ont même permis de localiser une ville portant ce nom, sur les côtes du Honduras, et c'est pour le moment par là-bas qu'ils vous cherchent. Et qu'ils continueront de vous chercher, tant qu'ils n'auront pas compris que la Baja Mar apparaît sur leurs cartes sous le nom de Bahamas.

— Ce qui finira par arriver, comprit Gobe-la-mouche.

— Ils ont beau mépriser leurs derniers alliés espagnols, le risque demeure que ces derniers leur révèlent un jour ou l'autre la double dénomination de l'archipel, admit Mendoza.

— Mais, dis-je, c'est aussi la preuve qu'ils ne savent pas tout, et qu'ils peuvent commettre des erreurs. Ils restent des hommes, malgré leurs machines et leur savoir. Merci de nous rendre un peu d'espoir, Simon.

Le Targui eut un léger sourire. C'était peu, c'était rien, mais nous manquions cruellement de ce rien. Il était temps de clore la réunion. Il me fallait réfléchir encore.

— Merci messieurs, conclus-je. Peut-être pourrons-nous nous revoir quand l'un d'entre nous aura une idée brillante à nous soumettre ?

Je fis rapidement le tour de la table. Et je compris que si telle idée devait naître, elle ne saurait venir que de ma pauvre caboche usée. Cette simple constatation me donna envie de me saouler un peu plus que d'ordinaire...

Quelque chose, dans les propos de Simon, avait tout de même éveillé mon intérêt. Un détail, une intuition dont je ne voulais pas parler devant tous. Je décidai donc de m'épancher auprès de mon aimée, qui persistait à vivre dans les appartements que j'avais autrefois fait aménager pour elle à bord du *Déchronologue*.

Sévère me reçut avec la sérénité et la paix de l'esprit qui me manquaient tant, si belle et fragile dans sa robe sans apparat que mon cœur en était meurtri.

— Je viens encore boire à votre source, dis-je en m'asseyant en face d'elle.

— Je n'ai que de l'eau, me taquina-t-elle.

Nous échangeâmes un léger sourire.

— Votre conseil est terminé ?

— Sans grande idée, admis-je. Mais je voulais en parler tout de même.

Son regard triste, encadré par ses longues mèches sombres en liberté, m'avertit que je m'aventurais en terre hostile. Je maintins cependant mon cap :

— Parlez-moi des Targui, s'il vous plaît. Parlez-moi de votre nature.

— Il n'y a rien à en dire, Henri.

— Alors parlez-moi de Simon.

Ses traits se contractèrent. À la lisière de ses cils perlèrent deux larmes qui me griffèrent le cœur. Un bref instant, j'eus envie de la serrer assez fort contre moi pour éponger sa peine, mais je restai silencieux en face d'elle à regarder trembler ses mains de tristesse ou de déception. La mort dans l'âme, j'insistai :

— Vous fûtes bannie pour vous être immiscée dans les affaires de ce monde, n'est-ce pas ? Quel interdit avez-vous donc bravé pour subir ainsi la colère des vôtres ? Dites-le-moi, que je comprenne un peu mieux pourquoi nous menaçons tous de verser bientôt dans l'abîme.

— Je...

Elle s'interrompit, sa bouche entrouverte sur ses secrets. Ses yeux sombres me fixèrent intensément quand elle reprit la parole :

— Méfiez-vous de Simon, Henri. Il vous utilisera tant que son intérêt sera préservé.

— Quel est son intérêt ?

— Observer, le plus longtemps possible...

— Et quand il ne pourra plus le faire ?

— Quand il ne pourra plus le faire, c'est qu'il n'y aura plus rien.

Les yeux de mon aimée étaient des fontaines. Je tendis la main pour serrer ses doigts. Elle ne se déroba pas quand je la pressai davantage :

— Est-ce là ce qui vous afflige depuis si longtemps ? Avez-vous peur de ce qui nous attend tous ?

— Rien ne nous attend, Henri. C'est ce que Simon n'avouera jamais.

— Je ne comprends pas. N'avons-nous donc rien à craindre ? C'est ce que semble avoir dit le Baptiste, tout à l'heure. « Ce qui doit nous échoir nous échoira », a-t-il dit.

Sévère tourna la tête vers le petit hublot entrouvert, sur sa gauche.

— Le Baptiste aussi a été utilisé par Simon, confia-t-elle à la mer. Il voit désormais ce qu'il ne devrait pas, mais il l'interprète à sa manière d'homme pieux qui veut croire.

— Il n'y a pas de Dieu, c'est ce que vous voulez me dire ? Aucune destinée ?

— Dieu est seulement dans le cœur des hommes, Henri. Il ne se préoccupe pas des aiguillages et des carrefours. Pour cela, vous pouvez avoir confiance en le Baptiste. Il vous sauvera s'il le peut.

Ma gorge se serra. Ses prédictions martelaient ma foi en une échappatoire.

— Et vous ? Serez-vous sauvée ?

— Cela n'a jamais été mon destin, sourit-elle amèrement. C'est pour cela que je pleure.

— Mais vous ne m'en direz pas davantage ?

— Ce serait parfaitement déloyal d'en dire plus.

Je me tus quelques secondes. J'avais confiance en Sévère. Une confiance aveugle. Mort de moi, je lui aurais confié ma vie, les mains liées et sa dague sur ma gorge !

— Autrefois, dis-je, au *Nouveau Grand Jacques* de Basse-Terre, vous m'exhortâtes à me ressaisir quand je menaçais de sombrer. Est-ce pour m'abandonner maintenant que la fin approche ?

— Je ne vous abandonnerai pas, Henri. Vous avez ma parole. Quand viendra la dernière minute, je serai avec vous, si je le peux. Pour tout ce que vous êtes.

— Je vous en conjure, dites-moi tout ce que je dois savoir. Pourquoi me laisser comprendre maintenant que Simon me trahira ?

— Je n'ai pas dit ça, seulement qu'il vous a caché l'essentiel, afin de ne pas vous perdre trop tôt.

— Alors parlez aujourd'hui. Puisqu'il n'y a plus rien à perdre. Sévère, dites-moi enfin pourquoi vous avez été bannie.

Comme à chaque fois que je la pressais ainsi, sa bouche se referma sur ce silence douloureux qui la rongeait. D'autres larmes, plus abondantes, roulèrent jusqu'aux commissures de ses lèvres.

— C'est impossible, Henri... Vous me maudiriez si je parlais...

— Jamais !

Elle hésita encore. Entre mes mains, je sentis ses doigts trembler et se crisper. Je les embrassai à peine, pour l'inciter à poursuivre. Ses yeux se fermèrent à l'instant de s'épancher.

— Le temps est un escroc, Henri. C'est lui qui nous abusera, éternellement.

— Mais pourtant, c'est ce que font les Targui. Ce qu'ils nous ont appris à faire. Abuser du temps pour corriger ses hoquets.

Elle se tut. Je m'empressai d'insister pour qu'elle me réponde.

— Vous êtes bien venus jusqu'ici, avec vos *burbujas* et vos connaissances, pour corriger les fautes de *k'uhul ajaw* et de ceux nés du feu.

Assise dans son fauteuil préféré, visiblement suppliciée de devoir ainsi me révéler sa vérité, Sévère consentit à poursuivre ses explications malaisées :

— Non, Henri... Le temps ne se laisse pas aussi facilement soumettre à une influence. Il sait se moquer cruellement de ceux qui s'y essaient.

Comment ne pas être persuadé, en la voyant se tordre

et souffrir ainsi, en la regardant articuler ses avertissements obscurs, qu'elle parlait vrai ? Et puis, elle était ma Sévère, inconsolable d'avoir perçu une vérité qui nous échappait à tous. Ce fut à mon tour de pleurer, dans cette cabine étouffante. Les mains de mon aimée relâchèrent les miennes. Ses doigts effleurèrent mes joues pour me faire relever le menton quand elle rouvrit les yeux.

— Je vous admire, dit-elle, pour le courage que vous avez et que je n'ai pas eu. Pour la volonté que vous avez toujours exprimée à poursuivre votre lutte, votre quête... Votre vie ! Simon ne vous a pas choisi par hasard, capitaine Villon. Lui aussi sait ce que je sais, mais il demeure un Targui.

— Alors eux non plus ne repartiront pas... d'ici ?

Peste blanche ! Je ne savais même plus quels mots prononcer pour exprimer les questions les plus simples. Sévère eut une petite moue désabusée :

— Je m'en moque.

— Quel désastre. Quelle incommensurable inanité !

— Seulement une réalité... La nôtre, pour ce qu'elle vaut.

Sur ses lèvres, l'ombre d'une tristesse. Puis elle parla encore :

— Pour en finir avec ce drame, il reste encore une chose à faire : anéantir ceux qui sont arrivés ici comme nous et qui ont causé tant de malheurs. Ceux que le hasard, ou la malchance, a projeté depuis longtemps en ces eaux pour y semer les pires ravages.

— Le vaisseau fantôme...

— Rappelez-vous : toujours debout, Henri. Sans raison ni fierté, sinon celles de ne pas avoir cédé. Comprenez-vous ?

— Je crois, balbutiai-je.
— Alors, continuez, puisque telle est votre nature.

Je ne me souviens plus comment je ressortis des appartements de Sévère. Mais comme j'avais eu raison d'aller lui demander conseil ! Les jours suivants, j'envoyai plusieurs messagers à la recherche des derniers capitaines que j'espérais m'être féaux. Beaucoup ne trouvèrent pas leurs destinataires. D'autres revinrent parfois porteurs de refus. Quelques-uns, enfin, ramenèrent les navires dont j'avais besoin.

Un plan avait germé dans ma caboche calcinée par ces révélations.

Bientôt, la bataille finale aurait lieu.

III. *Après l'ouragan, au large d'Hispaniola*

(10 JUILLET 1640)

> *Now fall to the bed*
> *With your hand in your hair*
> *Right now fall to the tiles*
> *Stick your finger in your eye*
> *That's the only way you cry*
>
> BELLY
> Full moon, empty heart

Avez-vous jamais torturé une bête ? Je ne parle pas d'écraser un rat trop curieux ou de trancher d'un coup de sabre un de ces chiens sauvages des Antilles, non... Je dis bien la torturer. Avec calme, ou excitation, mais gratuitement. Cruellement. Non ? Dans ce cas, essayez d'imaginer la terreur de l'animal quand vient la douleur, son incompréhension muette, mais surtout l'affirmation de votre volonté souveraine, en sus de votre sentiment de fascination et de honte mélangées. Une honte pétrie d'impunité et d'avilissement en observant l'animal se tordre et succomber sans comprendre aux blessures que vous lui infligez. Pour ma part, de toute ma carrière de flibustier, jamais je n'ai pu envoyer un navire par le fond sans ressentir une émotion similaire. L'impression d'irrémédiable souillure, en pilonnant vies et navires. Même quand l'adversaire s'était défendu. Même quand il y allait de ma survie, de celle de mon navire et de mes hommes. Eh bien, j'espère au moins que ce fut ce que ressentit le commodore Alejandro Mendoza de Acosta à la seconde où il ordonna de tirer sur mon pauvre *Chronos* démâté et incapable de riposter.

Sa frégate de chasse, la *Centinela*, nous approcha par le nord-est alors que nous étions encore occupés à ramener à bord quelques derniers matelots espagnols, survivants de la rencontre avec l'extraordinaire apparition qui les avaient frappés de toute sa puissance. Avant même de pouvoir compter les canons de Mendoza, ou ses troupes massées pour l'abordage, je sus que le combat n'aurait même pas lieu. Trop inégal. Trop inutile. Mes marins tremblaient encore de la confrontation précédente, qui avait coulé nos deux poursuivants et emporté notre grand mât. Moi-même, je sentais tout mon être palpiter par vagues, des ongles aux épaules, puis des épaules aux talons, incapable de respirer calmement, mes jambes me soutenant mal au souvenir de cette infernale vision vomie par l'ouragan.

Si j'avais su quel féroce capitaine s'approchait de mon brigantin blessé, peut-être aurais-je ordonné une dérisoire résistance. Peut-être... Mais nous venions de survivre à l'abîme, et portions assistance aux rares ennemis rescapés. Bouleversés par l'événement, nous nous employions à passer outre les principes qui régissaient d'ordinaire, en ces eaux, nos relations avec les *Spaniards*.

Mais le commodore Mendoza, lui, la terreur des flibustiers caraïbes, n'avait aucune raison de faire montre d'une telle humanité. Aussi n'oublia-t-il pas de confirmer sa sinistre réputation.

Sa première bordée transforma notre pont supérieur en un grésil vrombissant d'éclisses et de bois pulvérisé. Hurlements suraigus des estropiés. Presque aussitôt, la deuxième salve fut tirée, visant plus bas. Plus tard, je devais apprendre d'un survivant que la frégate avait pointé à dessein vers nos sabords et notre artillerie. Dans le ventre du *Chronos* blessé à mort, la fonte déchirée des canons se mêla à la chair des servants. Aucun, pas même mon vieil artilleur hollandais de Vent-Calme, ne survécut à ce coup au but. Mais Mendoza était un boucher cruel et consciencieux, qui n'entendait pas laisser son œuvre inachevée. Encore gorgé de tout son venin, au terme d'une course parfaite qui lui livra notre flanc tribord, il acheva sa démonstration par une troisième bordée qui traversa notre brigantin de part en part, ne rencontrant pas plus de résistance qu'une pièce de porc embrochée, tant le *Chronos* n'avait déjà plus aucun organe valide à opposer aux boulets.

Par malchance, peut-être, je fus poussé à l'eau dès la première volée de mitraille par un marin aveuglé qui courait en tous sens. Dès que je touchai la surface salée, je m'agrippai au premier débris épais que je trouvai et tentai de m'éloigner du point de naufrage. Corps et morceaux de bois tombaient autour de moi. Un âcre nuage de poudre brûlante avait englouti la scène. J'ignorais où j'allais, mais j'y filais : battant furieusement des pieds, je m'écartai aussi vite que possible des madriers et fragments qui crevaient l'eau. Mes bottes hollandaises étaient lourdes, remplies d'eau, et mes mains saignaient. L'arrière de mon crâne fut heurté par un fragment de pont, qui alluma un brasier de douleur dans mes orbites. Étourdi, engourdi, j'empoignai fermement ma poutrelle. Une vague plus violente me fit boire la tasse. Je hoquetai mais tint bon, recouvrai partiellement la vue : les yeux roussis par le sel et la fumée, je pus constater que j'avais parcouru les quelques brasses nécessaires pour me croire hors de danger. Agonisant, meurtri au-delà de l'imaginable, le *Chronos* craquait et s'ébrouait, tout entier secoué par un dernier long et grand frisson, semblant chercher encore comment ne pas sombrer. En guise de coup de grâce, une dernière salve lui ouvrit le corps par l'arrière pour le livrer enfin aux flots. Adieu, mon navire. Je crachai une autre gorgée d'eau amère, manquai de m'abandonner à une syncope bienvenue. Assourdi par le fracas du naufrage, je n'entendais plus que des cris lointains, étouffés par les clapotis des vagues contre mes tympans. Tenir bon. Juste le temps de compter une nouvelle fois jusqu'à soixante. Et de compter encore soixante… Je n'aurais plus tardé à sombrer, quand quatre bras solides me tirèrent hors de l'eau et me poussèrent sans ménagement au fond d'une grande chaloupe. Je me retins de vomir quand mon ventre racla le plat-bord, serrai les mâchoires malgré la douleur aiguë qui m'arracha la peau des cuisses. Claquement sec des rames fouettant les flots. L'embarcation reprit son petit chemin vers d'autres survivants ou d'autres contrées. Je murmurai un remerciement.

Pour réponse, un méchant coup de crosse fit éclater mes lèvres et me brisa net trois dents. Des rires cruels retentirent autour de moi. Ivre de souffrance, je m'agrippai à la première jambe à ma portée pour la mordre de toutes mes forces. À travers la toile du pantalon, je sentis la chair, serrai davantage, jusqu'à la percer en déglutissant un mélange de sang et de fragments d'émail. Mes gencives à vif se gorgèrent de la douleur de ma victime. Hurlement paniqué de celle-ci pour exhorter ses voisins à nous séparer. Je grognai comme une bête. Ils frappèrent mes mains, mon dos, ma tête, mes épaules. Je mordis encore. Si j'avais pu, j'aurais aspiré sa vie comme je buvais sa souffrance pour apaiser la mienne. Je haletai, bouche fermée sur la blessure de mon ennemi, et bredouillai des provocations étouffées :

— Meurs ! Meurs !

Je ne fus pas exaucé. Un dernier coup violent, porté à la tempe, me fit lâcher prise. Le noir océan m'engloutit. Les soldats me rossèrent encore longtemps après que j'eus perdu connaissance.

*

À mon réveil, beaucoup plus tard, je fus accueilli par des exhalaisons infectes d'urine et d'excréments. Ce furent peut-être elles qui m'arrachèrent à l'inconscience, tant l'odeur était intenable. Le visage enfoncé dans une épaisse couche de paille souillée, je grimaçai au premier mouvement. Par-dessus le grincement familier d'une coque, j'entendis tousser plusieurs poitrines malades et se traîner quelques corps ralentis par les chaînes qui les entravaient. Je suppliai ma carcasse meurtrie de me rendre au sommeil. Quelqu'un entendit ma prière et se pencha vers moi.

— Henri, murmura une voix connue.

La main de mon bosco effleura mon front tuméfié. Parler fut un supplice :

— Le Cierge ?

— Vous ont salement arrangé.

J'essayai d'inspirer entre mes lèvres gonflées. L'air frais s'infiltra dans chacune de mes dents brisées. Je gémis et me raidis en suffoquant.

— Ne bougez pas, capitaine, je vais vous aider à vous retourner.

— Non... Je ne... pourrai pas. Trop mal...

Ses doigts libérèrent mes épaules endolories. Je préférai rester le nez dans la pisse :

— Dis-moi ce qui s'est passé...

Cliquetis de maillons rouillés quand le Cierge s'approcha encore pour s'allonger près de moi et me parler discrètement :

— Ils ont coulé le *Chronos* à la troisième bordée. J'ai eu de la chance : j'étais près de la misaine quand il a sombré. Je suis tombé à l'eau mais la toile déchirée m'a empêché de couler. Les Espagnols ont repêché les survivants et nous ont tous mis au fer. On est encore à bord de leur frégate.

— Combien ?

— Neuf avec vous. Tous blessés sauf moi. La Grande Mayenne a le crâne enfoncé, il ne tardera plus à calancher.

Seulement huit sur cinquante. Christ mort ! J'inspirai lentement avant de poursuivre :

— Qui d'autre ?

Mon bosco énuméra lentement la liste des rescapés. Chaque nom pesa sur mon cœur comme une enclume, à cause de ceux qu'il ne prononça pas :

— La Crevette, le Léonard, Patte-de-chien, Jean le Petit, la Gabelle et le Turc. Ces deux-là sont salement amochés... Les autres tiennent debout.

— Combien... de temps ?

— Qu'on est ici ? Pas plus de quelques heures. Il fait nuit, je crois, le froid a grossi. Et puis... Faut que j'vous dise...

Le bosco se pencha encore plus près pour me glisser une dernière révélation à l'oreille :

— Je crois bien que c'est Mendoza qui nous a pris…

Si je n'avais pas eu si mal, j'aurais peut-être su en rire.

— Les autres ne le savent pas encore, continua le Cierge. J'ai entendu des soldats prononcer son nom dans leur foutue langue de diable pendant qu'ils nous entassaient ici.

Le terrible commodore Mendoza. Chargé depuis trois ans de nettoyer la chienlit hérétique qui sillonnait la mer des Antilles. Nommé personnellement à ce poste par Don Lope Díez de Armendáriz, vice-roi de Nouvelle-Espagne. Tant redouté que je connaissais au moins cinq rengaines qui raillaient sa légendaire férocité. Mendoza le hâbleur qui, racontait-on à Saint-Christophe et jusqu'aux couloirs du Louvre, avait demandé pour tout paiement un clou de cuivre à chaque navire coulé, pour « sceller le cercueil des ennemis de son roi ». La manière dont il avait fondu sur mon *Chronos* en grande situation de faiblesse, pour le canonner comme à l'exercice, ne laissait que peu de place au doute : nous étions bien entre les mains de ce boucher.

— Tu as bien fait de ne rien en dire, répondis-je en grimaçant de douleur.

Puis je m'évanouis à nouveau, pour rêver de mers lointaines bordant des châteaux obscurs, cruels palais dévastés aux souterrains grouillants de mes crimes et péchés.

*

Trois jours passèrent. Lentement. Au rythme des quintes de poitrine et des lamentations des estropiés.

Contrairement aux prévisions du Cierge, la Grande Mayenne avait survécu plus d'une journée avant de mourir. Puis le Turc et la Gabelle l'avaient rejoint avant le matin suivant. Leurs plaies s'étaient infectées. La peur et la fatigue avaient fait le reste. L'odeur de chair corrompue couvrait presque celle de nos déjections. Avec ma bouche cassée et mes meurtrissures, j'aurais pu m'estimer ménagé : je trompais le temps et la douleur en dormant, de toutes mes forces, comme une brute trop ivre ou un gamin épuisé. Si les soldats passaient distribuer un peu d'eau croupie pendant mon sommeil, le Cierge réclamait et gardait ma part. Même dans cette cage puante, je restais le capitaine.

Nous comprîmes peu à peu que d'autres prisonniers, pris dans d'autres batailles, occupaient des compartiments adjacents au nôtre, à croire qu'un pont entier de la *Centinela* avait été transformé en prison flottante. Le commodore devait aimer faire nombreuses captures et s'enorgueillir de sa petite ménagerie. À travers les épaisses cloisons de bois bardées de fer, nous pouvions entendre nos voisins bouger et se plaindre au passage des gardes, mais nos rares tentatives pour communiquer avec eux avaient toutes échoué. Peut-être des hérétiques hollandais ou quelques Indiens rétifs. Mes derniers hommes attendaient, apathiques, que la gangrène ou la faim fît son œuvre. Moi, j'avais eu trois jours pour réfléchir à mes erreurs et mon entêtement. Cette douleur-là me poursuivait jusque dans mes cauchemars.

Au soir de la troisième journée de fond de cale, un événement nouveau eut cours. Sous la menace de leurs armes, deux soldats ouvrirent notre cage pour m'en extraire sans ménagement. Le Cierge esquissa un geste pour s'interposer, mais je l'en dissuadai sèchement. S'ils venaient pour me pendre, autant y aller seul. S'ils venaient pour s'amuser un peu, autant qu'ils n'en torturassent qu'un. Ma bouche me faisant un peu moins souffrir, j'articulai péniblement vers mon bosco effrayé :

— Garde-moi ma place, je tiens à mon confort...

Inquiets et malheureux, mes derniers compagnons me regardèrent partir. On me poussa sans ménagement vers les interminables coursives du navire, et à chaque pas je pris davantage la mesure de l'enfer où nous avions été jetés. Oui, en vérité, Mendoza devait adorer exposer sa grande chasse, pour entasser autant de pauvres bougres sous ses pieds.

Je m'attendais à quelque dérouillage amusé de la part de mes geôliers, le genre de petit tourment qui satisfait toujours son quarteron de soudards en mal de suppliciés, mais non : ils m'encadrèrent presque respectueusement jusque sur le pont supérieur de la frégate. À l'instant de revoir la lumière du jour, mes yeux blessés s'emplirent de larmes. Le temps était calme et le soleil haut. L'air vif me purifia les poumons. J'inspirai grand et fort ses saveurs salées, à en faire se fendre de douleur mes gencives blessées. Chevilles et poignets ferrés, puant davantage que le seau d'aisance d'une mourante qu'on néglige, je fus guidé sur le pont frotté de frais jusqu'au gaillard d'arrière. Pendant que je trottinais à petits pas, je recensai les soldats à l'exercice et les matelots profitant du beau temps pour lézarder au pied des mâts. La discipline dégoulinait de chaque élément de bois, de métal ou de chair présent à bord, mais quelque chose me frappa cependant que j'avançais lentement vers ma destination, quelque chose qui n'avait rien à voir avec l'hostilité habituelle qui séparait les flibustiers de leurs chasseurs. Je flairai une vive nervosité dans leurs regards et, dans leurs gestes, une lassitude et une anxiété mordantes, assez anciennes pour avoir allumé des feux pâles derrière leurs paupières. Bien antérieure, en tout cas, à la capture de mon équipage. Malgré leurs uniformes impeccables et les ordres féroces des officiers, ces hommes avaient peur. Et ce n'était certainement pas de moi.

— *Buenos días, capitán, como está usted?*

Je relevai péniblement la tête pour voir qui me parlait depuis les hauteurs du château arrière : appuyé des deux mains contre sa balustrade, un homme de belle stature, en grand uniforme de capitaine de vaisseau, me dévisageait d'un air sévère. Rasage, moustache et revers impeccables. Entre des lèvres pincées et un regard cauteleux, son nez droit et fin pointait vers la proie enchaînée à ses pieds. Le fier spécimen de rapace que voilà ! Ma bouche blessée parla pour moi :

— *Señor* Mendoza, je suppose ?

Léger sourire, vite effacé par une moue figée :

— *Commodore* Alejandro Mendoza de Acosta, s'il vous plaît. Montez donc vous joindre à moi, monsieur…

Son français était tout à fait correct, suffisamment du moins pour que je ne parvienne pas à dissimuler ma surprise en montant les marches étroites menant à mon hôte. Mon étonnement parut le ravir :

— J'ai servi en Flandres contre votre cardinal de Richelieu, crut-il bon de préciser en me dévisageant. Je connais un peu vos manières et votre langue.

— Ce n'est pas mon cardinal, grinçai-je en montant péniblement les marches jusqu'à lui.

— Confidence qui, en d'autres circonstances, serait tout à votre honneur, même si cela pourrait aussi faire de vous un réformé... Un aveu que je ne vous conseille donc pas de formuler si ouvertement quand je vous remettrai aux autorités de Cartagena. L'Inquisition a une sainte horreur des gens de votre sorte.

Le ton était de velours mais cachait mal les poignards derrière ses rideaux. D'un geste ample et emprunté, il m'invita à m'asseoir. À la poupe, une table avait été dressée pour deux personnes, garnie de flacons et plats encore recouverts de leur cloche en argent. Mon estomac eut un spasme de douleur avide à leur seule vue. Avec le peu de dignité que m'accordaient mes fers, je fis lentement le trajet jusqu'à la collation, pris le temps de comparer les deux sièges. Le plus beau des deux était un fauteuil somptueux, une merveille en bois sombre et à haut dossier sculpté, clouté de coussins épais admirablement positionnés pour soutenir les fesses et le dos. Je ne pus retenir un soupir de satisfaction en y posant mon postérieur crotté. Feignant de ne pas relever ma provocation, mon hôte se contenta aimablement de l'autre siège. Je comptai rapidement dix soldats plantés en deux rangs autour du bastingage, prêts à me découper au premier geste suspect. Ainsi enchaîné, au cœur de l'océan et sur un bâtiment ennemi, qu'aurais-je donc pu tenter de si terrible ? Je devinai la peur, encore, dans leurs yeux plissés par le soleil de la matinée. Nonchalant, je préférai tendre la main vers la corbeille à pain pour, au prix d'un cruel effort de volonté, la pousser vers mon vis-à-vis.

— Carthagène, donc ? m'enquis-je sur le même ton faussement désinvolte. C'est loin.

— J'ai assez chassé par ici, rétorqua Mendoza. J'ai fait bonnes prises et j'entends ramener mon gibier au plus tôt.

Il se versa un plein verre de vin, le porta à ses lèvres avant de continuer :

— Oh, tant que j'y pense, je veux que vous sachiez que le soldat qui vous a fait ça a été sévèrement puni…

Il porta ses doigts à ses lèvres en fixant ma bouche, grimaça d'un air peiné :

— C'est indigne de frapper ainsi un officier. Je ne peux que vous présenter mes sincères excuses pour ce regrettable débordement. Non, ne prenez pas cet air fâché, je ne plaisante ni ne me moque. Vous êtes un ennemi de mon roi et votre mise aux fers n'est que justice, mais un simple soldat n'avait pas à porter la main d'aussi vilaine façon sur un capitaine. C'est une question d'honneur et de rang. Et je crois savoir que vous auriez fait de même à ma place, n'est-ce pas ?

— Comment ça ?

— Ce que vous avez fait juste avant votre capture m'a été rapporté, capitaine… Mais au fait, vous ne m'avez toujours pas dit votre nom.

J'aurais pu mentir. J'aurais pu me taire ou lui jeter ses plats au visage, juste avant de mourir sous les coups des soldats qui ne me lâchaient pas du regard. Ou bien, si j'avais avalé quelque chose de suffisamment consistant depuis moins de quatre jours, j'aurais vidé mes boyaux avec délectation sur son joli fauteuil en bois précieux. Mais je n'en fis rien. Malgré sa faconde et sa morgue, je devais admettre que ce bonhomme se révélait loin du cruel boucher qu'on raillait en chansons de

Port-Margot à Saint-Pierre de Martinique. Et puis, j'étais trop fatigué, et j'avais moi aussi mon orgueil :

— Villon, répondis-je donc non sans une pointe de défi.

— Alors, buvez un peu de mon vin, capitaine Villon. Vous devriez le trouver à votre convenance.

Dans mon état de faiblesse et de privation, tout alcool m'aurait été immédiatement nocif. Malgré la tentation, je sus refuser poliment.

— Comme vous voudrez, dit le commodore Mendoza en goûtant son verre. Je disais donc qu'à ma place, vous auriez sans doute fait la même chose. J'ai appris, pour les marins que vous avez repêchés. C'est un beau geste, un geste chrétien, et qui vous honore, capitaine. Votre navire démâté dans l'ouragan qui menace encore, mais vous prenez le temps de secourir vos ennemis dès la fin de la bataille… Je dois m'avouer aussi étonné que réjoui ! Ce sont les hommes comme vous qui font honneur aux gens de mer, *señor* Villon.

Il avala une autre longue gorgée de vin sombre, reprit la conversation avec une mine gourmande :

— Oui, un beau geste, en vérité, qui m'a donné envie de partager cette collation avec vous et de discuter un peu.

Je me doutais bien que le pompeux hidalgo ne devait pas rompre souvent le pain avec les gens de ma sorte. Espérait-il vraiment me voir apprécier la faveur et la clémence qui m'étaient accordées ? Cette brute avait massacré mon équipage et envoyé par le fond mes seuls biens et mon navire ! Aussi demeurai-je muet face à lui et boudai-je, depuis le fond de mon siège, ses flatteries autant que ses aimables attentions.

Mendoza me fixa quelques secondes par-dessus le grand verre porté à ses lèvres, avant de poursuivre :

— Une autre chose m'étonne à votre sujet, capitaine : c'est ce qui s'est vraiment passé pendant l'engagement au terme duquel vous avez envoyé par le fond l'escorte du *Campo de Flores*. Non pas que je mette en doute vos compétences de manœuvrier, mais tout de même... Couler un galion et une frégate sans perdre plus que son mât de misaine ? Voilà un exploit qui me ferait presque regretter de vous avoir défait sans vous accorder une chance de riposter. La belle bataille que c'eût pu être !

Je haussai les épaules :

— L'âme humaine est ainsi faite que nous préférons nous rappeler des victoires les plus audacieuses aux dépens d'autres moins épiques... Depuis David, notre espèce aspire à lui ressembler, mais c'est pourtant à l'ombre des Goliath qu'elle aime à se rêver héroïque.

Mendoza eut un petit sourire appréciateur. D'un geste élégant, il souleva la première cloche en argent posée entre nous, révélant une pièce de volaille rôtie, posée sur un lit de légumes croquants et baignant dans son jus. La moitié de la peau dorée et croustillante du volatile aurait suffi à faire s'entretuer les malheureux encagés sous nos pieds. Mendoza eut un geste vague de la main en présentant le plat :

— Ces *pollos* du Pérou ne sauraient soutenir la comparaison avec ceux de ma Castille natale, mais je veux croire que vous saurez quand même trouver celui-ci à votre goût.

À la vue de ce festin, un nouveau spasme déchira mon estomac. Un douloureux flux de salive inonda mes gencives tandis que se raidirent les muscles de mes mâchoires. Sous ma ceinture pourtant serrée au plus près, je contractai en vain mon ventre pour étouffer ses lamentations. Affamé, presque étourdi par la seule odeur du plat fumant, je m'agitai sur mon fauteuil en arrachant mes yeux à sa contemplation :

— Non... merci...

Christ mort ! Ma tripaille était à l'agonie devant chair si appétissante, pour la plus grande joie sadique de mon hôte. Vexé, je frémis à l'idée des succulences cachées sous les autres couvre-plats. Mendoza eut un petit rictus moqueur :

— Vous me désobligeriez en refusant, capitaine... Allons, je ne vous demande pas de me livrer les clefs d'une forteresse française, ni de renier votre foi. Est-ce trop pénible de partager un repas avec un horrible *Spaniard* ?

Je trouvai au moins la force de ricaner :

— C'est que, voyez-vous, je nourris quelques pensées pour mes compagnons restés en cale. Dont trois déjà sont morts mais sont encore à pourrir avec les blessés. Du reste...

— Oui ?

J'écartai en grand les mâchoires pour révéler mes dents brisées.

— Ma morsure est émoussée, souris-je méchamment.

À la vue de mes gencives mutilées, le dégoût du commodore ne fut pas plus feint que mon envie de me jeter sur la volaille. Il eut besoin d'une poignée de secondes pour retrouver son calme et sa maîtrise :

— *Santa Madre de Dios, capitán !* Vous réussiriez presque à me couper l'appétit ! Mais en même temps, vous me donnez une idée...

Je refermai la bouche, méfiant. Mendoza prit la mine ravie d'un renard soudain promu gardien du poulailler :

— J'ai à bord un excellent chirurgien qui pourrait... arranger votre vilaine blessure. Adieu douleur, adieu plaies et pus. Qu'en dites-vous ?

— Bien entendu, articulai-je lentement, ces largesses n'appelleraient aucune contrepartie et ne seraient à mettre qu'au crédit des bonnes relations entre gens de mer ?

Le commodore se resservit un verre de vin, qu'il sirota à petites gorgées :

— Parlez-moi donc de ce que vous avez vu dans l'ouragan. Parlez-moi de ce qui a coulé deux robustes frégates en moins de cinq minutes.

Je demeurai silencieux, tournai la tête vers les vagues ondulant par-delà la poupe où nous conversions autour d'un festin que personne ne touchait. L'océan, partout, à s'y noyer le cœur et la raison. Et une table trop bien garnie en guise de radeau auquel m'accrocher pour ne pas sombrer. Souvenirs de hurlements d'enfants faméliques, errant entre les remparts de La Rochelle, cité affamée qui ne savait plus les nourrir, et les mousquets des assiégeants qui n'en voulaient pas non plus. La charogne et la mort engorgeant les artères de la ville jusqu'à l'asphyxie. La reddition. Le secret des précieuses *conserva*, à portée de main, et qui m'avait échappé une fois encore. J'inspirai l'air vif du large pour donner un sens à mes larmes :

— Qu'est-ce qui nous attend, une fois à Carthagène ?

— La prison, seulement, si je fais part aux autorités de votre comportement exemplaire envers une poignée de mes compatriotes qui se noyaient.

— Pour mes marins aussi ?

— Pourquoi pas ? J'ai quelque influence dans les ports espagnols, voyez-vous.
— Et sinon ?
— Vous le savez comme moi, capitaine Villon. Au mieux, une vilaine mort sans gloire. Au pire…
— Les bouchers papistes de votre Inquisition.

Les nerfs de mes dents brisées s'étaient réveillés et me plantaient des épingles de feu jusque sous les orbites.

— Je ne vous propose rien d'autre que d'apaiser votre tourment, *capitán*. Avouez que c'est là gentille manière de vous inviter à me parler, quand certains useraient de contraintes plus barbares.
— Pourtant, je crois bien que je n'ai rien d'autre à vous révéler, commodore Mendoza.

Il grimaça, reposa un peu trop vite son verre sur la table. Du vin gicla sur l'immaculé coton de la nappe qui se gorgea aussitôt du nectar pourpre.

— Vous n'êtes qu'un sot obtus, capitaine ! Car vous avez bien *vu* quelque chose, n'est-ce pas ?

Confusément, malgré la faim et la douleur qui brouillaient mes sens, je perçus que je tenais là quelque levier pour faire fléchir mon cerbère. La peur, à nouveau, celle-là même que j'avais décelée parmi l'équipage tandis qu'on me conduisait jusqu'à ce festin. Tous ces beaux Espagnols avaient peur. Quelque chose qui leur échappait rôdait en ces eaux et prenait leurs navires. Oui, j'avais vu quelque chose, et j'en avais réchappé. Je repensais à Fèfè de Dieppe remontant de sa fosse putride, guéri des fièvres des marais. Je pensais aux mystérieuses *burbujas* dérivant sans effort sous les étoiles. Oui, les Espagnols avaient peur. Et maintenant, je devinais un peu de leur secret. J'avançai prudemment un pion.

— Je crois, dis-je en me levant, que d'autres choses, que ni vous ni moi ne comprenons, sont à l'œuvre dans ce monde nouveau, commodore. Des choses qui n'ont que faire de nous et de nos appétits de fourmis.

Une lueur inquiète au fond du regard, le commodore me dévisagea sans répondre. J'avais fait mouche. Sa réaction ne m'étonna pas :

— Vous retournerez donc aux fers. Regardez ce soleil, écoutez bien ce vent : ils ne sont plus pour vous. *Vaya con Dios, capitán* Villon.

Je me relevai péniblement, regrettant encore d'avoir la tripaille trop vide pour gratifier l'auguste fauteuil de quelques odieuses souillures :

— Adieu, monsieur.

Deux soldats me saisirent sous les bras pour me faire descendre du gaillard d'arrière. Je veillai à ne pas faiblir en m'éloignant de la table d'abondance étalée dans mon dos.

Carthagène... Christ mort !

Je décidai, par compassion, de n'en rien révéler ni au Cierge ni aux autres.

X. *Port de Basse-Terre*

(PRINTEMPS 1642)

Und das Schiff mit acht Segeln
Und mit fünfzig Kanonen
Wird beschiessen die Stadt.

BERTOLT BRECHT
Seeräuber Jenny

À l'ancrage, le *Toujours debout* dodelinait mollement sous les vents d'est qui rafraîchissaient Basse-Terre. Nous étions de retour à Tortuga depuis cinq jours et l'équipage tirait des bords de buvettes en gargotes, pressé de dépenser sa fortune nouvelle. Vera Cruz était tombée. À terre, la nouvelle avait eu l'effet d'une joyeuse révolution. Tandis que j'avais passé l'hiver à Noj Peten et que je m'étais initié aux coutumes des Itza, — mort de moi, ces Indiens avaient élevé l'art de l'ivrognerie au rang de sacerdoce — ma frégate avait transbordé plusieurs contingents de soldats aux ordres du puissant *k'uhul ajaw* pour mener d'implacables opérations militaires. En quelques mois, sous le commandement de mon second Gueule-de-figue, les lignes commerciales et les intérêts espagnols avaient subi de nouvelles fractures, jusqu'à l'inévitable chute de Vera Cruz. Le plus beau joyau appartenant à Philippe IV de ce côté de l'Atlantique avait été brisé jusqu'à ses fondations. Mes matelots l'avaient vu flamber dans l'air rouge du soir, tandis que les Itza furieux en investissaient rues et demeures pour en déloger les derniers habitants.

Dès notre retour à Basse-Terre, la nouvelle avait plongé l'île dans une sauvage allégresse, au point que j'avais préféré ordonner à Pakal, mon jeune apprenti itza, de ne pas descendre à terre tout seul. Au bourg, les îliens se saoulaient et fêtaient à l'excès leurs héros, peut-être pour se consoler de n'y être pour rien. Moi, je demeurais prudemment à bord, refusant de débarquer tant que je n'aurais pas écoulé mes derniers lots de *quinquina* ramenés du Yucatan. J'attendais mon vieil ami Francisco Molina, qui d'un jour à l'autre viendrait m'en proposer un excellent prix, avant de diffuser largement cet article dans tous les ports à sa portée. Grâce à ce stratagème, j'escomptais que mes médicaments auraient atteint avant la fin de l'année chaque cité et colonie importante, pour mieux en sidérer les habitants. C'était peut-être navrant, mais je savais avoir de meilleures chances de faire découvrir le *quinquina* en le vendant qu'en le distribuant : si la gratuité effarouche et vexe souvent l'indigent, les prérogatives payantes attisent à coup sûr sa jalousie. Dans l'immédiat, et en attendant d'avoir écoulé mon stock, je préférais boire seul au bastingage de mon navire, à la santé de ceux qui n'avaient pas su revenir. Mort, le fidèle Gueule-de-figue, frappé en plein cœur par une balle durant le pillage de Vera Cruz. Mort, Jean la Triplette, blessé par un éclat de bois qui lui avait empoisonné la chair en dépit d'une amputation de fortune. Morts, vingt-trois autres marins que j'avais à peine eu le temps de connaître, noyés ou tués au combat tandis que j'organisais, à dos de prisonniers espagnols, le convoi de mes premières *maravillas* ramenées de Noj Peten. Adieu, mes braves, les vivants vous remercient !

C'est ainsi, tout empli de mélancolie et d'alcool, que me trouva le capitaine Brieuc alors que j'écoutais grésiller les feux de joie dans les rues et sur la plage. Mon ami avait fort à faire pour maintenir un semblant d'ordre dans la colonie. Notre retour, avec notre chargement prodigieux et nos incroyables nouvelles, avait encore accru la fébrilité locale. Dès que je vis le jeune capitaine remonter l'estacade neuve où le *Toujours debout* était amarré, j'ordonnai aux marins de quart de le laisser passer. Quand il fut au pied de la passerelle, je remarquai que sa vareuse avait encore gagné en galons et boutons dorés et sifflai d'incrédulité :

— Foutre, Brieuc, vous voilà mieux attifé qu'un grand d'Espagne.

Il monta à bord et me serra la main en me dévisageant avec mansuétude :

— Vous êtes déjà saoul, Villon ?

— Seulement le strict nécessaire, mon ami !

À l'extrémité de la baie, les quatre canons du fort de la Roche récemment inaugurés tonnèrent une bordée pour signifier le début des festivités officielles. Je sursautai. Ce soir-là, François Le Vasseur recevait en son nouveau palais.

— Son Excellence a le sens du spectacle, remarquai-je.

— Le gouverneur est d'excellente humeur, ce qui n'est pas vilaine affaire, dit Brieuc en saisissant la bouteille que je lui tendais.

— Toujours aussi entêté ?

Le jeune capitaine tiqua en portant son regard vers le fort qui tirait une seconde salve :

— Sa belle république huguenote prend chaque jour davantage des airs de royauté, soupira-t-il. Et nos amis boucaniers venus d'Hispaniola, qui nous aidèrent naguère à prendre Tortuga, n'apprécient pas la pluie de nouvelles taxes décrétées depuis le début de l'année.

— Il faut bien financer toutes ces dépenses, souris-je méchamment. Nouveau palais déguisé en bastion, nouvelle estacade, grande campagne de défrichement... Le progrès a un coût...

— Oui, heureusement que votre voyage a été un succès. Notre fortune est assurée désormais... J'espère seulement que cela incitera le gouverneur à alléger les impôts.

Je m'esclaffai :

— S'il y a une chose qui ne sait que prendre du poids avec l'âge, à la manière des gros bourgeois de nos villes de France, ce sont bien les taxes et les octrois. A-t-on jamais entendu parler, ici ou ailleurs, de la suppression d'un impôt, les caisses des puissants déborderaient-elles de louis d'or, de doublons et de guinées ?

Brieuc rit avec moi :

— Vous êtes un méchant sujet, mon ami, mais je suis enchanté de votre retour. Et son Excellence aussi.

— Je veux bien vous croire !

Dès l'annonce de notre retour, François Le Vasseur avait dépêché cette vieille baderne de Brodin de Margicoul à notre rencontre pour piloter d'autorité notre accostage jusqu'à la nouvelle estacade qu'on aurait pu croire bâtie pour mon usage exclusif. Ainsi amarré directement sous la surveillance du fort de la Roche, bénéficiant de la protection permanente d'un contingent de soldats aux ordres du gouverneur, le *Toujours debout* n'aurait pas pu davantage attirer l'attention et nourrir les ragots que s'il avait contenu tout l'or et l'argent du Pérou. Je n'étais pas certain d'apprécier cette mise à l'écart, et j'avais hâte de procéder au déchargement de la précieuse cargaison, pour enfin me détendre et dépenser un peu de mon argent. Je préparais déjà ma prochaine campagne et me réjouissais de pouvoir honorer la promesse faite à Brieuc lors de notre dernière rencontre.

— Votre brigantin sera prêt à m'accompagner à la mi-avril ? demandais-je.

Dans mon idée, il aurait fallu au moins quinze jours d'ouvrage pour que ma frégate fasse peau neuve. Les combats, les chaudes eaux caraïbes et les tarets envahissants avaient abîmé la coque qui avait besoin d'un rude toilettage. Je comptais aussi sur ces deux semaines pour négocier quelques affaires personnelles. Christ mort, qu'il me tardait donc de vendre ma cargaison ! J'avais l'impression que je fermerais l'œil seulement quand je serais sûr qu'elle aurait quitté mon bord, et je craignais de ne pas disposer d'assez de tafia pour me tenir éveillé jusqu'à l'instant de ma libération.

— Des nouvelles du *señor* Molina ?

— Un pli arrivé au palais au début du mois l'engageait à être ici il y a trois jours, dit Brieuc, mais la mer reste la mer…

— Oui, bien sûr.

En ces eaux hostiles, même pour une fripouille au bras long comme mon trafiquant favori, un contretemps d'une semaine n'avait pas plus de gravité qu'une heure de retard à un rendez-vous galant. Même un spéculateur aussi ponctuel et tatillon que ce cher Francisco ne pouvait éviter tous les impondérables liés à son périlleux négoce. Je me convainquis de ne pas m'inquiéter davantage, et de mieux profiter de ma sublime guildive raffinée de la Barbade, cadeau du gouverneur pour saluer mon retour. Brieuc se servit également et trinqua avec moi :

— Resterez-vous donc à bord ?
— Tant que mes cales seront pleines, oui !
— C'est que j'espérais un peu vous sortir et faire croiser quelques amis qui rêvent de vous rencontrer.
— Diable, suis-je donc célèbre ?
— Plus encore ! Qui, à la Tortue, n'a pas entendu parler d'Henri Villon, de sa fuite de Carthagène en flammes, de sa prise d'une frégate espagnole, de la guerre qu'il a portée jusque sous les murailles de nos ennemis, de la bonne fortune qui le porte où qu'il aille ?
— Bonne fortune en vérité, ironisai-je.

Nul doute que Brieuc s'était empressé de narrer mes aventures, confiées lors de notre dernière beuverie. Les marins chérissaient ces histoires, depuis les premiers exploits des capitaines François Le Clerc, dit Jambe-de-bois, ou Jacques de Sores, qui en compagnie de quelques autres intrépides avaient mis les Caraïbes à feu et à sang presque un siècle plus tôt. Huguenots enragés et corsaires, ils avaient osé donner la chasse à la mythique *flota de plata*, rançonner les ports espagnols, jusqu'à forger leurs légendes qui s'enflaient depuis de comptoir en comptoir, des colonies de Floride jusqu'au comté d'Angoulême. Et voilà qu'on accrochait mon portrait à cette galerie d'illustres ? Je préférais m'enivrer pour ne pas en rire.

— Allons, insista mon ami, venez ! Votre navire est tant protégé que j'ai moi-même dû obtenir l'autorisation d'en approcher. Venez manger et boire un peu en ma compagnie, et racontez-moi votre dernière aventure.

J'eus une grimace amusée. Sitôt que je lui aurais décrit, brièvement ou par le menu, ce que j'avais découvert à Noj Peten, ce serait lui qui passerait pour aliéné s'il se risquait à le répéter. C'eût été un bien odieux tour à lui jouer.

— Eh bien soit, ripaillons ! dis-je en rajustant mes manches. M'emmènerez-vous encore chez le *Grand Jacques* ? J'ai souvenir d'une cuisine plaisante et copieuse.

— Hélas, l'auberge a brûlé cet hiver. Mes amis nous attendent au *Rat qui pette*.

Ce soir-là particulièrement, la célèbre gargote était en crue d'alcool, de fumée, de fêtards et d'excitation. Marins et drôlesses se léchaient les langues ou le goulot jusque dans la rue. Même les chambres de l'étage avaient été reconverties en salons de dés et de beuverie. Tonneaux et tonnelets crachaient en continu rivières de vin et de tord-boyaux qui finiraient en flaques malodorantes avant le petit jour. Dans cette ambiance de bacchanale intrépide, Brieuc nous fraya un chemin entre les danseurs et les rieurs jusqu'à la table où nous attendaient ses amis : deux austères capitaines aux figures méfiantes, qui sirotaient leur quart sans se mêler à l'allégresse. À leurs larges bottes, leurs pourpoints de cuir et leurs cols fermés, je reconnus des officiers ou corsaires français peu habitués aux excès des ruffians en bordée.

— Capitaine Villon, dit Brieuc, voici le lieutenant Nicolas et monsieur de Breillac, tous deux récemment rattachés à la garnison du fort de la Roche.

— Peste blanche, m'amusai-je, me voilà en bien officielle compagnie. C'est un honneur, messieurs les soldats.

— La réciproque est vraie, mentit le premier.

En entrant dans la taverne, j'avais discerné au moins six gaillards de mon équipage qui, bien qu'autant éméchés que leur capitaine, n'oublieraient pas de l'épauler en cas de bagarre. Tant mieux, car je venais de décider que je n'aimais pas mes deux interlocuteurs :

— Alors, messieurs de la milice, on embastille bien, ces jours-ci, à Basse-Terre ?

— Vous nous moquez ? dit le second en fronçant les sourcils.

Le ton était donné. Je gloussai d'aise.

— Allons, messieurs, s'agita Brieuc, ne tenez pas rigueur au capitaine Villon pour son franc-parler. Il a toujours eu le coude agile, le verbe fort et l'esprit taquin, mais c'est un brave.

— Un brave à l'évidence, répéta le lieutenant vexé tandis que je m'asseyais. Assez brave pour prendre une frégate neuve aux Espagnols sans essuyer de coups de feu. Assez brave pour aller et venir à sa guise en ces eaux, quand de plus en plus de navires se perdent et n'arrivent nulle part.

— Brieuc, rotai-je effrontément en montrant les gencives, vous ne m'aviez pas dit que vos amis souffraient de jalousie mal digérée. Alors messieurs de la forteresse, on préfère rester sur la berge ? On a les culottes merdeuses ?

— Villon, tonna Brieuc en contenant les militaires, Dieu que vous savez être odieux quand vous avez trop bu !

— De ma vie, je n'ai jamais trop bu, objectai-je en levant les mains pour me faire pardonner. Mais je veux bien confesser que j'aime boire suffisamment. «*In vinasse very tôt*», comme diraient nos voisins anglais...

Ma saillie, soutenue par un clin d'œil d'ivrogne, surprit autant qu'elle amusa les deux officiers. La tension se dissipa un peu et je poussai mon avantage :

— Pardonnez ma mauvaise humeur, messieurs. J'ai fait longue route par de bien étranges sentiers, et j'en ai oublié les manières. Je paie la première bouteille !

— Je paierai la suivante, dit le lieutenant.

— Puisque les annonces d'artillerie ont été faites, souris-je en frappant la table du plat de la main, reparlez-moi de ces récentes disparitions de navires.

En l'entendant, j'avais repensé à Molina le trafiquant, à son retard et à certaines mauvaises rencontres embusquées dans les ouragans caraïbes, et soudain mon cœur s'était serré. Tant de choses dépendaient de son arrivée rapide, désormais. Ce fut Brieuc qui me répondit :

— Nous attendions l'arrivée d'une petite flottille partie de Saint-Christophe à la fin de l'hiver, chargée de colons invités par le gouverneur à vivre ici. Notre colonie prospère et nous avons besoin...

— Ils ne sont jamais arrivés ? le coupai-je sèchement.

— Pas la moindre barcasse.

Monsieur de Breillac prit la parole :

— Plusieurs capitaines, voire quelques caboteurs, ont fait état de tempêtes violentes qui se sont levées entre Cuba et Hispaniola. Ils ont parlé d'obscurité et de grain soudains, quand la saison n'est pas aux *hurricanes*.

— Récemment, renchérit le lieutenant, des pêcheurs ont parlé d'un bateau fantôme qui se serait manifesté près de Santo Domingo.

Autour de nous, paillardises et hilarités résonnaient entre les murs et du sol au plafond, mais mon sang s'était glacé. On venait de servir deux bouteilles à notre table. Je m'empressai de remplir mon gobelet et de le vider aussitôt.

— Mort de moi, murmurai-je.

Ma réaction ne passa pas inaperçue. Face à moi, les mines s'aiguisèrent.

— Le capitaine Villon a fait beaucoup pour notre colonie, sourit Brieuc pour me consoler. C'est un de nos bienfaiteurs.

— Nous avons entendu parler de la nature fabuleuse de votre cargaison, me dit monsieur de Breillac. Vous voilà pratiquement devenu négociant de merveilles.

— Une aubaine pour de Margicoul ! s'esclaffa son voisin. Il s'est entiché de collectionner et d'accumuler ces breloques miraculeuses comme un enfant le fait des images pieuses !

J'ignorai l'insulte déguisée et optai pour un détournement élégant de la conversation :

— Comment se porte mon Gascon préféré ? Est-il encore ici ? Je m'étonne de ne pas le trouver à notre table.

— Ces jours-ci, dit le lieutenant, il est en déplacement à Port-Margot, toujours à la recherche de ses colifichets.

— Vous-même, souris-je amèrement, ne partagez pas cet engouement, n'est-ce pas ?

— Je crois aux choses simples, capitaine Villon. Je crois en notre Seigneur, en la discipline et en la suprématie des causes justes. Oui, vous avez raison, cela m'attriste de voir des esprits faibles s'égarer dans la quête d'articles diaboliques qui ont de moins en moins de rareté... Dieu m'en soit témoin, ces choses semblent trouver de plus en plus de facilité à gagner nos comptoirs, sans parler de certains qui les convoient dans nos ports par lots entiers.

L'accusation était manifeste. Malgré la colère qui montait, je parvins encore à réfréner mon agacement et me piquai de contredire mon interlocuteur par les mots, pour commencer.

— Pourtant, sans ma frégate et son gros ventre bien rempli, le gouverneur n'aurait pas financé votre jolie forteresse ni ses jolis canons, ni ne vous aurait accordé les fonctions que vous occupez désormais. Alors, avant de me passer les poucettes, songez un peu à épargner les mains qui vous nourrissent... Même si depuis le pauvre prévôt Aubriot, l'histoire a montré quelles farces elle réserve aux promoteurs de citadelle.

Les deux officiers me fixèrent comme si je venais de leur révéler qu'ils étaient mes frères, ou que j'avais épousé leur sœur. Ravi de leur trogne ahurie, je revins à des arguments plus appuyés :

— Avez-vous déjà eu faim, lieutenant ?

— Je ne comprends pas cette question, grommela le soldat.

— Avez-vous déjà véritablement manqué de pitance ? Avez-vous déjà léché les murs, mâché votre baudrier ou votre chemise, pour remplir votre estomac de quelque chose ? Avez-vous écouté supplier et mourir les femmes et les enfants de La Rochelle au nom d'une cause juste ?

Brieuc ouvrit la bouche pour tenter d'annuler la salve à venir, mais je ne lui en laissai pas le temps :

— Moi j'y étais, au siège de La Rochelle, au nom de

la Réforme et de la foi. Et je fus de ceux qui en chassèrent les plus faibles quand la famine fut sur nous, pour gagner encore un peu de temps et préserver les assiégés en état de combattre. Je les ai vus et entendus, ces malheureux, bannis sur nos ordres, errer et agoniser chaque jour un peu plus, piégés entre nos murs et les rangs de l'armée de monsieur de Richelieu qui avait refusé de les laisser passer. Et si c'est diablerie que de promouvoir des moyens de conserver boissons et aliments des années durant sans risquer de les voir se gâter, si c'est diablerie de produire de la lumière sans flamme, de soigner l'incurable et de s'efforcer de sauver son prochain, alors Satan est mon maître et je suis son serviteur, et je compisse vos gueules de rats putrides !

À ces mots, mes trois interlocuteurs s'empourprèrent. Je vis la main du lieutenant blanchir de colère tant il serrait son quart de vin, et celle de son voisin passer sous la table pour chercher son pommeau. J'allais dégainer de même et embrocher ces gorets quand des doigts solides m'agrippèrent l'épaule par derrière et me tirèrent par surprise.

— Capitaine, beugla une voix par-dessus le tumulte de la taverne, vous devez retourner au bateau maintenant !

Stupéfait, je reconnus le Baptiste. Il avait les yeux rouges et le menton tremblant de ceux en proie à une forte émotion. Je bondis sans chercher à comprendre et plantai là mon trio de huguenots aussi étonnés que moi par ma fuite. En fendant les rangs de la clientèle massée au *Rat qui pette*, je ne pus rien imaginer d'autre que ma frégate flambant dans le port de Basse-Terre, ou bien envoyée par le fond par quelque débarquement ennemi. Quand j'arrivai sur la rue, j'avais perdu le Baptiste mais filai sans l'attendre. J'eus le temps de courir un peu plus de trente pas avant d'être projeté au sol par la bourrasque brûlante d'une explosion. Christ mort ! Ma cargaison ! Mon navire ! Beuglant de rage, je me relevai sans réaliser que mes cheveux et ma chemise avaient été roussis par les flammes. Aveuglé par la fumée et la poussière épaisses, je clopinai encore un peu sans prêter attention aux hurlements d'effroi des blessés. On nous attaquait ! Face à moi, au-delà du rideau de fumeroles, le port était calme et paisible… Ce ne fut qu'en me retournant que je réalisai qu'il ne restait rien du *Rat qui pette*, seulement un cratère sombre jonché de fragments de corps et de débris.

*

Deux jours après la catastrophe, le gouverneur Le Vasseur n'avait pas décoléré. La violence et l'ampleur de l'attaque avaient choqué chaque îlien. Impossible de savoir combien d'hommes et de femmes avaient trouvé la mort, mais je n'en comptais pas moins d'une centaine, tant l'établissement et les rues adjacentes étaient ce soir-là bondées. Mon ami Brieuc avait péri en même temps que tous les autres. Je n'avais rien trouvé dans les décombres pour me permettre de l'identifier. La taverne, ses fondations et ses occupants avaient été pulvérisés. Si la chance ne m'avait pas fait m'éloigner de la gargote à l'instant fatal, j'aurais perdu plus que ma chevelure et le lobe de mon oreille gauche, déchirée par un éclat. J'avais été transporté et soigné au fort de la Roche par le chirurgien du gouverneur. Ce fut alité et raccommodé de frais que je reçus son Excellence qui tempêtait et vociférait :

— Morbleu, capitaine, vous êtes mon seul témoin et vous dites que vous n'avez rien vu ?

— Il y avait tellement de bruit et de noceurs, qu'aurais-je donc pu voir ?

— Mort de moi, on ne cache ni n'allume une marmite infernale, assez grosse pour emporter toute une auberge, sans se faire remarquer ! Vous n'avez vu personne courir ou s'éloigner rapidement avec vous ?

Le gouverneur voulait croire à un complot ou une riposte anglaise. J'avais appris par son chirurgien que Le Vasseur avait fait arrêter sur-le-champ plus d'une trentaine de visiteurs ou de résidents suspectés de liens ou d'accointance avec cet ennemi. Moi, j'étais trop éprouvé pour le contredire :

— Je n'ai même pas de souvenir net de ce qui est arrivé… Simplement, soudain, j'étais dehors et le *Rat qui pette* n'était plus là…

— C'est une déclaration de guerre, rugit son Excellence. Je décrète l'état de siège !

— Je m'étonne surtout du choix de la cible, murmurai-je les yeux clos. Pourquoi s'en prendre à ce bouge, quand il aurait été plus marquant de s'en prendre à votre nouvelle fortification ? Ça n'a pas de sens…

— Pas de sens pour vous qui ne vivez ici que quelques semaines par an ! Nous venons de perdre nombre de capitaines et d'équipages ! Pratiquement aucun des navires amarrés dans la baie ne saurait appareiller dans l'heure, faute d'officiers et de rôle suffisamment garni. Sans parler de la panique des colons, qui parlent déjà de retourner à Saint-Christophe ou ailleurs.

Je soupirai, choqué par les propos du gouverneur. Combien de mes hommes avaient péri au cours du drame ? Combien de nouvelles pertes à pleurer et à oublier avant même de reprendre la mer ? Et le Baptiste, qui m'avait sauvé la vie sans le savoir, avait-il survécu, lui ?

— Vous avez raison, dis-je, c'est une tragédie.

— À laquelle vous échappâtes par miracle… Quelle étoile sur votre front, capitaine Villon ! Les épreuves semblent glisser sur vous comme l'eau sur un canard…

Son ton avait été à la fois jaloux et accusateur. Je ne le goûtai guère mais à cet instant je manquai du courage et de la bêtise nécessaires pour me fâcher.

— J'annule notre marché, ajouta son Excellence. Je commence à déceler dans toute cette affaire, qui me déplaît au plus haut point, l'écho d'une malédiction comme celles qui ont toujours frappé les détenteurs de *maravillas*. D'ailleurs, je retire ce que je disais plus tôt : vous n'êtes pas béni, capitaine, et le malheur semble bien vous précéder.

— Monsieur, vous ne pouvez pas…

— Je peux tout ! tonna Le Vasseur. Et j'interdis désormais le commerce sur mon île de ces choses que recèle votre vaisseau. Quand vous irez mieux, je vous prierai de quitter cette chambre, ce fort et cette île. Allez donc porter le mauvais œil ailleurs, Villon, et pourquoi pas chez vos amis espagnols ?

L'injure empourpra mes joues pâlies par les blessures. Je repoussai mes draps et me redressai faiblement :

— Dans ce cas, permettez que je m'exécute sans tarder.

— Je ne vous retiens pas. Et adieu !

Le gouverneur quitta la chambre. Je restai seul pour m'habiller. Un domestique avait remplacé mes vêtements brûlés par un change soigneusement posé sur une chaise près de la fenêtre. Son Excellence était trop bonne. Tiraillé entre colère et abattement, je quittai le fort de la Roche sous le regard de la garnison et descendis vers le port en boitillant. Si la marée était favorable, je voulais appareiller avant la nuit.

Il faisait chaud à Basse-Terre. Tandis que j'abordais les ruelles et échoppes bordant les pontons, j'aperçus la plaie noircie, le trou béant dans l'agencement anarchique des masures, là où avait existé le *Rat qui pette*. Nom prédestiné pour un établissement qui venait de partir en fumée. Le cratère avait été recouvert de chaux pour lutter contre le risque d'épidémie. Je vis plusieurs rosaires et quelques bouquets de fleurs sauvages liés à une petite croix fraîchement plantés à deux pas de l'endroit. Les vivants aiment narguer les morts en se rassurant d'être encore ici-bas.

Tandis que je m'approchais de l'ex-voto de fortune, je pris toute la mesure de la catastrophe. Celui ou ceux qui avaient causé ceci cherchaient à assassiner à coup sûr. En observant plus attentivement, je ne pus m'empêcher de repenser aux divagations de Le Vasseur, qui avait au moins raison sur un point : c'était bien une *maravilla* qui était la cause de ce massacre. J'avais vu les Itza attaquer Santa Marta. J'avais vu les demeures et les boutiques pulvérisées comme châteaux de sable par quelque arme ou machine d'apocalypse. Cette façon si épouvantable de faire tomber la mort, cette immédiateté, cette immanence qui faisait ressembler le châtiment à une punition divine, je ne les avais que trop vues depuis que j'avais croisé cette chose qui avait démâté mon défunt *Chronos* dans la tempête. Ces forces étaient aussi à l'œuvre à Tortuga, désormais. Il était temps de reprendre la mer.

Amarré à la nouvelle estacade, mon *Toujours debout* paraissait bien paisible et insolent après le drame qui avait frappé le port. Je notai en montant à bord que les soldats précédemment assignés à la surveillance de la frégate avait regagné leurs quartiers. Tant mieux. Puisque je ne profitais plus des bonnes grâces du gouverneur, je préférais me savoir hors de portée de ses mousquets.

Je fus accueilli sur le pont supérieur par trois matelots allongés, aux mines tirées par la fatigue et les excès. Les derniers jours n'avaient pas été trop durs pour tout le monde. Quelques caresses à coups de bottes les firent se relever avant de les passer copieusement à la question :

— Alors mes gorets, on musarde ? Qui est le responsable de quart ?

Le plus éveillé des trois cligna des yeux en essayant de retrouver l'usage de la parole :

— C'est Gobe-la-mouche, capitaine.

— Jamais entendu parler de ce paroissien-là !

— Il s'est enrôlé hier soir, capitaine. Avec d'autres gars, pour remplacer les morts.

Je distribuai encore une ou deux ruades pour passer ma colère :

— Mort de moi, qui engage des trognes sans mon avis ?

— Le Baptiste, capitaine. Il a pris le commandement en attendant votre retour.

— Ça n'a pas été de tout repos, renchérit piteusement son voisin. Deux matelots m'ont agrippé du côté des entrepôts, et deux autres gars à nous y ont laissé la peau.

Pour souligner son propos, il me montra sa joue et son avant-bras méchamment tailladés par un couteau. Les plaies étaient récentes. Je cessai de les esbigner :

— Bagarre d'ivrognes ?

— Notre crime était d'être de votre équipage, capitaine. Comme quoi que leurs gars seraient morts par notre faute y'a deux nuits...

— Pute vierge, crachai-je en guise de pardon. Relevez-moi cette passerelle, personne ne monte à bord sans ma permission. Aiguisez vos mirettes et prévenez-moi si d'autres chourineurs reviennent jouer les affûteurs d'un peu trop près !

Les matelots se mirent au travail. Je balayai le pont du regard puis les haranguai une dernière fois :

— Où se cache ce Gobe-la-mouche ? Je ne vois personne d'autre ici.

— Il est descendu manger au poste d'équipage...

— Au travail, mes gorets !

La bonne nouvelle, c'était que le Baptiste avait survécu. J'avais assez confiance en lui pour qu'il eût enrôlé de bonnes gens et gardé la boutique au mieux. Brave artilleur ! Après la mort de Gueule-de-figue, j'avais envisagé d'en faire mon second mais il avait refusé. Récemment, j'avais aussi pensé à Brieuc pour assumer ce poste... Le souvenir du bon capitaine me happa tandis que je gagnai le premier entrepont et je ne pus retenir quelques larmes dans l'obscurité de la coursive. Adieu capitaine lorientais, je prie encore pour que la camarde t'ait emporté d'un seul coup au paradis des belles âmes.

Gobe-la-mouche me fit immédiatement bonne impression, malgré mon agacement à ne pas l'avoir choisi moi-même. C'était un rude bonhomme tout en ventre et en cuisseaux, une bonbonne de saindoux hollandais surmontée d'une tête épaisse et pleine de dents, que je surpris en flagrant délit de délestage de cambuse en entrant dans le poste d'équipage. Il s'essuya la bouche et me sourit grassement :

— À vos ordres, capitaine.

Le salut aurait pu sonner respectueux et clair, s'il n'avait été accompagné de crachouillis de lard. Je souris :

— Comment sais-tu que je suis le capitaine ?

— Dame ! J'ai dû voir toutes les figures du bord et aucune n'avait votre belle chemise ni votre poil roussi. On attendait tous votre retour, ici…

En complément de mes cheveux brûlés, la liquette de coton brodé offerte par Le Vasseur devait sûrement me donner un air farce. Je gloussai et il rit avec moi de sa brillante logique.

— Tu as été engagé à quel poste, mon gars ?

— Maître de manœuvre, capitaine.

— Tu as déjà servi à bord d'un bâtiment comme le mien ?

— J'ai navigué cinq saisons à bord d'une frégate nantaise, et trois avec Samuel le Baptiste comme premier gabier.

— Tu as ta poudre et tes balles ?

— Je préfère mon fendoir si ça doit chicailler.

— D'accord… Tu as signé pour combien de parts ?

— Avec le Baptiste, on est tombé d'accord sur trois parts.

Il braqua vers moi son visage rougeaud percé de deux billes d'un vert d'eau sale, comme s'il attendait ma bénédiction. Le bonhomme était plaisant, et j'avais foutrement besoin d'un second débrouillard. Je souris :

— Je t'en donne quatre si tu passes bosco.
— Je préfère rester à trois, capitaine.
Je fis une moue étonnée :
— Pourquoi cette générosité désintéressée ?
Gobe-la-mouche eut une grimace coupable :
— Je mange beaucoup, capitaine, et je n'aime pas m'en passer. Donnez-moi seulement trois parts et un repas en plus chaque jour si ça ne manque à personne, le droit de corriger celui qui s'en plaindrait, et je serai votre meilleur bosco passé ou à venir.
— Mon meilleur bosco s'appelait le Cierge et il est mort à Carthagène ! Mais pour le reste du contrat, cela me convient. Une dernière chose : j'ai à mon bord un jeune Indien du nom de Pakal, que tu veilleras à traiter comme un aspirant pour tout ce qui concerne son apprentissage de nos métiers.
— Topons là… J'y remonte dès que j'ai fini.
— Appareillage à la marée. Je serai dans ma cabine si tu veux me voir.
— À vos ordres, grogna l'original en avalant une bouchée de la taille de mon poing.

Mon nouveau bosco devait bien connaître son affaire, car il ne vint pas une seule fois me déranger pendant les préparatifs. Jusqu'au soir, j'entendis s'activer les matelots sur les ponts et dans les haubans, braillant leurs clameurs du départ. Mon élève venu de Noj Peten resta près de lui durant tous les préparatifs pour s'initier davantage aux manœuvres de bord. On devait me rapporter plus tard que ces deux-là s'entendirent bien, ce qui ne fut pas pour me déplaire : je trouvais ce garçon parfois trop timoré et sérieux, et j'espérais bien que le caractère enjoué de Gobe-la-mouche le détendrait un peu.

J'avais essayé d'appeler Arcadio à plusieurs reprises, mais n'avais rien obtenu de plus, en guise de réponse, que le crachotement aigrelet des communications coupées. Je voulais savoir s'il connaissait quelque épouvantable merveille capable de causer une catastrophe comme celle qui venait de frapper la Tortue. Et de déterminer par quel moyen un ennemi du gouverneur aurait pu s'en procurer. Si j'avais eu plus de temps, j'aurais également préféré patienter jusqu'à l'arrivée de Francisco Molina ou jusqu'au retour de Brodin de Margicoul. Le premier me semblait être le seul capable de m'aider à écouler ma cargaison de *quinquina* sans la caution du gouverneur. Le second s'était piqué de collectionner les *maravillas* et saurait peut-être m'éclairer. Je pressentais, hélas, que la colère de François Le Vasseur n'était pas à la veille de s'éteindre, et ces algarades visant mes matelots me faisaient craindre de plus sérieuses anicroches si nous restions ici plus longtemps. Il y a dans les vindictes populaires des haines qu'aucun argument ne sait éteindre tant que n'a pas coulé le sang. À court de solution, je décidai de gagner Port-Margot. De là, il serait toujours temps d'avitailler et de fixer une destination plus lointaine. J'avais un équipage à contenter, et une cargaison à vendre rapidement si je voulais en tirer bénéfice.

J'étais encore dans ma cabine à consulter quelques cartes et à déterminer mes options, quand on frappa sèchement à la porte.

— Entrez, dis-je en posant la main sur mon sabre.

Mon maître-artilleur se présenta devant moi, les yeux rouges d'avoir trop fumé, son bonnet de laine vissé sur le front malgré la chaleur.

— Vouliez me parler, capitaine ?

— Oui, le Baptiste. Je voulais vous féliciter pour votre manière d'avoir régenté le *Toujours debout* pendant mon absence.

— C'était seulement la bonne chose à faire...

D'ordinaire, je ne vouvoyais pas mes hommes d'équipage, et je le fréquentais depuis assez longtemps pour avoir lié camaraderie et connivence. Mais j'avais du respect pour l'expérience et la sérénité de mon premier artilleur. Il était de ces êtres peu communs qui en imposent naturellement, sans distinction d'âge ou de rang.

— Je voulais aussi vous dire que j'ai nommé Gobe-la-mouche bosco. Qu'en pensez-vous ? Vous le connaissez bien, je crois ?

Le Baptiste prit le temps de réfléchir avant de répondre :

— C'est un bon maître d'équipage, capitaine. Rude et solide. Vous avez bien fait, j'dirais. Un peu curieux au premier abord, mais faut bien l'être pour faire carrière en Caraïbe, pas vrai ?

Je souris. J'étais sincèrement ravi de son avis :

— Vous avez raison, maître-artilleur.

— Autre chose, capitaine ?

— Eh bien... Je me réjouis de vous revoir entier, et foutrement content que vous soyez venu me chercher. Je vous dois une bouteille !

Le Baptiste fit une figure étonnée, au point que je me sentis obligé de préciser :

— Au *Rat qui pette*... Juste avant l'explosion...

— Je ne comprends pas, capitaine.

Je dévisageai un instant mon maître-canonnier en me demandant quelle amnésie le saisissait. Je ne l'imaginais pas faire un tel excès de modestie... À moins qu'il ne s'agisse du contrecoup de la catastrophe : on avait déjà vu des marins choqués par un naufrage ne plus se rappeler de ce qui leur était arrivé. Ce qui aurait été des plus dommageables pour un officier de cette qualité.

— D'ailleurs, insistai-je dans l'espoir de rallumer sa mémoire, vous m'aviez fait sortir pour quelle urgence ?

Je lus alors dans son regard la même discrète inquiétude qu'il devait lire dans le mien. Mort de moi, me croyait-il aliéné ?

— Capitaine, je n'ai pas quitté le bord ce soir-là, articula-t-il lentement. Enfin, pas jusqu'à l'explosion et tout ce qui a suivi.

Je n'avais pourtant pas rêvé ! Comment aurais-je pu oublier ou inventer sa présence m'exhortant à rejoindre ma frégate ? Pour autant, je n'avais pas envie de creuser le sujet plus avant, au risque de semer le doute au sein de l'équipage quant à ma lucidité. Je balayai donc le sujet d'un geste de la main et me levai :

— N'en parlons plus. Il est temps de lever l'ancre. Bonsoir, je monte à la timonerie veiller à la manœuvre.

— Bonsoir, capitaine.

Je rangeais mes cartes en le regardant quitter la cabine. Au moment de le voir passer ma porte, je le rappelai :

— Sur le moment, les flammes ont dû me roussir un peu plus que la crinière... Inutile d'alarmer les hommes avec cette devinette, n'est-ce pas ?

Le Baptiste me sourit sincèrement :

— C'est aussi comme ça que je le voyais...

Puis il sortit. Et je restai seul avec ma perplexité.

*

À Port-Margot, l'atmosphère avait autant senti le limon et la misère que lors de ma dernière visite, et mon souhait d'y croiser Brodin de Margicoul n'avait pas été exaucé.

Seule une maigre flottille de barcasses laissait supposer qu'on pouvait encore y croiser gens de mer et de voile. La taverne de *La Ripaille* n'abritait pas plus d'une poignée de grimpe-gibet et d'écumeurs de dame-jeanne, lesquels s'appliquèrent bien à ne pas trop loucher sur cette frégate mouillant au large de leurs habitudes. Gobe-la-mouche se chargea de hâter l'avitaillement en même temps qu'il veilla scrupuleusement à la qualité des vivres embarqués, quitte à frotter quelques oreilles de margoulins un peu trop malhonnêtes.

Pendant ce temps, j'avais décidé de mettre le cap sur Saint-Christophe, où j'espérais trouver négoce et meilleure écoute que dans les colonies plus agitées de l'ouest. Fermement implantée depuis presque deux décennies, la société plus paisible et policée de Saint-Christophe ferait sans doute meilleur accueil à mon fret. Privé du soutien de Francisco Molina, je n'avais pas su trouver meilleure alternative. Par ailleurs, je devais encore choisir un port disposant d'une cale de radoub capable d'accueillir mon navire privé de réfection pour cause de départ précipité. Sitôt dit, sitôt fait. Le *Toujours debout* prit le vent sans faillir et nous partîmes vers le levant.

La traversée fut morne, seulement cadencée par des vents capricieux qui nous imposèrent un train d'escargot. Pas de voiles sur l'océan paisible, au point qu'on aurait pu supposer que ma frégate était seule à naviguer en ces eaux. À bord, la mauvaise humeur était à l'encan, et c'était à croire que le matelot affichant la plus triste mine aurait doublé sa part. Trop de morts, de manière trop effroyable : le drame du *Rat qui pette* avait plus rudement marqué l'équipage que je ne l'aurais cru. Si j'avais été moi-même moins affecté par le décès de mon ami Brieuc, peut-être aurais-je su prononcer quelques paroles réconfortantes à la mémoire des marins décédés dans l'explosion. La nature de notre métier nous forçait tous à braver la faucheuse le front haut et la poitrine fière, et il y a de par les ports du monde assez de couplets adjurant les mères de ne pas laisser leurs fils devenir marins pour se faire une idée précise du regard que les gens de mer posent sur leur condition. Mais c'était une chose d'affronter les dangers d'une tempête, ou la canonnade d'un navire ennemi, une autre de périr par surprise, au repos, accroché au comptoir ou au bras d'une putain. La mer réclamerait toujours aveuglément son dû, et nul n'oserait le lui reprocher, mais descendre à terre était pour nous tous synonyme de récréation et de récompense, au terme de traversées souvent périlleuses. Tant que prendre la mer aurait un sens, les tavernes constitueraient les vrais havres des équipages. Par son procédé infâme, la destruction du *Rat qui pette* avait surtout tué notre sérénité, et la petite part de quiétude que réclamait chacun de nous.

C'était cela, en sus de notre interdiction officielle de désormais relâcher à la Tortue, qui affligeait tous les marins du *Toujours debout*, lequel n'avait jamais si mal porté son nom. Si au moins nous avions pu croiser un navire digne d'être capturé, capable de nous redonner un peu de rage au ventre, garni d'un butin à même de redessiner des sourires sur nos trognes mal rasées, nous aurions au moins pu penser un peu à autre chose qu'aux drames récents.

Les journées se succédèrent sans surprise, au rythme des leçons que je continuais à prodiguer à Pakal — lequel devait sans doute être le seul à ne pas être affecté par la morosité ambiante. Ces heures de cours me furent d'un grand soutien, parce qu'elles me rappelèrent régulièrement la grandeur du métier de navigateur au long cours, ainsi que les raisons qui m'avaient fait embrasser cette carrière. Quand il n'était pas de service, Gobe-la-mouche passait prendre un en-cas en notre compagnie, et ce fut à chaque fois l'occasion d'entendre le récit de quelque aventure digne d'être adaptée en complainte. Un soir que le Baptiste s'était joint à notre cercle professoral, mon second prit même la peine de raconter son arrivée au Nouveau Monde, en tant que jeune matelot parti d'Amsterdam en 1623 à bord de la célèbre *flotte de Nassau*, qui avait caressé l'espoir de reprendre un peu du Pérou aux Espagnols. Entre deux bouchées, il narra sa première et unique confrontation avec les vagues gigantesques du cap des tempêtes, en des termes qui arrachèrent des petits cris de stupéfaction à mon pupille d'ordinaire si réservé.

— Christ mort, dis-je à Pakal, tu tiens là un authentique marin, qui a affronté le Horn et soutenu l'épreuve. Regarde-le et écoute-le bien, mon garçon, car ils sont peu nombreux sur cette terre à pouvoir s'en vanter.

— Je dois dire que j'suis pas prêt à y retourner, éructa le bosco. M'estime encore assez heureux d'avoir survécu à notre amiral, qui y laissa sa peau à force de s'acharner.

— Y'a là-bas plus de navires brisés que de bâtiments entiers, renchérit le maître-canonnier. Le Horn choisit ceux qui le traversent et ceux qui doivent y rester. C'est une vérité cruelle de notre gagne-pain, garçon : le talent et l'expérience s'affûtent surtout à la meule du hasard.

— La malchance n'est qu'un autre nom pour l'inaptitude, objecta Pakal, l'homme véritablement libre apprend à plier le destin à sa volonté.

Puis il ajouta, en voyant nos mines perplexes :

— Cependant, avec vos leçons et vos récits, je dois bien admettre que la fatalité demeure plus concrète en mer qu'ailleurs.

— Pute vierge, caqueta Gobe-la-mouche en finissant son assiette, voilà la plus sensée parole de la soirée.

Nous hochâmes tous la tête et trinquèrent à la santé des morts et des noyés. Ce fut, je crois, le seul épisode mémorable de cette traversée en forme de fuite. Ce fut en tout cas le seul qui me réchauffa un peu le cœur.

Au terme de ce périple maussade, nous approchâmes de Saint-Christophe par une silencieuse fin d'après-midi, sous un ciel bleu des plus trompeurs. C'est Pakal qui vint me chercher dans ma cabine où je griffonnais ma correspondance, afin que je supervise les manœuvres d'accostage :

— Capitaine, dit le garçon, le timonier vous demande là-haut.

Je compris à sa mine soucieuse que quelque chose n'allait pas. Je gagnai rapidement le pont supérieur et constatai que presque tout l'équipage y était déjà, dressé contre le bastingage bâbord pour fixer la côte. Des doigts sales firent quelques signes de croix. Un silence de mort étouffait l'air chaud de la journée, seulement ponctué par mes bottes tandis que je rejoignais le pilote pour comprendre ce qui se passait. Ce dernier était réconforté par Gobe-la-mouche qui faisait tout autant grise mine.

— J'ai gardé le cap, capitaine, bégaya le barreur paniqué. Je jure que je ne me suis pas trompé.

Le bosco lui tapa dans le dos en me décochant un regard alarmé :

— T'inquiète, mon gars, tu n'as pas fait d'erreur. C'est la bonne île, je reconnais la côte.

Interdit, je tournai à mon tour la tête vers le relief familier :

— Le bosco a raison, je ne suis pas revenu ici depuis quelques années, mais moi aussi je reconnais la côte. C'est bien Saint-Christophe.

— Mais c'est encore pire, dans ce cas, capitaine.

— Pire ?

Je fronçai les sourcils et plissai les yeux vers le rivage, là où aurait dû se trouver le port, jusqu'à admettre avec horreur la découverte déjà partagée par mon équipage : il n'y avait plus de ville. Plus de port, plus de toits, plus de navires, plus rien. Pas même les ruines d'une colonie pillée et mise à sac. Seulement plus rien. Là où s'étaient étirées les rues et demeures de la belle société de l'île, là où avait vécu le gouverneur général des îles d'Amérique pour le trône de France, plus rien. Seulement l'absence de ce qui aurait dû être là. Seulement la mort et le silence.

— Christ mort, murmurai-je.

Dès lors, les Caraïbes changèrent de visage et rien ne fut plus jamais comme nous l'avions connu.

IV. *Dans les cales de la* Centinela

(FIN SEPTEMBRE 1640)

> *When I was just a baby, my mama told me « Son*
> *Always be a good boy, don't ever play with guns »*
> *But I shot a man in Reno, just to watch him die*
>
> JOHNNY CASH
> Folsom Prison Blues

Privez un homme de tout, faites de chacune de ses heures un enfer vivant, tourmentez-le assez pour qu'il trouve seulement réconfort dans l'idée de votre mort, puis persistez suffisamment pour qu'il n'ait plus même la force de s'en réjouir. Vous disposerez alors d'une bête humaine incapable de penser, de s'opposer ou de seulement se dresser. Matée mais ingrate. Mais prenez ce même homme, martyrisez-le tout autant en veillant toutefois à lui accorder la plus infime des satisfactions, l'espoir le plus ténu… Agitez ostensiblement ce lumignon au cœur des ténèbres de son infortune, et il viendra de lui-même laper vos chevilles pour jouir encore d'un autre lever de soleil.

Mendoza avait ordonné à son chirurgien d'arracher mes dents cassées. J'aurais pu embrasser le commodore pour avoir fait cesser le supplice qui me corrodait la bouche autant que les pensées. Lové dans la crasse et les sanies, je couvais désormais la petite fiole de verre brun contenant la précieuse huile de clou de girofle offerte par le praticien. J'avais faim et froid, mes meurtrissures tiraillaient mes os à chaque fois qu'il me fallait me redresser ou seulement me retourner, mais la grande douleur était partie. L'enfer était redevenu supportable.

D'autres ordres avaient également été donnés, après mon déjeuner avec le commandant, pour que les corps des défunts fussent retirés de notre cellule et livrés à l'océan. Ainsi les survivants pouvaient-ils dépérir à petit feu sans craindre d'épidémie immédiate. Dans la cellule voisine, un autre marin mourut, puis un autre encore, qui rejoignirent leurs frères dans l'abîme. Dans notre cage, nous étions encore six à avoir survécu au pilonnage du *Chronos*, réduits à mâcher la paille souillée de notre geôle, partageant aussi équitablement que possible l'infect breuvage parfois distribué aux prisonniers. Bien que la disette rognât grandement son indulgence, le Cierge trouvait encore la force de me cajoler comme une mère un matin de conscription. Seul membre d'équipage à ne pas avoir été sérieusement blessé et à ne pas souffrir d'escarres ou de plaies, il avait conservé assez de forces pour s'inquiéter de la santé de la Crevette, de celle du Léonard et de la mienne. Sans jamais cesser de mâchonner sa barbe, il faisait la chasse aux rats, organisait des tours de garde avec Jean le Petit et Patte-de-chien ou suppliait — en vain — les gardes de nous donner plus qu'un peu d'eau croupie. Il prenait même le temps de nettoyer notre soue :

— Un peu de notre merde sous leurs semelles, ricanait-il en poussant de ses pieds enchaînés la paille moisie au-delà de nos barreaux.

Puisqu'il avait aussi veillé à tenir le compte des jours et des nuits passés en cale, il fut le premier à saisir que quelque chose n'allait vraiment pas dans notre détention ; que le pire était encore à venir. Durant les premiers temps de notre capture, nous avions tenté de communiquer avec les prisonniers des cages voisines, mais nous n'avions rien obtenu de plus que de vagues marmonnements et blasphèmes prononcés par des gorges desséchées. Au fil des jours et des semaines, d'autres marins avaient été poussés dans l'obscurité de notre cale pour partager notre jeûne : des rescapés d'autres abordages parfaitement menés par Mendoza, s'il fallait en croire brèves canonnades et cris perçants qui accompagnaient ces assauts et nous laissaient tremblants et effrayés, entassés dans le ventre grondant de la frégate. C'était à croire que le commodore avait décidé de vider les océans de tous les ennemis de son roi, traquant et capturant sans relâche les inconscients qui osaient s'opposer à sa toute-puissance. Hébétés, parfois moribonds, les nouveaux venus s'entassaient dans les cellules encore libres, échangeaient quelques mots noyés de larmes et de douleurs avant de se joindre au grand silence étouffé qui régnait dans la nuit de notre prison. Parfois, avant qu'ils se taisent à leur tour, avant qu'ils réalisent qu'il n'y avait rien à espérer, qu'il était vain de parler pour combler le vide immense dévorant leurs entrailles, certains révélaient d'où ils venaient et où ils allaient. Et à chaque fois, le Cierge réalisa que nous descendions un peu plus vers le sud, toujours un peu plus près d'une certaine inexpugnable forteresse espagnole trop bien mentionnée sur les cartes. Un peu plus près de Carthagène des Indes. Moi, étourdi de faim et de fatigue, la bouche anesthésiée à l'huile de clou de girofle — merci commodore —, je patientais en rêvassant, soigneusement recroquevillé autour de mes plaies. Jusqu'au moment où mon bosco n'y tint plus et s'approcha de ma couche pour me confier ses craintes.

— Capitaine, me dit-il, ça fait des semaines qu'on n'a pas touché terre.

— Et alors ? grognai-je sans bouger.

Sur ma gauche, le bruissement de la paille me fit deviner qu'un autre de mes marins avait tourné le buste ou la tête pour mieux entendre ce qui se murmurait dans l'ombre.

— Et alors, grogna le Cierge, ils n'ont pas fait escale une seule fois.

— Avec ce qu'ils ne nous donnent pas à manger, souris-je méchamment, ils ont de quoi naviguer encore longtemps.

Nous étions tous en train de mourir de faim. Littéralement. Nos litières souillées ne suffisaient plus à tromper nos estomacs. Jadis, j'avais déjà connu semblable épreuve. Cette expérience passée ne m'était d'aucun secours.

— Capitaine, dit la voix de la Crevette en se rapprochant de moi, je vais mourir, capitaine…

Christ mort ! Mon mousse puait tant que son odeur était insupportable, même au cœur de cette soue infecte. Je détournai la tête pour ne pas sentir les relents de sa chair malade :

— Non, petit, tu ne vas pas mourir. Pas encore.

C'était vrai, et c'était cruel, mais cela sembla le rassurer. La veille, ou l'avant-veille, j'avais frappé durement Patte-de-chien à la tempe, de toute la force de mon talon, pour le forcer à se calmer : il avait essayé de se jeter contre les barreaux de notre cage dans l'espoir de s'ouvrir le crâne, d'en finir avec la faim et la douleur. Je refusai de répondre à mon bosco, de peur de cristalliser ses craintes. Leurs craintes à tous. Tant qu'ils envisageraient de ressortir vivants de ce navire, qu'un avenir les attendait hors de cette cale, ils trouveraient une raison de patienter encore. Puis de patienter un peu plus. Le Cierge aida le mousse à se recoucher et pressa contre ses lèvres un peu de paille humide.

Cette nuit-là, dans une des cellules voisines, un prisonnier nouvellement arrivé fut tué par ses compagnons. Puis deux, la nuit d'après. Les gardes se contentèrent de réduire la ration d'eau. Les exécutions cessèrent.

L'équipage suivant à être capturé par Mendoza se rendit sans combattre, sans même tirer un coup de feu. Ce ne fut qu'aux coups sourds faisant vibrer la coque de la frégate, quand elle s'immobilisa contre le flanc de sa prise, puis aux protestations véhémentes du dernier captif du commodore, que nous réalisâmes qu'un nouveau frère de chaînes, d'une nature bien différente de la nôtre, venait d'être invité à partager notre villégiature : protestations, jérémiades et doléances, entrecoupées de regrets et de sanglots longs comme un jour sans messe, le tout dans un mélange de portugais et d'espagnol geignard et haché. Probablement quelque marchand pris en flagrant délit de contrebande ou de désobéissance aux inflexibles règles imposées par la *Casa de Contratación*, déjà épouvanté à la simple idée de devoir partager l'air vicié que nous exhalions tous. D'un côté je le plaignis, car il avait tout, dans la pénombre de la cale, d'un chiot livré aux loups. De l'autre, je pestai intérieurement quand ce fut la grille de notre cellule qui fut ouverte pour accueillir ce pleureur en dentelles. Mes hommes relevèrent la tête, firent cliqueter leurs chaînes en se redressant pour l'accueillir. Terrifié, celui-ci se tassa dans un coin en gémissant, ignorant encore s'il partageait désormais la tanière de brutes ou de fauves. Les gardes repartirent avec leurs lanternes. L'obscurité reprit ses droits. Je me rendormis sans me préoccuper des supplications apeurées de notre nouveau compagnon.

Quand je rouvris les yeux, beaucoup plus tard, ce dernier susurrait encore les mêmes prières à moins d'un mètre de mon oreille, mais ce furent ses doigts hésitants, en remontant à tâtons le long de ma jambe, qui m'arrachèrent entièrement au sommeil. À mon premier grognement, la main recula. Une odeur lourde, écœurante, d'huile parfumée me monta aux narines quand le marchand se pencha vers moi :

— Réveillé, capitaine ?

S'il m'appelait ainsi, c'était qu'il avait interrogé ce qu'il restait de mon équipage. J'ouvris suffisamment les paupières pour apercevoir deux yeux tremblotants qui me dévisageaient comme si j'incarnais la garantie d'une immunité au sein de ce cloaque. Mes gencives me faisaient mal. Je me retins de lécher mes lèvres et bougonnai en retour :

— Maintenant, oui…

— Quel malheur, monsieur, quel grand malheur !

Mes derniers hommes s'étaient rassemblés en meute prudente autour de nous, tandis que le gros négociant me couvait du regard. Portugais, à en croire son accent saupoudré d'épices et de miel. Presque collé à lui, Patte-de-chien le fixait en rêvant probablement de lui arracher bientôt la gorge d'un coup de dents.

— Quel grand malheur en effet, ronchonnai-je en repoussant sans douceur mon matelot du plat de ma botte.

Rassuré par mon apparente amabilité, le négociant trouva en lui assez de courage pour me tendre une main que je ne saisis pas.

— Dom Rodolfo Nunez de La Vega, dit-il.

Le silence moqueur qui suivit cette présentation lui fut si insupportable qu'il se répéta en tremblant :

— Quel grand malheur, n'est-ce pas ?

Le Cierge gloussa nerveusement. Je me retins de l'imiter. Le beau spécimen de garenne que nous tenions là, trop idiot et apeuré pour affronter la réalité de sa nouvelle situation. Si la *Centinela* n'atteignait pas rapidement Carthagène, je voulais bien parier qu'il ne vivrait pas plus d'une semaine. Un peu peiné par cette affreuse estimation, je décidai de lui accorder une miette d'attention. Je reculai mes jambes et me fendis d'une grimace complaisante pour l'inviter à s'asseoir :

— N'invoquons pas le malheur, marchand, il viendra bien assez vite.

Dom Rodolfo hocha la tête et se précipita vers la place que je lui avais désignée comme s'il craignait de se la faire dérober :

— Ils ont arrêté mon équipage, monsieur, moi qui n'ai jamais rien fait qui puisse porter préjudice à quiconque. Ils ont arrêté mon équipage et l'ont placé sous leur autorité, avant de m'enfermer ici. Comme si j'étais le seul fautif…

Je ne souhaitais nullement entendre ses protestations angoissées, pas plus que je n'avais envie de supporter ses vaines justifications. Je les connaissais si bien, ces négociants licites : tellement ravis de profiter de la bienveillance espagnole et de la protection de leurs ports, mais trop avides pour ne pas essayer de contourner leurs lois pour améliorer leurs profits. Un tout petit peu. Un peu trop souvent. Une fois de trop. Traduisant mon agacement, mes hommes se désintéressèrent du nouveau venu et retournèrent s'allonger là où la paille avait été un peu tiédie par leur corps. Affaibli et tremblant, je laissais le commerçant déchu s'accrocher au flot de ses mots pour éviter de penser. Je crois que je me rendormis à plusieurs reprises, ou que ma conscience s'effilocha suffisamment pour ne pas trouver trop insupportable le récit de ses avanies.

Durant mes instants de veille, j'enregistrais vaguement sa description des contraintes économiques dont avait souffert son commerce, du dictat implacable des autorités espagnoles qui n'accordaient en définitive à leurs vassaux portugais que les copeaux dont ne s'étaient pas gorgés leurs propres galions avant de reprendre la route vers l'Europe. Copeaux sur lesquels de toute façon la *Casa de Contratación* imposait une taxation si lourde qu'il aurait été tout aussi simple, à l'en croire, de jeter toute la cargaison par-dessus bord pour en tirer le même profit. Malgré mon extrême faiblesse, je ne pus m'empêcher de sourire, à plusieurs reprises, en subissant son palabre : depuis l'annexion de leur pays, désormais considéré comme une simple province espagnole — et pressurée doublement au juste titre de cette vassalité imposée —, les sujets portugais constituaient des objets d'étude des plus fascinants. Ramenés, en moins d'un siècle, du statut d'allié respecté à celui de corvéable, ils goûtaient enfin l'amère potion qu'ils avaient si longtemps concoctée. En fait, son nouveau statut de captif donnait même, par instant, des postures presque ardentes à ce cher Rodolfo :

— La colère est bien grande à Lisbonne, grinça le

bon gros vantard, et si les choses là-bas n'ont pas connu un tour funeste, je dis qu'il ne faudra plus guère de temps avant que le Portugal tout entier se soulève contre la tyrannie espagnole !

Cette dernière tirade, toute gonflée de forfanterie et presque prononcée sans murmurer, eut sur moi le même effet qu'une forte rasade de bon tafia au réveil. Regrettant à l'avance de lui montrer plus d'intérêt que je n'aurais dû, je ne pus m'empêcher de prendre la parole à mon tour, et de l'interroger :

— Vous êtes retourné récemment en Europe ?

Il était rare, durant nos voyages et escales, d'obtenir des nouvelles récentes du vieux monde. Et très idiot de négliger l'occasion d'en récolter, même au fond d'une cale puant la charogne et la mort. Peut-être étions-nous tous condamnés à la potence, peut-être que cette cale infecte était le dernier endroit que nous verrions avant la cagoule du bourreau, mais nous aurions pu assassiner encore pour entendre Rodolfo discourir à propos de terres et de ports que nous n'avions pas vus depuis plusieurs années. Ce dernier ne se fit pas prier pour gagner ses galons d'invité respectable. Il devait sans doute penser que sa vie en dépendait. D'une certaine manière, c'était vrai.

— Je ne suis pas retourné au Portugal depuis plus d'un an, commença-t-il.

Un début de dédain hostile se faisant sentir autour de lui, il se dépêcha d'enchaîner :

— Mais je parlai il y a trois semaines avec un ami qui revenait des îles Canaries et m'a conté les choses les plus incroyables.

— Mais encore ?

Dom Nunez de La Vega n'était pas devenu marchand sans bonne raison. Se sachant disposer désormais d'une marchandise monnayable, il ne comptait pas la négocier au rabais :

— J'ai soif, capitaine.

Une main lui tendit aussitôt une de nos écuelles infectes. Il s'en saisit, la garda entre ses doigts, la renifla mais n'y goûta pas tout de suite. Je ricanai pour moi-même : la vraie soif viendrait bien assez tôt, qui ne le laisserait pas aussi prudent.

— La suite, grondai-je.

— On dit que des choses affreuses sont arrivées sur tout le continent, du royaume de Bohême aux Pyrénées, et sans doute au-delà. Une chose si terrible que nul n'ose en parler ouvertement...

— Parle, marchand, ou c'est moi qui t'ouvre le ventre !

Sa voix tremblait vraiment, maintenant. Plus qu'elle n'aurait dû. Trop, en tout cas, pour le simple radotage d'un ragot de quai ou de comptoir.

— Certains parlent d'une peste si terrible et si mortelle que nul, ni rien, ne ressort des régions où elle s'est répandue... On dit aussi que des provinces entières ne donnent plus signe de vie, à l'exception de certains ports et de quelques cités côtières d'Afrique...

Voilà une fable que, dans d'autres circonstances, j'aurais aimé inventer un soir de beuverie. Mais plusieurs détails, dont la crainte manifeste qu'il exprimait en narrant cette fariboule, cette peur d'une intensité semblable à celle que j'avais perçue parmi nos geôliers, me donnèrent soudain envie d'y croire. Je tentai un peu trop maladroitement de pousser mon avantage :

— Rien de tel de ce côté-ci de l'océan ? Des phénomènes inexpliqués, peut-être ?

Dans l'obscurité, je vis le Léonard se signer et mon bon marchand secouer tristement la tête :

— Je ne saurais dire, capitaine…

Je compris qu'il ne parlerait pas plus. Pas sans connaître son proche avenir, en tout cas, ou le sort que je comptais lui réserver. Tremblotant, les doigts agrippés à son bol d'eau souillée, il semblait attendre sa sentence. Moi, j'avais besoin de dormir, de réfléchir, et pas nécessairement dans cet ordre. Je laissai donc retomber ma tête en marmonnant :

— Dormez si vous le pouvez, Dom Rodolfo… Qui sait, quand nous mangerons ou toucherons terre, si le monde n'aura pas déjà sombré…

J'ignore si ce fut ma familiarité ou ma funeste prédiction qui le choqua le plus. Je refermai les yeux pour me soustraire à sa présence, n'en entendis que plus fortement ses sanglots. Le diable sait que j'aurais payé cher pour connaître la raison de son émoi.

*

À nouveau, la soif.

Toujours la faim.

Quand, au lendemain de l'arrivée de notre nouveau compagnon, deux soldats vinrent me tirer de notre cellule, je sus que le commodore Mendoza avait quelque nouvelle tentation à me soumettre. Et que cette fois-ci, je n'y résisterais sans doute pas. Entre-temps, je m'étais surpris à rêver d'évasion, du navire du négociant portugais presque à portée, dans le sillage de la *Centinela*, de la petite mesure de chance qui aurait pu me le livrer pour échapper aux griffes espagnoles. Avec seulement un peu d'audace… Avec seulement un peu de force…

Il y avait là un beau coup à jouer, un navire marchand tellement proche, dont l'équipage ne rechignerait pas à être sauvé des soldats de Mendoza. Mais je savais que nous manquions de tout, à commencer par la volonté de nous tenir debout sans perdre l'équilibre. Des loques chiffonnées, aux esprits plus vides que nos ventres, voilà ce que nous étions devenus, et mes rêves étaient seulement de papier froissé. Un peu avant la distribution d'eau du matin, j'avais dû aider le Cierge à porter la Crevette jusqu'au coin de notre cage pour l'appuyer contre les barreaux et lui permettre de respirer un peu plus longtemps. Le garçon était allé au bout de ce qu'il pouvait endurer. Sa peur avait fait le reste et, malgré son jeune âge et sa bonne constitution, il ne trouvait plus la rage de tenir encore.

— Je meurs capitaine, avait-il confessé et je n'avais rien répondu.

J'avais aussi dû endurer une nouvelle vague d'atermoiements du marchand portugais, qui avait eu le don de prodigieusement m'agacer tandis que j'entendais mourir mon mousse un peu plus à chaque inspiration. Bien sûr, je savais que la volubilité de Dom Rodolfo, l'insupportable énergie qu'il dépensait pour longuement énumérer sa bonne moralité et les causes de son infortune, ne tenait qu'au temps trop court passé parmi nous. Encore quelques jours, et il se tairait enfin. Mais d'ici là, je l'aurais bien fait taire à coups de poing, si j'en avais eu la force ! Aussi, c'est avec une sincère pointe de soulagement que je suivis mes geôliers, quand ils me menèrent une nouvelle fois hors de la cale pour retrouver mon tourmenteur particulier.

Pour cette seconde entrevue, le commandant avait décidé de me priver de la lumière et de l'air du large, en me faisant simplement transférer dans ce qui sembla être un recoin d'entrepont encombré, sommairement aménagé en chambre d'interrogatoire. Un tabouret usé fut le seul siège qu'on me proposa en attendant l'arrivée de mon interlocuteur. Je mis à profit les quelques minutes ainsi accordées sous bonne garde pour m'asseoir et me détendre les jambes autrement qu'en les laissant seulement prolonger mon corps vautré dans de la paille puante. Être assis, comme un homme et non comme un animal en cage, fut une sensation divine, en vérité. Presque assez pour m'ôter toute envie de m'inquiéter, et me laisser seulement aller à une dignité provisoirement retrouvée. Mais ce fut l'arrivée d'un grand plateau garni de viandes froides et de fruits qui mit un réel coup d'arrêt à mes pensées. Posées devant moi par un matelot méfiant qui se dépêcha de reculer et de filer loin de ma figure de spectre hirsute, les victuailles ainsi proposées, même sans effort particulier de présentation, me coupèrent littéralement l'envie de réfléchir. Au milieu du plateau, entre les deux écuelles propres garnies de nourriture, une carafe d'eau et un flacon que je devinai rempli de quelque enivrante liqueur me mirent au supplice. Les quatre soldats postés autour de moi échangèrent des grimaces moqueuses. J'aurais pu les égorger, un par un, et me repaître de leur sang, de leur tendre chair, avant de toucher un seul des mets ainsi proposés. Et pourtant... En quelques minutes, c'était tout l'entrepont garni de cordages, de caisses et boiseries solidement arrimées, qui semblait exhaler l'odeur de sucre et de graisse. Oui, avant de me résoudre à goûter ces trésors posés devant moi, j'aurais pu lécher le plancher et le chanvre, sucer les pièces d'accastillage et les ferrures ; jusqu'aux doigts du matelot qui avait porté le plateau ; jusqu'aux semelles des soldats qui se régalaient de mon tourment ; j'aurais cherché vainement cent et mille manières détournées de ne pas céder tout de suite... Quand Mendoza se présenta enfin face à moi, j'étais prêt à ramper jusqu'à ses bottes pour ne pas retourner dans mon cachot infect. Mais je n'aurais pas touché à la viande ou aux fruits. Pas encore. Pas déjà, malgré l'envie de lui jurer une fidélité éternelle contre le musellement de mon estomac au supplice.

— Capitaine Villon, sourit mon tourmenteur, j'espère que vos dents ne vous font plus souffrir.

Après avoir évalué mon état d'épuisement, il fit signe aux soldats de s'écarter pour nous laisser discuter sans oreilles indiscrètes. D'un geste élégant, il saisit une chaise posée dans un coin et s'assit en face de moi. De la pointe de sa botte, il poussa le plateau dans ma direction. Je peux dire que ses paroles furent parmi les plus redoutables que j'entendis jamais, de toute mon existence :

— Mangez, s'il vous plaît...

J'obéis en chancelant. Les fibres froides du porc cuit s'enfoncèrent sous mes ongles lorsque j'y plantai ce qu'il me restait de dents. J'avalai la première, puis la seconde bouchée. Mes mâchoires se contractèrent de douleur et je manquai de m'étouffer. Mon estomac se révulsa à la première gorgée d'alcool — un porto jeune plus sucré qu'un jus de réglisse — qui y descendit pour se mélanger aux chairs à peine mâchées. À travers mes larmes, j'aperçus le sourire satisfait du commodore et n'y prêtai aucune espèce d'attention.

— Ne vous étranglez pas, souffla-t-il avant de ramener le plateau entre ses pieds.

Je me retins à peine de tendre la main jusqu'à tomber de mon siège quand s'éloignèrent les victuailles. Déglutissant une dernière bouchée, la barbe dégoulinante de vin et de jus, je demeurai un instant abruti par le choc de ce repas, les yeux et le ventre déjà trop lourds du surplus de béatitude qui venait de m'être offert.

— Parlez-moi de ce que vous avez vu dans l'ouragan, dit simplement Mendoza.

— Parlez-moi du silence de Madrid, répondis-je d'une voix déjà brouillée par l'alcool.

J'aurais aimé pouvoir lui répondre sur le même ton, lui tenir tête et faire montre d'une volonté inaltérée, mais mes jours de privations soudainement interrompus m'avaient laissé aussi fragile qu'une bête au sortir de l'hiver. Pour autant, je pus afficher un sourire émoussé en le voyant tressaillir et me dévisager comme si je lui avais roucoulé les pires invites. Christ mort, mon intuition avait été la bonne ! J'aurais pu embrasser le marchand portugais pour son insupportable pépiement. Quelque part, au cœur des méandres de mes pensées obscurcies par la faim et la fatigue, je tenais quelque chose d'aussi vital que le secret des *maravillas*.

— *Cielo santo !* Vous vous évertuez à mordre la main qui vous nourrit, fulmina Mendoza. C'est une attitude des plus décourageantes, *capitán* !

La colère lui faisait un peu perdre son bon français. Je tentai une bordée au jugé, en fermant les yeux pour prononcer précisément chaque mot :

— Si vous faites sortir mes hommes de leur oubliette, et nous accordez à tous un meilleur régime, je vous parlerai peut-être de ce qui rôde désormais sur la mer, qui semble avoir déjà dévasté les terres d'Espagne et d'ailleurs. Sinon, je ne tarderai pas à pisser et chier cette collation exquise sur les vestiges de ce qui aurait pu être une entente cordiale… commodore.

Mon interlocuteur se figea, baissa un instant la tête vers le plateau placé entre ses bottes. Mon cœur battait si fort sous ma peau que je le sentais près de me faire sauter les yeux et les ongles. Je pensai à la Crevette qui ne passerait pas la nuit. Je pensai au Cierge qui persisterait à nous soutenir tous tant qu'il en aurait la volonté. Je pensai même au gros Rodolfo, à ses regrets et à sa détresse… Un seul mot, une infime pointe de mansuétude de la part de l'homme qui me faisait face, et je pourrais tous les sauver. Mais je ne le supplierais ni ne céderais à son chantage. Et je voulais me convaincre intérieurement d'avoir su le persuader qu'il ne tenait désormais qu'à lui de trouver une fin satisfaisante à ce jeu cruel. Avec un soupir agacé, il poussa le plateau dans ma direction, et je me crus sauvé :

— Mangez, capitaine, puisque ce sera votre dernier repas si vous vous entêtez.

J'en restai figé. Je voulus le supplier, revenir et effacer mon audace et mon effronterie. Moqueur, Mendoza perçut mon hésitation et s'en délecta cruellement :

— Mangez et prolongez un peu votre existence, capitaine Villon. Buvez à la chance qui vous était offerte et que vous n'aurez pas saisie.

Il se releva et je voulus croire que cet entretien n'était pas fini.

— Attendez, m'étranglai-je, nous pouvons encore…

— Je ne crois pas, m'interrompit l'Espagnol en me tournant le dos. Il est visiblement trop tôt, et j'ai tout mon temps.

Au moment de passer l'écoutille et de disparaître en me laissant aux soins de ses soldats, il se retourna une dernière fois vers moi pour m'accorder un ultime sourire méprisant :

— Je pourrais vous faire redescendre aux fers sur-le-champ, mais je vais vous laisser avec votre repas quelques minutes encore, pour vous aider à réfléchir. Et je vous promets seulement ceci : quoi que vous fassiez dès que j'aurai quitté cet endroit, mes hommes ont ordre de ne vous laisser rapporter ni vivres ni boisson à aucun des vôtres... Pour le reste : bon appétit, capitaine !

Stupéfait, je le vis s'éloigner et disparaître jusqu'à ne plus entendre le bruit de ses pas. Alors seulement je criai pour le faire revenir :

— J'ai vu un navire ! Si grand qu'il aurait pu nous éperonner sans s'en apercevoir ! Une chose de fer qui glissait sous la tempête ! Commodore, revenez !

Je marmonnai encore quelques supplices inintelligibles, l'implorai et sanglotai, avant de tomber lentement de mon tabouret jusqu'à rapprocher mes narines des bouteilles et des plats encore bien remplis. J'étais moins qu'un chien reniflant son écuelle, et je ne savais plus que deux choses : j'avais tout gâché et je ne voulais pas mourir ! Alors je mangeai, à quatre pattes sur le plancher de l'entrepont, mes doigts ramenant à ma bouche tout ce qu'ils pouvaient saisir en craignant que les soldats ne me ramenassent en cale avant de m'avoir laissé finir. Mais ils devaient avoir eu des ordres, car ils se contentèrent de rire en me regardant m'empiffrer jusqu'à n'en plus pouvoir. Et je leur souris en retour, la bouche pleine de vin et de chicots, plus puant et crotté qu'un rat de charnier, les mains serrées sur les derniers morceaux qu'ils ne me laissèrent pas conserver. Alors ils me portèrent presque ivre mort, les entrailles déjà tordues de douleur et de remords, et ils me traînèrent jusqu'à la cellule. Là, mes compagnons de misère me reniflèrent comme on hume l'odeur d'un festin manqué. Les bourdonnements de l'alcool et de la satiété me laissèrent sourd et engourdi sous les regards enfiévrés de mon équipage. Je hoquetai et cherchai à me redresser à plusieurs reprises, mais mes jambes devaient avoir trop honte pour me porter davantage. Ce fut le Cierge qui se pencha vers moi et essuya mon front trempé de sueur. J'avais failli. En tout et sur tout. Et je rotai à sa gueule envieuse les relents de mon festin solitaire. Son regard flamboya de larmes et de rage mêlées quand il me saisit le visage entre les mains pour s'assurer que je l'écoutais assez pour comprendre ce qu'il avait à me dire :

— Le Portugais a volé l'eau du petit, capitaine.

Je retins un haut-le-cœur. Le porto me brûla la gorge pendant que je cherchais le coupable du regard. Tassé dans un coin, sous la surveillance haineuse de Patte-de-chien, le marchand couina en me voyant me redresser et tituber dans sa direction.

— Voleur, éructai-je.

— J'ai cru qu'il était mort, bredouilla le négociant en levant les mains pour se protéger le visage. Je ne voulais pas, capitaine...

Je vis à ses bras et à son front tuméfié qu'il avait déjà été copieusement tabassé.

— Bien sûr que tu ne voulais pas, ricanai-je, mais tu n'as pas su t'en empêcher, n'est-ce pas ? Comme tu n'as pas su t'empêcher de tricher sur ta cargaison... Et tricher sur tes taxes, et la paye de ton équipage, et jusqu'à l'eau de la Crevette !

Je le frappai aussi durement que possible. Mes coups aveugles lui heurtèrent méchamment les poignets et les bras, mais je ne lui faisais pas vraiment mal. J'étais furieux. Ivre et furieux. Je crachai mes ordres sans réfléchir :

— Levez-le ! Levez-le et tenez-le bien, mes gorets !

En quelques secondes, le coupable se tint face à moi, flageolant et reniflant. Je posai mes mains sur ses épaules pour tenir debout :

— Tu pues, marchand, tu pues la corruption et l'argent trop bien gagné. Et tu oses te plaindre du poids des chaînes que tu brûles d'arborer !

Je repris mon souffle, tout mon corps tremblait. Sans le soutien de mes hommes, mon souffre-douleur se serait effondré comme un sac de toile vide. Je le tirai par le col pour ne pas le laisser m'échapper :

— Vis ou meurs, mais debout !

Puis je posai mes mains sur sa gorge et je commençai à serrer. Et serrer. Et serrer encore, jusqu'à l'entendre râler et siffler, et osciller et frissonner du grand frisson des moribonds. Je serrai si fort que sa tête heurta plusieurs fois les épais barreaux derrière lui. Mes pouces meurtrissaient sa chair, cherchaient à compresser sa trachée, et mes ongles maculés de graisse et de viande s'enfonçaient sous sa peau jusqu'à le faire saigner.

— Capitaine Villon !

La voix outragée de Mendoza résonna sur ma gauche mais je ne lâchai rien. Entre mes doigts, ma victime ne respirait plus et je serrai davantage.

— Assassin, siffla le commodore qui approchait entouré de lumière et de gardes. Barbare infâme !

Je lui crachai un filet de bile au porto qui, je crois, toucha sa vareuse impeccable. Mes marins relâchèrent le cadavre qui glissa jusqu'à mes pieds. Le visage de Mendoza n'affichait plus qu'un dégoût à la hauteur de son mépris ou de sa déception. Je ricanai grassement quand il prononça ma sentence :

— Et dire que je venais vous accorder un répit, soupira-t-il. Là où vous allez désormais, vous regretterez d'avoir gaspillé cette salive.

Je ne répondis rien et tombai à la renverse dans la paille et l'urine.

Plus tard je me pissai dessus en regrettant que mon tortionnaire ne fût pas resté assez longtemps pour assister aussi à cette conclusion d'un spectacle qu'il avait orchestré et dont il était responsable, quoi qu'il en dise.

VIII. *Île de la Tortue*

(AUTOMNE 1641)

> *Tá Gráinne Mhaol ag teacht thar sáile,*
> *óglaigh armtha léi mar gharda,*
> *Gaeil iad féin is ní Gaill ná Spáinnigh,*
> *is cuirfidh siad ruaig ar Ghallaibh*
>
> PÁDRAIG PEARSE
> Oró,'Sé do Bheatha'Bhaile

C'est par une fin de matinée brûlante, avec presque une semaine d'avance sur mes prévisions, que je fis entrer mon nouveau navire au port de Basse-Terre. La petite baie enclavée comptait au bas mot dix brigantins et au moins le double de sloops et de barques accastillés pour le large. Des bâtiments à l'évidence armés pour la course et la prise de guerre, mais dont aucun ne pouvait rivaliser avec la majesté de ma frégate, laquelle fit grande impression — et causa sûrement quelque inquiétude — au moment d'accoster.

Avant même d'avoir eu le temps de me rafraîchir, je fus averti par mon second que ma présence était attendue à terre par les autorités du port, qui ne semblaient guère enchantées de devoir assumer l'arrivée d'un aussi puissant vaisseau, de construction probablement espagnole même si battant pavillon français, qui ne portait de surcroît aucun nom. Peu enclin à m'en laisser compter par quelque vétilleux, et me sentant bien disposé à faire jouer à plein mon statut de mystérieux visiteur, je répondis à cette exigence par un silence hautain. Pourtant, après ces longs mois passés loin de cette côte, je dois avouer que j'avais fort envie de filer au premier rince-gueule ouvert pour y assécher quelques rivières de tafia. J'ordonnai donc à Gueule-de-figue de désigner une sentinelle pour s'assurer que personne ne monterait à bord sans mon autorisation, et qu'on me laissât en paix, avant de m'enfermer dans ma cabine le temps d'un rapide pourparler avec Arcadio.

Au fil des semaines à bord, je m'étais familiarisé avec son cadeau et avais pris l'habitude de communiquer régulièrement pour me tenir informé des dernières nouvelles de la guerre en cours. Les premières fois, j'avais trouvé l'appareil fort étrange et d'un emploi malcommode. Après quelques essais téméraires, j'avais fini par m'habituer à l'utilisation des cadrans colorés, écussons et molettes graduées qu'il fallait manipuler pour parler ou écouter les réponses. Retransmise par cette machine, la voix d'Arcadio me parvenait faussée, comme si son voyage à travers l'espace et l'éther l'avait effilochée avant de jaillir à travers la fine grille de métal scellée au centre du dispositif. Ce jour-là, je me contentai de l'appeler brièvement, dans le silence de ma cabine, afin de lui signaler mon arrivée à destination. Sa voix salua cet heureux événement :

— *Je suis content que tu aies trouvé les tiens, Villon.*

Je pressai le bouton ad hoc pour parler à mon tour :

— Quelles sont les nouvelles ? Je vais descendre bientôt à terre et je compte bien briller en livrant les meilleures rumeurs.

Une série de sifflements aigus hachèrent la réponse que j'espérais, accompagnée d'un rire sec :

— *Nous avons pris Santiago et Campeche. Les Espagnols n'auront bientôt plus de ports où se réfugier.*

Christ mort ! Il m'annonçait la victoire des Itza comme autant de petites anecdotes méritant à peine de s'y attarder. Les *Spaniards* devaient être aux abois, les places fortes tombaient les unes après les autres, et cette merveilleuse machine m'en apportait sans doute les échos avant même que les autorités concernées n'en fussent informées.

— Je vais boire une bouteille à ces bonnes nouvelles, dis-je en guise de conclusion. À bientôt.

— *À demain, Villon.*

Je mis un terme à la conversation en tournant la molette principale. Une goutte de lumière vermillon s'éteignit sous celle-ci. Je restai quelques minutes immobile, comme à chaque fois que je devais me servir de ma prodigieuse *maravilla*. C'était stupéfiant de dire simplement « à demain » à un ami qui se trouvait à des centaines de milles. Un soir que nous nous entretenions ainsi à distance, Arcadio m'avait expliqué qu'elle avait échoué entre les mains des Espagnols de Santa Marta au terme d'un complot qui avait coûté la vie à de nombreux Itza. C'était autant pour reprendre l'indispensable machine que pour se venger de cette acquisition frauduleuse qu'il m'avait ordonné de mener leur petite troupe jusqu'à la ville pour la raser... En effet, à condition de le manier correctement, l'appareil était capable de capter et d'espionner toutes les conversations émises avec une machine semblable. Cela avait provoqué la capture de plusieurs dizaines de prisonniers et poussé les Indiens à organiser les terribles représailles dont j'avais été le témoin et l'agent. Plus tard, j'avais aussi appris que les *Spaniards* avaient récemment fait monter de tels instruments de communication à bord de leurs navires les plus réputés. Ainsi leurs escadres pouvaient communiquer entre elles, par-delà l'horizon, et coordonner des manœuvres autrement impossibles à réaliser. Je comprenais mieux comment Mendoza était parvenu à me surprendre après le drame qui avait emporté deux frégates espagnoles : ils avaient certainement communiqué à distance pour signaler ma position. Une guerre secrète avait lieu dans les Caraïbes, silencieuse et mortelle, qui passait bien au-dessus de nos caboches de suce-bouteilles ignorant tout de ces événements.

Toutes ces considérations et découvertes récentes tourbillonnaient encore dans ma tête quand on frappa à la porte de ma cabine. Je refermai prestement le couvercle sur ma *maravilla*, avant d'inviter le visiteur à entrer. C'était Main-d'or, l'imposant matelot que Gueule-de-figue avait chargé de garder l'accès à ma frégate en raison de sa taille et de sa trogne couturée.

— Capitaine, grogna-t-il, l'officier de quai insiste encore. Il veut vous voir maintenant.

— Il a l'air de quoi, cet officier ?

— D'un branle-cul en vareuse, capitaine.

Je soupirai. Plus d'un an que je n'avais pas posé le pied dans un port français, et mes premières heures allaient être sacrifiées à épousseter les galons d'un véreux réglementaire.

— Alors dis-lui que je viens.

Je passai ma ceinture, pris mon sabre et mes pistolets, avant de gagner le pont supérieur et les ennuis. Le soleil de midi cognait dur sur les crânes et les épaules. La rumeur affairée des docks couvrait presque le craquement des navires au repos sous la houle. Depuis le bastingage, j'avisai la grande silhouette étroite du fâcheux, avant de le héler sans courtoisie excessive :

— Me voici, monsieur du contrôle.

L'homme, en bel uniforme et perruque impeccables, me tournait le dos et était occupé à observer les activités de quelques esclaves autour de mon bateau. Il pivota à mon appel et je reconnus un ami :

— Brieuc ?
— Villon !
— Christ mort, ce cher Brieuc !

Je me précipitai vers le jeune capitaine converti en officiel, et lui serrai les épaules de toutes mes forces. Il grimaça sous l'empoignade, peut-être embarrassé d'être aussi familièrement enlacé, mais trop étonné et ravi pour s'offusquer vraiment.

— Villon, nous vous croyions perdu de longue date...

Je souris en faisant l'important. Brieuc leva la tête vers la frégate :

— Ainsi, vous commandez cette beauté ? Mort de moi, il fallait bien que ce soit vous qui nous fassiez cette surprise !

Je hochai la tête sans pouvoir dire un mot. D'entre tous, le retrouver, lui, à mon arrivée, constituait le meilleur augure possible. Tout à ma joie, je l'étreignis davantage, avant de le lâcher enfin :

— J'ai appris que Tortuga était entre les mains de Le Vasseur, mais je ne pensais pas vous y trouver aussi.

— Ce fut une rude bataille que la capture de l'île, une fameuse histoire qu'il me faudra vous conter...

Mais pour l'instant, je dois veiller à enregistrer les formalités d'accostage…

Les yeux toujours rivés sur mon nouveau navire, il ne put retenir une nouvelle exclamation envieuse :

— Foutre, il est magnifique ! Comment diable avez-vous…

Il n'acheva pas sa phrase, mais je ne lui en tins pas rigueur. Je savais bien ce qu'il pensait : comment diable avais-je pu me procurer un tel joyau, et en échange de quelle compromission ? Je me contentai de sourire encore :

— C'est une longue histoire, qu'il faudra aussi que je vous narre, c'est promis.

— Il n'a pas de nom ?

Je tournai brièvement la tête vers mon vaisseau à la coque toujours vierge de tout baptême. Je n'avais pas eu le cœur, durant toute la traversée, de lui en donner un qui puisse signifier tout ce qu'il représentait. Mais là, en cet instant, face à mon capitaine favori en cette partie du monde, j'eus soudain l'inspiration :

— Vous pouvez l'enregistrer sous le nom de *Toujours debout*.

Brieuc hocha la tête gravement. Je crois qu'il comprit ce que je voulais exprimer.

— Et votre vieux *Chronos* ?

— Coulé, avec son équipage et tous mes biens.

— Il faudra donc me raconter ça, soupira-t-il.

— J'y compte bien. Mais pour l'heure…

— Oui ?

— J'aimerais assez m'entretenir avec votre gouverneur.

Je n'avais jamais jeté l'ancre à Tortuga. Accompagné par mon ami qui me détaillait par le menu la situation militaire de l'île, je découvrais un assemblage hétéroclite de masures, cahutes et établissements branlants, plantés entre la mer et des reliefs aigus. Dissimulé dans une petite baie abritée au sud-est de la côte, le comptoir franc de Basse-Terre était assez semblable à ce que j'avais vu de Port-Margot, de l'autre côté du détroit qui nous séparait de la grande île d'Hispaniola.

Sous les larges feuilles de palmiers filtrant la lumière, ou à l'ombre des auvents et palissades crasseuses de marchands, toute une population de tranche-râbles et de lécheurs de goulots attendait le déclin du soleil pour recommencer à vivre. Je connaissais bien cette race-là, qui s'enivrait de la Martinique à Maracaibo pour oublier qu'ils n'avaient rien à y faire... Certaines nuits de méchant vin, j'avais partagé leurs ronflements et leurs bravades dans l'attente de meilleurs jours.

— Le gouverneur va bien ? demandai-je non sans sarcasme. Est-il convenablement installé ? Est-il bien satisfait de sa nouvelle situation ?

Brieuc haussa les épaules :

— L'homme est semblable à celui que vous avez servi... Je crois cependant qu'il n'a pas oublié votre défection.

— Je la regrette au moins autant que lui, croyez-moi ! Si j'avais su...

— Dans votre lettre, vous m'aviez seulement parlé d'une occasion à saisir ?

Je souris :

— Oui, je me souviens de cette missive... Eh bien, disons que l'occasion en question se révéla finalement payante, au terme de drames dont je ne veux pas parler sans un bon repas, du tabac à foison et quelques gorgeons de vin !

— Je vous accorde ce délai, s'amusa Brieuc. D'ailleurs, vous voici arrivé, et je vais pour le moment vous laisser à vos affaires.

Du menton, il me désigna une large demeure coloniale située en bordure du sentier que nous avions remonté depuis le port. La bâtisse, d'inspiration espagnole avec son large balcon sculpté et son perron ombragé, abritait à n'en pas douter le plus important personnage de l'île. Luxe suprême, en ces rues de poussières et de lumière : un coquet jardin accolé au bâtiment, qui clamait la prépotence du propriétaire. Ainsi monsieur Le Vasseur n'avait pas failli à ses appétits de pouvoir et d'autorité ? Tant mieux ! Il ne saurait qu'être plus sensible à mes propositions.

— Vous n'entrez pas avec moi, Brieuc?

— Non, j'ai encore à faire au port. Le commerce et la politique hospitalière du gouverneur attirent nombre d'équipages plus ou moins excessifs et tapageurs... J'ai aussi la charge de veiller au bon respect de nos lois, et au confort des simples colons que son Excellence fait venir ici par familles entières. Savez-vous que nous avons décidé d'accueillir tout huguenot en quête d'un refuge?

Je reconnus bien là le caractère de bon samaritain de mon ami. Berger d'honnêtes gens et chasseur de coquins, voilà un travail qui lui allait comme une pucelle à un évêque.

— C'est bien, dis-je, retournez à votre police. Je vous reverrai bientôt.

— M'inviterez-vous à bord de votre frégate?

— Voyons-nous plutôt à terre. J'ai soupé des repas pris sous le roulis.

— Entendu, rit Brieuc. Retrouvez-moi ce soir chez le *Grand Jacques*, la meilleure table de Basse-Terre.

C'est sur les hauteurs, près du fort en construction. Vous êtes mon invité.

— Le diable me ronge, si ce n'est pas moi qui paye ces agapes !

— C'est entendu, conclut le capitaine en s'éloignant, le repas est pour vous. Disons vers neuf heures ? Nous dînons tard par ici.

— Parfait.

Je le regardai retourner aux occupations de sa charge, partagé entre l'envie de le railler encore un peu pour son allure d'officiel et celle de le féliciter chaleureusement. J'étais fort aise de l'avoir retrouvé et regrettais déjà de devoir attendre jusqu'au soir pour entendre son récit de ces derniers mois. Cette impatience me rappela d'ailleurs que si je voulais tenir ma promesse, il me faudrait trouver d'ici notre rendez-vous de quoi payer le repas... Ajustant mon ceinturon, mon col et mes revers, je gagnai d'un pas altier la maison du gouverneur pour obtenir une audience qu'il ne saurait me refuser.

Effectivement, François Le Vasseur accepta ma visite sur-le-champ, au point de me préférer à quelque visiteur poudré qui patientait dans le patio avant mon arrivée. Guidé par un domestique en livrée, je fus promptement introduit dans le cabinet ombragé de son Excellence. Levant les yeux de ses plans et cartes dès que j'entrai, il se redressa pour me lancer un de ses regards de poix brûlante dont je le savais coutumier.

— Par la peste, monsieur ! En entendant votre nom, je doutais presque qu'il puisse s'agir de ce même capitaine Villon qui m'abandonna à l'heure de mener l'assaut contre l'Anglais... Mais même dans la pénombre de ce bureau, je peux voir qu'il s'agit bien de vous ! Que me vaut ce déplaisir ?

— Commandant…

— Je ne suis plus votre commandant ! Si toutefois je l'ai été… Je suis le gouverneur de cette île, nommé à ce poste par monsieur le chevalier de Lonvilliers-Poincy !

La haute opinion qu'il avait de lui-même ne s'était à l'évidence pas dégonflée pendant mon absence. Je baissai poliment la tête :

— Pardon, une vieille habitude.

— Eh bien, perdez-la, de grâce, et venons-en au sujet de votre visite. Je devine que vous ne réapparaissez pas, après ma victoire, pour seulement vous excuser de n'y avoir point participé ?

Ni la promotion ni les honneurs n'avaient adouci le caractère du bonhomme, aussi m'empressai-je de faire bonne figure :

— Votre Excellence, si je reviens vous voir aujourd'hui, c'est pour vous entretenir des choses les plus sérieuses. Je sais, de source incontestable, que l'Espagne essuie les pires revers, et que ses places fortes tombent ou tomberont bientôt. Une ère de grands changements approche, faite de formidables opportunités et de dangers redoutables, dont il ne tient qu'à nous de prendre la mesure et le cap.

— Nous, monsieur ?

Cette fois, le gouverneur s'était fait plus goguenard que cinglant. À n'en pas douter, le vieux renard croyait à ma chronique, assez du moins pour m'écouter encore. Je repris avec un léger sourire :

— Je peux me féliciter, au gré de mes mauvaises fortunes et bonnes rencontres, d'avoir croisé le sillage de ceux qui frappent l'Espagne au cœur... Savez-vous que Campeche et Santiago sont tombées ?

Le Vasseur plissa les yeux :

— Tombées, dites-vous ?

— Si fait ! Et Santa Marta, et Carthagène, et d'autres encore. L'empire vacille, gouverneur, il est temps d'en profiter.

— Et à quels profits songez-vous, capitaine ? J'ai entendu dire que vous auriez accosté à bord d'un vaisseau de ligne véritablement imposant. Seriez-vous passé marchand ? Avez-vous donc fait fortune ?

Diable ! Son Excellence était bien renseignée pour déjà savoir ce détail, quand je n'étais pas à quai depuis deux heures. Je l'avais connu comploteur et prudent, je l'ignorais si soucieux de tout savoir. Ce pouvait me servir présentement, et il était temps de l'appâter. Je levai élégamment la main vers le sud :

— Il y a, au cœur du continent, une force qui s'est éveillée, implacable, dont je peux me targuer de connaître les visées et les moyens. L'origine des *maravillas*, monsieur, les dispensateurs de ces merveilles qui nous ont laissé espérer si longtemps que tout n'avait pas été découvert dans ce monde nouveau. La clef du changement et du progrès. La suprématie.

Le gouverneur m'écoutait vraiment. Son regard fixait un point sur mon front comme pour y lire mes secrets.

— De fait, murmura-t-il pour lui-même, nous avons ouï dire que nos ennemis avaient essuyé de nombreuses pertes. L'attaque sur Providence, bien sûr, qui a échoué... Et cette nouvelle selon laquelle Lisbonne et le Portugal auraient gagné leur indépendance ce dernier hiver. Et maintenant, ces rumeurs insistantes de cités et de ports qui ne répondent plus, ces lignes d'approvisionnement qui se délitent... Oui, nous vivons une époque de tempêtes, capitaine Villon, vous avez au moins raison sur ce point...

Indéniablement, je n'étais pas le premier à entretenir Le Vasseur sur ces sujets. J'espérai au moins qu'il se souvenait assez de mes compétences et de mon sérieux pour partager ma conviction.

— Mais, reprit-il d'une voix plus doucereuse, pourquoi moi ?

— Pardon ?

— Pourquoi m'apporter ici cette proposition ? Qu'y gagnez-vous ?

Cette fois, je devais parler franchement. Après tout, j'étais venu pour cela, et je sentais mon interlocuteur plus qu'alléché :

— Monsieur, je ne parle pas de monter quelque négoce fructueux... Je parle de saisir à bras-le-corps l'esprit de notre temps et d'en être les artisans.

— Continuez...

— Donnez-moi de quoi engager un équipage, et des lettres de marque, et je m'engage à faire de cette île le futur lieu le plus couru des Caraïbes et des autres mers. Nouons alliance avec les forces qui viendront bientôt à bout des *Spaniards*, et savourons les fruits d'une victoire commune... Je les ai vus à l'œuvre, gouverneur, je jure par le Christ que rien ne saura les arrêter !

— Et qui sont-ils donc, vos amis ?

— Je vous les ferai rencontrer, s'il vous sied et s'ils le veulent bien.

C'était là que je devais manœuvrer habilement. Si j'en révélais trop, Le Vasseur pourrait être tenté de se passer de moi. Si j'en disais trop peu, il n'y trouverait pas suffisamment d'intérêt. Je tirai ma balle suivante un peu au jugé :

— Votre Excellence imagine-t-elle les bénéfices à disposer des moyens qui font s'effilocher l'empire de Philippe IV, lorsque le temps sera venu de porter le fer et le feu sur le vieux continent ? Aujourd'hui, c'est la Tortue qui accueille les persécutés huguenots. Demain, nous saurons faire rendre gorge aux papistes en leurs fiefs !

Cette fois, je fus certain que mon bonhomme avait perçu son avantage. Il s'était tu, comme je l'avais vu parfois faire durant nos collaborations passées, quand il échafaudait quelque fine diplomatie. Quant à moi, si je voyais l'intérêt militaire à posséder les armes des Itza, c'était surtout à d'autres merveilles moins dévastatrices que je pensais : pharmacopées, nourritures impérissables, instruments et outillages inédits. Un nouveau monde de progrès. Pour tous.

— Pour votre équipage, commença Le Vasseur...

— Oui ?

— Cherchez donc au *Rat qui pette*, là où se retrouvent les gens de mer. Je vais vous fournir assez d'or pour y enrôler la fine fleur de la flibuste française.

— Merci, votre Excellence.

— Pour les lettres et recommandations, je dois encore y réfléchir. Notre situation ici demeure fragile, et nous devons penser d'abord à garantir notre sécurité, avant de nous livrer à de périlleuses entreprises.

— Je comprends.

— Ma décision vous sera connue quand le moment sera venu. Dieu vous garde, capitaine Villon.

C'est sur cette politesse que s'acheva l'entrevue. Je notai, en quittant la propriété du gouverneur, qu'il ne m'avait offert ni rafraîchissement ni collation. Ma gorge était plus aride que le ventre d'un mort. Je décidai de redescendre au port pour y débusquer une gargote pas trop sordide. Pourquoi pas cet établissement indiqué par Le Vasseur, puisqu'il semblait avoir la préférence des capitaines d'ici ?

Après les grosses chaleurs de l'après-midi, les esclaves et les équipages s'activèrent un peu plus du côté du port. Je les regardais travailler depuis la balustrade de ma chambre, nu comme un ver et abondamment rincé au tafia. J'avais gagné l'étage du *Rat qui pette* au moment d'achever mon second litre, histoire d'échapper un peu aux beuglements des clients et me contenter des couinements plus plaisants de deux drôlesses à la peau de miel pêchées au comptoir. Après avoir satisfait l'ensemble de mes appétits, tandis que ces demoiselles un peu ivres s'amignonnaient pour me faire plaisir, j'éclusais un dernier fond de godet en me délectant de la rumeur des quais. Christ mort, j'avais failli oublier comme tout cela me plaisait, des clameurs des boscos à la parade des capitaines, avec le lent balancement des mâtures et le concert incessant des maillets de radoub. En bonne place dans ce tableau, le *Toujours debout* dominait aisément les bricks et les pinasses. Ma frégate en imposait tant que, au rez-de-chaussée, les racontars se tissaient plus vite qu'une corde de pendu. Pour l'instant, je laissais faire et dire. Quand viendrait le temps de recruter solide équipage, je ne doutais pas de harponner les meilleurs éléments du cru.

Dans mon dos, les deux mulâtresses recoiffées roucoulèrent un peu plus fort pour se rappeler à la générosité de mes bourses. Je claquai les fesses de la plus jeune, qui était aussi la moins jolie, et les invitai à mériter un peu plus leurs gages. Le diable seul sait si quoi que ce fût aurait pu me faire sortir avant longtemps de ce boudoir crasseux, qui sentait encore les libations des précédents occupants. Ma paire de princesses des îles rivalisa d'attention envers mon anatomie fanée par de trop longues privations, et ma bonne éducation m'incita à leur rendre pareille politesse, jusqu'à la visite du gargotier.

— Monsieur, s'excusa-t-il quand je lui eus accordé audience, il y a là un certain capitaine qui veut vous entretenir.

— Sûrement ce cher Brieuc... Eh bien qu'il entre ! Et qu'on nous apporte encore du tafia !

Le rougeaud tenancier obéit pendant que je prenais pose plus convenable et renfilai mes culottes. J'avais laissé filer l'heure de mon rendez-vous au *Grand Jacques* et mon brave ami se serait assez inquiété pour ma santé et mon retard. C'était bien dans son caractère. Quelle ne fut pas ma surprise, donc, de voir entrer dans ma tanière la menaçante carcasse du gros Brodin de Margicoul, toute galonnée d'autorité bedonnante. Le Gascon me lança un regard de remontrance complice en constatant ma mise, avant de me saluer de son chapeau à larges plumes :

— Capitaine Villon...

Un instant, mes yeux dérivèrent du côté du sabre et des pistolets dissimulés sous mes frusques éparpillées près de la fenêtre. Ma dernière rencontre avec cet homme avait failli se conclure par un décès. Je ne tenais pas, si pareille joute devait être rejouée dans ma chambre, à manquer d'arguments contradictoires. Mais son visage épais, nouvellement barré d'une cicatrice qui lui courait de la paupière au menton, se fendit d'un fort aimable sourire quand il me tendit la main :

— Ventrebleu, comme vous paraissez racorni ! Vous voilà plus ridé et édenté qu'une grand-mère de Carcassonne. Le gouverneur n'a pas menti !

Je sus grimacer et lui rendre le salut en serrant ses doigts sans rien rétorquer. S'il venait au nom de Le Vasseur, j'étais momentanément prêt à lui accorder toute ma sympathie. Et mon attention.

— Du vent, les catins ! tonna Brodin de Margicoul. J'ai à parler à celui-ci sans être écouté.

Pour couper court aux jérémiades des dames, il leur lança quelques pièces et leur pinça adroitement le téton à l'instant de les laisser passer. La porte grinça. Nous étions seuls. Une salve de rires gras monta du rez-de-chaussée au spectacle des deux putains ainsi renvoyées dépoitraillées. Le Gascon gloussa en grattant sa joue balafrée, puis croisa les bras :

— L'année a été rude pour plus d'un minois, pas vrai ?

— Si fait, opinai-je en découvrant mes gencives. Que me vaut cette visite ? Je suis attendu ailleurs.

— Tout doux, Villon, je viens en paix. Je sais que Brieuc vous attend, et je ne cherche pas querelle.

Décidément, tout se savait très vite à Basse-Terre. Mes huguenots avaient bien tissé leurs réseaux depuis leur installation. Me détendant un peu, je hochai la tête lentement et j'attendis la suite.

— Le gouverneur a réfléchi à votre proposition. Il l'accepte et m'a chargé de vous remettre ces lettres de marque. Il compte sur vous pour « vendanger comme il faut les vignes du progrès », a-t-il déclaré.

— Vous a-t-il aussi informé des détails de notre affaire ?

Le gras capitaine décroisa les bras, glissa lentement — pour ne pas m'alarmer — la main sous son gilet et en sortit une petite boîte laquée noire, à peine plus large que sa main, qu'il m'exposa brièvement. *Maravilla*. Encore.

— Rapportée par un marin d'un voyage jusqu'à la Floride. Il semble bien qu'il y ait par là-bas des sortes de pêches miraculeuses pour ce genre de merveilles. Celle-ci produit des musiques étranges sans orchestre ni chœur, qu'on n'entendra qu'à condition de se chausser le crâne de ces arceaux...

Il pressa un bouton de la boîte et j'entendis effectivement un grésillement qui rappelait celui des grillons au cœur de l'été. En approchant de mes oreilles des disques reliés à l'appareil, le crépitement suraigu se métamorphosa en un vacarme de musique étrange, comme l'avait habilement décrit le capitaine gascon.

— Encore une fois prodigieux, murmurai-je.

— Oui... Il y aurait là matière à maléfice et procès pour diablerie, si l'on ne voyait pas plus loin que le bout de son missel. J'en ai moi-même brisé une, pour voir à l'intérieur. Je jure que je n'aurais pas été surpris d'y découvrir quelque infernal quatuor d'homoncules, tapis dans la boîte, jouant de leurs minuscules instruments diaboliques. Mais non, seulement des pièces semblables à celles des horlogeries.

Je reconnus bien là ses manières de brute et hésitai entre éclater de rire et sangloter :

— Vous en avez brisé une ?

— J'avais acheté tout le lot, bougonna-t-il, je pouvais bien en fendre une ou deux pour voir dedans.

D'ailleurs, je peux vous offrir celle-ci, puisque j'en ai d'autres. Considérez cela comme mon cadeau de bienvenue.

Il interrompit le grésillement de la *maravilla* en pressant un autre bouton, puis me la tendit avec fierté :

— Trouvez la source de ces choses, Villon, et notre gloire est faite !

— C'est bien ainsi que je l'entends.

Il me remit ensuite les lettres de marque que je parcourus en diagonale. Les documents me bombardaient officiellement représentant de son Excellence le gouverneur de la Tortue, « fondé à agir en son nom pour toute matière propre à lier commerce avec l'ennemi des Espagnols, dans le but de m'approprier les mêmes moyens et les mêmes savoirs, pour la plus grande gloire de Dieu et du trône de France ».

— Savez-vous donc où chercher ? s'enquit Brodin de Margicoul.

— J'en ai une assez bonne idée, oui.

Après m'avoir souhaité une bonne soirée, le capitaine tourna les talons et me laissa seul dans ma chambre. Ce ne fut qu'après plusieurs longues minutes, alors que je m'étais rhabillé et que j'observais une joyeuse grappe de fêtards imbibés qui traversait la rue, que je réalisai que, contre toute attente, je n'étais pas mécontent d'avoir retrouvé ce butor.

J'étais encore saoul, et passablement en retard, quand j'arrivai enfin au *Grand Jacques*. La taverne était juchée sur les hauteurs surplombant la baie, à l'ombre d'un bastion massif en construction. Brieuc avait déjà commandé un pâté de volaille et un assortiment de charcuteries épicées à la mode des îles, sur lesquels je me jetai à peine assis. La bouche pleine, je lui racontai mes retrouvailles avec le gros Brodin, ce qui ne manqua pas d'arracher un rire satisfait à mon ami :

— Le gouverneur, une fois promu à son poste, ne pouvait manquer de récompenser ceux qui l'aidèrent à prendre Basse-Terre. Nous avons tous obtenu rangs et titres importants depuis sa nomination.

— J'ai remarqué, mâchouillai-je entre deux bouchées, que les nouvelles et les méfiances vont bon train par ici. Que craignez-vous donc ?

— Vous rappelez-vous notre discussion à propos de la légitime propriété de cette île ?

— C'était à Port-Margot ?

— Oui. Vous me souteniez que Tortuga n'appartenait à personne mais que le sang coulerait avant longtemps pour sa possession.

— Je m'en souviens, dis-je en me servant un verre de vin noir comme de l'encre de sèche. Il me semble que c'était il y a des siècles...

— Eh bien, nous voilà tous dans le rôle des propriétaires qui ne veulent pas être dépossédés de leur terre.

— Je comprends. Vous craignez les espions et les comploteurs ?

— Oh, complots et agents ennemis sont déjà certainement dans la place, c'est du moins ce que pense son Excellence. Mais ce n'est pas une raison pour ne pas nous préparer à une invasion plus directe ! À ce propos...

Brieuc prit lui aussi le temps d'avaler une gorgée de vin, puis regarda autour de notre table si aucune oreille ne traînait. Nous étions installés à l'écart, dans un petit renfoncement que des rideaux sales tentaient en vain de métamorphoser en alcôve privée. Quand il fut certain que personne n'écoutait, il reprit à voix basse :

— Nous avons reçu, au printemps de cette année, la visite d'un Espagnol qui cherchait commerce avec nos gens, et s'est réclamé de votre amitié quand il a été capturé.

Je faillis en lâcher mon couteau et pouffai :

— Vous avez arrêté Francisco Molina ?

— Avant de le relâcher presque aussitôt... Dieu que cet homme a le bras long... Ainsi, vous le connaissez ?

Je ricanai méchamment :

— Juste assez pour vous garantir que c'est un coquin et un mauvais sujet de son roi, suffisamment en tout cas pour lui faire confiance.

— Je vois... Ainsi le gouverneur avait encore une fois raison.

— Comment cela ?

— Il a autorisé les navires de ce Molina à mouiller dans la baie, et lui a même passé commande d'articles délicats à obtenir pour nous autres.

— S'il y en a un qui saura vous les livrer, c'est bien ce trafiquant-là.

— De fait, il nous a vendu la poudre et les canons qui participeront bientôt à la défense de notre fort, dès que sa construction sera achevée.

Brieuc eut une grimace appuyée pour signifier toute sa désapprobation à passer commande de matériel militaire auprès d'un représentant d'une nation hostile. Je tentai de le rassurer :

— N'ayez aucune crainte, ses canons seront solides et sa poudre excellente. Molina est de ma race : il n'a pas de patrie, seulement des clients. Et si vous le revoyez avant moi, pensez à lui présenter mes salutations, s'il vous plaît.

— Vous n'allez pas rester avec nous ?

— Je partirai bientôt, confirmai-je en nous resservant un gobelet. Mes affaires ici seront finies dès que je vous aurais mis une dernière fois à contribution, mon ami.

— De quoi avez-vous besoin ?

— Je partirai la semaine prochaine pour une longue course et j'ai besoin de rassembler le meilleur des équipages. J'ai cru comprendre que votre fonction consistait aussi à trier les mauvaises têtes nouvellement débarquées. Je compterais bien sur vos conseils pour m'éviter les gredins et les cossards.

— C'est une demande inhabituelle, mais je pourrai m'y employer à une condition : celle que vous m'emmeniez avec vous.

Je demeurai un instant songeur. La proposition était tentante, d'avoir à mon côté le meilleur et le plus fidèle des libres capitaines de Basse-Terre. Le jeune homme avait mûri et je sentais chez lui une réelle autorité et une plus grande assurance, désormais. La prise de la Tortue aux Anglais, son nouveau poste d'officiel chargé de la sécurité des colons, autant d'événements qui avaient un peu trempé son caractère, tandis que je croupissais dans les geôles espagnoles. Autant de bonnes raisons de l'enrôler pour ma prochaine expédition. Malheureusement, la traversée que je m'apprêtais à effectuer exigeait la plus grande prudence, et je ne pouvais me permettre de déplaire encore à Le Vasseur en débauchant un de ses lieutenants.

— Pas cette fois-ci, Brieuc. Si je réussis, je promets de vous enrôler à mon retour pour la campagne suivante. D'ici là, nous allons tous avoir fort à faire, et les bonnes gens de Tortuga doivent pouvoir compter sur un homme comme vous, qui saura les protéger au mieux !

Contrairement à ce que j'aurais pu croire, mon ami accepta cette décision avec une retenue qui me fit presque regretter de ne pas avoir accepté sa requête.

— Je comprends, dit-il. Dans ce cas, évitez autant que possible de vous acoquiner avec un certain Nicolas-Amédée d'Ermentiers, qui ne manquera pas de vous proposer ses bons services. C'est un tranche-montagne et une canaille... Pour le reste, je vous dresserai une liste des marins qui auraient ma confiance.

Brieuc avait bien grandi, en vérité. Il commanda d'autres bouteilles pour porter chance à mon entreprise. Nous bûmes jusqu'à l'aube, dans les fumées bleues de tabac et les relents sucrés de cuisine, en nous racontant nos hauts faits d'armes depuis l'été de 1640. Au matin, ivre mort, je tanguai jusqu'au port pour y retrouver mon navire, ma cabine et mes intrigues.

Une semaine plus tard, garni d'un hardi et nouvel équipage, le *Toujours debout* quitta la baie étroite, direction grand ouest, pour un rendez-vous secret avec les Itza et la fortune.

XII. *Au large d'Hispaniola*

(PRINTEMPS 1644)

> *við áttum okkur draum*
> *áttum allt*
> *við riðum heimsendi*
> *við riðum leitandi*
>
> SIGUR RÓS
> viðrar vel til loftárása

Je me souviens des premiers mois de cette année-là comme d'une époque saumâtre, bien que ce fût durant ce printemps que mon équipage et moi-même fîmes parmi les meilleures affaires et les plus jolis coups de notre carrière. Désormais aux abois, les Espagnols ne représentaient guère plus de danger, tant qu'on évitait de naviguer trop près de leurs dernières citadelles telles que La Havane ou San Juan. Nombre de leurs citadelles avaient cédé face aux armées de *k'uhul ajaw*. C'était cruellement ironique de savoir les *Spaniards* retranchés dans leurs îles, boutés hors d'un continent qu'ils avaient autrefois conquis ; réduits à mener la vie précaire des gens de ma sorte. Après un siècle de domination orgueilleuse, leur empire en ces eaux se réduisait à quelques places fortes chancelantes harcelées par ceux qu'ils avaient autrefois voulu repousser. S'ils conservaient bien quelques flottes et escadres capables de traquer flibustiers et maraudeurs, je crois bien qu'ils n'en avaient plus ni le goût ni les moyens. Désormais, nos cargaisons et nos trognes hirsutes trouvaient meilleure grâce à leurs yeux hagards. Nous étions, nous, les gibiers de potence et les hérétiques, devenus les seigneurs de cette mer. Et j'en étais un des hauts princes. Pourtant, une anxiété ne cessait de gâter mon plaisir, à chaque annonce d'une nouvelle victoire des Itza ; une anxiété née de la lecture d'un certain ouvrage que m'avait offert un Targui quelques mois plus tôt sur le marché de la Grève-Rousse. S'il m'avait donné ce livre pour me priver de la paix de l'esprit, je peux dire qu'il était parvenu à ses fins.

Pompeusement intitulé *A General History of the Robberies and Murders of the most notorious Pirates*, écrit par un certain capitaine Charles Johnson, l'ouvrage se proposait de dresser de manière fort peu flatteuse les aventures picaresques, et les destins généralement tragiques, d'une vingtaine de supposées grandes figures de la piraterie caraïbe. Peste ! Voilà qui promettait... J'avoue que si je passais d'abord quelques soirées agréables à consulter ce volume, mon admiration pour l'imagination fertile de l'auteur et son audace, fut bientôt teintée d'un léger malaise chaque fois que j'interrompais ma lecture : si les noms de lieux et de nombreux détails rapportaient fidèlement la vie quotidienne des colonies, pourquoi diable l'auteur s'était-il piqué de brosser les portraits de pirates et flibustiers imaginaires, qui, à l'en croire, ne viendraient pas semer la terreur dans cette partie du monde avant plusieurs décennies ? Quelle drôle d'idée, et quelle escroquerie, de publier sous un titre aussi péremptoire des fariboles situées dans le futur ! À l'exception d'un certain Roche Braziliano supposé être né en 1630 en Hollande, et qui ne naviguerait pas en Jamaïque avant l'année 1654 — la belle affaire ! —, tous ces inquiétants pendards attendraient encore quelques décennies avant de téter leur mère… Étrange lubie, en vérité, que de broder avec talent des destins à venir en des endroits bien connus. Provocation suprême, ce capitaine Johnson avait même poussé l'audace jusqu'à imaginer la vie de deux femmes authentiquement pirates et pas moins cruelles que leurs compagnons masculins… Bref, si je commençais par me gausser de cet étrange cadeau, et ne le prendre que pour quelque facétie bien illustrative de l'extravagance des Targui, chaque relecture ne manquait pas de me déranger davantage. C'était la méticulosité du canular qui me frappait le plus : par exemple, avait-on jamais vu un imprimeur, au nom d'une fine connivence avec un auteur, aller jusqu'à falsifier la date d'impression de son travail ? Car c'était bien 1724 qui était indiqué sur la page de garde. Avait-on jamais lu auteur si fécond et fertile qu'il s'amusait à inventer noms, titres, lieux, destins entiers totalement imaginaires, mais si précisément rendus, si habilement garnis d'anecdotes macabres ou pittoresques, que le lecteur désemparé ne pouvait qu'imaginer lire œuvre et récit véridique ? Le procédé était machiavélique, et d'une telle disproportion entre le travail accompli et le résultat obtenu qu'il était difficile de croire à la mystification. Certaines nuits de boisson, seul dans ma cabine, j'avais lu ou relu tel passage qui m'obnubilait, incapable de me défaire du sentiment de malaise diffus qui me happait, et tout aussi incapable de ne pas m'en délecter confusément. Diable de cadeau !

Ce vertige me domina bientôt à chaque fois que mon esprit n'était plus absorbé par des inquiétudes immédiates comme l'incertitude de trouver un port accueillant, ou la nécessité de ne pas manquer le prochain rendez-vous avec les Itza sur la côte du Yucatan. Ceux-ci continuaient à me fournir régulièrement en batteries et en articles exclusifs qui me garantissaient un confortable avantage sur mes concurrents, mais ni mon cher Arcadio ni ses amis ne parvenaient à faire taire cette angoisse d'une autre nature. Ainsi, lors d'une rencontre organisée près des ruines calcinées de Campeche, je ne pus m'empêcher de remarquer leurs mines préoccupées et leur visible déplaisir à nous livrer encore plusieurs lots de leurs prodigieuses créations. Quand je m'en ouvris à Arcadio, il se contenta de balayer la question d'un rire sans joie et de me parler de leur reconquête de Vera Cruz transformée en cité-école et en chantier naval. J'avais appris au cours de l'hiver précédent que les Itza avaient recruté des ingénieurs anglais et hollandais pour s'initier à nos secrets de fabrication des navires de haute mer. Moi-même, depuis deux trimestres, ne prenais plus le large sans la présence permanente à bord, en plus de Pakal, de plusieurs jeunes disciples de *k'uhul ajaw*. Ma bienveillance initiale avait laissé place à un malaise tenace, lorsque j'avais décelé chez ces adolescents les intonations d'une ferveur dévorante : ces garçons et ces filles ambitionnaient d'embraser le monde au nom de leur seigneur ; j'étais là seulement pour les y aider. Unique élève à bord, Pakal avait été assidu et renfermé mais, en compagnie des autres aspirants, il s'était révélé authentiquement exalté. Je connaissais bien cet emportement pour en avoir croisé de semblables, catholiques ou réformés, qui avaient assombri mon enfance et mes premières années de raison. Mais lors de l'ultime voyage de l'année au Yucatan, Arcadio avait rejeté mes appréhensions comme il en avait l'habitude :

— Nous avons reforgé les tables du temps, avait-il tranché, tu devrais sourire de le savoir et d'en profiter. Ceux qui sont nés du feu dispensent une parole juste que nous nous devons de faire entendre.

Hélas, cette affirmation n'avait fait qu'attiser ma défiance : de la conviction à l'acharnement il n'y avait qu'un pas, infime, qui jetait depuis toujours les hommes dans la tourmente dès qu'il était franchi. Ces enfants qui vivaient à mon bord étaient trop sérieux et appliqués pour rire ou seulement sourire. Ils étaient des soldats impatients doublés d'implacables prosélytes. Du haut de mon passé de partisan, je n'y voyais que les signes annonciateurs de grands malheurs.

Ce fut durant cette période, aussi, que je crus retrouver le sillage du commodore Mendoza. Son nom émergea dans une conversation avec une poignée de ruffians tandis que nous faisions aiguade près des vestiges de Puerto Plata, sur la côte nord d'Hispaniola. Le site était autrefois un port renommé de l'empire espagnol, avant de tomber en désuétude et d'être finalement rasé par les *Spaniards*. C'était encore un lieu de passage occasionnel pour les navires de course et quelques bandes de boucaniers.

Celui avec qui je venais d'échanger quelques venaisons contre une petite caisse de disques et une poignée de piles — un chasseur trapu à l'haleine de mangeur de charognes — m'avait précisé qu'une frégate de chasse espagnole, commandée par un commodore acariâtre, y avait également fait escale quelques jours plus tôt, pour troquer de la poudre contre des fruits frais. Le souvenir des mauvais traitements infligés par mon tortionnaire manqua de me faire appareiller dans la minute pour me mettre à sa poursuite, et il fallut toute la bonhommie de Gobe-la-mouche pour me faire abandonner cette idée : nous étions attendus pour une importante transaction à Basse-Terre, où nos mois de disgrâce semblaient en passe de ne plus être qu'une anicroche oubliée : à en croire un message radio émis par le capitaine Brodin de Margicoul, le gouverneur de la Tortue avait fini par se ranger aux arguments du Gascon et par me pardonner. Il aurait été particulièrement stupide de gâcher cette occasion de renouer commerce dans le port flibustier le plus populaire et le mieux garni des Caraïbes. Les arguments du bosco parvinrent à me convaincre, non sans que j'eusse auparavant submergé le ruffian de questions, pour avoir la certitude que c'était bien Alejandro Mendoza de Acosta que le destin avait malicieusement replacé sur ma route, avant de me priver de vengeance... Hélas, malgré ma promesse de lui offrir un couple de batteries s'il pouvait m'en dire davantage, mon informateur ne disposait d'aucun détail supplémentaire quant à l'origine ou la destination de cette intrigante frégate. À l'instant de reprendre la mer, je n'avais pu découvrir si ce commandant hautain passé avant moi à Puerto Plata était bien mon ennemi, mais je décidai que c'était lui, et que l'heure viendrait bientôt de lui servir un dîner à ma façon. Mieux : je l'espérais vivant, entier et redoutable, pour mieux le terrasser.

C'est donc débordant de prudence, et assailli d'interrogations, que je menai une nouvelle fois le *Toujours debout* jusqu'à l'estacade de Basse-Terre, où venaient mouiller les navires de haute mer des quatre horizons. Une fois encore, l'hymne de ma frégate résonna à l'approche de la côte pour signaler notre approche, et les échos somptueux du *Flow my tears* de Dowland glissèrent sur les vagues dans toute la baie, jusque sous les murailles du fort de la Roche et ses puissants canons. À peine les gabiers eurent-ils le temps de serrer les voiles qu'un solide contingent de soldats vint prendre position autour du navire pour nous faire les honneurs d'une inspection en règle. Je fus quelque peu soulagé de voir que la milice locale n'avait pas encore troqué ses armes contre d'autres, tellement plus dévastatrices, dont je craignais en permanence la diffusion. Fussent-ils cinquante, je souhaitais avoir affaire encore très longtemps aux braves piquiers et sabreurs de son Excellence, plutôt qu'à un seul garde armé à la mode itza.

À la tête de la troupe, je reconnus la grasse silhouette de mon Gascon préféré. M'apercevant également, il me fit un large salut réjoui sans cesser de pousser vers notre navire sa bedaine sanglée. Mort de moi, l'animal avait encore engraissé depuis notre dernière rencontre. Je jure que je vis les planches de la passerelle menacer de se disloquer quand il grimpa à bord avec ma permission.

— *Mordious*, rugit le capitaine, la jolie trogne de fripouille que voilà !

Je serrai les doigts qu'il me tendit.

— C'est bon de revoir un compagnon, souris-je.

Une lueur enjouée éclaira le regard du gros Brodin. Le compliment sembla l'avoir mis dans les meilleures dispositions et il m'attira sans manières contre lui en riant :

— Ah ça, il en a trop dit ou pas assez! Dans mes bras, Villon!

L'accolade inattendue manqua de me briser quelques côtes. J'allais crier grâce quand il colla sa joue contre la mienne pour me souffler un étrange avertissement :

— Silence, on nous écoute...

J'eus la présence d'esprit de ne pas paraître étonné et reculai dignement en présentant mes élèves à mon visiteur :

— Capitaine, voici les aspirants que je forme au rude métier qui est le nôtre. Je nourris les meilleurs espoirs de les voir prendre la relève quand nos os seront trop usés pour soutenir plus longtemps notre carcasse raidie de vieillesse et de sel.

Le Gascon plissa à peine les yeux en réalisant que je lui présentais trois Indiens en tunique de coton clair et aux cheveux couleur d'ardoise, mais il veilla soigneusement à museler sa surprise :

— Il y a de la place pour tous les braves à bord des vaisseaux de la flibuste.

— Voilà qui est bien dit, m'écriai-je joyeusement.

Comme à leur habitude, les jeunes Itza se contentèrent de porter un regard impavide sur le visiteur, puis Pakal leur ordonna de retourner à leurs calculs et exercices. Le trio fila sagement retrouver ses travaux... Au moins ne pouvais-je les accuser de tirer au flanc ; pour le reste, ils étaient aussi chaleureux qu'une veuve bretonne. Brodin se racla la gorge avant de me demander sur un ton très solennel :

— Permission de procéder à l'inspection de la cargaison, capitaine ?

J'avais été précédemment averti que telle était la règle désormais à Basse-Terre, et que je ne saurais y déroger. Je m'inclinai de bonne grâce, en priant pour que les soldats ne cherchent pas trop du côté de mes nouvelles fausses cloisons où j'avais pris l'habitude de dissimuler mes stocks de batteries et de *conserva*. Les piquiers descendirent vers les ponts inférieurs sous la conduite de Gobe-la-mouche. Je restai goûter la rumeur du port et la quiétude de la baie contre le bastingage en compagnie de Brodin de Margicoul. Ce dernier baissa la tête pour me parler sans en avoir l'air :

— Je me trompe ou votre triplette indienne m'aurait tout l'air de venir du fond de certaines jungles bien gardées ?

Mon visage étonné dut me trahir, car le capitaine se contenta d'opiner légèrement :

— C'est bien ce que je pensais... Gare à ne pas trop les exposer : leur espèce est des plus dépréciée par ici.

— Que savez-vous donc à ce sujet ?

— Au moins autant que le gouverneur, et je me garderais bien de le confesser à quiconque.

— Dites-m'en tout de même un peu plus.

— Son Excellence se toque toujours d'en savoir davantage et de posséder plus de *maravillas* que les autres, et je le seconde toujours autant dans cette tâche, mais...

— Mais ?

L'imposant capitaine laissa s'éloigner deux matelots de quart avant de reprendre :

— Mais s'il n'a jamais été bon de disposer d'une merveille inédite et prestigieuse à la Tortue, il est désormais ardu de garder sa tête si ça se sait.

Je ne pus retenir une grimace stupéfaite :

— Est-ce la fin de notre commerce ?

Cette nouvelle était des plus déplaisantes. La Tortue était devenue le lieu privilégié des trafiquants et receleurs. Durant mon bannissement, j'avais peiné à trouver ailleurs un négoce aussi aisé.

— Non pas, et bien au contraire ! Batterie, musique, alimentation et médication, voire certaines merveilles plus rares mais seulement destinées à soulager les hommes, tout cela est toujours hautement négociable et négocié. Mais sur l'île, le gouverneur s'est arrogé l'usage exclusif de certaines *maravillas* plus prodigieuses que d'autres. Capables d'espionner une conversation à distance, par exemple…

— Je vois, grinçai-je. J'espère cependant pouvoir m'entretenir avec lui et résoudre notre chicane passée.

— Ne craignez rien, confia le Gascon. Si vous avez été autorisé à relâcher à Basse-Terre, c'est que son Excellence vous a en sa bonne considération… Ce qu'il ne manquera pas de vous faire savoir !

De toutes ces précisions, ce furent certainement celles qui ne furent pas formulées qui m'interpellèrent le plus. De tout temps, les équipages au long cours avaient été habitués à vivre au large des nouvelles du monde. Parfois, au gré des hasards et des haltes, c'était nous autres marins qui colportions l'information cruciale, susceptible de rassurer ou d'affliger les gens à terre, et nous nous laissions alors aller à un orgueilleux sentiment d'importance ; plus généralement, nous devions profiter de nos escales pour actualiser notre connaissance des grands événements. C'était notre lot, celui des perpétuels voyageurs, et nous n'étions finalement sans doute pas les plus mal lotis. Ignorer, parfois, pouvait être préférable… Quant à moi, des années de cet exercice m'avaient enseigné à en apprendre autant, sinon plus, à propos de celui qui me délivrait les dernières rumeurs, que concernant leur contenu : Brodin de Margicoul avait peur, ses bravades et glorieuses exclamations dissimulaient mal le péril que contenaient ses propos. Nous connaissions une ère de crainte et de méfiance. Chaque mois apportait le récit d'un nouveau port ou d'une nouvelle colonie qui ne répondait plus. À Basse-Terre, cependant, le danger semblait désormais venir aussi de l'intérieur... Mon regard revint vers le Gascon qui m'observait à la dérobée. Pouvais-je lui faire confiance ? Cherchait-il à me tromper, à me monter contre son gouverneur pour protéger son propre statut ? Christ mort, l'époque nous poussait à nous défier de tout, et je n'étais pas moins méfiant que mes adversaires supposés !

— Haut les cœurs, maugréai-je en direction du capitaine, souvenez-vous que vous souhaitâtes autrefois m'embrocher ! L'époque n'est pas si funeste, si nous savons encore nous soutenir entre ennemis d'antan !

Un vrai et beau sourire soulagea les traits gras de l'officier, qui se tapa sur la cuisse d'étonnement amusé :

— Couilles du pape, vous avez bien conservé vos manières de *tiburon* ! Et il me faut confesser qu'elles m'avaient presque manqué... Allez, topez là et dites-moi ce qui pourrait vous faire plaisir pour saluer votre retour.

J'aurais pu tergiverser encore, mais je décidai que l'heure n'était plus à la finasserie :

— Rappelez donc vos inspecteurs, susurrai-je, puisque nous sommes entre amis.

Le capitaine hésita à peine :

— Si fait ! Quant à vous, épargnez-moi et tenez-vous bien, Villon ! Veillons à nous méfier de ce qui menace vraiment...

Je serrai sa main sur ce vœu pieux et il tonna quelques ordres pour faire remonter ses hommes du ventre de ma frégate. En guise d'au revoir, je le remerciai cordialement pour cette marque de confiance et lui assurai que mes élèves resteraient à l'abri des regards trop curieux.

— Je vous reverrai à terre, me dit-il en quittant mon bord. Tenez votre langue et que Dieu vous garde !

Je me retins de rétorquer un de mes blasphèmes coutumiers. C'est assez dire si je souhaitais lui complaire.

*

Mes trois jeunes Itza n'avaient émis aucune protestation quand je leur avais demandé de rester à bord et d'éviter de trop se montrer sur le pont. Ils s'étaient contenté de me fixer de leur regard sombre et indulgent, avant de retourner à leurs études de cartographie sous la direction implacable de Pakal. Je quittai leur chambrée, pris le temps de transmettre au Baptiste et à Gobe-la-mouche les consignes à appliquer à terre, puis enfilai ma plus belle vareuse, nouai sur ma nuque un foulard épais pour me protéger du soleil et gagnai les rues de Basse-Terre pour en humer un peu l'air.

La première chose que je remarquai fut la belle auberge en pierre qui se dressait à l'emplacement du défunt *Rat qui pette*. Au lieu du cratère noirci qui avait suivi sa destruction, c'était désormais un établissement de fort belle tenue, qui aurait pu avoir ma préférence s'il n'avait été bâti sur les ruines de la catastrophe qui avait emporté mon ami Yves Brieuc. D'ailleurs, je ne devais me résoudre à y retourner que plusieurs années plus tard, pour honorer une invitation que j'aurais pu refuser, et dont je reparlerai sûrement plus loin.

Je poursuivis donc ma promenade, et arrêtai mon choix sur une taverne voisine, plus quelconque, qui diffusait l'inévitable vacarme musical à la mode des îles. Malgré ma répugnance innée envers ces ritournelles sauvages, je me forçai à passer la porte pour humer un peu de l'air du temps. À l'intérieur de la grande salle rafraîchie par des persiennes et un toit épais, une grosse vingtaine de marins et de putains s'encanaillaient au son strident de cette musique baptisée *rock* par ceux qui l'importaient de Floride. *Rock* pour « caillou » en anglais, un mot qui convenait parfaitement à cette musique lourde et grossière. J'avisai un banc éloigné des haut-parleurs et m'y posai prestement, avant de héler le patron :

— Serait-il possible d'écouter cette sérénade un peu moins fort ? Le sang me coule des oreilles.

— Il paraît que c'est ainsi que ça doit être écouté, brailla l'aubergiste, du moins c'est ainsi que les clients l'apprécient.

Mort de moi, si c'était ainsi qu'il fallait l'écouter, qu'avais-je à y redire ? Vaincu par la loi du nombre, je commandai une bouteille de bon vin épicé et entrepris de détailler un peu l'assemblée. A priori aucun capitaine ni aucun officier, seulement des matelots en attente d'une destination. Je savais les épreuves que tous traversaient à chaque voyage. Je n'allais pas gâcher leur permission en faisant des manières. L'un d'entre eux, tout de même, me sembla d'une qualité différente de la volaille de haubans qui s'enivrait copieusement par petits groupes : un homme au visage sec et ridé, aux vêtements sombres qui le rendaient plus voyant au milieu des étoffes et fanfreluches colorées des gens de mer. Son long nez étroit pointait successivement en direction de chaque tablée, à la manière d'un mainate curieux de voir le monde. Quand il décroisa les jambes, j'aperçus les hautes chausses en cuir épais qui recouvraient jusqu'à ses cuisses et je reconnus un de ces Clampins de Floride qui concurrençaient toujours davantage mon commerce. Sans même réfléchir, je me levai et marchai assez lentement vers lui pour ne pas l'inquiéter. Les yeux jaunis par la nature de son métier se posèrent sur moi, sa bouche dessina un sourire fragile :

— Ça fraye, mon palo ? T'y cherches le bon filon ?
— Faudrait voir, tu vends quoi ?

Depuis plusieurs mois, ses semblables avaient déployé leurs réseaux commerciaux dans tous les comptoirs qui voulaient bien d'eux. Le diable seul savait comment ils procédaient, mais il était désormais avéré que c'était par leur intermédiaire qu'arrivaient sur les marchés les merveilles les plus singulières. J'avais appris par l'un de mes jeunes élèves un peu plus bavard que les Itza les abattaient à vue. Partout ailleurs ils étaient espérés comme les mages des Évangiles. Je ne m'attendais pas à en voir un ici. Pas après les confidences de Brodin de Margicoul, en tout cas.

— J'galvaude que du gras, mon palo... Suffit d'clamer.
— D'accord, montre-moi ça.

Son sabir était redoutable mais je saisis l'essentiel. Il se leva lentement, s'aidant du mur pour se redresser, avant de boitiller vers l'escalier menant à l'étage. Je vérifiai que j'avais bien mon pistolet à portée sous la ceinture et le suivis non sans avoir saisi ma bouteille au passage.

La chambre que le Clampin occupait à l'étage sentait la même odeur que lui, aigre et huileuse, une lourde émanation de fange. Deux de ses semblables étaient assis dans la pièce, les yeux aussi jaunes que les siens, sûrement chargés de veiller sur leur petit capital. Ils se relevèrent difficilement pour me saluer quand j'entrai, avant d'ouvrir les deux gros coffres en bois ferré qu'ils avaient entreposés près de leur paillasse. Celui qui m'avait fait monter clopina jusqu'à son fourbi et me fit signe d'approcher :

— Guince, mon palo, c'est pas du merdon !

Je scrutai attentivement les articles en tâchant d'en reconnaître quelques-uns. Il s'agissait à l'évidence du même genre de rebut qu'on trouvait désormais un peu partout sur les étals des petits margoulins : la manufacture ne pouvait manquer de souligner l'appartenance à la famille des merveilles, mais leur qualité et leur utilisation étaient sans grand intérêt. À peu près aussi utile et inédit qu'une relique de saint achetée à Compostelle, en somme. De la verroterie à la mode. Le Clampin plongea la main vers un tube métallique coudé, d'un poli éclatant, et me le tendit en hochant la tête :

— Pour séduire une sœurette, oui ? Lui merler le coquillon ?

— Non merci...

Je fouillai encore un peu, remarquai quelques livres à la couverture déchirée ou aux pages collées par le sel et la boue, ne put m'empêcher de penser à l'ouvrage offert par le Targui. Il n'y avait rien d'utile ici... Je commençais à me demander pourquoi j'étais monté. Sans doute l'envie de trouver une authentique *maravilla* capable de me subjuguer. L'espoir de toucher encore une fois au miracle de la découverte. Je m'agaçai :

— Il n'y a là qu'épluchures et misère. Je m'attendais à mieux, messieurs.

Les trois receleurs échangèrent un regard vif qui ne m'échappa pas. J'insistai au jugé :

— Vous autres de Floride avez pourtant une réputation bien établie.

— Faut voir, commença prudemment le plus proche, y'a toujours d'la denrée pour celui qui saurait y longer...

— ... Seulement faudra marouiller du pilon ailleurs, précisa son voisin.

Les renards étaient sortis du bois ! Mon trio disposait sûrement d'une cache à l'extérieur de Basse-Terre pour y entreposer leurs marchandises les plus précieuses à l'écart des suspicions du gouverneur et de ses inspecteurs. Je souris d'un air entendu :

— Avec vos jarrets qui ralinguent à tout-va, ça ne devrait pas être si loin, pas vrai ?

Ils hésitèrent assez pour m'inciter à leur limer un peu les réticences :

— J'ai à bord assez de batteries et de *conserva* pour tenir durant un long trajet. Et puis, ce que son Excellence ignore, il est inutile de le lui rapporter, n'est-ce pas ?

Les Clampins hochèrent la tête d'un air embarrassé. Celui qui m'avait alpagué au rez-de-chaussée dissimulait mal une grosse envie de faire une belle affaire :

— On longe le troc ?

— Dis-m'en un peu plus, que je ne marche pas inutilement.

— D'la perle soyeuse, mon palo. D'la merveille grasse à point.

— Quelle origine ?

Il agita ses doigts, puis se frappa deux fois les cuisses du plat de la main en grimaçant :

— Notre couenne et nos pilons ! Piochée dans l'vaseux par nos pognes !

J'avais déjà entendu cette rumeur tenace, qui affirmait que les Clampins disposaient de leur propre source d'approvisionnement en merveilles. Cela aurait pu expliquer pourquoi les Itza les haïssaient tant... Existait-il quelque part en Floride d'autres cités semblables à Noj Peten et tout aussi productives ? Existait-il une guerre des dieux maya ? J'avais peut-être là l'occasion d'en découvrir davantage. J'avalai une gorgée de vin avant de prendre ma décision :

— Très bien, je vous suis.

Les deux Clampins qui gardaient la chambre refermèrent les coffres. Le troisième s'approcha pour me tapoter l'épaule. D'aussi près, la peau de son visage paraissait grise et malade, grêlée de trous aux pourtours boursouflés qu'on aurait dit creusés depuis l'intérieur de sa chair. Ses yeux ambrés roulèrent de gauche à droite avant de me fixer enfin.

— Batteries et *conserva*, bien vrai ?
— Bien vrai.
— Au galop, mon palo !

Puis il m'entraîna sans hésiter davantage vers leur cache aux trésors.

— Guince, mon palo. On est rendus !

Une heure après avoir quitté Basse-Terre, mon guide clopinait toujours sur ses jambes trop raides le long de la côte déchiquetée du sud de l'île. J'avais fini ma bouteille sur le trajet et le suivais d'un pas alerte, les pouces à la ceinture et l'esprit léger, sans trop prêter attention à son baragouin. Nous empruntâmes un dernier raidillon qui nous mena jusqu'à une crique encaissée, timidement fessée par les vagues. Pendant que je descendais vers la minuscule plage de sable gris, j'aperçus plusieurs silhouettes qui guettaient notre approche depuis l'entrée d'une grotte creusée par la mer dans la roche tendre. Mousquets et coutelas accrochèrent le soleil quand ces sentinelles se redressèrent pour nous accueillir. À leur mine brûlée par le soleil et à leurs tatouages épais, je reconnus des boucaniers sûrement enrôlés ici contre quelques pièces et beaucoup d'alcool. J'avais tort, et je commençai à le comprendre dès que résonna, en provenance de la grotte, une voix d'autrefois, aux accents consumés par le mauvais tafia et les épreuves de la vie :

— Villon ! Gale de mort ! Viens ici !

Avant d'avoir eu le temps de reculer ou de dégainer, une grande carcasse trop rouge débarla de la grotte en tintinnabulant de toutes les breloques et médailles accrochées à sa ceinture et à son gilet, pour se planter devant moi et me toiser du bout de son sabre :

— Maquerelle de capitoune !

— Bonjour grand Fèfè, articulai-je poliment.

Sa gueule de lézard recuit siffla de satisfaction étonnée :

— Ça bouille, mon palo ?

— Et toi ? Tu as quitté Hispaniola ?

— Fallait bien... Plus nullince à gratter que d'la charogne et de l'air fumeux ! Même les arbres se trissent de là-bas fissa.

Je m'autorisai un sourire. Le gigantesque boucanier était toujours aussi difficile à comprendre, mais il me semblait un peu plus vif, un peu moins perdu dans ses chimères que lors de notre première rencontre quatre ans plus tôt.

— T'es jamais r'venu, capitoune, le grand Fèfè t'a attendu longtemps.

Dans ses yeux passa une authentique tristesse, qui m'étrangla les sentiments au point de me sentir obligé de répondre :

— Je sais... J'ai été retardé.

— Mais maintenant t'es là, tu vas troquer.

Christ mort! Était-il possible que sa cervelle morcelée espérât encore conclure notre transaction d'antan? Le Clampin qui m'avait amené jusqu'à la crique me tapota l'épaule pour me faire avancer. J'eus un court instant d'incompréhension. Qui travaillait pour qui, ici? Que signifiait ce coup fourré? Autour de nous, les boucaniers qui formaient sa compagnie m'observaient toujours en serrant leurs armes. Je ne bougeai pas d'un pouce en direction de la grotte et me dépêchai d'argumenter :

— Je t'ai amené des *conserva*, Fèfè de Dieppe. Assez pour manger pendant une année entière. Je t'avais promis de t'en apporter. Elles sont à mon bord.

Le Clampin se gratta le visage en nous observant alternativement, moi et le boucanier. La situation semblait lui échapper. Il agita les doigts, pointa un index grisâtre dans ma direction :

— Pas de merdon fumeux! Les *conserva* et les batteries sont pour nous! Premiers servis!

Les lèvres du trafiquant commencèrent à se couvrir de mousse rose. Son doigt accusa le grand Fèfè pour l'invectiver pareillement :

— Déjà payés assez! Silence! Obéis!

Ainsi rappelé à l'ordre, le boucanier plissa les yeux et darda la langue. Ses épaules se voûtèrent. Sa gorge produisit un grognement sourd de bête méfiante :

— Charclures de troqueur, toujours à crier comme un *Spaniard*.

Le Clampin ne s'en laissa pas compter. Il boitilla vers lui et le gifla violemment :

— Fiélon ! Traître ! Tu as juré comme les autres sur les merveilles, elles te commandent ! Obéis !

Le visage de Fèfè s'empourpra davantage, pour autant que ce fût possible après pareil camouflet. Il prit la mine contrite d'un novice rappelé à ses vœux par l'abbé au lendemain d'une saoulerie. Sa grande carcasse, qui aurait pu soulever et briser son interlocuteur sans forcer, recula avec déférence. Le Clampin se retourna vers moi et se dressa sur ses jambes blessées comme pour me regarder de haut :

— Troquons…

Il n'eut pas le temps de finir sa phrase. La moitié de sa mâchoire fut arrachée par un coup de feu qui le fit tourner une fois sur lui-même avant de tomber la face dans le sable. Suffoqué, le visage aspergé de sang, je regardai les mousquets des boucaniers pour identifier le tireur, mais tous semblèrent aussi surpris que moi. Je dégainai mon pistolet et pivotai à la recherche de l'assassin. Au milieu des hautes herbes bordant la crique au-dessus de nous, j'aperçus d'abord une masse de cheveux sombres et une tête bronzée qui me fixait. Puis je vis le lourd fusil itza que le tireur pointait encore vers moi. C'était Pakal ! Pakal à qui j'avais formellement interdit de quitter mon bord tant que le *Toujours debout* n'aurait pas quitté la Tortue. Le jeune Indien se redressa, le visage farouche, et descendit lentement le sentier raide qui menait à la crique. Ainsi couchés en joue, les boucaniers n'osèrent riposter ou seulement faire mine de s'interposer. Pakal arriva face à moi, décocha un regard noir au Clampin décédé, puis fit comprendre à chacun de s'écarter pour le laisser entrer dans la grotte. Au moment de nous tourner le dos, je remarquai les doigts de Fèfè qui glissaient lentement vers sa ceinture et l'en dissuadai prestement :

— Arrête, soufflai-je, il te tuerait.

— J'laisse nullince me marier les merveilles, grinça-t-il.

— Elles sont à lui, insistai-je, il vient seulement les reprendre.

— À lui ?

Presque respectueux soudain, le colosse tourna la tête vers l'Itza qui venait de disparaître à l'intérieur de la cavité. Les autres boucaniers l'observèrent et, le devinant désormais plus paisible, se détendirent un peu. J'en profitai pour en apprendre davantage :

— Il y a quelqu'un d'autre dans la caverne ?

— Deux patrons...

Il devait parler de deux autres trafiquants de Floride. Un coup de feu résonna en provenance de la caverne, immédiatement suivi par un second. Pakal avait achevé son office.

— Qu'est-ce qu'ils avaient amené ici ? demandai-je précipitamment.

— Qui ?

— Tes patrons ! Qu'est-ce qu'ils cachaient ici ? Quelle sorte de merveilles ?

— J'sais nullince, bougonna le boucanier dépassé par les événements. D'la bouille de Clampin...

Il fut interrompu par Pakal qui ressortait rapidement. Une déflagration plus sonore qu'un coup de canon fit trembler le sable sous nos pieds et la grotte cracha un nuage épais de poussière et de roche pulvérisée. Quelles qu'aient pu être les merveilles entreposées ici, elles n'existaient plus. L'Itza approcha de moi, son arme toujours à la main, et me défia du regard.

— Mort aux ennemis du peuple ! croassa-t-il en pointant son arme vers la tête du grand Fèfè.

— Attends !

J'avais levé les deux mains en signe de paix. L'Indien me dévisagea pendant que tous m'écoutèrent plaider la cause du boucanier :

— Il ne savait même pas ce qui était caché ici. Il n'a fait que les garder... D'une certaine manière, il a aussi empêché qu'un autre les trouve.

Le doigt de Pakal se crispa sur la détente. Fèfè louchait sur le canon pointé sur son front sans oser bouger un cil. Je haussai le ton :

— *K'uhul ajaw* m'a parlé à Noj Peten ! J'ai bu le *chi* et le *balché*, je sers ceux qui sont nés du feu ! Je dis de le laisser vivre.

L'Indien eut une lueur d'amusement fugace au fond des yeux. Sa bouche se tordit en un rictus hystérique :

— La belle affaire ! Quand on ne sait pas, on se tait, Villon !

— Ne tire pas !

Il retint encore son geste, presque étonné :

— Pourquoi ? Qu'est-ce que la mort de ce déchet peut bien te faire ?

Je fixai le boucanier qui n'osait toujours pas bouger :

— C'est le grand Fèfè de Dieppe, qui fut utilisé comme cobaye par les Espagnols pour tester les *maravillas* quand personne encore ne savait comment s'en servir. C'est une victime de ces temps de folie qui dévorent le monde... C'est aussi mon ami, et j'en compte peu d'encore vivants.

Tandis que je parlais, Pakal avait assez accordé d'attention à mon histoire pour reconsidérer sa cible d'un nouvel œil. Je ne dis pas qu'il fut ému par mon portrait, mais il détourna le regard assez longtemps pour me laisser le temps de prestement saisir le pistolet caché sous ma large ceinture et le braquer vers lui :

— Baisse ton arme ou c'est moi qui te tue !

Stupéfait, l'Indien fixait l'objet de mort qui semblait avoir jailli dans ma main. Il le reconnut et ne put retenir un frémissement d'inquiétude.

— Oui, ricanai-je, moi aussi j'ai une merveille interdite, mais c'est l'un des vôtres qui me l'a offerte. Maintenant, lâche ton arme !

— Ce traître d'Arcadio paiera aussi pour ça, cracha mon pupille. Mort aux ennemis du peuple !

Malgré cette invective haineuse, il se retint de faire feu. Il devait avoir perçu dans mon regard une détermination non moins aiguë que la sienne, et son zèle n'allait pas encore jusqu'au suicide. Fèfè se précipita pour lui arracher le fusil des mains mais je le retins tout autant :

— Non, Fèfè ! Si on devait apprendre que tu possèdes ceci, tu ne vivrais pas assez longtemps pour seulement t'en servir. Je vais le prendre.

Le boucanier hocha la tête, puis me le tendit sans hésitation. Sa crainte de la magie des *maravillas* ne s'était pas émoussée avec le temps. Je pris le fusil et fis signe à Pakal de s'asseoir devant moi. Maintenant, j'allais avoir des réponses. Maintenant, j'allais savoir :

— Tu n'es pas un Itza. Tu es un de ceux qui sont venus avec *k'uhul ajaw*, n'est-ce pas ? Tu es un de ceux qui sont nés du feu, et qui entendent présider à la destinée de votre peuple en livrant une guerre totale au reste du monde !

Il ne répondit pas. J'en profitai pour le taquiner :

— Vous devez avoir encore foutrement besoin de moi, sinon tu m'aurais abattu avant Fèfè. J'en sais tellement sur vous, désormais... Alors tu vas répondre à mes questions, sinon je t'envoie servir de repas aux *tiburones*. Pourquoi et comment m'as-tu suivi ?

Pakal se contenta de me décocher un regard brûlant de haine. Je tirai une seule fois, juste entre ses jambes et lui fis pousser un juron que je ne reconnus pas. La détonation fit sursauter et s'exclamer les boucaniers qui s'étaient regroupés à l'écart pour amorcer leur fuite tant qu'ils le pouvaient encore. Mon élève savait combien les munitions étaient rares et précieuses. En fait, je ne disposais pas de plus d'une dizaine de balles, mais je supposai que c'était la meilleure façon de lui montrer que j'exigeais de me faire obéir.

— La prochaine t'emportera la tête et la moitié du buste si je m'y prends bien. Pour la dernière fois : pourquoi m'as-tu suivi ?

— J'ai des ordres.

— Tes deux comparses sont de mèche avec toi ?

— Non, souffla-t-il.

Mort de moi, je ne pouvais plus faire confiance à aucun d'entre eux !

— Pourquoi as-tu tué les Clampins ? Qu'est-ce qu'ils représentent de si dangereux ?

J'avais déjà ma petite idée, mais je tenais à l'entendre me l'avouer.

— Ils écoulent des biens interdits. Nous avons ordre d'y mettre fin partout où nous les trouvons.

Ce n'était pas la réponse que je m'apprêtais à entendre, mais je ne m'appesantis pas :

— Comment as-tu su que j'allais en trouver dans cette crique ?

Il ne répondit pas. De colère, j'enfonçai le canon de mon arme contre ses mâchoires jusqu'à sentir ses dents mordre sa joue :

— En fait, je ne vais pas te tuer, sifflai-je, ni te jeter aux requins. Je vais seulement te laisser à Fèfè et à ses amis. Ils te mangeront, tu sais ? Morceau par morceau. Mais ils te garderont vivant aussi longtemps que possible pour ne pas gâcher la viande trop vite.

Le boucanier se fendit d'un affreux sourire qui dévoila ses dents pourries. Je fis de même pour souligner la menace. Cette fois, Pakal laissa échapper un sanglot nerveux et je sus que sa résistance était vaincue.

— Réponds à ma question, dis-je en glissant mon pistolet à la ceinture.

Du menton, l'Indien montra mon baudrier et mon épée :

— Vous ne descendez jamais à terre sans elle. Il y a un micro caché dedans.

— Un quoi ?

— Comme une minuscule radio, soupira-t-il, pour savoir où vous êtes et entendre ce que vous dites, même à distance. Quand j'ai entendu que vous alliez mettre la main sur des objets interdits, je suis parti à votre poursuite.

Je repensai aux avertissements de Brodin de Margicoul à mon arrivée à Basse-Terre... Des moyens d'espionner les conversations à distance... Je frissonnai. Encore un de ces prodiges dont nous ne pourrions suspecter l'existence tant que nous n'y serions pas confrontés, et dont usaient ceux de Noj Peten contre tous ceux qui se mettaient en travers de leur chemin. Ils avaient maté les Espagnols. Maintenant, ceux qui étaient nés du feu, et tous leurs disciples fanatisés, entendaient s'en prendre aux autres colonies, s'infiltrer partout et semer la mort aveugle au nom de leur cause. Au nom de leur peuple. Qu'est-ce qu'il avait eu peur de trouver dans cette grotte pour décider de tuer tous ceux qui avaient assisté à la scène ? J'eus envie de l'abattre sur-le-champ et peinai à me retenir. Mort de moi, ils ne contrôlaient déjà plus rien du flot de merveilles qui déferlait dans la région, mais ils tentaient de l'endiguer par le sang !

— Assassin, grondai-je. Qui d'autre nous écoute en ce moment ?

— Personne, c'est moi qui avais le récepteur.

— Donne-le-moi.

Il obéit. Pendant quelques secondes, je tins entre mes mains une petite boîte métallique garnie d'un minuscule hublot en verre. De nombreux boutons occupaient le flanc de la merveille. Je la lançai vers les vagues de toutes mes forces. Une machine à savoir en permanence où se trouve un homme, et ce qu'il fait ou dit. Diablerie ! Non, pire que cela : invention corrompue, vicieuse et impure. Liberticide. Je forçai aussi Pakal à me montrer où était ce *micro* caché sur moi et lançai le petit dispositif également dans la mer. C'était écœurant. Je me sentis humilié et, pour tout dire, profané.

— Cette fois ça suffit, décidai-je en regardant les rouleaux sombres s'écraser sur les récifs les plus proches.

J'ordonnai au jeune Indien de se relever, puis lui fis signe de reprendre la direction du raidillon :

— Nous rentrons au bateau. Nous rentrons à Noj Peten.

— Vous n'y arriverez pas, ricana Pakal, on ne vous laissera pas passer.

— On verra bien. Pour le moment, avance, je n'en ai pas fini avec toi.

Le fanatique me dévisagea, puis fixa la gueule mal cicatrisée du grand boucanier qui avait tout écouté sans rien comprendre, avant de décider finalement qu'il valait mieux rester avec moi.

— Fèfè, dis-je, je suis content de t'avoir revu. Je suis désolé, mais je ne vais pas encore te donner tes *conserva* tout de suite. Je dois repartir bientôt... Si tu passes au port, je peux te faire décharger de quoi te récompenser pour tout.

— Les récompenses, c'est pour les sirelopettes, mon palo. Fèfè troque ou demande nullince.

— Est-ce que toi et tes amis vous restez par ici ?

— C'est partout l'merdon, mais ici au moins on peut trissouiller vissa.

Je souris :

— Cabesse, mon palo. Je crois bien que nous nous reverrons.

— Cabesse, capitoune.

D'un geste de la main, je fis signe à mon captif de reprendre le chemin de Basse-Terre. J'avais hâte de revoir Arcadio. Hâte d'en finir avec les doubles ou les triples jeux. Avec un peu de chance, la traversée ne serait pas si longue jusqu'aux côtes du Yucatan. D'ici là, Pakal m'aurait tout avoué à propos de ce qui m'avait été caché depuis trop longtemps !

XV. *Côtes du Yucatan*

(CIRCA 1644)

And you want to travel with her
And you want to travel blind
And you know that she will trust you
For you've touched her perfect body with your mind

LEONARD COHEN
Suzanne

S'il me fallait dater les événements que je vais rapporter maintenant, j'imagine qu'il me faudrait compter à partir des dernières semaines précédant la destruction de Noj Peten et des conséquences de cette tragédie. Hélas, il m'est impossible de me remémorer précisément combien de temps nécessita chaque étape jusqu'à la prise de commandement de mon nouveau navire, tout comme je sais désormais qu'il est vain de préserver l'illusion d'une éphéméride. Je l'ai déjà dit ailleurs, et je me contenterai donc de le répéter ici : les événements que je rapporterai désormais ont pour seule cohérence de s'être produits successivement, mais je laisse à d'autres, plus savants ou attentifs que moi, le soin de les dater précisément. Pour ma part, je n'ai plus de temps à consacrer à de tels calculs.

Si à partir du moment où je quittai les ruines de Noj Peten en compagnie de ma protégée, j'avais su garder un décompte précis et rigoureux de chaque journée, peut-être aurais-je pu conserver un semblant de calendrier. Mais je confesse que mes priorités du moment balayèrent cette comptabilité et, dès lors, je ne peux honnêtement avancer une date plutôt qu'une autre pour tout ce qui s'en suivit. Cependant, je crois pouvoir honnêtement affirmer que nous errâmes une grosse vingtaine de jours à travers le désert tourmenté qu'était devenue la jungle du Yucatan, en tâchant de conserver le bon cap. Le soleil avait cessé ses sauts absurdes dans le ciel et les étoiles ne se dédoublaient plus dès la nuit tombée. La terre s'était rendormie. Les quelques crochets que nous effectuâmes durant cette longue marche ne visèrent qu'à contourner les régions plus gravement affectées par le cataclysme. Les jours passant, nous apprîmes à repérer l'odeur caractéristique des endroits qui avaient le plus atrocement été frappés. À chaque fois, les premières bouffées de cette exhalaison de chair avariée et de végétaux pourrissants suffirent à nous avertir et à nous faire dévier avant d'apercevoir un seul paysage planté de carcasses et de troncs amalgamés. Je crois que ma compagne me sut gré de lui éviter la traversée de ces tableaux macabres, mais elle demeura absolument silencieuse, comme soucieuse de ne pas révéler la moindre défaillance. C'est durant cette éprouvante randonnée que je lui attribuai le surnom de Sévère, car c'est bien ce trait de caractère dominant, et cette rigueur pétrie d'amertume, que j'appris à priser chez cette femme tellement plus égarée que moi. Sans son exemple, je ne sais si j'aurais eu assez de courage pour survivre à cette équipée. Chaque fois que je me retournais pour la regarder avancer ou trébucher, entravée par ce corps trop fragile qui semblait n'avoir été bâti que pour l'azur et la chevauchée des vents, je sentais grandir en moi une affection dévorante. En définitive, c'est probablement pour elle que je m'évertuais à retrouver le chemin de mon navire. Et je veux croire qu'elle m'aime aussi un peu de l'avoir arrachée à l'enfer d'un monde défunt.

S'il m'est malaisé de me remémorer les dates avec précision, je me rappelle cependant mon appréhension à ramener Sévère à bord. À toutes les époques, sous tous les ciels, la présence d'une femme sur un bâtiment de course n'avait été qu'intarissable source de troubles. Pour ma part, j'ai toujours cru qu'il s'agit moins de malchance ou de malédiction que de concupiscence mal réfrénée et, à titre personnel, je n'ai jamais ressenti la moindre crainte métaphysique à laisser monter une personne du sexe à mon bord. Je crois aussi que si l'on étudiait avec soin les détails de chaque cas de mauvaise fortune en mer pour cause de présence féminine, on constaterait que celle-ci n'était jamais ni trop vieille ni trop mal tournée, et je gage qu'un frais minois autant qu'une gorge avenante sont aussi nécessaires qu'un entrecuisse fendu pour attirer le maléfice... Pour autant, je connaissais assez mon équipage pour ne rien ignorer de ses superstitions, et je savais ma compagne d'un physique et d'une nature assez intrigants pour ne pas manquer de causer de sérieux ennuis.

Heureusement, la catastrophe qui venait de secouer le Yucatan avait copieusement rongé la tripaille de mes hommes, au point que ces derniers furent surtout soulagés de me voir revenir. Leur joie fut sincère et bruyante, autant que peut l'être celle des esprits rechignant à penser par eux-mêmes quand revient le patron. Une exultation déférente, en quelque sorte. Durant ma longue absence, Gobe-la-mouche avait su maintenir la discipline : seulement trois matelots manquaient, qui avaient sûrement fui au pire de la tourmente. Le *Toujours debout* n'avait pas trop souffert du cataclysme, et mon bosco avait assigné l'équipage à sa réfection en attendant mon retour. Le brave marin ! Avec le soutien du Baptiste, il avait tenu bon et repoussé les idées de mutinerie en même temps que l'échéance de ma succession.

Quand j'arrivai sur la plage déserte, au terme de notre rude pèlerinage, ce fut une satisfaction extraordinaire d'apercevoir ma frégate toujours à l'ancrage là où je l'avais quittée. À peine arrivé sur le pont, alors que tous les regards se posaient sur la femme qui m'accompagnait, j'ordonnai de faire préparer ma cabine pour la loger, avant de préciser que nous avions désormais à bord une invitée de marque, qui avait le droit au meilleur traitement. Confronté aux longues mines nerveuses de mes marins, je dus répéter ma mise en garde pour être certain d'avoir été correctement compris : il était coutumier parmi les flibustiers de capturer des otages, auxquels on veillait scrupuleusement à cacher leur statut véritable tant que leur valeur marchande réelle n'était pas établie. Je ne voulais pas que la moindre ambiguïté puisse subsister à propos de Sévère : elle était mon invitée et devrait être considérée avec tous les égards ! Une fois la Targui poliment conduite à ma cabine par le Baptiste, je pus me faire servir une bouteille de vin rescapée et m'enquérir de la manière dont l'équipage avait supporté l'épreuve de l'ouragan temporel. Gobe-la-mouche me fit un résumé précis des événements, qui me fit comprendre que le *Toujours debout* n'avait pas été frappé aussi durement que moi-même par la catastrophe ; dans le cas contraire, il n'aurait pas pu oublier de me signaler les étranges dédoublements d'étoiles que j'avais aperçus dans le ciel, sans parler des lubies d'un soleil qui s'amusait à bondir d'un point à l'autre de l'horizon. Rien de tel, apparemment, n'avait été observé depuis ma frégate. À en croire mon second, ils n'avaient rien essuyé de plus qu'une rude tempête qui avait causé quelques beaux dégâts dans la mâture et sur la coque. Cela expliquait sans doute le fait que la côte semblait avoir été préservée, avec ses arbres encore debout et sa plage immaculée. Cela soulignait surtout que les Targui n'avaient pas menti, et que l'océan constituait un véritable refuge. J'hésitai à révéler ce que j'avais appris devant les ruines de Noj Peten et fus tenté de ne me consacrer qu'à parer les épreuves qui nous attendraient bientôt. Mais une promesse m'avait été faite, que j'espérais pouvoir être tenue.

— Écoutez-moi tous, dis-je d'une voix forte.

Sur le pont supérieur, chacun se rapprocha un peu plus, comme pour mieux entendre les secrets des anges et du monde. Je pris le temps de les observer, mes pouilleux, mes rats de fortune, à la gueule maculée d'une crasse qui leur tressait des mèches dans la barbe, aux dents abîmées par les privations et les querelles d'ivrognes. J'étais l'un d'eux, celui qu'ils avaient choisi de suivre pour leur apporter la fortune et la gloire. Capitaine flibustier et gentilhomme des mers, voilà mes seuls titres, mes seules distinctions. Maintenant que le cosmos chancelait, c'était encore à moi de choisir la meilleure course. La meilleure voie. Ils avaient le droit d'être avertis.

— Des choses terribles se sont passées pendant mon absence, des choses qui ne sont pas sans rappeler les tragédies qui frappèrent la Grève-Rousse, Saint-Christophe, ou d'autres lieux dont nous ignorons encore tout. Des amis nous rejoindront ici, qui nous aideront à relever les défis à venir. Désormais, hélas, il ne s'agit plus tant de faire fortune que de sauver nos carcasses.

— Rien de nouveau en somme, dit Gobe-la-mouche sur un ton caustique qui eut l'avantage de faire ricaner ses voisins.

Je souris avec eux et avalai une longue goulée d'alcool avant de poursuivre.

— Des amis arriveront bientôt, répétai-je, qui m'ont promis de nous aider. Ils sont Targui, comme la femme que j'ai fait installer dans ma cabine…

Je m'attendais à de vagues murmures, quelques grimaces, mais non, rien : la meilleure preuve, sans doute, que dans les instants critiques chacun sait museler ce qui est superflu. Je tentai de conclure avec sincérité :

— Je ne crois pas vous avoir une seule fois trompés, mes gorets. Nous avons toujours su trouver un port et mener nos commerces à bien. Cette fois encore, il va s'agir de me faire confiance et d'obéir même lorsque vous ne comprendrez pas tout.

— C'est pas ce qu'on fait de mieux ? plaisanta le Baptiste.

Mon maître-artilleur venait de remonter sur le pont après avoir guidé Sévère jusqu'à ses nouveaux quartiers. L'équipage s'efforça de glousser à sa saillie pour bâillonner sa peur. Mes avertissements les avaient alarmés, je le sentais bien, mais je n'avais rien de mieux à leur offrir pour l'instant.

— Quand est-ce que nous partons, capitaine ? me demanda le bosco.

— Je ne sais pas encore, répondis-je en observant le ciel. Mais je devine que ça ne tardera pas.

Depuis le nord, deux *burbujas* glissaient lentement dans notre direction. Avec un petit soupir, j'ordonnai à l'équipage de ne pas ouvrir le feu sur les sphères volantes à l'approche.

— Nos nouveaux amis arrivent, conclus-je. Faisons-leur bon accueil.

*

Quand ma frégate fut à nouveau prête à reprendre la mer, au terme des réfections et améliorations que lui avaient apportées les Targui, mon décompte des jours avait atteint neuf semaines. J'avais désormais si peu confiance dans le temps qui passait que j'avais ordonné à Gobe-la-mouche de recenser également chaque journée écoulée, puis de comparer nos calendriers respectifs, pour m'assurer que les dates concordaient. Mort de moi, heureusement que nos totaux furent toujours identiques, sans quoi je ne sais si j'aurais tenu bon. Il y avait de quoi devenir fou à ne plus pouvoir croire le temps qui passait. Et les leçons et conseils de Simon ne parvenaient guère à m'apaiser. Simon était le prénom que j'avais un peu ironiquement attribué au Targui qui m'avait parlé à Noj Peten, car je voyais dans ses manières celles d'un apôtre portant la parole sacrée. Si j'avais eu plus de temps, sans doute aurais-je également baptisé ses compagnons, mais j'étais finalement satisfait de n'avoir affaire qu'à lui pour m'expliquer ce qu'ils faisaient à mon navire. Ils étaient venus jusqu'à notre mouillage par la voie des airs, avec de nombreux assortiments d'un matériel semblable à celui qui équipait leurs nacelles, et les avaient installés à bord avec l'autorité paisible des bâtisseurs de cathédrale.

Un soir que j'avais beaucoup trop bu, j'interpellai mon souffre-douleur préféré quand il passa pour rejoindre les siens qui campaient à l'écart sur la plage. Malgré mon intense ébriété, il accepta de s'approcher de moi, de s'asseoir sur le sable et d'écouter mes reproches.

— Simon, hoquetai-je, je n'aime pas ce que tu fais au *Toujours debout*.

— Je sais, capitaine. Mais nous n'avons plus le choix.

— Est-ce qu'au moins tu es satisfait, toi ?

— Je le serai quand le Baptiste et ses artilleurs auront appris à se servir de leurs nouveaux canons. Cela voudra dire que vous serez prêts à travailler pour nous.

— Nous n'avons jamais parlé de nos gages, bougonnai-je en lapant le goulot de ma bouteille.

— Capitaine, rétorqua Simon sans se démonter, vous êtes un authentique alcoolique et ne vivrez pas vieux si vous ne ralentissez pas votre consommation.

— Vivre vieux n'a jamais fait partie de mes ambitions.

Le Targui laissa passer un silence, que je mis à profit pour tendre maladroitement la main vers un autre flacon à moitié enterré dans le sable chaud. Mes réserves baissaient dangereusement, j'en étais désormais réduit à entretenir mes cuites à grand renfort de porto. Et je n'aimais pas le porto.

— Pourquoi buvez-vous autant ? demanda-t-il.

— Pourquoi faudrait-il une raison ?

Simon eut un léger sourire. À force de me fréquenter, il commençait à s'afficher moins roide et moins distant.

— J'ai observé beaucoup d'hommes et de femmes qui consommaient beaucoup de substances qui leur étaient néfastes... Je n'en ai connu aucun qui n'avait pas une raison intime et personnelle de se détruire.

— Alors disons que ça ne vous regarde pas.

— Sur ce point au moins vous avez raison, capitaine.

Il allait se relever mais je le retins d'un geste mou du bras :

— Reste. Je ne voulais pas te houspiller.

Il tendit la main vers mon porto, avala une lampée avant de me rendre le flacon en me dévisageant fixement :

— Qu'est-ce qui vous rend si triste ?

Je me contentai d'abord de ricaner. Puis, quand je compris qu'il attendait vraiment une réponse, je consentis à m'épancher un peu :

— Que me reste-t-il, Simon ? À force de courir après mes chimères, je suis allé plus loin que je n'aurais dû. Christ mort, comme je voulais les *maravillas* ! Comme j'ai cru à leur pouvoir ! Et maintenant il n'y a plus rien. Rien du tout...

Le Targui me laissa avaler une autre gorgée avant de répondre, sans se départir de son regard circonspect :

— Je vous ai longtemps observé, capitaine, et je

crois pouvoir affirmer que je vous connais bien. Assez, au moins, pour vous dire que vous vous mentez, ou que vous vous moquez de moi.

— Pardon ?

Si j'avais été moins saoul, ou bien si nous n'avions pas tenu cette discussion à l'écart du monde, je crois bien que j'aurais pu lui tailler un peu les oreilles en pointe, histoire de lui apprendre le respect. Mais j'étais suffisamment ivre pour admettre qu'il avait raison et le laissai continuer :

— Vous êtes de ceux qui n'abandonnent jamais, capitaine. Si j'avais le temps, je vous parlerais bien des blessures intimes qui aiguillonneront éternellement certains hommes en colère. Mais ce soir, vous vous abusez en pleurnichant pour des malheurs qui n'en sont pas, pour ne pas avouer ce qui vous tourmente vraiment.

— Hé là doucement, couinai-je, les coups bas sont prohibés.

Mort de moi, comme il avait frappé juste ! Mon visage se tourna vers ma frégate, avec son gros ventre empli par les Targui de merveilles effroyables, et surtout vers sa poupe éclairée où s'isolait celle qui hantait mes rêves.

— C'est encore elle ? demanda Simon.

— Oui, soupirai-je.

— Épris et enivré, s'amusa le Targui, redoutable mélange.

— Elle est tellement distante et tellement triste…

— Sévère est à l'évidence une femme subtile et délicate à cerner, mais je ne crois pas qu'elle soit telle que vous le dites.

C'était la première fois que j'entendais Simon appeler par son surnom celle qu'il avait bannie. Depuis deux mois que nous vivions et travaillions ensemble sur cette côte déserte, je n'avais pas réussi à comprendre de quelle manière ces gens gouvernaient leurs sentiments. Ils avaient exclu Sévère de leur groupe mais ne semblaient pas lui en tenir rigueur. Quant à elle, si elle répugnait à sortir de sa cabine, elle était demeurée courtoise et polie à chaque fois qu'elle avait dû parler à l'un de ses anciens juges. C'était comme si, une fois la condamnation prononcée et appliquée, il n'était plus question que de respecter la sentence sans nourrir une quelconque rancune. Pour ma part, j'étais bien incapable d'une telle renonciation, et je n'en étais que davantage attiré par mon insaisissable invitée.

Le Targui laissa passer un autre silence, puis changea de sujet :

— Si le Baptiste s'avère aussi ingénieux qu'il le paraît, nous pourrons procéder bientôt aux premiers essais en mer.

Je hochai la tête :

— S'il y en a un qui peut comprendre ce que vous avez fait au *Toujours debout*, c'est bien lui.

— Et vous, capitaine ?

— Moi, je me contenterai de faire ce qu'on me dit, et de sauver ma carcasse et celle de mes hommes.

Simon bâilla en écoutant les vagues rouler sur le sable. Avec les siens, il avait travaillé sans relâche pour préparer ma frégate à ses nouvelles missions et c'était cet acharnement qui lui avait finalement acquis le respect de mes marins. Si à nos yeux la réputation des Targui avait été exécrable, les voir ainsi œuvrer à notre service les avait presque réhabilités.

— Combien de temps avant de lever l'ancre ? demandai-je.

— Pas plus d'une semaine.

C'était beaucoup. Il me tardait de gagner le large. Mais pour la première fois depuis que j'étais devenu capitaine, ce n'était pas à moi d'en décider. Je finis le porto et lançai la bouteille vide vers les flots avant d'engager une dernière querelle amicale :

— Tu ne veux toujours pas rester à bord quand nous reprendrons la mer ?

— Non, ce n'est pas mon rôle.

Chaque soir ou presque, je posais la même question. Chaque soir, ou presque, il me livrait la même réponse.

— Vous restez un mercenaire, sourit le Targui, et je demeure un observateur.

— Pour un observateur, tu sembles pourtant prendre parti.

— Peut-être que j'observe aussi la manière dont vous appliquerez nos consignes ?

Je me tus, à court d'arguments. J'étais trop ivre et trop triste pour ergoter encore. J'aurais seulement voulu parler de Sévère, pour en apprendre un peu plus à son sujet de la bouche de celui qui l'avait connue. Si j'avais été moins saoul, j'aurais osé aller la déranger à cette heure pour lui dérober une confidence. Je savais qu'elle ne dormait pas. Si j'avais été moins triste, je l'aurais invitée pour une promenade sur la plage, afin de marcher de nouveau près d'elle sans les dangers et la mort qui nous avaient cernés tous deux durant trop de jours. Je la voulais confiante et apaisée. Je la voulais heureuse. Peste blanche, j'en arrivais à croire qu'en définitive l'interdiction des femmes à bord des navires de course tenait de la plus grande sagesse !

— Eh bien bonne nuit, dis-je en tanguant dangereusement au moment de me relever, c'est le porto qui l'aura emporté ce soir !

— On ne peut pas gagner toutes les batailles, Villon, dit le Targui en prenant congé. Nous nous reverrons demain.

— Si le diable le veut bien, marmonnai-je en retombant le cul dans le sable.

Le choc fut assez rude pour m'arracher une grimace de douleur et un hoquet désabusé. J'étais bon pour me trouver un trou profond où me lover en attendant le matin. Un mousse saurait bien me trouver à l'aube pour me ramener à mon hamac.

— Quel jour sommes-nous ? demandai-je à la nuit. Demain, quel jour sommes-nous ?

Simon était déjà parti. J'étais seul sous la lune émiettée. Un instant, je craignis d'avoir perdu le compte des semaines et je tâtonnai dans la poche de mon gilet pour y retrouver mon précieux carnet. Mort de moi, j'étais devenu comptable du temps qui passait... et je n'aimais pas cet emploi ! Je me couchai en chien de chasse, la joue appuyée contre le sable et fardée du crissement de la plage, pour écouter le ressac et les frissons des cocotiers. Rouvrant les yeux, je fixai une dernière fois les lumières de la poupe, là où s'était réfugiée celle qui avait trahi les siens, celle qui avait blessé le monde, et me réjouis de l'avoir recueillie. Mes paupières se firent trop lourdes... Je m'endormis sans cesser de penser à Sévère, mais je ne rêvai pas d'elle.

*

Les Targui tinrent leur engagement : six jours et huit heures plus tard, ma frégate leva l'ancre pour s'éloigner enfin des côtes du Yucatan. Deux *burbujas* glissaient majestueusement dans notre sillage, conférant à notre appareillage une allure de flottille conquérante. Avant de reprendre la mer, nous avions fait provisions et aiguade en quantité suffisante pour supporter un long voyage, et il n'y avait bien que Gobe-la-mouche pour se plaindre de manger du ragoût de tortue frais à chaque repas. Quant à moi, j'avais dû me résoudre à me passer d'alcool depuis que j'avais achevé d'écluser le porto, et ce régime austère n'était pas sans influer sur mon humeur.

Simon était le seul à être resté à bord avec nous, le temps de procéder aux derniers réglages avant la mise en batterie de notre nouvel arsenal. Le Baptiste et ses artilleurs avait écouté ses leçons des heures entières, afin d'apprendre le bon usage des merveilles désormais tapies derrière les sabords du *Toujours debout*. Quand vint le moment de procéder aux premiers tirs, sur une mer calme et sereine, le Targui vint me voir sur le gaillard d'arrière et me fit la plus étrange des propositions :

— Il est temps de mettre une chaloupe à la mer, capitaine. Vous et moi allons servir de cible à vos canonniers. Espérons qu'ils ont bien retenu leur leçon.

Il avait beau m'avoir répété à plusieurs reprises que l'exercice ne comportait aucun danger, je n'étais pas certain de goûter son humour. Et même si je comprenais la nécessité de donner l'exemple, ainsi que son insistance à me faire éprouver personnellement les effets de notre nouvel armement, je n'étais absolument pas certain de m'y soumettre à la manière d'une cible d'entraînement. Hélas, je ne pouvais décemment pas me soustraire à cette épreuve, ne serait-ce que pour convaincre l'équipage qu'il ne risquait rien en utilisant ces artefacts targui.

C'est ainsi que je me retrouvai bientôt à ramer en compagnie de Simon, jusqu'à me mettre à la bonne distance du *Toujours debout* pour procéder à l'essai.

— Christ mort, grinçai-je à l'attention de mon voisin, je me sens comme une mouette sans ailes sous le feu d'un mousquet.

— Tout va bien se passer, capitaine. La seule raison qui ferait que cet exercice se passe mal serait qu'un de vos canonniers tire par erreur avec un de vos fûts de bronze traditionnels. Ou qu'ils fassent tirer simultanément deux batteries temporelles.

— C'est bien ce que je dis : si jamais mes hommes m'avaient caché une mutinerie, voici l'occasion ou jamais d'envoyer Villon dîner chez Neptune...

Tandis que nous ramions jusqu'à distance réglementaire, j'entendis une dernière fois le Baptiste et Gobe-la-mouche qui coordonnaient les manœuvres pour procéder au tir unique comme convenu. Tous les marins au repos s'étaient alignés contre le bastingage bâbord pour assister à l'événement. Puis je n'aperçus plus que des silhouettes qui nous faisaient des gestes d'encouragement... Soudain, plus rien ! Le *Toujours debout* disparut devant moi le temps d'un battement de cils... Le temps d'un battement de cœur... Ma frégate s'était volatilisée à la manière des *burbujas* targui !

— Pute vierge ! m'exclamai-je en constatant le miracle.

Face à moi, Simon ne put retenir un sourire moqueur :
— Derrière vous, capitaine.

Je me retournai et ne put retenir un nouveau juron : le navire semblait être passé dans notre dos en une fraction de seconde. *Maravilla !* Sur le pont, des clameurs joyeuses saluèrent la fin de l'exercice. Quant à moi, j'en restai le ventre noué et l'esprit passé à la chaux : vu depuis la barque, le phénomène était plus surprenant que prodigieux, et je ne pus chasser de mes pensées l'image d'un oiseau aux ailes arrachées attendant la balle fatale. Je comprenais maintenant pourquoi Simon avait tenu à me faire vivre l'expérience de ce côté-ci de l'exercice.

— Mort de moi, bredouillai-je, c'est terrifiant. C'est donc ainsi que vous échappiez aux tirs de vos ennemis, en piégeant le temps…

J'avais beau m'être fait expliquer vingt fois le principe, je n'en demeurais pas moins estomaqué. Le Targui se pencha sur les rames et souqua ferme pour regagner le navire :

— Ce n'est pas exactement ça, mais c'est un résumé qui a le mérite d'être aisément compréhensible.

Je continuai de fixer le *Toujours debout* qui ralentissait l'allure et achevait un large demi-tour pour revenir vers nous. Si notre frêle esquif avait été un galion ennemi, le Baptiste et ses canonniers auraient eu le temps de le couler sans risquer d'essuyer la riposte d'une seule espingole. Soudain, je réalisai que j'étais le capitaine du bâtiment le plus prodigieux qui eût jamais sillonné ces eaux, et sans doute tous les océans.

— Ce n'est plus le *Toujours debout*, laissai-je tomber tristement.

Simon me dévisagea calmement sans cesser de ramer :

— C'est encore votre navire, capitaine.

— Il mérite un nouveau nom, à la hauteur de ses prouesses. Quelque chose comme *La Mort subite* ou *L'Exterminateur*, dis-je amèrement.

— Vous devriez laisser ce genre d'exagérations aux fanfarons et aux hâbleurs, insista le Targui. Cette frégate demeure le navire du capitaine Villon. Si elle doit être rebaptisée, choisissez quelque chose qui vous corresponde.

Je ne répondis pas. Du pont supérieur, j'entendis les exclamations hilares des matelots. Approchant par l'ouest, les deux *burbujas* n'avaient non plus rien raté de la scène. Impossible, à cette distance, de dire si Sévère était montée au bastingage pour assister à la démonstration... Au moment de prendre possession de mon vaisseau métamorphosé en *maravilla* géante, je me sentais obscurément dépossédé de mon avenir. J'aurais payé cher pour avaler quelques verres de tafia brûlant.

— Trouvez-lui un nom, maugréai-je. Après tout, c'est votre création.

Simon cessa de ramer en approchant de la coque de la frégate. On nous lança un bout pour être pris à la traîne le temps de mettre en panne. Il saisit la gaffe tendue par un matelot et m'arrêta alors que j'allais grimper à bord par l'échelle de coupée qui venait d'être descendue :

— Je crois avoir trouvé, dans ce cas. Votre premier navire ne s'appelait-il pas le *Chronos* ?

— Mon brigantin ? Si fait.

— Dans ce cas, pourquoi ne pas raviver son souvenir ?

— Simon, cela porte malheur de prendre le nom d'un bateau qui a sombré...

— Je pensais à quelque chose de plus audacieux, de plus mystérieux.

Je levais la tête vers le bastingage et les trognes de mes marins enjoués. Parmi ces faces radieuses, je reconnus les traits délicats de Sévère, impassible, penchée au-dessus des vagues pour m'observer fixement.

— Et quel serait donc ce nouveau nom ? demandai-je en saluant la jeune femme d'une courte révérence.

— Le *Déchronologue*, révéla fièrement le Targui près de moi.

Je ne sais si Sévère entendit notre conversation, ou si c'est ma courbette qui fit son petit effet, mais elle sourit doucement sans me lâcher des yeux. Ma mélancolie se dissipa plus vite qu'un baquet de cidre un soir de fête. Je serrai la main de Simon pour signer notre accord :

— Ce nom me plaît ! Il sonne bien et remplit parfaitement son office !

Le visage du Targui s'éclaira d'un sourire ravi. Je levais de nouveau le museau vers l'équipage et mon invitée, pour brailler joyeusement :

— Oh là, mes gorets ! Qu'on aille quérir les peintres et les pinceaux, il y a baptême aujourd'hui !

Puis je montais pour la première fois à bord du *Déchronologue*, en ignorant encore tout ce que nous accomplirions ensemble.

XXI. *Ruines de Santa Marta*

(CIRCA 1649)

> *We hunger for a bit of faith*
> *to replace the fear*
> *We water like a dead bouquet*
> *Does no good does it dear*
>
> GRANT LEE BUFFALO
> Fuzzy

Des cendres et le vent mauvais, voilà ce qui nous accueillit quand notre frégate glissa jusqu'aux quais fantômes de Santa Marta. Poussières et scories tourbillonnaient au-dessus des toits calcinés, pour se perdre dans les draps usés de nos voiles fatiguées par le voyage. Sur nos visages le soleil, mais dans nos yeux, les escarbilles. Le spectacle de la cité espagnole était poignant. Des haubans, depuis le pont, par les sabords, les hommes du *Déchronologue* contemplaient le sinistre tableau sans ricaner ni se réjouir. C'était une chose de se lancer à l'assaut d'une muraille ou d'un port ennemi, de repousser milice ou garnison au nom de la vengeance ou de la soif de l'or. C'en était une autre de revenir sur les lieux d'un crime pour en railler les tombes.

Puisque j'avais cédé à la requête du Baptiste, qui avait insisté pour me faire revenir jusqu'à ce port, j'avais choisi de ne rien cacher à mon équipage : oui, plusieurs années auparavant, quand ma frégate portait un autre nom et que je travaillais pour les Itza de Noj Peten, j'avais mené jusqu'ici une troupe décidée à perpétrer un massacre ; non, contrairement à ce qui se disait parfois à mon sujet, je n'avais pas participé aux tueries similaires des autres enclaves espagnoles. Ce lieu était le seul dont j'avais vu les demeures s'embraser dans une nuit indienne de flamme et de sang. Et si j'y revenais aujourd'hui, c'était à la demande insistante de notre maître-artilleur, sans la certitude d'y trouver fortune ou richesse.

Les conseils de Sévère, à qui j'avais rapporté les étranges mises en garde et révélations de mon officier, m'avaient incité à obéir au Baptiste. « Henri, il y a tant de phénomènes obscurs liés à la manutention du temps. Les Targui s'y intéressent depuis si longtemps, sans encore tout comprendre aux conséquences parfois constatées, avait-elle dit. Pour autant, avait-elle ajouté, je vous donnerai deux conseils : suivez celui du Baptiste ; et calfeutrez au mieux et dès que possible votre pont d'artillerie, si vous ne voulez pas que votre équipage entier subisse les mêmes... désagréments. »

Il avait ainsi été convenu que dès notre retour à la Tortue, je demanderais à Simon quels dispositifs étaient envisageables pour contenir au mieux les émanations de nos batteries temporelles, afin d'éviter toute contamination... Mort de moi ! J'avais l'impression de devoir affronter quelque épidémie sournoise qui s'était invitée à bord avec mon consentement. Je n'étais pas du tout certain d'apprécier cette nouvelle surprise. Pour autant, j'avais accepté de faire confiance à sa prémonition. « Vous pourriez y retrouver un ancien ami », avait prophétisé le Baptiste, et j'avais désespérément envie de le croire. C'était assez dire, sans doute, la détresse qui menaçait de nous empoigner tous.

Je fus le premier à descendre à terre, en compagnie d'un petit contingent de marins mieux armés que moi. L'odeur tenace du bois calciné recouvrait celle de l'air salé et des éventuelles charognes. Quelque part, depuis l'entrelacs des ruelles bouchées par les décombres, piaulait un oiseau inconnu.

— Gare aux chiens errants, grogna Main-d'or en crachant par terre.

Exceptionnellement, il avait troqué son rôle de protecteur de Sévère avec un gabier de confiance pour se joindre à mon escouade de gaillards prêts à en découdre. Ce fut lui qui, le premier, aperçut la femme assise à l'ombre d'une masure calcinée. Elle était si frêle, dans ses haillons couleur de ruines, qu'on aurait pu la confondre avec les débris épars qui l'entouraient. Preuve qu'elle vivait encore, ses grands pieds nus raclèrent le sol souillé quand nous nous approchâmes. Une longue mèche grise tomba sur son visage quand elle releva la tête pour observer ses visiteurs. Elle était âgée, sans aucun doute, mais la crasse et les poussières incrustées dans ses traits lui faisaient comme un masque de théâtre qui soulignait encore sa vieillesse. Je levai la main pour ne pas l'inquiéter. Son bras fit de même pour me saluer. Elle ne paraissait pas effrayée, ni par notre présence, ni par mon accent français.

— *Como estás, abuela ?* demandai-je.
— *Muy bien, capitán.*

Trompé par le décor lugubre et son aspect misérable, je lui avais imaginé une voix éraillée de sorcière de conte. Mais son timbre était clair et presque doux. Quel âge avait-elle en réalité, sous ses guenilles et les saletés ? Je m'approchai assez lentement pour ne pas l'inquiéter, m'accroupis plus posément encore. Son sourire fut un ossuaire avarié :

— Je connais ta langue, pirate. Assez pour répondre à tes questions, si tu en as.

Dans mon dos, je sentis mes hommes tiquer et renauder. La sérénité de cette femme, et ses manières teintées de défi, commençaient à les mettre mal à l'aise. Ils n'étaient pas loin de craindre en elle quelque féerique devineresse porteuse de malheur. Des mains étreignirent amulettes et porte-bonheur dissimulés sous la chemise ou liés au poignet. L'oiseau entendu plus tôt reprit son chant insolite, quelque part sur notre droite. Je fronçai les sourcils :

— Tu vis ici toute seule ?
— D'habitude, je suis toute seule, opina-t-elle.
— Comment vis-tu dans ces ruines ?
— Je me contente de peu. Santa Marta a beaucoup changé, mais les puits sont encore là et la terre se laisse encore cultiver. Les morts engraissent bien les sols, tous les paysans savent cela.

Je la fixai en frémissant. Était-il possible qu'elle eût réchappé à la destruction de la cité ? Il était presque impossible de vivre ainsi, isolé de tout, dans une ville retournée à l'état de friche. Des colonies entières, autrement mieux préparées, n'avaient parfois pas survécu à un seul hiver, une seule disette, en ces îles sauvages et souvent hostiles. L'histoire caraïbe fourmillait de récits d'établissements fantômes, trop longtemps abandonnés à leur sort, et qui ne présentaient que sépultures et huttes reprises par la nature lors de l'arrivée des renforts revenus trop tard.

— Mais c'était il y a au moins... huit ans, murmurai-je.

— Tu comptes bien, *capitán*.

D'un geste lent, elle repoussa la mèche qui lui cachait un œil. Puis elle épousseta ses genoux et frotta ses pieds sur le sol, comme une enfant boudeuse qui s'ennuie d'un jeu qu'elle a trop pratiqué. À cet instant, je fus certain de ne pas la connaître et je fus certain que le malheur seul l'avait vieillie prématurément. Ce ne pouvait être d'elle dont m'avait parlé le Baptiste.

— Tu as dis que tu vis seule d'habitude, repris-je. Il y a quelqu'un d'autre ici en ce moment ?

— Seulement un autre revenant.

— Un revenant ?

Crispation de plus en plus perceptible de mes marins aux aguets. La femme se fit sibylle en pointant vers la côte au-delà des murailles écroulées.

— Il est arrivé il y a trois mois. Le corps plus maigre et l'esprit plus las que ceux d'un cheval de mine. Depuis il dort. Et il s'enivre. Quand il est saoul, il dit que le monde n'est plus ce qu'il était. Ou bien qu'un spectre lui a mangé le cœur et a pris sa place. Il dit qu'il est un revenant. Il dit qu'il est double. Moi, je le berce et je le nourris. Et parfois, il me fait l'amour pour se rappeler qu'il est vivant.

— Où est-il, cet homme ?

La main de la femme retomba en même temps que sa mèche. Elle huma l'air de la ville lugubre, tourna la tête vers un clocher noirci par le feu.

— Il dort à cette heure-ci. Tu le dénicheras dans l'église, si tu trouves ton chemin jusqu'à lui.

— Merci, femme. Dis-moi encore une chose : comment fait-il pour boire autant ? Est-il venu avec un tonneau sur le dos ? A-t-il rebâti la distillerie en priorité ?

Elle replia ses bras autour de ses genoux et baissa la tête comme si elle allait dormir sans plus s'intéresser à nous. Sa voix était étouffée par l'épaisseur relative de ses haillons quand elle prononça ses derniers mots :

— Je t'envie, *capitán*, il faut avoir supporté une grande douleur pour se moquer des malheureux comme tu le fais. Laisse-moi maintenant. Moi aussi j'attends quelqu'un, mais ce n'est pas toi.

Les joues rosies par l'embarras, je me relevai délicatement pour ne plus troubler sa solitude. Quand je me retournai, je vis à la trogne de mes marins qu'ils n'étaient pas moins troublés que moi.

— Allons à l'église, maugréai-je. Finissons-en.

Nous nous frayâmes un chemin entre les ruines et les débris, en direction du clocher aperçu plus tôt. Les quelques bâtiments en pierre, qui avaient mieux résisté aux flammes, s'étaient mués en autant d'infranchissables obstacles en s'effondrant sur eux-mêmes. Il nous fallut les contourner, nous agripper, glisser sur les solives charbonneuses et forcer les cages fragiles de masures calcinées pour atteindre enfin le lieu autrefois consacré. Les mains noircies et la chemise trempée par l'effort, nous prîmes le temps d'avaler quelques gorgées à la régalade avant de reprendre notre exploration.

— Peste blanche, haletai-je en me saisissant de l'outre, voilà le chemin le plus ardu jusqu'à la religion qu'il m'ait été donné d'emprunter.

Ma plaisanterie éveilla quelques rires gras et grimaces idoines sur les visages de mes compagnons. Je désignai Main-d'or comme chef de notre petite escouade.

— Gardez l'entrée. Je vous appellerai au besoin.

Le grand flibustier leva la tête vers le fronton endommagé :

— La bicoque est pourrie, capitaine. Toute la toiture pourrait vous dégringoler dessus.

— Pour ça que je préfère vous savoir dehors et prêts à venir me délivrer, mes gorets !

Je les laissai parmi les débris avec cette dernière consigne, puis me glissai entre les portes arrachées à leurs gonds pour pénétrer dans l'église abandonnée.

Dès le porche franchi, la température et la luminosité baissaient sensiblement. Le toit, percé en maints endroits, laissait passer des griffures de ciel poussiéreux qui conféraient à l'édifice un air d'étroit sanctuaire païen. Une lourde odeur d'humidité imprégnait les pierres. Les pluies et les moisissures avaient putréfié le mobilier en bois, jusqu'à transformer bancs et chaises en autant de sculptures primitives. L'autel en pierre claire avait mieux résisté à cette invasion végétale. En m'approchant, je constatai qu'il était recouvert de larges plaques de vomissures séchées. Mêlée à des effluves de vieille urine, l'odeur était suffisamment infecte pour attirer des colonies de nuisibles qui grouillaient à sa surface. Quelque chose de lourd bougea au ras du sol, recroquevillé sous l'ombre plus épaisse de l'abside. J'entendis le talon d'une botte de cuir racler le dallage souillé, puis aperçus le corps d'un homme vautré dans les ordures et les mousses. Une magnifique épée rouillait près de lui, posée entre des chandeliers tordus et un monceau de parchemins moisis. L'épave roula lentement sur elle-même pour voir qui venait la déranger dans son sanctuaire. Ses yeux vitreux détaillèrent mon allure, mes armes et mon visage sans paraître s'en soucier. Hirsute et dépenaillé, les joues creusées par les libations et la disette, il faisait assez bien la paire avec la femme assise près des quais. Ses ongles noirs fourragèrent dans sa barbe drue. Il cracha quelques glaires qui coulèrent sur sa chemise brunie. Quand il en eut fini avec ses ablutions d'ivrogne, il se redressa assez pour mieux se révéler dans la chiche lumière de l'église dévastée. Je le reconnus à l'instant d'entendre sa voix.

— *Buenos días, capitán Villon.*

J'en demeurai figé de stupéfaction.

— Mendoza...

Quand le Baptiste avait parlé d'un ami perdu, j'avais imaginé revoir un ancien compagnon de fortune. Le Cierge, par exemple, ou bien La Crevette. J'étais même prêt à croire que j'allais retrouver le capitaine Brieuc, miraculeusement sauvé de l'explosion qui avait manqué de me tuer aussi. Mort de moi ! Nous vivions une époque si trouble, tant gorgée de fausses rumeurs et de vrais prodiges, que j'aurais été disposé à accepter l'improbable retour d'Arcadio ! Mais c'était le commodore Alejandro Mendoza de Acosta, mon tortionnaire et ma Némésis, que les dieux obscurs avaient choisi de replacer sur ma route. Un bref instant, le temps d'une infime poignée de secondes hésitantes, je fus tenté de le trancher, là, pour tout le mal qu'il m'avait fait et les épreuves que j'avais endurées par sa faute. Comme il était à sa place, désormais, l'orgueilleux hidalgo, le cul dans sa merde et la morve lui coulant dans la bouche.

D'une main tremblante, il tâtonna vers sa gauche, ramassa une poignée de mystérieux condiments qu'il porta à ses lèvres avec ravissement. Au moment de les ingérer, il se ravisa et me tendit brusquement sa paume qui contenait de petits champignons écrasés.

— *Teonanácatl*, Villon, la «chair de Dieu». Servez-vous...

— Non merci, grimaçai-je.

Il les goba tous en clignant des paupières d'extase.

— *Hoc est enim corpus meum*, gloussa-t-il.

Je le fixai sans bien réaliser que c'était bien cet officier qui m'avait autrefois pourchassé et livré aux autorités de Carthagène. Du bout de la botte, je farfouillai dans les débris et détritus qui l'entouraient, ramassai un parchemin recouvert d'une écriture épaisse et tremblante, dans l'espoir d'y trouver le début d'une réponse.

— Ce n'est pas moi qui l'ai écrit, c'est Antonia, ronronna-t-il. C'était une grande poétesse, une de vos compatriotes, avant... avant tout ça. Maintenant, elle se contente d'attendre. Mais parfois, elle trouve encore le *temps* d'écrire...

Je portai le poème jusqu'à mon visage pour le déchiffrer dans la pénombre.

> *je suis creuse dans le noir*
> *que ma peau contre moi*
> *pas de bras en détours*
> *pas de jambes emmêlées*
> *que mes doigts en histoire*
> *à mon corps qui va*
> *que mon souffle à ma voix*
> *les murmures en mémoire*
> *que c'est âpre tout ce soir*

> *l'ironie fatiguée*
> *à mes nœuds animés*
> *même la hâte de demain*
> *se ruine sans ce fard*
> *pas de fuites échangées*
> *pas de pauses en regard*
> *je crève le jour tombé*

Les mots étaient serrés, les phrases sèches et sans douceur. Il y avait tant de solitude et d'abandon dans ces quelques lignes d'encre jetées sur la page. J'en ramassai une autre pour mieux chasser le désagréable frisson né de ma lecture. Celui-ci était plus court et plus poignant encore.

> *j'ai ravi ma vue*
> *à souhaiter nos pas*
> *à goûter ta boue*
> *j'ai vacillé droit*

Ce fut à mon tour de vaciller. Les découvertes simultanées de mon ennemi déchu et de l'intimité crue des poèmes d'Antonia, dans l'atmosphère de cette église viciée, m'oppressaient le cœur et la poitrine. La voix railleuse de Mendoza me fit reprendre pied dans la réalité qui m'entourait :

— En définitive, nous avons tous échoué.

— Que faites-vous ici, commodore ? Et cette femme ? Qu'avez-vous fait pour arriver dans ces ruines et vous complaire dans ce cloaque ?

— Autrefois, dans nos geôles, vous n'étiez pas descendu moins bas que moi, Villon. Un peu moins brisé, peut-être. Un peu moins vaincu… Je vous admire pour cela, vous savez ? J'ai su que vous aviez échappé au trépas. Votre feinte fut magnifique !

— J'étais prisonnier, Mendoza, retenu par les vôtres et vos murs. Christ mort, vous semblez vous dégrader à plaisir !

Les mâchoires du *Spaniard* se contractèrent. Un spasme langoureux lui fit inspirer bruyamment l'air entre ses dents. Les premiers effets de ses champignons, à n'en pas douter.

— Vous ne pouvez pas savoir ce que j'ai vu, Villon... Quelle ironie... Je vous ai arrêté et soumis à la question pour satisfaire mes supérieurs... À cause de cette *chose* que vous aviez croisée dans l'ouragan... Cette puissance... Si vous saviez ce que j'ai vu depuis, *capitán*... Si vous saviez...

Il fut pris d'un fou rire terrifiant, qui lui tendit les muscles du cou et lui crispa le visage si fort que sa tête bascula en arrière pour heurter le sol spongieux. Ses yeux laissèrent couler des larmes de douleur extatique tandis que ses poings martelaient son buste à travers la chemise.

— Il est en moi, Villon... Le futur... Je suis la parturiente des temps à venir...

Soudain, la drogue lui cloua la langue et lui figea les mains. Avec un lent soupir de contentement, il se recroquevilla sur lui-même et sombra dans ses visions morbides. Après quelques secondes d'hésitation, je ramassai son épée et appelai à la rescousse mes gaillards demeurés sur le parvis.

Tandis que mes hommes soulevaient le corps trop maigre de Mendoza pour le ramener à bord du *Déchronologue*, je piochai quelques poèmes d'Antonia avant de retourner parler à la femme qui avait pris soin de mon « vieil ami ».

La poétesse avait quitté son poste d'observation. Je la retrouvai au ras des murailles, occupée à biner une petite parcelle de terre. Elle n'avait pas menti : la terre était généreuse autour des tombes. Ses bras maigres ruisselaient de sueur crasseuse. Elle tourna la tête en m'entendant approcher et lâcha son outil pour se recoiffer. Je lui tendis les quelques parchemins que j'avais récupérés près de l'autel.

— J'ai lu vos poèmes, Antonia. C'est très beau.

— Alors ? Tu l'as trouvé ?

— Le commodore ? Peut-être... Je ne sais pas s'il est encore celui que j'ai connu.

— Que vas-tu faire de lui ?

— Je ne sais pas. L'emmener loin de cet endroit maudit. Le soigner, sans doute.

— C'est bien, alors. Il a assez attendu.

— Et vous, Antonia ? Vous ne voulez pas repartir avec nous ?

Elle secoua lentement la tête, me montra de la main les ruines qui nous entouraient :

— Sais-tu que cette ville est une des premières bâties par les Espagnols ? C'est Rodrigo de Bastidas qui la fonda durant l'été 1525. Et ce fut la première à avoir été détruite pendant la révolte des Itza. N'est-il pas normal que ce soit ici que viennent se réfugier tous ceux qui ne trouvent plus leur place dans ce Nouveau Monde qui se meurt ?

— Est-ce que ça veut dire que vous voulez rester ici ? Toute seule ?

— D'autres que le commodore sont venus avant lui. Certains sont restés. D'autres sont repartis. Moi j'attends ici jusqu'au retour de mon mari et de mes enfants.

— Parlez-moi d'eux, Antonia.

Ses yeux se brouillèrent quand elle fixa et désigna du menton la poignée de pages que je serrai entre mes doigts.

— Je ne fais que ça, parler d'eux, dit-elle. Je ne sais plus rien faire d'autre.

— Ils sont tous morts ici, n'est-ce pas ?

Elle ne répondit rien.

— Tués par les Itza ?

Toujours pas de réponse.

— Je suis le capitaine qui les a conduits à Santa Marta, avouai-je enfin.

— Je sais, Henri Villon... J'ai reconnu ton navire.

Ce fut à mon tour de demeurer silencieux. Finalement, je bredouillai quelques excuses sincères qu'elle balaya paisiblement de la main :

— Si un jour tu veux m'en parler, reviens ici. Je t'attendrai.

— Je pourrais le faire maintenant ?

— Non, *capitán*. Aujourd'hui, tu es venu chercher le commodore. Il faut que les choses se fassent dans l'ordre.

— Est-ce que tu sais ce qui lui est arrivé ?

— Une bonne partie, du moins.

— Est-ce que tu veux me le raconter ?

— As-tu assez de temps ?

— J'en ai à revendre, souris-je.

— Alors, prends ma binette, pirate. Tu vas travailler un peu pour moi et je te dirai ce que je sais de sa vie.

*

Nous quittâmes Santa Marta le soir même, en ayant seulement pris le temps de refaire nos réserves d'eau douce et de laisser à Antonia de quoi améliorer un peu son ordinaire.

Dès que j'avais cessé de m'entretenir avec elle, j'avais convoqué Gobe-la-mouche et le Baptiste le temps de tenir un conseil de guerre. Étant donné la nature si particulière des détails qui m'avaient été fournis par mon informatrice, j'avais également convié Sévère. Quant à Mendoza, toujours esclave de ses drogues, il avait été alité dans ma cabine sous la garde exclusive de Main-d'or. J'avais préféré reprendre la mer sans attendre la fin de ses divagations. Par crainte, peut-être, de ne pas réussir à le convaincre de rester à mon bord. Car si ce que m'avait rapporté Antonia à son propos était vrai, je ne doutais plus de détenir une des clefs des mystères qui menaçaient de plus en plus ouvertement les Caraïbes. Je n'en cachai donc rien à mes auditeurs, pour m'assurer leurs conseils les plus avisés et les mettre au fait des dernières informations en date.

Selon Antonia, le commodore avait connu une longue éclipse après l'échec de l'expédition de reconquête espagnole de l'île de Providence. Rendu furieux par cette disgrâce — qui n'avait sans doute pas été sans l'influencer quand il s'était agi de m'aider à échapper aux geôles de Carthagène — qu'il estimait aussi insultante qu'imméritée, Mendoza avait retrouvé le commandement de sa *Centinela* et repris ses activités favorites de chasseur de pirates, mais semblait s'être peu à peu tourné vers une forme très particulière de sédition... Disons, sans qu'il ne l'avouât jamais en ces termes, et qu'il ne cessât jamais d'œuvrer pour son roi et les intérêts de la couronne d'Espagne, qu'il prit quelques libertés avec les ordres de mission et l'administration toujours plus rigide de l'amirauté. En quelque sorte, il devint une espèce de corsaire officiel, n'obéissant plus qu'à ce que son honneur et sa droiture lui murmuraient de faire.

C'est à peu près à cette époque que je retrouvai plusieurs fois sa trace sans jamais le retrouver, tandis que les Itza s'en prenaient directement aux possessions, territoires, cités et ports espagnols avec l'objectif affiché de les rejeter tous à la mer. Malheureusement, ce fut aussi durant ces années d'errance et de désolation croissantes que réapparut celui que chaque marin redoutait, le mystérieux navire qui avait manqué de couler mon *Chronos* juste avant ma capture par Mendoza. À ce sujet, Antonia ne savait pas beaucoup de choses, car les propos du commodore ne semblaient pas des plus précis. Mais il apparaissait tout de même que ce bâtiment était une *maravilla* flottante, une cité mobile entièrement dédiée à la guerre, capable de sillonner les mers au cœur des pires tempêtes et de semer partout la mort et la destruction. Révélation qui n'étonna personne autour de notre table : ceux qui habitaient et pilotaient ce redoutable vaisseau de mort venaient d'un futur lointain qui leur assurait une suprématie militaire incontestable. J'avais encore le souvenir du balayage des deux frégates espagnoles qui avaient commis l'erreur d'ouvrir le feu sur lui. Je venais d'apprendre que c'était également ce bâtiment qui avait rasé l'île de Saint-Christophe. À titre d'exemple.

Car, et c'était là le nœud de la situation, il apparaissait que ce Léviathan avait fait alliance avec les Espagnols pour contrer les rêves de reconquête des Itza. Et que c'était au nom de cette alliance qu'il pourchassait depuis plusieurs années les ennemis des *Spaniards*.

— Qui sont ces gens ? demanda Gobe-la-mouche.

Je regardais Sévère avant de répondre :

— Ils se feraient appeler *Americanos*, et se considéreraient comme les seuls véritables propriétaires du continent qui se trouve à l'ouest. S'il faut en croire Mendoza, leur présence dans ces eaux, et à notre époque, serait liée à ce qui s'est passé à Noj Peten. Ils seraient, en quelque sorte, le contrecoup de ce qui s'est produit là-bas. À eux seuls, ils seraient capables de renverser le cours de la guerre et de rétablir la domination espagnole sur tout le continent. En tout cas, ce serait à cette tâche qu'ils se seraient attelés.

J'espérais une réponse ou une réaction de Sévère à mes révélations, mais nous fûmes interrompus par l'arrivée de Main-d'or :

— Il est réveillé, capitaine.

— Est-il capable de parler ?

— J'ai fait comme vous avez dit : je lui ai fait prendre l'air sur le pont. Il est d'accord pour vous parler. Il attend à côté.

— Dans ce cas, opinai-je, fais-le venir.

Mendoza ne tarda pas à se présenter devant notre petit conseil de guerre. Il avait toujours aussi mauvaise mine et marchait avec difficulté. Quand il vit la femme assise en face de lui, et bien qu'il pût pire qu'un vieux bouc, il ne put se retenir d'ajuster les poignets et le col de sa chemise pouilleuse. Ce sursaut de coquetterie m'arracha un léger sourire, en même temps qu'il me confirma son retour à notre réalité.

— Entrez, commodore. Je vous présente mon bosco, mon maître-artilleur...

— Vous avez une Targui à bord, se raidit légèrement Mendoza.

— Cette dame est mon invitée à bord du *Déchronologue*, au même titre que vous. Cela vous pose problème ?

L'officier destitué lança un regard perçant à mon ange déchu, avant de secouer la tête en signe de dénégation :

— Je ne saurais me le permettre, *capitán*.

La politesse redoutable de la réponse m'arracha un second sourire, tandis que je l'invitais à s'asseoir avec nous.

— J'exposais à mes officiers ce qui semble avoir été votre parcours depuis notre dernière rencontre, et la guerre que nous livreraient ces *Americanos* pour le compte de l'Espagne.

Mendoza scruta les en-cas et bouteilles qui encombraient notre table, tendit la main vers un flacon de liqueur qu'il renifla avec intérêt avant de le vider prestement. Ce n'est qu'après avoir ingurgité la dernière goutte d'alcool qu'il consentit à me répondre :

— Suis-je votre prisonnier, Villon ?

— Mon invité, je vous l'ai dit.

— Dans ce cas, permettez-moi de vous contredire sur deux points essentiels.

— Qui sont… ?

Les doigts sales du *Spaniard* piochèrent un morceau de poulet grillé qu'il entreprit de dépiauter avec application.

— Les *Americanos* ne travaillent pas pour Philippe IV mais pour le vice-roi de Nouvelle-Espagne. Ils ne peuvent pas travailler pour Madrid pour la bonne raison que l'Espagne n'existe plus. Pas plus, d'ailleurs, que la France ou l'Angleterre. Par ailleurs…

Il avala prestement la viande et suçota les os avant de reprendre un pilon luisant d'huile. Je poussai le plat vers lui pour lui faciliter la dégustation :

— Par ailleurs ?

— Par ailleurs, reprit-il, le vice-roi s'est lourdement trompé et sera bientôt trahi. Les *Americanos* n'œuvrent pour personne d'autre qu'eux-mêmes. Pour le moment, ils feignent de respecter cette alliance pour profiter de l'accueil et de l'aide des derniers ports espagnols encore intacts. Mais dès qu'ils n'en auront plus besoin, ils veilleront à les soumettre aussi durement qu'ils entendent le faire avec tous ceux qui s'opposeraient à leur suprématie.

— Vous les connaissez donc si bien ?

— Je suis monté deux fois à bord de leur *George Washington* — c'est le nom qu'ils ont donné à leur vaisseau fantôme, le nom d'un de leurs chefs historiques. J'ai parlé avec eux, négocié avec eux, et deviné en eux tout ce qu'ils ne veulent pas que nous comprenions. Ces singes ont un tel mépris pour ce que nous représentons qu'ils ne prennent pas même la peine de dissimuler leur morgue et leur condescendance. À leurs yeux, nous ne valons pas plus que les Indiens que nous avons exterminés.

J'écoutais, fasciné, les révélations de mon ennemi autrefois entièrement acharné à ma perte, et qui ne semblait plus avoir de meilleur objectif que de terminer ce plat de volaille de la façon la plus rapide et la plus répugnante possible.

— Mendoza, dis-je la voix serrée, est-ce bien ce navire qui a rasé Saint-Christophe ?

Il arrêta de manger, reposa sa pitance et s'essuya lentement les mains sur la poitrine en hochant la tête :

— Saint-Christophe, la Grève-Rousse, la Martinique et beaucoup d'autres ports. Ne vous méprenez pas, capitaine. Ces gens sont prêts à tout pour parvenir à leurs fins. Après tout, ils ne sont pas de ce siècle et se sentent le droit de tout détruire sans risquer quoi que ce soit. Depuis qu'ils l'ont compris, depuis qu'ils se savent prisonniers de ces eaux, ils en ont décidé ainsi et ont les moyens d'y parvenir.

— J'ai connu un homme qui se faisait appeler *k'uhul ajaw*, objectai-je. Lui aussi croyait pouvoir imposer sa volonté de domination à tout un monde. Personne ne se souvient de lui.

— Je n'essaierai pas de vous convaincre de l'inutilité d'une résistance contre les *Americanos*, mais je vous donnerai tout de même un conseil.

— Lequel ?

Soudain, le visage de Mendoza parut s'effondrer. Des larmes de désespoir coulèrent sur ses joues creuses tandis qu'il balbutiait son avertissement :

— Si vous voulez vivre, ne retournez jamais à Tortuga. Je crois bien que c'est la prochaine île qu'ils entendent détruire.

V. *Carthagène des Indes*

(HIVER 1640)

> *Pequeño paria el niño*
> *Que de las sombras nació*
> *Juega el juego de la sangre*
> *Para matar su dolor*
>
> DANIEL MELINGO
> Pequeño paria

Au terme de plusieurs autres jours ou semaines de navigation, la *Centinela* fit enfin une escale prolongée. Le temps ne comptait plus. Comme tous les prisonniers ayant survécu aux conditions de détention à bord, j'étais tant épuisé que je compris que le voyage était achevé seulement quand les soldats descendirent dans les cales et m'ordonnèrent de me lever et de les suivre. Depuis l'assassinat du marchand portugais, j'avais été enfermé à l'écart, dans un cachot exigu aux parois épaisses, et soumis à un régime plus sévère encore que celui de mes compagnons : pour toute boisson, seulement un fond d'eau infecte, quand l'envie prenait à un des gardiens de ne pas me laisser crever tout de suite ; pour toute nourriture, ce que mes doigts arrivaient à arracher de matières tendres sur les murs de ma cellule.

Pour moi, il n'y avait plus depuis longtemps de jour ou de nuit, de tangage ou de mer calme : seulement le creux permanent d'une attente hallucinée, d'une gorgée douloureuse de breuvage souillé, de la morsure d'un rat. Un soir ou un matin de délire fiévreux, j'avais bu d'un trait le contenu de l'huile de girofle fournie par le chirurgien de bord, avec l'espoir déçu d'apaiser un peu ma soif. Mes vêtements n'étaient depuis longtemps plus à mes mesures. Mes bottes avaient été confisquées. Chaque geste était comme un coup de trique sur chacun de mes membres, de mes os, sur ma carcasse tout entière. Dans ces conditions, m'extraire de cette boîte ne me fit pas plus d'effet que si on m'y avait laissé.

Peut-être pour me punir davantage, on ne me fit sortir de mon cachot qu'après le départ de tous les autres prisonniers, à l'exception de deux d'entre eux, que je ne reconnus pas. Peut-être d'autres meurtriers ? Je repensai brièvement aux crimes qui avaient eu lieu dans les cages voisines pendant la traversée... J'étais à peine capable de me tenir debout. Depuis longtemps, je ne m'inquiétais plus pour le Cierge ni les autres rescapés. J'ignorais même s'ils étaient encore vivants. Les pieds ferrés, nous fûmes poussés sans ménagement, d'abord vers le pont supérieur de la frégate, puis sur le quai. Nous trottinâmes au rythme du cliquetis des chaînes qui nous entravaient. Je ne fis attention ni à l'activité des marins autour de la *Centinela*, ni à la rumeur côtière d'une cité proche, ni au ressac. En fait, c'est à peine si je notai qu'il faisait nuit, et qu'il faisait frais. Quelques esclaves préposés à l'édification d'une barricade nous regardèrent passer sans cesser leur labeur.

Mené à coups de piques et de bottes, notre trio quitta les docks sous la surveillance des soldats et se laissa conduire vers les remparts imposants de ce qui devait être une tour de guet ou un ouvrage de défense côtier. À l'évidence, nous avions été débarqués à l'extérieur de Carthagène, aux abords d'un fort chargé de la défense de la ville. Des grilles furent ouvertes et fermées, des marches dévalées avec difficulté, jusqu'à me faire séparer de mes deux éphémères compagnons. Puis on me poussa en direction des vastes sous-sols du bastion. Dans ces conditions, passer d'une prison à une autre n'avait pas plus de sens que s'ils m'avaient mené directement à la potence. Au moins, j'étais trop exténué pour me souvenir longtemps du parfum de liberté fugace qui m'avait serré le cœur en arpentant ces quelques centaines de mètres séparant la *Centinela* de ma nouvelle demeure. Certes j'étais à Carthagène des Indes, la plus grande citadelle espagnole de cette partie du monde, mais je ne m'en souciais plus.

Le nouveau domaine où j'avais été jeté était de pierre solide, froid et maigrement peuplé. Moins puant et plus dangereux. Parsemé des corps décharnés de locataires plus anciens, que des habitudes bien acquises ou des conflits répétés avaient fini par répartir presque équitablement sur toute la surface du grand cachot, contre les murs ou au ras des arches soutenant la voûte trop basse. Les gardes avaient ôté mes chaînes et mes fers, peut-être pour éviter que je puisse m'en servir comme arme ou comme outil. Une tête se releva, sur ma gauche, tandis que je demeurai debout, immobile et hébété, dans l'encadrement de l'épaisse porte en bois qui s'était refermée dans mon dos. À petits pas hésitants, je gagnai le mur le plus proche et m'étendis contre la pierre froide et rugueuse. C'est à cet instant, seulement, qu'un soupir de satisfaction pénible me souleva la poitrine : pour la première fois depuis des jours, je pus enfin m'allonger et dormir de tout mon long. Cette simple satisfaction aurait suffi à me faire passer la meilleure des nuits possibles malgré la fétidité du lieu. Je m'y employai aussitôt.

Je ne devais pas avoir somnolé pendant plus de quelques minutes quand je sentis une main chercher ma gorge. J'avais laissé tournoyer mon esprit autour de rêves audacieux d'évasion miraculeuse, lorsque des doigts maigres enrobés d'une forte odeur de crasse rance, coupèrent court à mes chimères en tentant de m'étrangler. Désorienté, j'eus la chance d'aussitôt raidir les jambes, avec l'espoir de trouver la force de repousser mon mystérieux agresseur. À défaut de m'arracher à son étreinte, je ratai de peu son bas-ventre. Ouvrant les yeux, je distinguai une silhouette penchée au-dessus de moi dans l'obscurité, grognant et bavant sans relâcher sa prise. Mon unique hurlement non plus ne le fit pas reculer, mais mes vigoureuses protestations l'ébranlèrent ou l'inquiétèrent assez pour me permettre de lui décocher un second coup de genou mieux ajusté. Cette fois, il me lâcha et recula précipitamment, sans cesser de grogner, jusqu'à sa portion de territoire, quelque part du côté d'un des piliers qui soutenaient le plafond de notre geôle.

Incapable de bouger, je toisai l'inconnu qui avait rompu son assaut aussi soudainement qu'il l'avait lancé. La douleur devait être terrible, car je l'entendis siffler et gémir dans le noir. Hoquetant et effrayé, je m'efforçai de me remémorer sa stature pour, lorsque reviendrait le jour, prendre le temps à mon tour de lui présenter mes aimables civilités. Le cou écrasé et meurtri par sa prise cruelle, je repris lentement ma respiration, toussai et crachai plus de salive que j'aurais cru en posséder, quand une seconde attaque eut lieu sans prévenir : surgissant d'un rectangle d'ombre plus épaisse, un autre prisonnier se dressa soudain près de mon agresseur encore diminué et lui assena un unique coup, direct et fulgurant, en direction de la poitrine, avant de reculer légèrement, peut-être pour déterminer si cette première punition avait été suffisante... Le râle qui monta de la gorge de mon ennemi dut être suffisamment éloquent, car mon défenseur recula à nouveau dans l'ombre et disparut. À cet instant, je supposai que seule une lame pouvait avoir suffi à terrasser aussi efficacement mon étrangleur, et qu'il allait être urgent de me munir d'une arme semblable si je voulais survivre jusqu'à l'heure de mon exécution. Choqué et stupéfait, je luttai pour ne pas m'évanouir. Les yeux écarquillés, craignant un nouvel assaut porté contre moi, je reculai lentement jusqu'au mur qui constituait mon territoire personnel pour prendre la mesure de la situation.

En fait, j'étais si épuisé par mes mois de privations à bord de la *Centinela* que je ne parvenais pas à donner un sens à ce que je venais de vivre. Pourquoi m'avoir attaqué ? Qui m'avait défendu ? Avec quelles bêtes sanguinaires Mendoza m'avait-il fait enfermer ? Lorsque je parvins de nouveau à respirer posément, je n'étais arrivé qu'à une maigre conclusion : il me fallait urgemment découvrir qui était l'homme au couteau, pour le remercier, voire me placer provisoirement sous sa garde. Au moins jusqu'au matin. Sans tarder. Pour faire taire la peur nouvelle qui me déchirait les entrailles. Pour survivre un peu plus. Je me traînai donc dans sa direction, veillant à ne déranger personne sur mon parcours, jusqu'à sentir devant moi la présence obscure de mon mystérieux protecteur.

— *Gracias*, murmurai-je lentement, merci...

Aucune réponse. Je répétai mes remerciements en portugais, puis en anglais, sans obtenir plus de succès. Pourtant je le distinguais assez bien, caché dans l'ombre et m'observant de son regard sombre, boule presque palpitante de chaleur et de méfiance tapie à seulement trois ou quatre pieds de mon visage. Très lentement, pour qu'il ne puisse se méprendre sur mes intentions, je tendis la main droite vers lui. Après une courte hésitation, il agrippa mes doigts et me rendit mon salut. Je jure qu'en cet instant, j'aurais pu pleurer de joie et de soulagement. Cet unique contact, répandu sur l'infinie surface de nos mains, de mes ongles au poignet, m'arrachait soudain des trésors de fraternité douloureuse.

— Merci, répétai-je sans le lâcher.

— Arcadio, me répondit-il d'une voix aigrelette et écorchée par un accent que je ne reconnus pas.

Conjecturant qu'il s'agissait de son nom ou de son prénom, je lui donnai le mien en échange, sans cesser d'étreindre ses doigts. Toujours aussi lentement, je me courbai peu à peu vers ses jambes et commençai à m'allonger en rond près de lui, en espérant qu'il ne prendrait pas ce geste pour une intrusion trop audacieuse. Hélas, il me donna aussitôt un rude coup de talon dans les côtes, qui me fit reculer prudemment, tandis qu'il me montrait du doigt le mur d'où je venais :

— *Mañana*, ajouta-t-il de la même voix déchirée.

Malheureux et inquiet, je me contentai de hocher la tête en rebroussant chemin jusqu'à la place que le hasard m'avait attribuée au sein de la grande geôle. En souhaitant avoir correctement interprété sa dernière indication, j'espérai que les dernières heures me séparant encore de l'aube n'auraient pas d'ici là balayé les prémices d'une complicité à naître. Je dois avouer aujourd'hui que, malgré mon épuisement, je dormis peu en attendant le retour du jour.

*

Je crois que le plus étonnant trait relatif à l'animal humain — du moins, celui qui n'a jamais cessé de m'étonner —, c'est son incoercible capacité à se satisfaire de son malheur. Je ne suis même pas sûr, en vérité, que ce soit l'espoir d'une possible amélioration qui lui permette d'endurer et de supporter les pires conditions. Non, je crois que c'est plutôt quelque chose comme une sage ou salvatrice inclination à réduire son horizon à ce qu'il peut instantanément appréhender ; à élaguer du champ de ses pensées tout ce qui n'est pas instantanément indispensable à sa survie. Oui, c'est bien en se rapetissant à la stricte expression de ses nécessités immédiates, et non pas en se grandissant dans une posture d'abnégation consciente et supérieure, que chacun peut endurer les pires formes d'existence. Survivre, c'est ne faire aucun cas d'aucun reste.

C'est ainsi qu'au lendemain de cette première nuit très éprouvante, sous les voûtes du grand cachot où j'avais été jeté, je ne m'intéressai qu'aux détails les plus éminemment nécessaires à ma sécurité immédiate : à peine sorti d'un repos nauséeux, je me tassai contre ce qui était devenu ma portion de mur pour observer, à la chiche lumière du jour naissant, les trognes de mes voisins. Comme je l'avais supposé avant de m'abandonner à un bref sommeil, celui qui m'avait attaqué ne bougeait ni ne respirait plus. Proprement occis par cet Arcadio, son corps gisait là où il était tombé. De ma place, à peine éloignée de la dépouille d'une dizaine de pas, je ne parvins cependant pas à apercevoir de blessure visible ou de sang, et ce détail troublant me perturba suffisamment pour me tourner vers mon sauveur nocturne : par quel moyen, par quelle botte secrète, avait-il réussi à foudroyer si proprement ce solide gaillard dont je pouvais maintenant mesurer la taille et la force ? Lors d'escales du *Chronos* dans les ports caraïbes débordant de risques et de violence, j'avais à maintes reprises assisté aux coups de boutoirs assenés par la Grande Mayenne, capable de faire s'agenouiller un taureau d'un seul coup de poing. Mais ce que je pouvais apercevoir d'Arcadio, encore endormi à l'endroit où je l'avais rejoint la veille, ne laissait nullement présager d'une telle force : sans être fluet, l'homme me semblait en vérité faiblement bâti et, pour tout dire, d'une constitution fort peu robuste. Je notai aussi non sans surprise qu'il avait le teint cuivré et le poil de crin noir des natifs du Nouveau Monde, et qu'il ne pouvait retenir de déchirantes quintes de toux jusque dans son sommeil. Je profitai également de l'aube pour observer quelque peu mes autres compagnons de cachot. J'en comptais en tout une dizaine, tous vêtus de guenilles plus défraîchies que les miennes qui témoignaient d'un long emprisonnement. Si j'avais été moins faible et moins inquiet, j'aurais peut-être pu mettre à profit ces instants de tranquillité matinale pour réfléchir un peu à ce qu'impliquaient les détails de ce médiocre panorama, mais mon esprit tout entier ne désirait qu'une seule chose : le réveil de celui qui semblait être mon unique allié, pour négocier une possible entente. Je fus exaucé lorsque le solide vantail du cachot grinça lentement sur ses gonds : comme s'ils obéissaient à quelque impérieux tocsin, les têtes se relevèrent et les yeux s'ouvrirent pour saluer l'entrée de deux gardes-chiourme à la mine aussi endormie que leurs captifs. Tandis que le premier d'entre eux déposait près de l'entrée un paneton et un cruchon en terre cuite, l'autre serrait la garde de son sabre nu en observant tour à tour chacun des hommes présents. Aucun captif ne bougea jusqu'au départ des gardiens, ce qui ne constituait guère une surprise notable. La scène qui suivit la fermeture de la porte, en revanche, fut riche d'enseignements : selon ce qui me parut être un rituel dûment hiérarchisé, chacun des prisonniers vint s'approcher des maigres vivres pour y saisir un morceau de vieux pain et s'accorder une gorgée d'eau claire, avant de retourner à sa place tandis que le suivant faisait de même. Je m'interdis prudemment de me choisir un rang dans cette chorégraphie, préférant établir et retenir l'ordre dans lequel se faisait cette répartition, avant de me risquer à aller chercher ma part. Cette démonstration de civilité et d'organisation, exécutée par des individus au ventre sans doute aussi vide que le mien, et après les violences aveugles de la nuit précédente, me troubla hautement. Et mon étonnement redoubla quand Arcadio fut parmi les derniers — l'antépénultième si ma mémoire est bonne — à venir se servir sans manquer de me faire un signe d'invite pour le rejoindre près du panier et prendre ce qui constituait mon dû. Je me relevai en flageolant, fis mine de marcher droit jusqu'à lui, puis tendis une main tremblante vers le quignon si aimablement offert. Avec un sourire plissé, il me désigna le cadavre de mon agresseur nocturne et croassa une explication à voix haute :

— *Ya es tuyo…*

Devinant qu'il m'accordait officiellement la part du mort, je saisis le pichet presque vide, m'en octroyai une lampée plus glorieuse qu'un vin d'Italie et retournai sans faiblir jusqu'à ma place. À chaque bouchée du pain que j'avalai sur ce lent chemin de retour, je sentis mon cœur cogner si fort dans la poitrine que j'aurais pu jurer une fidélité sans faille au dispensateur de cette manne céleste. À n'en pas douter, Arcadio était de ceux qui disposaient d'une autorité établie en ce lieu. Tout, dans ses manières précises et mesurées, me le laissait comprendre. Et quand il me rejoignit et se cala à côté de moi pour grignoter son pain, je réalisai que mon instinct avait été le bon et que je n'étais désormais plus seul dans cette prison. Il restait bien sûr à savoir pourquoi… Mais pour le moment, cet infime progrès suffisait à me satisfaire pleinement.

La première chose que je notai, tandis que nous déglutissions de concert notre provende chèrement gagnée, ce furent les difficultés qu'éprouvait mon voisin à mordre dans le pain dur. À sa troisième tentative d'en arracher un morceau, je constatai avec stupeur qu'il ne possédait plus de dents et que ses gencives durcies par les mauvais repas constituaient ses seuls moyens de continuer d'en profiter. Percevant que j'avais vu son handicap, il cessa un instant de mâchonner la mie desséchée pour m'offrir un sourire blessé. D'abord embarrassé par cette révélation, je ne parvins à lui sourire tout aussi piteusement qu'en entendant monter ses gloussements nerveux et moqueurs. Frères édentés, nous reprîmes notre repas sans prononcer un mot, tandis qu'autour de nous les autres prisonniers se rallongeaient pour profiter d'un peu plus de chaleur dans la chiche lumière dispensée par les soupiraux. Quelle ne fut pas ma surprise quand Arcardio se pencha alors vers moi pour me murmurer sereinement en désignant ses lèvres :

— Du feu pour ma colère.

Je faillis en avaler de travers, tant il ne m'était pas venu à l'esprit qu'il pouvait parler ma langue. Son accent demeurait plus cassant qu'un granite brut, mais il avait bien prononcé ces quelques mots dans un français hésitant. Je posai un regard fiévreux sur son visage et tentai de demeurer placide :

— Ta colère ?

Pour unique réponse, il se tapota sur le creux des épaules, puis aux coudes, avant de grimacer de contentement :

— Les bras cassés aussi, là et là, pour me punir, mais j'ai guéri.

Était-ce ma propre bouche mutilée qui l'avait poussé à se confier ainsi ? Ou bien le sentiment que je pouvais constituer un interlocuteur agréable ? Ou bien encore, plus prosaïquement, le fait que j'étais venu le remercier pour son intervention salvatrice ? Difficile à dire, en vérité, mais je n'en étais pas moins sombrement transporté. Dans ce cul-de-basse-fosse où m'avaient conjointement précipité les vents du hasard et de mon obsession, je commençais à croire que le destin venait de me placer sur la trajectoire d'un frère d'amertume et de rage. J'ignorais seulement à quel point j'avais vu juste. Les heures et les journées suivantes se chargèrent de me le prouver, au-delà de ce que j'aurais pu espérer ou imaginer.

Ce fut entre de longues périodes de somnolences, seulement ponctuées par les visites des gardes-chiourme, que nos confessions entremêlées commencèrent à tisser le canevas de nos vies désormais liées. Mélangeant latin, espagnol et français hésitants, Arcadio me brossa assez précisément le destin sanglant d'un bâtard dont personne ne voulait.

— Tous ici, me dit-il en désignant les autres prisonniers, sont accusés des pires crimes, mais aucun n'a fait pire que moi.

Cette fanfaronnade m'avait tout d'abord arraché un rictus complaisant, tant j'étais habitué aux rodomontades en tous genres des gibiers de potence persuadés que leur mort ne tarderait plus. Les assassins n'échappant pas plus que les autres hommes à la tentation de se considérer comme le meilleur ou le plus remarquable dans leur domaine, et disposant moi-même de quelques récentes distinctions dans cette catégorie, je ne doutais pas de pouvoir remettre à sa juste place cette affirmation pleine de défi. Mais les mots me manquèrent, pour le féliciter ou le presser de m'en dire davantage, quand il me révéla l'infamie de son forfait : lui, Arcadio, honteux bâtard d'un Espagnol et d'une Indienne, doublement coupable d'être né et d'avoir profité de l'enseignement clandestin d'un géniteur amené à résipiscence, avait organisé et mené à bien l'incendie d'une église avant d'en clamer la responsabilité. Dans un premier temps, je peinai à croire qu'il ait pu se rendre coupable d'un tel crachat à la face de l'autorité espagnole sans le payer aussitôt de sa vie. Surtout quand il m'apprit qu'il était enfermé ici depuis presque deux ans. Les explications qui suivirent ne furent pas moins stupéfiantes que l'aveu ou la nature de son crime : en sus d'être un incendiaire et un agitateur, Arcadio était surtout le fils caché d'une éminente figure des autorités de Carthagène, un de ces grands d'Espagne dont il ne souhaita pas me préciser le nom mais qui, si je saisis correctement les rouages de l'intrigue en cours, était de ceux qui prônaient une gestion plus chrétienne des affaires indiennes, et un meilleur traitement des populations indigènes. Un modéré, en somme, qui partageait les conclusions de l'illustre Bartolomé de las Casas. J'avais moi-même lu en partie l'œuvre de ce frère dominicain, en des années de jeunesse plus studieuse et plus innocente, et n'y avais pas trouvé moins de flamme ou de belles et bonnes paroles que dans certains écrits du grand Montaigne. Je voulais bien être persuadé que certains nobles espagnols, moins bestiaux et sanguinaires que leurs contemporains, avaient à cœur d'agir en meilleure humanité dans leurs conquêtes. J'étais tout aussi prêt à croire qu'un enfant né de ces deux peuples que tout opposait ne trouvât pas meilleure manière d'exprimer la honte intime de cette double naissance qu'en réduisant en cendre le plus évident symbole de sa dualité.

— Ce petit secret est bien gardé, s'amusa à me confier Arcadio sur le ton de la bonne et fine plaisanterie, mais il me garantit la tenue d'un vrai procès que personne n'était pressé d'organiser.

En somme, son maintien en captivité servait autant à museler son père qu'à éviter un scandale public. Je ne pus m'empêcher de rire avec lui de la situation, avant de lui narrer mes propres déboires. Il m'écouta attentivement et sans m'interrompre, se contentant de me relancer seulement quand la fatigue m'assommait ou que la faim me réveillait. Il me confia aussi que nous étions sans doute les seuls individus clairvoyants à partager cette geôle, quand autour de nous ne vivotaient que des soudards surtout coupables d'être trop idiots ou trop consanguins pour ne pas s'être livrés aux pires crimes de sang.

— Toi et moi avons tué en pleine conscience, me répéta-t-il à plusieurs occasions sans que je prenne la peine de le détromper.

Car si je voulais bien assumer la part d'irrépressible colère qui m'avait saisi et soutenu pendant que j'étranglais le pauvre Rodolfo Nunez de La Vega, je doutais de brûler d'un feu aussi sauvage que celui que je voyais flamboyer dans les pupilles de mon protecteur et nouvel ami, à chaque fois qu'il évoquait la présence espagnole sur la terre de ses ancêtres. Au moins, nous détestions au même degré l'hypocrisie catholique, et cette haine nous aida à nous accorder mutuellement assez de confiance pour charger l'autre de veiller sur son sommeil.

Si j'avais su à l'époque qu'il m'avait menti sur tout et en tout, et que toute cette fable de père espagnol n'avait été brodée que pour me rendre le gaillard plus sympathique, je crois que je ne lui aurais pas fait moins confiance, tant j'avais besoin de me raccrocher à une présence bienveillante pour supporter ma condition un jour de plus.

XIII. *Côtes du Yucatan*

(ÉTÉ 1644)

> *So very little time*
> *So very little hope*
> *You're looking for someone*
> *While the rain is falling down*
>
> BEL CANTO
> Dewy Fields

Après la mise aux fers du traître Pakal, je crois que je bus sans discontinuer pendant près de deux semaines. À ne plus savoir quand pisser ou dormir. À me contenter de meugler quand Gobe-la-mouche passait voir dans ma cabine si je n'avais pas souillé mes draps. Mon second tenait les gabiers, moi je tenais mes flacons. Et la vie continuait.

Avant de quitter la Tortue, j'avais pris soin de vendre notre dernière cargaison de batteries et de *conserva* à un honnête négociant de ma connaissance, pour un prix raisonnable qui avait momentanément tranquillisé l'équipage. L'argent avait été dûment versé au coffre de bord et les parts de chacun calculées à titre prévisionnel. Profitant de l'excès de sévérité que savait parfois me procurer l'alcool, j'avais aussi pris la difficile décision d'expédier à Port-Margot mes deux autres aspirants venus de Noj Peten et de Tikal. Malgré les déclarations de Pakal quant à leur innocence, je ne pouvais pas prendre le risque de garder deux espions à bord, ni me permettre sans preuve de leur faire connaître le même traitement que celui que je comptais infliger à leur camarade félon. Je leur avais donc remis une coquette somme en doublons et guinées, puisée dans ma cassette personnelle, avant de les enjoindre de poursuivre leur formation sur un autre bâtiment.

— Vous avez bien appris, leur avais-je dit. Il est temps pour vous d'écouter d'autres leçons auprès d'autres capitaines. Restez éloignés de Basse-Terre, où vous ne serez pas bien accueillis, et poursuivez votre instruction. Si Dieu nous prête vie, je vous retrouverai dans quelques mois, après quelques affaires que je dois régler à ma façon.

Les deux jeunes Itza n'avaient pas protesté et s'étaient inscrits dans la journée au rôle de *L'Albatros*, solide brigantin commandé par l'honorable capitaine Amédée Le Joly. Je me suis longtemps interrogé quant à la culpabilité vraie ou fausse de ces deux-là. La mienne, en les chassant ainsi, était patente. Je le sais. Je le regrette encore, parfois.

Après ce renvoi aimable, j'avais passé de longues heures à interroger mon dernier élève placé sous la surveillance de Main-d'or. Libéré de la menace d'être livré aux appétits féroces de Fèfè de Dieppe et de ses boucaniers, Pakal avait beaucoup recouvré de sa morgue et de son mépris, jusqu'à se réfugier dans un mutisme fanatique. Malheureusement pour lui, j'avais fréquenté la rude école du commodore Mendoza, qui m'avait appris — à mon corps défendant — comment briser la volonté d'un prisonnier récalcitrant. À la surprise de mon bosco et sans lui fournir plus d'explications, j'ordonnai de faire ligoter serré mon prisonnier et de le jeter à fond de cale. Là, dans l'obscurité la plus totale, avec pour seule distraction l'appétit des rats et le grouillement de la vermine, il eut tout loisir de trembler de peur et de froid. Trois jours de ce traitement cruel auraient pu suffire à faire parler un homme. Il en tint quatre. À l'orée de la cinquième aube, cloué par la lumière de ma lampe-torche, il me livra enfin tout ce que je voulais savoir, dans un long tremblement nerveux qui se prolongea après qu'il eut fini de parler. Dès lors, ce fut à mon tour de trembler et de chercher les ténèbres pour m'y réfugier. Car ses ignobles révélations avaient corrompu jusqu'à la fibre de mes songes. Au point que je fus tenté de virer de bord et de rentrer à Nantes, ou ailleurs, pour ne plus avoir à voguer sur la même mer que Pakal et les siens. Jusqu'à me retrancher dans ma cabine, pour y feuilleter encore et encore le livre du Targui et sangloter de terreur.

Des pantins. Si mon prisonnier avait dit vrai, nous étions tous des pantins, ballottés au gré de vents venus d'au-delà de l'horizon. D'au-delà de notre... temps ? Seigneur ! Quel esprit pouvait recevoir ce mystère sans se rompre comme rameau dans la tempête ? J'avais navigué et couru après le miracle de merveilles qui n'étaient pas de ce monde. « Diableries », m'avait autrefois dit le lieutenant Nicolas, l'ami du capitaine Brieuc, avant de mourir dans l'explosion du *Rat qui pette*. Et j'avais ricané, du ricanement moqueur des ignorants. Diablerie en vérité... Heure après heure, je feuilletais dans ma cabine les pages illustrées du livre que le capitaine Johnson n'écrirait pas avant quatre-vingts ans, et je ne voulais pas me résoudre à accepter ce que signifiait de tenir cet ouvrage entre mes mains. Pas encore. Pas déjà. Et pourtant, tant de signes au gré de mes aventures, qui venaient trop bien étayer les révélations de mon prisonnier. À me donner envie de hurler de frustration, la tête enfouie sous la couverture, ou de m'ouvrir le front contre ma bouteille pour y verser directement le feu froid de l'alcool, seul capable de m'apaiser. Je crois bien, durant ces quelques jours d'angoisse et de solitude à l'écart de mes hommes, que je leur fis réellement peur, plus encore que lors de certaines de nos expéditions au ras des forteresses espagnoles ou le long de certaines côtes méconnues pour y mener mes étranges commerces. Une nuit plus insupportable que les autres, je jetai par-dessus bord la boussole et la radio offertes par Arcadio. Autant de cadeaux empoisonnés qui s'engloutirent dans l'océan. Ivre et furieux, je me souviens que j'arrachai même mon merveilleux pistolet de ma ceinture et fus tenté de l'envoyer pareillement dans l'abîme. L'arme était lourde et menaçante dans ma main, terriblement moderne. Dépenaillé et avachi à la proue de mon navire, je visai consciencieusement les étoiles trompeuses, vidai encore une bouteille de tafia, avant de finalement ranger l'arme et retourner ronfler sur ma couchette. D'une manière obscure et détournée que je ne parvenais pas à m'expliquer, j'étais soudain devenu certain que je devais conserver l'arme… J'étais noir de chagrin et d'alcool, mais je savais au moins une chose : au bal du diable mieux valait être cornu.

C'est ainsi que je passais la quinzaine qui suivit les révélations de Pakal. Quand mon abattement se lassa enfin de moi, il fallut encore les efforts conjugués du Baptiste et de Gobe-la-mouche pour me faire lâcher mes derniers flacons. Heureusement, mes officiers avaient appris depuis longtemps à suivre mes ordres et à les exécuter malgré mes absences. À bord du *Toujours debout*, chacun savait que le capitaine assurait fortune à ceux qui osaient le suivre sans poser de questions. Un matin, lorsque l'idée même d'avaler une rasade de vin aurait suffi à me faire rendre, je me levai enfin et remontai affronter le monde. Ma décision était prise et elle n'avait pas changé : j'allais retourner parler avec Arcadio et crever l'abcès des *maravillas*.

Puisque j'avais bêtement sacrifié ma radio, je ne pouvais pas convenir d'un rendez-vous. Il allait me falloir retrouver seul le chemin de la cité des Itza. Encore embrumé par mes excès, je fis chercher Pakal par deux solides gabiers, et lui offris le meilleur arrangement qui fût : il me mènerait jusqu'à Noj Peten et il recouvrerait la liberté. Je me moquais de ce qu'il pourrait faire ou dire en représailles dès qu'il serait libre. Peu m'importait désormais. Je voulais seulement comprendre, faire taire mes doutes, et m'assurer par la bouche de celui qui m'avait initié aux secrets de la jungle que les révélations de Pakal n'étaient pas celles d'un fou.

— Nous débarquerons au plus près sur la côte, dis-je, puis tu me guideras et nous marcherons. Tu seras libre de tes mouvements tant que je serai éveillé. Si tu veux fuir, si tu me bernes, je te tuerai avec ceci…

Le jeune homme qui prétendait venir du futur reconnut mon redoutable pistolet et ne dit rien. Je ne savais pas dans quelle aventure je venais de me lancer, mais j'éprouvais une irrépressible urgence à agir ainsi. Je passai le reste de la journée à donner mes ordres à Gobe-la-mouche et à établir avec lui la meilleure manière d'occuper l'équipage en attendant mon retour.

Il fut décidé que le *Toujours debout* irait mouiller dans une anse abritée que nous avions découverte lors d'un voyage précédent, et que la frégate y serait échouée le temps d'un grand toilettage de la coque. Quelques corvées de bois et d'avitaillement compléteraient au mieux cette halte forcée, en plus de la distribution de ce qu'il faudrait de vin et de tafia pour rasséréner l'équipage.

Puis je cédai le commandement du navire à mon dodu second, ordonnai la mise à l'eau d'une barque copieusement approvisionnée et y fis descendre mon Indien sous bonne surveillance. Quatre marins descendirent avec nous pour souquer ferme cap à l'ouest, vers le front vert de la forêt du Yucatan.

*

Pakal s'était-il rangé sagement à ma proposition ? Avait-il estimé qu'il lui serait plus pratique d'être escorté pour subsister dans la jungle ? Je ne l'ai jamais su, mais je dois admettre qu'il fut un compagnon de marche presque agréable. Si les premières journées nous laissèrent tous deux à l'orée de dialogues qui ne voulurent jamais s'initier, nous finîmes par échanger quelques mots. D'abord pour seulement tromper le silence pesant de la nature, ensuite pour le simple plaisir de la conversation. Tous ceux qui ont, une fois au moins, effectué une telle expédition savent quelle poignante angoisse peut saisir le cœur du voyageur, jusqu'à rapprocher ceux que tout opposerait par ailleurs, au nom de cette fraternité qui lie les hommes coupés du monde. Et si nos discussions s'achevèrent souvent dans l'agacement et le silence, nous sûmes à chaque fois revenir sur notre colère pour converser encore.

Pakal était un fanatique, tellement persuadé du bien-fondé de son combat et de sa cause que rien ne pouvait ébranler ses convictions. Bientôt il ne laissa pas filer une soirée sans s'évertuer à me détailler la justesse de son engagement. Cet acharnement farouche, cette volonté de me faire sinon fléchir du moins réfléchir, me laissaient à chaque fois songeur et confus. Pakal était un tribun subtil et convaincant, dont les arguments parvenaient souvent à extorquer partiellement mon suffrage. Sa haine des Espagnols, le massacre de son peuple — et de beaucoup d'autres dont je n'avais jamais entendu parler — au nom de la foi, de la soif de l'or ou de la conquête, la croyance en un progrès qui saurait profiter à tous : autant de raisonnements qui emportaient mon adhésion et me donnaient envie de le soutenir, lui, et tous les Itza, dans leur grande révolte. Mais à chaque fois qu'il était près de me convaincre, quand j'essayais de mieux cerner les buts, je ne pouvais manquer de déceler dans ses explications quelque écho coupable : cet irrépressible désir des meilleurs esprits de gouverner la destinée d'autrui. Au nom des meilleurs principes, ou des pires calculs, Pakal et les siens entendaient choisir à ma place, à la place d'Arcadio, à la place de chacun. « Ce traître paiera », avait laissé échapper ce zélote du Nouveau Monde à propos de mon ami. Quelle place, après cet élan, pour ses promesses de liberté ? À bien y réfléchir, ces gens-là me paraissaient autant pétris d'injustice que les vieilles tyrannies qu'ils entendaient renverser. Et en définitive, le plus inquiétant restait qu'ils disposaient assurément des moyens d'y parvenir.

Il y avait quelque cocasserie à ainsi discourir au cœur de la jungle, à l'écart des urgences du monde. Pourtant, le même rituel se répéta inlassablement autour de nos maigres bivouacs. Comme si nous devinions qu'il manquait en même temps tout et presque rien pour accorder nos points de vue. À ce jeu, je dois reconnaître que Pakal fut mon maître, et que je dus régulièrement recourir à d'obtus ergotages pour ne pas trop tôt céder à sa rhétorique — ce qui ne manqua jamais de le faire fulminer, à chaque fois que j'esquivais ses conclusions par une cabriole.

— Tu fuis encore, grinça-t-il une nuit que nous avions poussé la joute un peu plus loin que d'ordinaire. Tu ne veux pas avouer que nous avons raison.

— J'avouerai tout ce que tu veux le jour où je t'entendrai rire de vos doctrines, rétorquai-je malicieusement.

— La révolution n'est pas un dîner de gala ! Ni un sujet de farce !

Je reconnus un de ses arguments préférés, une de ces formules avenantes qui soutenaient ses assauts à chaque fois qu'il était pris de court. Je haussai les épaules en gloussant :

— Pakal, tu me parles de révolution le cul dans la mousse et la couenne mangée par les maringouins. Comment ne peux-tu pas voir ici et maintenant la bouffonnerie de notre situation ?

D'une main, il écrasa l'insecte qui était venu lui agacer le mollet et me tendit sa paume souillée de jus noir :

— Tu ne comprends pas. C'est l'hostilité de la nature qui nous guidera. L'homme ne doit pas la soumettre mais la subir. C'est ainsi, et ainsi seulement, que nous saurons nous préserver des perversions de la tentation. Vois les Itza, et comment ils ont résisté à l'envahisseur en se réfugiant au cœur de la jungle. Leur mode de vie est tellement primitif et tellement en accord avec la nature qu'ils ont su adopter nos enseignements sans rien rejeter de leurs coutumes.

— Mais toi et les tiens avez apporté vos médicaments, et votre savoir, qui n'ont rien à voir avec cette nature qui doit demeurer inaltérée.

— Seulement l'application de principes naturels déjà connus, que nous avons perfectionnés. Nous ne sommes pas idiots. Le progrès mérite d'être exploité s'il améliore le confort de chacun sans pervertir la nature.

— Et vos armes? Et vos outils merveilleux? Toutes ces choses qui vous assurent la suprématie et ont mis les Espagnols à genoux en quelques années?

— Tu viens de le dire toi-même: des outils, seulement. Utiles le temps d'extirper de notre flanc les épines les plus tenaces. Puis viendra le temps de les détruire et de les oublier. Alors viendra l'harmonie. Pour tous.

Je restai coi. Christ mort, comme j'aurais aimé le croire! Comme j'aurais voulu embrasser ce monde nouveau, là, autour de moi, grouillant de promesses et d'innocence, ce nouvel Éden à bâtir, si les hommes savaient être un peu moins eux-mêmes. Quand je l'entendais parler ainsi, j'admirais presque Pakal pour sa foi et ses certitudes. Mais je le haïssais tout autant de n'accorder aucune place à ceux qui ne voudraient pas de son paradis. Pas de place ailleurs que dans un charnier ou une geôle, en tout cas. Je ricanai tristement:

— Quelle folie de croire que chacun voudra de cet Éden.

— Quelle folie de refuser de le bâtir ou d'y entrer.

Cette fois, ce fut à lui de sourire. Et j'enrageai de n'avoir rien à lui opposer que mon égoïsme.

— Dormons, dis-je comme presque à chaque fois que nous risquions d'en venir aux arguties.

— Nous arriverons bientôt à Noj Peten, et tu verras comme nous avons eu raison.

En fermant les yeux, cette nuit-là, je crois que je désirai autant le voir triompher que constater qu'il avait tort. Malgré ma fatigue, j'eus beaucoup de mal à trouver le sommeil. Les arbres craquaient et s'agitaient au-dessus de notre foyer. Je sentais la terre frissonner sous moi, comme si elle s'éveillait après un trop long sommeil. Alors que l'engourdissement me saisissait peu à peu, je fus ramené à la conscience par le fracas soudain d'une lourde branche qui s'était brisée et frappa le sol près de nous. Un grand silence se fit au moment où je me redressai. Pakal se tenait face à moi, debout, également alarmé par le grondement qui agitait soudain la région. Un autre arbre se fendit et s'abattit sur notre gauche, soulevant plusieurs brassées de terre grasse et noire qui retombèrent en pluie collante sur nos épaules. L'Indien manqua perdre l'équilibre lorsqu'une nouvelle secousse fit trembler le sol sous ses pieds. En levant la tête, j'aperçus un coin de ciel et cherchai en vain à reconnaître les étoiles : celles-ci clignotaient et sautillaient dans la nuit comme des lucioles ivres. Je me levai, malgré la difficulté à tenir debout, et agrippai Pakal par le poignet :

— Ne restons pas ici. Un arbre peut nous écraser à tout moment.

Il me regarda sans comprendre. Sa bouche dessina un sourire incrédule :

— Il n'y a que ça, ici : des arbres partout.

Comme pour ponctuer sa révélation, un autre tronc éclata près de nous en faisant voler des fragment humides dans toutes les directions.

— Mort de moi ! Prends ce que tu peux et partons !

Je ramassai ma couverture, ma musette, et filai au jugé vers là où les secousses me semblaient moins vivaces. Pakal m'imita. Nous détalâmes comme des garennes sous l'orage, sans réfléchir ni reprendre notre souffle, jusqu'à nous sentir suffisamment éloignés de la grande convulsion qui avait happé la jungle. Hors d'haleine, le visage griffé par les branches et les buissons, je m'affalai contre un tronc et cherchai à recouvrer mes esprits. Le tremblement de terre était passé. Je sentis mes boyaux se contracter de terreur au point que je craignis d'avoir souillé mes cuisses.

— C'est fini, haletai-je.

Pakal ne répondit pas. Moins épuisé que moi, il était resté debout et m'observait sans nulle émotion. Au-dessus de sa tête, les étoiles avaient cessé leur gigue et scintillaient sagement à leur place.

— Pakal ? Ça ne va pas ?

Je lus dans son regard la lueur impatiente des assassins, tandis que ses mains se serraient en poings tremblants contre ses hanches. Je me souvins d'Arcadio et de sa manière de tuer sans arme. Mes doigts tâtonnèrent pour trouver mon pistolet resté à ma ceinture. Je n'eus pas le temps de le saisir : avec un hurlement atroce, Pakal se volatilisa devant moi en une gerbe de sang épaisse qui m'éclaboussa le visage. À sa place, je vis quelque chose d'abominable, comme ce qui aurait pu rester d'un corps s'il avait été piétiné et haché menu jusqu'à en faire de la pulpe. Et au milieu de cette bouillie sanguinolente, il y avait la carcasse presque autant déchiquetée d'un jaguar, un grand fauve agonisant au pelage visqueux de glaires et d'esquilles d'os. C'était comme si un géant avait joué à faire se fracasser les deux corps pour en tester la résistance. De Pakal, il n'y avait plus rien. De la bête, seulement une ultime étincelle de vie qui l'incitait encore à chercher de l'air pour ses poumons qui n'existaient plus. Je reculai précipitamment, tombai à la renverse et vomis sur mon pantalon. Devant moi, deux arbres explosèrent presque simultanément, puis un troisième, tandis qu'un roc incandescent vint s'écraser loin sur ma droite en pulvérisant le sol et mes dernières certitudes. Ce n'était pas un tremblement de terre. C'était un cataclysme. Peut-être l'éveil d'un volcan. Je décampai sans chercher à comprendre ce que je venais de voir. Au-dessus de ma tête, les étoiles avaient repris leur farandole extravagante. Je courus sans m'arrêter. Au milieu de la nuit, le soleil se leva trois fois et embrasa le ciel à répétition avant de disparaître, puis une nuit sans lueur recouvrit la forêt qui continuait à se déchirer en tous sens. Je n'avais plus qu'une idée en tête : retourner vers la côte et échapper à cet enfer. Quitte à suivre le rivage assez de jours pour rejoindre ma frégate et mon équipage par la plus longue route. Mais sans l'assistance des astres je ne pouvais même pas savoir vers quelle direction je filai. À deux reprises, j'aperçus ce qui me sembla être un tronc qu'on aurait mélangé avec le corps d'une bête. Le bois avait cédé et s'était tordu vers l'extérieur comme si l'arbre avait enfanté une créature de chair et de sang malgré sa volonté. Le résultat faisait des amas à vif, luisants de viandes et de fibres rougies, qui m'arrachèrent des haut-le-cœur à chaque découverte. Pour ne pas m'évanouir trop tôt, je choisis de garder les yeux rivés au sol et m'appliquai à ne pas en voir plus qu'il ne m'en fallait pour éviter de heurter un obstacle trop large. La terre trembla de nouveau, non plus comme si elle frissonnait mais plutôt à la manière d'un brouet trop chaud. La forêt bouillonnait pire qu'une cornue d'alchimiste. Je dus faire plusieurs fois demi-tour, sans cesser de progresser, pour seulement éviter de verser dans des failles fraîchement ouvertes dont je n'aperçus pas le fond. Partout autour de moi, j'entendis des hurlements d'agonie et de souffrance indescriptibles, sortis de gorges ou de gueules qui n'avaient pas été conçues pour produire de tels sons. La géhenne était sur mes talons. Je suppliai le créateur de m'accorder de trépasser comme il l'entendrait, mais instantanément. J'avais tout perdu, ma musette comme ma couverture, il ne me restait que mon pistolet, que j'agrippais de toutes mes forces en espérant préserver assez d'autonomie pour m'achever si je devais à mon tour être amalgamé à un arbre ou un animal. Bientôt, je n'eus même plus assez de souffle pour marcher mais j'avançai encore. L'air était saturé d'une bruine acide qui m'embrasait le thorax à chaque respiration. Une dernière fois, j'évitai l'éruption d'une roche ardente jaillie du sol. Une dernière fois, je roulai dans une gerçure géante apparue trop tard sous mes pieds pour l'éviter. Une pluie ininterrompue de pierres coupantes me lacéra le dos et les membres. J'invoquai les saints et les anges, les suppliai de m'arracher à cette apocalypse. Le monde était moribond. Je rampai encore sur sa chair révulsée.

— Assez ! ordonnai-je aux éléments.

Une roche plus lourde que les autres me heurta le crâne pour me punir de mon effronterie. Je sanglotai et me déchirai les doigts en creusant dans la terre meuble un terrier où me recroqueviller.

— Assez, suppliai-je encore en cessant de lutter.

Une dernière pierre, plus charitable, m'ouvrit la tempe avec un bruit mat. Je devins sourd et aveugle, à défaut de perdre conscience. À tâtons, sous la pluie minérale qui s'intensifiait, je cherchai la coupable et la saisis à deux mains. J'avais perdu mon pistolet. Je me cognai la tête à deux reprises contre le roc, jusqu'à m'étourdir assez pour ne pas m'infliger une autre blessure. Je me sentis glisser avec satisfaction vers le néant et l'oubli. Juste avant de m'évanouir, je roulai sur le dos pour ne pas étouffer trop tôt et affronter de face l'averse qui ne faiblissait pas... Le néant m'engloutit.

Et c'est ainsi, dans une fosse de rocaille et de débris, que je passai ma première nuit après la fin du monde...

XIV. *Désert du Yucatan*

(FIN DU TEMPS CONNU)

> *Sono io la morte e porto corona,*
> *io Son di tutti voi signora e padrona*
>
> ANGELO BRANDUARDI
> Ballo in fa diesis minore

... Je n'ai jamais su combien de temps je restai inconscient au fond de ma fosse, ni combien de temps dura le cataclysme au-dessus de moi. Quand j'émergeai de mon sommeil douloureux, je fus d'abord happé par un silence si pesant que je me crus frappé de surdité. Mes yeux se firent à la lumière du jour, pendant que je toussai assez de poussière pour ensabler la baie de Lorient... Entendre ma voix me rassura au moins quant à mon audition, mais mon visage, mes bras et mes mains, mon corps tout entier n'étaient que croûtes, écorchures et égratignures. Je m'arrachai péniblement à ma tanière de gravats et de rocaille pour me hisser hors de la longue anfractuosité qui balafrait le sol et dans laquelle je m'étais réfugié au pire du cataclysme. Ce que j'aperçus me causa un choc plus violent que si j'avais réalisé qu'il me manquait un bras ou une jambe : autour de ma cachette, la jungle avait disparu. À perte de vue, je pouvais voir un désert d'humus et de boue plus ravagé qu'une plaine après la bataille. Des arbres, il ne restait que des éclats épars, des moignons pelés et brisés qui se dressaient ici ou là entre deux fondrières. On aurait dit qu'un titan avait moissonné la forêt comme un vulgaire champ de blé. Le ciel était un gruau bouilli charriant des lambeaux de nuages vers l'horizon. Pas un oiseau, pas un bourdonnement d'insecte pour venir rassurer mes sens aux aguets. Loin vers ce qui pouvait être le nord-est — à en croire le soleil consterné planant au-dessus de ce décor — j'aperçus une haute colonne de fumée, par-delà une large colline plus nue qu'au matin de sa création. Incapable de choisir une destination plutôt qu'une autre, je me fixai sur ces flammes et me mis en marche d'un pas lent. Puisqu'il y brûlait un incendie, peut-être y trouverais-je un peu plus que la terre abrasée qui m'encerclait…

Après quelques heures d'une randonnée laborieuse, je me rendis compte que j'avais lourdement mésestimé la distance qui me séparait de mon objectif. La faute en revenait à la monotonie du paysage, qui manquait de repères pour me permettre de mesurer ma progression. Pour ne rien arranger, le soleil me jouait des tours en sautant d'un point à l'autre de l'horizon. Si je n'avais pas vu le même phénomène se produire durant la tempête, j'aurais crû être la proie d'inquiétantes hallucinations. En désespoir de cause, puisque je ne pouvais plus me fier à la position de l'astre pour apprécier ma direction et le temps qui passait, je m'en remis exclusivement aux rares reliefs visibles, et ne lâchai plus du regard la colline au-delà de laquelle continuait de s'élever de sombres fumerolles. Aucun bruit sur le plateau dévasté, à l'exception de la terre meurtrie qui se tassait sous mes pas hésitants. Je bus quelques gorgées aux rares points d'eau claire que je dénichai, en profitai pour observer attentivement la surface des flaques et constater avec satisfaction qu'elle n'était agitée d'aucune secousse. Le sol avait donc cessé de trembler pour de bon ? J'hésitais encore à m'autoriser cette satisfaction. La peur d'être déçu, sûrement. Comment accorder encore ma confiance à quoi que ce fût, même à un semblant de répit, après le cataclysme qui avait manqué de m'engloutir ? Je me rappelai avoir prié pour trouver quelque réconfort au pire de l'épreuve. Ce souvenir m'arracha un gloussement incrédule, qui roula sur la plaine sans trouver d'écho. J'en profitai pour beugler plusieurs blasphèmes afin d'apurer mes comptes avec le Créateur. Le monde n'en parut nullement altéré, je ne chutai pas dans une ornière dissimulée sous le sol, et je repris ma sinistre excursion.

Le soir me surprit tandis que je franchissais une crevasse si large et si profonde qu'elle balafrait le paysage sur plusieurs acres. Épuisé et désorienté, je m'assis pour profiter de la scène et de l'instant. En s'épaississant, les ombres bleues diluaient le caractère dévasté de la contrée, et cette atténuation me procurait un semblant de soulagement. En levant la tête, j'assistai au singulier spectacle des mêmes astres surgissant simultanément en plusieurs points du ciel. Je comptai l'apparition de trois étoiles polaires, qui clignotèrent brièvement avant de n'en laisser subsister qu'une. De même, la voûte céleste hésita entre deux variantes du chariot de la Grande Ourse, avant de décider de privilégier la première. Au cours de mes longues années de marine, j'avais entendu maintes légendes à propos de phénomènes similaires. En de rares occasions, j'avais moi-même tutoyé l'indicible. Mais si désormais l'univers semblait ne plus savoir qui il était ou ce qu'il faisait, rien de bon ne pourrait survenir. Et si les étoiles elles-mêmes s'abandonnaient à la danse de Saint-Guy, il ne restait plus aux hommes qu'à frissonner en cadence. Privé de repères tandis que forcissait l'obscurité, je dus me résoudre à rester là, au creux du vallon, trop méfiant pour marcher, réduit à m'arracher les croûtes et à les mâchonner pour occuper mes doigts tremblants. Moi qui avais tant pesté contre les inconforts de la jungle, j'aurais payé cher pour caresser un tronc intact. Cueillir une fleur. De nouveau accablé, je me roulai en boule contre un rocher et cherchai le sommeil. Et c'est ainsi que je passai ma deuxième nuit après la fin du monde.

Le lendemain matin, j'émergeai d'un autre maigre repos. La terre avait tremblé contre mon ventre à trois reprises, me renvoyant à des terreurs que je ne voulais plus revivre, sans me donner le courage de m'enfuir. Rien d'autre n'était survenu que ces soubresauts cyclopéens, et j'avais à chaque fois réussi à me rendormir. Pour autant, j'avais manqué de répit et l'aurore me trouva de bien vilaine mine au pied de ma colline. J'avais faim. J'avais soif. J'avais mal. Gratter mes plaies avait ravivé le feu des tiraillements sur mon visage et mes bras. Il me semblait qu'un bataillon de puces me grignotait les chairs par en dedans, et je devais agripper les pans de ma vareuse pour ne pas me griffer jusqu'au sang. Mort de moi, étais-je donc destiné à souffrir plus souvent qu'à mon tour ? Avais-je trop longtemps tiré la queue du diable et de ses mignons pour mériter tels châtiments ? Je maudis la terre entière pour un quignon de pain, suçai une poignée d'herbes sèches et amères, puis repris mon trajet. Au moins la fumée montait-elle toujours au-dessus de ma colline, me laissant espérer rejoindre bientôt quelque lieu de vie, ou de mort, autre chose du moins que le vide et le silence. Si j'avais été moins éreinté, j'aurais accéléré pour franchir au plus vite le dernier relief.

Je dus faire halte plusieurs fois, durant mon ascension, pour ménager mon cœur épuisé. À chaque étape vers le sommet, je disposais d'un nouveau point de vue sur mon Tartare. Rien. Il n'y avait rien. De la jungle qui avait menacé de m'engloutir, seulement la tonsure des roches et la moisson des arbres. L'enfer, ce n'est ni les flammes ni les tourments. L'enfer, c'est un désert sans écho. Je ne supportais plus les postures tant humaines des derniers troncs dressés, fragments implorant le retour de leur gloire perdue. Mon esprit vacillait au souvenir des formes fusionnées que j'avais aperçues au cœur de la tourmente, chairs et fibres amalgamées jusqu'à la pulpe. Je pensais à la métamorphose de la Daphné d'Ovide, ne pouvais voir dans ces dépouilles que l'ultime supplique d'une âme à l'agonie. Alors je marchai encore, plus haut, plus loin, pour m'arracher à ce monde de mort et témoigner de la cruauté des dieux.

Et lorsque je me hissai enfin au sommet de ma colline, ils me châtièrent à la mesure de mon arrogance, en m'accordant le droit de contempler Noj Peten qui se calcinait en contrebas.

*

Je ne sais si je saurai trouver les mots pour décrire ce que je vis s'étaler à mes pieds depuis mon promontoire. D'abord, je crus reconnaître le lac, qui n'avait presque pas changé. Puis je discernai un amalgame atroce, là où s'étendait naguère l'île des Itza. Quelque chose comme la ruine bouillie de leur cité, pulvérisée par sa rencontre avec elle-même. Ou une multitude d'elle-même. À la manière des étoiles aperçues la veille, l'univers semblait avoir hésité entre plusieurs versions de Noj Peten, avant de décider de les forcer à se tenir ensemble au même endroit. La pierre s'était mêlée à la pierre qui s'était mêlée à la chair qui s'était mêlée au métal qui s'était… Ô mon Dieu… l'impossible infortune ! Je voulus retourner à mon désert plutôt que contempler une seconde de plus l'effroyable résultat. L'immense brasier né de ces percussions ne parvenait qu'à masquer pudiquement cette folie. En définitive, je crois que trois mots suffisent à décrire ce que je vis : *Noj Peten brûlaient !* Et ce spectacle était insoutenable.

Je passai le reste de la journée à fixer l'incohérence faite ville en contrebas. Mes pensées dérivèrent à l'infini, passant de la plus grande dépression à une hystérie forcenée. Adieu, *k'uhul ajaw*, ou qui que tu fus, adieu aux tiens et à tes desseins. Adieu à vous, Itza, à votre cité et à vos rêves. Adieu à toi surtout, Arcadio, cette fois j'avais seul survécu à l'épreuve. Quelle *maravilla* plus nocive, quel artefact plus redoutable aviez-vous dissimulé sous vos temples, qui s'était ainsi retourné contre vous ? Quel nouveau miracle avait scellé votre perte ? Je préférais ne pas le savoir, mais je devinais que je ne devais pas être bien loin de la vérité en m'interrogeant ainsi. Je ne pleurai pas mais regrettai de ne pas avoir de vin pour noyer mon tourment. Je me rappelle que je retardai autant que possible le moment de descendre vers le lac, jusqu'à l'instant d'avoir trop soif pour ignorer toute cette eau douce presque à portée. Quand tomba le soir, je n'avais pas bougé et je restais à guetter l'indécision des étoiles au-dessus du monde. Une brise se leva, semblant provenir de l'ouest, qui porta jusqu'à moi l'odeur sèche et poussiéreuse du désert. C'est alors que je la vis, portée par ce vent léger depuis l'horizon : une *burbuja* était apparue à ma gauche et volait lentement vers les ruines fumantes de Noj Peten. D'un œil morne, je fixai longtemps cette bulle qui s'immisçait peu à peu entre le ciel et moi, indifférente à l'humiliation du monde, mauvais augure qui grossissait à chaque fois qu'elle disparaissait pour réapparaître un peu plus près de ma colline. Vers l'ouest, le soleil palpita si rapidement, mourant et renaissant à la vitesse de mon cœur épuisé, que mes yeux n'eurent pas le temps de s'habituer à cette succession de nuits et de jours. Pendant cette courte oscillation, la *burbuja* avait atteint les rives du lac, où elle sembla perdre de l'altitude avant de verser soudain dans ma direction. Je réalisai alors qu'elle ne contrôlait plus sa trajectoire mais dérivait comme un esquif dans la tempête. Je vis distinctement sa nacelle osciller et tanguer sous le vent, avant de voir disparaître l'ensemble une dernière fois... À sa réapparition suivante, le ventre de l'appareil frôla le flanc de la colline, faillit s'y écraser, remonta *in extremis* avant de perdre tout contrôle. La *burbuja* s'échoua à moins de cent toises de ma position, dans un craquement de toile déchirée et de mâture brisée. Le choc manqua me faire trébucher tandis que je clopinais en direction du naufrage : j'avais distinctement vu et entendu un passager hurler dans la nacelle au moment de me dépasser. J'aurais été capable de ramper à m'en arracher la peau du ventre pour seulement parler à un autre être vivant. Assister à cet accident, c'était comme témoigner de la chute des anges et comprendre qu'ils saignaient. Ces choses avaient toujours sillonné les cieux caraïbes en se moquant de nos vétilles. Je tremblais d'en découvrir l'occupant, mais je souhaitais sa survie.

De plus près, je constatai les effroyables dommages subis par la *burbuja*. Sans présumer des talents de son propriétaire, je doutai que la chose puisse jamais voler de nouveau. Les débris de la gigantesque bulle avaient été projetés tout autour du point d'impact. De larges lambeaux de tissu, plus léger qu'une soie d'Orient, flottaient dans le vent partout où ils s'étaient accrochés aux fragments de bois plantés dans le sol. Entre ces oriflammes sinistres, d'autres sections d'un fin treillage jonchaient le flanc de la colline et craquaient à chacun de mes pas. Il ne me fallut pas longtemps pour repérer la nacelle dans cet amas de fragments, et je constatai avec satisfaction qu'elle était presque entière et semblait avoir moins souffert que le reste. Le temps de contourner la grande nasse d'osier et je découvris le passager, étendu face contre terre. Sa longue tunique claire n'était ni déchirée ni tachée de sang. Je m'approchai du corps et le retournai prudemment. Quelle ne fut pas ma surprise de reconnaître les traits d'un Targui, au visage pointu et émacié. Mon étonnement grandit encore, alors que je le reposai délicatement sur le sol, quand mon bras effleura sa poitrine et que je sentis la courbure d'un sein sous l'étoffe. J'en fus si étonné que je dus me retenir de palper sous le tissu la présence réelle de ces rondeurs. Peste blanche ! Je venais d'hériter d'une de ces excentriques, en même temps que de comprendre que c'étaient leurs gens qui manœuvraient les *burbujas*.

Étrangement, cette découverte en bordure du nouveau désert qui nous entourait me procura un sentiment de calme. Une énigme s'était révélée. J'avais tant besoin de réponses que je m'en sentis réjoui.

La femme paraissait plus jeune que moi, bien qu'il fût difficile d'en juger réellement en raison de ses ecchymoses et de sa silhouette efflanquée. Le choc de l'accident lui avait profondément ouvert le front et la moitié gauche du visage. Un peu de sang poissait sa tempe et ses cheveux noirs coupés très courts. Pas étonnant que je n'eusse pas immédiatement reconnu une femme : elle ressemblait davantage à un de ces adolescents trop maigres, aux manières délicates, qui font les délices de certains bougres. Elle ouvrit les yeux, toussa un peu de salive épaissie de poussière. Je ne sais si ce fut ma longue errance solitaire, ou l'insolite de cette rencontre, qui raviva soudain ma soif d'humanité, mais je crois que je l'aimai dès le premier regard, et que je l'aurais autant aimée s'il s'était agi d'un garçon. Mort de moi, qu'elle me parut belle et fragile, aussi échouée et démunie que moi au cœur de ce qu'il subsistait du monde. Je lui pris doucement la main pour apaiser son regard inquiet :

— Vous comprenez ce que je dis ?

Elle me fixa sans répondre. Je répétai lentement, en balbutiant la même question dans les quelques langues que je connaissais, sans obtenir davantage de réaction. Pourtant, elle semblait entendre ma voix, et ses pupilles noires trahissaient un esprit alerte, mais elle ne prononça aucun mot ni son. Ô cruauté ! Le destin m'avait-il donc raillé au point de m'offrir une compagnie privée de parole ? Je fis mine de l'aider à se relever et elle se laissa faire. Encore hagarde — qui ne l'aurait pas été après un tel naufrage ? —, elle regarda autour d'elle pour évaluer le drame auquel elle avait réchappé. Je hochai la tête d'un air compatissant, essayai de lui faire comprendre qu'elle avait eu de la chance. Son regard se posa sur moi comme on observe un vulgaire insecte. Christ mort, ces Targui n'avaient décidément rien d'humain, pour demeurer aussi apathiques en ayant frôlé la mort d'aussi près ! Rajustant son vêtement déchiré, elle tourna la tête vers l'incohérence déchiquetée et fumante qui avait remplacé Noj Peten. Une larme unique perla au coin de son œil et traça une ligne plus claire sur sa joue barbouillée. Ce fut la seule fois que je la vis exprimer si directement un tel sentiment de tristesse ou de pitié. Sur l'instant je ne l'en aimai que davantage.

— Oui, soufflai-je sans savoir si elle comprenait, tout a disparu... Absolument tout. C'est comme s'il y avait eu trop de ville pour la taille de l'île... Trop de choses qui n'auraient pas dû se trouver ensemble...

Je secouai la tête : quelle misérable théorie essayai-je de péniblement formuler, quand j'aurais dû la serrer contre moi pour... Pour quoi au juste ? Apaiser notre crainte d'être vivants ? Sentir un autre corps, chaud et entier, contre le mien ? J'aurais dû le faire. J'allais le faire. Je n'en eus pas le temps : son regard, qui planait encore sur les ruines en flammes, tressaillit soudain et elle recula de trois pas en frémissant. Je regardai dans la même direction et les aperçus à mon tour : par-delà le lac, au-dessus de la ligne d'horizon, je vis poindre une première *burbuja*, puis une autre, et une autre encore, qui clignotèrent et semblèrent progresser par bonds dans le ciel vers notre colline. La Targui poussa un gémissement étouffé et sembla chercher un endroit où se cacher. Alarmé par sa réaction, je sentis monter également une inquiétude tenace. Si j'avais encore eu mon pistolet, peut-être aurais-je vainement tenté de tirer sur les apparitions. Hélas, il ne me restait que mon épée, bien inutile face à la présence écrasante des sphères volantes. Pendant que je cherchais à comprendre ce qui se passait, leur vol groupé disparut puis se matérialisa presque au-dessus de nous. Ma voisine, qui ne semblait plus vouloir s'échapper, s'assit dans les débris de son vaisseau et attendit l'accostage de ses congénères. Ceux-ci ne tardèrent pas à toucher le sol élégamment, un peu plus haut que notre position, dans un ballet gracieux qui souligna leur science du vol. Ce ne furent pas trois, mais six Targui qui sortirent des nacelles et descendirent paisiblement vers nous sans paraître intrigués par le désastre qui avait frappé la région. Parmi eux, je reconnus la face de carême de celui qui m'avait autrefois offert un livre au marché de la Grève-Rousse. À cette époque, je ne l'avais pas encore baptisé Simon, et je n'avais pas encore lié si particulier commerce avec sa clique, mais ce fut bien lui qui fit les derniers pas et m'adressa la parole en premier :

— Bonjour capitaine. Comment allez-vous ? Longtemps que je ne vous avais vu… Au moins un an, n'est-ce pas ?

— À vous de me le dire, maugréai-je. Ces jours-ci, j'ai un peu de mal à compter les jours qui passent.

Ma saillie sembla amuser les nouveaux venus, qui cessèrent un instant de fixer ma voisine pour m'écouter parler. Je profitai de leur attention pour montrer les dents :

— Vous comprendrez, messieurs, que je m'agace un peu de votre présence, ici, à l'instant du désastre !

Naguère, je vous suspectai déjà d'avoir rasé Saint-Christophe, mais vous m'assurâtes que vous n'y étiez pour rien... Cette fois, la coïncidence n'est plus de mise...

Ils ne semblaient pas armés. Ma main chercha et trouva la poignée de mon épée. Celui qui m'avait parlé leva les mains en signe d'apaisement :

— Paix, capitaine. Vous vous trompez de cible...

— Pour une fois, je saurais me contenter d'une injustice.

— Non, je ne crois pas, sourit le Targui.

Sa réponse avait été formulée avec une telle assurance qu'il me priva instantanément de ma colère. Je sentis un immense chagrin m'envahir, et des larmes gonfler mes paupières :

— N'y a-t-il donc que la mort, et la destruction ? La perte de tout ce qui a pu être beau ou respectable ?

— Peut-être... Mais si vous réclamez un responsable à cette tragédie, je crois que vous l'aviez trouvé avant nous.

Son regard calme se posa sur la femme qui nous écoutait sans réagir. Ainsi accusée, elle se contenta de fixer nos jambes sans paraître intéressée le moins du monde par nos propos. Je frémis :

— Elle ? Comment est-ce possible ?

— Nous l'avons traquée longtemps. Les nôtres sont si peu nombreux et nous nous croisons si peu souvent qu'il s'est passé trop de temps entre le moment où nous avons compris que l'un d'entre nous aidait en secret ceux de Florès et celui où nous l'avons identifiée et localisée.

— Florès ?

Le Targui se retourna vers l'île dévastée au milieu du lac :

— Dans plusieurs siècles, cette ville s'appellera ainsi. Ceux qui avaient embrigadé les indigènes de Noj Peten dans leur utopie de société venaient de ce futur. Dans votre époque, il semble qu'ils aient décidé de se faire appeler *ceux qui sont nés du feu*.

— C'est ce que vous vouliez me faire comprendre en m'offrant ce livre, n'est-ce pas ? Vous vouliez me préparer à ce que je n'allais pas manquer de découvrir. Pourquoi ? Et qui êtes-vous ? Vous venez aussi de Florès ?

— Oui, à votre première question. Non à la dernière. Nous n'avons rien à voir avec ceux qui ont causé cette catastrophe. Au contraire, nous avons essayé de l'empêcher... Quant à savoir qui nous sommes, je ne saurais dire plus ou mieux que ceci : nous sommes venus d'un autre futur, plus lointain, en espérant stopper la folie des responsables de cette catastrophe avant qu'il ne soit trop tard. On ne joue pas impunément avec les lois du temps, capitaine. Vous en avez un effroyable exemple sous les yeux.

Je regardai brûler Noj Peten, ou Florès, puis dévisageai la femme à mes pieds :

— Et c'est elle qui a livré à *k'uhul ajaw* et aux siens vos secrets détestables ? Quel est son nom ? Je veux connaître le nom de la coupable avant de la tuer.

— Elle n'a pas de nom, capitaine. Aucun d'entre nous n'en a. Nous ne faisons que passer, comprenez-vous ? S'en prendre à elle ne vaudrait pas mieux que s'en prendre au vent, ou à la justice, ou à la malchance...

— Elle a trahi, avez-vous dit !

— Elle a trahi nos principes, capitaine, seulement nos principes. Elle a fait une erreur de jugement, rien de plus, et a peut-être un peu précipité le cataclysme en essayant de le prévenir. Mais elle n'est nullement l'initiatrice du chaos à venir, capitaine. Les vrais responsables ont déjà payé au prix fort le coût de leur folie.

Je repensai à Pakal déchiqueté par un fauve. À lui et à ses semblables, à leurs rêves d'hégémonie. Étais-je satisfait de leur disparition ? Ils avaient amené avec eux les *maravillas*, renversé le joug espagnol, m'avaient rendu riche et m'avaient fait tutoyer les dieux. À leur côté, j'avais remonté la piste des extraordinaires *conserva* capables d'abolir la famine et cru boire à la source des mystères ; j'avais osé croire que je pouvais, moi, améliorer le devenir des hommes. Christ mort, j'avais été si proche de mon but ! Et maintenant il n'y avait plus rien. Plus rien car, d'une manière que je ne comprenais pas — et dont je ne voulais alors rien savoir —, *k'uhul ajaw* et ses complices s'étaient avérés aussi avides de pouvoir et de domination que tous les autres despotes, tyrans et affameurs qu'avait connus l'histoire. Ils n'avaient envahi mon siècle que pour y imposer leur volonté et leurs manières. Quitte à périr en chemin. Je relâchai mon épée et m'assis par terre, en face de la femme, mais ne la regardai pas. Le Targui devait avoir deviné que j'avais besoin de réfléchir, car il laissa passer un long moment de silence avant de reprendre la parole :

— Capitaine Villon, ce qui s'est passé ici, qui constitue en quelque sorte l'épicentre de la catastrophe, ne s'est pas encore propagé partout. Avec nos efforts, il pourra subsister des régions intactes, à condition de ne pas commettre les mêmes erreurs. Nous sommes les Targui, les nomades, venus de loin pour vous sauver. Et vous allez nous aider.

— Moi ?

— Parce que vous êtes, d'une manière ou d'une autre, lié au destin de votre temps. Vous avez vu beaucoup de choses, survécu à autant, et demeurez un levier essentiel de ce qui se prépare encore…

— Alors rien n'est perdu ?

— Beaucoup est déjà perdu, capitaine, mais pas tout. Au contraire, d'une certaine manière, on pourrait dire que tout ne fait que commencer. Vous allez nous aider, et nous vous aiderons en retour.

— Je n'ai accordé crédit qu'à peu de gens, ces derniers temps, mais aucun ne m'a en définitive paru digne de confiance. Pourquoi le ferais-je cette fois-ci ?

— Peut-être parce que vous n'avez pas le choix. Peut-être parce que, dans le futur, vous avez déjà fait ce que nous attendons de vous.

Je préférais ne pas débattre sur-le-champ de ce genre de menaces ou de promesses. De façon déplaisante, parce qu'ils demeuraient si calmes dans la tourmente, je me sentis apaisé pour la première fois depuis longtemps.

— Qu'attendez-vous de moi, exactement ?

— Vous êtes capitaine de vaisseau, n'est-ce pas ?

— C'est même sans doute la seule chose que je sache faire.

— Au fil des jours, semaines et mois qui vont venir, les échos de ce qui vient de se passer ici vont se répercuter partout. Il va devenir de plus en plus dangereux de résider sur la terre ferme, capitaine. Le vaste océan constituera bientôt le meilleur refuge, pour éviter toute collision avec quelque chose qui ne devrait pas apparaître à votre époque. Après tout, la Terre est recouverte aux trois quarts d'eau, capitaine, y naviguer améliore d'autant les chances d'éviter de trop dévastatrices rencontres.

Malgré l'épouvantable menace qu'il venait de me révéler, je commençais à comprendre pourquoi les Targui avaient choisi la voie des airs. Encore moins de chance d'y croiser quelque chose qui n'aurait pas dû s'y trouver...

— Le cataclysme a cessé, balbutiai-je mal à l'aise.

— C'est vrai pour cette région. Et peut-être que rien de tel ne s'y passera plus jamais... Ces phénomènes sont tellement difficiles à cerner et prévoir. Mais ce que nous savons avec certitude, c'est que l'inconséquence criminelle de ceux de Florès ne sera pas sans suite. Des catastrophes semblables se produiront ailleurs, d'autres se sont déjà produites. Plus un endroit aura été fréquenté au cours des âges passés ou à venir, plus il aura été habité, et plus il risquera de se voir ainsi dévasté si un *nexus* — une tempête temporelle, si vous préférez — le happe. Reprenez la mer, capitaine, c'est la meilleure chose à faire pour le moment.

— Quelle importance, si le monde doit disparaître ?

— Vous souvenez-vous de Saint-Christophe, capitaine ? Et de la Grève-Rousse ? Et de tant d'autres ports ou colonies rayés de la carte ?

— Comment les oublier !

— Nous savons ce qui a causé leur perte, capitaine, et ces crimes-là ne sont pas directement imputables à ceux de Noj Peten ou de Florès.

Mes poings se serrèrent :

— Alors qui ?

— Nous commençons à en avoir une idée précise... Sans doute une autre faction, venue également d'un autre temps, qui a su trouver sa place dans cette époque et protéger plus discrètement ses intérêts. Cela s'est déjà vu, ailleurs. Si vous œuvrez pour nous, nous veillerons à mettre un terme à leurs manigances et à ces dérives.

— Il faudra m'en dire plus si vous voulez m'en persuader, Targui ! Ce ne sont pas quelques vagues explications qui sauront m'attacher à votre service.

— Il ne s'agit pas de vous subordonner à nos exigences, capitaine, je sais à quel point vous êtes attaché à votre liberté.

— Alors, parlez : qui êtes-vous ? L'ombre de vos *burbujas* plane depuis longtemps sur les Caraïbes, mais d'où venez-vous vraiment ?

— Je vous l'ai dit plus tôt, capitaine : nous ne sommes que des voyageurs et des observateurs, venus pour constater les conséquences de ce que d'autres que nous ont engendré à votre époque. Notre origine n'aurait pas de sens pour vous.

— Comment pouvez-vous espérer notre alliance, en me dissimulant tant de choses ? Suis-je donc si nigaud que je ne saurais comprendre vos explications ?

— Capitaine Villon, énonça posément Simon, n'avez-vous jamais caché des informations aux membres de votre équipage, qui auraient amoindri à coup sûr leur vaillance ou leur détermination s'ils en avaient eu connaissance ?

Je me souvins du Cierge, de la Crevette et des autres survivants de mon *Chronos*, entassés dans les cales de la *Centinela* de Mendoza pour Carthagène des Indes, et de mon refus de leur révéler notre destination par crainte de les voir abandonner. Oui, il était sans doute parfois salutaire de rester dans une confortable ignorance.

— Est-ce donc si désespéré ? demandai-je aux Targui.

— Pas désespéré, capitaine. Seulement complexe.

Mais avec notre soutien, vous saurez préserver ce qui menace encore cette époque, ou ce qui la menacera bientôt. Cela, je peux vous le promettre.

Je regardai une dernière fois brûler la cité des Itza. Puis j'observai la Targui toujours assise près de nous.

— Et elle ? Vous allez la punir ?

— Pourquoi ? Elle s'est déjà punie elle-même. En désobéissant, elle s'est coupée des siens. Sa *burbuja* est en miettes et elle n'en aura pas d'autre. Qu'elle vive désormais comme bon lui semble. Elle est libre d'arpenter ce monde à sa guise... Après tout, n'a-t-elle pas contribué à sa création ?

— Puisqu'elle est libre, elle pourrait venir avec moi ?

— Si elle est d'accord, nous ne voyons rien à y redire.

— Entend-elle ce que nous avons dit ?

— Elle comprend parfaitement votre langue, comme nous tous.

Je tendis la main vers la femme, qui la fixa sans réagir :

— Venez, dis-je. Je saurai prendre soin de vous. Je vous ramène à ma frégate, ou bien vous irez où vous voudrez... Mais il ne faut pas rester ici.

Les autres Targui commençaient à regagner leurs nacelles. Elle ne se releva, sans mon aide, que lorsqu'ils se furent suffisamment éloignés. Celui qui m'avait parlé me héla une dernière fois en grimpant dans son vaisseau volant :

— Nous nous reverrons très bientôt, capitaine, et vous recevrez vos premières instructions.

— Vous pourriez nous ramener jusqu'à mon navire.

Simon tendit le bras vers ma droite, et sourit :

— Ce n'est pas ainsi que cela doit se passer,

capitaine. La côte est dans cette direction et votre équipage vous attend encore malgré sa peur. Votre navire a subi de graves avaries pendant la catastrophe.

— Ma frégate est brisée ?

La première *burbuja* décolla lentement du sol en produisant un puissant bruit de brasier. Mon interlocuteur dut élever la voix pour se faire entendre :

— Rien d'irrémédiable. Rien, du moins, que nous ne sachions réparer. À très bientôt capitaine, tâchez de ne pas trop perdre de temps en route !

Cette sinistre plaisanterie lui arracha une grimace polie, puis ils s'éloignèrent rapidement en direction des nuages. De leur visite, il ne restait que l'herbe rase écrasée là où ils s'étaient posés. Je scrutai un peu plus attentivement les débris de la nacelle de ma nouvelle protégée :

— Y avait-il quoi que ce soit qui pourrait nous être utile, à bord de votre *burbuja*, madame ?

Elle ne répondit rien mais se leva pour arpenter lentement le lieu de son naufrage. Je fis de même sans trop savoir ce que je cherchais. À plusieurs reprises, elle ramassa quelques objets métalliques dont j'ignorais l'utilité, et je la regardai faire sans saisir ses motivations. Puis elle retrouva une sorte de petite cantine cabossée par le choc, qu'elle ouvrit pour en sortir plusieurs boîtes luisantes à la forme familière.

— *Conserva*, m'écriai-je en reconnaissant les récipients.

Étonnée, elle me sourit en hochant lentement la tête.

— J'en avais une semblable, autrefois, confiai-je. Mort de moi, quelles épreuves ai-je traversées pour en dénicher d'autres... Et voilà que j'en retrouve au cœur du désastre... Belle ironie, n'est-ce pas ?

La femme se redressa et me dévisagea avec tendresse. Était-elle gracieuse, trop maigre sous sa tunique déchirée, avec ses cheveux noirs si courts et sa soudaine fierté qui faisait tressaillir ses pupilles. Je lui tendis la main :

— Venez, rentrons à mon navire.

Cette fois, elle ne refusa pas. Et c'est ainsi que nous regagnâmes la mer, pour nous y bâtir un nouveau destin.

XXIV. *Archipel inexploré de la Baja Mar*

(CIRCA 1652)

> *Yo ho yo ho*
> *Yo ho ho*
> *Yo ho yo ho ho*
> *Yo ho yo ho*
> *Sing the pirate's gospel*
>
> ALELA DIANE
> The Pirate's Gospel

Ils étaient venus, mes capitaines de flibuste.

Parce que je le leur avais demandé, moi, Henri Villon.

Ils étaient venus, à bord de leurs brigantins fatigués, de leurs longues barques, de leurs maigres pinasses, parce qu'ils savaient que leur temps était compté.

Il y avait *L'Ange du Léon* du capitaine Le Bozec, la *Marie-Belle* du capitaine Florent, la *Princesse d'Armentières* du capitaine Dewitt; et puis le *Rolling Dices* et le *Stardust* des commandants Doolan et Mackenna; et d'autres, aux navires et notoriétés plus modestes, qui souhaitaient prendre leur part dans l'aventure que je leur promettais. Il y avait même la *Louve de Gascogne*, brick rapide et robuste, mené par un Brodin de Margicoul que je croyais disparu depuis longtemps ! Ce bougre de balafré me fit entrée tonitruante, me serrant longuement contre lui à l'instant de nous revoir. Le malheureux avait perdu l'usage d'une main depuis notre dernière rencontre. Je devais apprendre plus tard qu'il avait été longtemps incarcéré au fort de la Roche, et torturé par Le Vasseur pour révéler où il avait dissimulé des *maravillas* qu'il ne voulait pas voir échouer entre les griffes du gouverneur de la Tortue. L'entêté Gascon avait perdu ses doigts sans céder ! Retrouver ce capitaine à la veille de la bataille me procura une joie sincère.

Et tandis que leurs équipages s'égayaient sur les passerelles et pontons flottants de Dernier-Espoir, je passai plusieurs jours à convaincre tous mes invités du bien-fondé de ma demande. Il était temps d'en finir avec le vaisseau fantôme. Avec leur aide, je voulais débarrasser une bonne fois pour toutes les Caraïbes de cette peste. Pas de trésor, sinon ce que nous trouverions à bord du navire à condition de le vaincre sans le couler. Pas de gloire, sinon celle d'avoir survécu au Hollandais volant.

Tous, ils m'écoutèrent détailler mon plan et ma proposition jusqu'au bout. Je leur énumérai mes atouts et mes alliés, mes hypothèses et les objectifs, au cours d'une soirée qui s'éternisa jusqu'à l'aube. Quand vint le moment de se décider, à l'heure où le brouillard recouvrait l'océan de sa gaze de soie et d'argent, ils rejetèrent ma proposition en bloc. « Pas la moindre petite chance de victoire, dirent-ils, nous ne sommes pas assez nombreux. » Bien sûr, ils avaient raison.

— Donnez-moi encore un semestre, dis-je alors. Accordez-moi ce délai et je nous trouverai du renfort.

Ils acceptèrent de bonne grâce. D'ici là, avaient-ils meilleur endroit où aller, de toute façon ?

Je préparai donc le *Déchronologue* à prendre la mer pour une nouvelle mission de chasse, semblable à celles que j'avais parfois effectuées pour le compte des Targui, pour mener la portion de ma stratégie qui me répugnait le plus. Le Baptiste m'avait assuré qu'il saurait y faire, tant sa maîtrise de nos batteries temporelles s'était affinée avec les années. Nous prîmes la direction des *nexus* que voulut bien m'indiquer Simon, là où nous avions le plus de chance de croiser ceux que je tenais tant à rencontrer.

La promesse de mon maître-artilleur fut à la hauteur de ses compétences. Nos proies furent exactement là et *quand* il avait supposé qu'elles seraient. Au lieu de les pilonner à la manière dont nous le faisions autrefois contre nos ennemis, le Baptiste et ses canonniers surent agir avec tant de dextérité et précision, en faisant usage de leurs minutes et secondes supplémentaires, qu'ils firent littéralement entrer dans notre époque ces navires que j'espérais. L'un après l'autre, d'un point à l'autre de mes cartes, nous poursuivîmes notre improbable campagne de recrutement. La plupart des capitaines que je fis ainsi intercepter acceptèrent de m'écouter et de me suivre. Ceux qui refusèrent mon invitation, je les laissais reprendre leur route sans insister.

Au bout de huit mois de recherches, je revins à Dernier-Espoir, fort d'une nouvelle flotte qui fit se dessiller les yeux des capitaines flibustiers qui attendaient mon retour avec de plus en plus d'impatience. Dans mon sillage, j'emportais les vaisseaux de Jacques de Sores, aussi connu sous le nom de l'Ange exterminateur, et de François Le Clerc dit Jambe-de-bois. Et encore Piet Heim de Delfshaven, qu'il m'avait fallu convaincre dans un néerlandais maladroit. Et puis, pour fermer la marche et achever d'ensorceler mes alliés, j'amenais le glorieux *Golden Hinde* de Sir Francis Drake, dont la seule vue arracha des larmes de joie à mes commandants anglais. Tous, véritables légendes des mers d'antan, quand il fallait arracher l'or aux Espagnols avec les dents, sur des navires garnis pour moitié de canons et pour moitié de foi.

À peine débarqué, tandis que mes nouveaux renforts jetaient l'ancre à l'écart de Dernier-Espoir pour ne pas trop effrayer sa population, je réclamai un nouveau vote et, cette fois, obtins l'unanimité. Un seul des noms que j'avais ramenés aurait pu suffire à les faire tous prendre l'enfer d'assaut. Désormais, ils se sentaient invincibles.

— Villon, comment avez-vous su convaincre ces officiers de vous suivre ? me demanda Brodin de Margicoul au sortir de notre réunion.

— Je leur ai exposé notre situation et les ai suppliés de nous secourir, confiai-je gravement.

— Et cela a donc suffi ?

— Non, ris-je amèrement.

— Alors ?

— Alors je leur ai montré mon livre relatant les détails de leurs exploits et de leurs existences, jusqu'à ceux de leur trépas.

— Et c'est tout ?

— Je leur ai offert la chance de réaliser un autre exploit. Qu'ont-ils à craindre, puisqu'ils sont déjà morts ?

— *Mordious*, frémit le capitaine, si je ne vous connaissais pas aussi bien, je ne douterais plus que vous êtes le diable…

— À peine son portier, grimaçai-je.

Le Gascon frissonna en me dévisageant. Il lui fallut

boire un litre de bon vin d'Anjou pour retrouver quelques couleurs avant de se joindre à notre dernier conseil de guerre.

Cette fois, tout était prêt pour l'ultime résolution de ma carrière.

*

Notre armada quitta Dernier-Espoir par une venteuse matinée d'automne. Nous avions confié notre tanière à la garde de quelques hommes choisis par Mendoza pour assurer la sécurité des réfugiés. Pour remédier aux périls des mauvaises tempêtes, je laissais aussi derrière nous Simon et ses Targui, qui m'avaient promis d'apporter leur aide aux familles en attendant notre retour. J'avais également proposé à Sévère de rester à Dernier-Espoir, mais il avait été impossible de la convaincre de descendre à terre. Elle avait donc pris la mer et était demeurée dans sa cabine du *Déchronologue*. Chaque jour que dura notre voyage, j'adjurais le diable et tous ses démons de l'épargner quand viendrait l'heure du combat. À bord de notre flotte, installés aussi confortablement que possible, nous emportions aussi tous les volontaires sachant parler castillan que nous avions pu recruter parmi les résidents de Dernier-Espoir.

Notre destination était le port de Maracaibo, à l'extrême sud des Caraïbes. Durant l'élaboration de notre stratégie, nous avions dressé une courte liste des lieux qui auraient permis l'exécution de notre plan. Nous avions établi grâce à Mendoza et Francisco Molina que San Juan de Puerto Rico et Santiago de Cuba constituaient des mouillages occasionnels pour notre cible, quand il lui devenait nécessaire de se ravitailler ou de faire une longue escale. Après tout, les Espagnols demeuraient leurs alliés privilégiés dans les Caraïbes, même si, à en croire mon trafiquant d'ami, la manière dont les *Americanos* y menaient négoce tenait plus de l'extorsion que du commerce.

Malheureusement, si nous estimions disposer de la puissance de feu et des troupes nécessaires pour prendre de telles forteresses — qui en leur temps de gloire savaient accueillir et protéger la *flota de plata* —, un tel assaut nous aurait coûté énormément en hommes et en temps pour enlever jusqu'au dernier fort qui en protégeait l'accès. De l'avis de Mendoza, même avec un nombre réduit de défenseurs, ces ports étaient capables de nous résister et de nous causer des pertes sérieuses. Ils avaient été précisément conçus en ce sens. Or, notre plan exigeait de nous emparer d'une cité à la fois assez grande pour pouvoir y attirer l'ennemi, et assez peu protégée pour l'emporter sans coup férir — et sans laisser trop de traces d'un récent affrontement. Impossible d'user des canons temporels du *Déchronologue* pour pulvériser la cité ; d'abord parce qu'il n'en serait pas resté plus que des ruines, ensuite parce que je refusais d'employer cette méthode contre une population civile.

C'est pourquoi, après maintes réflexions et propositions, notre choix s'était finalement arrêté sur Maracaibo. La cité offrait tous les avantages requis, à condition d'y parvenir sans encombre. Mendoza avait avoué que la *Centinela* y avait régulièrement fait aiguade à l'époque où il servait fidèlement le vice-roi de Nouvelle-Espagne et les intérêts de l'empire. Non sans une certaine réticence à dévoiler des secrets militaires, il avait accepté de nous fournir toutes les informations tactiques et stratégiques nécessaires : emplacements et nombre des canons, importance supposée du contingent local, configuration précise de la côte, et cætera.

Il est ironique de penser que cette débauche de précautions et de planification précise s'avéra inutile, tant la capture de Maracaibo se résuma à une simple formalité. La cité autrefois prospère était exsangue, vidée de la majorité de ses habitants et ses derniers résidents vivaient dans la crainte d'être à leur tour frappés par un ouragan temporel semblable à ceux qui avaient ravagés tant d'autres ports caraïbes. De fait, l'arrivée toutes voiles dehors de notre flotte provoqua illico ce qui ressemblait plus à une plate reddition qu'à une prise dans les règles de la flibuste. Une bordée de semonce fut tirée au ras des vagues depuis la *Louve de Gascogne*, dont les boulets de vingt livres soulevèrent des gerbes d'écume au moment de frapper l'eau au milieu du port. Au lieu d'un tir de barrage des quelques bouches à feu encore en activité, nous eûmes droit à une flopée de drapeaux blancs brandis depuis les docks et les remparts.

J'ordonnai immédiatement de mettre notre escadre en panne, avant d'inviter les capitaines volontaires à me rejoindre sur les quais pour m'entretenir avec les autorités de Maracaibo. Trois chaloupes furent mises à l'eau pour mener à terre notre petite délégation et quelques marins armés. J'obtins de mes récents alliés un peu particuliers de jeter l'ancre à distance et de ne pas révéler leur identité, afin d'épargner autant que possible la population locale. Les noms de Francis Drake et de Pie de Palo — le surnom que les Espagnols avaient donné à François Le Clerc en raison de sa jambe de bois —, ainsi que les ravages qu'ils avaient causés, étaient encore présents dans toutes les mémoires de l'empire. Je ne tenais pas à terroriser inutilement les vaincus.

Notre délégation fut accueillie avec toute la politesse envisageable dans de telles circonstances. Le gouverneur était décédé d'une crise de fièvre des marais un mois plus tôt. Ce fut son remplaçant provisoire, un officier maigre et fatigué répondant au nom de Salazar, qui se chargea d'accueillir notre groupe. Avec tout l'honneur que lui permettait la situation, ce soldat qui s'était rendu sans combattre demanda à parler à notre chef pour s'enquérir de nos revendications. En guise de préambule, il nous avertit que la population était réfugiée dans le monastère de la cité, et que ses soldats avaient reçu l'ordre de le protéger à tout prix. Je me présentai avec autant de courtoisie que possible, et l'assurai que nous ne désirions pas voir couler le sang. Je remarquai que, quand il entendit mon nom, ce dernier ne lui était pas inconnu. Mais je ne lui laissai pas le temps de s'attarder sur ma présence peu rassurante à l'orée de la cité, et me dépêchai de lui présenter le commodore Mendoza, qui serait chargé de lui expliquer par le détail ce que nous attendions de lui, de ses hommes et des habitants de Maracaibo. Nous fûmes conduits sous bonne escorte jusqu'à la maison du gouverneur, pour y poursuivre dans les meilleures conditions possibles la négociation à venir. Là, une collation fut prestement servie, à laquelle personne ne toucha. En notre nom à tous, le commodore remercia son interlocuteur pour son hospitalité, puis se permit d'énoncer nos revendications.

Presque agréablement surpris de devoir négocier avec un compatriote, Salazar écouta attentivement les premières exigences de notre armada : le libre accès à toutes les maisons de la cité et l'obéissance sans conditions à nos consignes, en vue de l'implantation à plus ou moins long terme de nos passagers dans la cité. En échange, nous répartirions équitablement vivres et médicaments entre nos propres troupes et ceux, parmi les résidents, qui souhaiteraient rester.

— Vous décrivez une annexion pure et simple de la cité, s'étonna Salazar soudain moins à l'aise.

— Temporaire, l'assurai-je.

— Puis-je au moins demander ce qui motive votre débarquement ? insista le soldat. Maracaibo n'est plus guère que l'ombre de ce qu'elle a été. Nous n'avons plus ni grandes richesses ni biens de valeur.

— Si vous le voulez bien, dis-je avec un léger sourire, nous prendrons ici nos quartiers d'hiver, en attendant la visite d'un certain navire qui, à ce que l'on dit, a l'habitude d'avitailler dans vos eaux.

Salazar ouvrit des yeux ronds d'ébahissement :

— Mais la *flota de plata* n'a pas pris la mer depuis des années.

— Vous vous méprenez, nous n'attendons qu'un seul navire.

— Si vous voulez bien me donner son nom...

— Le *George Washington*, annonça Mendoza sèchement. Nous allons le couler pour tous les malheurs que ces *Americanos* ont infligé aux Caraïbes, et pour tous les crimes qu'ils ont commis.

Cette fois, Salazar se figea totalement. Dans le grand salon où nous étions tous rassemblés, on aurait pu entendre un ange passer. J'en profitai pour me servir du porto et en déguster quelques gorgées, parvins presque à l'apprécier tandis que le gouverneur honoraire achevait de réfléchir à la nouvelle situation qui se présentait à lui.

— Messieurs, finit par articuler ce dernier, je crois que nous allons pouvoir nous entendre…

Jusqu'au soir, et pendant les jours suivants, les derniers soldats de la garnison se joignirent à nos équipages pour achever le débarquement des vivres et merveilles stockés à bord de notre escadre. Pendant ce temps, nos passagers se mêlèrent à la population locale, qui avait été invitée à sortir du monastère où elle s'était réfugiée. La majorité de ces gens avait la longue mine de celles et ceux qui ne supportent plus d'attendre l'arrivée d'un inévitable désastre. C'était, pour la plupart, des hommes et des femmes du peuple, qui n'avaient eu la volonté ou les moyens de fuir avec l'espoir de trouver meilleure situation ailleurs. Nos provisions et nos *conserva* issues des réserves de Dernier-Espoir nous attirèrent leur sympathie au-delà de mes prévisions.

Nous devions apprendre, au cours des semaines suivantes, tandis que nous peaufinions les détails de notre piège, que les *Americanos* avaient pris l'habitude de réquisitionner la majeure partie des réserves de vivres dont disposait la cité à chacune de leur visite, au nom de l'« alliance » qu'ils avaient nouée avec son Excellence le vice-roi. La dernière escale du *George Washington* à Maracaibo datait de l'année dernière. D'après les registres tenus par l'administration du gouverneur défunt, qui avaient dûment relevé la fréquence des passages du vaisseau fantôme, il était probable qu'il reviendrait aux alentours de l'année suivante.

C'était ce que l'on pouvait espérer de mieux. D'ici là, nous aurions le temps de préparer au mieux notre mascarade, voire de l'améliorer en exploitant toutes les précisions que pourraient nous apporter Salazar et les autres habitants quant aux habitudes et aux protocoles observés lors des réquisitions menées par notre ennemi. Tandis que je déléguais la majorité des responsabilités aux autres capitaines et officiers de notre flotte, je pus prendre le temps de rédiger et de corriger la majeure partie des cahiers de cette chronique, tandis que s'étirait lentement l'hiver. Ce fut une période de paix anxieuse, emplie du proverbial calme avant la tempête.

À l'orée du printemps, quand la terrifiante silhouette de notre ennemi se matérialisa sur la ligne d'horizon, nous étions tous prêts à jouer le rôle qui nous avait été attribué. Les volontaires prirent place au port pour simuler la vie des quais. Les équipages revêtirent leurs oripeaux de marchands et canoteurs. Le drame pouvait commencer.

XVIII. *Île de la Tortue*

(CIRCA 1647)

> *O Peggy Gordon, you are my darling*
> *Come sit you down upon my knee*
> *And tell to me the very reason*
> *Why I am slighted so by thee*
>
> TRADITIONNEL
> Peggy Gordon

De toutes les péripéties qui ballottèrent le *Déchronologue* durant ses dernières années d'existence, je crois que ce fut l'anéantissement de la flotte d'Alexandre qui marqua le plus durablement l'équipage. Fut-ce mon interdiction d'assister à la défaite de la flotte macédonienne qui gratifia mes hommes d'un sursaut de conscience? Fut-ce en raison de la glorieuse renommée du vaincu? Je ne saurais dire. Mais je constatai rapidement des changements dans leur comportement, comme un infime supplément d'âme, une gravité qui animait désormais profondément les activités du bord.

Vers la fin décembre, le *Déchronologue* était retourné à la Tortue pour y passer un hivernage bien mérité.

Notre accostage ne passa pas inaperçu et les premiers exportateurs ne tardèrent pas à me demander audience. Je chargeai le bosco de négocier au meilleur prix les trésors engrangés dans nos cales. Dès notre arrivée, un message de Simon m'y attendait, pour me féliciter du succès de la mission et m'annoncer que les Targui ne discernaient pour le moment aucune nouvelle menace d'invasion. Cette nouvelle me fut d'un grand soulagement : je n'aurais supporté d'orchestrer semblable mise à mort avant longtemps. Cependant, si mes matelots étaient ravis de retourner à terre pour y dilapider leur récente fortune, je ne voyais que peu de raisons de me réjouir. Sévère ne m'aimait pas, je me sentais bien seul en ce monde, et la bouteille ne me procurait plus les mêmes oublis que naguère.

Même le Baptiste, dont j'appréciais tant la conversation et l'esprit mesuré, s'était fait moins disponible : à ma tablée, en présence de Gobe-la-mouche, il préférait désormais la compagnie exclusive de ses canonniers et il ne quittait plus qu'à regret ses précieuses batteries temporelles. Le pont d'artillerie était devenu son territoire privilégié, une sorte de domaine réservé dont les résidents ne semblaient pas apprécier qu'on les dérangeât trop souvent — de peur sans doute qu'un étourdi déréglât ou abîmât leurs précieuses machines. Cet excès de sécurité n'était pas pour me déplaire entièrement, tant je tenais à la protection des secrets de mon navire, mais elle me privait trop souvent des opinions tranquillisantes de mon maître-artilleur, généralement plus avisé que son capitaine quand il s'agissait d'aborder sereinement une situation.

Après plusieurs jours d'hésitation, je laissai donc le Baptiste à ses tatillonnes inquiétudes de précautionneux munitionnaire et décidai de m'octroyer quelques jours de détente à terre parmi les ivrognes et les catins, avec l'espoir de leur dérober un peu de nonchalance.

C'était fête à la Tortue. Je jetai mon dévolu sur une gargote provisoire, sans nom ni toit, aux murs de toile tendus entre des piquets plantés en bord de rivage, où il ne me fallut pas plus de quelques heures pour m'enivrer déraisonnablement parmi des marins trop heureux d'avoir survécu jusqu'à la nouvelle année. L'endroit était parfait pour vider flacons et godets sans risquer de me mêler aux autres capitaines et négociants plus habitués aux établissements prospères de Basse-Terre. J'avais envie d'anonymat, de mauvais vin et de chansons beuglées par des gorges humides plutôt que restituées par quelque aride boîte à musique.

Prétorien drapé dans ma saoulerie, je posai un regard désabusé sur cette bacchanale aux échos factices. Quelles raisons avaient-ils tous de se réjouir ? Ils fêtaient l'année moribonde quand le calendrier n'était qu'un torchon, tout comme ils célébraient une Nativité prohibée par un gouverneur Le Vasseur plus enferré que jamais dans ses convictions réformées. Peste blanche ! Sous le ciel caraïbe, Noël avait des airs de fin de mois de juin, avec ses vents tièdes et sa chaleur montante. N'était-il pas aussi ridicule de se rincer le gosier de verres de vin chaud, épicé à la mode européenne, que d'entendre d'approximatifs cantiques meuglés par un chœur de pillards aux mains sanglantes ? Pourtant, je restais parmi eux et me réchauffais au feu de leurs innocences. Avec eux, au moins, j'étais en simple compagnie et mes problèmes n'allaient pas plus loin que le maintien d'un équilibre de plus en plus précaire.

Quand l'alcool ingurgité me fit préférer le sable tiède au bois instable des bancs, je renversai une table et tout ce qu'elle supportait pour m'y adosser confortablement et profiter encore du spectacle — malgré la grimace agacée du tenancier trop apeuré pour oser s'en prendre à un capitaine en bordée. Une putain pas trop mal faite s'assit quelques minutes près de moi pour reprendre son souffle entre deux gourmandises. Je lui offris mon reste de vin sans rien comprendre à ce qu'elle gloussait à mon oreille tant son accent germanique abrasait sa syntaxe. Elle se rinça les gencives et les chicots avant de reprendre l'illégal refrain catholique qui résonnait dans la guinguette. Si la Réforme séduisait les esprits aiguisés, les gueux préféraient les joies simples des traditions d'antan.

— Joyeux Noël, dis-je à la femme en me relevant sans grâce.

Je lui tendis quelques pièces pour financer ses étrennes et l'inviter à délaisser mon entrejambe au profit d'un client plus friand de ses faveurs. Soudain, je ne voulais plus participer à ces réjouissances contrefaites.

— Nous sommes déjà l'année prochaine ! hurlai-je en brandissant mon précieux carnet.

Mes révélations calendaires n'intéressant personne, elles se perdirent entre deux chansons. Je m'offris une autre bouteille et quittai en trébuchant ce carnaval des ingénus.

Il commençait à se faire tard. Pas assez pour craindre quelque rixe avinée de fin de soirée, mais suffisamment pour apprécier la lumière des torches et lumignons accrochés aux façades les plus cossues. Basse-Terre était devenue riche. Je savais y être pour beaucoup.

Louvoyant dans la rue principale bordée d'établissements florissants, je comptai autant de boutiques que d'estaminets. Christ mort, les ivrognes et les écumeurs étaient-ils donc en passe d'être supplantés par les écrémeurs d'argent ? Je fus un instant tenté de faire quelque esclandre dans la première échoppe à portée, avant de revenir à de moins éruptives protestations au passage d'une ronde du guet portant le brassard des troupes du gouverneur. L'image de mon ami Brieuc se rappela à mon mauvais souvenir et, durant un bref instant, je crus voir ses traits sur le visage de l'officier commandant la patrouille. Le jeune gradé m'observa en me croisant et je le saluai sans moquerie, les larmes au bord des yeux et le cœur au bord des lèvres. À sa suite, le peloton passa sans m'accorder d'attention, sans doute trop habitué aux égarements chaloupés des flibustiers en bordée pour voir dans mes manières autre chose qu'un chagrin d'alcoolique. Je décidai qu'avant l'aube, j'aurais su faire assez de raffut pour mériter toute l'attention de la populace et des nantis, puis repris ma quête d'un lieu de débauche approprié pour un tel éclat. Si je n'avais pas fait la plus réconfortante des rencontres, moins de trente pas plus loin, le diable seul sait si mon ivrognerie ne m'aurait pas fait embrocher quelque panse avant le matin, histoire de vider un peu du trop-plein de peine qui m'engorgeait la cale.

— Capitoune ! Ça bouille, mon palo ?

Une rude bourrade assenée entre mes épaules m'envoya trébucher vers un cimetière de barriques vides sur la plus lourde desquelles je m'écorchai le menton en pestant. Avant d'avoir pu me relever, j'avais reconnu mon jovial agresseur et lui décochai un sourire meurtri :

— Le grand Fèfè de Dieppe… Comment va ?

Le colosse m'aida à me relever en riant. Il empestait le bouc, la terre humide et l'alcool régurgité. Peste, il était aussi saoul que moi !

— Faut tamer sec, gloussa-t-il, l'gartin fèche le merdon !

Je remarquai que sa ceinture s'ornait de nouveaux colifichets cliquetant entre ses aumônières : des pièces de métal manufacturées, serties dans des liens de cuir tressé ; des éclats et débris multicolores enfilés comme des perles autour de sa taille ; deux lourdes piles rouillées en guise de *bolas*. Des fragments de merveilles, comme autant de saintes reliques pour communier avec le sujet de sa fascination. Il me tendit une outre en peau de chèvre que je n'osai refuser. La guildive mal distillée manqua de me calciner la gorge et les sinus. Je râlai en lui rendant le breuvage :

— Mort de moi, montre-moi celui qui a fabriqué ça et je lui en achèterai assez pour qu'il n'essaie plus d'empoisonner son prochain.

Le boucanier grimaça. Le cimetière de ses gencives aurait fait fuir une compagnie de choucas.

— C'est m'bande qui la coulons et moué qui la troque. Pour toi, capitoune, j'te la donne.

— Tu t'es reconverti en bouilleur de cru ?

— L'boucan crape plus nibal. La faute à c'te sirelopette de gouvernaque. On charcule c'qu'on peut.

Je remarquai les quelques passants et fêtards qui contournaient prudemment notre duo de forbans, relevai la tête et ris vers le ciel moucheté d'étincelles. C'était bon de se savoir encore considéré, sinon avec respect, du moins avec prudence. Et ma rencontre avec cette vieille fripouille écervelée avait su me ramener à de moins hargneuses envies.

— Allons vider quelques bouteilles, dis-je à Fèfè, et tu me parleras un peu de cette crapule de gouverneur.

J'avisai le débit de boissons le plus proche, à l'air gris de pétun brûlé et aux clients point trop inquisiteurs, nous commandai deux bouteilles de vin de l'année et un carafon de tafia. Je vis bien que le patron tiqua en voyant la mine effrayante de mon invité, mais il sut mesurer le risque encouru en cas de refus et nous fit servir promptement par son jeune commis. Un banc s'étant libéré près de la sortie, je m'y posai avec satisfaction pour regarder un peu le monde sans avoir à me tenir à sa hauteur. Autour de nous, j'aperçus quelques gueules d'îliens maussades, au visage alourdi par la fatigue et la boisson, deux marchands rougeauds à pourpoint défraîchi en grande négociation, une poignée de gagne-petit fumeurs de racines et même un authentique huissier en affaire avec quelque ribaude. L'achalandage banal d'un boui-boui qui n'aimait pas faire de vagues. Dans ce bouge sans charme ni couleur, notre paire enivrée devait prendre des airs d'authentique menace. Pas de chansons ni de musique. Les conversations croisées composaient un brouhaha de voix basses aux accents paisibles. Je rapportai un tabouret pour y poser mes jambes et appuyai ma tête contre le mur crasseux pour parler un peu à mon hôte d'un soir :

— Comment va la santé, Fèfè ?

— Ça grinche nullince. J'tête le gorgeon et j'gobe mes merveilles vissa.

Il secoua ses hanches pour faire s'agiter ses aumônières et colifichets contre ses cuisses. Le diable seul savait ce qu'il pouvait conserver encore comme *maravillas* désuètes et autres médications excentriques dans ses escarcelles. Les choses avaient bien changé dans les Caraïbes. Désormais, ce vaillant pionnier faisait presque office de rebut mal vieilli.

— Mort de moi, murmurai-je, ça fait combien d'années que nous nous connaissons, toi et moi ?

— Sais pas, capitoune. Deux pognes ?

— Quelque chose comme ça, soupirai-je en me servant un gobelet de vin clair.

Si mes propres calculs étaient à jour, le boucanier se trompait de presque quatre ans, mais comment lui en vouloir ? Sa pauvre caboche abîmée avait encore bien du mérite de se souvenir de moi. Nous nous étions rencontrés près de Port-Margot à la fin du printemps 1640, quand je naviguais aux côtés d'audacieux capitaines français du côté de la Tortue. À l'époque, François Le Vasseur était seulement le chef radical d'une expédition huguenote. Le capitaine Brieuc, encore bien vivant, rêvait de justes batailles. Quant à moi, tandis que le Cierge tenait la barre de mon vieux *Chronos*, je traquais avec acharnement le secret des *conserva*. Et dans le ciel sans nuages, les *burbujas* nous faisaient frissonner et nous signer sous le soleil quand elles surgissaient du néant. C'était sept années plus tôt. Sept années seulement. Ce me sembla être dans une autre vie. J'avalai mon vin cul sec. J'étais encore en colère et malheureux.

— Quel chemin parcouru, dis-je en me resservant.

Face à nous, l'huissier passablement éméché s'était laissé entraîner dans un recoin de la pièce par la putain défraîchie. Je vis les mains de la femme se glisser sous la chemise de l'homme tandis qu'il fermait les yeux de satisfaction. En voilà un qui ferait bien de vérifier ses poches avant la fin de la nuit, s'il ne voulait pas perdre un peu plus que sa dignité. Les marchands avaient cessé de négocier, les fumeurs continuaient de fumer, et le marmot assigné au service butinait de table en table à la recherche d'un fond de verre ou d'un reste de pain. Je levai mon gobelet à cet attristant tableau et ânonnai sans conviction :

— Joyeux Noël, Fèfè de Dieppe. Et bonne année !
— Joyeux Noël, Villon.

Nous trinquâmes. Le vin était astringent, assez du moins pour que je m'en aperçoive malgré ma langue et mes gencives déjà brûlées par le vin chaud et le trop-plein d'alcool. Puis, soudain, en regardant le boucanier avaler sa gorgée, je réalisai qu'il était sans doute mon plus vieil ami encore vivant. Je le resservis et le fixai avec un intérêt nouveau :

— Que dirais-tu de rejoindre mon équipage ?

L'idée venait de me traverser l'esprit, et je ne la trouvais pas si mauvaise. Le genre de proposition qui paraît prendre tout son sens après le second litre de tafia. Le genre qui ne peut pas se refuser. Mais Fèfè ne fut pas de cet avis.

— Ça m'dit nullince, avoua-t-il avec étonnement.
— Pourtant, insistai-je, tu aurais tout pour toi : le voyage, la fortune, et quelques bonnes bagarres en prime.
— Suis pas de la vareuse, capitoune. M'sens mieux les arpiches sur du caillinse que dans l'eau. Et puis...
— Et puis ?
— Tu troques avec ces sirelopettes de Targui.

Il avait dit ça comme un chasseur en accuse un autre de battre ses chiens. J'eus un ricanement désabusé :

— Est-ce donc un crime si grave ?

Fèfè haussa les épaules, se rinça le gosier avant de répondre :

— Sont d'la brûle-cagasse ! D'la souffle-misère ! M'engourdent les écouvinces rien qu'à baringuer plus d'trois mots.

Je me régalai secrètement de son verdict. Il était déjà assez étonnant que ce boucanier crasseux eût l'occasion d'échanger deux phrases avec un Targui — même si peu de choses m'étonnaient à propos du grand Fèfè, histrion, à sa manière fruste, pas moins tragiquement malmené que moi par les marées de notre époque, et pas moins concerné par leurs conséquences — et encore plus surprenant qu'il n'en nourrît pas plus de crainte. J'aurais cru que l'envoûtement qu'exerçaient les *maravillas* sur ce coureur de forêt l'aurait plutôt incité à les fréquenter. Puis, à travers les sédiments pourpres et gluants de l'alcool, je perçus un détail qui m'avait jusque-là échappé : il ignorait tout de la nature réelle de Simon et des siens, et je tenais là une occasion unique de confier un beau secret à l'un de mes frères en fascination.

— Tu sais, Fèfè, j'ai à mon bord…

Je n'eus pas le temps de finir ma phrase : mon voisin venait de se redresser aussi promptement que son ivresse le lui permettait pour porter la main aux lames accrochées à sa ceinture. Trois soldats venaient d'entrer dans notre taverne, menés par un jeune officier que je reconnus pour l'avoir croisé moins d'une heure plus tôt. Ce dernier aperçut Fèfè et porta également la main à sa crosse de pistolet. Le colosse s'était certainement rendu coupable de quelque infraction aux règles locales et la soldatesque venait lui en demander raison.

— Au nom du gouverneur ! s'exclama le gradé.

Il n'eut pas le temps d'en dire davantage : avec un beuglement de bête, mon géant de voisin se jeta sur lui pour lui saisir la gorge. Une furieuse empoignade s'ensuivit sous les protestations de la clientèle alarmée. Deux soldats se portèrent à la rescousse de leur supérieur qui, empêtré dans son uniforme et son baudrier, ne parvenait pas à dégainer. Une table fut renversée, plusieurs bouteilles se brisèrent sur le sol inégal, mais rien ne parvenait à arrêter le boucanier. Le dernier soldat, qui ne s'était pas jeté dans la mêlée, tira discrètement sa lame pour tenter de le piquer par-derrière, mais ma propre lame, soudain posée à plat sur sa poitrine et agrémentée de mon plus aimable sourire, sut le retenir de tenter quelque traîtrise. J'étais ivre et passablement maladroit, mais pas au point de laisser faire n'importe quoi. L'officier braillait des ordres confus que personne ne comprenait, son agresseur se débattait tant et si bien que les premières ecchymoses fleurirent. Une pommette éclata. Un nez pissa dru un sang épais sur une redingote impeccable. Fèfè était en passe de réussir l'exploit de tenir tête à trois gaillards s'efforçant de le faire céder. Soudain, le sergent parvint à se dégager de la cohue et à reculer de deux pas. Avant que j'eusse le temps de réagir, il tira son pistolet et visa son adversaire. Hurlements effrayés des derniers soiffards qui étaient restés assister à l'esclandre. Je hurlai avec eux, non par peur de prendre la balle, mais pour lui intimer l'ordre de baisser son arme. Le coup partit tandis que je tentais maladroitement de frapper son poignet. La détonation fut assourdissante. Une éclaboussure rouge jaillit dans le dos de mon ami, par là où la balle ressortit. Fèfè hoqueta, regarda sa poitrine percée, et tomba lourdement à la renverse, sa nuque allant heurter rudement les tessons et débris répandus sur le sol.

— Non ! criai-je atterré.

Le canon de son arme encore fumante, le visage en sang, le jeune officier regarda sa victime comme s'il réalisait à peine ce qu'il venait de faire. Son regard passa lentement des yeux vitreux de Fèfè aux miens, luisants d'alcool et de rage. Et dans les siens, je lus plus de peur que de colère.

— Au nom du gouverneur, balbutia-t-il encore comme pour justifier son geste.

Je suffoquai. Mes doigts serraient toujours la poignée de mon épée nue.

La respiration de Fèfè se faisait plus pénible à chaque goulée d'air, les débris jonchant le sol crissaient à chacun de ses soubresauts. Je ne réfléchis pas. Mon bras pointa droit devant moi, et ma lame dans son prolongement chercha la gorge du responsable. Le métal ripa sur le col épais puis perça la peau, la chair, avant de racler l'os de l'épaule. J'avais frappé de toutes mes forces mais j'étais trop ivre pour avoir visé convenablement. La douleur n'en fut pas moins vive, à défaut d'être mortelle. L'officier piailla une protestation geignarde tandis que je tournais par habitude mon épée dans la plaie pour aggraver la blessure. Son cri se mua en piaulement suraigu. Je pivotai sur ma gauche et repris ma garde tandis qu'il tombait à genoux, avant de s'affaler sur le corps du boucanier. Clameur consternée des derniers témoins présents dans la taverne. Les soldats me dévisagèrent avec crainte, stupéfaits par le déchaînement de violence et la soudaine accumulation de victimes.

— Qui en veut encore? éructai-je en titubant.

Étant donné mon ivrognerie, ils auraient eu une chance de me maîtriser ou de me battre s'ils avaient agi ensemble. Mais leur chef gisait à mes pieds, et je devais être bien effrayant avec ma trogne édentée, ma tignasse défaite qui me tombait sur le visage et masquait mal ma colère et ma démence. Je fauchai l'air de ma lame, autant pour les maintenir en respect que pour garder l'équilibre, beuglai encore pour prévenir tout excès d'héroïsme :

— Bouchers ! Culs de plomb ! Lécheurs d'hostie !

Mes invectives et mes mimiques furibondes déclenchèrent les rires gras des badauds, qui s'ajoutèrent à l'embarras de mes trois gaillards de plus en plus indécis. Je désignai ma victime de la pointe de la botte, reniflai bruyamment et lâchai quelques ordres bien sentis :

— Ramenez-moi ça se faire recoudre avant qu'il ne gâte la bonne réputation de cette maison ! Et profitez-en pour m'oublier un peu, tas de singes !

J'en rajoutai encore et plus dans les invectives et les menaces, m'avalai la dernière rasade de tafia d'une bouteille miraculeusement préservée et me posai lourdement sur un coin de table pendant que la patrouille soulevait son chef défait et décampait sans demander son reste. Un grand silence se fit dans la taverne. Fèfè geignait et se vidait lentement de son sang au milieu de la paille, du sable et des tessons. Chacun dans la pièce se demanda ce qui allait survenir maintenant. Combien de secondes avant la mort du boucanier ? Combien de minutes avant le retour en force de la milice ? Le fort de la Roche n'était pas si loin, pour des soldats paniqués en manque de renfort. Quant à mon navire, je doutais d'y parvenir debout sans l'assistance d'une bonne âme. Mes pensées étaient plus dispersées que le mobilier de la gargote, mes jambes me soutenaient à peine.

Du coin de l'œil, j'avisai le garçon de salle qui me regardait fixement et lui fis un petit signe de l'index :

— Approche, mousse. Tu n'as pas peur, n'est-ce pas ?

Le mioche avait la figure crasseuse et la vive prunelle des jeunes pousses grandies trop vite et sans entrave. À ses yeux, je devais avoir l'air d'un ogre ou d'un coquin de roman. Je tirai sur mes moustaches pour en essuyer l'alcool, puis fouillai dans ma poche jusqu'à en extraire une pièce d'or, polie par le temps :

— Voici un vrai ducat vénitien. Je te le donne si tu files jusqu'au *Déchronologue* pour en ramener du monde. Dis seulement à la vigie de quart que le capitaine a besoin d'aide et conduis mes hommes jusqu'ici. Tu sauras faire ça ?

Il ouvrit des grands yeux avides en tendant la main.

— Sûr, capitaine.

Je refermai mes doigts sur le trésor et le remis dans ma poche.

— Seulement à ton retour, gamin.

Le gosse comprit et fila. Fèfè émit un bruit qui aurait pu passer pour un soupir affligé, essaya en vain de relever la tête avant de proférer quelque sourde malédiction. Je dévisageai lentement les dernières personnes présentes et ricanai avec morgue :

— Ne faites pas ces mines de quarantaine. J'aurai la même obole pour tous ceux qui aideront mon ami à se redresser.

Une brassée de mains aussi secourables qu'intéressées se tendirent vers le corps du boucanier, lequel poussa les hauts cris quand il fut tiré et adossé au mur le plus proche.

— C'est bien chrétien et charitable de votre part, dis-je en lançant quelques pièces à la cantonade. Aubergiste, encore à boire pour moi et mon ami, nous avons tant de choses à célébrer !

Puis je glissai de mon siège et roulai à mon tour dans la paille et les souillures, où je restai, appuyé contre Fèfè et à peine plus conscient que lui, à guetter l'arrivée de mes marins en veillant à ce qu'on ne profitât pas de ma soudaine faiblesse pour me dépouiller prestement.

— Joyeux Noël, maugréai-je, et paix sur la terre aux hommes de bonne volonté.

*

Il faut croire que j'avais cette nuit-là l'oreille des anges : menée par mon petit messager, c'était ma troupe de fidèles qui m'avait trouvé avant celle du gouverneur. Main-d'or avait organisé le rapatriement du capitaine et de son compagnon blessé jusqu'au navire. Là, pour prévenir toute tentative de représailles de la part de la milice, Gobe-la-mouche avait fait doubler les sentinelles et distribuer quelques piques et gourdins. À peine jeté dans mon hamac, je m'enfonçai dans un sommeil pâteux dont je n'émergeai que très tard le lendemain, la caboche toute bosselée de l'abus de liqueurs et de mauvaise conscience.

Ma première visite fut pour mon maître d'équipage, qui goûtait un en-cas à sa façon, dégoulinant tellement d'huile et de viandes cuites que j'en eus des haut-le-cœur rien qu'en le voyant.

— Capitaine, me salua-t-il en mordant dans ses tartines. Tout est calme et l'air de l'après-midi sera clair et doux.

— Quel jour sommes-nous ?

Honte à moi, j'avais tant éclusé de tafia la veille que j'avais failli oublier de faire le décompte de la nouvelle journée sur mon carnet. Je savais que j'avais eu une idée fameuse en demandant à Gobe-la-mouche d'en faire autant de son côté. Il tira un calepin graisseux de sa chemise et lut lentement ses notes du jour :

— Le 2 janvier, capitaine.

Je soupirai de soulagement : je n'étais pas fou, et mes comptes étaient justes. Mes yeux encore mal adaptés à la blanche lumière extérieure se plissèrent tandis que j'observais la petite activité du port en ce lendemain de libations.

— Et ces cruchards fêtent encore la Nativité. Tu y comprends quelque chose, toi ?

— M'est avis que c'est une question qu'il faudrait poser à votre ami Simon. Moi, je me contente de noter chaque journée que Dieu fait, et mes comptes disent que nous sommes le 2 janvier. Le reste de la création peut fêter ce qui lui chante, j'm'en tiendrai pas moins à mon administration.

— Christ mort, murmurai-je, que se passera-t-il le jour où ton décompte et le mien ne tomberont pas juste ? Je préfère ne même pas y penser.

— Ce jour-là, capitaine, je dirai que l'un de nous deux s'est trompé ou que le diable nous joue un joli tour.

— Mais tout de même, presque dix jours de décalage avec Basse-Terre...

Gobe-la-mouche hocha la tête, avala une autre énorme bouchée de son écœurante préparation — mort de moi, il semble qu'il y avait aussi incorporé du poisson en plus de la viande et des condiments — avant de hausser les épaules avec bonhommie :

— On en a déjà parlé, capitaine. Suffirait de nous caler sur leur calendrier et plus personne n'y verrait rien à redire. Mais vous voulez pas en entendre parler, pas vrai ?

— Tudieu, bosco, la journée est peut-être bien avancée, mais c'est encore trop tôt pour m'enfoncer des abeilles sous le crâne ! Je me moque que nous soyons les seuls à tenir ce compte, comme je me moque que le reste du monde ne nous suive pas. Pour moi, le 2 janvier nous sommes, et la peste soit des contradicteurs !

— Sage décision, capitaine. Que diraient les matelots si on leur rendait soudain comme ça deux poignées de jours, pas vrai ? Des histoires à n'en plus finir, voilà ce que ça donnerait, si vous voulez m'en croire...

Il essuya ses mains huileuses sur ses cuisses, jeta les reliefs de son repas sur le quai pour le plus grand plaisir des mouettes. Je souris. Il avait raison, bien entendu. Peu importait, en définitive, ce qui était arrivé durant la tempête temporelle qui avait frappé le Yucatan à la destruction de Noj Peten. En bon second, Gobe-la-mouche avait tenu un décompte précis de chaque journée passée pendant mon absence. J'avais pris le temps de lire ses annotations, finement rédigées dans le livre de bord : tout ce qui concernait le rôle et les affaires courantes y avait scrupuleusement été consigné et pas une journée ne manquait. Dès lors, je décrétai que nous étions le 2 janvier, et tant pis pour les retardataires !

Je préférai changer de sujet :

— Un médecin est venu à bord s'occuper de Fèfè ?

— Le boucanier ? Non, ce n'était pas utile.

La réponse de Gobe-la-mouche me pétrifia. Je ne voulais pas croire que mon ami avait succombé à sa blessure. S'amusant de ma tête abasourdie, le bosco prit le temps de bourrer sa pipe avant de poursuivre. Bien que fulminant, je le laissai faire sans pester : s'il prenait autant ses aises, c'était qu'il avait forcément une bonne nouvelle à délivrer.

— Votre ami a été laissé aux bons soins de votre dame, révéla-t-il entre deux bouffées de pétun.

— Sévère s'est occupée de Fèfè?

— Je crois même qu'elle s'en occupe encore, ajouta le bosco en désignant la poupe du menton. Elle a dit qu'il pourra vivre.

La nouvelle était effectivement d'importance. Fèfè sauvé, c'était trouver une fin heureuse à une nuit calamiteuse en diable. Quant à l'implication de Sévère, elle me procurait un mélange de satisfaction et de crainte qui ne faisaient pas bon ménage sous mon crâne déjà passablement malmené par les libations. Je me devais d'aller voir cet événement par moi-même. Ce que je me dépêchai de faire au plus tôt.

— Pas d'autre fait notable à me rapporter? demandai-je au bosco avant de partir.

— Tous les hommes à terre sont revenus entiers, capitaine. L'équipage cuve au complet.

Je laissai Gobe-la-mouche à ses fumées et gagnai d'un pas mal assuré les appartements de mon invitée permanente. Chemin faisant, je croisai un matelot à peu près valide occupé à recoudre son fond de culotte et lui ordonnai de filer dans ma cabine pour en rapporter une chemise propre. Au bout de la coursive, la porte de Sévère était ouverte. Je m'y présentai discrètement et découvris le plus charmant tableau : assise dans son fauteuil préféré, mon aimée veillait Fèfè allongé dans son lit, le torse soigneusement momifié. Une forte odeur d'huile et de camphre régnait dans la pièce. Sévère leva la tête de sa lecture en m'apercevant :

— Je vous attendais plus tôt, capitaine.

— J'ai manqué la cloche de quart... Comment va-t-il ?

— La blessure n'était pas si grave. La balle n'a fait que déchirer les chairs avant de ressortir. Il a eu de la chance.

— J'ignorai votre talent de thérapeute.

— Et moi le vôtre de querelleur.

Je poussai un profond soupir et m'assis sur la chaise la plus proche :

— Des reproches ? Déjà ? Je me lève à peine.

Sous son drap, Fèfè geignit et frissonna. Sévère se leva pour effleurer son front du revers de ses doigts avant de lui essuyer le visage avec un linge propre. Ce geste doux et posé m'ôta toute envie de chicane. Je la voyais si rarement en situation de compassion... Quand elle regagna son siège, j'avais déjà rendu les armes.

— Allez-y, souris-je, crucifiez-moi, je l'ai sûrement mérité.

Elle m'accorda un de ses douloureux regards de peine immodérée avant de répondre.

— Ne laissez pas le désespoir vous saisir, capitaine. Vous vous perdriez en route sans trouver la paix, et perdriez avec vous ceux qui vous ont suivi.

— Si vous dites cela pour ce grand gaillard au poitrail percé, je n'y suis pour rien : il s'était fourré sans moi dans des ennuis dont j'ignore encore tout.

— Il m'en a parlé brièvement, avant de s'endormir... Cet homme est étrange et attachant, capitaine. Je comprends l'amitié qui vous lie.

Ses paroles se diluèrent de mes oreilles à mon ventre en distillant une bouffée de tristesse apaisée. Alourdi par l'inconscience, le visage marqué de Fèfè semblait moins sauvage ; sa trogne couturée avait retrouvé un peu de son humanité originelle. Privé de ses grimaces nerveuses, il affichait les traits de l'homme qu'il avait été autrefois.

— C'est mon frère, balbutiai-je. À sa manière, je flotte de port en port en attendant la prochaine tempête.

Sévère me fixa intensément, laissa passer un interminable instant de silence et de reproches muets avant de poursuivre sans me lâcher du regard :

— Avez-vous confiance en moi, capitaine ?

— Si vous parlez des soins prodigués à cette grande carcasse, je…

— Avez-vous confiance en moi ? répéta-t-elle en détachant chaque mot. Consentirez-vous à une requête ?

— Tout ce que vous voudrez, vous le savez bien.

Sévère sourit :

— Alors, allez dormir encore, capitaine. Vous tenez à peine debout et faites peine à voir.

— Je vais bien !

— Non, capitaine, vous n'allez pas bien. Croyez-moi, je ne sais que trop ce que vous cherchez et ce qui vous tourmente. À force de déchirer les voiles qui vous dissimulent la vérité, vous n'accordez plus au monde l'illusion nécessaire à la paix de l'esprit. C'est de la faute de Simon, il a toujours agi ainsi. Bientôt, vous ne supporterez plus de…

Elle se tut, saisie par une immense vague de tristesse qui la laissa figée et menue dans son fauteuil. Le silence, morne et pesant, reprit ses droits dans la cabine. Il ne fut perturbé que par l'arrivée de mon matelot qui m'apportait la chemise que je lui avais réclamée. Je pris le vêtement et le posai sur la table basse située à ma gauche.

— C'est pour Fèfè, dis-je.

Une migraine que je pressentais des plus pénibles commença à pulser derrière mes orbites. Mon salut fut un peu raide à l'instant de prendre congé :

— Je repasserai plus tard. Merci de vous occuper de lui.

— N'oubliez pas votre promesse, capitaine : allez dormir. Ce soir, nous reparlerons de tout ceci.

— Ce soir ?

— S'il vous plaît, laissez-moi prendre un peu l'initiative. Je suis sûre qu'avec votre accord, Main-d'or saura me seconder efficacement.

— Vous l'avez.

— Alors à plus tard, capitaine.

Je sortis en laissant la porte ouverte. Je n'étais pas sûr d'avoir compris quoi que ce fût aux propos de ma protégée, mais j'étais prêt à lui accorder toute l'initiative qui lui siérait. En attendant, pressentant que mon mal de crâne me priverait de sommeil avant longtemps, je décidai de redescendre à terre pour mettre un peu d'ordre dans mes affaires en cours.

C'était Basse-Terre tout entière qui avait la gueule de bois quand j'y retournai en fin d'après-midi. Les excès païens de la veille se lisaient sur les mines encore grises des quelques habitants dépenaillés que j'y croisai. Sous les palmiers, à l'ombre changeante des masures, dans les enclos parmi les bêtes de somme, c'était toute la troupe des cuveurs de tonneaux qui achevait de se remettre difficilement de la naissance du Christ. Les têtes étaient lourdes et les pas traînants sous le soleil d'hiver. Même les patrouilles du guet s'étaient faites moins visibles. Tant mieux : je n'avais aucune envie d'être arrêté avant le souper.

Le raidillon qui menait au fort de la Roche faillit me scier les pattes, mais je tins la cadence jusqu'au sommet du promontoire dominant la baie. L'air était plus sec et plus vif sur les hauteurs, portant depuis l'intérieur des terres l'odeur amère de la forêt. Je m'arrêtai un instant pour reprendre mon souffle et contempler le domaine personnel du gouverneur où il vivait désormais retranché. Un bloc épais de pierre sombre, crénelé de haut et bardé de canons, qui n'aimait ni n'encourageait les visites. Pourtant, c'était bien ici que je souhaitais avoir audience, au nom d'une collaboration établie de longue date. À mon approche, les portes de la citadelle s'ouvrirent sans que j'eusse à m'annoncer. Je pris cela pour une honnête invitation et pénétrai dans la bâtisse sous le regard de soldats impavides postés sous la barbacane.

— Son Excellence ? demandai-je à celui qui me parut le plus aimable.

La sentinelle prit le temps de tirer sur son ceinturon et de cracher par terre avant de me répondre :

— Elle vous attend. Traversez la cour et demandez votre chemin.

— Bien aimable.

Je passai la voûte ombragée et comptai encore dix pas avant d'entendre les portes épaisses se refermer derrière moi. Je ne ressortirais pas d'ici sans l'accord du maître des lieux. Restait à espérer qu'il ne fût pas de trop méchante humeur…

Des mines insidieuses et des uniformes débraillés des soldats au silence circonspect qui régnait dans la cour, l'ensemble du fortin transpirait la malignité et les basses œuvres. Sur les remparts, un ensemble de machines mystérieuses aux lignes arachnéennes braquaient leurs pattes effilées vers le ciel. À l'ombre de la tour principale, un gibet et deux cangues attendaient un prochain usage qui ne tarderait pas. Même durant mon incarcération à Carthagène, je n'avais pas perçu autant de férocité dans la posture de la garnison. Les pendards du fort de la Roche goûtaient d'exposer ainsi leur mobilier de bourreau. Au fort de San Matias, il s'agissait d'officielles compagnies mercenaires, payées par la couronne d'Espagne, et non d'une ligue de soudards financée sur les fonds privés d'un gouverneur jaloux et soupçonneux. Une odeur entêtante de chair pourrie flottait dans l'air, distillée par trois grilles scellées dans le sol. Tandis que je passai près de la plus proche, j'entendis plusieurs gémissements étouffés remonter du boyau étroit. À coup sûr, je marchais au-dessus de quelque épouvantable cul-de-basse-fosse, aux locataires bien diminués. J'en fus doublement heureux d'avoir arraché Fèfè aux griffes de ces coquins. Un homme qui avait survécu aux geôles pestilentielles des *Spaniards* ne méritait pas d'être enfermé une fois de plus, de toute son existence. Restait à en convaincre son Excellence.

Ce dernier me reçut dans ses appartements, au dernier étage du fort, où je ne fus conduit qu'au terme d'une fouille en règle et de la confiscation — provisoire — de mon épée. Je remarquai que les deux soldats qui gardaient les appartements du gouverneur ne portaient pas la livrée en vigueur parmi les miliciens. À l'évidence, ceux-ci devaient être rattachés au service exclusif du maître de la Tortue ; les étranges *maravillas* d'apparat qui ornaient leur giberne soulignaient encore ce statut.

— Entrez, Villon. Je vous attendais.

La voix de François Le Vasseur me parut distante et moins assurée que d'ordinaire. Dans la pénombre de son grand bureau encombré de tables et de livres, je ne parvenais pas à apercevoir son visage dissimulé sous un chapeau à large bord. J'attendis que ses gardes du corps eussent refermé la porte avant d'obéir à l'invitation.

— Vous m'attendiez, votre Excellence ?

De la main, le gouverneur me fit signe de prendre un siège en face de lui. Ainsi posté face à lui, je découvris un étrange masque blanc, comme une coque raidie d'amidon, qui lui couvrait le bas du visage. Je pensai aussitôt à la lèpre, ou à quelque exotique infection similaire, et faillis me relever pour reculer de trois pas. Il lut ma peur et ricana sous son déguisement :

— Ne craignez rien, Villon, je ne suis atteint d'aucune affection. Cette petite précaution vestimentaire est justement là pour filtrer et me protéger des miasmes et des émanations incommodantes.

— Oui, commentai-je froidement, je viens d'avoir un vif aperçu de vos sous-sols, à la salubrité bien discutable.

Mon interlocuteur s'esclaffa et frappa joyeusement de la main sur son bureau :

— Ah, Villon, vous avez trouvé le mot juste ! C'est bien de salubrité qu'il s'agit ! J'entends et souhaite purger cette île de ses individus les plus faisandés... De Basse-Terre à Cayonne, il était temps d'en isoler les éléments moralement scrofuleux !

— Allons, gouverneur, dis-je d'une voix enjouée, la vertu des ports francs sera toujours de mèche et d'étoupe. C'est, paradoxalement, ce qui garantit leur bonne santé financière.

Je croisai les bras, nullement impressionné par sa diatribe fleurie. Je n'étais pas le dernier à savoir manier les lettres, si nécessaire, et je le savais assez amateur de cet exercice pour m'y risquer un peu — et flatter son penchant au passage. Le Vasseur tiqua, mais sa voix prit un ton légèrement amusé :

— Mon cher Villon, vos traits d'esprit me manqueront le jour où je vous perdrai... Je ne suis entouré que de nez de bœuf !

— Votre Excellence craindrait-elle donc de me perdre ?

Malgré l'obscurité de la pièce, je le vis réprimer un haussement d'épaules.

— Ce sont vos bêtises et vos postures qui vous perdront. J'en veux pour preuve l'altercation qui vous fit prendre fait et cause pour la lie de l'île contre mon autorité... Contre mon autorité, Villon !

Voilà, nous y étions. Depuis que j'avais posé un pied dans le fort de la Roche, nous savions qu'il n'y aurait qu'un seul véritable sujet de conversation, mais le gouverneur aimait prendre son temps pour avancer ses pions et laisser l'adversaire s'empêtrer dans ses contradictions et ses demi-vérités. Comme à chaque fois que je devais négocier avec lui, je savais devoir jouer une partition prudente si je ne voulais ni le braquer ni lui accorder une victoire trop facile qui le laisserait sur sa faim.

— Votre Excellence, je n'ai rien fait de plus qu'aider un ami contre ce qui m'a semblé être un flagrant abus de position. Le grand Fèfè, dont je m'enorgueillis — non, je n'ai pas peur de dire le mot — d'être l'ami, a manqué d'être exécuté par un jeune officier visiblement dépassé par les événements et en dessous des responsabilités de sa charge.

— Épargnez-moi, capitaine ! Vous étiez ivre, plus noir qu'un esclave de plantation ! Je reconnais que ma milice fait parfois usage d'une force excessive quand il s'agit de faire respecter ma loi, mais vous avez donné le plus déplorable des exemples en prenant la défense de cet insoumis.

— Si j'avais été aussi saoul que vous le dites, aurais-je si adroitement désarmé l'officier de la pointe de ma lame, au lieu de l'embrocher sans finesse ?

Je risquais gros en poussant cet argument, mais j'étais quelque peu dépassé par ce réquisitoire en règle. À la lueur prédatrice qui éclaira le regard du gouverneur, je compris que je venais de commettre un faux pas. J'ignorais encore à quel point, mais il se chargea de me débouter sur-le-champ : lentement, il tendit un index accusateur, qu'il leva vers le plafond ou le ciel, avant de le faire descendre vers les papiers et les instruments qui encombraient son bureau. D'une simple pression du doigt, il enfonça la touche d'une machine à laquelle je n'avais jusque-là pas fait attention... Ma voix avinée retentit dans la pièce : « *Nous sommes déjà l'année prochaine !* » m'entendis-je brailler. Puis, après un silence pesant qui laissa place libre à mon embarras grandissant, le même ivrogne hystérique reprit en avalant ses syllabes : « *Bouchers ! Culs de plomb ! Lécheurs d'hostie !* », « *Aubergiste, encore à boire pour moi et mon ami, nous avons tant de choses à célébrer !* » J'étais atterré. Écarlate, débilitante, la honte me consumait jusqu'aux oreilles. C'était affligeant de s'entendre dégoiser ainsi, balbutier et invectiver comme un dément, quand on s'était cru autoritaire et souverain. Heureusement, le gouverneur n'avait plus de pièce à ajouter à son instruction. L'affaire était entendue : mon cas était indéfendable. Je comprenais mieux ses manières de goupil attendant mon faux pas depuis que j'avais pénétré en son domaine. Me revinrent aussi les avertissements discrètement proférés par Brodin de Margicoul. « Silence, on nous écoute... », m'avait-il autrefois murmuré en m'accueillant à Basse-Terre. Était-ce à dire que le gouverneur pouvait à satiété capter et reproduire les conversations à sa portée ? Je repensais aux étranges machines aperçues sur les créneaux du fort. Je ne sus que dire.

— Ivre mort, Villon ! Et vous osez venir ici plaider votre cause et celle de ce Fèfè ? Je devrais vous faire chasser de mon île pour votre impudence !

À travers son masque, la fureur étouffée du gouverneur produisait des borborygmes qui diminuaient de beaucoup son panache. Mais je n'en étais pas moins piteux et battu.

— Vous allez me livrer le boucanier, dit-il encore, et réjouissez-vous que je ne vous en tienne pas davantage rigueur.

Là, je retrouvai l'usage de ma langue :

— Je ne peux pas, protestai-je humblement. Votre Excellence ne peut pas me demander de trahir un ami.

— Si fait, Villon ! Vous allez retourner au port, remonter à bord de votre *Déchronologue* et attendre l'arrivée de ma troupe. Si vous deviez lever l'ancre ou vous opposer à ma décision d'une quelconque manière, je veillerais à vous interdire d'approcher de ces côtes *ad vitam æternam*.

— Gouverneur, je vous le répète, c'est...

— Le sujet est clos, capitaine !

Le Vasseur n'avait pas haussé le ton pour m'interrompre. Au contraire, il avait usé de sa voix doucereuse, celle qui précédait les pires intimidations. Lentement, sa main caressa les machines posées devant lui, comme si elles n'attendaient que son ordre pour rapporter d'autres instants volés de ma vie à l'ombre de sa forteresse.

— Ne m'obligez pas à fouiller un peu plus dans les propos que vous pouvez tenir ici ou là, Villon. Ne risquerais-je pas d'y trouver matière à beaucoup moins de clémence ? Ce serait dommage pour nous deux, n'est-ce pas ?

Ô, médiocrité ! Ô, mesquinerie ! Qui, par l'enfer, pourrait se targuer de n'avoir en aucune manière proféré le moindre propos compromettant, qu'une oreille aux aguets aurait ainsi répertorié pour un futur procès ? Je ressentis le même dégoût furieux que celui qui m'avait saisi quand j'avais découvert les espionnages de mon élève Pakal. Cette fois, hélas, j'étais dans l'impossibilité de mettre un terme à cette surveillance. Je me relevai en serrant les poings :

— J'imagine, gouverneur, que face à des décisions aussi fondamentales, chacun doit agir selon ce que lui dicte sa conscience... Si vous devez faire donner la troupe, personne ne vous en empêchera. Mais je ne vous livrerai pas mon ami. Mieux : au regard de vos petites manigances et de vos grandes bassesses, je crois bien que je ne vous livrerais pas mon pire ennemi !

J'aurais pu me jeter sur lui, à cet instant, et lui tordre le cou. Avec un peu de chance, je serais parvenu à lui faire rendre gorge avant l'intervention de ses sbires postés de l'autre côté de la porte. Il aurait pu ordonner mon arrestation et me faire jeter dans ses cachots. Ni lui ni moi ne prîmes la décision de passer aussi brutalement à l'acte. Je quittai le bureau. On me remit mon épée. Je ressortis libre et entier du fort de la Roche.

Je me souviens que mon retour jusqu'aux quais fut lent et solitaire. Réellement solitaire. Tandis que je redescendais vers les docks, je voyais se rapprocher le squelette décharné de ma frégate fièrement pointé vers le ciel. Pour la première fois depuis qu'elle était mienne, je répugnais à regagner son bord. Mon *Déchronologue*, mon navire de mort, au ventre si fécond du décès des autres. J'étais fatigué... Fatigué de mener ce combat pour le compte des Targui, au nom de la sauvegarde d'un monde qui ne me plaisait pas tant que cela. Fatigué de perdre chaque jour davantage un peu du lien qui m'amarrait aux lieux et au temps. Certes, j'avais trop bu la veille et j'étais encore gris de la mélancolie des flacons, mais ce n'était pas seulement cela qui me serrait le cœur à en gémir de lassitude. Un bref instant, je m'arrêtai pour écouter un peu la rumeur ténue de Basse-Terre : quelques voix de femmes, vers le marché presque désert ; une bouillie de notes rapides en provenance des tavernes, rendue plus indigeste encore par la distance et le mélange des mélodies dans l'air du bourg ; le grincement des bois, des mâtures et des bâtis tout autour de moi. La gentille ritournelle de la vie, en cet après-midi de soleil et de tristesse.

— Assez, murmurai-je.

Son Excellence avait-elle aussi capté cette requête ? M'observait-il à ce moment par le truchement de quelque merveille dont il s'était assuré l'exclusivité ? Je me retins de proférer quelque insulte de mon cru et repris la descente vers mon navire. Quand je montai à bord, j'avais grand soif et forte envie d'y remédier au plus tôt, mais je n'en eus pas le temps : Sévère avait avancé l'heure de mon rendez-vous du soir et me le fis savoir à sa manière si personnelle... Ce fut Main-d'or qui se chargea de me transmettre l'invitation alors que je regagnais ma couche pour me couper un peu du monde. À sa mine embarrassée, je compris que je n'étais pas près de dormir.

— Que se passe-t-il, matelot ? Un problème ?

— Non, capitaine, c'est… votre dame… Elle ne veut pas que vous reveniez à bord…

Je ne me fâchai même pas : la tête désolée du gaillard était par trop amusante à contempler.

— Et où donc serais-je censé me trouver, si ce n'est ici ?

Main-d'or se gratta la joue, le menton, le crâne, racla le pont de ses pieds nus avant de répondre. De toute sa vie de marin, il n'avait sûrement jamais imaginé devoir chasser son capitaine de son navire, et surtout pas sur ordre d'une femme.

— Elle vous demande de choisir l'auberge de votre choix et de l'y attendre pour souper, capitaine.

— De l'y attendre pour… Oh, je vois, un dîner en ville, en quelque sorte, soupirai-je. Ce n'est pas comme si j'avais des choses plus urgentes à régler…

— Tout a été arrangé avec le bosco, capitaine, insista le matelot à l'agonie. Allez seulement à terre, et attendez votre dame. C'est tout.

Tête baissée, épouvanté d'oser s'opposer à l'autorité de son commandant, Main-d'or semblait fixer mes bottes en priant pour les voir faire demi-tour et m'emporter vers les quais sans avoir à se répéter ou à me regarder davantage. Je m'accordai quelques secondes de douloureuse réflexion. Après tout, si Gobe-la-mouche avait donné son aval à cette opération de débarquement temporaire, je pouvais lui faire confiance pour veiller à la sécurité du navire jusqu'à mon retour.

Et puis, j'avais besoin d'un authentique moment de repos et de paix, loin des ultimatums et des menaces qui s'amoncelaient. En profiter en compagnie de mon aimée était une source de plaisir et de plaisir inespéré, en l'occurrence. Et je savais déjà quelle table je désirais partager avec elle.

— Très bien, matelot, tu peux dire à ta patronne que je l'attends au *Nouveau Grand Jacques*.

Déridé par cet épisode inattendu, je regagnai les quais et pris la direction dudit établissement, de loin le mieux achalandé de toute l'île.

*

Contrairement à son précurseur — qui avait mystérieusement brûlé quelques années plus tôt — le *Nouveau Grand Jacques* n'était pas situé sur les hauteurs surplombant Basse-Terre ; il était bâti près de la côte, sur les fondations du *Rat qui pette*, autre taverne détruite et autrement plus chère à mon cœur. Malgré sa bonne réputation, même s'il ne restait pas une pierre, pas une poutre, datant de l'époque du terrible accident, je n'avais jamais osé retourner sur les lieux du décès de mon ami Brieuc. Mais ce soir-là, en l'honneur de Sévère, je recherchais ce que la Tortue proposait de meilleur.

À peine avais-je passé la porte du *Nouveau Grand Jacques* que je fus persuadé que l'endroit n'avait pas usurpé sa réputation. De l'éclairage électrique — dont les ampoules avaient été joliment dissimulées derrière des parois lambrissées — à la boîte à musique diffusant ses airs à un volume juste suffisant pour camoufler le ronronnement des batteries, l'auberge affichait tout le confort accessible grâce aux merveilles à la mode. Je ne doutais pas, si j'avais fureté un peu, de repérer quelques *maravillas* ramenées par mon équipage lors de nos missions lointaines : seule une maison aussi huppée que celle-ci devait avoir les moyens de les acquérir au marché libre de Basse-Terre. Je repérais deux marins assis à la table la plus proche de l'entrée, dont le plus âgé me sembla vaguement familier — en tout cas, il tourna la tête vers moi et effleura le bord de son chapeau en guise de salut quand je le dépassai. En plus de ce duo paisiblement attablé autour de quelques bouteilles, il y avait seulement un homme emmitouflé dans sa cape et endormi près des feux de la rôtissoire, ainsi qu'une sorte d'érudit ou de savant au nez large et cuit par le soleil, penché sur un ouvrage épais dont il tournait les pages avec le plus grand soin. Ici aussi, les libations de la Nativité devaient avoir fait des ravages au point de tenir tout le monde à l'écart des comptoirs.

Un petit homme rougeaud, aux traits secs dissimulés derrière une épaisse moustache de gabelou, vint m'accueillir en écartant les bras :

— Bienvenue, monsieur.

— Le grand Jacques ? m'étonnai-je en constatant qu'il m'arrivait à peine à l'épaule.

— C'était mon frère, monsieur, mort dans l'incendie de son auberge. Le nom est resté quand j'ai repris l'affaire. Je précise, monsieur, que j'œuvrais déjà aux cuisines du temps de Jacques et que la qualité est encore là. Je m'appelle Edern.

L'anecdote, livrée avec force hochements de tête, m'arracha un sourire complice :

— Je veux une table paisible, pour souper avec une dame de qualité.

Le petit homme désigna une table claire disposée sous l'escalier menant à la mezzanine, joliment décorée d'un grand napperon au crochet et d'un bouquet de fleurs artificielles.

— D'ordinaire, je réserve cette table aux amoureux et aux personnes de bien, confia l'aubergiste en m'y amenant.

— Deux excellentes raisons de me l'approprier, opinai-je en plaçant quelques pièces dans sa paume.

Je m'assis sur une des chaises à haut dossier, commandai un cordial et fermai les yeux pour me détendre un peu. L'ultimatum du gouverneur se mêlant à l'anxiété de mon rendez-vous, j'avais l'estomac douloureux et le crâne bourdonnant. Dans l'ambiance débonnaire de l'auberge, j'échafaudais plan après plan, me berçais d'agréables chimères qui auraient préservé à la fois mes bonnes relations avec Le Vasseur et la liberté du grand Fèfè. Son Excellence venait de me jouer un tour qui ne me laissait que peu de manœuvre ; j'étais trop fatigué pour m'inventer quelque échappatoire.

Puis, tandis que la lumière du soir bleuissait le pas de la porte et que commençaient à grésiller les premières pièces de viande sur la rôtissoire, un froufrou de robe m'arracha à mes projets d'impossible fuite pour regarder qui venait d'entrer dans l'auberge. Jolie toilette, un peu extravagante pour le climat et l'endroit. Sans doute quelque duègne récemment débarquée à la recherche d'un établissement convenable, conclus-je sans m'intéresser plus longtemps à sa présence. Edern, qui s'était hâté vers la dame, la salua élégamment et lui désigna ma table avec ostentation. Mon cœur fila jusqu'à mes talons avant de remonter dans ma poitrine : j'avais failli ne pas reconnaître Sévère. Celle-ci marcha lentement vers moi, le bruissement de ses étoffes faisant s'ouvrir ma bouche et s'agrandir mes yeux au rythme de ses talons raclant le sol inégal. Je vis ma dame rosir, ses joues pâles se colorer du feu vif des belles qui se savent observées tandis qu'elle approchait, les mains serrées sur les plis de sa robe jaune d'or. Sous l'élégante coiffure, aux mèches de jais maintenues par trois peignes de nacre, son regard était presque timide — ou furieux, tant ces deux états savent parfois se confondre chez les personnes délicates. Je me relevai, éberlué par la vision de mon aimée portant les atours du beau sexe de mon époque ; elle prit ma main au moment de s'asseoir sur la chaise que je venais de libérer. Ses jupons se tassèrent en un discret soupir d'étoffes froissées.

— Bonsoir, Henri, dit sa bouche assombrie de carmin.

Je demeurai coi, raide dans mes bottes de Hollande et mes certitudes gercées. Je parvins maladroitement à rendre le salut en me posant lentement en face d'elle. Que signifiait ce travestissement ? À l'évidence, porter cette toilette la rebutait.

— Je voulais vous surprendre, confia-t-elle en ajustant ses manches.

— C'est réussi... Mais où avez-vous trouvé... Quand ?

— Main-d'or s'est chargé d'effectuer ces emplettes ce matin, et moi de m'y glisser ce soir. Je voulais notre réunion... différente.

— Différente ?

— Mémorable, si vous préférez, sourit-elle finement.

Ma tête recommençait à me faire mal. Edern apporta une bouteille de vin clairet et un verre propre, puis retourna à sa cuisine sans se faire prier. Je crois qu'il n'était pas moins impressionné que moi par la grande allure de ma convive.

— Mémorable, répétai-je.

À la cour de France, à la table des princes de ce monde, les ricanements n'auraient cessé pour railler la gaucherie de Sévère, mal ajustée à cet empilement de satin et taffetas passé de mode ; au *Nouveau Grand Jacques*, elle était Mélusine à la robe en goutte de soleil tombée dans un marigot. Pourtant, malgré le ravissement suscité par sa métamorphose, je n'aurais voulu la voir ainsi quotidiennement attifée. Déjà, la première surprise passée, je discernais l'artifice. Et j'étais fatigué des hypocrisies.

— Henri, articula-t-elle plus fermement, nous devons parler.

— Eh bien, parlons, concédai-je.

Ainsi, l'heure était au sermon. Je nous servis copieusement en alcool pendant qu'elle entamait son prêche de sa voix la plus douce.

— Vous devez vous ressaisir, capitaine, ou vous ne tarderez pas à vous égarer définitivement. Je sais le vertige qui vous ronge. Chaque jour, il pèse davantage et rogne un peu plus de vos forces. Déjà, vous ne distinguez plus que les bassesses et le fiel du monde… Bientôt vous vous en délecterez !

Je reposai mon verre sans y avoir goûté, frappé par sa mise en garde :

— Madame, je n'ai pas non plus souvenir de vous avoir vue ni très gaie ni très légère.

— Autant pour mes efforts de vous prouver le contraire, pouffa-t-elle en flattant la broderie de son corsage.

Je souris. Nous trinquâmes.

— Henri, reprit-elle, je vous l'ai dit naguère et je vous le répète maintenant : je peux tout vous pardonner, sauf de m'avoir sauvée. Comprenez-vous ce que cela signifie ? Le comprenez-vous vraiment ?

— Vous auriez préféré mourir dans les ruines de Noj Peten…

— Non.

— Vous regrettez de vivre à bord du *Déchronologue*, parmi les rustres et les machines de vos anciens compagnons ?

— Non plus.

— Alors je suis aussi sot que vous le supposez.

— C'est faux. Je crois que vous êtes un homme bon, un capitaine qui se débat dans des filets tissés trop raides et trop serrés pour lui. Et quand je dis que je ne vous pardonne pas de m'avoir sauvée, c'est à prendre comme un compliment… Henri, malgré le gouffre des siècles et des manières qui nous séparent, nous sommes semblables, tous deux. Assez, du moins, pour partager cette table en toute franchise. Nous avons vu des choses, et fait des choses, qui ne pourraient effleurer l'esprit de la majorité des gens de ce temps. Vous m'aimez pour mon chagrin qui fait écho à votre lecture du monde. Moi, je vous admire pour cette vaillance qui m'a fait défaut à l'instant de lui faire face. Et je souffre de vous voir prendre le même chemin désormais. Battez-vous, Henri ! Ressaisissez-vous et battez-vous !

— Je suis fatigué, madame… Tout ceci…

Je désignai de la main la grande salle de l'auberge qui s'était un peu remplie, frappai le sol du talon de ma botte. Quelques convives — des hommes à l'air sévère, au pourpoint brodé et à l'oreille percée de perles —

interrompirent leur repas pour m'observer avec étonnement.

— Tout ceci, continuai-je en baissant le ton, m'exaspère et m'attriste. Sommes-nous donc devenus des fantômes, des spectres agissant à l'ombre d'une grande horloge déréglée ? Je m'accroche, madame, à des certitudes de plus en plus ténues, et quand ces considérations métaphysiques m'accordent quelque répit, je dois encore penser à mon simple rôle de capitaine d'une frégate aussi crainte que jalousée.

Je vidai mon verre d'un trait, le reposai doucement sur la table de peur de le briser tant je tremblais, puis fis signe d'approcher au commis. Le garçon, rendu circonspect par mon évident agacement, déposa prudemment ses deux beaux plateaux de fromages et de venaisons, avant de reculer jusqu'au comptoir. Je me resservis et terminai plus aimablement :

— Bref, au risque de faire des mots : mon âme est à la panne, et mon humeur en morte-eau.

Sévère accorda toute son attention aux mets qui se trouvaient devant elle, décida qu'elle n'en mourrait pas et piocha une première portion de viande froide qu'elle porta jusqu'à sa bouche peinte. Au moment de la mordre, elle se ravisa :

— Henri, faisons une trêve, voulez-vous ?

— Je nous ignorais en guerre...

— Je veux dire : tâchons de passer une soirée agréable, tous les deux. Ne pouvons-nous pas considérer que nous l'avons méritée ?

Encore cette écume de mélancolie à la lisière de ses yeux. Était-elle adorable, ma princesse déchue, ma braconnière de nuages, à l'instant de chavirer...

— Soit, dis-je en levant mon verre. Je décrète cette table vierge territoire et apatride... *Tabula rasa!*

Sévère rit franchement à ma plaisanterie et trinqua avec moi.

— Je ne vous imaginais pas disciple de Thomas d'Aquin, dit-elle.

— Je ne vous pensais pas versée dans l'histoire des penseurs d'autrefois, rétorquai-je, tout occupée que vous fûtes à regarder vivre les autres dans ce petit siècle.

Je commandai une autre bouteille et repris sur le même ton badin :

— Saurai-je un jour d'où vous venez vraiment ?

— C'est si définitivement sans la moindre importance...

— Pourtant...

— Non, Henri. Paix, ce soir, s'il vous plaît. Vous avez voulu notre table apatride, moi je la décrète *extra tempora*. Mangeons un peu, buvons assez, et oublions tout autant ce qui nous attend dehors.

— Je bois à ce vœu, Sévère.

Nous trinquâmes encore. Puis ce fut le silence, ponctué de nos raclements de couteaux dans les plats et de nos regards tranquilles. Le commis débarrassa, apporta une jatte de fruits confits et une autre bouteille. J'acceptai la pipe apportée par Edern et me délectai du parfum âcre du tabac en regardant un peu le ballet de la clientèle du soir. Les voix étaient montées, et les discussions s'étaient faites plus vives, sous le grésillement des ampoules électriques. Sévère avala une dernière bouchée et se joignit à mon observation bonhomme de l'auberge. Je lui proposai de tirer une bouffée mais elle déclina gentiment :

— J'ai déjà fumé et je n'ai pas aimé du tout. Et puis, serait-ce bien convenable ?

— Gare à celui qui vous en ferait la remarque !

— Allons, Henri, évitez de déclencher une autre bagarre.

— La précédente n'était pas de mon fait. Par ailleurs, encore merci pour Fèfè.

Durant un court instant me revinrent à l'esprit l'ultimatum du gouverneur et la décision qui m'attendait. Je secouai la tête en soupirant, pour balayer mon inquiétude. Sévère piocha un morceau d'ananas et releva la tête vers moi.

— Avons-nous la moindre chance ? demandai-je doucement sans oser la regarder en retour.

— Bien sûr que non, mais quelle importance…

Je ne sus si elle parlait de notre avenir, des menaces de Le Vasseur ou de ma tendre inclination à son égard… Dans le doute, je décidai qu'elle avait répondu pour tous ces sujets à la fois.

— Est-ce une raison pour ne pas essayer ? ajouta-t-elle doucement.

Je souris avec elle :

— Je regrette presque d'avoir choisi une maison sans forte musique. Je vous aurais bien invitée à danser.

— J'aurais décliné l'épreuve… Il est déjà assez malaisé de seulement marcher avec ces escarpins. Ma première idée à moi était de revêtir une culotte et une chemise de garçon, mais Main-d'or semblait affreusement gêné de m'imaginer ainsi travestie. Aurait-ce donc été si grave ?

— Pas tant que vous auriez su donner le change, répondis-je en désignant les hommes attablés autour de nous. Ceux-ci ne sont pas aussi sauvages que les vauriens du port... Si vous leur montriez une dame bien mise, ils sauraient tenir leur distance. Mais qu'ils devinent une femme sous une guise de garçon, et leur cervelle — et le reste — ne s'échaufferait pas moins que celle d'un soudard de gargote. Un mystère entraperçu leur agacerait davantage le sang qu'une vérité affichée, voyez-vous.

— Vous connaissez bien vos hommes et votre temps, n'est-ce pas, Henri ? Vous les avez beaucoup observés.

Dans sa voix, son regard, comme l'esquisse d'un transport sincère. De la main gauche, je tapotai ma pipe contre la table pour en tasser le tabac, avant de tirer une nouvelle bouffée bleutée :

— Si vous voulez dire que je sais lire l'âme humaine et ses penchants, je me dois de plaider coupable... Et puis, ce n'est pas comme s'il était difficile d'en humer les relents à cent pas. Concupiscence, prévarication, forfaiture, ambition : autant de leviers pour soulever le monde !

Sévère hocha doucement la tête sans répondre. Je craignis un instant qu'elle crût que je m'excluais de ce tableau de cendre et de charbon, et me dépêchai de préciser :

— Et je tiens haut mon rang dans cette galerie des âmes délictueuses.

— Mais pourtant, vous travaillez pour les Targui...

Il était rare que nous abordions ensemble le sujet de ceux qui l'avaient bannie. Prudent, je soutins son regard pour l'inviter à poursuivre.

— ... En définitive, n'est-ce pas que vous espérez agir au mieux, pour le bien du plus grand nombre ?

— Essayez-vous encore de me persuader de me ressaisir ? Et de reprendre mon grand œuvre ?

Je fronçai exagérément les sourcils, mâchouillai ma moustache et claquai la langue, à la manière d'un précepteur courroucé par l'impudence de son élève. Je poussai mes pitreries jusqu'à la faire pouffer, avant de ferrer serré :

— Et vous, madame, cherchiez-vous vraiment à accélérer l'effondrement de tout, en servant ceux venus de temps à venir jusqu'à Noj Peten ?

Son rire s'effilocha et son beau visage redevint grave. Un nouveau silence creusa son fossé entre nous. Je fus le premier à le combler, sereinement :

— Il n'y a rien à faire, notre nature nous rattrapera toujours, n'est-ce pas ? *Tabula rasa*, quelle farce !

— Oui, Henri, souffla Sévère, j'ai voulu hâter la destruction de ce monde, pour me prouver qu'il ne représentait rien...

Cette fois, les larmes noyèrent ses yeux bordés de khôl gris. Son aveu manqua de me faire chavirer.

— Mais... pourquoi ? balbutiai-je.

Elle ne répondit rien. Je remplis son verre, vidai le mien et m'en versai un autre. Le vin sucré m'enrobait les pensées à la manière d'une pâtisserie d'Orient. Je plissai les paupières, encore stupéfait par sa confession.

— Et ce monde qui vous répugne tant, grognai-je, il faudrait maintenant que je le sauve ? Mort de moi, pourquoi ?!

— Parce que vous n'avez plus le choix, capitaine...

— L'ai-je jamais eu ?

De la main, je chassai le commis qui s'était approché. Je voulais aller au terme de cette soirée, de cet entretien, avec au moins l'embryon d'une réponse satisfaisante. Sévère tendit le bras et prit ma main. Ses doigts fins se glissèrent entre les miens. Sa paume était brûlante contre la mienne. Je ne bougeai plus.

— Vous avez eu le choix à chaque instant qui passe, Henri. C'est leur succession qui vous a façonné... Et pour toutes ces décisions, tous ces jugements qui vous ont animé, vous savez déjà que vous n'en avez plus.

— Je dois continuer...

— Vous devez continuer, conclut mon aimée en me fixant intensément. Et vous ne saurez rien de mes raisons ni de mes causes, car ce serait ma plus grande faute que de vous les laisser envisager. Simon a déjà tellement sacrifié de votre innocence. Je n'aggraverai pas cette plaie-là.

Ses doigts serraient toujours les miens. Je lançai un regard rapide vers d'éventuels observateurs et me penchai vers son visage au-dessus de la table :

— Est-ce à dire que vous m'aimez un peu ?

— Et même un peu plus que ça...

Quand mes lèvres trouvèrent les siennes, elle se déroba.

— Mais pas ainsi, précisa ma belle.

Embarrassé, je me rassis en priant pour que personne n'ait assisté à ma déroute.

— Buvons encore, dit Sévère en levant son verre. Faisons un peu la fête, puisque tout est dit.

— Si fait, dis-je.

Nous trinquâmes. Et trinquâmes encore. Et en définitive, nous passâmes une exquise et merveilleuse soirée. Et quand Edern se joignit poliment à nous, au terme de son service, il nous raconta quelques anecdotes croustillantes de la colonie, soigneusement recueillies par ses soins au fil des saisons. Le cuisinier nous fit promettre de revenir le voir à notre prochaine escale, et je dus lui jurer de respecter ma parole. Car, pour me soustraire à la vindicte de son Excellence, je venais de décider de quitter la Tortue dès la prochaine marée. Et si le gouverneur Le Vasseur était un tant soit peu comme je croyais le connaître, il n'était pas près de me pardonner cette fronde.

Mais pour le moment, dans la salle de l'auberge presque vide et redevenue silencieuse, je n'avais d'yeux et de pensées que pour ma Sévère dans sa robe de lumière, au regard sincèrement amusé par les commérages du bon Edern. Ma princesse des nuées venue se réfugier à mon bord, au cœur mutilé par les vérités effroyables qu'elle dissimulait depuis trop longtemps. Ce fut, finalement et malgré ses réticences, une nuit réellement hors du temps, et l'unique soirée authentiquement heureuse que je connus en compagnie de ma belle. Je ne cesserai jamais de la chérir. Ni de la regretter.

XXV. *Maracaibo*

(CIRCA 1653)

> *And at the end of my life*
> *Yes at the end of my life*
> *All shall be well*
> *All is as it was always meant to be...*
>
> KILLING JOKE
> Mathematics of Chaos

Une heure avant de faire escale dans la baie de Maracaibo, le *George Washington* avait annoncé son approche en lâchant plusieurs salves d'un hululement rauque qui avait résonné dans toute la région, faisant s'envoler les oiseaux marins et s'enfuir les bêtes côtières. Le monstre d'acier gris glissa lentement, fendant les eaux paisibles de cette gigantesque anse presque entièrement fermée, connue aussi sous le nom de Baya de Venezuela, jusqu'à venir enfin se placer en face du port averti de sa venue. De loin, il ressemblait à une improbable enclume posée sur l'océan. De près, c'était un éperon gigantesque, une plate-forme monumentale surplombée en son milieu d'une tour d'acier crénelée.

Léviathan capricieux et affamé, il poussa encore une fois son brame métallique, déchaînant cette fois les cris des enfants et les jurons étouffés des hommes. Aussitôt, comme pour ne pas attiser la colère de la bête, une petite flottille d'embarcations modestes — barcasses, chaloupes, youyous — s'arracha aux docks pour se porter, contre les vagues, jusqu'à ses flancs. Peut-être effrayé ou impressionné par l'arrivée de l'effarante cité flottante, un sloop léger leva également l'ancre pour gagner le large. Ce faisant, il allait devoir passer près du terrifiant visiteur, mais son capitaine déployait à l'évidence les plus grandes précautions pour ne pas trop s'en approcher, et demeurer à distance raisonnable le temps de le contourner largement par le sud jusqu'à sortir de la baie et gagner le large.

Tandis que ce navire s'éloignait, les navettes s'approchaient timidement des flancs du monstre. Peut-être par moquerie, le *George Washington* beugla encore. À bord des esquifs, les nerfs et les tripes des marins se nouèrent. Allait-il donc se taire ! Il y avait de quoi rendre rame et courage à chaque coup de corne. Ils continuèrent de s'approcher, cependant, serrant les dents tandis qu'ils arrivaient assez près pour sentir l'odeur de métal de la montagne d'acier qui se dressait devant eux. Plus près. Toujours plus près. Entre les pieds nus des barreurs, sur les bancs de rame, des caisses et des ballots de vin, de céréales, de fruits, de tabac et de farine, soigneusement enveloppés sous des toiles goudronnées. La liste habituelle et exhaustive des réquisitions exigée par le titan.

Et sous les toiles goudronnées, les mèches des marmites infernales préparées par nos soins, qui attendaient d'être allumées.

Lorsque les premières barcasses ne furent plus qu'à quelques mètres de son flanc arrière tribord, un lourd palan amorça sa descente, depuis un entrepont ouvert dans la moitié supérieure de sa coque, jusqu'au ras des vagues qui se prosternaient à ses pieds. S'ils avaient respecté les consignes habituelles, les autochtones venus de Maracaibo auraient dû commencer à décharger leurs vivres sur la structure ainsi déroulée jusqu'à eux, mais cette fois, ce ne fut pas le cas : faisant fi de toute prudence, comme s'ils venaient de découvrir une voie d'eau dans leur coquille de noix, les premiers marins se jetèrent à l'eau et commencèrent à nager vers le rivage. C'eût pu être du plus grand comique — et peut-être les *Americanos* invisibles au sommet de leur enclume riaient-ils à ce spectacle incongru — si l'équipage suivant n'avait fait la même chose. Visiblement, ils fuyaient quelque chose… La première explosion retentit tandis que d'autres rameurs sautaient à leur tour dans l'eau, priant d'avoir donné assez de vitesse à leur barque pour qu'elle atteigne l'ennemi sans eux. Une deuxième explosion. Une troisième. Une fumée noire, produite par les épaves calcinées, le goudron et la poix, commença à monter vers la cime de la montagne ainsi provoquée. Une autre sirène retentit depuis ses hauteurs, nettement plus lugubre. Une batterie d'artillerie fut mise en branle pour éparpiller aussi bien les inconscients qui s'approchaient encore que les saboteurs qui s'enfuyaient déjà. Les flots ininterrompus de munitions modernes déchiquetèrent les barques, trouèrent l'eau, jusqu'à déclencher prématurément une nouvelle série d'explosions fuligineuses parmi les canots qui n'avaient pas encore atteint leur cible.

C'est alors que retentit une autre déflagration, beaucoup plus forte, en provenance de l'autre côté du navire ennemi. Le sloop qui avait semblé fuir Maracaibo, celui qui avait si bien fait attention à contourner le géant, avait fini sa boucle jusqu'à filer droit sur lui, et le percuter de plein fouet. À son bord, plusieurs tonnes de bombes à feu détonnèrent en même temps. C'était le *Rolling Dices* du commandant Doolan, transformé pour la bonne cause en gigantesque soute aux poudres. Tandis que les barcasses faisaient diversion par tribord, le sloop avait manœuvré au plus serré pour porter un plus rude coup au flanc de l'ennemi. Le sloop avait été choisi en raison de sa vitesse et de sa manœuvrabilité. Plusieurs capitaines s'étaient portés volontaires pour mener cette bombe flottante droit sur sa cible et c'était seulement la veille que nous avions décidé de tirer à la courte paille. N'ayant pas obtenu la plus courte, Doolan avait finalement exigé de le faire lui-même. Nul autre que lui, avait-il affirmé, ne mènerait son vaisseau à la mort. Jusqu'au bout, j'ai espéré qu'il ait survécu à son acte héroïque. Mais, pour l'instant, j'avais d'autres priorités. Ce coup porté au *George Washington* l'avait accidenté, c'était indéniable. D'autres batteries se mirent en branle depuis son sommet, hachant et pulvérisant tout ce qu'il voyait à portée. Mais c'était toute notre flotte qui fondait sur lui maintenant, partie depuis la rive orientale de la baie à l'instant où les barcasses et le *Rolling Dices* quittaient le port, pour arriver, comme prévu, ensemble sur l'ennemi. Nous filions toutes voiles dehors pour le prendre par l'arrière, avantageusement camouflés par les nuages de poix et de goudron enflammés qui l'encerclaient. Bientôt nous fûmes à portée de tir.

— Sus ! hurlai-je dans ma radio à l'intention de tous nos navires.

L'Ange du Léon et la *Louve de Gascogne* furent les premiers à tirer. Leurs bordées pilonnèrent le large poupe, cherchant à museler ses hélices. Puis ce fut le tour de la *Marie-Belle* et du *Stardust*, qui longèrent au plus près pour cracher leurs lourds boulets de pierre et de fonte. L'air sentait la poudre, le feu et la folie. Dans les entrailles de nos vaisseaux, les artilleurs se démenaient pour recharger ou pointer, la gorge prise par les fumerolles, les yeux rougis d'excitation. La *Princesse d'Armentières* entra dans la danse. Elle tira de loin, précise et dévastatrice. Sa volée perça l'eau près de la quille du monstre. Un effroyable bruit de métal tordu ponctua sa tentative. Le coup avait porté !

Le titan d'acier résonnait et grinçait. Ses sirènes hurlaient un chant de promesse de mort pour tous ses ennemis. Soudain, depuis ses hauteurs, jaillirent des sillons de fumée épaisse, d'une blancheur de lait, qui montèrent vers le ciel comme des flèches. Ces projectiles démoniaques crachaient des flammes et semblaient affreusement doués de conscience. Nous les vîmes errer à peine dans l'azur, avant de fondre vers notre escadre toute proche. Ces merveilles de destruction accomplirent parfaitement leur tâche : chacune percuta sa cible de plein fouet, la faisant aussitôt voler en éclats de bois, de métal et de chair. Mort de moi, le temps d'un battement de cils, nous venions de perdre la moitié de nos forces !

— Faites un deuxième passage, m'époumonai-je, c'est notre seule chance.

Je lâchai ma radio et filai vers mon pont d'artillerie, où le Baptiste et les siens attendaient l'instant d'engager leurs batteries. Dans ma course effrénée, je manquai de m'ouvrir le front deux fois contre la coque, tant je dévalai sans réfléchir les coursives et les escaliers de ma frégate. Étouffée par la distance et l'épaisseur du bois, j'entendais la bataille qui faisait rage, les crachats secs de l'artillerie ennemie et les explosions qui frappaient les deux camps. Quand je déboulai dans le pont d'artillerie, je manquai tant de souffle que je lâchai chaque mot entre deux inspirations pour me faire comprendre.

— Il… faut… tirer… maintenant…

Penché au sabord, guettant son moment, le Baptiste ne m'avait pas entendu venir. Il s'approcha de moi, la barbe hirsute et l'air absent. Ses canonniers tournèrent aussi la tête vers moi. Christ mort ! Ils avaient tous le regard froid et vitreux d'un poisson d'eau sombre.

— Il faut attendre, capitaine, me dit mon maître-artilleur.

— Peste ! criai-je. Nous allons tous aller par le fond !

— Ce n'était pas prévu ainsi, dit la voix désincarnée du Baptiste.

Je tirai mon sabre, ivre de détresse :

— Tant pis pour le plan prévu ! Nous serons tous morts si nous attendons encore. Tirez maintenant ! C'est notre rôle dans cette bataille. Piégez ces chiens dans le temps !

— Nous sommes déjà morts, capitaine. Nous avons perdu. Laissez-nous gagner, maintenant.

Je ne comprenais pas.

— Retournez dans votre cabine, ou sur le pont supérieur.

Je serrai ma lame, incapable de lui faire confiance à ce point. Ces fous allaient tous nous trahir et nous envoyer à la mort ! Certes, nous avions prévu d'user de nos canons temporels seulement quand l'adversaire aurait été immobilisé, de manière à éviter le carnage des flux temporels croisés sur une aussi énorme masse de métal, d'hommes et de femmes. Le Baptiste m'avait assuré qu'il saurait ajuster son tir pour sauver tout le monde. C'était ce qui était prévu. Et c'était ce qui avait failli réussir. Maintenant, je commençais à comprendre : il n'avait jamais eu l'intention d'agir autrement qu'à sa façon de songe-creux évaporé. Une autre explosion, sur la mer, plus proche que précédemment. Un autre de notre ligue qui sombrait, à n'en pas douter.

— Laissez-moi faire, dit le Baptiste. Laissez-moi vous sauver encore.

Je baissai mon bras et mon arme.

— Me sauver encore ?

Derrière lui, ses hommes s'étaient penchés sur leurs pièces et attendaient leur instant. Ils semblaient tous si calmes et si décidés, dans la lumière puissante, orange et argentée, de leurs canons prêts à cracher le temps. Le crépitement d'une mitraille déchiquetant mon navire piaula au-dessus de nos têtes.

— Me sauver encore ? insistai-je.

— Dans une minute, je vous arracherai à l'explosion du *Rat qui pette*… Au même moment, à la Grève-Rousse, je vous offrirai un livre capable de changer les destins…

Je ne voulais pas le croire. Pourtant, ce jour-là, dans la taverne, je l'avais bien vu…

— C'était bien toi ?

— Au même moment, je mourrai dans vos bras à Carthagène, puis vous me planterez une dague dans la poitrine pour faire croire à votre décès.

Il retira son vieux bonnet de laine, laissant échapper une longue tignasse crasseuse. Cette fois, mon cœur gela. Avec sa barbe et son visage maigre, comme il faisait un excellent Villon de remplacement ! La copie parfaite de ce prisonnier inconnu, apparu autrefois dans ma geôle de Carthagène sans que je me souvienne de son arrivée, pour garantir le subterfuge de ma fuite.

— Christ... murmurai-je. Mais d'après Sévère, et les Targui, nul ne peut remonter le temps...

— Ils ne sont que des observateurs, ainsi qu'ils l'avouent eux-mêmes. Moi, je ressens désormais les carrefours dans ma chair, capitaine, et je sais arpenter des chemins dont ils ignoreront toujours tout. Retournez dans votre cabine. Il est temps pour nous d'agir, maintenant.

Je ne protestai pas. Je ne souhaitais pas comprendre. Je n'en avais plus le temps. Simplement, je fixai mon maître-artilleur, Samuel, dit le Baptiste, puis je fis un pas vers lui pour le serrer contre moi, avec tout mon amour. Une autre rafale de mitraille m'arracha à mon état de stupeur.

— Avais-je donc tant de valeur que cela, pour mériter ces sacrifices en mon nom ?

— Vous êtes celui qui devait repriser le dernier accroc dans le canevas, capitaine, et clouer l'ennemi au bois de ses fautes. Tout reste encore à faire.

— Vais-je réussir, cette fois ?

— Dieu seul le sait... Adieu, Henri.

— Adieu, Samuel.

Je quittai le pont d'artillerie au ralenti, titubai dans les coursives. Retourner dans ma cabine ? C'est impensable ! Je ne pouvais me résoudre à abandonner la lutte. Je demeurais le capitaine du *Déchronologue*. Je me devais de garder le cap. Pour voir ce qu'il allait advenir. Pour témoigner, au moins, de notre bataille et de notre héroïsme. Vivant ou mort, mais debout...

Après une grande inspiration, appuyé contre le bois de la coursive, tandis que les explosions se faisaient plus assourdissantes à l'extérieur de la coque, je remontai à l'air libre, accélérant à chaque pas, jusqu'à courir de nouveau vers la guerre qui se déroulait autour de ma frégate. Jusqu'à heurter violemment Main-d'or qui pleurait toutes les larmes son corps. Il avait du sang plein la chemise et plein les mains.

— C'est vot'dame, sanglota-t-il, elle...
— Où ?
— Dans sa cabine... La mitraille...

Je filai retrouver mon aimée.

Son appartement était dévasté. La rafale avait déchiqueté les meubles et les tissus. Il y avait des éclisses et des débris partout. Assise sur son fauteuil préféré, vêtue de sa simple tunique constellée de roses sanglantes, Sévère se mourait. Ses yeux se relevèrent vers moi quand j'entrai. La mort assombrissait déjà son regard, mais je crois qu'elle me reconnut aussitôt. Je me précipitai vers elle :

— Mon amour...
— Henri, souffla-t-elle, ne t'en fais pas.

Je demeurai prostré, craignant de la vider trop vite du peu de sang qui lui restait encore dans les veines si je la bougeais.

— Ce n'est rien, articula sa bouche. Seulement une possibilité... une éventualité...

Ses yeux se fermèrent mais elle continua à parler.

— Je ne l'ai jamais supporté, avoua-t-elle.
— Quoi donc ? sanglotai-je.

Près de moi, Main-d'or aussi pleurait. Sa grande carcasse se soulevait à chaque spasme de tristesse qui lui traversait la poitrine.

— Le mensonge du temps, dit Sévère. Je ne l'ai jamais supporté... Le temps est un escroc... L'histoire est une catin... Une illusion infinie qui n'a de sens que pour ceux qui y baignent. Voilà ce que Simon ne vous aura jamais avoué... Voilà ce que *k'uhul ajaw* n'a jamais compris. Nul ne peut plier le temps à sa volonté.

— Je sais cela depuis longtemps, dis-je en lui serrant doucement les doigts.

Elle gémit en me dévisageant :

— Nous nous sommes glissés dans les accrocs provoqués par d'autres... Nous étions venus mesurer... observer... dérives et conséquences... conséquences et aberrations... *K'uhul ajaw* n'aurait jamais régné sur plus qu'un décalque faussé. Des copies... de copies... de copies...

— Que dis-tu, mon aimée ?

— Rien, expira-t-elle. Seulement que ce n'est pas grave... Nous ne sommes que des ombres glissant sur l'écume du temps... Je ne suis pas vraiment en train de mourir...

Puis elle mourut, avec sur les lèvres la même tristesse sereine que je lui avais toujours connue, et qui m'avait emporté le cœur à chaque fois.

Je restai figé contre son corps tombé autrefois des nuées. Mon ange sévère. Mon amour. Plus de son, ni de lumière. Plus de couleur. Seulement le blanc de sa tunique déchirée et le rouge de ses blessures. Les doigts de Main-d'or me serrèrent l'épaule.

— Elle m'a dit quelque chose, avant que je parte vous chercher, capitaine. Quelque chose pour vous. Elle m'a dit : « Dis-lui de continuer, puisque ça n'a aucun sens. »

Je me dégageai brusquement de son étreinte. Je ne voulais pas continuer. Pour quoi faire ? Elle n'était plus là. Me revinrent en mémoire les derniers vers d'Antonia, qui attendait le retour impossible des siens à Santa Marta.

— J'ai vacillé droit, murmurai-je. Je suis toujours debout. Je suis *moi* !

Je laissai là ma belle et ce destin qui ne m'appartenait plus. Mon matelot me regarda quitter les appartements de sa maîtresse sans rien dire ni me poser la moindre question. Je regagnai ma propre cabine, où je m'enfermai pour préparer mon testament. Sur la première page blanche de mes cahiers, j'écrivis ces premiers mots : « Je suis le capitaine Henri Villon et je mourrai bientôt… »

Et maintenant, je vais te laisser, lecteur. Notre ennemi a gagné et mon *Déchronologue* va sombrer. Son dernier coup de boutoir vient de nous arracher nos derniers espoirs. Je suis remonté sur le pont pour écrire ces dernières lignes avant de jeter ces cahiers à la mer. Autour de moi, ce ne sont que fumée et cris d'agonie. Dans les entrailles de mon navire, mes artilleurs font gronder leurs canons. Je sens toute la carcasse brisée de la frégate vibrer sous l'accumulation du temps qu'elle renferme. Le Baptiste aussi prépare sa sortie, met la dernière pierre à l'édifice qui me permettra d'arriver jusqu'ici vivant, pour mourir enfin. Ça y est, ils ont tiré. Les salves de secondes se mêlent à mes derniers battements de cœur. Les minutes concentrées déchirent l'air et l'eau. Au ras de mon bastingage, voguant droit sur notre ennemi, je vois passer mon double, le front en sang, qui me salue brièvement depuis la timonerie de son vaisseau. Je me regarde sombrer et mourir et il me regarde aussi, puis nous disparaissons ensemble dans les Caraïbes et dans le flux du temps.

Cité rebâtie de Santa Marta

(19 SEPTEMBRE 1655)

> *Hell above and Heaven below*
> *All the trees are gone*
> *The rain made such a lovely sound*
> *To those who're six feet underground*
> *The leaves will bury every year*
> *And no one knows I'm gone*
>
> TOM WAITS
> No one knows I'm gone

Deux jours après la bataille de Maracaibo, un pêcheur qui draguait dans la baie les débris de la bataille rapporta à terre un coffret en bois clair qui contenait plusieurs cahiers humides écrits de la main du *capitán* Villon. En tant qu'unique survivant de notre flotte, et témoin privilégié des derniers instants du *Déchronologue*, c'est à moi que le gouverneur Salazar remit les précieux documents.

Pendant de nombreux mois, je ne voulus pas les consulter. Par peur, peut-être, d'y lire le rôle que j'avais joué dans la vie d'Henri Villon. Mais aussi parce que je craignais de trop repenser à ce que j'avais vu ce jour-là, depuis les quais, tandis que l'ennemi pulvérisait l'armada qui avait osé se dresser contre sa toute-puissance. Les cahiers restèrent donc dans leur coffret, où je les oubliai tandis que j'apprenais, avec ma compagne Antonia, ma nouvelle vie de fermier et de charpentier dans les ruines de Santa Marta.

Mais, au printemps dernier, nous reçûmes la visite d'un homme qui avait eu aussi son rôle à jouer dans la saga du *capitán*, en la personne du *señor* Francisco Molina. Il avait retrouvé ma trace grâce à ses nombreux informateurs et désirait commercer avec notre petite communauté en plein essor. Le soir venu, autour d'une bouteille de porto qu'il avait apportée, nous ne pûmes éviter d'évoquer Henri Villon, et son navire, et son équipage, et les dernières heures de leur épopée. Le marchand s'avoua très curieux de savoir ce qui était arrivé, ce jour-là, dans la baie profonde de Maracaibo, et je n'eus pas le cœur de le lui dissimuler. C'est à cette occasion que je ressortis pour la première fois ces cahiers dont j'étais le dépositaire, depuis deux ans, sans jamais les avoir ouverts. Toute la nuit, à la lueur rougeoyante de notre cheminée, nous les feuilletâmes avec autant de respect et d'excitation que s'il s'était agi des cartes menant à *Cibola*. À plusieurs occasions, nous rîmes au souvenir de tel épisode que nous avions oublié ; parfois, nous nous empressâmes de tourner les pages pour ne pas lire le rappel un peu trop vif de nos erreurs ou de nos fautes. Au petit matin, le *señor* Molina jugea que c'était Dieu qui avait voulu me remettre ces cahiers pour qu'ils ne disparaissent pas. Et que Sa volonté était que je les révèle au monde.

Je doute que le Seigneur se soit embarrassé du destin des pirates dont les aventures ont été ici relatées. Et je crois que ces derniers le lui rendaient bien. Mais j'ai appris qu'il existe des hasards dont il faut respecter l'occurrence. Et maintenant, plus de deux années après ces événements tragiques, c'est à moi d'apporter la conclusion à cette histoire, et de raconter ce que je vis ce jour-là depuis les quais de la cité.

Comme je l'ai écrit plus haut, je n'étais à bord d'aucun navire lorsque la flotte du *capitán* Villon engagea l'ennemi. Il avait été convenu que si notre plan devait échouer, si l'ennemi devait survivre et diriger sa fureur vers les habitants de Maracaibo, ce serait à moi d'intercéder en leur faveur et témoigner de l'obligation qui leur avait été faite de coopérer avec les rebelles. Quand je servais encore l'empire et mon roi, j'étais monté deux fois à bord de ce bâtiment et avais rencontré certains de ses officiers. C'est à ce triste privilège que je dois d'avoir survécu.

Je ne saurais expliquer ce qui est arrivé mais, alors que tout semblait perdu, tandis que les brasiers de nos navires détruits et le spectacle du *Déchronologue* démâté emplissaient mes yeux de larmes, quelque chose troubla le ciel et la mer. Un souffle, une vapeur, quelque chose d'intangible et de diffus, qui grésilla et gronda depuis les entrailles de la frégate vaincue. Ce fut une vision brève mais intense, une fluctuation impossible, une torsion crépitante… Puis ce fut soudain deux, puis quatre, dix, vingt *Déchronologue* qui jaillirent de l'éther, déjà brûlants des incendies qui les consumaient. Je vis, depuis les quais de la cité, tous ces vaisseaux flamboyants manœuvrer droit vers l'ennemi unique qui les avait vaincus. Ils filèrent à l'unisson, équipages hurlants et grands navires en feu, précipités malgré eux dans une bataille qu'ils avaient déjà perdue, pour emporter le vainqueur avec eux en enfer. En quelque sorte, au terme de leur course, ils *fusionnèrent* avec leur adversaire. Ce dernier se rompit et se brisa par le milieu, carcasse d'acier et de certitudes incapable d'endurer un tel blasphème, avant de se fendre, se recroqueviller et s'abîmer enfin en un fracas de métal et de crépitations surnaturelles. Je hurlai de terreur et de joie en voyant l'impiété de cette victoire, et tout Maracaibo hurla avec moi. Sur les flots bouillonnants étincelèrent encore un peu quelques ultimes secondes de contrebande, jaillies des ventres de ces frégates vengeresses, puis la vision se volatilisa pour laisser place à un silence de mort. L'expression de la volonté de Dieu. Celle du savoir des hommes. Peu importe.

Quand un calme plus naturel fut revenu dans la baie, et que les mouettes revinrent crier au-dessus des flots, il n'y avait rien à voir ni à pleurer. Seulement des débris sans origine, qui mêlaient vainqueurs et vaincus avec, au cœur de cet épouvantable magma, les restes méconnaissables du plus extraordinaire navire à avoir jamais sillonné les eaux caraïbes : le merveilleux *Déchronologue* de mon ami Villon.

Et maintenant, tandis que devant notre maison, j'entends Antonia fredonner un air d'un autre temps, une chanson de ce monsieur *Waits* qui nous plaît tant, que pourrais-je rajouter encore qui ne me nouât pas tant la gorge que je ne puisse l'écrire ?

D'abord, que l'espoir est revenu, à Santa Marta et ailleurs. Depuis deux années, avec ma compagne, nous y accueillons ceux qui cherchent un abri, à commencer par les réfugiés de Dernier-Espoir, sauvés par l'héroïsme de quelques parias.

Ensuite — et qu'il me pardonne de le contredire ici sans qu'il puisse se défendre —, que le *capitán* s'était trompé. Non, nous ne sommes pas seulement des ombres glissant sur l'écume du temps. Ne l'a-t-il pas d'ailleurs prouvé mieux que quiconque, à sa manière si personnelle ? Il vécut, malgré lui, ou par sa faute, au cœur de forces qui lui échappaient et le manipulèrent dans un but qui nous dépasse tous. Mais les Targui semblent partis, ou bien ont été emportés à leur tour, et les tempêtes ont reflué. Ce monde reste le nôtre, qu'il nous faut rebâtir sans cesse, sans laisser personne nous dérober ni nos outils, ni notre détermination. Cela, je le sais du *capitán* Villon. Vivant ou mort, nous devons rester debout.

Et puis, pour égayer un peu ces quelques pages que je devais à la mémoire de mon ami, je dirai encore que, avant de repartir, Francisco Molina me donna des nouvelles de Fèfè de Dieppe, qu'il avait retrouvé également, plus libre et plus fou que jamais, du côté des vastes forêts d'Hispaniola. Si vous voulez m'en croire, les Caraïbes seront plus belles, et plus agréables, tant qu'on y verra courir ce grand boucanier chasseur de chimères. J'espère qu'il voyagera un jour jusqu'à Santa Marta. Je serais heureux de l'entendre parler encore dans cette langue qui n'appartient qu'à lui.

Enfin, si je pouvais formuler un souhait, ce serait de croire que Sévère avait raison ; qu'au gré de ces flux d'éther que le Baptiste et ses canonniers avaient appris à maîtriser comme personne, leur capitaine et son aimée auront trouvé ensemble un meilleur destin. Oui, je sais qu'ailleurs, entre les infinies pages froissées du temps, il y a assez de place pour leur bonheur. J'en suis persuadé. Et cette idée me fait du bien.

Et s'il n'est pas trop mauvais bougre, dans cette histoire-là également, Dieu m'aura accordé la fortune de les rencontrer et côtoyer un peu.

Alejandro Mendoza de Acosta

REMERCIEMENTS

Immense merci à Doña Corinne pour son soutien et sa patience, ainsi que pour ses traductions en espagnol. Merci au commodore Mathias pour sa loyauté sans faille, et à l'équipage de La Volte pour sa persévérance et ses conseils. Merci enfin aux bêta-testeurs, enrôlés volontaires pour essuyer les tempêtes d'un manuscrit agité.

Les poèmes d'Antonia lus à Santa Marta ont été écrits par Jeanne Julien. Merci à elle de m'avoir autorisé à user librement de sa plume et de son talent.

Salutations respectueuses à Raynald « Le Diable Volant » Laprise, dont les travaux et avis à propos de la Tortuga au XVIIe siècle m'ont aidé à ciseler les détails de cette histoire. N'hésitez pas à visiter son site pour tout savoir ou presque de cette époque passionnante : http://www.geocities.com/trebutor/

Bibliographie

Des nombreux ouvrages, articles et documentaires qui m'ont permis d'explorer au plus juste la réalité et l'histoire caraïbes du XVIIe siècle (avant de leur donner un petit coup d'accélérateur), il m'a semblé important de donner ici les références de ceux qui m'ont été les plus précieux, pour rendre hommage à leurs auteurs et peut-être donner envie au lecteur de poursuivre le voyage à sa guise.

D'or, de rêves et de sang, l'épopée de la flibuste (1494-1588), de Michel Le Bris, Hachette Littératures, 2001

L'Aventure de la flibuste, actes du colloque de Brest 3-4 mai 2001, de Michel Le Bris, Hoëbeke, 2002

Pirates et flibustiers des Caraïbes, de Michel Le Bris et Virginie Serna, Hoëbeke, 2001

Pirates et flibustiers, la grande aventure de la mer, de Douglas Botting, Éditions Time-Life, 1979

Fortress, The Spanish Main 1492-1800, de René Chartrand et Donato Spedaliere, Osprey Publishing, 2006

Histoire des aventuriers flibustiers, d'Alexandre-Olivier Exquemelin, PU Paris-Sorbonne, 2005, réédition de l'édition française parue en 1686

Les Mayas, Art et Civilisation, de Nikolai Grube avec le concours de Eva Eggebrecht et Matthias Seidel, Könemann, 2000

The Book of pirates, d'Howard Pyle, Dover Publications, 2000, réédition de l'édition originale parue en 1921 par Harper & Brothers Publishers

Pirates, Patriots, and Princesses, the art of Howard Pyle, de Jeff A. Menges, Dover Publications, 2006

Carte des Caraïbes	13
À bord du *Déchronologue*, après la débâcle (Circa 1653)	15
I. Port-Margot (17 juin 1640)	21
XVI. Océan Atlantique (Circa 1646)	62
XVII. Océan Atlantique (Circa 1646)	84
VI. Carthagène des Indes (Fin de l'hiver 1640)	96
II. Océan Atlantique, au large d'Hispaniola (9 juillet 1640)	118
VII. Péninsule du Yucatan (Été 1641)	141
XXII. Archipel inexploré de la Baja Mar (Circa 1651)	161
XI. Mer des Caraïbes (Automne 1643)	172
XIX. Côte ouest d'Hispaniola (Circa 1648)	197
XX. Côtes de Floride, près de Saint Augustine (Circa 1649)	222
IX. Côtes du Yucatan (Automne 1641)	238
XXIII. Archipel inexploré de la Baja Mar (Circa 1652)	270
III. Après l'ouragan, au large d'Hispaniola (10 juillet 1640)	284

X.	Port de Basse-Terre (Printemps 1642)	302
IV.	Dans les cales de la *Centinela* (Fin septembre 1640)	330
VIII.	Île de la Tortue (Automne 1641)	350
XII.	Au large d'Hispaniola (Printemps 1644)	372
XV.	Côtes du Yucatan (Circa 1644)	399
XXI.	Ruines de Santa Marta (Circa 1649)	417
V.	Carthagène des Indes (Hiver 1640)	436
XIII.	Côtes du Yucatan (Été 1644)	450
XIV.	Désert du Yucatan (Fin du temps connu)	464
XXIV.	Archipel inexploré de la Baja Mar (Circa 1652)	484
XVIII.	Île de la Tortue (Circa 1647)	495
XXV.	Maracaibo (Circa 1653)	538

Cité rebâtie de Santa Marta (19 septembre 1655)   549

Remerciements   555
Bibliographie   557

DU MÊME AUTEUR

Aux Éditions La Volte

LA TRILOGIE CHROMOZONE :
    CHROMOZONE (Folio Science-Fiction n° 317)
    LES NOCTIVORES (Folio Science-Fiction n° 330)
    LA CITÉ NYMPHALE (Folio Science-Fiction n° 347)
LE DÉCHRONOLOGUE (Folio Science- Fiction n° 390)

Composition IGS-CP à L'Isle-d'Espagne (Charente)
Impression Novoprint
à Barcelone, le 23 mai 2014
Dépôt légal : mai 2014
1er dépôt légal : février 2011

ISBN 978-2-07-043707-8/Imprimé en Espagne.

269612